V. C. ANDREWS®

Melody

Roman

Aus dem Amerikanischen
von Uschi Gnade

GOLDMANN

Die amerikanische Originalausgabe erschien unter dem Titel
»Melody«
bei Pocket Books, New York

Umwelthinweis:
Alle bedruckten Materialien dieses Taschenbuches
sind chlorfrei und umweltschonend.

Der Goldmann Verlag
ist ein Unternehmen der Verlagsgruppe Bertelsmann

Deutsche Erstausgabe 11/98

Umschlaggestaltung: Design Team München
Umschlagfoto: G+J/PHOTONICA
Satz: IBV Satz- und Datentechnik GmbH, Berlin
Druck: Graphischer Großbetrieb Pößneck
Verlagsnummer: 41635
AB · Herstellung: Sebastian Strohmaier
Made in Germany
ISBN 3-442-41635-3

1 3 5 7 9 10 8 6 4 2

Liebe Virginia-Andrews-Leser,

diejenigen unter uns, die Virginia Andrews gekannt und geliebt haben, wissen, daß ihr nichts in ihrem Leben so wichtig war wie ihre Romane. Nie war sie so stolz wie in dem Moment, als sie das erste gedruckte Exemplar von *Blumen der Nacht* in der Hand hielt.

Virginia war eine einzigartige und begnadete Erzählerin, die Tag für Tag fieberhaft schrieb. Ständig entwickelte sie Ideen für neue Geschichten, aus denen schließlich Romane werden sollten. Gleich nach dem Stolz auf ihre Werke kam für sie die Freude, die es ihr bereitete, Briefe von Lesern zu erhalten, die von ihren Büchern beeindruckt waren.

Seit ihrem Tod haben viele von Ihnen an uns geschrieben und sich gefragt, ob weiterhin neue Romane von V. C. Andrews erscheinen würden. Kurz bevor sie starb, gelobten wir uns, einen Weg zu finden, um weitere Geschichten zu entwickeln, die ihrer Phantasie entsprungen sind.

Angefangen mit den letzten Bänden der Casteel-Saga, haben wir eng mit einem sorgsam ausgewählten Autor zusammengearbeitet, um ihre Begabung durch das Erschaffen neuer Romane weiterzuentwickeln, die von ihrem wunderbaren Erzähltalent inspiriert worden sind.

Wir glauben, es hätte V. C. Andrews große Freude bereitet, wenn sie gewußt hätte, daß vielen von Ihnen dieses weitere Lesevergnügen vergönnt ist. Inzwischen wurden zahlreiche neue Romane veröffentlicht, darunter etliche, die auf Geschichten gründen, die Virginia noch vor ihrem Tod fertigstellen konnte. Neue Sagas wurden in ihrem Geist gesponnen, zuletzt die Landry-Saga, die mit den Bänden *Tödlicher Zauber* und *Karussell der Nacht* ihren Abschluß findet.

Doch wir freuen uns nun auf *Melody,* die erste Folge der neuen großen Romanserie, der Logan-Saga, und wir hoffen, daß Ihnen auch diese wie all die vorangegangenen grandiosen Familiengeschichten ans Herz wachsen wird.

Hochachtungsvoll
Die Andrews-Familie

Prolog

Ich glaube, sobald ich alt genug war, um zu verstehen, daß Mommy und Daddy ernsthafte Auseinandersetzungen hatten, kam ich mir wie eine Außenseiterin vor, denn wenn ich auftauchte, während sie miteinander stritten, hörten sie augenblicklich auf. Das gab mir das Gefühl, als lebte ich in einem Haus, in dessen Mauern Geheimnisse eingesponnen waren.

Ich stellte mir vor, eines Tages würde ich einem dieser Geheimnisse auf die Spur kommen, und das ganze Haus um mich herum würde einstürzen.

Das war nichts weiter als ein müßiger Gedanke.

Aber genauso sollte es kommen.

Eines gar nicht so fernen Tages.

1.

Die Liebesfalle

Als ich ein kleines Mädchen war, glaubte ich, die Menschen könnten alles bekommen, was sie wollten, wenn sie es sich nur lange und inbrünstig genug wünschten und brav genug waren. Obwohl ich jetzt fünfzehn bin und schon lange nicht mehr an Feen, den Nikolaus und den Osterhasen glaube, habe ich doch nie aufgehört zu glauben, daß der Welt um uns herum ein ganz bestimmter Zauber innewohnt. Irgendwo gibt es Engel, die über uns wachen, die unsere Wünsche und Träume bedenken und uns gelegentlich, wenn der Zeitpunkt gerade richtig ist und wenn wir es verdient haben, einen Wunsch erfüllen.

Das hat mir Daddy beigebracht. Als ich noch klein genug war, um bequem auf seinem muskulösen rechten Unterarm Platz zu finden und wie eine kleine Prinzessin herumgetragen zu werden, sagte er immer wieder zu mir, ich solle die Augen ganz fest zudrücken und mir etwas wünschen, bis ich meinen Engel aus der Nähe sähe, wie er dicht vor mir mit den Flügeln flatterte wie eine Hummel.

Daddy sagte, jeder hätte einen Engel, der ihm schon bei der Geburt zugeteilt würde, und die Engel täten alles, was sie könnten, um den Menschen Glauben einzuflößen. Er erzählte mir, solange wir noch ganz klein wären, sei es viel leichter, an Dinge zu glauben, die die Erwachsenen als Phantasien bezeichnen würden. Deshalb zeigen die Engel sich uns manchmal, wenn wir klein sind. Ich glaube, manche von uns klammern sich etwas länger oder etwas fester an diese Welt der Einbildung. Einige von uns scheuen sich nicht, sich selbst und anderen zu gestehen, daß wir immer noch träumen, obwohl wir schon älter sind. Wir wünschen uns tatsächlich etwas, wenn wir die Kerzen auf unserem Geburtstagskuchen ausblasen oder eine Sternschnuppe sehen, und wir warten und hoffen und rechnen sogar fest damit, daß unser Wunsch in Erfüllung gehen wird.

Während ich heranwuchs, habe ich mir so viel gewünscht, daß ich ganz sicher war, mein Engel sei überlastet. Ich konnte nichts dafür. Immer wieder wünschte ich, mein Daddy müsse nicht in die Kohlenbergwerke meilenweit unter der Erde fahren und fern von der Sonne in feuchten, dunklen Höhlen voller Staub arbeiten. Genauso wie die Kinder aller anderen Grubenarbeiter hatte ich in den Eingängen der stillgelegten alten Bergwerke gespielt, und ich konnte mir nicht annäherungsweise ausmalen, wie es wohl sein mußte, tief nach unten zu fahren und einen ganzen Tag unter der Erde und ohne jede frische Luft zu verbringen. Aber genau das mußte der arme Daddy tun.

Solange ich zurückdenken kann, wünschte ich mir, in einem richtigen Haus und nicht in einem Wohnwagen zu leben, obwohl in dem Wohnwagen direkt neben uns Papa George und Mama Arlene lebten, die ich beide von ganzem Herzen liebte. Jedesmal, wenn ich mir ein richtiges Haus für uns wünschte, weitete ich diesen Wunsch noch ein wenig aus und wünschte mir, sie würden unsere Nachbarn im Nebenhaus sein. Wir würden richtige Vorgärten haben, aber auch Gärten hinter dem Haus mit einem gepflegten Rasen und großen Eichen und Ahorn. Papa George würde mir beim Fiedelspiel helfen, und wenn starke Regenfälle herabgingen, würde ich mir nicht mehr so vorkommen, als lebten wir in einer Blechtrommel. Und wenn es windig war, würde ich nicht fürchten müssen, von einer Seite auf die andere geweht zu werden, während ich schlafend in meinem Bett lag.

Meine Wunschliste setzte sich endlos fort. Ich bildete mir ein, wenn ich mir je die Zeit genommen hätte, all meine Wünsche niederzuschreiben, würde das Blatt Papier von einem Ende unseres Wohnwagens zum anderen reichen.

Ich wünschte mir inbrünstig, Mommy wäre nicht ständig so unglücklich gewesen. Sie klagte darüber, daß sie in Francines Frisiersalon arbeiten und anderen Frauen die Haare waschen und ihnen Dauerwellen legen mußte, obwohl alle behaupteten, sie sei eine ganz ausgezeichnete Friseuse. Was sie wirklich liebte, das war der Klatsch, den sie dort zu hören bekam, und sie lauschte auch gern den reichen Frauen, wenn sie von ihren Reisen und den Dingen berichteten, die sie sich gekauft hatten. Aber sie war wie ein kleines Mädchen, das sich die schönen Sachen nur im Schaufenster ansehen konnte und niemals dazu kam, sich selbst etwas zu kaufen.

Selbst dann, wenn sie traurig war, war Mommy immer noch wunderschön. Einer meiner häufigsten Wünsche war der, so hübsch zu werden wie sie, wenn ich erst einmal erwachsen war. Als ich noch kleiner war, hockte ich häufig in ihrem Schlafzimmer und sah zu, wie sie sich vor ihrer Frisierkommode akribisch schminkte und sich das Haar bürstete. Während sie das tat, predigte sie über die große Bedeutung der Schönheitspflege und erzählte mir von all den Frauen in ihrem Bekanntenkreis, die zwar attraktiv waren, sich jedoch vernachlässigten und einfach furchtbar aussahen. Sie sagte zu mir, wenn man hübsch auf die Welt käme, brächte das die Verpflichtung mit sich, daß man sich immer dann, wenn man sich in der Öffentlichkeit zeigte, hübsch zurechtmachte.

»Deshalb verwende ich soviel Zeit auf mein Haar und auf meine Nägel, und deshalb muß ich auch soviel Geld für diese ganz speziellen Hautcremes ausgeben«, erklärte sie mir. Auch mir brachte sie immer Proben von Shampoos und Festigern mit.

Sie besaß parfümierte Badeöle und räkelte sich mehr als eine

Stunde in unserer kleinen Wanne. Ich wusch ihr den Rücken, und als ich alt genug war, lackierte ich ihr die Zehennägel, während sie sich mit der Maniküre befaßte. Gelegentlich lackierte sie auch mir die Fußnägel und frisierte kunstvoll mein Haar.

Die Leute sagten, wir sähen eher wie Schwestern aus und nicht wie Mutter und Tochter. Ich hatte die puppenhaften Gesichtszüge von ihr geerbt, insbesondere die zierliche Stupsnase, aber mein Haar hatte einen helleren Braunton als das ihre, fast schon strohblond. Einmal bat ich sie, mein Haar in demselben Farbton wie ihres zu färben, doch sie schüttelte nur den Kopf und sagte, das solle ich sein lassen, denn mein Haar hätte doch schon eine hübsche Farbe. Ich war jedoch nicht so selbstbewußt im Hinblick auf mein Äußeres wie sie, obgleich Daddy immer wieder zu mir sagte, wie eilig er es hätte, von der Arbeit nach Hause zu kommen, da ihn jetzt bei seiner Rückkehr sogar zwei schöne Frauen erwarteten.

Mein Daddy maß einen Meter neunzig und wog fast fünfundachtzig Kilo, reines Muskelgewebe von den langen Jahren, die er im Kohlebergwerk gearbeitet hatte. Es konnte zwar vorkommen, daß er nach einem sehr langen Tag in der Grube von Schmerzen geplagt wurde und sich nur langsam bewegte, wenn er von der Arbeit heimkam, doch er klagte nie. Wenn sein Blick auf mich fiel, breitete sich immer ein glückliches Strahlen auf seinem Gesicht aus. Ganz gleich, wie müde seine starken Arme auch sein mochten, er breitete sie immer für mich aus und hob mich mühelos in die Luft.

Als ich noch klein war, konnte ich es kaum erwarten, bis er sich über die rissige und gesprungene Schotterstraße schleppte, die vom Bergwerk zu unserem Wohnwagen im Wohnwagenpark Mineral Acres führte. Urplötzlich ließen seine Einsneunzig sein dichtes hellbraunes Haar über dem Hügelgrat auftauchen, und dann sah ich, wie er mit seinen langen Beinen weit ausschritt. Sein Gesicht und seine Hände waren mit Kohlenstaub beschmiert. Er wirkte wie ein Soldat, der von der

Schlacht heimkehrt. Unter den rechten Arm hatte er sich wie einen Fußball seinen Essenskorb geklemmt. Am frühen Morgen schmierte er sich selbst die belegten Brote, weil Mommy immer noch schlief, wenn er aufstand, um sich für die Arbeit fertig zu machen.

Manchmal hob Daddy den Kopf schon vor dem Tor von Mineral Acres und sah, daß ich ihm zuwinkte. Unser Wohnwagen stand nicht weit vom Eingang entfernt, und wenn man davorstand, sah man die Straße, die von Sewell herführte. Wenn er mich sah, beschleunigte Daddy seine Schritte und schwenkte seinen Grubenarbeiterhelm wie eine Flagge. Bis ich etwa zwölf Jahre alt war, mußte ich in der Nähe des Wohnwagens von Papa George und Mama Arlene auf ihn warten, da Mommy im allgemeinen noch nicht von ihrer Arbeit zurückgekehrt war. Oft ging sie danach noch aus und schaffte es nicht, rechtzeitig zum Abendessen nach Hause zu kommen. Meistens suchte sie mit ihren Kollegen und Freundinnen Frankies Bar und Grillroom auf und hörte sich dort die Musik an, die aus der Jukebox dröhnte. Aber Daddy war ein sehr guter Koch, und ich lernte mit der Zeit, selbst recht passabel zu kochen. Daddy und ich aßen mindestens jeden zweiten Tag allein miteinander.

Daddy klagte nicht über Mommys Fernbleiben, und wenn ich mich beschwerte, drängte er mich, mehr Verständnis für sie aufzubringen. »Deine Mutter und ich haben zu jung geheiratet, Melody«, sagte er zu mir.

»Aber wart ihr denn nicht schrecklich ineinander verliebt, Daddy?« Ich hatte *Romeo und Julia* gelesen und wußte, daß das Alter keine Rolle spielte, wenn man rasend verliebt war. Zu Alice Morgan, meiner besten Freundin, sagte ich, ich würde niemals heiraten, solange ich nicht bis über beide Ohren verliebt war und kaum noch Luft bekam. Sie hielt das für eine Übertreibung und glaubte, wahrscheinlich würde ich mich viele Male verlieben, ehe ich schließlich heiraten würde. Daddys Stimme klang wehmütig. »Oh, doch, das waren wir, aber wir wollten nicht auf weisere ältere Leute hören. Wir sind ganz einfach ausgerissen und haben heimlich geheiratet, ohne uns Gedanken über die Folgen zu machen. Wir waren beide schrecklich aufgeregt und haben nicht genau über die Zukunft nachgedacht. Für mich war es leichter. Ich war schon immer gesetzter, aber deine Mutter hatte schon bald darauf das Gefühl, irgend etwas verpaßt zu haben. Sie arbeitet in diesem Kosmetiksalon und hört dort, wie die reichen Damen über ihre Reisen und über ihre schönen Häuser reden, und das frustriert sie. Wir müssen ihr eine gewisse Freiheit zugestehen, damit sie nicht das Gefühl hat, wir wollten sie mit all unserer Liebe erdrücken.«

»Wie kann sich jemand von Liebe erdrückt fühlen, Daddy?« fragte ich.

Er lächelte sein strahlendes und liebevolles Lächeln. Wenn er das tat, zog immer ein Schleier vor seine grünen Augen, die träumerisch in die Ferne zu blicken schienen. Dann löste sich sein Blick von meinem Gesicht und fiel auf ein Fenster oder manchmal auch einfach nur auf eine Wand, als sähe er dort Bilder aus der mysteriösen Vergangenheit vorüberziehen. »Nun ja ... wenn man einen Menschen so sehr liebt, wie wir beide Mommy lieben, dann möchte man ihn ständig um sich haben. Es ist, als sperrte man ein wunderschönes Vögelchen in einen Käfig. Man fürchtet sich davor, den Vogel freizulassen, und doch weiß man auch, daß er eine noch lieblichere Melodie sänge, wenn man ihn freiließe.«

»Warum liebt sie uns nicht genauso?« fragte ich erzürnt.

»Auf ihre Art tut sie das.« Er lächelte. »Deine Mutter ist die hübscheste Frau in der ganzen Stadt – und im Umkreis von Meilen – und ich weiß, daß sie manchmal das Gefühl hat, hier zu verkümmern, weil sie nicht entsprechend gewürdigt wird. Damit läßt es sich nicht leicht leben, Melody. Immer wieder kommen Leute auf sie zu und sagen ihr, sie sollte Filmschauspielerin werden oder im Fernsehen auftreten oder als Modell arbeiten. Sie glaubt, daß die Zeit wie im Flug vergeht und daß es bald zu spät für sie sein wird, um noch irgend etwas anderes als meine Ehefrau und deine Mutter zu sein.«

»Ich will nicht, daß sie noch etwas anderes ist als nur das, Daddy.«

»Ich weiß. Sie genügt uns so, wie sie ist. Wir sind dankbar dafür, sie zu haben, aber sie ist schon immer rastlos und impulsiv gewesen. Sie hat immer noch große Träume, und wenn man einen Menschen liebt, dann will man unter gar keinen Umständen dazu beitragen, daß seine Träume sterben.«

»Aber natürlich«, fügte er lächelnd hinzu, »habe ich allen Grund zu glauben, daß du die Berühmtheit dieser Familie werden wirst. Sieh nur, wie gut du das Fiedeln schon von Papa George erlernt hast! Und singen kannst du auch. Du wächst zu einer wunderschönen jungen Frau heran. Eines Tages wird ein Talentsucher auf dich stoßen, dich hier herausholen und dich berühmt machen.«

»O Daddy, das ist doch Unsinn. Kein Talentsucher kommt jemals auf der Suche nach Stars in die Bergarbeitersiedlungen.«

»Dann wirst du eben in New York City oder in Kalifornien das College besuchen«, sagte er mir voraus. »Das ist mein Traum. Wage also bloß nicht, ihn unter einer Müllhalde zu begraben, Melody.«

Ich lachte. Ich hatte noch zuviel Angst davor, solche Träume für mich selbst zu hegen; ich fürchtete mich zu sehr davor, enttäuscht zu werden, und ich wollte mich nicht in der Form gefangen fühlen, in der sich Mommy hier gefangen fühlte.

Ich fragte mich, warum Daddy nicht das Gefühl hatte, in der Falle zu sitzen. Ganz gleich, wie hart ihm das Leben auch mitspielte, er ertrug es mit einem Lächeln, und nie schloß er sich den anderen Bergarbeitern an, wenn sie in der Bar ihren Kummer ertränkten. Er ging allein zur Arbeit und legte auch den Rückweg allein zurück, da die anderen Bergarbeiter in den Elendsvierteln der Stadt hausten.

Wir dagegen wohnten in Sewell, einer Ortschaft, die ihr Entstehen dem Kohlebergwerk zu verdanken hatte; der Bergwerksbetrieb hatte sie auf der Sohle eines kleinen Tales erbaut. An der Hauptstraße gab es eine Kirche, ein Postamt, ein halbes Dutzend Geschäfte, zwei Restaurants, ein Bestattungsunternehmen und ein Lichtspieltheater, das nur an den Wochenenden geöffnet war. Die Baracken der Arbeiter hatten alle denselben bleichen Braunton, und sie waren aus Brettern und Latten gebaut und waren mit Teerpappe gedeckt, aber wenigstens gab es dort Kinder in meinem Alter.

Im Wohnwagenpark Mineral Acres wohnten keine Kinder, die etwa in meinem Alter waren. Wie sehr ich mir doch einen Bruder oder eine Schwester wünschte, die mir Gesellschaft hätte leisten können! Als ich diesen Wunsch einmal Mommy gegenüber äußerte, verzog sie nur das Gesicht und jammerte, sie sei selbst noch ein Kind gewesen, als sie mich bekommen hatte.

»Kaum neunzehn Jahre alt! Und es ist nicht leicht, Kinder auf die Welt zu bringen. Man tut seinem Körper einiges damit an, und dann muß man sich ständig Sorgen machen, sie könnten krank werden oder sich darum kümmern, daß sie genug zu essen und etwas Anständiges zum Anziehen haben, ganz zu schweigen von der Kindererziehung und von der nötigen Ausbildung. Ich habe mich voreilig in die Mutterschaft gestürzt. Ich hätte lieber damit warten sollen.«

»Dann wäre ich niemals geboren worden!« klagte ich.

»Natürlich wärst du geboren worden, aber eben zu einem Zeitpunkt, zu dem die Dinge besser für uns gestanden hätten und wir nicht ganz so schlecht drangewesen wären. Wir waren gerade dabei, folgenschwere Veränderungen in unserem Leben vorzunehmen. Es war alles sehr schwierig.«

Manchmal klang es fast so, als machte sie mir Vorwürfe dafür, daß ich geboren worden war. Es war, als glaubte sie, Babies trieben ziellos umher und warteten darauf, gezeugt zu werden, und gelegentlich wurden sie ungeduldig und drängten ihre Eltern, sie zu erschaffen. Und genau das hatte ich getan.

Ich wußte, daß wir von Provincetown, Cape Cod, nach Sewell in Monongalia County, West Virginia, gezogen waren, ehe ich geboren worden war, und damals hatten wir nicht viel Geld. Mommy hatte mir erzählt, als sie damals so mittellos, wie sie waren, nach Sewell gekommen waren, sei sie entschlossen gewesen, nicht in einer schäbigen Baracke zu wohnen, und daher hätten sie und Daddy einen Wohnwagen in Mineral Acres gemietet, obwohl dort vorwiegend Rentner wie Papa George lebten.

Papa George war in Wirklichkeit gar nicht mein Großvater, und Mama Arlene war nicht meine wirkliche Großmutter, und doch sah ich die beiden als meine Großeltern an. Mama Arlene hatte oft auf mich aufgepaßt, als ich ein kleines Mädchen war. Papa George war Grubenarbeiter gewesen und war wegen Arbeitsuntauglichkeit pensioniert worden. Er hatte ein Lungenleiden, was sich nach Daddys Angaben noch zusätzlich verschlimmert hatte, weil er sich weigerte, das Rauchen aufzugeben. Seine Krankheit ließ ihn wesentlich älter wirken als zweiundsechzig Jahre. Seine Schultern waren gebeugt, tiefe Falten schnitten sich in sein bleiches, abgearbeitetes Gesicht, und er war so dürr, daß Mama Arlene behauptete, mit einem schweren Wollpullover könnte sie ihn in die Knie zwingen. Dennoch hatten Papa George und ich den größten Spaß miteinander, wenn er mir dabei half, das Fiedeln zu erlernen.

Er beklagte sich darüber, daß Mama Arlene ihn mit ihrem ewigen Nörgeln erschöpfte. Die beiden schienen einander ständig anzukeifen, und doch kannte ich keine zwei anderen Menschen, die derart aneinander hingen. Ihre Auseinandersetzungen waren auch nie wirklich gehässig. Jeder Streit endete mit Gelächter.

Daddy unterhielt sich gern mit Papa George. Vor allem an den Wochenenden konnte man die beiden oft auf ihren Schaukelstühlen auf dem zementierten Vorplatz unter der Metallmarkise sitzen sehen, während sie leise über Politik oder die Bergbauindustrie diskutierten. Papa George war in den ungestümen Zeiten in Sewell gewesen, als sich die Gewerkschaften für Bergarbeiter bildeten, und er hatte eine Menge Geschichten zu erzählen, die nach Angaben von Mama Arlene nicht für meine Ohren bestimmt waren.

»Warum denn nicht?« protestierte er dann. »Schließlich sollte sie die Wahrheit über diese Gegend und über die Leute wissen, die hier das Sagen haben.«

»Sie hat noch lange genug Zeit, um mit den häßlichen Seiten dieser Welt vertraut zu werden, George O'Neil, ohne dein Zutun, mit dem du sie verfrüht darauf stößt. Und jetzt sei still.«

Er schwieg und murrte tonlos vor sich hin, bis sie ihn mit ihren glühenden blauen Augen ansah und er den Rest seiner zornigen Worte verschluckte.

Daddy stimmte mit Papa George darin überein, daß die Grubenarbeiter ausgebeutet wurden. Es war ein menschenunwürdiges Leben.

Ich konnte nie verstehen, warum Daddy, der in Cape Cod in einer Fischerfamilie aufgewachsen war, ausgerechnet unter Bedingungen arbeitete, die ihn zwangen, den ganzen Tag über auf die Sonne und den Himmel zu verzichten. Ich wußte, daß er das Meer vermißte, und trotzdem kehrten wir nie zum Cape zurück, und wir hatten auch nichts mit Daddys Familie zu tun. Ich wußte noch nicht einmal, wie viele Cousins und Cousinen ich hatte oder wie sie hießen, und meinen Großeltern war ich nie begegnet und hatte auch nie mit ihnen gesprochen. Das Einzige, was ich je gesehen hatte, war eine vergilbte Schwarzweißfotografie von ihnen, auf der Daddys Vater dasaß und seine Mutter hinter ihm stand, und beide schienen unglücklich darüber zu sein, daß sie fotografiert wurden. Sein Vater hatte einen Bart und schien so groß zu sein wie Daddy heute. Seine Mutter wirkte schmächtig, hatte jedoch harte, kalte Augen.

Die Familie in Provincetown zählte zu den Dingen, über die Daddy nicht redete. Er wechselte unweigerlich das Thema und sagte einfach nur: »Wir hatten eben Meinungsverschiedenheiten. Es ist besser, wenn wir einander nicht sehen. Das macht es leichter für alle Beteiligten.«

Ich konnte mir nicht vorstellen, was dadurch leichter werden sollte, doch ich erkannte, daß es für ihn zu schmerzlich war, darüber zu reden. Auch Mommy wollte nie darüber reden. Man brauchte bloß auf die Familie zu sprechen zu kommen, und schon fing sie an zu weinen und beklagte sich darüber, Daddys Familie hätte schon immer eine schlechte Meinung von ihr gehabt, weil sie ein Waisenkind war. Sie erzählte mir, sie sei von Leuten adoptiert worden, die in ihren Augen zu alt waren, um noch ein Kind großzuziehen. Sie waren beide schon in den Sechzigern, als sie ein Teenager war, und sie waren sehr streng. Sie sagte, sie hätte es kaum erwarten können, endlich auszuziehen.

Ich hätte gern mehr über ihre Pflegeeltern und auch über Daddys Familie gewußt, aber ich fürchtete, darüber könne es zu einem Streit zwischen ihr und Daddy kommen, und deshalb hörte ich nach einer Weile auf, Fragen zu stellen. Das bereitete ihren häufigen Auseinandersetzungen jedoch kein Ende.

Eines Abends hörte ich, kurz nachdem ich zu Bett gegangen war, wie sie die Stimmen gegeneinander erhoben. Sie waren in ihrem Schlafzimmer. Der Wohnwagen hatte eine kleine Küche rechts neben der Eingangstür, eine kleine Eßecke und ein Wohnzimmer. Am Ende eines schmalen Ganges war das Bad untergebracht. Mein Schlafzimmer war das erste Zimmer rechts, und Daddys und Mommys Schlafzimmer befand sich am Ende des Wohnwagens.

»Erzähl mir bloß nicht, daß ich mir das alles nur einbilde«, warnte Daddy mit gereizter Stimme. »Die Leute, die Andeutungen machen, sind keine Lügner, Haille.« Ich setzte mich im Bett auf und lauschte. Es war ohnehin schon nicht schwer, durch die papierdünnen Wände des Wohnwagens Gespräche in Zimmerlautstärke zu belauschen, aber wenn die beiden einander anschrien, dann war es ganz so, als sei ich im selben Zimmer.

»Es sind keine Lügner. Diese Leute sind Klatschbasen, die sich in alles einmischen, weil sie mit ihrem armseligen, langweiligen Leben nichts Besseres anzufangen wissen, als sich Geschichten über andere Leute auszudenken.«

»Wenn du ihnen keine Gelegenheit dazu gibst...«

»Was soll ich denn tun, Chester? Der Mann ist Barkeeper bei Frankie. Er redet mit jedem, nicht nur mit mir«, jammerte sie.

Ich wußte, daß sie sich über Archie Marlin stritten. Ich hatte es Daddy gegenüber nie erwähnt, aber Archie hatte Mommy schon mindestens zweimal nach Hause gefahren. Archie hatte kurzgeschnittenes karottenrotes Haar und eine fahle, weißliche Haut mit Sommersprossen auf dem Kinn und auf der Stirn. Alle behaupteten, er sähe zehn Jahre jünger aus als er war, obwohl niemand sein genaues Alter kannte. Niemand wußte allzuviel über Archie Marlin. Auf Fragen, die sich um ihn selbst drehten, gab er nie eine direkte Antwort. Er beantwortete sie mit einem Scherz oder einem Achselzucken und einer albernen Bemerkung. Angeblich war er in Michigan oder Ohio aufgewachsen und hatte wegen Scheckfälschung sechs Monate im Gefängnis verbracht. Ich konnte nie verstehen, warum Mommy ihn mochte. Sie sagte, er würde viele spannende Geschichten erzählen und hätte eine Menge aufregender Orte wie Las Vegas gesehen.

Im Lauf der Auseinandersetzung im Schlafzimmer sagte sie das jetzt wieder.

»Wenigstens ist er in der Welt herumgekommen. Von ihm kann ich etwas über ferne Orte lernen«, beharrte sie.

»Das ist doch nur hohles Gerede. Der ist doch nirgends gewesen«, gab Daddy vorwurfsvoll zurück.

»Und woher willst du wissen, daß es nur hohles Gerede

ist, Chester? Schließlich bist du doch hier derjenige, der außer Cape Cod und diesem miesen Kaff, das sich Sewell nennt, noch nichts gesehen hat. Und ausgerechnet hierher mußtest du mich bringen!«

»Das hast du dir selbst zuzuschreiben, Haille«, gab er zurück. Plötzlich hörte sie auf, ihn anzukeifen und fing an zu weinen. Wenige Momente später tröstete er sie so leise, daß ich nicht hören konnte, was er sagte, und dann verstummten die beiden.

Ich verstand nicht, was das alles zu bedeuten hatte. Wieso hatte Mommy es sich selbst zuzuschreiben, daß sie hier war? Und weshalb hätte sie sich freiwillig an einen Ort begeben sollen, den sie nicht leiden konnte?

Ich lag wach und hing meinen Gedanken nach. Immer wieder setzte dieses tiefe Schweigen zwischen Mommy und Daddy ein, und beide fürchteten sich davor, diese Lücken zu füllen. Dann endete der Streit, wie auch dieser Streit geendet hatte, und alles würde wieder so sein, als sei nichts vorgefallen, als sei kein Wort gesagt worden. Es war ganz so, als schlössen die beiden immer wieder einen Waffenstillstand nach dem anderen miteinander, weil beide wußten, daß andernfalls etwas Schreckliches passieren würde, daß andernfalls irgendwelche schrecklichen Dinge ausgesprochen würden.

Nichts war in meinen Augen so geheimnisvoll wie die Liebe zwischen einem Mann und einer Frau. Ich hatte schon für Jungen geschwärmt, die mit mir zu Schule gingen, und im Moment sah ich Bobby Lockwood gewissermaßen häufiger als alle anderen Jungen. Da meine Freundin Alice das gescheiteste Mädchen in der ganzen Schule war, dachte ich, sie könnte vielleicht etwas über die Liebe wissen, obwohl sie noch nie einen Freund gehabt hatte. Sie war nett, aber unbeliebt, weil sie mindestens zehn Kilo Übergewicht hatte und ihre Mutter sie zwang, sich Zöpfe zu flechten. Sie durfte sich auch nicht schminken, noch nicht einmal Lippenstift auftragen. Alice las mehr als jeder andere Mensch, den ich kannte, und daher glaubte ich, sie sei vielleicht zufällig auf ein Buch gestoßen, in dem erklärt wurde, was Liebe ist.

Als ich sie danach fragte, dachte sie einen Moment lang nach. Sie erwiderte, es handele sich dabei um etwas Naturwissenschaftliches. »Anders läßt es sich nicht erklären«, behauptete sie auf ihre gewohnt pedantische Art.

»Glaubst du denn nicht, daß eine gewisse Magie dazugehört, eine Art Zauber?« fragte ich sie. Mittwochnachmittags kam sie regelmäßig nach der Schule in unseren Wohnwagen und lernte gemeinsam mit mir für die Geometriearbeit, die wir jeden Donnerstag schrieben. Mir war mit diesem gemeinsamen Lernen mehr gedient als ihr, denn es lief immer wieder darauf hinaus, daß sie mir Nachhilfeunterricht erteilte.

»Ich glaube nicht an Magie«, sagte sie trocken. Sie war nicht besonders gut darin, sich zu verstellen. Tatsächlich war ich ihre einzige echte Freundin, und das mochte teilweise an der schonungslosen Ehrlichkeit liegen, mit der sie ihre Meinung äußerte, wenn es um die anderen Mädchen in der Schule ging.

»Und woher kommt es dann«, fragte ich entrüstet, »daß ein Mann eine ganz bestimmte Frau mit anderen Augen sieht und daß es ihr ebenso ergeht und sie nur noch Augen für ihn hat? Zwischen den beiden muß sich doch etwas ganz Besonderes abspielen, oder etwa nicht?« beharrte ich.

Alice biß sich auf die dicke Unterlippe. Ihre großen, runden braunen Augen bewegten sich von links nach rechts, ganz so, als läse sie Worte, die in die Luft geschrieben waren. Sie hatte die Angewohnheit, auf der Innenseite ihrer linken Backe herumzukauen, wenn sie tief in Gedanken versunken war. Dann sagten die anderen Mädchen in der Schule kichernd: »Alice ißt sich mal wieder selbst auf.«

»Tja«, sagte sie nach einer langen Pause, »wir wissen, daß wir alle aus Protoplasma bestehen.«

»Igitt.«

»Und zwischen Zellen spielen sich chemische Vorgänge ab«, sagte sie und nickte.

»Hör bloß auf damit.«

»Daher kann es sein, daß das Protoplasma eines ganz bestimmten Mannes mit dem Protoplasma einer ganz bestimmten Frau eine chemische Reaktion eingeht. Eine Art Magnetismus. Es handelt sich dabei um nichts weiter als um positive und negative Atome, die aufeinander reagieren, aber die Leute stellen es so hin, als sei es mehr«, schloß sie.

»Es *ist* mehr«, beharrte ich. »Es muß mehr dahinterstecken! Glauben deine Eltern etwa nicht, daß mehr dahintersteckt?«

Alice zuckte die Achseln. »Sie vergessen nie ihren Hochzeitstag oder wann der andere Geburtstag hat«, sagte sie, und aus ihrem Munde klang es ganz so, als sei das alles, was die Liebe und die Ehe ausmacht.

William, Alices Vater, war der Zahnarzt von Sewell. Ihre Mutter war seine Sprechstundenhilfe, und daher verbrachten die beiden tatsächlich sehr viel Zeit miteinander. Doch jedesmal, wenn ich zu einer Kontrolluntersuchung in die Praxis ging, fiel mir auf, daß sie ihren Mann Doktor Morgan nannte, als sei sie nicht mit ihm verheiratet, sondern lediglich bei ihm angestellt.

Alice hatte zwei Brüder, die beide älter waren. Ihr Bruder Neal hatte bereits die Schule abgeschlossen und besuchte jetzt das College, und ihr Bruder Tommy war im letzten Schuljahr, und es stand jetzt schon fest, daß ihm die Ehre zukommen würde, die Abschlußrede zu halten.

»Streiten deine Eltern je miteinander?« fragte ich Alice. »Ich meine, streiten sie sich richtig heftig?« Ich fragte mich, ob wirklich nur meine Mommy und mein Daddy diese lautstarken Auseinandersetzungen miteinander führten.

»Ihre Streitereien sind nicht besonders schlimm, und sie streiten sich nur sehr selten im Beisein anderer«, sagte Alice. »Gewöhnlich geht es dabei um Politik.«

»Um Politik?« Ich konnte mir nicht vorstellen, daß Mommy sich für Politik interessierte. Sie ging immer weg, wenn Daddy und Papa George eine ihrer Diskussionen begannen.

»Ja.«

»Ich hoffe, wenn ich später einmal heirate«, sagte ich, »werde ich nie Streit mit meinem Ehemann haben.«

»Das ist unrealistisch. Zwischen Menschen, die zusammenleben, müssen gewisse Konflikte entstehen. Das ist ganz normal.«

»Aber wenn sich Menschen streiten, die einander lieben, dann kommt es hinterher immer zur Versöhnung, und es tut beiden schrecklich leid, den anderen verletzt zu haben.«

»Ich nehme an, das kann gut sein«, ließ sich Alice jetzt erbarmen. »Aber vielleicht söhnen sie sich auch nur deshalb miteinander aus, um den Frieden zu wahren. Einmal haben meine Eltern fast eine volle Woche lang nicht miteinander geredet. Ich glaube, das war damals, als sie sich über die letzte Präsidentschaftswahl gestritten haben.«

»Eine Woche!« Ich dachte einen Moment lang nach.

Mommy und Daddy stritten sich zwar, doch es dauerte nie lange, bis sie wieder miteinander redeten und sich so benahmen, als sei nichts vorgefallen. »Haben sie einander denn auch keinen Gutenachtkuß gegeben?«

»Ich weiß es nicht. Ich glaube, das tun sie ohnehin nicht.«

»Sie geben sich nie einen Gutenachtkuß?«

Alice zuckte die Achseln. »Vielleicht doch. Natürlich müssen sie sich früher geküßt und Sex miteinander gehabt haben, denn schließlich sind meine Brüder und ich geboren worden«, sagte sie nüchtern und sachlich.

»Aber das heißt doch, daß sie sich lieben.«

»Wieso?« fragte Alice und kniff ihre braunen Augen skeptisch zusammen.

Ich erklärte ihr den Grund. »Man kann keinen Sex haben, ohne verliebt zu sein.«

»Sex hat an sich nicht das Geringste mit Liebe zu tun«, belehrte sie mich. »Die geschlechtliche Fortpflanzung ist ein natürlicher Prozeß, den alle Lebewesen vollziehen. Es ist ein eingebauter Mechanismus unserer Gattung.«

»Igitt.«

»Hör auf, alles, was ich sage, mit ›Igitt‹ zu kommentieren. Sonst erinnerst du mich noch an Thelma Cross«, sagte sie und lächelte dann. »Du solltest sie am besten fragen, wenn du etwas über Sex wissen willst.«

»Warum denn das?«

»Als ich gestern auf der Toilette war, habe ich belauscht, wie sie mit Paula Temple geredet hat.«

»Worüber?«

»Du weißt schon.«

Ich riß die Augen weit auf.

»Mit wem war sie zusammen?«

»Mit Tommy Getz. Die Dinge, die sie gesagt hat, kann ich unmöglich wiederholen«, fügte Alice errötend hinzu.

»Manchmal frage ich mich tatsächlich«, sagte ich und lehnte mich auf meinem Kissen zurück, »ob wir beide nicht die einzigen Jungfrauen in der ganzen Klasse sind.«

»Na und? Ich würde mich nicht schämen, wenn es so wäre.«

»Ich schäme mich nicht. Ich bin einfach nur ...«

»Nur was?«

»Neugierig.«

»Neugier hat schon so manchem geschadet«, warnte Alice. Sie kniff die runden Augen zusammen. »Wie weit bist du mit Bobby Lockwood gegangen?«

»Nicht weit«, sagte ich. Plötzlich starrte sie mich so durchdringend an, daß ich den Blick abwenden mußte.

»Denk an Beverly Marks«, warnte sie mich.

Beverly Marks, die in derselben Klasse war wie wir, war in Verruf geraten, als sie im achten Schuljahr schwanger geworden war und fortgeschickt werden mußte. Bis zum heutigen Tage wußte niemand, wohin man sie geschickt hatte und was aus ihr geworden war.

»Mach dir um mich keine Sorgen«, sagte ich. »Ich werde mit niemandem Sex haben, den ich nicht liebe.«

Alice zuckte skeptisch die Achseln. Ich ärgerte mich über sie. Manchmal fragte ich mich, weshalb ich überhaupt noch mit ihr befreundet war.

»Wir wollen uns jetzt lieber wieder an die Arbeit machen.« Sie schlug das Lehrbuch auf und ließ den Zeigefinger über die Seite gleiten. »Also, gut. In der Arbeit morgen geht es wahrscheinlich in erster Linie um ...«

Plötzlich blickten wir beide auf und lauschten. Wagentüren wurden zugeschlagen, und irgend jemand weinte laut.

»Was hat das zu bedeuten?« Ich trat ans Fenster meines Schlafzimmers. Von dort aus konnte ich die Einfahrt der Wohnwagensiedlung sehen. Ein paar von Mommys Kolleginnen stiegen aus Lois Nortons Wagen. Lois war der Manager des Kosmetiksalons. Die hintere Tür wurde geöffnet, und Lois half Mommy beim Aussteigen. Mommy schluchzte unbeherrscht und wurde von zwei anderen Frauen gestützt, die sie zur Eingangstür unseres Wohnwagens brachten. Ein anderer Wagen, in dem zwei weitere Frauen saßen, hielt hinter Lois Nortons Wagen.

Plötzlich stieß Mommy einen durchdringenden Schrei aus. Mein Herz raste. Ich spürte, wie meine Beine versteinerten; meine Füße schienen am Boden festgenagelt zu sein. Mama Arlene und Papa George kamen aus ihrem Wohnwagen, um nachzusehen, was passiert war. Ich erkannte Martha Supple, als sie mit ihnen sprach. Plötzlich fielen Papa George und Mama Arlene einander um den Hals, und Mama Arlene schlug sich die Hand auf den Mund. Dann eilte Mama Arlene auf Mommy zu, die inzwischen die Stufen fast erreicht hatte. Tränen, die in erster Linie meiner Furcht entsprangen, liefen über meine Wangen.

Alice stand ebenfalls wie versteinert da und war von bösen Vorahnungen gepackt. »Was ist passiert?« flüsterte sie.

Ich schüttelte den Kopf. Irgendwie gelang es mir, mein Zimmer zu verlassen und in dem Moment auf die Tür zuzugehen, als sie geöffnet wurde.

Mommy holte tief Atem, als sie mich sah. »O Melody«, rief sie aus.

»Mommy! Was ist passiert?« fragte ich schluchzend.

»Ein furchtbares Unglück. Daddy und zwei andere Bergarbeiter ... sind tot.«

Ein tiefer Seufzer entrang sich Mommys Kehle. Sie wankte und wäre fast gestürzt, wenn Mama Arlene sie nicht festgehalten hätte. Ihre Augen waren erfüllt von stumpfer, trostloser Qual.

Ich schüttelte den Kopf. Es konnte einfach nicht wahr sein. Und doch stand Mommy vor mir und klammerte sich an Mama Arlene, und all ihre Freundinnen standen mit entsetzlich traurigen Gesichtern um sie herum.

»Nein!« schrie ich und bahnte mir einen Weg ins Freie. Ich schlug mir die Hände auf die Ohren und lief die Stufen hinunter, bloß fort von hier. Ich rannte, ohne zu wissen, welche Richtung ich eingeschlagen hatte, und mir war nicht bewußt, daß ich den Wohnwagen ohne einen Mantel verlassen hatte, obwohl wir Mitte Februar und einen ganz besonders kalten Winter hatten.

Ich war bis zur Biegung des Monongalia River gerannt, als Alice mich endlich einholte. Dort stand ich auf dem Hügel, schlang mir die Arme um die Schultern und keuchte und weinte gleichzeitig, während ich benommen auf die Walnußbäume und die alten Eichen am anderen Flußufer hinuntersah. Ein Reh mit weißer Blume tauchte auf und sah mich neugierig an, während es meinem Schluchzen lauschte.

Ich schüttelte den Kopf, bis ich das Gefühl hatte, er würde mir vom Hals springen, aber irgendwie wußte ich in diesem

Moment bereits, daß kein Nein auf Erden etwas ändern würde. Ich spürte, daß die Welt sich grauenhaft verändert hatte. Ich weinte, bis mir innerlich alles wehtat. Ich hörte, wie Alice meinen Namen rief, und als ich mich umdrehte, sah ich, daß sie nach Luft rang, während sie schnaufend den Hügel heraufgelaufen kam. Sie wollte mich umarmen und mich trösten, doch ich wich zurück.

»Es ist gelogen«, schrie ich hysterisch. »Es ist gelogen. Sag mir, daß sie alle lügen.«

Alice schüttelte den Kopf. »Sie haben gesagt, die Stollenwände seien eingestürzt, und als sie endlich zu deinem Vater und den anderen vordringen konnten ...«

»Daddy«, stöhnte ich. »Armer, armer Daddy.«

Alice biß sich auf die Unterlippe und wartete drauf, daß ich aufhören würde zu schluchzen. »Ist dir nicht kalt?« fragte sie.

»Was macht das schon?« fauchte ich sie zornig an. »Was macht jetzt überhaupt noch irgend etwas?«

Sie nickte. Ihre Augen waren ebenfalls rot, und sie zitterte am ganzen Leib, doch was sie beben ließ, das war die Traurigkeit und nicht die winterliche Kälte.

»Laß uns zurückgehen«, sagte ich leise.

Sie lief stumm neben mir her. Ich weiß nicht, wie ich meine Beine dazu brachte, sich in Bewegung zu setzen, doch schließlich erreichten wir den Wohnwagenpark. Die Frauen, die Mommy nach Hause gebracht hatten, waren inzwischen gegangen. Alice folgte mir in den Wohnwagen.

Mommy lag mit einem feuchten Tuch auf der Stirn auf dem Sofa, und Mama Arlene saß neben ihr. Mommy streckte eine Hand nach mir aus, und ich sank vor ihr auf den Fußboden und legte den Kopf auf ihren Bauch. Ich glaubte, alles erbrechen zu müssen, was ich an diesem Tag zu mir genommen hatte. Als ich wenige Momente später wieder aufblickte, war Mommy eingeschlafen. Irgendwo tief in ihrem Innern weinte sie immer noch, dachte ich mir. Gewiß weinte und schrie sie innerlich.

»Ich werde dir jetzt eine Tasse Tee machen«, sagte Mama Arlene mit ruhiger Stimme. »Du bist ja völlig durchgefroren.«

Ich gab keine Antwort, sondern blieb stumm vor dem Sofa auf dem Fußboden sitzen und hielt weiterhin Mommys Hand. Alice stand unbeholfen neben der Tür.

»Ich gehe jetzt besser nach Hause«, sagte sie, »und erzähle meinen Eltern, was vorgefallen ist.«

Ich muß wohl genickt haben, denn Alice packte ihre Bücher zusammen und machte sich zum Gehen bereit.

»Ich komme später wieder«, sagte sie. »In Ordnung?«

Nachdem sie die Tür hinter sich geschlossen hatte, ließ ich den Kopf sinken und weinte leise, bis ich Mama Arlene meinen Namen rufen hörte und sich eine Hand auf meinen Arm legte.

»Setz dich zu mir, Kind. Laß deine Mutter schlafen.«

Ich stand auf und setzte mich zu ihr an den Tisch. Sie schenkte zwei Tassen Tee ein und sagte: »Mach schon. Trink deinen Tee.«

Ich blies auf das heiße Gebräu und nahm einen Schluck.

»Als Papa George noch im Bergwerk gearbeitet hat, habe ich mir ständig Sorgen gemacht, daß so etwas passieren könnte. Es gab immer wieder Grubenunglücke. Wir sollten diese Kohlen in Frieden lassen und eine andere Energiequelle finden«, sagte sie bitter.

»Er kann nicht wirklich tot sein, Mama Arlene. Nicht Daddy.« Ich lächelte sie an und neigte den Kopf auf eine Seite. »Er wird bald nach Hause kommen, nicht wahr? Es ist alles ein Irrtum. Es dauert bestimmt nicht mehr lange, bis er mit seinem Essenskorb unter dem Arm den Hügel hinaufkommt.«

»Kind ...«

»Nein, Mama Arlene. Du verstehst das nicht. Daddy hat einen Schutzengel, der über ihn wacht. Sein Engel würde nicht zulassen, daß etwas so Schreckliches passiert. Es ist alles nur ein Irrtum. Sie werden den Schacht freiräumen und Daddy finden.«

»Man hat ihn und die anderen armen Seelen bereits gefunden, Schätzchen.« Sie streckte einen Arm über den Tisch und nahm meine Hand. »Du mußt jetzt stark sein, Melody. Du mußt um deiner Mutter willen stark sein, denn sie ist ein weicher Mensch, verstehst du. In den nächsten Jahren stehen harte Zeiten bevor. Die ganze Stadt trauert.«

Ich warf einen Blick auf Mommy, die mit geschlossenen Augen dalag und die Lippen einen Spaltweit geöffnet hatte. Sie ist so hübsch, dachte ich. Sogar jetzt ist sie so hübsch. Sie ist zu jung, um Witwe zu werden.

Ich trank noch eine Tasse Tee, und dann stand ich auf und zog meinen Mantel an. Ich trat aus dem Wohnwagen, blieb unmittelbar vor dem Eingang stehen und sah auf die Straße hinaus. Dann schloß ich die Augen und wünschte mir mit aller Inbrunst, es sei nicht wahr und Daddy würde mir schon bald zur Begrüßung etwas zurufen.

Bitte, flehte ich meinen Engel an, es macht mir auch nichts aus, wenn du mir nie mehr einen Wunsch gewährst, solange du mir nur noch diesen einen erfüllst. Ich holte tief Atem, ehe ich die Augen wieder öffnete.

Die Straße war menschenleer. Die Dämmerung war angebrochen. Lange Schatten krochen über den Schotter. Der Himmel hatte ein zorniges Grau angenommen, und die ersten winzigen Schneeflocken trieben durch die Luft. Der Wind nahm an Heftigkeit zu. Ich hörte eine Tür zuschlagen, und als ich mich umdrehte, sah ich Papa George aus seinem Wohnwagen kommen. Er warf mir einen Blick zu, dann setzte er sich auf seinen Schaukelstuhl und zündete sich eine Zigarette an. Er schaukelte sanft und hielt den Blick dabei auf den Boden gesenkt.

Ich warf noch einen letzten Blick auf den Hügel.

Von Daddy war nichts zu sehen.

Er war für alle Zeiten von uns gegangen.

2.

Das Grab eines Bergarbeiters

An dem Tag, als wir Daddy begruben, schneite es, doch ich nahm weder die kalten Flocken wahr, die in mein Gesicht trieben, noch den Wind, der mein Haar auf dem Weg zur Kirche und zum Friedhof zerzauste, als wir hinter den Särgen hergingen.

Die Särge von Daddy und den beiden anderen Bergarbeitern standen nebeneinander vor der Kirche und ließen sich nicht voneinander unterscheiden, obwohl ich wußte, daß Daddy der größte der drei Männer und zudem auch noch der jüngste gewesen war. In der Kirche drängten sich Bergarbeiter und ihre Familien, Ladenbesitzer und Mommys Freundinnen und Kolleginnen aus Francines Salon und einige meiner Schulfreunde. Bobby Lockwood schien sich äußerst unbehaglich zu fühlen. Er wußte nicht, ob er mich anlächeln sollte oder ob er einfach nur traurig dreinblicken sollte. Er ruckelte auf seinem Sitz herum, als säße er auf einem Ameisenhügel. Ich schenkte ihm ein winziges Lächeln, und er schien mir dankbar dafür zu sein.

Um mich herum hörte ich, wie die Leute schluchzten und sich die Nase putzten. Ganz hinten in der Kirche weinte ein Säugling. Das kleine Mädchen schluchzte während des ganzen Gottesdienstes. Mir erschien das angemessen.

Papa George sagte, es hätten mehr Vertreter der Bergwerksgesellschaft erscheinen sollen, außerdem hätte man das Bergwerk zu Ehren der Toten für ein paar Tage schließen müssen. Er und Mama Arlene gingen neben Mommy und mir her, als wir den Särgen zum Friedhof folgten. Bis auf das knirschende Geräusch, das die Schritte der Trauernden auf dem Schnee verursachten, und das ferne Wimmern eines Zuges, der die Kohle abtransportierte, herrschte eine bedrückende Stille. Der Schwall an Klagen, den Papa George vorbrachte, war mir wahrhaftig willkommen.

Er sagte, wenn es nicht zu einem Ölembargo gekommen wäre, das nur dazu diente, Druck auf die Bergarbeiter auszuüben, dann wäre mein Daddy nicht ums Leben gekommen.

»Die Bergwerksgesellschaft hat die Dollarzeichen zu deutlich vor Augen gesehen«, sagte er vorwurfsvoll, »und deshalb haben sie die Bergarbeiter zu weit getrieben. Aber das ist nicht das erste Mal, und ich bin sicher, daß es auch nicht das letzte Mal sein wird.« Wir schritten durch den Granitbogen, der den Friedhofseingang bildete. Engel waren in den Stein gemeißelt.

Mommy hatte sich die Kapuze über den Kopf gezogen und hielt die Augen niedergeschlagen. In regelmäßigen Abständen stieß sie tiefe Seufzer aus und wiederholte: »Ich wünschte, es wäre schon vorüber. Was soll ich zu all diesen Leuten sagen?«

Mama Arlene hing sich bei Mommy ein, tätschelte behutsam ihre Hand und murmelte ihr zu: »Aber, aber, du mußt jetzt stark sein, Haille. Sei stark.«

Papa George blieb an meiner Seite, als wir die Grabstätte erreicht hatten. Tränen traten in seine gesprenkelten braunen Augen, ehe er den Kopf senkte, auf dem zwar inzwischen schneeweißes, aber immer noch dichtes Haar wuchs. Die beiden anderen Bergarbeiter, die mit Daddy zusammengewesen waren, als der Stollen eingestürzt war, wurden am nördlichen Ende desselben Friedhofs in Sewell begraben. Wir konnten hören, wie die Trauergäste Kirchenlieder sangen, denn ihre Stimmen wurden von demselben kalten Februarwind davongetragen, der die Hügel von Virginia und die Bretterbaracken unter dem grauen Himmel mit Schneeflocken überzog.

Wir hoben die Köpfe, als der Geistliche sein Gebet beendet hatte. Er eilte davon, um ein weiteres Gebet am Grab der beiden anderen Bergarbeiter zu sprechen. Mama trug Schwarz und war ungeschminkt, und trotzdem sah sie hübsch aus. Die Traurigkeit hatte schlicht und einfach eine andere Kerze in ihren Augen entzündet. Ihr üppiges kastanienbraunes Haar war zurückgesteckt. Das schlichte schwarze Kleid hatte sie eigens für das Begräbnis gekauft, und darüber trug sie ein Cape mit Kapuze. Der Saum des Kleides reichte nur wenige Zentimeter über ihre Knie, doch ihr schien nicht kalt zu sein, obwohl der Wind den Rock um ihre Beine peitschte. Ihre Benommenheit saß wesentlich tiefer als meine. Ich hielt ihre Hand viel fester umfaßt als sie die meine.

Ich stellte mir vor, wenn Mama Arlene und ich Mommys Arme losgelassen hätten, hätte der Wind sie einfach mit sich getragen, wie einen Drachen, dessen Schnur gerissen war. Ich wußte, wie sehr sich Mommy wünschte, überall auf der Welt zu sein, bloß nicht hier. Traurigkeit war ihr verhaßt. Wenn etwas geschah, was sie unglücklich machte, goß sie sich sonst immer ein Glas Gin-Tonic ein und spielte ihre Musik noch lauter, als könnte sie die Melancholie damit übertönen.

Ich warf einen letzten Blick auf Daddys Sarg, und es fiel mir immer noch schwer zu glauben, daß er tatsächlich darin lag. Schon bald, jeden Moment sogar, würde der Deckel aufspringen, und Daddy würde sich lachend aufrichten und uns erzählen, er hätte sich nur einen kleinen Scherz mit uns erlaubt. Fast hätte ich laut gelacht, als ich mich dieser Hoffnung hingab. Doch der Sarg blieb geschlossen, und die Schneeflocken tanzten über seine schimmernde Oberfläche. Einige blieben auch daran haften und schmolzen zu Tränen. Die Trauergäste defilierten an uns vorbei, und manche umarmten Mommy und mich. Andere gaben uns nur die Hand und schüttelten den Kopf. Alle sagten dasselbe: »Es tut uns leid für euch.« Mommy stand die meiste Zeit über mit gesenktem Kopf da, deshalb mußte ich die Beileidsbekundungen entgegennehmen und mich bei den Leuten bedanken. Als Bobby mir die Hand drückte, umarmte ich ihn schnell. Diese Geste schien ihn verlegen zu machen, denn er murmelte etwas vor sich hin und eilte mit seinen Freunden davon. Ich konnte es ihm nicht vorwerfen, trotzdem fühlte ich mich wie eine Aussätzige. Mir fiel auf, daß sich die meisten Leute unbeholfen und distanziert benahmen, ganz so, als sei eine Tragödie etwas Ansteckendes, also mied man lieber den Kontakt mit den Betroffenen, um so dieser Krankheit möglichst zu entgehen.

Auf dem Rückweg vom Friedhof schneite es noch heftiger, und da das Begräbnis vorüber war, spürte ich plötzlich, wie sich die Kälte bis in meine Knochen schnitt.

Die Freunde und Angehörigen der beiden anderen Bergleute versammelten sich alle zu einem gemeinsamen Essen. Mama Arlene hatte einen Rostbraten zubereitet, weil sie davon ausgegangen war, daß wir bei ihr essen würden, aber Mommy wollte nichts davon wissen.

»Ich ertrage es keinen Moment länger, traurige Gesichter um mich herum zu sehen«, jammerte sie und schüttelte den Kopf.

»In solchen Momenten braucht man Menschen um sich«, erklärte Mama Arlene.

Daraufhin schüttelte Mommy nur wieder den Kopf und beschleunigte ihre Schritte. Plötzlich war Archie Marlin neben ihr. Er trug Lackschuhe aus Kunstleder und einen grauschillernden Anzug. Sein leuchtend rotes Haar war in der Mitte gescheitelt.

»Ich fahre dich gern nach Hause, Haille«, erbot er sich.

Mommys Augen begannen zu leuchten, und ihr Gesicht bekam wieder etwas Farbe. Nichts konnte sie so schnell aufheitern wie die Aufmerksamkeit eines Mannes. »Danke, Archie. Das ist wirklich sehr nett von dir.«

»Nicht der Rede wert. Ich wünschte, ich könnte mehr für dich tun«, bemerkte er und lächelte mich strahlend an.

Ich sah, daß die runden Augen von Alice, die hinter uns herlief, noch größer wurden.

»Komm schon, Schätzchen.« Mommy wollte mich an der Hand nehmen, doch ich wich zurück.

»Ich gehe mit Alice zu Fuß nach Hause«, sagte ich zu ihr.

»Das ist doch albern, Melody. Es ist kalt.«

»Mir ist nicht kalt«, sagte ich, mühsam das Klappern meiner Zähne unterdrückend.

»Tu, was du willst«, sagte Mommy und stieg in Archies Wagen, an dessen Rückspiegel zwei große Stoffwürfel hingen. Die Sitze hatten flauschige weiße Schonbezüge aus Kunstfaser, die stark haarten. Die krausen Fäden würden gewiß an Mommys schwarzem Kleid haften bleiben, doch das schien sie nicht zu stören. Ehe wir uns auf den Weg zur Kirche gemacht hatten, hatte sie zu mir gesagt, sie würde das Kleid sowieso in die Mülltonne werfen, sobald das alles hier vorbei war. »Ich habe nicht die Absicht, wochenlang zu trauern und schwarz zu tragen«, verkündete sie. »Traurigkeit macht alt und bringt die Toten nicht zurück. Und außerdem kann ich in diesem schwarzen Ding schließlich nicht zur Arbeit gehen.«

»Wann wirst du denn wieder arbeiten gehen, Mommy?« fragte ich erstaunt. Ich glaubte, die Welt würde aufhören, sich zu drehen, nachdem Daddy gestorben war. Wie konnte unser Leben weitergehen?

»Morgen«, sagte sie. »Mir bleibt doch gar nichts anderes übrig. Schließlich haben wir jetzt niemanden mehr, der für uns sorgt, stimmt's? Was nicht etwa heißen soll, daß er uns eine große Stütze gewesen wäre«, murrte sie.

»Soll ich etwa gleich wieder zur Schule gehen?« fragte ich, und meine Frage entsprang viel mehr meiner Wut als dem Verlangen, die Schule wieder zu besuchen.

»Ja, selbstverständlich. Was willst du denn sonst den ganzen Tag über hier anfangen? Es macht einen nur verrückt, ständig diese vier Wände anzustarren.«

Damit hatte sie nicht ganz unrecht, trotzdem erschien es mir irgendwie nicht richtig, unser Leben einfach so weiterzuführen, als wäre Daddy noch da. Nie wieder würde ich sein Lachen hören oder ihn lächeln sehen. Wie hätte der Himmel jemals wieder blau sein können? Und wie hätte jemals wieder etwas einen süßen Geschmack haben oder schön sein können? Es würde mich nie wieder interessieren, ob ich in einer Arbeit eine Eins schrieb und wie ich mein neuerrungenes Wissen an den Mann bringen konnte. Daddy war ohnehin der einzige gewesen, der sich dafür interessierte, der einzige, der stolz auf mich war. Mommy machte auf mich den Eindruck, als hielte sie Bildung für unwichtig. Sie war der festen Überzeugung, wenn ein Mädchen erst einmal alt genug war, um sich einen Mann zu angeln, dann zählte sowieso nichts anderes mehr.

Als ich mit Alice vom Friedhof nach Hause ging, hatte ich das Gefühl, mein Herz sei zu einem dieser großen Kohlebrocken geworden, die Daddy früher tief unter der Erdoberfläche aus den Wänden der Stollen gehackt hatte: Die Kohle war es, die ihm den Tod gebracht hatte. Alice und ich sprachen unterwegs kaum ein Wort miteinander. Wir mußten die Köpfe gesenkt halten, weil die Schneeflocken, die von dem grauen Himmel fielen, in unsere Augen wehten.

»Ist alles in Ordnung mit dir?« fragte Alice. Ich nickte. »Vielleicht wäre es doch besser gewesen, wenn wir auch in Archie Marlins Wagen mitgefahren wären«, fügte sie kläglich hinzu. Der Wind heulte durchdringend.

»Lieber würde ich durch einen Sturm laufen, der zehnmal schlimmer ist als dieser hier, ehe ich in seinen Wagen steige«, gab ich hitzig zurück.

Als wir Mineral Acres erreichten, sahen wir Archie Marlins Wagen, der vor unserem Wohnwagen geparkt war. Und als wir näherkamen, hörten wir meine Mutter lachen.

Alice schien peinlich berührt zu sein. »Vielleicht sollte ich besser doch nach Hause gehen.«

»Ich wünschte, du könntest noch bleiben«, sagte ich. »Wir gehen in mein Zimmer und machen die Tür hinter uns zu.«

»In Ordnung.«

Als ich die Tür öffnete, fanden wir Mommy und Archie in der Eßecke vor. Auf dem Tisch standen zwei Gläser, eine Flasche Gin und ein Behälter mit Eiswürfeln.

»Bist du immer noch froh darüber, daß du zu Fuß nach Hause gelaufen bist und dir die Füße abgefroren hast?« fragte Mommy. Sie hatte das schwarze Kleid bereits ausgezogen und trug einen Morgenmantel aus blauer Seide. Das Haar fiel ihr gelöst auf die Schultern. Sie hatte Lippenstift aufgetragen.

»Ich habe diesen Spaziergang gebraucht«, sagte ich. Archie sah Alice und mich mit einem breiten Grinsen an.

»Auf dem Herd steht Wasser, falls ihr euch Tee oder eine heiße Schokolade machen wollt«, sagte Mommy.

»Nein, danke, ich möchte im Moment gar nichts.«

»Vielleicht möchte Alice etwas trinken.«

»Nein, danke, Mrs. Logan.«

»Du kannst deiner Mutter ausrichten, daß in meinem Haushalt alles sauber ist«, fauchte Mommy. Alice sah sie ratlos an.

»Sie hat mit keinem Wort das Gegenteil behauptet, Mommy.«

»Nein, wirklich nicht, Mrs. Logan, ich ...«

»Schon gut«, sagte Mommy mit einem nervösen kleinen Lachen. Archie lächelte und füllte die beiden Gläser nach.

»Wir gehen in mein Zimmer«, sagte ich.

»Vielleicht hättest du doch zum Leichenschmaus gehen sollen, Melody. Verstehst du, ich habe nichts zum Abendessen im Haus.«

»Ich habe keinen Hunger«, sagte ich. Ich ging durch den kurzen Flur zu meinem Zimmer, und Alice folgte mir. Nachdem ich die Tür geschlossen hatte, warf ich mich auf das Bett und vergrub mein Gesicht im Kissen, um nicht nur mein Schluchzen zu ersticken, sondern auch die Wut, die sich in meiner Brust angestaut hatte.

Alice setzte sich auf das Bett. Sie war so verblüfft und entsetzt, daß sie kein Wort herausbrachte. Kurze Zeit später hörten wir, wie Mommy das Radio einschaltete und einen Sender mit flotter Musik fand.

»Das tut sie nur, weil ihr das Weinen inzwischen unerträglich geworden ist«, erklärte ich. Alice nickte, doch ich sah ihr an, wie unbehaglich sie sich fühlte. »Sie sagt, ich soll gleich morgen wieder in die Schule gehen.«

»Wirklich? Wahrscheinlich ist es das Beste«, fügte sie hinzu und nickte.

»Du hast leicht reden. Dein Daddy ist nicht tot.« Ich bereute meine Worte augenblicklich. »Es tut mir leid. Ich habe es nicht so gemeint.«

»Schon gut.«

»Mir ist klar, daß ich mich nicht ganz so elend fühlen werde, wenn ich so weiterlebe, als sei nichts passiert. Aber was soll ich bloß tun, wenn es an der Zeit ist, daß Daddy vom Bergwerk nach Hause kommt? Ich weiß, daß ich Tag für Tag draußen vor der Tür stehen, auf die Straße hinausschauen und darauf warten werde, daß er wie gewohnt über den Hügel kommt.«

Alices Augen füllten sich mit Tränen.

»Ich sage mir immer wieder, wenn ich lange genug dort stehe, mich genügend darauf konzentriere und all meine Hoffnungen darauf setze, dann wird mir alles nur wie ein böser Traum erscheinen, und alles wird wie früher sein.«

»Nichts wird ihn jemals wieder zurückbringen, Melody«, sagte Alice betrübt. »Seine Seele ist jetzt im Himmel.«

»Warum hat Gott ihn in den Himmel geholt?« fragte ich erbost und trommelte mit den Fäusten auf meine Oberschenkel. »Weshalb bin ich überhaupt geboren worden, wenn ich dann, wenn ich ihn am allermeisten brauche, keinen Daddy haben kann? Ich werde nie mehr in die Kirche gehen!« gelobte ich.

»Es ist albern zu glauben, man könnte Gott etwas heimzahlen«, sagte Alice.

»Das ist mir egal!«

Ihr Gesichtsausdruck besagte deutlich, daß sie mir kein Wort glaubte.

Aber es war mir ernst damit, todernst sogar. Ich holte tief Atem, als die Vergeblichkeit meiner Ausbrüche und die Sinnlosigkeit meiner Wut wie eine Woge über mich hinwegspülten. »Ich weiß nicht, wie wir ohne ihn weiterleben sollen. Vielleicht muß ich jetzt von der Schule abgehen und mir Arbeit suchen.«

»Das kannst du nicht tun!«

»Möglicherweise muß es sein. Mommy verdient nicht viel Geld mit ihrer Arbeit im Kosmetiksalon.«

Alice dachte einen Moment lang darüber nach.

»Aber ihr habt noch die Rente für Bergarbeiter und die Sozialversicherung.«

»Mommy sagt, es wird nicht reichen.«

Wir hörten, wie Mommy und Archie Marlin gleichzeitig in lautes Gelächter ausbrachen.

Alice schnitt eine Grimasse. »Mein Vater begreift nicht, daß Archie Marlin nicht längst im Gefängnis sitzt. Daddy sagt, er verdünnt den Whiskey in der Bar mit Wasser.«

»Mommy versucht nur, gegen ihre Traurigkeit anzukämpfen«, sagte ich. »Im Moment wäre ihr jede Gesellschaft lieb. Es ist reiner Zufall, daß er es ist.«

Alice nickte, schien jedoch nicht recht überzeugt zu sein.

Ich nahm meine Fiedel in die Hand und zupfte die Saiten.

»Daddy hat mir immer so gern zugehört, wenn ich gespielt habe«, sagte ich und lächelte bei dieser Erinnerung.

»Du spielst besser als jeder andere, den ich kenne«, behauptete Alice.

»Ich werde aber nie mehr Fiedel spielen.« Ich warf die Fiedel auf das Bett.

»Natürlich wirst du weiterspielen. Dein Daddy würde doch gewiß nicht wollen, daß du es aufgibst, oder?«

Ich dachte darüber nach. Sie hatte zwar recht, aber ich war im

Moment nicht dazu aufgelegt, irgend jemandem in irgendeinem Punkt zuzustimmen, ganz gleich, worum es ging. Wieder drang Archie Marlins sprudelndes Gelächter in unsere Ohren.

»Dieser Wohnwagen hat Wände aus Pappkarton«, sagte ich und preßte mir die Hände auf die Ohren.

»Du kannst gern mit zu mir kommen«, sagte Alice. »Bis auf meinen Bruder ist niemand zuhause.«

Alice wohnte in einem der schönen Häuser von Sewell. Normalerweise ging ich schrecklich gern zu ihr, aber im Moment erschien es mir als eine Sünde, etwas zu tun, was mir Spaß machte.

Plötzlich hörten wir, daß Mommy und Archie eines der Lieder im Radio mitsangen, und dann ertönte wieder das Lachen der beiden.

Ich stand auf und nahm meinen Mantel. »In Ordnung. Laß uns von hier verschwinden.«

Alice nickte. Sie folgte mir aus meinem Zimmer und durch den kurzen Korridor. Mommy räkelte sich jetzt auf dem Sofa, und Archie stand zu ihren Füßen und hielt seinen Drink in der Hand. Sie sagten kein Wort. Dann streckte Archie einen Arm nach dem Radio aus, um die Lautstärke herunterzudrehen.

»Ich gehe zu Alice.«

»Eine gute Idee, Schatz. Daddy wäre es gar nicht recht, daß du hier im Wohnwagen herumsitzt und Trübsal bläst.«

Am liebsten hätte ich gesagt, es wäre ihm auch nicht recht, daß du mit Archie Marlin lachst und singst und trinkst, doch ich verkniff mir diese Bemerkung und stapfte energisch über den dünnen Läufer zur Tür.

»Komm nicht zu spät nach Hause«, rief Mommy mir nach. Ich gab keine Antwort. Alice und ich setzten uns in Bewegung. Wir hörten, wie die Musik im Radio hinter uns wieder lauter gedreht wurde. Keine von uns beiden sagte auch nur ein Wort, ehe wir die Straßenbiegung hinter uns zurückgelassen hatten und in Richtung Hickory Hill liefen. Die Morgans wohnten ganz oben auf dem Hügel, und die Fenster ihres Wohnzimmers und ihres Eßzimmers boten einen Ausblick auf das Tal und die eigentliche Ortschaft.

Alices Mutter war sehr stolz auf ihr Haus, von dem sie mir mehr als nur einmal erzählt hatte, es handelte sich dabei um einen sanierten Kolonialbau, ein Haus mit historischer Architektur. Es hatte insgesamt zwölf Zimmer auf zwei Stockwerken und eine Veranda vor der Haustür. Sie hatten eine Garage angebaut. Das Wohnzimmer schien größer als unser ganzer Wohnwagen zu sein, Alices Zimmer war gewiß mindestens doppelt so groß wie meines, und das Zimmer ihre Bruders Tommy war sogar noch größer. Als ich ein einziges Mal einen Blick in das Schlafzimmer ihrer Eltern und das dazugehörige Bad geworfen hatte, hatte ich geglaubt, ich sei in einem Palast.

Tommy war in der Küche, als wir das Haus betraten. Er saß auf einem Hocker, schmierte Erdnußbutter auf eine Scheibe Brot und hatte den Telefonhörer zwischen einem Ohr und einer Schulter eingeklemmt. In dem Moment, als er mich sah, wurden seine Augen groß, und er zog die Augenbrauen hoch. »Ich rufe dich später wieder an, Tina«, sagte er und legte den Hörer auf. »Das mit deinem Vater tut mir leid. Er war wirklich ein netter Kerl.«

»Danke.«

Er sah Alice an und erwartete eine Erklärung dafür, was wir hier zu suchen hatten und weshalb sie mich nach Hause mitgenommen hatte. Alle gaben mir das Gefühl, eine ansteckende Krankheit zu haben. Niemand wollte mit einem so tiefen Kummer wie dem meinen in Berührung kommen.

»Wir gehen rauf in mein Zimmer«, sagte Alice zu ihm.

Er nickte. »Wollt ihr etwas essen? Ich dachte, ich gönne mir einen Happen zwischendurch.«

Ich hatte seit Tagen keine richtige Mahlzeit mehr zu mir genommen, und dieser Vorschlag ließ meinen Magen knurren.

»Vielleicht sollte ich tatsächlich eine Kleinigkeit essen.«

»Ich mache uns ein paar belegte Brote zurecht. Wir können sie in mein Zimmer mitnehmen«, sagte Alice.

»Mutter mag es nicht, wenn du in deinem Zimmer ißt, Alice«, rief ihr Tommy ins Gedächtnis zurück.

»Diesmal wird sie eine Ausnahme machen«, erwiderte Alice. Ihre finstere Miene und die Wut, die in ihren Augen funkelte, ließen ihren älteren Bruder zurückschrecken.

»Ich möchte niemanden in Schwierigkeiten bringen«, sagte ich leise.

»Es wird schon keinen Ärger geben, wenn ihr nicht zuviel Dreck macht«, ließ sich Tommy erweichen. »Wie geht es deiner Mutter?«

»Es geht ihr gut«, sagte ich zögernd. Er nickte und warf einen Blick auf Alice, die ihn immer noch herausfordernd ansah, und dann biß er in sein Brot.

»Laß uns erst in mein Zimmer gehen«, schlug Alice vor und machte auf dem Absatz kehrt. Sie nahm mich an der Hand, und ich folgte ihr.

Wir liefen schnell die Stufen der geschwungenen Treppe zu ihrem Zimmer hinauf.

»Es tut mir leid, daß mein Bruder ein solcher Trottel ist«, sagte sie. »Wir streiten uns ständig, weil er so herrisch ist. Wenn du willst, kannst du dich hinlegen«, sagte sie und wies mit einer Kopfbewegung auf ihr breites Bett mit den flauschigen Kissen und der Steppdecke. Es war ein Himmelbett mit rosa Pfosten und einem gekräuselten rosa Betthimmel. Das Kopfende war herzförmig. Es war mein Traum, anstelle der einfachen Matratze auf einem Sprungfederrahmen, die in meinem Zimmer stand, ein solches Bett zu besitzen.

Ich zog meinen Mantel aus und setzte mich auf das Bett.

»Ich dachte, Bobby Lockwood würde zu euch nach Hause kommen«, sagte Alice.

»Ich wußte gleich, daß er nicht kommt. In der Kirche und auf dem Friedhof schien es ihm zu grausen.«

»Ich weiß, daß du ihn magst, aber ich halte ihn nicht für besonders reif«, bemerkte Alice.

»Niemand ist besonders reif, wenn es um solche Dinge geht. Ich kann es ihm nicht übelnehmen, daß er vor mir davonläuft.«

»Wenn er dich wirklich mögen würde, dann wäre er jetzt hier, um dir zu helfen.«

Ich wußte, daß Alice den Gedanken haßte, ich könnte einen Freund haben, denn dann hätte sie weniger von mir.

»Im Moment mache ich mir nicht besonders viel aus Jungen«, sagte ich.

Sie nickte erfreut.

»Ich laufe schnell nach unten und schmiere uns belegte Brote. Dann bringe ich sie nach oben, und Milch bringe ich auch mit. Einverstanden?«

»Ich will aber nicht, daß du meinetwegen Ärger kriegst.«

»Ich kriege schon keinen Ärger. Ruh dich einfach aus oder lies etwas. Wenn du willst, kannst du auch den Fernseher anstellen. Tu einfach das, worauf du Lust hast«, bot sie mir an.

»Danke.«

Nachdem sie gegangen war, lehnte ich mich zurück und schloß die Augen. Ich sollte jetzt bei Mommy sein, und sie hätte den Wunsch verspüren sollen, mit mir zusammenzusein und nicht mit Archie Marlin. Wenn er fortgeht und sie allein im Wohnwagen sitzt, wird es ihr leid tun, dachte ich, also beschloß ich, nicht allzu lange hierzubleiben. Immer wieder hörte ich Daddys Stimme. Er bemühte sich, mir ihr Handeln zu erklären, und er überredete mich, Verständnis für ihre Schwächen aufzubringen. Er hatte immer mehr Mitleid mit ihr als mit sich selbst gehabt. Ich war ganz sicher, daß es sich auch jetzt noch so verhielt, obwohl er und nicht etwa sie derjenige war, der in einem Sarg lag.

Ich fragte mich, wie lange es wohl dauern würde, bis meine Freunde aufhören würden, mich seltsam anzusehen. Es würde mir schwerfallen, wieder in die Schule zu gehen, dachte ich: all diese mitleidigen Blicke, die sich auf mich richten würden. Ich malte mir aus, daß sogar meine Lehrer mich bekümmert ansehen und in leisem und betrübtem Tonfall mit mir reden würden.

Vielleicht hatte Mommy recht. Vielleicht war es tatsächlich das Beste, so zu tun, als sei nichts vorgefallen. Dann würden sich andere weniger unwohl in unserer Gegenwart fühlen. Aber bedeutete das denn nicht, das Andenken an Daddy schimpflich zu mißachten? Irgendwie mußte ich einen Weg finden, meinen Kummer für mich zu behalten und mein Leben weiterzuführen, wenn es mir jetzt auch noch so leer erschien.

Wenn ich, wie Alice, einen Bruder hätte, würde ich mich nicht ständig mit ihm streiten, dachte ich. Im Moment wäre es sehr schön, einen Bruder zu haben. Er würde mir dabei helfen, mit Mommy umzugehen, und wir könnten einander trösten. Wenn er älter als ich wäre, wäre er gewiß wie Daddy. Ich verabscheute Mommy dafür, daß sie zu schwach und zu selbstsüchtig gewesen war, um ein zweites Baby zu bekommen. Es hätte zwar nicht gleich ein ganzer Wurf sein müssen, aber sie hätte wenigstens bedenken können, wie dringend ich einen Gefährten brauchte.

Ich mußte weitaus müder gewesen sein, als mir bewußt war, denn ich hörte Alice nicht zurückkommen. Sie stellte den Teller mit den belegten Broten und die Milch auf dem Nachttisch neben dem Bett ab, setzte sich hin und las den Text, den man uns in Geschichte aufgegeben hatte, während sie darauf wartete, daß ich die Augen wieder aufschlug. Die Dämmerung war bereits angebrochen, als ich endlich aufwachte. Das Licht brannte.

»Was ist passiert?« fragte ich und rieb mir die Wangen mit den Händen, während ich mich aufsetzte.

»Du bist eingeschlafen, und ich wollte dich nicht wecken. Die Milch ist nur noch lauwarm, aber die Brote sind noch gut.«

»Oh. Das tut mir leid.«

»Mach schon, iß etwas. Du kannst es dringend gebrauchen, Melody.«

Neben ihr standen ein leerer Teller und ein leeres Glas, und daher wußte ich, daß sie bereits etwas gegessen hatte. Ich holte tief Atem und biß in das Brot. Ich fürchtete mich davor, wie mein Magen reagieren könnte, wenn ihm wieder feste Nahrung zugeführt wurde. Er gluckerte und rumorte, doch das Brot schmeckte gut, und ich aß es schnell auf.

»Du mußt sehr hungrig gewesen sein.«

»Ja, vermutlich. Danke. Wie spät ist es?« Ich warf einen Blick auf die Uhr über der Kommode. »Oh. Ich sollte jetzt besser nach Hause gehen.«

»Du brauchst nicht zu gehen. Wenn du willst, kannst du sogar hier übernachten.«

»Nein. Ich sollte wirklich nach Hause gehen«, beharrte ich. »Meine Mutter braucht mich. Es tut mir leid, daß ich dir keine gute Gesellschaft war.«

»Das ist schon in Ordnung. Gehst du morgen zur Schule?«

»Nein. Ganz bestimmt nicht. Ich werde wenigstens einen Tag zuhause bleiben«, sagte ich energisch.

»Ich bringe dir die Hausaufgaben und erzähle dir, was wir durchgenommen haben.«

»Danke.« Ich dachte einen Moment lang nach und lächelte sie dann an. »Ich danke dir dafür, daß du meine beste Freundin bist, Alice.«

Meine Worte ließen Tränen in ihre Augen treten, und sie lächelte zurück. Dann folgte sie mir die Treppe hinunter. Im ganzen Haus herrschte Stille.

»Meine Eltern duschen gerade und ziehen sich zum Abendessen um«, erklärte sie. »Das tun sie immer, wenn sie von der Arbeit nach Hause kommen. Bei uns zieht man sich für das Abendessen fein an.«

»Das ist eine schöne Angewohnheit«, sagte ich und blieb in der Haustür stehen, um noch einen letzten Blick in das überwältigende Haus zu werfen. »Es ist schön, wenn sich die ganze Familie versammelt und alle um einen Tisch herumsitzen. Du kannst dich glücklich schätzen.«

»Nein, ganz und gar nicht«, entgegnete sie mit scharfer Stimme. »Wir mögen zwar reich sein, und ich bringe die besten Noten aus der Schule nach Hause, aber du bist wesentlich besser dran als ich.«

»Was?« Fast hätte ich gelacht. Wie kann sie ausgerechnet heute so etwas zu mir sagen? dachte ich.

»Du bist das hübscheste Mädchen in der ganzen Schule, und alle mögen dich, und eines Tages wirst du glücklicher werden als wir alle miteinander.«

Ich schüttelte den Kopf, als hätte sie gerade etwas sehr Dummes gesagt, doch der Ausdruck von Entschlossenheit wich nicht von ihrem Gesicht.

»So wird es kommen, ganz bestimmt.«

»Alice«, rief eine Stimme aus dem oberen Stockwerk. Es war ihre Mutter. »Hast du etwas zu essen mit in dein Zimmer genommen?«

»Ich sollte jetzt lieber gehen«, sagte ich eilig. »Und noch mal vielen Dank.«

»Wir sehen uns dann morgen«, murmelte sie und schloß die Tür hinter mir. Ich weiß nicht, wie es kam, aber irgendwie tat sie mir in dem Moment mehr leid als ich mir selbst.

Als ich zum Wohnwagen zurückkehrte, stand Archie Marlins Wagen nicht mehr da. Alles war dunkel, nur im Wohnzimmer brannte eine kleine Lampe. Die Gläser und die nahezu leere Ginflasche standen noch auf dem Couchtisch. Ich sah mich um, lauschte und lief dann leise durch den Korridor zu Mommys Schlafzimmer. Die Tür stand einen Spaltweit offen, also lugte ich hinein und sah sie auf dem Bauch liegen. Ihr Morgenmantel war bis zu den Kniekehlen hochgerutscht, und ihre Arme hingen über die Bettkante.

Ich trat ein und betrachtete ihr Gesicht. Sie lag im Tiefschlaf und atmete schwer durch den geöffneten Mund. Ich deckte sie mit einer Decke zu und ging hinaus, um den Wohnwagen aufzuräumen. Als ich gerade zu Bett gehen wollte, hörte ich ein leises Klopfen an der Tür. Es war Mama Arlene.

»Wie geht es dir, Schätzchen?« fragte sie, als sie eintrat.

»Mir geht es gut«, sagte ich. »Mommy schläft.«

»Das ist gut so. Ich habe euch etwas vom Leichenschmaus mitgebracht.« Sie stellte die bedeckten Teller in unseren Kühlschrank. »Es wäre dumm, das gute Essen verkommen zu lassen.«

»Danke.«

Sie kam auf mich zu und nahm meine Hände in ihre. Mama Arlene war eine kleine Frau, zwei oder drei Zentimeter kleiner als ich, aber Papa George sagte immer, daß sie ein Rückgrat aus gehärtetem Stahl besaß. Wenn sie auch noch so schmächtig war, schien es doch, als könnte sie die Sorgen aller anderen auf ihren schmalen Schultern tragen.

»Jetzt kommen harte Zeiten auf dich zu, aber denk immer daran, daß wir gleich nebenan sind. Du kannst jederzeit zu uns kommen, wenn du uns brauchst, Melody.«

»Danke«, sagte ich mit brüchiger Stimme. Die Tränen brannten unter meinen Lidern.

»Sieh zu, daß du eine Weile schlafen kannst, meine Süße.« Sie zog mich an sich, und ich schlang die Arme eng um sie. Das ließ den Damm brechen, und ich schluchzte heftig, während die Tränen zu fließen begannen.

»Schlaf«, sagte sie liebevoll, »ist das beste Heilmittel. Schlaf, und die Zeit, die alle Wunden heilt.«

Ich holte tief Atem und ging in mein Zimmer. Ich hörte, wie sie die Tür hinter sich schloß, und dann trat Stille ein. In der Ferne hallte das klagende Pfeifen einer Lokomotive durch das Tal. Es könnte durchaus sein, dachte ich, daß Daddy einen Teil der Kohle in diesen Waggons abgebaut hat, ehe er ... ehe er ...

Irgendwo hoch oben im Norden würde jemand die Kohle

in einen Ofen schaufeln und es eine Zeitlang warm haben. Ich erschauerte und fragte mich, ob mir wohl jemals wieder warm werden würde.

Ich fragte mich, ob Mama Arlene recht hatte, was die Macht der Zeit anging. In den Tagen und Wochen, die vergingen, schwächte sich der Schmerz in meinem Herzen zu einer Art Taubheit ab. Aber jedesmal, wenn ich an Daddy dachte oder mich etwas an ihn erinnerte, beispielsweise der Klang einer Stimme, setzte der Schmerz erneut ein. Einmal glaubte ich sogar, ihn auf der Straße näherkommen zu sehen. Ich haßte es, am Bergwerk vorbeizugehen oder die anderen Bergleute zu sehen. Bei ihrem Anblick schnürte sich mein Magen zusammen, und der Schmerz bohrte sich tief in mein Herz.

Mommy ging nie wieder auf den Friedhof, im Gegensatz zu mir – in den allerersten Wochen war ich fast täglich dort und dann etwa jeden zweiten Tag. In den allerersten Tagen nach meiner Rückkehr behandelten mich in der Schule alle anders als sonst, doch schon bald sprachen meine Lehrer wieder genauso mit mir wie mit den anderen auch, und meine Freunde begannen, sich wieder länger in meiner Nähe aufzuhalten, mehr mit mir zu reden und in meiner Gegenwart ungeniert zu lachen.

Bobby Lockwood entfernte sich jedoch immer mehr von mir und schien sich für Helen Christopher zu interessieren, ein Mädchen aus der neunten Klasse, das eher wie eine Schülerin der elften Klasse aussah. Alice, der es manchmal gelang, den ganzen Tag über Gespräche zu belauschen, berichtete mir, Helen sei noch promiskuitiver als die berüchtigte Beverly Marks. Alice unkte, es sei eine reine Zeitfrage, bis auch sie schwanger werden würde.

Doch das war nicht wichtig für mich. Ich vergoß keine einzige Träne über Bobbys Verrat. Dinge, die mir früher viel bedeutet hatten, erschienen mir jetzt geringfügig und belanglos. Daddys Tod hatte mich auf einen Schlag heranreifen lassen.

Unglücklicherweise wurde Mommy jetzt, nachdem Daddy nicht mehr da war, noch flatterhafter. Die größte Wirkung, die Daddys Tod auf sie auszuüben schien, war die, daß ihr jetzt noch mehr vor dem Altern graute. Sie verbrachte noch mehr Zeit als früher vor ihrer Frisierkommode und brauchte Stunden, um mit Schminke zu experimentieren und sich das Haar zu richten. Laufend sah sie ihre gesamte Garderobe durch und klagte darüber, wie alt und unmodisch all ihre Kleidungsstücke waren. Sie redete nur noch über sich selbst: die Länge und der Farbton ihres Haars, eine minimale Schwellung in ihren Wangen oder Augen, der Verlust an Festigkeit, den ihre Beine aufwiesen, und wie dieser oder jener BH an ihr aussah.

Sie erkundigte sich nie nach meinen Schularbeiten, und sie kochte nicht eine einzige Mahlzeit, sondern überließ es mir oder Mama Arlene, für uns zu sorgen. Tatsächlich kam sie nur selten zum Abendessen nach Hause. Unter dem Vorwand, sie würde sonst zu dick, ließ sie mich mit schöner Regelmäßigkeit meine Mahlzeiten allein einnehmen.

»Ich kann nicht soviel fettes Essen vertragen wie du, Melody«, sagte sie zu mir. »Warte nicht auf mich. Fang einfach an zu essen, wenn ich um sechs Uhr nicht zuhause bin«, ordnete sie an. Es kam soweit, daß sie nur noch ein- oder zweimal in der Woche zum Abendessen nach Hause kam. Meistens aß ich gemeinsam mit Mama Arlene und Papa George. Mama machte sich zwar Sorgen um ihren Teint und um ihre Figur, doch sie trank weiterhin Gin und rauchte. Als ich ihr das sagte, wurde sie sehr wütend und fuhr mich an, schließlich sei das ihr einziges Laster, und ein kleines Laster bräuchte jeder.

»Vollkommene Menschen enden im Kloster und verlieren mit der Zeit den Verstand«, erklärte sie mir. »Da dein Vater jetzt nicht mehr da ist, stehe ich unter großem Druck. Ich muß mich unbedingt entspannen, und deshalb darfst du mir nicht noch zusätzliche Probleme bereiten«, befahl sie mir. Ich wußte, daß das schlicht und ergreifend hieß: »Laß mich in Ruhe.«

Genau das tat ich auch.

Ich hätte mich liebend gern über einige Dinge beschwert: darüber, wie oft sie sich mit Archie Marlin traf, und darüber, wie oft er zu uns nach Hause kam. Doch ich verschloß meine Lippen und schluckte meine Worte. Im Augenblick erforderte es nur eine Kleinigkeit, um Mommy in Rage zu bringen, und nachdem sie einen ihrer Koller hatte – sie schrie und schlug wild um sich – brach sie zusammen und weinte, und ich fühlte mich noch elender. Es ging soweit, daß sich bei mir das Gefühl einstellte, ich sei ihre Mutter und sie sei meine Tochter.

Unsere Rechnungen stapelten sich ganz einfach deshalb, weil sie nie dazu kam, sich um sie zu kümmern. Zweimal drohte die Telefongesellschaft damit, uns das Telefon abzustellen, und einmal kam jemand vom Elektrizitätswerk zu uns und klebte eine Warnung an unsere Tür. Mommy unterliefen ständig Fehler mit unserem Girokonto. Ich mußte die Buchführung übernehmen, die Lebensmittel für uns einkaufen und unseren Wohnwagen instand halten. Dabei half mir Papa George, doch Daddys Tod war auch an ihm nicht spurlos vorübergegangen. Er wirkte plötzlich älter, kränklicher und ständig müde. Mama Arlene setzte ihm laufend zu, er solle sich schonen, doch er wollte das Rauchen nicht aufgeben und gewöhnte sich sogar an, am späten Nachmittag einen kleinen Whiskey zu trinken.

Es gab Nächte, in denen ich vom Klang von Mommys Gelächter aufwachte und Archie Marlins Stimme hörte. Schon bald drang dieses Lachen aus Mommys Schlafzimmer. Ich preßte mir die Hände auf die Ohren, aber ich konnte die Geräusche nicht von mir fernhalten, Geräusche, von denen ich wußte, was sie zu bedeuten hatten – die beiden liebten sich heftig.

Als ich das zum ersten Mal hörte, drehte sich mir der Magen um, so daß ich ins Badezimmer laufen und mich übergeben mußte. Mommy hörte mich noch nicht einmal und fragte auch nicht nach, was mit mir los war. Normalerweise war Archie schon gegangen, wenn ich morgens aufstand, und wenn ich ihn doch noch in der Küche oder im Wohnzimmer hantieren hörte, zögerte ich das Aufstehen so lange wie möglich hinaus.

Es ging einfach viel zu schnell – sogar zu schnell für den Geschmack der meisten Leute in Sewell. Ich wußte, daß über uns geredet wurde. Eines Abends kam Mommy entrüstet von der Arbeit heim. Sie hatte sich mit Mrs. Sampler überworfen, die immer eine ihrer besten Kundinnen gewesen war. Der Streit war entflammt, weil Mrs. Sampler eine Bemerkung darüber gemacht hatte, daß Mommy keine respektvolle Trauerzeit verstreichen lassen wollte. Nach allem, was mir hinterher zu Ohren kam, war Mommy außer sich geraten und in derart schrille Schreie ausgebrochen, daß Francine sie bitten mußte, das Geschäft zu verlassen.

Sie war außer sich vor Wut und fing an zu trinken, während sie mir von dem Streit berichtete. »Was bildet sie sich ein, mir vorzuschreiben, was ich zu tun und zu lassen habe? Weiß sie etwa, wie schwer mein Leben ist? Und wieviel ich gelitten habe? Sie wohnt in ihrem schönen Haus und sieht auf mich herab, verurteilt mich für das, was ich tue. Wer hat ihr erlaubt, ein Urteil über mich zu fällen?«

Mommy unterbrach sich ab und zu, um sich zu vergewissern, daß ich voll und ganz hinter ihr stand. Ich wußte, daß es das Beste war, sie nicht in noch größere Wut zu versetzen, also nickte ich jedesmal, wenn sie mich aus zusammengekniffenen Augen ansah, enthusiastisch und gab mich empört über jemanden, der sie offen kritisierte, soweit es mir nur irgend möglich war.

»Ich hasse diese Leute. Sie bilden sich ein, bloß weil sie Geld haben, können sie uns Vorschriften machen. Sie sind so engstirnig. Sie sind so …« Sie suchte nach dem richtigen Wort und sah mich fragend an.

»Provinziell?«

»Ja. Was bedeutet das überhaupt?« fragte sie.

»Das heißt ganz einfach, sie haben nicht genug von der Welt gesehen, um sich ein umfassenderes Bild zu machen«, antwortete ich. Das gefiel ihr.

»Du bist gescheit. Das ist gut. Und recht hast du auch. Archie sagt das auch immer. Ihm ist diese Stadt ebenso sehr verhaßt wie mir. Und dir«, fügte sie hinzu.

»Sie ist mir nicht verhaßt, Mommy.«

»O doch, natürlich haßt du sie. Was hast du hier schon zu erwarten?« Sie leerte ihr Glas und ging dann zum Telefon, um Archie anzurufen und ihm zu erzählen, was passiert war.

Erst Tage später, als ich früher von der Schule nach Hause kam und Mommy auf dem Sofa vor dem Fernseher liegen sah, wurde mir klar, wie schwerwiegend der Vorfall im Kosmetiksalon gewesen sein mußte. Ganz offensichtlich hatte sie sich an diesem Tag noch gar nicht angezogen. Ich brauchte sie noch nicht einmal zu fragen. Sie sah meinen Gesichtsausdruck und beantwortete meine Frage, ehe ich sie auch nur stellen konnte.

»Ich arbeite nicht mehr für Francine«, sagte sie.

»Was? Wieso denn das?«

»Wir haben uns zerstritten. Nach all den Jahren sollte man doch glauben, daß sie zu mir hält. Ich habe mich für sie abgerackert und ihr alle erdenklichen Gefälligkeiten erwiesen. Eine himmelschreiende Undankbarkeit. Undankbar, genau das ist sie. Das sind sie alle.«

»Und was hast du jetzt vor?«

»Darüber mache ich mir im Moment noch keine Gedanken. Ich bin viel zu wütend«, sagte sie und zog einen Schmollmund. »Was gibt es zum Abendessen?«

»Wir haben noch Huhn von gestern, das wir aufwärmen können, und ich kann Kartoffeln und grüne Bohnen kochen.«

Sie verzog das Gesicht.

»Wenn das alles ist, was wir im Haus haben, dann bleibt uns ja wohl nichts anderes übrig«, sagte sie und schloß die Augen.

Mit zitternden Händen bereitete ich unser Abendessen zu. Was sollten wir jetzt tun? Wer würde Mommy eine Stellung geben? Welche Form von Arbeit konnte sie überhaupt leisten? In Sewell gab es nur einen einzigen Kosmetiksalon. Vielleicht würde sich das, was ich zu Alice gesagt hatte, doch noch als wahr erweisen: Ich würde von der Schule abgehen und mir selbst Arbeit suchen müssen.

Daddy hatte keine ausreichende Lebensversicherung abgeschlossen, und das, was wir von der Sozialversicherung bekamen, genügte nicht. Und außerdem hatte Mommy einen großen Teil dieses Geldes für neue Kleider ausgegeben.

Sie schien sich jedoch keine Sorgen zu machen. Nachdem ich das Essen zubereitet hatte, änderte sie ihre Meinung und beschloß, es doch zu mögen. Sie aß und trank und redete ohne Punkt und Komma über dieses neue Ensemble, das sie sich besorgen würde, mit passenden Schuhen. Nach dem Abendessen begab sie sich in ihr Schlafzimmer, während ich den Tisch abräumte und das Geschirr spülte, und plötzlich tauchte sie in einem neuen Rock, in einer neuen Bluse und mit neuen Ohrringen wieder auf. All das führte sie mir vor wie ein Mannequin, und ich mußte zugeben, daß sie wirklich wunderschön darin aussah. Vielleicht könnte sie ein professionelles Mannequin werden, dachte ich mir, und beging den Fehler, meinen Gedanken laut auszusprechen. Leider führte es nur dazu, daß sie in Form eines Wutanfalls über eines ihrer Lieblingsthemen wetterte.

»Genau das hätte ich werden sollen. Aber ich bin eben nicht richtig beraten worden, und ich hatte auch niemanden, der raffiniert genug war, um mich in den richtigen Kreisen einzuführen. Und was habe ich denn schon gewußt? Man braucht eben jemanden, der etwas von der Welt gesehen hat, der sich auskennt und einem hilft, der einem weise Ratschläge erteilt. Und genau deshalb ist die Wahl des Mannes, den man heiratet und liebt, so wichtig. Man darf nicht einfach seinem Herzen folgen. Aber vielleicht ist es noch nicht zu spät für mich«, fügte sie hinzu und sah zufrieden in den Spiegel.

Diese Möglichkeit heiterte sie auf.

»Ich muß mich eben an den richtigen Orten bewegen und die richtigen Leute treffen«, sagte sie zu mir. Sie schlug die Hände zusammen und nickte. »Ja, genau das muß ich tun.« Sie strahlte über das ganze Gesicht. Dann eilte sie wieder in ihr Schlafzimmer, als würde sie dort schon von der richtigen Person erwartet.

Ich spürte, wie mein Herz flatterte. Furcht kitzelte meine Brust von innen wie eine Feder. Ab und zu konnte man es sich leisten, zu träumen und sich etwas zu wünschen. Daddy hatte mir beigebracht, die Hoffnung nicht aufzugeben und jedem neuen Tag freudig entgegenzusehen, aber wenn man in einer Welt voller Wünsche lebte und niemals die Realität des Jetzt und Hier sah und auch keine Lust hatte, Verantwortung zu tragen, dann war das etwas ganz anderes. Mommy entwickelte sich immer weiter in diese Richtung.

Nachdem ich das Geschirr abgewaschen hatte, setzte ich mich hin, um meine Hausaufgaben zu machen. Kurze Zeit später hörte ich, wie an meine Tür geklopft wurde, und Mommy tauchte in der Tür auf. Sie trug noch ihren neuen Rock und ihre neue Bluse.

»Ich gehe aus«, sagte sie. »Schließ die Tür nicht ab.«

Eine Hupe ertönte, und schon war sie fort. Ich brauchte nicht zweimal zu raten, mit wem sie ausging.

Was wird bloß aus uns werden? fragte ich mich.

Zwei Tage später bekam ich die Antwort darauf. Sie war noch schockierender als alles, womit ich gerechnet hätte.

3.

Ein trauriger, schöner Träumer

An jenem Nachmittag verspürte ich auf dem Heimweg von der Schule ein solches Gefühl von Leere, daß meine Brust mir regelrecht hohl erschien. Ein Fuß folgte mechanisch dem anderen, und meine Schuhsohlen hoben sich kaum vom Boden. Eine Schar Kinder, die die Grundschule besuchten, rannte an mir vorbei. Ihr Gelächter hatte den klirrenden Klang von Porzellan und trieb frisch und melodisch in der klaren, kalten Luft. Ich erkannte, daß kleine Kinder nicht wirklich mit tiefer Traurigkeit zu kämpfen haben. Man schenkt ihnen ein neues Spielzeug oder verspricht ihnen etwas Schönes, und schon streifen sie ihre Traurigkeit einfach ab. Mit zunehmendem Alter jedoch erkennt man, daß es im Leben auch viele finstere Tage gibt. Die Tragödie hatte mich kopfüber in die Realität katapultiert. Vorher hatte ich die Dinge mit anderen Augen gesehen, und jetzt sah alles plötzlich ganz anders aus, sogar die Natur.

Der Schnee war geschmolzen. Die alten Eichen mit ihren breiten und stämmigen Ästen, die Buchen und die Pappeln, sie alle hatten Laub, das sich gerade saftig grün färbte. Flüchtig nahm ich die Vögel zur Kenntnis, die um mich herum von einem Ast zum anderen flatterten. Die trägen, milchig weißen Wolken über mir schienen an dem hellblauen Himmel festgeklebt zu sein, doch ich konnte in ihnen nicht mehr sehen als einfache weiße Kleckse. Ihre Formen hatten keine Ähnlichkeit mehr mit Kamelen oder Walfischen. Meine Phantasie war in einer dunklen Abstellkammer eingesperrt.

Gewöhnlich ließ der erste warme Kuß der Sonne freudige Erregung in mir aufkeimen. Dinge, die mich normalerweise betrübten oder unglücklich machten, nahmen sich gegen das Versprechen aufblühender Blumen oder das Gelächter kleiner Kinder, das die Luft zerriß, unbedeutend und belanglos aus.

Aber selbst der Frühling in all seiner Pracht würde mir meinen Daddy nicht zurückbringen. Mit jedem Tag, der verging, vermißte ich seine Stimme und sein Lachen immer mehr. Mama Arlene irrte sich: Die Zeit heilte die Wunde nicht. Sie verstärkte die Leere, die sich nach allen Seiten ausweitete, nur noch mehr.

Als ich mich mühselig nach Hause schleppte, trug ich meine Schulbücher in der dunkelblauen Stofftasche, die Daddy mir vor langer Zeit gekauft hatte. Ich mußte für zwei Arbeiten lernen und eine Menge Hausaufgaben machen, deshalb war die Tasche voll und schwer. Alice war nach dem Unterricht noch länger in der Schule geblieben, um einen freiwilligen Schülerkreis zu besuchen, der sich mit den aktuellen Ereignissen befaßte. Außerdem waren Proben für einen bunten Veranstaltungsabend angesetzt, auf dessen Programm auch ich mit meiner Fiedel stand. Schon vor Monaten hatte ich mich freiwillig zur Teilnahme bereit erklärt, doch seit Daddys Tod hatte ich meine Fiedel nicht ein einziges Mal zur Hand genommen. Ich verspürte nicht mehr den Wunsch zu spielen, außerdem mangelte es mir an Selbstvertrauen.

Alle anderen schienen etwas zu tun zu haben, sich mit Freunden zu treffen oder sich gemeinsamen Aktivitäten anzuschließen. Ein- oder zweimal bemühte ich mich, so etwas wie Begeisterung für Dinge aufzubringen, die mir vor Daddys Tod Spaß gemacht hatten, doch ein entscheidender Teil von mir war mit Daddy gemeinsam zu Grabe getragen worden. Ich wußte, daß meine Schulfreundinnen allmählich die Geduld mit mir verloren, sogar Alice. Nach einer Weile hatten sie aufgehört, zu betteln und zu flehen und mich dazu zu ermuntern, daß ich etwas mit ihnen unternahm, und inzwischen kam ich mir nur noch wie ein Schatten meiner selbst vor. Sogar meine Lehrer hatten begonnen, mich wie eine Fensterscheibe zu behandeln. Sie schienen durch mich hindurch und andere anzusehen und riefen mich im Unterricht kaum noch auf, ganz gleich, ob ich mich meldete oder nicht. Nur selten war mir ein Lächeln zu entlocken. An das Geräusch meines eigenen Lachens konnte ich mich selbst nicht mehr erinnern. Mommy hatte sich schon bevor sie ihren Job verloren hatte über meine schlechte Laune beschwert. Jetzt klagte sie unablässig darüber.

»Wenn ich darüber hinwegkommen kann, dann kannst du es auch«, predigte sie mir. Dann behauptete sie: »Vielleicht ist er dort, wo er jetzt ist, glücklicher. Wenigstens braucht er nicht mehr gegen das Altern anzukämpfen. In deiner Erinnerung wird er immer jung bleiben. Und da, wo er jetzt ist, braucht er sich auch um das Geld keine Sorgen mehr zu machen.«

Ich sagte ihr, wie scheußlich ich es fand, daß sie so über ihn redete, doch sie lachte nur. »Tu, was dir paßt. Wenn du die ganze Zeit wie ein Miesepeter herumlaufen willst, dann kannst du das von mir aus tun. Bald wirst du keine Freundinnen mehr haben, und gutaussehende Jungen lockst du mit deinem langen Gesicht auch nicht an.«

»Das ist mir egal!« schrie ich sie an. Jungen und Parties, lange Gespräche am Telefon oder die Telefonnummer dieses oder jenen Jungen, die ich in mein Notizbuch kritzelte, all das hatte für mich seinen Reiz verloren. Warum konnte Mommy das nicht begreifen?

Ich wollte mich heute nicht schon wieder mit ihr streiten, doch da sie ihren Job bei Francine verloren und noch keinen anderen gefunden hatte, rechnete ich damit, sie bei meiner Heimkehr zuhause anzutreffen. Sie sagte, meine Gegenwart sei so deprimierend, daß sie den Appetit verloren hätte. In meinen Ohren klang das nur nach einem weiteren Vorwand, um mit Archie Marlin auszugehen. Heute würde es wieder genauso sein wie sonst auch. Ich wappnete mich auf eine weitere Strafpredigt.

Als ich die Tür des Wohnwagens öffnete, wurde ich jedoch nicht von ihrem gewohnten Tadel begrüßt. Statt dessen sah ich geöffnete Koffer, die auf dem Fußboden verstreut waren. Mommy lief eilig hin und her, faltete Kleidungsstücke zusammen und warf sie in eines der Gepäckstücke.

»Gut, daß du da bist«, sagte sie, als sie mich sah. »Du bist früh dran. Ich hatte schon befürchtet, wenn ich dich ausnahmsweise einmal sehen möchte, fällt es dir ein, etwas zu unternehmen.«

»Was tust du da, Mommy? Warum packst du diese Koffer?«

»Wir reisen ab«, sagte sie lächelnd. »Also, diese beiden Koffer dort sind deine«, wies sie mich an und deutete auf die beiden kleinsten Koffer, die vor dem Sofa lagen. »Es tut mir leid, daß du nicht mehr mitnehmen kannst, aber für noch mehr Gepäck ist im Moment kein Platz im Wagen. Such deine wichtigsten Sachen zusammen, und fang mit dem Packen an.«

»Wir reisen ab? Wohin fahren wir denn? Ich verstehe überhaupt nichts mehr.« fragte ich verblüfft.

»Ich habe nicht viel Zeit, um es dir zu erklären, Melody.« Sie faltete die Hände und blickte wie zum Dank gen Zimmerdecke. »Die Gelegenheit hat sich geboten, und wir ergreifen sie. Beeil dich! Pack schnell deine besten Sachen zusammen, und denk daran, daß wir im Moment nicht genügend Platz für die anderen Sachen haben.«

»Ich begreife überhaupt nichts.« Ich blieb in der Tür stehen und schüttelte verständnislos den Kopf.

»Was gibt es da schon zu begreifen? Wir gehen fort«, rief sie aus. »Wir werden Mineral Acres endlich verlassen! Du solltest dankbar dafür sein. Du solltest vor Dankbarkeit außer dir sein, meine Süße«, drängte sie mich.

»Aber weshalb gehen wir fort von hier?«

Sie streckte die Arme aus und sah von ihrer rechten Hand auf ihre linke, als stünde dort, direkt vor unseren Augen, die

Antwort geschrieben. »Weshalb?« Sie lachte dünn. »Weshalb sollte ich wohl dieses trostlose Nest verlassen wollen, dieses Kaff, in dem es von aufdringlichen Leuten wimmelt, die sich in alles einmischen, von Menschen, die keinerlei Phantasie und keine Träume haben? Weshalb sollte ich wohl einen winzigen Wohnwagen in einer Rentnersiedlung verlassen wollen, in der die meisten Leute schon mit einem Fuß im Grab stehen? Weshalb wohl?« Sie lachte wieder, und dann verblaßte ihr Lächeln.

»Angeblich bist du eine kluge Schülerin. Deine Arbeiten werden ständig mit Einsern benotet, und du fragst mich, warum wir von hier fortgehen?«

»Aber wohin gehen wir denn, Mommy?«

»Das ist ganz gleich, solange wir bloß von hier fortgehen«, sagte sie. Einen Moment lang starrte sie mich an, dann zogen sich ihre Augen zu schmalen Schlitzen zusammen. »Wir werden uns ein wenig umsehen und einen Ort suchen, an dem es uns gefällt, einen Ort, an dem sich mir die Gelegenheit bietet, mehr aus meinem Leben zu machen, einen Ort, an dem ich mich nicht ständig unterdrückt und erstickt fühle. Nachdem dein Vater jetzt tot ist, gibt es keinen Grund mehr, weiterhin in einer Bergarbeitersiedlung zu leben, stimmt's?«

Sie lächelte jetzt wieder, doch irgendwie kam mir dieses Lächeln unecht vor.

»Wir haben doch schon immer in Mineral Acres gelebt«, sagte ich matt.

»Aber doch nur, weil dein Vater im Kohlenbergwerk gearbeitet hat! Also, wirklich, Melody. Und außerdem«, fuhr sie fort, »habe ich bei meinen Bemühungen, mich nach dem Tod deines Vaters aufzuheitern, mehr Geld ausgegeben als alles, was wir auf dem Bankkonto haben. Das Geld von der Lebensversicherung ist aufgebraucht, und du weißt ja selbst, wie hoch unsere laufenden Kosten sind und daß wir jeden Monat nur mit Mühe und Not die Rechnungen bezahlen können. Du warnst mich doch ständig, wie hoch sie sind. Solange ich keinen Job habe, kann ich noch nicht einmal die Miete für diesen Wohnwagen bezahlen, und ich denke gar nicht daran, zu Francine zu gehen und zu betteln, damit sie mir meine Stellung wieder gibt, und andere Jobs gibt es hier nicht für mich. Und ebensowenig denke ich daran, als Kellnerin zu arbeiten. Sieh mich an!« sagte sie und breitete die Arme weit aus. »Sehe ich etwa so aus, als könnte ich hier in diesem Städtchen unseren Lebensunterhalt verdienen? Ich kann nicht tippen, und selbst wenn ich es könnte, würde ich lieber sterben als im Büro irgendeiner dieser Bergwerksgesellschaften eingesperrt zu sein. Wir haben gar keine andere Wahl. Ich muß einen guten Ort finden, ehe es zu spät ist!«

»Aber wie kommen wir dorthin?«

»Archie wird in zwanzig Minuten hier sein«, erwiderte sie. »Deshalb bleibt uns nicht mehr viel Zeit für dieses überflüssige Geschwätz.«

»Archie?«

»Er geht auch von hier fort. Im Grunde genommen war es sogar seine Idee«, fügte sie mit einem fröhlichen Lächeln hinzu. »Wir steigen in seinen Wagen, fahren los und ...«

»Archie? Wir gehen mit Archie Marlin von hier fort?« fragte ich ungläubig.

»Es sieht eher so aus, daß er mit uns von hier fortgeht«, sagte sie und ließ ihren Worten ein nervöses kleines Lachen folgen. »Aber er wird uns trotzdem eine große Hilfe sein. Er hat Freunde in der Unterhaltungsindustrie. Er sagt, ich kann als Mannequin arbeiten.«

»O Mommy, er lügt! All diese Dinge erzählt er dir doch nur, damit du bei ihm bleibst.«

»Was? Wie kannst du es wagen, so etwas zu sagen!« Sie drohte mir mit dem Zeigefinger. »Archie ist ein einfühlsamer Mensch. Er macht sich viel aus uns. Außerdem hat er ja sonst auch niemanden. Also ist es doch ganz sinnvoll, daß wir alle gemeinsam von hier fortgehen. Bitte«, sagte sie und sah flehend zur Decke. »Pack jetzt deine Sachen.«

»Aber was ist mit meiner Schule und ...«

»Du wirst alles, was du versäumst, in einer anderen Schule nachholen – in einer besseren Schule! O Schätzchen«, rief sie und klatschte in die Hände, »ist das nicht aufregend? Du kannst doch unmöglich etwas dagegen haben, daß wir versuchen, uns an einem anderen Ort ein neues Leben aufzubauen! Ich weiß doch genau, daß du hier nicht mehr glücklich bist, stimmt's?«

»Das liegt aber nur an dem, was Daddy zugestoßen ist.«

»Genau. Und daran wird nichts etwas ändern. Weshalb also sollten wir hierbleiben? Das, was wir alle brauchen, ist ein Neubeginn – wir fangen einfach noch einmal ganz von vorn an. Aber das müssen wir tun, ehe es zu spät ist, Melody. Du willst doch nicht etwa, daß ich warte, bis ich zu alt bin und keine Chancen mehr habe? So ist es vielen Leuten ergangen, die jetzt hier festsitzen. Mir wird das jedenfalls nicht passieren«, sagte sie voller Entschlossenheit.

Dann lächelte sie wieder. »Ich habe noch eine andere Überraschung für dich. Eigentlich wollte ich sie mir aufheben, bis wir tatsächlich unterwegs sind und vor uns nichts anderes mehr liegt als eine bessere Zukunft«, sagte sie.

Ich starrte sie benommen an und fragte mich, womit sie mich jetzt wohl noch überraschen könnte.

»Willst du denn gar nicht wissen, was es ist?« fragte sie, als ich nichts sagte.

Ich schüttelte den Kopf und sah mich um. Der Anblick, der sich mir bot, war niederschmetternd. Die Koffer auf dem Fußboden, dieses ganze Durcheinander, Kleidungsstücke, die überall verstreut waren ...

»Was ist es?« fragte ich schließlich.

»Unser erstes Reiseziel ist Provincetown, Cape Cod. Dort wirst du endlich die Familie deines Vaters kennenlernen. Nun, was ist?« fragte sie, als ich nichts darauf erwiderte. »Bist du denn gar nicht aufgeregt? Jahrelang hast du nach Daddys Familie gefragt. Jetzt bekommst du all deine Antworten.«

»Provincetown? Daddys Familie?«

»Ja. Findest du denn nicht, daß das eine großartige Idee ist?«

»Ich weiß es nicht«, sagte ich. Sie hatte recht: Damit hatte sie mich tatsächlich überrascht, und trotzdem kam es mir ganz so vor, als stimmte hier etwas nicht. Ich holte tief Atem. Mein Herz pochte heftig. Die Ereignisse überschlugen sich, und ich konnte keinen klaren Gedanken fassen.

»Sollten wir all das nicht gründlicher planen, Mommy? Können wir uns nicht erst einmal hinsetzen, darüber reden und alles organisieren?«

»Nein, denn das läuft gewöhnlich nur darauf hinaus, daß wir überhaupt nichts unternehmen«, jammerte sie. »Wie Archie ganz richtig sagt: Wenn man die Dinge nicht dann in Angriff nimmt, wenn man den Drang dazu verspürt, wird man sie wahrscheinlich nie tun.«

»Warum müssen wir ausgerechnet mit ihm von hier fortgehen?« bohrte ich.

Ihr Gesicht spannte sich an, und sie kniff die Augen zusammen. »Ich mag Archie, Melody. Er bringt mich zum Lachen, und ich habe das Weinen und Klagen satt. Mir hängen die Leute zum Hals heraus, die mich ansehen, als sei ich eine Art Ungeheuer, weil mein Mann bei einem Grubenunglück ums Leben gekommen ist. Aber Archie ist anders.«

Sie setzte sich auf das Sofa und bedeutete mir, ich solle zu ihr kommen. Ich setzte mich neben sie, blieb jedoch weiterhin auf der Hut. Dann zog sie mich zum ersten Mal seit Daddys Tod in ihre Arme. Sie drückte mich eng an sich und begann mein Haar zu streicheln, und allmählich entspannte ich mich. Es tat so gut, meine Mommy wieder für mich zu haben. Sie hatte mir so sehr gefehlt. »Du wirst Archie mögen, wenn du ihn besser kennst. Er ist genau die Medizin, die ich brauche, und auch du brauchst diese Medizin, mein Schatz.« Sie unterbrach sich, strich mir jedoch weiterhin über das Haar. Ich hoffte, sie würde niemals damit aufhören. »Ich möchte dich nur um eines bitten«, sagte sie leise. »Sowie wir Sewell verlassen haben, darfst du ihn nicht mehr Archie nennen.«

»Und warum nicht?«

»Sein richtiger Name ist Richard. Archie ist nichts weiter als ein Spitzname.«

»Wie kommt es überhaupt, daß er so überstürzt von hier fortgehen kann? Er hat doch schließlich einen Job«, sagte ich und hoffte nur, sie würde nicht böse auf mich werden und mich loslassen. Vielleicht war er dabei ertappt worden, daß er den Whiskey mit Wasser verdünnte, wie Alices Vater es behauptet hatte.

»Das ist keine Art von Job, die ein Mann wie Arch ... Richard für den Rest seines Lebens betreiben will. Und darum haben wir diesen Entschluß gefaßt. Und jetzt möchte ich, daß du deine Sachen packst. Aber denk daran, daß du nur zwei Koffer zur Verfügung hast.«

»Aber das heißt, daß ich furchtbar viele Sachen hier lassen muß«, protestierte ich.

»George und Arlene werden auf die Sachen aufpassen«, sagte sie. »Und nachdem wir uns an einem Ort niedergelassen haben, der uns gefällt, werden wir uns alles nachschicken lassen.«

»Mama Arlene«, murmelte ich und begriff in dieser Sekunde, daß ich sie nicht mehr sehen würde. »Hast du ihr schon erzählt, was du vorhast?«

»Genau das wollte ich gerade tun«, sagte Mommy, »aber da ich endlos und ewig mit dir herumdiskutieren mußte, ist meine Zeit jetzt knapp. Ich muß schließlich auch noch meine Sachen packen.«

»Aber muß ich denn nicht die Schule verständigen und ...«

»Hör jetzt endlich auf zu schnattern, Melody, und pack deine Sachen! Es wird schon alles gut gehen. Wir sind schließlich nicht die ersten Menschen, die es wagen, von hier wegzuziehen, obwohl ich wetten würde, daß man diejenigen, die aus dieser Mausefalle hier entkommen sind, an einer Hand abzählen kann.«

Sie lächelte wieder und hastete in ihr Schlafzimmer.

Ich stand einfach nur da und sah mich um. Es fiel mir schwer zu glauben, daß wir Sewell für immer verlassen würden. Was war mit Daddys Grab? Ich wollte hingehen und mich von ihm verabschieden. Und was war mit Alice und meinen anderen Freundinnen? Ich mußte meine Bücher in die Bücherei zurückbringen! Und was würde mit unserer Post geschehen? Und mit den Rechnungen, die noch ausstanden – zur Bank würden wir doch gewiß gehen müssen. Es gab noch soviel zu tun.

Ich stellte meine Büchertasche ab und ging langsam durch den kurzen Korridor. Mommys Kleiderschrank stand offen, und all ihre Sachen lagen auf dem Bett verstreut. Jetzt stand sie nachdenklich mitten im Zimmer.

»Es ist mir ein Greuel, soviel zurückzulassen, aber ich kann mir schließlich neue Kleider kaufen, oder etwa nicht?« beschloß sie.

»Mommy *bitte.* Laß uns das alles in Ruhe besprechen, damit die Dinge ihre Ordnung haben.«

»Du bist immer noch nicht am Packen?« Sie drehte sich zornig zu mir um. »Ich warne dich, Melody. Sowie Archie kommt, gehen wir zu dieser Tür hinaus«, drohte sie mir. »Was du bis dahin gepackt hast, kommt mit. Was du bis dahin nicht gepackt hast, bleibt hier. Verstanden?«

Ich schluckte den Kloß in meiner Kehle und dachte einen Moment lang nach. Verzweifelt versuchte ich, einen klaren Gedanken zu fassen. Plötzlich hatte ich eine Idee.

»Vielleicht sollte ich besser hierbleiben und bei Mama Arlene und Onkel George wohnen, bis du ein neues Zuhause für uns gefunden hast, Mommy.«

Sie schüttelte den Kopf. »Daran habe ich auch schon gedacht, aber Papa George geht es ständig schlechter, und Mama Arlene hat ohnehin schon alle Hände voll mit ihm zu tun. Und außerdem gehören die beiden nicht wirklich zur Familie und können die Vormundschaft für dich nicht übernehmen. Das ist eine zu große Verantwortung, die man klapprigen alten Leuten nicht zumuten kann.«

»Die beiden sind nicht alt und klapprig«, beharrte ich.

»Melody, pack augenblicklich deine Sachen in diese Koffer!« Dann wurde ihre Stimme wieder milder. »Mach nicht alles noch schwerer, als es ohnehin schon ist, Schätzchen. Ich verlasse mich darauf, daß du ein großes Mädchen bist. Natürlich fürchte ich mich auch ein wenig. Jeder hat Angst davor, ein neues Leben zu beginnen. Ich brauche deine Unterstützung, Melody.« Sie schwieg, als ich mich immer noch nicht von der Stelle rührte. »Und außerdem weißt du selbst ganz genau, wie wichtig es Daddy wäre, daß du tust, was ich sage«, fuhr sie dann fort. »Oder etwa nicht?« Sie lächelte. »Das würde er sich doch sicher wünschen?«

»Ja«, gab ich widerstrebend zu.

Ich senkte den Kopf und wandte mich ab. Als ich mein kleines Zimmer betrat und mich umsah, erkannte ich, daß ich vor einer unmöglichen Aufgabe stand. Es gab so viele kostbare Erinnerungsstücke, vor allem Dinge, die Daddy mir gekauft hatte, zum Beispiel meine erste Puppe und all die Fotos. Die Koffer, die Mommy für mich bereitgestellt hatte, waren kaum groß genug, um ein Zehntel meiner Garderobe zu fassen, von Puppen und Stofftieren ganz zu schweigen. Und was war mit meiner Fiedel?

»Zehn Minuten!« rief Mommy mir aus ihrem Zimmer zu.

Mir blieben zehn Minuten Zeit, um zu entscheiden, was ich hier zurücklassen würde. Vielleicht für immer. Das konnte ich nicht schaffen. Ich fing an zu weinen.

»Melody! Ich kann dich immer noch nicht packen hören«, rief sie.

Langsam öffnete ich die Schublade der Kommode und holte

Dinge heraus, von denen ich wußte, daß sie unbedingt notwendig waren – Unterwäsche, Socken und Schuhe. Dann trat ich vor den Kleiderschrank und wählte Röcke und Blusen, zwei Jeans und ein paar Pullover aus.

Die Koffer füllten sich schnell, doch ich packte so viele Fotografien wie möglich zusammen und stopfte sie unter die Kleidungsstücke. Dann versuchte ich, meine erste Puppe in einen der Koffer zu zwängen, meine Kate und meinen Teddybär und ein paar Geschenke von Daddy. Mommy kam und sah, wie voll meine Koffer waren und daß sie sich unmöglich richtig schließen ließen.

»Du kannst das nicht alles mitnehmen«, sagte sie.

»Kann ich nicht doch noch einen Koffer haben?«

»Nein. Arch ... Richard braucht selbst Platz für seine Sachen, und ich muß vier Koffer mitnehmen. Ich brauche meine guten Kleider, damit ich hübsch aussehe, wenn ich zu Vorstellungsgesprächen gehe oder bei den richtigen Leuten vorspreche«, behauptete sie. »Ich habe dir doch schon gesagt, daß wir uns alles Übrige nachschicken lassen.«

»Aber ich brauche doch gar nicht viel mehr. Vielleicht noch einen kleinen Karton und ...«

»Melody, wenn du nicht entscheiden kannst, was du hier zurückläßt, dann werde ich eben die Entscheidung für dich treffen«, sagte sie und bückte sich, um meine Stofftiere aus dem Koffer zu ziehen.

»Nein!« schrie ich. »Die Katze war das letzte Geschenk, das Daddy mir gemacht hat!«

»Entweder die Katze und dieser Teddybär oder ein Teil deiner Kleider bleiben hier. Entscheide selbst darüber. Du bist jetzt ein großes Mädchen. Du brauchst keine Spielsachen mehr«, fauchte sie und warf die Katze wieder auf die Kleidungsstücke in dem Koffer.

Ich zwängte meine Stofftiere unter die Kleider, und dann setzte ich mich auf den Koffer, damit er sich schließen ließ, und es gelang mir tatsächlich, die Schnallen zuschnappen zu lassen. Die Koffer waren ausgebeult und schwer, doch ich hatte es geschafft, die Dinge hineinzuzwängen, die ich unter gar keinen Umständen hier zurücklassen würde.

»Du brauchst nur diesen einen Mantel«, wies mich Mommy an, »und die Stiefel, die du trägst. Vergiß deine Handtasche nicht.«

»Ich nehme meine Fiedel mit«, sagte ich.

»Deine Fiedel? Melody, ich bitte dich. Das ist ein Instrument für Hinterwäldler.«

»Daddy hat mir schrecklich gern zugehört, wenn ich gespielt habe.«

»Aber jetzt kann er dich nicht mehr hören. Dort, wo du in Zukunft sein wirst, wirst du wohl kaum ein solches Instrument spielen, das verspreche ich dir. Vielleicht wirst du lernen, Gitarre zu spielen oder ...«

»Ich komme nicht mit, wenn ich die Fiedel nicht mitnehmen darf, Mommy.« Ich verschränkte die Arme und lehnte mich mit dem Rücken an die Wand. »Ich komme nicht mit. Ich schwöre es dir.«

Sie seufzte.

»Vermutlich wird es eine Weile dauern, bis du nicht mehr unter dem Einfluß dieses elenden Kaffs stehst. Tu, was du willst.« Sie stapfte durch den Korridor, um ihre letzten Kosmetikartikel einzupacken. Ich hatte meine eigenen Toilettenartikel vergessen und mußte einen der Koffer wieder öffnen, um sie hineinzuzwängen. Ich plagte mich immer noch damit ab, den Koffer wieder zu schließen, als Archie Marlin eintraf.

Er trug ein braunes sportliches Jackett, Hemd und Krawatte und eine braune Hose. Mir schien es, als sei er etwas besser gekleidet als sonst.

»Hallo«, sagte er, als er in mein Zimmer kam, ohne anzuklopfen. »Bist du soweit?«

»Nein«, sagte ich kläglich.

Daraufhin lächelte er nur. »Du bist bestimmt schon ganz aufgeregt, was?«

»Nein«, sagte ich mit fester Stimme.

»Du fürchtest dich wohl, was? Du brauchst dich aber nicht zu fürchten. Für mich ist das alles nichts Neues, und es besteht kein Grund zur Furcht.« Seine Stimme klang aufgeblasen und angeberisch.

»Ich fürchte mich nicht. Ich ärgere mich nur darüber, daß wir so überstürzt aufbrechen.«

»Wenn man sich etwas vornimmt, dann sollte man es am besten gleich tun.« Er schnalzte mit den Fingern. »Entweder man ist ein Tatmensch, oder man ist ein Schwätzer.« Er nahm seine Schultern zurück und drückte die Brust heraus. Ich wandte mich ab, damit er die Tränen nicht sehen konnte, die in meinen Augen glitzerten. »Haille!« rief er.

»Oh, du bist hier. Das ist gut.« Mommy kam in mein Zimmer. »Ich bin so gut wie fertig mit dem Packen. Du kannst schon anfangen, den Wagen vollzuladen, Richard.«

Er riß die Augen auf.

»Sie weiß, daß das dein richtiger Name ist und daß du nur mit Spitznamen Archie genannt wirst«, erklärte Mommy.

»Ach? Das ist gut. Ich konnte diesen Spitznamen noch nie leiden.« Archie-Richard zwinkerte mir zu und ging dann, um Mommys Gepäck zu holen.

»Bist du mit dem Packen fertig?« fragte sie mich.

»Die Koffer sind voll. Ich muß nur diesen einen hier noch zumachen.«

»Kein Problem.« Archie, der gerade die beiden größeren von Mommys Koffern über den Fußboden zog, ließ sie dort stehen und setzte sich auf meinen Koffer, um die Schnallen zuschnappen zu lassen. »Wenn ich dir irgendwie behilflich sein kann, Melody, dann brauchst du es nur zu sagen«, sagte er zu mir. Ich schnaubte, denn mir war die Vorstellung verhaßt, ihn um etwas bitten zu müssen.

»Warum gehst du nicht zu Mama Arlene und verabschiedest dich von ihr, während wir die Sachen in den Wagen laden?« sagte Mommy.

Ich senkte den Kopf und zog meinen Mantel an. Dann nahm ich meinen Fiedelkasten und ging zur Tür. Archie beklagte sich darüber, wie schwer Mommys Koffer waren. Er schaffte es kaum, sie die Stufen hinunterzutragen.

»Sei bloß vorsichtig!« schrie Mommy. »In diesen Koffern sind meine edelsten Sachen.«

Daddy hätte die Koffer mit zwei Fingern hochheben können, dachte ich.

Ich klopfte an die Tür von Mama Arlenes Wohnwagen.

»Melody, Schätzchen, was ist passiert?« In dem Moment, als sie mir ins Gesicht sah, wußte sie, daß etwas nicht stimmte.

»O Mama Arlene. Wir gehen fort. Wir verlassen Mineral Acres für immer!« Ich stürzte mich in ihre Arme.

So schnell wie möglich berichtete ich ihr alles, und ich erzählte ihr auch von meinem Vorschlag, hierzubleiben und zu ihr und Papa George zu ziehen. Wir standen immer noch in der Tür, und ich hatte schon alles herausgesprudelt.

»Oh«, sagte sie und nickte. »Deshalb hat sie sich also bei mir nach Georges Gesundheitszustand erkundigt. Komm einen Moment rein«, sagte sie dann.

»Wo ist Papa George?« fragte ich, als ich ihn nicht auf seinem Lieblingsplatz sitzen sah, einem riesigen Sessel, wo er sonst vor dem Fernseher saß und rauchte. Ehe sie etwas darauf erwidern konnte, hörte ich seinen heiseren Husten aus dem Schlafzimmer dringen.

»Er fühlt sich heute nicht ganz auf der Höhe«, sagte sie. »Der Arzt wollte ihn ins Krankenhaus einliefern, aber du kennst ja Papa George. Er wollte nicht. Wie war das noch mal – wann brecht ihr auf?«

»Heute! Jetzt sofort!«

»Jetzt sofort? Aber sie hat mit keinem Wort erwähnt ...

Jetzt sofort?« Diese Feststellung schockierte sie fast so sehr wie mich. Ihre kleinen Hände hoben sich flatternd wie zwei winzige Singvögel, dann schüttelte sie ungläubig den Kopf.

»Sie möchte, daß ihr unsere Sachen für uns aufhebt, bis wir sie uns nachschicken lassen«, erklärte ich.

»Ja, selbstverständlich tun wir das. Ich werde gut auf alles aufpassen. O Melody«, sagte sie, und jetzt flossen tatsächlich Tränen aus ihren Augen. »Wir werden dich vermissen. Du bist die Enkelin, die wir nie gehabt haben, das Kind, das wir nie gehabt haben.«

»Ich will nicht von hier fortgehen«, klagte ich.

»Du mußt mit deiner Mutter gehen, Schätzchen. Sie braucht dich.«

»Sie braucht mich nicht«, sagte ich trotzig. »Sie hat doch schließlich Archie Marlin.«

»Archie Marlin? Oh.« Mißbilligung und Traurigkeit machten sich auf ihrem Gesicht breit, und ihre Augen verfinsterten sich.

»Was geht dort draußen vor?« rief Papa George aus dem Schlafzimmer.

»Du solltest besser zu ihm gehen und dich von ihm verabschieden.« Mir wurde ganz kalt ums Herz, als ich hörte, wie sie diese Worte sagte. Ich ging langsam auf die Schlafzimmertür zu und sah hinein.

Papa George wirkte winzig unter seiner dicken Steppdecke. Nur der Kopf mit dem schlohweißen Haar lugte heraus. Er hustete einen Moment lang fürchterlich und spuckte in einen Metallnapf neben dem Bett. Dann holte er tief Atem und drehte sich zu mir um. »Worüber schwätzt ihr Weibsbilder da draußen?«

»Wir gehen fort von hier, Papa George«, sagte ich.

»Wer geht von hier fort?«

»Mommy und ich ... für immer«, sagte ich.

Er starrte mich an, holte noch einmal tief Atem, hustete ein paarmal und setzte sich dann mühsam auf.

»Wohin bringt sie dich?«

»Wir werden die Familie meines Daddys besuchen. Sie lebt in Cape Cod.«

Der alte Mann nickte. »Tja, vielleicht ist das wirklich das Beste. Das kam wohl alles ziemlich plötzlich für dich, was?«

»Ja. Ich habe mich von keiner meiner Freundinnen verabschieden können, und ich bin auch noch nicht auf dem Friedhof gewesen.«

Er dachte einen Moment lang nach und streckte dann die Hand nach seiner Nachttischschublade aus. Er holte etwas heraus und forderte mich mit einer Handbewegung auf näherzukommen.

»Ich möchte dir etwas schenken«, sagte er und reichte mir eine vergoldete Taschenuhr. Ich hatte sie schon ein- oder zweimal gesehen und wußte, daß in den Deckel eingraviert war: Für George O'Neil, für zehn Tonnen Kohle! »Sie geht immer noch auf die Minute pünktlich«, sagte er. Wenn man den Uhrdeckel öffnete, ertönte eine von Papa Georges Lieblingsmelodien, »Beautiful Dreamer«.

»Das kann ich nicht annehmen, Papa George. Ich weiß, wieviel diese Uhr dir bedeutet.«

»Sie wird mir noch mehr bedeuten, wenn ich weiß, daß Chester Logans kleine Tochter sie besitzt, jetzt und für alle Zeiten«, sagte er mit einer Stimme, die keinen Widerspruch duldete. Ich streckte die Hand aus und schloß sie um die Taschenuhr. »Jetzt weiß ich wenigstens, daß du mich nicht vergessen wirst.«

»O Papa George, ich könnte dich niemals vergessen«, stöhnte ich und schlang meine Arme um seinen Hals. Er fühlte sich so schmächtig an, nur noch Haut und Knochen, und seine Umarmung war kaum zu spüren. Ich war schockiert. Es war, als welkte und schrumpfte er direkt vor meinen Augen.

Er fing wieder an zu husten und schob mich von sich, damit er sich wieder unter die Decke legen konnte. Ich wartete, bis er wieder Luft bekam.

»Schick uns Postkarten«, sagte er.

»Ganz bestimmt. Ich werde euch täglich schreiben.«

Er lachte. »Eine Postkarte ab und zu genügt uns vollauf, Melody. Und vergiß nicht, die Fiedel zu spielen. Ich habe nicht umsonst soviel Zeit damit zugebracht, dir das Spielen beizubringen.«

»Ich werde es ganz bestimmt nicht vergessen.«

»Gut«, sagte er. Er schloß die Augen. »Das ist gut.«

Heiße Tränen strömten über meine Wangen. Der Schmerz ging so tief, daß ich das Gefühl hatte, er würde meine Lunge zerreißen. Als ich mich umdrehte, sah ich Mama Arlene in der Schlafzimmertür stehen, die ebenfalls weinte. Sie streckte die Arme nach mir aus, und wir umarmten uns. Dann folgte sie mir nach draußen.

Mommy und Archie waren gerade damit fertig, das Gepäck in seinen Chevy zu laden. Er schlug den Kofferraum zu und setzte sich hinter das Steuer. Mommy kam auf Mama Arlene zu.

»Ich wußte nicht, daß du schon so bald fortgehen wolltest, Haille.«

»Es hat sich so ergeben, Arlene. Ich nehme an, Melody hat dich schon darum gebeten, nach unseren restlichen Sachen zu sehen, wenn sich das machen ließe.«

»Natürlich werde ich mich darum kümmern.«

»Sowie wir uns erst einmal niedergelassen haben, werde ich arrangieren, daß uns die Dinge, die wir brauchen, nachgeschickt werden. Wo ist George?«

»Er hat sich hingelegt«, sagte sie.

»Ach so.«

Die beiden tauschten einen vielsagenden Blick miteinander aus, der meine Knie weich werden ließ.

»Ich werde mich bei euch melden, und ab und zu schreibe ich euch ein Kärtchen«, versprach Mommy.

Mir schwirrte der Kopf. Es gab so vieles zu bedenken.

»Mama Arlene, ich werde meine Schulbücher auf dem Küchentisch liegen lassen. Ich rufe meine Freundin Alice an, damit sie vorbeikommt und sie abholt. Und auch meine Bücher aus der Leihbücherei, in Ordnung?«

»Ja, selbstverständlich, mein Liebes.«

»Hier sind die Schlüssel zum Wohnwagen.« Mommy reichte sie Mama Arlene, die sie nur widerstrebend entgegennahm. Ihr Blick fiel auf mich, und ihre Lippen zitterten.

»Ich sollte jetzt besser die Bücher auf den Tisch legen, Mommy«, sagte ich.

»Beeil dich. Wir wollen fahren. Wir haben einen weiten Weg vor uns«, sagte sie. »Mach schon. Ich werde mit Arlene hier auf dich warten.«

Ich rannte zum Wohnwagen zurück und trat hinein. Einen Moment lang stand ich einfach nur da und sah mich um. Ja, unsere Unterkunft war wirklich winzig, und unsere Einrichtung war äußerst gewöhnlich, die Teppiche waren abgewetzt, die Vorhänge fadenscheinig und die Tapeten ausgeblichen. Die Wasserhähne tropften, und die Becken hatten Rostflecken am Abfluß. Die Heizung funktionierte nie so, wie sie sollte, und im Sommer war es der reinste Backofen. Wieder und wieder hatte ich mir gewünscht, statt dessen in einem richtigen Haus zu wohnen, und doch war dies hier mein Zuhause gewesen, und jetzt fühlte ich mich, als ließe ich einen armen alten Freund im Stich.

Daddy und ich hatten Tausende von Mahlzeiten in dieser kleinen Eßecke eingenommen. Tausendmal hatte ich mich auf diesem verschlissenen Sofa in seinen Armen zusammengerollt, während wir miteinander fernsahen. Hier hatte ich Kerzen auf vielen Geburtstagskuchen ausgeblasen. In dieser Ecke dort hatten wir unseren kleinen Weihnachtsbaum geschmückt. Obwohl nie sehr viele Geschenke darunter gelegen hatten, war ich immer aufgeregt und sehr gespannt darauf gewesen.

Jetzt mußte ich also Abschied von dem Wohnwagen nehmen, der mein Zuhause gewesen war, Abschied von dem Geräusch des Regens, der auf das Dach trommelte, wenn ich schlief, für die Schule lernte oder meine Mahlzeiten einnahm. Abschied von jedem Quietschen und Ächzen im Wind, von dem seltsamen Stöhnen in den Rohrleitungen, über das Daddy und ich Dutzende von Malen gelacht hatten. Und wie verabschiede ich mich von meinem kleinen Zimmer, meiner ureigenen kleinen Welt? Einst war dies mein Zufluchtsort, und jetzt sah ich es zum letzten Mal.

Ich biß mir auf die Unterlippe und preßte die Handfläche auf mein Herz, das so weh tat, und dann hob ich meine Schulbücher und die Bücher aus der Leihbücherei auf und legte sie auf den Küchentisch.

Archie Marlin drückte auf die Hupe. Ich sah mich noch ein allerletztes Mal um und prägte mir alles ganz genau ein. Archie hupte wieder.

»Auf Wiedersehen«, flüsterte ich dem einzigen Zuhause zu, das ich je gekannt hatte. Ich ging schnell zur Tür hinaus, denn ich fürchtete, wenn ich jetzt noch einmal stehenblieb oder mich umdrehte, würde ich niemals von hier fortgehen können.

»Weshalb hast du so lange gebraucht?« klagte Mommy, die den Kopf zum Fenster herausstreckte.

Ich setzte mich auf den Rücksitz. Er war zur Hälfte mit Kleidern von Mommy bedeckt. Ich verstaute meine Fiedel auf dem Boden vor dem Sitz.

»Paß bloß auf meine Sachen auf«, sagte Mommy.

»Los geht's.« Archie stieß zurück. Ich preßte das Gesicht an die Fensterscheibe. Mama Arlene stand in der Tür, eine kleine und traurige Gestalt, deren Hand in einem Winken zum Abschied erstarrt war. Tränen ließen alles vor meinen Augen verschwimmen, und einige meiner Tränen liefen an der Scheibe hinunter. Ich lehnte mich zurück, um Atem zu holen, als Archie durch die Einfahrt fuhr und auf die Straße bog.

»Wir halten doch am Friedhof an, nicht wahr, Mommy?«

»Was? Wozu denn das?«

»Um uns von Daddy zu verabschieden«, erwiderte ich mit trauriger Stimme.

»O Melody. Können wir diese Reise denn nicht gutgelaunt antreten?«

»Ich muß mich von Daddy verabschieden!« rief ich aus. »Es muß einfach sein!« Meine Verzweiflung war nicht zu überhören.

Archie sah Mommy an, und sie schüttelte den Kopf.

»Wir kommen ohnehin am Friedhof vorbei«, sagte er.

»Also, ich steige jedenfalls nicht mit dir aus«, sagte Mommy. »Es ist mir unerträglich.«

Archie hielt vor dem Eingang zum Friedhof an. Mommy sagte, es bräche ihr das Herz, wenn er hineinführe. Es erinnerte sie zu sehr an das Begräbnis.

»Wir warten aber nur fünf Minuten auf dich, Melody«, sagte sie zu mir.

»Bist du ganz sicher, daß du nicht mitkommen willst, Mommy?«

Sie starrte mich einen Moment lang an, und in ihren Augen stand echte Traurigkeit. Dann schüttelte sie sanft den Kopf. »Ich habe mich schon vor einer ganzen Weile verabschiedet, Melody. Das mußte ich tun, um weiterzuleben.«

Ich öffnete die Tür, sprang hinaus und rannte den Weg an den Grabsteinen entlang, bis ich Daddys Grab erreicht hatte. Ich ging darauf zu und schlang die Arme um den Grabstein, wie ich sie früher um Daddy geschlungen hatte. Ich preßte meine Wange an den harten Granit und schloß die Augen.

»O Daddy, wir gehen fort, aber ich werde so oft wie möglich zurückkommen. Mommy muß von hier fortgehen. Sie kann nicht länger hier leben. Ich weiß, daß du ihr verzeihen würdest. Du hast ihr ohnehin alles verziehen«, sagte ich, nicht ohne eine gewisse Bitterkeit. »Und ich weiß auch, daß du mir sagen würdest, ich solle ihr eine Hilfe sein, aber ich kann nichts dafür, wie mir zumute ist.«

Ich sank vor dem Grabstein auf die Knie und senkte den Kopf, um ein kurzes Gebet zu sprechen. Dann zupfte ich einen Grashalm aus der Erde des Grabs und verstaute ihn in Papa Georges Taschenuhr. Ich sagte mir, daß ich ihn immer mit mir herumtragen würde. Ich schloß den Uhrdeckel nicht gleich wieder, damit ein paar Töne von »Beautiful Dreamer« zu hören waren. Auch Daddy hatte dieses Lied geliebt.

Mommy und Archie hupten jetzt wieder.

Ich schloß den Uhrdeckel, stand auf und warf einen Blick auf die fernen Berge. Ich sog den Anblick der Bäume und Sträucher in mich auf, um die Erinnerung an diesen Ort unauslöschlich vor meinen Augen zu bewahren, wie ich auch den Grashalm für alle Zeiten in der Taschenuhr aufbewahren würde.

Dann küßte ich Daddys Grabstein und ließ ein paar Tränen darauf zurück, ehe ich mich abwandte. Wortlos stieg ich wieder in den Wagen. Archie und Mommy sahen mich beide an, und dann wendete er den Wagen und bog auf die Straße ein, die uns nach Norden führen würde, in Richtung Richmond.

Mommy jubelte vor Freude, als wir durch die Stadt gefahren waren und das Schild hinter uns zurückgelassen hatten, auf dem stand: Willkommen in Sewell, West Virginia.

»Ich gehe fort!« rief sie aus. »Jetzt ist es wirklich soweit. Meine Zeit im Gefängnis ist vorbei!«

Ich warf einen Blick auf sie und kniff die Augen zusammen. Wie meinte sie das bloß? Ich hätte nachgefragt, wenn meine Brust nicht ganz so sehr geschmerzt hätte. Ich wußte, daß meine Stimme sich überschlagen würde, wenn ich versuchte, auch nur ein Wort herauszubringen.

Archie beschleunigte. Sie schalteten das Radio an und begannen, die Schlagertexte mitzusingen. Mommy drehte sich abrupt zu mir um und sah mich an.

»Ich bitte dich, Melody, freue dich doch endlich einmal über etwas. Sei glücklich, und wenn du es schon nicht um deinetwillen bist, dann sei es wenigstens für mich.«

»Ich werde versuchen, mich für dich zu freuen, Mommy«, flüsterte ich kaum hörbar.

»Das ist gut.«

Die Landschaft rauschte an uns vorbei. Ich achtete kaum darauf, und doch sah ich genug vertrautes Gebiet, das wir endgültig hinter uns ließen, und eine große Traurigkeit erfüllte mich. Ich sah durch das Rückfenster und beobachtete, wie Sewell hinter einem Hügel verschwand, und mit ihm auch der Friedhof, auf dem Daddy ruhte.

Dann drehte ich mich um und richtete den Blick nach vorn. Ich zitterte von Kopf bis Fuß und war nicht weniger verängstigt und verwirrt als ein Neugeborenes, das schreit und um sich tritt, wenn es gewaltsam in die Zukunft hineingezogen wird und ihm vor dem Unbekannten graust.

4.
Das Mädchen vom Land

Ich schloß die Augen und lehnte mich auf dem Sitz zurück. Ehe Daddy ums Leben gekommen war, waren er, Mommy und ich ein paarmal zu den Stränden von Virginia hinausgefahren, aber abgesehen von diesen Ausflügen waren wir nicht viel herumgekommen. Im Norden war ich noch nie gewesen, und Städte wie New York, Washington, D. C., und Boston hatte ich bisher nur auf Bildern gesehen oder etwas über sie gelesen. Mommy bemühte sich, dafür zu sorgen, daß meine Spannung wuchs. Sie erzählte mir, auf dem Weg nach Cape Cord würden wir Washington und Boston sehen. Eines Tages, sagte sie, fahren wir alle nach New York City. Sie erzählte, sie sei schon einmal dort gewesen, aber diese Reise hätte sie mit ihren alten Adoptiveltern unternommen, mit denen man keinen Spaß haben konnte. Sie könnte sich kaum noch daran erinnern.

»Aber wenn wir erst einmal hinfahren, werden wir es uns so richtig gutgehen lassen. Dann besuchen wir die Museen, gehen ins Theater und essen in den berühmten Restaurants. Stimmt's, Richard?«

»Ganz genau«, erwiderte Archie. »Dein Leben fängt jetzt erst wirklich an, Melody.«

»Siehst du?« sagte Mommy.

Auf der Fahrt hörte ich den Gesprächen zu, die die beiden miteinander führten. Archie redete von den Städten, in denen er gewesen war. Er verglich sie miteinander, klagte über die eine oder andere, und von wieder anderen Städten schwärmte er.

Er behauptete, die besten Restaurants von New York und Chicago zu kennen. In Las Vegas war er schon häufig gewesen und in Los Angeles mindestens dreimal. Er gab damit an, wie viele Leute aus der Unterhaltungsindustrie ihm in den verschiedenen Bars und Restaurants, in denen er gearbeitet hatte, über den Weg gelaufen waren und wen er alles näher kennengelernt hätte. Er behauptete, er sei ganz sicher, daß er all diese Leute anrufen und ihnen Mommy ans Herz legen könnte. Mommy reagierte auf alle diese Versprechen mit großem Vergnügen und fröhlichem Gelächter. Ich konnte einfach nicht fassen, daß sie so leichtgläubig war, aber dann fiel mir wieder ein, daß Daddy einmal zu mir gesagt hatte, wenn man sich allzu sehr wünschte, daß etwas wahr sei, dann mißachtete man sämtliche Beweise, die dagegensprachen. In allererster Linie stellt man keine Fragen, auf die man Antworten bekommen könnte, die man nicht hören will.

Mommy hätte Archie Marlin beispielsweise fragen sollen, warum er nicht selbst einen besseren Job hatte, wenn er mit all diesen einflußreichen Personen so eng befreundet war. Und wie es überhaupt kam, daß er in Sewell gelandet war. Ich war versucht, mich vorzubeugen und ihm diese Frage selbst an den Kopf zu werfen, doch da ich Mommy nicht erzürnen wollte, versuchte ich statt dessen zu schlafen.

Wir hielten an, um zu tanken und ein paar belegte Brötchen zu kaufen, und dann fuhren wir weiter, bis wir Richmond erreicht hatten. Archie brüstete sich damit, ein kleines italienisches Restaurant zu kennen, dessen Besitzer sich bestimmt noch an ihn erinnern könnten und uns sicher bevorzugt behandeln würden. Er versprach Mommy, er würde jedesmal an einem besonderen Restaurant anhalten. Als wir jedoch in die Straße einbogen, in der sich das italienische Restaurant angeblich befand, existierte es nicht mehr.

»Das ist das Ärgerliche mit diesen kleinen Restaurants«, bemerkte Archie. »Sie schießen wie die Pilze aus dem Boden, und genauso schnell schließen sie wieder. Laßt uns ganz einfach dort drüben in dieser Imbißbude einen Happen zu uns nehmen«, beschloß er und fuhr auf den Parkplatz.

Ich hatte keinen Hunger, aber Mommy bestand darauf, daß ich etwas aß. Während wir auf unser Essen warteten, sah ich mir Archie Marlin näher an und versuchte zu verstehen, was Mommy an ihm fand, vor allem, wenn man bedachte, daß sie mit einem so gutaussehenden und starken Mann wie Daddy verheiratet gewesen war.

Archie hatte nicht nur dichte Sommersprossen im Gesicht, sondern auch auf den Handrücken. Seine rötliche Haut war mit weißen Flecken gesprenkelt. Es sah aus, als hätte er sich mit Milch bespritzt, die bleibende Flecken hinterlassen hatte. Seine Handgelenke kamen mir nicht viel breiter als meine eigenen und die von Mommy vor, und die Vorstellung, er könnte eine Hacke oder eine Schaufel in die Hand nehmen, hätte mich fast zum Lachen gebracht. Es war kein Wunder, daß der schwerste Gegenstand, den er je gestemmt hatte, ein Glas Bier war.

Archie Marlin strahlte gebündelte nervöse Energie aus. Daddys stille, ruhige und zuversichtliche Art ging ihm gänzlich ab. Archies Blicke streiften ständig durch die Gegend. Wenn er Fragen beantwortete, sah er einen dabei nur selten an. Er senkte den Blick beim Reden auf den Boden, schaute zur Decke auf oder spielte mit einem Löffel. Während wir auf unser Essen warteten, schilderte er uns, wie er früher einmal in einem Casino in Las Vegas Geber beim Blackjack gewesen war. Er führte uns vor, wie er die Karten mischte und Asse in der Handfläche versteckte. Er sagte, er sei einer der besten Blackjackgeber in der ganzen Stadt gewesen.

»Und warum haben Sie diesen Job dann aufgegeben?« platzte ich heraus, da ich inzwischen mehr als genug von seinen Geschichten hatte.

»Ich war minderjährig«, sagte er. »Und außerdem«, fügte er mit einem Zwinkern hinzu, »habe ich meinen Lohn gleich wieder ins Casino reinvestiert, sobald ich ihn bekommen habe. Immerzu habe ich auf den ganz großen Gewinn gehofft, wie all die anderen armen Narren auch. Aber eine Zeitlang hatte ich meinen Spaß daran.«

»Das muß wirklich aufregend gewesen sein«, sagte Mommy. »Die Scheinwerfer, der Lichterglanz, all diese reichen Leute in ihren feinen Kleidern und die Unterhaltungskünstler, die du dort getroffen haben mußt.«

»Ja, klar«, sagte er, als hätte er sein Leben lang nichts anderes getan. »In Vegas habe ich es mir wahrhaftig gutgehen lassen, aber andererseits habe ich überall meinen Spaß, ganz gleich, wo ich bin.«

»Warum sind Sie dann ausgerechnet in Sewell gelandet?« fragte ich, und meine Frage kam so scharf heraus, wie ich es beabsichtigt hatte. Mommy warf mir einen vorwurfsvollen Blick zu, doch ich ließ Archie nicht aus den Augen. Seine Mundwinkel verzogen sich, und er grinste wie eine Katze.

»Als ich dort ankam, schien es mir ein nettes, kleines Städtchen zu sein«, erwiderte er. »Ich dachte mir, jetzt werde ich endlich mal kürzer treten und eine ruhige Kugel schieben. Ich habe mir eingebildet, ich sei jetzt reif für das einfache Leben, aber ich habe mich geirrt.« Er lachte, und Mommy fiel in sein Gelächter ein. »Mann, und wie ich mich getäuscht habe!«

»Gegen ein einfaches Leben ist nichts einzuwenden«, fauchte ich. Die beiden hörten auf zu lachen. »Was ist dagegen zu sagen, daß man eine anständige Stellung hat, Freunde, auf die man sich verlassen kann, und ein hübsches Häuschen?«

Archie zuckte die Achseln. »Nicht das geringste, wenn man fünfundsiebzig oder achtzig ist.«

»So ein Unsinn«, sagte ich.

Mommy sah mich finster an. »Melody. Du wirst dich jetzt entschuldigen. Und zwar sofort.«

»Das geht schon in Ordnung«, sagte Archie. »Sie ist verwirrt. Du weißt doch, wie es so schön heißt: Man kann ein Mädchen aus seinem Land vertreiben, aber einem Mädchen vom Land kann man das Landleben nicht austreiben.« Er zwinkerte mir zu.

»Mir macht es nichts aus, ein Mädchen vom Land zu bleiben«, murmelte ich.

»Das kommt nur daher, daß du bisher im Grunde noch nirgendwo gewesen bist. Warte es nur ab«, versicherte er mir. »Du wirst meine Haltung mit der Zeit schon noch verstehen lernen und dich noch ändern.«

Wohl kaum, dachte ich. Lieber wäre ich für alle Zeiten in einer Kohlengrube begraben.

Unser Essen kam. Ich machte mich verdrossen darüber her, während die beiden sich unablässig darüber ausließen, was sie alles tun und sehen würden. Jedesmal, wenn Archie einen neuen Ortsnamen erwähnte, quietschte Mommy vor Vergnügen. Natürlich hatte er die Niagarafälle gesehen, und er war durch den Yellowstone Park gefahren und hatte den Grand Canyon gesehen, war über die Golden Gate Bridge gefahren und hatte die Grand Ole Opry in Nashville gesehen. Sogar das Alamo hatte er gesehen, und er behauptete, er sei in Utah Ski gelaufen und mit einem Floß auf Wildbächen gefahren.

»Sie müssen wesentlich älter sein, als Sie aussehen«, bemerkte ich in einem beiläufigen Tonfall.

»Was? Wieso denn das?« Er hielt mit der vollen Gabel vor seinem Mund inne, als er auf meine Antwort wartete, und seine dünnen Lippen dehnten sich wieder einmal zu seinem künstlichen Lächeln.

»Weil sie ungefähr hundert Jahre alt sein müssen, wenn man Ihnen tatsächlich abnehmen soll, wo Sie schon überall gewesen sind.«

Das Lächeln schwand endlich von seinem Gesicht. »Ich lüge doch nicht, Fräulein«, sagte er zu mir. »Ich kann schließlich nichts dafür, daß du dein Leben lang in einer Kleinstadt festgesessen hast.« Offenbar war ihm aufgefallen, wie wütend seine

Stimme klang. Er warf einen schnellen Seitenblick auf Mommy, und sein zorniger Gesichtsausdruck wurde von einem zuckersüßen Lächeln abgelöst. »Aber zum Glück wird sich das jetzt alles ändern. Stimmt's, Haille?«

»Ja.« Sie warf mir einen hitzigen Blick zu. »Und zwar ganz entschieden.«

Danach hielt ich den Mund. Sie wollten Kaffee und einen Nachtisch bestellen, aber ich hatte keine Lust auf ein Dessert. Deshalb bat ich die beiden, mich zu entschuldigen, und sie erlaubten mir, im Wagen auf sie zu warten. Sie schienen nicht zu bedauern, daß sie mich endlich los waren. Archie gab mir die Wagenschlüssel, und ich verließ die Imbißstube und ließ mich frustriert und kochend vor Wut auf den Rücksitz fallen. Die beiden ließen sich Zeit. Es dauerte fast eine halbe Stunde, bis sie Arm in Arm auf den Parkplatz kamen und wie die kleinen Kinder kicherten.

»Wie geht es unserer Prinzessin vom Lande?« erkundigte sich Archie bei mir, als er den Motor anließ.

»Blendend«, sagte ich.

»Das ist gut so, denn wir dulden keine unglückliche Prinzessin vom Lande in unserem Triumphwagen, nicht wahr, Königin Haille?«

»Nein«, sagte sie. »Wer unglücklich ist, verstößt gegen das Gesetz, so ist es doch?«

»Genau. Ich, König Archie – ich meine natürlich König Richard – verkünde hiermit, daß vom heutigen Tage an Tränen und Traurigkeit aus unser aller Leben verbannt werden. Jeder, der sich beklagt, wird nach dem neuen Gesetz, das wir hiermit erlassen, bestraft. Jeder, der zum zweiten Mal straffällig wird, muß den Laufburschen spielen.«

»Den Laufburschen?« fragte Mommy.

»Ja, du weißt schon, das ist der, dem man vom Aufstehen bis zum Schlafengehen Botengänge aufbrummen kann.«

Mommy brach in hysterisches Gelächter aus, und wir fuhren

los. »Wo sind Sie geboren worden?« fragte ich Archie ein paar Minuten später.

»Ich? In Detroit.«

»Haben Sie denn gar keine Familie?«

»Daran erinnere ich mich nur äußerst ungern«, sagte er.

»Warum denn das?«

»Melody«, schalt Mommy, »du bereitest deiner guten Erziehung Schande. Du weißt doch, daß man seine Nase nicht in die Angelegenheiten anderer Leute steckt«, sagte sie.

»Ich stecke meine Nase nicht in anderer Leute Angelegenheiten. Ich wollte mich nur nett unterhalten. Du hast dich doch bisher ständig darüber beklagt, ich sei zu ruhig, oder etwa nicht?«

»Doch, aber deshalb brauchst du Richard doch nicht gleich ins Kreuzverhör zu nehmen.«

»Ich habe mich nur gefragt, ob es sich nicht vielleicht umgekehrt verhält«, sagte ich achselzuckend.

»Wie meinst du das?« fragte Archie.

»Ich habe mich gefragt, ob die Dinge nicht vielleicht eher so liegen, daß Ihre Angehörigen sich nur äußerst ungern an Sie erinnern.«

»Melody!

Archie schüttelte den Kopf. »Sie ist ein echter Spaßvogel. Du wirst im Leben prima zurechtkommen, Melody.« Im Rückspiegel konnte ich sehen, wie sein Lächeln verblaßte und er mich aus kalten Augen anstarrte.

»So etwas bin ich gar nicht von ihr gewöhnt«, erklärte Mommy. »Sicher liegt es nur an der Aufregung.«

Archie sagte nichts. Er schaltete das Radio ein. Die Dunkelheit wurde immer dichter, und wir fuhren in einen Schauer hinein, der sich zu einem heftigen Regenguß ausweitete. Die Scheibenwischer auf der Windschutzscheibe konnten nicht mithalten, und anscheinend waren die Wischblätter ohnehin abgenutzt. Sie verschmierten die Scheibe zunehmend.

»Es sieht ganz so aus, als könnten wir nicht so viele Kilometer zurücklegen, wie ich es mir erhofft hatte«, bemerkte Archie. »Es wäre wohl besser, wir würden uns ein Motel suchen und über Nacht dort bleiben.«

»Ganz wie du meinst, Richard«, sagte Mommy. »Schließlich bist du derjenige mit der großen Reiseerfahrung. Wir haben uns in deine fähigen Hände begeben.« Am liebsten hätte ich mich übergeben. Zornig starrte ich durch die Windschutzscheibe in die Dunkelheit, die ab und zu von den Scheinwerfern entgegenkommender Wagen zerrissen wurde. Wenn das Scheinwerferlicht auf die Scheibe fiel, wirkten die Regentropfen wie Eissplitter, und mir lief ein Schauer nach dem anderen über den Rücken.

Etwa zehn Minuten später bog Archie von der Straße ab und hielt auf dem Parkplatz eines Motels an. Es regnete in Strömen, deshalb konnten wir das Neonschild des Motels kaum sehen. Archie zog sich die Jacke über den Kopf und rannte durch den Regenguß zur Tür.

In dem Augenblick, als er aus dem Wagen stieg, fiel Mommy über mich her. »Melody, ich will, daß du Richard respektvoll behandelst. Schließlich ist er ein Erwachsener.«

»Was habe ich denn getan?«

»Du hast mit ihm geredet wie mit einem deiner Schulfreunde, und ich will nicht, daß du Unmengen von persönlichen Fragen stellst. Das ist unhöflich. Wenn er uns etwas über sich erzählen möchte, dann wird er das von sich aus tun. Hast du verstanden?«

»Das interessiert mich alles überhaupt nicht.«

»Dann fang eben an, dich dafür zu interessieren. Wir werden eine lange Zeit gemeinsam verbringen. Wir müssen uns gut miteinander verstehen. Wir sollten dankbar dafür sein, daß Richard uns in seinem Wagen mitgenommen hat.« Sie beugte sich zu mir vor und sah mich flehend an.

»Oh, Schätzchen, streng dich doch ein bißchen an, fröhlich zu sein. Schon bald wirst du wunderbare neue Dinge zu sehen bekommen. Denk immer daran«, versuchte sie mich aufzuheitern. »Du solltest froh darüber sein, daß sich dir eine solche Gelegenheit bietet. Ich hatte nie so eine Chance. Ich war gezwungen, bei Leuten zu leben, die ich nicht mochte, und ich mußte furchtbare Dinge über mich ergehen lassen.«

»Was zum Beispiel?« fragte ich, da meine Neugier jetzt angestachelt war.

»Eines Tages werde ich dir all das erzählen«, erwiderte sie, und ihr Blick schweifte in die Ferne, völlig in ihre Erinnerungen versunken.

»Wann wirst du mir all das erzählen?«

»Wenn du alt genug bist, um es zu verstehen.«

»Ich bin alt genug, Mommy. Ich bin fünfzehn. Du solltest mich ab und an mal etwas genauer ansehen. Ich bin kein Kind mehr.«

»Ich sehe dich ständig an. Du bist noch nicht erwachsen, und du bist in einem sehr schwierigen Stadium. Ich kann mich noch genau daran erinnern, wie es war, als ich in deinem Alter war. Verlaß dich auf mich.« Sie streckte einen Arm über die Rückenlehne ihres Sitzes und legte ihre Hand auf meine. »Ich habe nur dein Bestes im Sinn. Das glaubst du mir doch, oder etwa nicht, Melody?«

»Doch, Mommy«, sagte ich, denn ich wünschte mir so sehr, ich könnte ihr glauben.

Die Tür wurde aufgerissen, und Archie sprang in den Wagen und schlug die Tür hinter sich zu. Er wischte sich den Regen aus dem Gesicht.

»Mann, was für ein Unwetter! Aber wir haben Glück gehabt. Das Motel war schon so gut wie voll. Sie hatten noch genau ein freies Zimmer.«

»Prima«, sagte Mommy.

Ein einziges Zimmer? dachte ich. Wir alle gemeinsam in einem kleinen Zimmer? Archie fuhr den Wagen vor Bungalow C und parkte ihn dort.

»Wir werden uns beeilen müssen. Als erstes schließe ich die Tür auf, und dann entscheidet ihr beiden, was ihr über Nacht braucht, und den Rest lassen wir im Wagen, einverstanden?«

»Na klar«, sagte Mommy.

Er sprang wieder in den Regen hinaus.

Mommy drehte sich zu mir um. »Was brauchst du für die Nacht, Melody?«

»Mommy, wie können wir alle im selben Zimmer schlafen?« fragte ich bekümmert.

»Sei nicht so albern. Bestimmt gibt es zwei Betten.«

»Aber ...«

»Du kannst jetzt gleich damit anfangen, dich wie die Erwachsene zu benehmen, für die du gehalten werden willst. Nimm dich zusammen. Was brauchst du?«

»Den kleineren Koffer«, erwiderte ich verdrossen.

»Gut. Warum läufst du nicht schon voraus? Richard und ich werden alles reinbringen, was wir brauchen. Lauf los, Schätzchen.«

Ich öffnete die Tür. Draußen tobte der Sturm mit Orkanstärke. Mit den Händen über dem Kopf rannte ich auf Zimmer C zu. Die Tür stand weit offen, und ich sprang mit einem Satz hinein.

Dann sah ich mich in dem Zimmer um. Es hatte matte braune Wände, die über den Fußleisten fleckig waren. Zwischen den beiden Doppelbetten stand ein dunkelbrauner Nachttisch mit einem altmodischen Telefon. Hinter mir war eine Kommode an der Wand und eine Stehlampe mit einem ausgeblichenen gelben Lampenschirm. Der Kleiderschrank, dessen Tür offenstand und in dem ein paar Kleiderbügel baumelten, befand sich neben der Tür zum Bad.

Ich ging ins Bad und versuchte, die Tür zu schließen, doch sie hatte sich so sehr verzogen, daß es mir nicht gelang. Vor der Badewanne hing kein Duschvorhang, und mitten durch die Badewanne zog sich über den gesamten Wannenboden eine lange

Rostspur. Über dem Waschbecken hing ein kleiner Badschrank mit zerbrochenem Spiegel, und der Hahn tropfte.

Mommy und Archie kamen lachend aus dem Regen hereingerannt. Würden sie etwa fortan alles komisch finden, sogar dieses entsetzliche Motelzimmer?

»Die Badtür läßt sich nicht schließen«, bemerkte ich. Sie hörten beide auf zu lachen und sahen mich an.

Archie hob den rechten Zeigefinger.

»Somit hätten wir schon die erste.«

»Die erste was?«

»Die erste Klage. Noch eine zweite, und du bist für den Rest der Reise der Laufbursche.«

»Das ist wirklich sehr komisch«, sagte ich und stemmte die Hände in die Hüften. »Aber was ist mit dieser Tür?«

Sein Lachen erstarb wie ein Rasenmäher nach dem Ausschalten, als er auf die Tür zuging, um sie sich genauer anzusehen. »Wenn du sie zumachst«, sagte er kurz darauf, »brauchst du nur die Klinke nach oben zu ziehen.«

»Danke.«

Ich nahm den Türgriff, ging wieder ins Bad und schloß die Tür gemäß seinen Anweisungen. Sie schloß immer noch nicht dicht ab, aber das würde genügen müssen. Ich hörte, wie die beiden wieder kicherten.

Als ich aus dem Bad kam, sah ich, daß Archie eine Flasche Gin hatte, aus der er gerade zwei Gläser einschenkte. »Davon wird einem schnell wieder warm«, sagte er.

Sie stießen miteinander an und tranken.

»Mir ist gerade aufgefallen, daß wir kein Fernsehen hier haben«, sagte Mommy. »Hast du dir etwas zum Lesen mitgebracht, Melody?«

»Nein. Wir sind völlig überstürzt aufgebrochen, hast du das etwa schon vergessen? Und meine Bücher hätte ich ohnehin zurücklassen müssen, weil in den Koffern nicht genug Platz war«, klagte ich. Archie sprang auf.

»Das war die zweite. Die zweite Klage! Hiermit bist du das Mädchen für alles.«

Mommy lachte. Sie stießen wieder miteinander an.

»Dieses Zeug kann man unverdünnt wirklich nicht trinken, meinst du nicht auch, Haille?«

»Es wäre schon besser«, sagte sie.

Archie fischte zwei Dollar aus seiner Hosentasche.

»Warum läufst du nicht schnell rüber zum Empfang und besorgst uns eine Dose Tonicwater oder Ginger-ale?« Archie hielt mir das Geld hin. »Sieh zu, daß du unter dem Vordach bleibst, dann wirst du nicht naß.«

Ich sah Mommy an. Sie saß auf dem Bett und strahlte über das ganze Gesicht. »Sei kein Spielverderber, Schätzchen.«

Ich nahm Archie die Scheine aus der Hand, schnappte auf dem Weg zur Tür schnell noch meinen Mantel und versuchte mir einzureden, ohnehin einen Moment lang meine Ruhe vor den beiden haben zu müssen. Ihr Gelächter folgte mir, als ich die Tür hinter mir zuschlug.

Erst als ich mich draußen umsah, wurde mir die Trostlosigkeit dieses Motels so richtig bewußt. Ich sah ein Schlagloch neben dem anderen, und mehrere Buchstaben der Neonreklame waren ausgebrannt. Ich zog meinen Mantel fest um mich und lief unter dem Dachvorsprung an den anderen Bungalows vorbei, wobei ich feststellte, daß es anscheinend noch andere freie Zimmer gab.

Der Empfangsraum war klein. Er war mit einem schmalen Zweiersofa eingerichtet, dessen Bezug aus rotem Kunstleder Risse und Sprünge aufwies, mit einem abgenutzten Polstersessel, einem Beistelltisch und dem Schalter, hinter dem ein kleiner, kahlköpfiger Mann saß. Er hatte lange, buschige Augenbrauen und dicke Lippen, die so bleich waren wie Würmer, die schon seit Tagen tot sind.

Als er mich anlächelte, sah ich, daß ihm jede Menge Zähne fehlten.

»Womit kann ich dir behilflich sein?« fragte er.

»Ich hätte gern eine Dose Tonicwater.«

»Der Getränkeautomat ist kaputt, aber ich habe ein paar Dosen im Kühlschrank«, sagte er und deutete auf einen Raum hinter seinem Schalter.

»Nur Tonicwater, sonst nichts?«

»Ja, bitte.«

»Einen Moment.«

Er brachte mir die Dose, und ich bezahlte ihm einen Dollar.

Dann fiel mir das Münztelefon an der Wand hinter dem schmalen Sofa auf.

»Könnte ich bitte Kleingeld zum Telefonieren haben?«

»Ja, klar.«

Er gab mir Kleingeld, und ich ging zum Telefon. Er setzte sich wieder hin und nahm seine Zeitschrift in die Hand, trotzdem beobachtete er mich unablässig.

Ich wählte Alices Telefonnummer, warf die erforderlichen Münzen ein und wartete darauf, daß sie abnahm. Beim zweiten Läuten ging sie dran.

»Alice, hier ist Melody.«

»Wo steckst du? Ich habe nach der Schule ein paar Mal versucht, dich anzurufen.«

»O Alice, ich weiß nicht, wo ich bin. Irgendwo in der Nähe von Richmond, Virginia.«

»Richmond, Virginia?«

Ich sah den Mann hinter dem Schalter an. Er tat inzwischen noch nicht einmal mehr so, als gelte sein Interesse etwas anderem als mir.

Ich drehte mich um und kehrte ihm den Rücken zu. Dann sprach ich so leise wie möglich. »Wir sind fortgegangen, Alice. Mommy hatte alles schon geplant. Als ich nach Hause kam, war sie am Packen. Wir sind mit Archie Marlin unterwegs«, stöhnte ich.

»Was? Wohin wollt ihr überhaupt?«

»Nach Provincetown, Cape Cod, zumindest für den Anfang. Wohin wir dann gehen, weiß ich nicht. Mommy möchte sich nach einen Ort umsehen, an dem sie ein neues Leben beginnen kann.«

»Ihr seid endgültig von hier fortgegangen?« fragte Alice ungläubig.

»Ja.« Meine Augen waren voller Tränen. »Könntest du dich in meinem Namen von allen verabschieden, und besonders von Mr. Kile?« Das war mein Lieblingslehrer.

»Aber woher soll ich wissen, wo ich dich erreichen kann?«

»Ich schreibe dir, sowie wir uns entschieden haben, wo wir bleiben werden. Ach, ja, und noch etwas, ehe ich es vergesse. Ich habe meine Schulbücher und die Bücher aus der Leihbücherei im Wohnwagen auf den Küchentisch gelegt. Mama Arlene weiß Bescheid. Wärst du so nett, bei Gelegenheit dort vorbeizuschauen, die Bücher zu holen und sie zurückzubringen?«

»Ja, klar. Ich kann es einfach nicht glauben.«

»Du kannst dir nicht vorstellen, wie mir zumute ist. Du weißt ja, wie sehr ich Archie Marlin hasse«, sagte ich. Die Dame von der Telefonzentrale unterbrach uns, um zu sagen, ich müsse weitere Münzen einwerfen, doch ich hatte nur noch fünf Cent. »Auf Wiedersehen, Alice. Ich danke dir dafür, daß du meine beste Freundin bist.«

»Melody!« schrie sie, als entschwebte ich wie ein Gespenst.

Die Verbindung riß ab. Ich stand mit dem stummen Hörer in der Hand da und fürchtete mich davor, mich umzudrehen und den Motelangestellten meine Tränen sehen zu lassen. Dann holte ich tief Atem, wischte mir mit dem Handrücken das Gesicht ab und hing den Hörer auf.

»Draußen regnet es ganz gewaltig«, bemerkte der Motelangestellte.

»Ja.«

»Kommt ihr von weither?«

»Aus Sewell.«

»Das ist ja gar nicht mal so weit.«

Ich wollte mich auf den Rückweg machen.

»Du hast dein Tonic vergessen«, sagte er und wies mit einer Kopfbewegung auf die Dose, die ich neben dem Telefon hatte stehen lassen.

»Oh, vielen Dank.« Ich ging noch einmal zurück, um sie zu holen, und dann blieb ich auf dem Weg zur Tür doch noch einmal stehen. »Sind Sie heute nacht komplett ausgebucht?«

»Ausgebucht?« Er lachte leise, und seine Schultern bebten. »Das kann man wohl kaum behaupten.«

»Das dachte ich mir doch gleich«, murmelte ich vor mich hin und ging.

Als ich in unser Zimmer zurückkehrte, tanzten Mommy und Archie zu der Musik, die aus dem Radio drang. Mommy schien im ersten Moment verlegen zu sein, doch dann lächelte sie. »Richard kann sogar in den trostlosesten Situationen seine gute Laune bewahren.«

»Hier ist Ihr Tonic.« Ich hielt ihm die Dose hin.

»Danke, Prinzessin«, sagte Archie. »Hast du Wechselgeld bekommen?«

Ich reichte ihm die fünf Cent.

»Ich mußte Alice anrufen, um ihr zu sagen, daß sie meine Bücher aus dem Wohnwagen holt«, sagte ich. »Wir schulden Ihnen fünfundneunzig Cent.«

»Plus Zinsen«, sagte er und zwinkerte Mommy zu. Dann öffnete er die Dose und goß Mommy und sich etwas ein.

»Es sind noch andere Zimmer frei«, sagte ich.

Archie sah mich höchst erstaunt an. »Im Ernst? Da hat mir der Kahlkopf am Empfang aber etwas ganz anderes erzählt. Was soll man denn davon halten? Ich wette, er wollte uns nur ein teureres Zimmer aufdrängen.«

»Wäre es nicht besser für ihn, wenn er zwei Zimmer vermieten kann?« schnaubte ich entrüstet.

»Nee. Dieses Zimmer hier kostet mehr als zwei Zimmer«, behauptete er.

»Was macht das denn jetzt noch für einen Unterschied?« sagte Mommy.

»Ich bin müde.«

»Dann leg dich schlafen. Wir drehen auch das Licht für dich herunter«, sagte sie und tat es. Dann stellte sie das Radio leiser.

Als ich sah, daß mir nichts anderes übrig blieb, kehrte ich ihnen den Rücken zu, knöpfte meine Bluse auf und zog sie aus. Dann trat ich mir die Schuhe von den Füßen, stieg aus meinem Rock und schlüpfte schnell unter die Decke. Sie roch, als sei sie in einer Kiste voller Mottenkugeln eingelagert gewesen.

Ich kehrte den beiden den Rücken zu, aber ich wußte, daß sie weiterhin tanzten, ihren Gin tranken und miteinander flüsterten. Ich betete darum, daß ich schon bald einschlafen würde, und wundersamerweise kam es auch so – vielleicht lag es daran, daß ich restlos erschöpft war.

Stunden später riß ich abrupt die Augen auf. Ich hörte ein leises Stöhnen und ein gedämpftes Kichern und kurz darauf die Geräusche der quietschenden Sprungfedern. Sie glaubten, ich schliefe, deshalb drehte ich mich nicht um. Ähnliche Geräusche hatte ich schon früher durch die dünnen Wände unseres Wohnwagens gehört. Schon damals wußte ich, was das zu bedeuten hatte, und auch jetzt wußte ich es.

Wie konnte Mommy es bloß zulassen, daß schon so kurz nach Daddys Tod ein anderer Mann sie anfaßte und derart intim mit ihr war? fragte ich mich. Sah sie denn etwa nicht mehr Daddy vor ihren Augen? Hörte sie etwa nicht mehr seine Stimme und erinnerte sich daran, wie seine Lippen sich auf ihren angefühlt hatten? Und dann kam noch dazu, daß Archie Marlin sich so sehr von Daddy unterschied. Er war ein Schwächling. Konnte Mommy denn nicht warten, bis ihr jemand begegnete, in den sie sich wirklich verlieben konnte?

Sie war wohl einfach nur verwirrt und frustriert und fürchtete sich davor, allein zu sein, sagte ich mir. Vielleicht würde sich all das ändern, wenn wir erst einmal einen Ort gefunden hatten, an dem wir leben wollten, denn dann würde sie gewiß zufriedener mit sich selbst und ihrem Leben sein. Sie wollte bestimmt nicht den Rest ihres Lebens mit einem Mann wie Archie Marlin verbringen.

Ich kniff die Lider fest zusammen, preßte mein Ohr auf das Kissen und bemühte mich, an etwas anderes zu denken, doch das schwere Atmen der beiden wurde immer lauter. Mommy stöhnte, und dann verstummten sie. Wenige Momente später schlüpfte Mommy zu mir ins Bett.

Zumindest für den Augenblick mußten wir alle so tun, als hätte ich nichts gehört und wüßte von gar nichts. Am Morgen würde sie hier bei mir im Bett liegen, und Archie Marlin würde in seinem Bett schlafen.

Das war ein trauriger Beginn eines neuen Lebens ... einander zu belügen und sich etwas vorzumachen.

Wir verließen das Motel am nächsten Morgen, sobald wir alle gewaschen und angekleidet waren. Bei Tageslicht machte das Motel einen noch schäbigeren Eindruck. Sogar Mommy konnte sich eine Bemerkung nicht verkneifen. Archie tat das mit einem Lachen ab und sagte: »Wenn es stürmt, ist einem jeder Hafen recht. Ich habe schon unter viel schlimmeren Bedingungen geschlafen.«

»Das glaube ich sofort«, murmelte ich vor mich hin. Falls einer von beiden etwas gehört haben sollte, reagierten sie jedenfalls nicht darauf. Wir hielten an der 95er nördlich von Richmond an, um zu frühstücken, und fuhren dann weiter. Ich sah das Kapitol von der Schnellstraße aus in der Ferne aufragen, wir hielten nicht in Washington, D. C. an, um dort die Sehenswürdigkeiten zu besichtigen, wie Mommy es mir versprochen hatte. Ebensowenig sahen wir uns Baltimore oder irgendeine andere Stadt an, die auf dem Weg lag. Es war ganz deutlich zu erkennen, daß Mommy und Archie Marlin so schnell wie möglich nach Provincetown gelangen wollten. Ich fing an, mir Gedanken über die Familie zu machen, der ich dort begegnen würde.

Ich wußte natürlich nicht allzuviel über sie, aber Daddy hatte mir erzählt, daß er einen jüngeren Bruder hatte, der mit seiner Familie auf dem Cape lebte, und daß Daddys Familie lange mit Hummer gehandelt hatte. Daddys Vater hatte sich zur Ruhe gesetzt, und er und meine Großmutter wohnten in einem Haus, das für die beiden allein zu groß war. Das war alles. Als ich Mommy fragte, wie viele Kinder Daddys jüngerer Bruder hätte, antwortete Mommy, sie könne sich nur an die Zwillinge, einen Jungen und ein Mädchen, erinnern. Sie hatten ein weiteres Kind bekommen, nachdem sie und Daddy Provincetown verlassen hatten. Sie wußte nicht mehr, ob es ein Junge oder ein Mädchen war, aber sie sagte, die Zwillinge müßten etwa in meinem Alter sein, vielleicht ein Jahr älter.

»Daddys Bruder hat schon vor Daddys Heirat mit dir geheiratet?« fragte ich.

»Ja, ich glaube schon. Es kann gut sein. So genau erinnere ich mich nicht mehr daran. Bitte, Melody, überschütte mich nicht mit Fragen, die ich nicht beantworten kann. Du wirst all deine Antworten bekommen, wenn wir erst einmal in Provincetown sind.«

»Aber ... ich meine, wieviel jünger als Daddy ist sein Bruder denn?«

»Etwa ein Jahr«, sagte sie. »Er ist ganz anders«, fügte sie dann hinzu.

»Wie meinst du das?«

»Du wirst es ja selbst sehen«, sagte sie und bestand darauf, es für den Augenblick dabei zu belassen.

Angesichts all dieser Familiengeheimnisse, die mich erwarteten, war ich tatsächlich ein wenig nervös. Mommy hatte Daddys Familie also offensichtlich über seinen Tod informiert.

Sollte sich der Groll seiner Eltern etwa gelegt haben? Wie kam es, daß wir nach all diesen Jahren endlich hinfuhren, um die Familie zu besuchen.

Als ich Mommy einfach nicht damit in Ruhe ließ, warum wir ausgerechnet jetzt endlich Daddys Familie aufsuchten, seufzte sie tief und sagte: »Weil ich ganz sicher bin, daß dein Vater es so gewollt hätte.«

Das leuchtete mir ein, deshalb nahm ich mir vor zu tun, was ich konnte, damit zwischen uns allen wieder Frieden herrschte.

»Wißt ihr was?« sagte Archie Marlin, als wir nach Massachusetts kamen. »Mir ist gerade aufgefallen, daß ich noch nie auf dem Cape gewesen bin.«

»Wie ist das nur möglich?« fragte ich trocken.

Mommy funkelte mich wütend an, doch Archie strahlte über das ganze Gesicht. »Ich habe eben mit dem Segeln und dem Angeln nichts im Sinne«, sagte er.

»Aber ich dachte, Sie seien mit einem Floß auf Wildbächen gefahren«, warf ich schnell ein.

»Das hat doch nichts mit Segeln oder Angeln zu tun. Es ist ganz einfach faszinierend«, erwiderte er.

»Cape Cod hat seinen ganz eigenen Reiz«, sagte Mommy, »aber die Leute können dort sehr hart sein. Das kommt von der Nähe des Meeres.«

»Dich hat das Meer nicht hart gemacht«, sagte Archie anzüglich.

Ich wandte meine Aufmerksamkeit wieder der Landschaft zu, die draußen vorüberzog. In dieser Nacht schliefen wir in einem wesentlich netteren Motel. Wir nahmen eine Suite, und ich hatte eine Schlafcouch ganz für mich allein. Ich konnte ungestört duschen und mein Haar waschen. Wir aßen im Motel zu Abend, und ich kehrte in die Suite zurück, während Mommy und Archie noch im Foyer saßen, Musik hörten und tranken. Stunden später kamen sie kichernd hereingewankt und flüsterten miteinander. Ich stellte mich schlafend, als sie sich ungelenk zum Schlafzimmer vortasteten und die Tür hinter sich schlossen.

Trotz der weitaus besseren Bedingungen bereitete mir das Einschlafen größere Schwierigkeiten. Da ich jetzt wußte, daß wir schon am nächsten Tag Provincetown erreichen und dort Daddys Familie treffen würden, war ich ein wenig angespannt. Wo würde ich wieder ein Zuhause finden? Ich kam mir vor wie ein Luftballon, der ziellos durch die Lüfte trieb und von launischen Winden in Form von Mommys und Archie Marlins Wünschen in diese und jene Richtung geschubst wurde. Es mochte ja sein, daß wir in Sewell nicht gerade viel aufgegeben hatten, doch jetzt hatte ich gar nichts mehr: nicht eine einzige Freundin war mir geblieben, nicht ein einziger vertrauter Anblick, niemand, mit dem ich richtig reden konnte. Noch nie in meinem ganzen Leben hatte ich mich derart allein gefühlt. Ich konnte die Augenlider so fest zudrücken, daß sie schmerzten, doch ich konnte die Ängste nicht von mir fernhalten, die mich stundenlang wachhielten, bis ich irgendwann vor Erschöpfung einschlief, um dann von einem Alptraum in den nächsten zu fallen, bis das erste Licht des frühen Morgens durch die Vorhänge des Motelzimmers strömte.

Mommy und Archie schliefen sehr lange. Ich wusch und zog mich an. Während ich einen Reiseführer las, fragte ich mich, ob wir uns jetzt wenigstens endlich etwas ansehen würden. Nach einer Weile hatte ich es satt, in dem stickigen Zimmer eingesperrt zu sein, und unternahm einen kurzen Spaziergang in der näheren Umgebung des Motels. Als ich zurückkam, waren Mommy und Archie aufgewacht. Wir gingen frühstücken. Beide waren äußerst wortkarg und gedämpfter Stimmung.

»Schauen wir uns heute ein paar Sehenswürdigkeiten an, ehe wir nach Provincetown weiterfahren?«

Archie stöhnte.

»Auf dem Rückweg«, sagte Mommy eilig. »Wir wollen heute so früh wie möglich das Cape erreichen.«

»Ich dachte, wir wollten neue Orte ansehen«, murrte ich.

»O Melody, bitte. Verschone mich heute ausnahmsweise einmal mit deinen Klagen. Ich fürchte, ich habe gestern abend ein klein wenig zuviel getrunken«, sagte sie.

Ich sagte nichts dazu. Nach dem Frühstück luden wir stumm unsere Sachen wieder in den Wagen und stiegen ein, um weiterzufahren. Häufig bot sich mir ein schöner Ausblick auf den Ozean, vor allem, als wir den Cape Cod Canal überquerten. Es war ein wunderschöner, warmer Tag. Die Segelboote und die Schleppnetze sahen aus, als seien sie auf das blaue Wasser gemalt. Als ich die salzige Luft roch, beschlich mich das ganz seltsame Gefühl, tatsächlich heimzukehren. Vielleicht empfand ich das, was Daddy jetzt gefühlt hätte, wenn er noch am Leben gewesen wäre und diese Reise gemeinsam mit mir unternommen hätte. Ich würde mehr über ihn erfahren, indem ich mich genau hier umsah. Allmählich überwand ich meine Nervosität und meine Angst. Daddy würde mich überall begleiten.

Mommy schlief ein, als wir unsere Reise auf der Route 6 fortsetzten. Die Meilen glitten wie ein endloses Band an uns vorüber. Als die Straßenschilder darauf hinwiesen, daß wir Provincetown jetzt wirklich näherkamen, spürte ich, wie plötzlich Spannung und Aufregung in mir aufkamen. Wie konnte Mommy diese Fahrt bloß verschlafen? Immerhin kehrte auch sie nach langer Zeit nach Hause zurück. Schließlich kündigte Archie, der die ganze Zeit geschwiegen hatte, an, wir kämen gleich nach Provincetown, auf der Spitze von Cape Cod. Mommy schlug die Augen auf und streckte sich.

Ich sah die ersten Sanddünen. »Hier sieht es aus wie in der Wüste.«

Dann kam das Denkmal der Pilgerväter in Sicht, und Mommy erklärte mir, was es damit auf sich hatte.

»Hier sind die Pilgerväter angeblich zuerst gelandet«, sagte Mommy. »Die alteingesessenen Familien machen einen gewaltigen Wirbel darum.«

»Die alteingesessenen Familien?« fragte ich.

»Die Leute, die ihre Familiengeschichte bis zur Mayflower zurückverfolgen können. Zum Beispiel die Familie deines Vaters«, fügte sie geringschätzig hinzu. »Sie halten sich für etwas Besseres als alle anderen.«

»Seid ihr deshalb von hier fortgegangen, Daddy und du?«

»Unter anderem«, sagte Mommy und preßte die Lippen zusammen.

»Wohin fahren wir jetzt?« fragte Archie.

»Bieg nach links ab«, wies ihn Mommy an.

»Werden wir heute dort erwartet, Mommy?«

»Ja«, sagte sie. »Jacob sollte zuhause sein. Wie ich sehe, ist die Flut schon gestiegen.«

»Woran kannst du das erkennen?« fragte ich.

»Die Wellen brechen sich auf dem Strand, hoch oben, wo auf den Dünen Gras wächst. Siehst du es?«

Ich nickte.

»Die Fischerboote laufen mit der Flut aus und kehren mit der Flut zurück. Daran kann ich mich noch erinnern, aber viel mehr darfst du mich jetzt nicht fragen«, erklärte Mommy. Es war, als seien die Erinnerungen sehr schmerzlich für sie.

Archie befolgte ihre Anweisungen. Wir fuhren langsam durch die beidseits von kleinen Souvenirläden, Boutiquen und Restaurants gesäumten Gassen, wo überall frischer Hummer angepriesen wurde. Zwischen den Lücken befanden sich Tavernen, die Namen trugen wie »Der Freibeuter« und »Der Masttopp«. Die Häuser, die teilweise sehr alt wirkten, waren mit grauen Zederschindeln verkleidet. Vor sämtlichen Hotels und Pensionen schwankten die Schilder mit der Aufschrift »Zimmer frei« in der Brise.

Mommy erklärte, die Saison hätte noch nicht begonnen, deshalb seien noch nicht viele Touristen da. »Im Sommer treiben sich in diesen schmalen Gassen so viele Leute herum, daß sich die Masse wie eine Mauer voranbewegt.«

»Ja, genau wie im Zentrum von Las Vegas«, mischte sich Archie ein.

»Hier mußt du abbiegen«, wies ihn Mommy an. Wir fuhren nach Osten, auf einer noch schmaleren Straße, die beidseits von den für diese Gegend so typischen Häusern mit ihren winzigen Vorgärten gesäumt war. Meistens handelte es sich um reine Rasenfläche, aber in manchen Gärten waren auch Blumen angepflanzt. Ich sah einen Garten mit einem lila Strauch, der so hoch wie der Dachfirst aufragte. Während wir im Schrittempo weiterfuhren, hörte ich Mommy murmeln: »Es kommt mir vor, als seien hundert Jahre vergangen, und doch hat sich nicht viel verändert.«

Plötzlich hörten die Häuser auf, und wir fuhren nur noch zwischen Dünen hindurch. Ich dachte, wir würden anhalten, doch Mommy sagte Archie, er solle einfach nur der Straße folgen, die jetzt nach Norden führte. Schließlich tauchte ein paar hundert Meter vor uns auf der rechten Straßenseite ein Haus auf. Ich konnte den Strand und das Meer in der Nähe sehen. Ein Schwarm von Seeschwalben kreiste über etwas, was auf dem Sand lag.

»Da wären wir«, sagte Mommy und wies mit einer Kopfbewegung auf das Haus. Ein hellbrauner offener Laster war auf dem Kies der Einfahrt geparkt, und davor stand eine dunkelblaue viertürige Limousine, deren hinteres rechtes Ende mit einem Wagenheber angehoben war. Ein großer, schlanker Mann mit Daddys Haarfarbe war über einen Reifen gebeugt. Er sah selbst dann nicht zu uns auf, als wir vor der Einfahrt anhielten.

»Das ist dein Onkel Jacob«, sagte Mommy leise.

Schließlich sah er herüber. Ich konnte gewisse Ähnlichkeiten in seinem Gesicht erkennen, vor allem im Schnitt des Kinns und der Wangenknochen, doch er war wesentlich schmaler gebaut und wirkte keinesfalls jünger als Daddy, sondern älter. Sogar aus dieser Entfernung konnte ich tiefe Falten in seinen Augenwinkeln sehen. Sein Teint war wesentlich dunkler als Daddys Haut. Er starrte uns einen Moment lang an, und dann wandte er sich wieder seinem Reifen zu, als interessierte es ihn nicht im entferntesten, wer wir waren oder was wir hier zu suchen hatten.

»Soll ich hier abbiegen?« fragte Archie.

»Ja«, erwiderte Mommy mit einem tiefen Seufzer. »Tja, Melody, jetzt ist es wohl an der Zeit, daß du endlich deine Familie kennenlernst.«

5.

Die einzige Mutter, die ich jemals hatte

Archie bog langsam auf die Einfahrt zu. Onkel Jacob drehte sich erst wieder um, als wir endgültig zum Stehen kamen. Dann richtete er sich auf und bedeutete Archie mit Gesten, er solle zurückstoßen.

»Ich brauche mehr Platz hier zum Arbeiten«, erklärte er.

»Tut mir leid«, sagte Archie. Er stieß gut drei Meter zurück, und wir stiegen alle aus dem Wagen aus. Onkel Jacob hielt uns weiterhin den Rücken zugewandt und beschäftigte sich mit seinem Platten.

»Hallo, Jacob«, sagte Mommy. Er nickte, ohne sich zu uns umzudrehen.

»Das wird noch eine ganze Weile dauern«, sagte er schließlich, ohne uns auch nur anzusehen. »Geht ruhig rein. Sara wartet schon den ganzen Morgen auf euch. Ich dachte, ihr wolltet gestern abend schon kommen.« Er stöhnte, als er die Radnabenmutter auf dem platten Reifen drehte. Die Muskeln seiner langen Arme spannten sich, und sein Nacken schwoll vor Anstrengung an. Endlich löste sich die Mutter, und er entspannte sich wieder.

»Wir haben länger gebraucht, als wir erwartet haben«, sagte Mommy.

Onkel Jacob murrte.

Mommy sah erst mich und dann Archie an, der die Lippen angewidert verzogen hatte. Sie legte eine Hand auf meine

Schulter und führte mich zur Haustür. Das Haus war typisch für die Gegend und hatte eine überdachte Terrasse zum Meer hin. Die Geländer und die Fensterläden waren blau gestrichen, doch ebenso wie die Zedernschindeln, mit denen das Haus verkleidet war, waren auch diese von der salzigen Seeluft ausgeblichen. Ein kurzer, schmaler Weg mit Kopfsteinpflaster führte zur Haustür.

Vor den Fenstern hingen niedliche eierschalfarbene Gardinen, und auf den Fensterbrettern standen Blumenkästen voller Tulpen und Narzissen. Am Dach der kleinen Veranda vor dem Haus hing ein Futterspender für Vögel herunter, und ganz in der Nähe flatterte ein winziger Spatz mit den Flügeln und wartete argwöhnisch darauf, daß wir vorübergingen.

Mommy pochte leise an die Tür. Einen Moment später klopfte sie noch einmal an, diesmal fester.

»Geht einfach rein«, rief uns Onkel Jacob von der Auffahrt zu. »Sie kann euch nicht hören. Sicher ist sie in der Küche.« Mommy drehte den Türknopf um, und wir traten ein. Ein kleiner Korridor führte zu einem Wohnzimmer zu unserer Rechten. Die hintere Wand wurde zum größten Teil von einem gewaltigen Backstein-Kamin eingenommen. Auf den Holzdielen des Fußbodens lag ein blaugrauer Läufer. Ein niedriges Polstersofa und der prall gefüllte Sessel, der daneben stand, waren die beiden einzigen Gegenstände, die zusammenpaßten. Im übrigen handelte es sich bei den Möbeln um altmodische Einzelstücke, darunter ein abgenutzter Schaukelstuhl, zwei kleine Kieferntische zu beiden Seiten des Sofas, ein alter Nähtisch in der Ecke und Lampen mit Schirmen aus blutrotem Glas und Milchglas. Auf dem Kaminsims standen gerahmte Fotografien. Auf einem dunkelblauen Brett über dem Kamin war ein Schwertfisch befestigt, der mindestens zwei Meter lang war. Sein Glasauge schien sich uns zuzuwenden, als wir eintraten.

»Sara?« rief Mommy. »Wir sind da.«

Wir hörten, wie ein Topf in ein Spülbecken aus Metall geworfen wurde, und im nächsten Moment tauchte meine Tante Sara in der Küchentür auf.

Sie war groß, mindestens drei Zentimeter größer als Mommy, und sie trug einen langen, weiten hellblauen Rock, der ihre Beine noch länger zu machen schien. Über dem Rock trug sie eine schlichte weiße Schürze, an der sie sich die Hände abwischte. Ihre Bluse hatte Rüschenärmel und Perlmuttknöpfe, die fast bis auf die Kehle geschlossen waren. Der Kragen sprang gerade so weit auf, daß man ihre äußerst markanten Schlüsselbeine und ein schmales goldenes Kettchen sehen konnte, an dem ein goldenes Medaillon hing. Das kastanienbraune Haar hing ihr bis über die Schultern und war mit grauen Strähnen durchsetzt. Tante Sara half ihrem bleichen Teint nicht mit Schminke nach, und bis auf das Medaillon trug sie auch keinen Schmuck.

Möglicherweise war sie früher einmal hübsch gewesen, aber heute breitete sich ein tiefes Netz von Krähenfüßen um ihre Augen aus, die von einem stumpfen Dunkelbraun waren. Auch die Ringe unter ihren Augen wiesen einen dunklen Farbton auf. Sie hatte eine kleine Nase, hohe Wangenknochen und anmutig volle Lippen, doch ihr Gesicht war hager, nahezu ausgemergelt.

»Hallo, Sara«, sagte Mommy.

»Hallo, Haille«, erwiderte Tante Sara, ohne auch nur eine Miene zu verziehen. Mir drehte sich der Magen um, als ich bemerkte, wie Mommy und Tante Sara einander ansahen. Es war ganz so, als sähen sie einander nicht nur über dieses Zimmer hinweg an, sondern aus einer noch viel größeren Entfernung, die durch die Zeiten reichte. Keine von beiden unternahm Anstalten, die andere zu umarmen oder ihr auch nur die Hand zu drücken. Einen verwirrenden Moment lang sank ein tiefes Schweigen über uns herab, und ich kam mir vor, als versänke ich im Treibsand der Welt der Erwachsenen.

Wie konnten sie einander so begrüßen? Ich stand da, von tausend Ängsten erfüllt, und Panik machte sich in meiner Brust breit.

»Das ist mein Freund Richard«, sagte Mommy, vermutlich aus dem Gefühl heraus, Archies Anwesenheit zuerst erklären zu müssen. »Er war so freundlich, uns von West Virginia herzufahren.«

Tante Sara nickte, doch ihre Augen wandten sich schnell mir zu und ließen etwas mehr Interesse erkennen. Ein Lächeln erschien auf ihrem Gesicht.

»Und das ist Melody«, fügte Mommy hinzu und legte ihre Hände auf meine Schultern. Tante Saras Blick war so durchdringend, daß ich glaubte, sie könnte durch mich hindurchsehen.

»Ja«, sagte sie und nickte, als entspräche ich genau dem, was sie sich vorgestellt hatte. »Sie hat in etwa die Größe und die Figur von Laura, doch Laura hat dunkleres Haar gehabt, und sie hat es nie so lang getragen«, sagte sie, und die Traurigkeit ließ ihr Gesicht lang und hohläugig wirken.

»All das tut mir furchtbar leid«, sagte Mommy leise.

»Ja«, sagte Tante Sara, die mich immer noch anstarrte. Ich sah Mommy an. Was tat ihr leid? Und wer war Laura? Anscheinend wußte sie mehr über Daddys Familie, als sie mir gegenüber bisher zugegeben hatte.

»Du bist bestimmt hungrig«, sagte Tante Sara zu mir, und ihre Lippen verzogen sich wieder zu einem Lächeln. Ich lächelte sie ebenfalls an, doch mein Magen war derart verknotet, daß ich nicht glaubte, ich könnte auch nur einen Bissen herunterbringen.

»Ich habe ein Brathähnchen im Ofen. Cary wird schon bald mit May von der Schule zurückkommen. Sie sind beide schon ganz aufgeregt und freuen sich auf dich.« Sie wandte sich an Mommy und Archie. »Bis dahin dämpfe ich euch ein paar Muscheln.«

»Oh, das ist gut. In all den Jahren, seit ich von hier fortgegangen bin, habe ich keine so guten Muscheln mehr gegessen wie deine, Sara.«

»Ich bereite sie nicht anders zu als alle anderen hier in der Gegend«, sagte sie bescheiden. »Man schrubbt sie, und dann wirft man sie in einen Muscheltopf und gibt soviel Wasser dazu, daß sie gerade eben bedeckt sind. Daran ist nichts Geheimnisvolles«, sagte Tante Sara, und ihre Stimme wurde plötzlich härter, geradezu streng.

»Vielleicht liegt es einfach nur daran, daß die Muscheln hier so gut sind«, sagte Mommy. Sie wirkte unbeholfen und schien sich unter Tante Saras eisigen Blicken alles andere als wohl zu fühlen.

»Soviel steht fest«, sagte Archie. Tante Sara zog die Augenbrauen hoch und sah ihn an, als nähme sie zum ersten Mal Notiz von ihm.

»Kommt doch einfach ins Eßzimmer und macht es euch bequem«, sagte sie. Ein altmodischer Tisch, dessen Tischplatte auf Böcken ruhte, nahm fast die gesamte Breite des Eßzimmers ein. Am Kopf- und am Fußende standen Kapitänsstühle, und an den Längsseiten waren jeweils vier hochlehnige Stühle kerzengerade aufgereiht. Eine ledergebundene Bibel lag auf dem Kopfende des Tisches. In einer Zimmerecke stand ein kleiner Kieferntisch mit einer Vase gelber Rosen. An der Wand hing ein Ölgemälde: ein Seestück mit einem einsamen Segelboot darauf, das zum Horizont glitt. Ich trat darauf zu und sah etwas, was wie ein heller Sonnenstrahl wirkte, der durch einen Spalt im bedeckten Himmel fiel, und inmitten des Lichtstrahles erkannte ich eine Art göttlichen Finger. Der Finger deutete auf das Segelboot.

»Nehmt doch bitte Platz«, sagte Tante Sara. »Das hier ist Jacobs Stuhl«, fügte sie hinzu und wies mit einer Kopfbewegung auf den Kapitänsstuhl, der an dem Ende des Tisches stand, auf dem die Bibel lag. Offenbar war es niemand anderem gestattet, sich auf diesen Platz zu setzen. »Mögt ihr alle Moosbeersaft?«

»Mit Wodka macht der sich prima«, scherzte Archie.

»Wie bitte?« sagte Tante Sara. Mommy bedachte in mit einem vorwurfsvollen Blick.

»Was ist?« Er fing sich schnell wieder. »Ja, klar mögen wir das. Vielen Dank.« Tante Sara eilte in die Küche.

»Wer ist Laura, Mommy?« fragte ich. »Warum hast du mir nichts von ihr erzählt?«

»Das ist eine viel zu traurige Geschichte«, flüsterte Mommy und führte einen Finger an die Lippen. »Nicht jetzt, Schätzchen.«

Tante Sara kam mit einem Krug zurück, der mit Moosbeersaft gefüllt war und auf einem Tablett mit drei hohen Gläsern stand, in denen jeweils zwei Eiswürfel lagen. Sie reichte jedem von uns ein Glas und streckte die Hand nach dem Krug aus.

»Lassen Sie mich das ruhig übernehmen«, erbot sich Archie.

Tante Sara nickte. Sie sah mich wieder an und sog meinen Anblick lange Zeit in sich ein. Ihre Augen leuchteten beifällig und erfreut. Mir war unbehaglich dabei zumute, derart gemustert zu werden. Ich wandte den Blick ab.

»Magst du Muscheln, meine Liebe?« fragte sie mich.

»Ja, ich glaube schon«, sagte ich. »Ich kann mich nicht erinnern, sie je gegessen zu haben.«

»Sie liebt Muscheln«, sagte Mommy eilig.

»Laura hat Muscheln so sehr geliebt«, sagte Tante Sara. Sie seufzte. »Ich werde sie jetzt holen.«

Sie ging wieder in die Küche.

»Mommy?« sagte ich flehentlich, weil ich unbedingt Genaueres wissen wollte.

»Kannst du denn nicht abwarten, Melody? Laß erst einmal zu, daß alle einander in Ruhe kennenlernen, ehe du anfängst, all deine Fragen zu stellen.« Sie sah Archie an. »Sie stellt immer so viele Fragen.«

»Das brauchst du mir nicht zu erzählen.« Er trank einen großen Schluck von dem Moosbeersaft. »Mann, schmeckt das gut.«

»Von Moosbeeren kann man hier gar nicht genug bekommen«, sagte Mommy. »Ich wünschte, ich hätte einen Penny für jede, die ich gepflückt habe. Dann wäre ich jetzt reich.«

»Du wirst ohnehin reich werden«, versprach Archie. Mommys Lächeln wurde freundlicher, und sie wandte sich an mich. »Ist das nicht ein hübsches Haus, Schätzchen? Gleich dahinter liegt der Strand, und es gibt auch einen Anlegesteg.« Sie holte tief Luft und schloß die Augen. »Ich hatte ganz vergessen, wie erfrischend die Meeresluft sein kann«, sagte sie. Das kam mir komisch vor, denn sie hatte unsere Ausflüge ans Meer nie so sehr genossen, wie Daddy das getan hatte.

»Ja, die bläst einem so richtig schön den Kohlenstaub aus der Lunge«, sagte Archie.

Tante Sara stellte hübsche Suppenschalen aus blauweiß gemustertem Porzellan vor uns hin, dann brachte sie den Muscheltopf und ein Schälchen mit zerlassener Butter.

»Bedient euch, bitte«, sagte sie. Archie streckte begierig eine Hand aus und zog eine Muschel aus dem Topf. Mit dem Daumen und dem Zeigefinger zupfte er das Muschelfleisch aus der Schale und tauchte es in die Butter, ehe er es aß.

»Prima«, sagte er.

»Benutz deine Gabel«, wies Mommy ihn so leise wie möglich an.

»Was? Ach so. Klar.« Er nahm eine Handvoll Muscheln aus dem Topf, warf sie in seine Suppenschale und machte sich mit seiner Gabel darüber her.

Tante Sara lächelte kurz und machte den Eindruck, als wüßte sie nicht so recht, was sie als nächstes tun sollte.

»Ißt du denn keine Muscheln, Sara?« fragte Mommy.

»Nein, ich habe im Moment keinen Hunger. Langt zu. Iß nach Herzenslust, Haille.« Sie sah mich wieder an und durchbohrte mich mit ihrem durchdringenden Blick. Nervös griff ich in den Topf und nahm mir ein paar Muscheln. Ich häufte sie in meine Schale und zupfte mit meiner Gabel das Muschelfleisch aus der ersten heraus. Tante Sara beobachtete jede einzelne meiner Bewegungen und kommentierte jede kleinste Geste mit einem beifälligen Nicken. Ich kam mir vor wie ein Muster, das unter einem Mikroskop untersucht wird. Erneut sah ich Mommy fragend an.

Sie schien nicht wahrzunehmen, wie Tante Sara mich anstarrte, oder sie störte sich einfach nicht daran. »Diese Muscheln sind so wunderbar, wie ich sie in Erinnerung habe. Seitdem ist viel Zeit vergangen.«

»Ja«, sagte Tante Sara. Nach einem langen Seufzer nahm sie schließlich auf ihrem Stuhl Platz. »Hattet ihr eine schlimme Fahrt?«

»Nee«, sagte Archie. »Zwischendurch hat es mal geregnet, aber das war auch schon alles.«

»Wir haben dieses Jahr hier einen ungewöhnlich kalten Winter gehabt«, sagte Tante Sara. Sie sah sich um. »Dieses Haus schien nie warm zu werden.«

»Womit heizen Sie?« fragte Archie.

»Wir haben den Kamin und Petroleumöfen. Es ist ein altes Haus, aber wir haben schon immer hier gewohnt.«

»Was heißt ›schon immer‹?« fragte Archie.

»Seit Jacob und ich geheiratet haben«, sagte sie. Sie sah Mommy einen Moment lang an. »Du hast dich nicht allzusehr verändert, Haille. Du bist immer noch so hübsch.«

»Danke, Sara.«

»Melody hat deine Schönheit geerbt«, fügte Tante Sara hinzu und sah mich wieder an. Wider Willen errötete ich.

»Ja«, sagte Mommy. »Das sagen alle.«

»Cary schlägt Jacob nach, aber May sieht meiner Familie ähnlicher. Laura ... Laura war etwas ganz Besonderes«, fügte Tante Sara leise hinzu. Ihre Augen wurden glasig, und ihr

Blick schweifte in die Ferne. Dann wandte sie sich so plötzlich, als sei ihr gerade erst wieder eingefallen, daß wir da waren, an mich und lächelte. »Bist du eine gute Schülerin?«

»Ja, Ma'am.«

»Sie ist eine *sehr* gute Schülerin«, sagte Mommy. »Sie bringt nur Einser nach Hause.«

»Genau wie Laura«, sagte Tante Sara und schüttelte den Kopf. »Cary hat nicht viel mit seiner Zwillingsschwester gemeinsam. Er kommt zurecht, aber er ist nicht dazu geschaffen, sich in einem Klassenzimmer einsperren zu lassen. Er hat mehr von Jacob«, sagte sie. »Wenn man ihm draußen etwas zu tun gibt, ist er glücklich, ganz gleich, wie kalt es ist oder wie heftig es stürmt. Wenn die Logans sich in eine Aufgabe vertiefen, dann könnte um sie herum die Welt untergehen, und sie würden nichts davon merken.«

»Ich weiß«, sagte Mommy.

Tante Sara seufzte tief, so tief, daß ich glaubte, sie könnte wie ein dünnes Porzellangefäß direkt von unseren Augen zerspringen. »Das mit Chester tut mir leid. Ich dachte, ich sage dir das besser, ehe Jacob reinkommt. Er wird nicht wollen, daß ich über ihn rede.«

Ich sah Mommy an. Weshalb sollte Daddys Bruder niemandem erlauben, über ihn zu sprechen, selbst jetzt noch, nachdem er tot war? Mommy nickte, als könnte sie das mühelos verstehen.

»Wie alt ist Cary inzwischen?« fragte sie und wechselte bewußt das Thema.

»Er ist sechzehn. May ist letzten Monat zehn geworden.«

»Ich wette, sie ist eine gute Schülerin«, sagte Mommy, die sich damit abmühte, Konversation zu betreiben. Tante Sara zog die Augenbrauen hoch.

»Ja, aber sie besucht die Sonderschule, verstehst du. Cary sorgt dafür, daß sie sicher dort ankommt, und er bringt sie auch nach Hause. Er hängt sehr an ihr. Ich glaube, er hängt sogar noch mehr an ihr, seit Laura ... seit Laura nicht mehr bei uns ist«, sagte sie.

Wieder sah ich Mommy an. Sie wandte den Blick ab.

»Dir schmecken die Muscheln wohl nicht, meine Liebe?« fragte mich Tante Sara mit einem Anflug von Enttäuschung.

»Wie bitte? Oh, doch«, sagte ich und nahm mir mit meiner Gabel eine weitere Muschel vor.

»Wie geht es Samuel und Olivia?« fragte Mommy Tante Sara. Ich wußte, daß das meine Großeltern waren, deshalb hörte ich wieder auf zu essen und hörte aufmerksam zu.

»Sie leiden inzwischen beide ab und zu an Arthritis, aber ansonsten geht es ihnen gut. Ich habe ihnen gesagt, daß ihr kommt«, fügte sie hinzu, als sei es ihr gerade erst wieder eingefallen.

»Ach?«

Tante Sara verlor kein Wort mehr über die beiden. Das Thema verschwand so schnell wie eine geplatzte Seifenblase, doch weder Mommy noch Tante Sara schien das etwas auszumachen. Ich wollte mehr wissen. Meine Großeltern hatten mich noch nie gesehen. Waren sie so neugierig auf mich wie ich auf sie?

Die Tür wurde geöffnet und wieder geschlossen. Onkel Jacob erschien mit einem Lappen in den Händen. Sein Kinn und sein Mund erinnerten an Daddy, doch seine Nase war länger und spitzer, und er hatte größere Ohren. Seine Augen waren mehr braun als grün.

»Die Muscheln sind dieses Jahr noch besser als sonst«, sagte er.

»Sie sind vorzüglich«, sagte Archie. Onkel Jacob würdigte ihn endlich eines Blickes.

»Das ist mein Freund Richard, Jacob. Er hat uns hergefahren.«

Onkel Jacob nickte nur und sah dann mich an.

»Sie ist nicht so groß, wie ich es erwartet hätte«, sagte er.

Die Art, auf die er das sagte, gab mir das Gefühl, ich sei daran gescheitert, ordentlich zu wachsen.

»Melody, das ist dein Onkel Jacob«, sagte Mommy, ohne ihn aus den Augen zu lassen.

»Hallo«, sagte ich mit brüchiger Stimme.

Er lächelte nicht. Er wischte sich die Hände ab und starrte mich an. »Wir haben später noch jede Menge Zeit, uns besser kennenzulernen«, sagte er. »Aber jetzt muß ich mir das Boot vornehmen. Sara, schick Cary zu mir runter, sowie er nach Hause kommt.« Er verließ das Haus durch die Hintertür.

»Es ist sehr wichtig, daß er sich um das Boot kümmert«, erklärte Tante Sara mit einem flüchtigen Lächeln. »Tja«, fuhr sie fort, »ich denke, ihr werdet über Nacht hierbleiben, oder, Haille?«

»Nein«, sagte Mommy eilig. »Unsere weiteren Pläne lassen das zeitlich nicht zu.«

Weshalb waren wir so weit gereist, wenn wir so schnell schon wieder aufbrachen? fragte ich mich. Mommy hatte davon gesprochen, mir Provincetown zu zeigen. Ehe ich Fragen stellen konnte, hörten wir, wie die Haustür wieder aufging.

»Das müssen Cary und May sein«, sagte Tante Sara. Wenige Sekunden später tauchten mein Cousin und meine Cousine in der Tür zum Eßzimmer auf.

Cary war groß und schlug tatsächlich seinem Vater nach. Er hatte denselben dunklen Teint wie Onkel Jacob, doch sein Gesicht wirkte sonderbar und wies wesentlich weichere Züge auf. Er hatte grüne Augen, wie Daddy, aber da sein Haar dunkler war, nahezu pechschwarz, schienen seine smaragdgrünen Augen heller. Er trug das Haar ziemlich lang, und es fiel ihm fast bis auf die Schultern. Zu einer Jeans trug er ein dunkelblaues Hemd mit hochgerollten Ärmeln.

Neben ihm stand meine Cousine May, die sich immer noch an seine Hand klammerte. Für ihre zehn Jahre war sie sehr klein, fast wie ein Vögelchen, und alles an ihr war winzig bis auf die großen, runden, sehr hellen grüngesprenkelten Augen. Ihr Haar, das denselben kastanienbrauen Farbton von Tante Saras Haar aufwies, war kurz geschnitten, eine Art Bubikopf. Sie trug ein hellblaues Kleid mit einem bestickten Mieder und Riemchenschuhe. Ihre Füße waren so klein, daß sie wie eine Puppe wirkte. Sie lächelte, doch Carys Gesichtsausdruck blieb sehr ernst, als seine Blicke schnell von Archie über Mommy zu mir glitten. Ich hatte den Eindruck, daß seine Augen freundlicher wurden, als er den Blick auf mich richtete.

»Wollt ihr nicht allen Guten Tag sagen?« fragte Tante Sara. »Das ist eure Tante Haille mit ihrem Freund Richard, und das ist eure Cousine Melody.«

Cary drehte sich daraufhin sofort zu May um und begann, die Hände zu bewegen. Sie beobachtete ihn und nickte, als er innehielt. Dann drehte sie sich zu uns um und sagte: »Hallo.« Sie dehnte die Silben, die dadurch einen gewissen mechanischen Klang bekamen.

Ich konnte nichts dafür, daß man mir mein Erstaunen ansah, doch ich erkannte augenblicklich, daß es Cary mißfiel.

»Ja, sie ist taub«, sagte mein Cousin mit scharfer Stimme zu mir.

»Also, wenn das nicht ein Jammer ist«, murmelte Archie. Cary warf ihm einen wütenden Blick zu, der, wäre es ein Messer gewesen, Archies Kopf säuberlich vom Rumpf getrennt hätte.

»Wie war es heute in der Schule, May?« fragte Tante Sara und begleitete ihre Worte mit Zeichensprache.

May hob stolz ein Blatt Papier hoch, auf dem ganz oben ein leuchtender goldener Stern funkelte.

»Sie hat im Buchstabieren hundert Punkte bekommen«, prahlte Cary.

»Das freut mich, Liebes«, sagte Tante Sara. Sie schien sich mit den Handbewegungen nicht ganz so leicht zu tun wie ihr

Sohn. »Dein Vater möchte, daß du gleich zum Anlegesteg runterläufst, Cary«, sagte sie. Er nickte. »Du kannst dich dann beim Abendessen in Ruhe mit allen unterhalten.«

Cary drehte sich augenblicklich um und verständigte sich mit May in Zeichensprache. Sie nickte und sah dann mich an. Cary warf noch einen letzten Blick auf mich, ehe er zur Hintertür hinauslief.

»Geh nach oben und zieh dich um, mein Liebes«, bedeutete Tante Sara May. Das kleine Mädchen nickte und antwortete mit ein paar Zeichen, ehe es eilig loslief. »Cary kümmert sich ja so sehr um sie«, bemerkte Tante Sara seufzend.

»Ich wußte nicht, daß sie taub ist«, sagte Mommy leise. »Ich glaube, Chester hat es auch nicht gewußt.«

»Ja, sie ist taub geboren. Man hätte meinen sollen, damit hätten wir schon Last genug gehabt, aber dann ... dann kam auch noch einiges dazu.«

Eine drückende Stille senkte sich über den Tisch herab.

Archie ertrug es nicht. »Warum gehen wir nicht in die Stadt und sehen uns vor dem Abendessen die Sehenswürdigkeiten an, Haille?«

Mommy nickte.

»Können wir May mitnehmen?« fragte ich Tante Sara.

»Oh, ich glaube, das sollten wir lieber nicht tun«, sagte Mommy eilig. »Für sie sind wir schließlich noch Fremde.«

»Deine Mutter hat recht, mein Liebes. Das wäre ein wenig verfrüht«, sagte Tante Sara. Sie stand auf und begann, den Tisch abzuräumen.

»Ich helfe dir, Tante Sara«, sagte ich. Sie drehte sich voller Erstaunen zu mir um.

»Danke, meine Liebe, das ist wirklich sehr nett von dir, aber ich schaffe das schon allein. Warum gehst du nicht einfach zum Wagen und holst deine Sachen? Dann kann ich dir jetzt gleich dein Zimmer zeigen.«

»Mein Zimmer?«

Tante Sara lächelte und ging in die Küche. Ich wandte mich an Mommy.

»Mein Zimmer? Was ist los mit ihr, Mommy? Hast du denn nicht gesagt, wir blieben nicht über Nacht?«

»Laß uns ins Freie gehen, Melody«, flüsterte Mommy mir zu.

Ich folgte ihr und Archie aus dem Haus. Er ging zielstrebig auf den Kofferraum des Wagens zu.

»Laß mich erst mit ihr reden, Richard«, sagte Mommy zu ihm.

Er blieb stehen und zuckte die Achseln. Dann fischte er eine Zigarette aus der Tasche und lehnte sich an den Wagen.

»Was geht hier vor, Mommy?«

»Nichts Schlimmes«, erwiderte sie eilig. »Gefällt es dir denn nicht hier? Sieh doch nur, welchen Blick auf das Meer du von dem Haus aus hast, und zur Stadt ist es auch nicht weit.«

»Mommy, was geht hier vor?« fragte ich forsch.

»Hör mir jetzt gut zu, Melody, und dreh bloß nicht gleich durch.« Sie warf einen Blick auf Archie. Er sah auf seine Armbanduhr. »Laß uns allein einen kleinen Spaziergang unternehmen«, schlug Mommy vor. Sie setzte sich in Bewegung, und ich folgte ihr, innerlich so angespannt, daß ich kurz vor dem Zerreißen stand.

»Es war wirklich nicht richtig, daß die Familie so lange den Kontakt verloren hatte«, setzte Mommy an. »Es war nicht richtig, daß du deinem Cousin und deiner Cousine bisher nie begegnet bist, und noch weniger vertretbar ist es, daß du deine Großeltern nie kennengelernt hast«, leierte sie herunter. Es klang, als hätte sie es auswendig gelernt.

»Was soll das? Ich dachte, genau deshalb wolltest du, daß wir endlich herfahren«, sagte ich.

»Ganz richtig. Ich meine, ja, das stimmt.« Sie holte tief Atem und kniff die Lippen zusammen. Tränen traten in ihre Augen.

»Was ist los, Mommy? Was hast du?«

»O Melody, du weißt, wie lieb ich dich habe und daß ich dich immer lieb haben werde.«

»Ja, das weiß ich, Mommy.«

»Du weißt aber auch, daß ich bei aller Liebe zu dir schon immer der Meinung war, es sei ein Fehler gewesen, daß ich schon so früh in meinem Leben ein Kind bekommen habe. In dem Punkte möchte ich dich warnen«, sagte sie streng. »Bekomm bloß keine Kinder, solange du nicht mindestens fünfunddreißig bist.«

»Fünfunddreißig!«

»Ja. Wenn du klug bist, wirst du dir das gut merken. Jedenfalls weißt du, daß ich mich bemüht habe, dir eine gute Mutter zu sein. Ich weiß selbst, daß ich nicht gerade die allerbeste Mutter bin.«

»Ich beklage mich nicht, Mommy«, sagte ich. Auch in meine Augen traten jetzt heiße Tränen. »Wir werden das schon alles schaffen.«

»Oh, ja, ich weiß, daß wir es schaffen werden, Schätzchen, aber vorher habe ich noch einiges zu tun. Ich muß einen Versuch wagen, meinst du nicht auch? Du willst doch sicher nicht, daß ich das Gefühl habe, ich hätte nichts getan, um eine Chance zu ergreifen, als sie sich mir geboten hat. Du würdest dir doch gewiß nicht wünschen, daß ich frustriert, tatenlos und abgeschieden an einem Ort wie Sewell herumsitze, nicht wahr? Denn solange ich nicht glücklich bin, kann ich dich auch nicht glücklich machen, Melody, stimmt's? Stimmt's?« wiederholte sie.

»Ja«, sagte ich und versuchte, tief einzuatmen, aber meine Lunge fühlte sich an, als sei sie vereist und geschrumpft und schmerzhaft zusammengeschnürt.

»Gut. Dann verstehst du also, warum ich andere Orte sehen, andere Menschen treffen, vorsprechen, mich bewerben und Dinge lernen muß«, sagte sie.

»Das hast du mir alles schon erzählt, Mommy.«

»Ich weiß, aber ... nun ja, das ist nicht die Form von Leben, die ich dir im Moment zumuten kann. Du gehst noch zur Schule, und du brauchst Stabilität. Du brauchst Freundinnen und Freunde, und du mußt Parties besuchen und ...«

»Und warum kann ich all das nicht dort tun, wo wir uns niederlassen werden, Mommy?«

»Weil ich mich eine Zeitlang nirgends niederlassen werde, vielleicht sogar eine sehr lange Zeit. Ich muß durch die Gegend reisen. Wenn sich mir eine Gelegenheit bietet, dann muß ich sie auf der Stelle beim Schopf packen. Man kann sich gute Gelegenheiten nicht entgehen lassen, nicht in meinem Alter«, hob sie hervor. »Und wie würde dein Leben unter solchen Bedingungen wohl aussehen?«

»Aber, Mommy ...«

»Hör zu, Schätzchen. Stell dir vor, du hättest gerade ein paar neue Freundschaften geschlossen oder begonnen, dich mit einem neuen Freund zu treffen, und dann komme ich nach Hause und sage dir, daß wir morgen abreisen. Du weißt doch, wie schwer es diesmal für dich war und wie fürchterlich dir dabei zumute war? Was glaubst du wohl, wie es wäre, wenn du dich ständig so fühlen würdest? Und außerdem müßten wir in billigen Motels schlafen, unterwegs essen und ... alles, was eben noch dazukommt. Nach einer Weile würdest du mich dafür hassen, und dann würde ich mich selbst hassen, und dann müßte ich den Versuch aufgeben, es zu etwas zu bringen«, erklärte sie. »Und dann wären wir beide unglücklich.«

Sie lächelte. »Ich möchte nicht, daß du unglücklich wirst, Schätzchen.«

»Und was werden wir jetzt tun, Mommy?« fragte ich und hielt den Atem an.

»Tja, und genau da haben wir Glück gehabt, und es hat sich etwas für uns ergeben. Nachdem dein Daddy gestorben ist, habe ich Onkel Jacob und Tante Sara natürlich angerufen und es ihnen erzählt, und dann habe ich den beiden erklärt, was ich jetzt mit meinem Leben anzufangen gedenke. Daraufhin hat mir Tante Sara einen Vorschlag gemacht.«

»Was hat sie dir vorgeschlagen, Mommy?«

»Sie hat mir vorgeschlagen, daß du eine Zeitlang hierbleibst, während ich durch die Gegend reise und etwas für meine Karriere tue«, sagte sie. »Sie freut sich sehr darauf, dich bei sich aufzunehmen, und hier läßt es sich wunderbar leben. Ich bin ganz sicher, daß du hier viele neue und interessante Freundschaften schließen wirst.«

»Du kannst mich nicht einfach hier lassen.« Ich schüttelte den Kopf.

»Nur für eine Weile, Schätzchen. Ich werde laufend hier anrufen, und sowie ich mich irgendwo niedergelassen habe, komme ich zurück und hole dich zu mir. Aber im Moment muß ich mit Archie weiterziehen, und ich weiß, daß du nicht gerade darauf versessen bist, mit uns zu reisen.«

»Du meinst, Richard«, sagte ich trocken. »Und ich weiß auch, daß es ihm nicht paßt, mich mitzunehmen.«

»Es ist nicht wegen Richard.«

»Wirst du ihn heiraten, Mommy?«

»Nein, natürlich nicht«, sagte sie ohne allzuviel Überzeugungskraft. »Jedenfalls«, sagte sie und wies auf das Haus, »wirst du dich hier gewiß eine Zeitlang wohl fühlen. Hier bist du bei Verwandten untergebracht.«

»Ich will nicht hier bleiben, Mommy. Ich will nicht von dir getrennt werden«, stöhnte ich.

»Du wirst nicht von mir getrennt werden, oder jedenfalls nicht für lange Zeit. Das verspreche ich dir.« Sie strich mir über das Haar und lächelte, und dann gab sie mir einen Kuß auf die Stirn. »Ich habe diese Chance dringend nötig, Schätzchen, und wenn ich mir um dich auch noch Sorgen machen muß, brauche ich es gar nicht erst zu versuchen. Es wäre ungerecht dir gegenüber. Ich würde dich noch mehr vernachlässigen, als ich es in der Vergangenheit bereits getan habe. Und du bist doch so klug, du verstehst das doch sicher, oder nicht? Wenn du hier bleibst, brauche ich nicht zu befürchten, es könnte dir nicht gutgehen. Alle mögen dich, Melody.«

Ich senkte den Kopf so langsam wie eine Flagge zur Bekundung einer Niederlage und starrte meine Füße an. Eine Brise kam auf und streichelte meine Wange, und ein paar Strähnen meines Haars tanzten um mein Gesicht herum. Ich hörte die Rufe von nahen Seeschwalben und das Rauschen des Meeres.

Daddy war das Bindeglied gewesen, das unserer kleinen Familie ihren Zusammenhalt gegeben hatte. Nachdem er jetzt fort war, zerbrach alles in Stücke.

»Ich wäre lieber zuhause bei Papa George und Mama Arlene geblieben, Mommy.«

»Ja, ich weiß. Mit dem Gedanken habe ich auch gespielt, aber Papa George ist ein sehr kranker Mann. Mama Arlene kann man nicht zu allem Überfluß auch noch die Verantwortung für ein junges Mädchen aufbürden. Es wäre unfair gewesen, dich ihr aufzuhalsen, Schätzchen.«

Ich blickte abrupt auf.

»Und deshalb willst du mich statt dessen diesen Leuten aufhalsen?«

»Nein, Melody. Wenn du eine Zeitlang bei deiner eigenen Familie untergebracht bist, dann ist das nicht dasselbe, als ließe ich dich einfach irgendwo zurück, verstehst du das denn nicht?«

»Diese Leute ... ich kenne sie doch gar nicht, Mommy, und sie kennen mich nicht.«

»Das ist ein um so besserer Grund, eine Zeitlang bei ihnen zu bleiben, Melody. Du solltest sie besser kennenlernen, findest du nicht auch? Habe ich in dem Punkt etwa nicht recht?« Sie wartete auf die Antwort, die sie hören wollte.

»Ich weiß es nicht. Vielleicht schon. Aber warum haben wir bisher keinen Kontakt zu ihnen gehabt? Warum war Daddy so böse auf sie?«

»Weil sie nicht wollten, daß er mich heiratet, Melody. Das

habe ich dir doch schon erzählt. Sie haben auf mich herabgesehen, weil ich ein Waisenkind war und adoptiert worden bin. Ich habe nicht zu ihren Kreisen gezählt, zu den ersten Einwanderern, die nach Amerika übergesiedelt sind. Und deine Großeltern – die Eltern deines Vaters – wollten, daß er eine andere Frau heiratet, eine Frau, die sie für ihn ausgesucht hatten. Er hat sich geweigert. Chester Logan hat sich in *mich* verliebt, und wir haben geheiratet. Daraufhin haben sie nicht mehr mit ihm geredet, und er nicht mehr mit ihnen. Ich bin ganz sicher, daß inzwischen allen klar ist, wie dumm sie sich benommen haben. Sie wollen ihre Fehler an deinem Vater wiedergutmachen, doch dafür ist es jetzt zu spät. Sie haben nur noch die eine Möglichkeit, ihre Bitterkeit und ihre Unfreundlichkeit auszugleichen, nämlich, indem sie sich deiner annehmen. Deshalb waren sie so versessen darauf, dich bei sich aufzunehmen, und deshalb habe ich eingewilligt. Ich wünschte nur, du könntest das begreifen, denn dann könnte ich glücklich und unbeschwert weggehen.«

»Nur, wenn ich mir keine Sorgen um dich machen muß, ist es mir möglich, mich auf meine neue Karriere zu konzentrieren, und dann werde ich alles viel schneller für uns regeln können, Melody«, fügte sie hinzu.

»Was hast du vor, Mommy? Du hast doch noch nicht einmal konkrete Pläne.«

»Oh, doch, gewiß. Ich werde Mannequin und Schauspielerin werden«, sagte sie mit fester Stimme. Dann lachte sie und drehte eine Pirouette. »Ist dir jemals jemand begegnet, der sich besser für diese Karriere eignen würde? Kennst du eine Frau, die hübscher ist als ich?«

»Nein, Mommy.«

»Wird es nicht wunderbar sein, wenn du mich in Zeitschriften und in Filmen bewundern kannst? Kannst du dir vorstellen, deinen Freundinnen zu erzählen, daß das deine Mutter ist?« Sie lachte und warf schwungvoll ihr Haar zurück. Sie war wirklich wunderschön. Vielleicht würde sie tatsächlich Karriere als Model machen und in Zeitschriften abgebildet werden. Wenn ich jetzt eine Szene machte und sie davon abhielt, ohne mich fortzugehen, dann würde sie mir die Schuld an ihrem Scheitern in die Schuhe schieben, dachte ich. Ich wollte nicht, daß Mommy mich haßte.

Ich sah zum Haus. Archie lief ungeduldig hinter dem Wagen auf und ab. Zumindest bräuchte ich seine Gegenwart dann nicht länger zu ertragen. Mein unzerstörbarer, dummer Optimismus ließ mich nach jedem üblen Unwetter nach einem Regenbogen Ausschau halten.

»Was ist?« sagte Mommy. »Wirst du eine Zeitlang bei deiner Familie bleiben? Ja oder nein, Melody?«

»Von mir aus, wenn es das ist, was du von mir willst, Mommy«, sagte ich matt und niedergeschlagen. Sie klatschte vor Freude in die Hände.

»Oh, danke, Schatz, ich danke dir. Ich danke dir dafür, daß du mir eine Chance gibst. Ich werde dich auch ganz bestimmt nicht im Stich lassen. Ich verspreche es dir, Schätzchen. Du wirst nicht enttäuscht von mir sein.«

Ich nickte und holte tief Atem. Als ich wieder einen Blick auf das Haus warf, sah ich, daß May herauskam und in unsere Richtung sah. Sie hatte einen Ball und einen Tischtennisschläger in der Hand und begann, damit zu spielen, ohne Mommy und mich aus den Augen zu lassen.

»Was ist Laura zugestoßen, Mommy?«

»Sie ist eines Tages mit einem Jungen segeln gegangen, und die beiden sind in einen Sturm geraten.«

»Sie ist im Meer ertrunken?«

Mommy nickte.

»Wir haben erst Monate später davon erfahren. Daddy hat damals beschlossen, deinen Onkel anzurufen, aber er wollte immer noch nicht mit Chester sprechen. Dieses Haus hat eine Menge Unglück erlebt, genauso wie unseres. Aber jetzt steht eine Glückssträhne bevor«, fügte Mommy hinzu. Ich blickte zu ihr auf.

»Wieso denn das?«

»Weil sie dich jetzt bei sich haben werden«, sagte sie. Sie schlang einen Arm um mich, und wir machten uns auf den Rückweg zur Einfahrt. Archie blickte erwartungsvoll auf, und Mommy nickte. Dann eilte er zum Kofferraum, um mein Gepäck auszuladen.

»Was wird aus meinen übrigen Sachen, Mommy? Ich habe nicht viel dabei.«

»Ich werde mich mit Arlene in Verbindung setzen und dafür sorgen, daß deine Sachen hergeschickt werden. Mach dir keine Sorgen«, sagte sie. May beobachtete uns immer noch mit großer Neugier.

Mommy bemerkte das kleine Mädchen jetzt. »Hallo, Schätzchen.«

May lächelte sie an, drehte sich dann jedoch schnell wieder zu mir um. Sie nahm mich an der Hand, umschlang fest meine Finger und zog mich hinter sich her.

»Geh ruhig mit, Schätzchen«, sagte Mommy. »Richard und ich kümmern uns solange um deine Sachen.«

»Aber ...« May zog jetzt wieder an meiner Hand. Ich ließ mich von ihr fortführen. Sie beschleunigte ihre Schritte, als wir den Sand erreicht hatten, und schon bald rannte ich neben ihr her.

»Wohin gehen wir?« rief ich, da ich einen Moment lang ihre Taubheit vergessen hatte. Wir liefen zum Anlegesteg und zum Meer. Vorher mußten wir jedoch über eine Düne, die mit Krüppelkiefern bewachsen war. Der Sand gab unter meinen Füßen nach. Es war schwer, auf den Dünen schnell zu laufen, und es dauerte nicht lange, bis meine Wadenmuskeln schmerzten. Die kleine May schien nicht die geringsten Schwierigkeiten zu haben. Sie war so leicht wie Luft, und sie lief vor mir her, bis wir den Kamm des kleinen sandigen Hügels erreicht hatten.

Als wir oben angekommen waren, blieb ich stehen, um auf das weite Meer hinauszusehen. In der Ferne zogen zwei Fischerboote ihre Schleppnetze zum Strand, und weiter draußen glitt ein Segelboot mit geblähtem weißem Segel anmutig über die Wellen. Zu meiner Rechten zogen sich kleine Fischerhütten an den Dünen entlang. Über uns flog vor dem Hintergrund eines tiefblauen Himmels, der mit rauchblauen Wattewölkchen gesprenkelt war, ein Schwarm Kanadagänse in einer Keilformation nach Norden. Es war ein erhebender Anblick, und die frische Seeluft schien die Traurigkeit aus meinem Herzen zu spülen. Das hier, sagte ich mir, war früher einmal der Spielplatz meines Vaters gewesen. Und jetzt würde es zumindest eine Zeitlang auch mein Spielplatz sein.

May zog an meiner Hand und deutete auf den Anlegesteg.

»Car ... ry«, sagte sie. »Komm.«

Ich lachte und folgte ihr die Düne hinunter. Wir rannten immer noch, und ich schnaufte. Endlich liefen wir langsamer, als wir den Anlegesteg erreicht hatten.

Das Fischerboot meines Onkels wiegte sich sanft auf dem Wasser. Das Boot war weiß und grau, und obwohl es alt zu sein schien, machte es einen sehr sauberen und gepflegten Eindruck. Das Boot trug den Namen Laura, und die Buchstaben waren erst kürzlich auf den Rumpf gemalt worden. Anfangs sahen wir niemanden, doch dann kam Cary mit einem Eimer und einem Pinsel in der Hand aus der Hütte. Er hatte sein Hemd ausgezogen und sah uns nicht sofort. May rief ihn. »Car-ry.«

Als er uns auf dem Anlegesteg stehen sah, stellte er augenblicklich seinen Eimer ab und legte den Pinsel hin, um sich in Zeichensprache mit May zu verständigen. Seine Bewegungen wirkten nachdrücklich, was auch immer es sein mochte, was er ihr zu sagen hatte. Außerdem schien er wütend zu sein.

»Stimmt irgend etwas nicht?« fragte ich. Seine braune Haut schimmerte in der Sonne. Er wirkte muskulös und kräftig und trug ein silbernes Kettchen um den Hals, das mir bisher noch nicht aufgefallen war.

»Sie weiß, daß sie nicht allein herkommen darf«, sagte er.

»Sie ist nicht allein. Sie ist mit mir gekommen«, erwiderte ich.

»Du bist eine Landratte«, fauchte er mich an. »Das läuft auf dasselbe hinaus, als wäre sie allein.« Er bedeutete ihr wieder etwas, worauf May sich abwandte und sich auf den Rückweg zum Haus machte. Ich blickte zu Cary auf.

»Sie wollte mir doch nur etwas zeigen«, sagte ich.

»Sie weiß, daß sie das nicht darf. Bring sie nach Hause«, befahl er und nahm Eimer und Pinsel wieder zur Hand. Dann kehrte er mir den Rücken zu und nahm seine Beschäftigung wieder auf. Ich kochte einen Moment lang vor Wut, ehe ich eilig loslief, um May einzuholen, die jetzt wesentlich langsamer ging und den Kopf gesenkt hatte. Als ich sie eingeholt hatte, nahm ich sie an der Hand, und sie lächelte mich an.

»Es ist alles in Ordnung«, sagte ich. Sie neigte den Kopf zur Seite. Sie hatte wunderschöne hellbraune Augen mit blauen, grünen und goldenen Sprenkeln. »Dein Bruder hätte nicht so böse werden dürfen«, fügte ich hinzu, doch sie sah mich verwirrt an, und ich fühlte mich hilflos. Ich redete laut und deutlich mit mir, als ob das etwas genutzt hätte. Ich kam mir dumm vor. Als ich mich noch einmal umdrehte, sah ich, daß Cary uns im Auge behielt. Hinter ihm nahm der Himmel eine rauchige Lavendelfärbung an.

»Wenn es hier in dieser Gegend so gefährlich ist«, murrte ich, »warum wohnt ihr dann hier?«

Ich stapfte durch den Sand und hielt Mays Hand fest, als wir zum Haus zurückkehrten. Mommy und Archie erwarteten mich schon vor dem Wagen. May ließ meine Hand los und lief ins Haus.

»Wo bist du gewesen, Schätzchen?« fragte Mommy.

»Wir haben nur einen kleinen Spaziergang zum Anlegesteg unternommen und uns das Fischerboot angesehen, aber das hätte May offenbar nicht tun dürfen«, sagte ich. »Cary ist nicht gerade besonders nett.«

»Oh, ich bin sicher, es liegt nur daran, daß ihr euch noch nicht gut genug kennt«, sagte Mommy.

»Haille«, sagte Archie und zog die Augenbrauen hoch.

»Schätzchen«, sagte Mommy und kam näher, damit sie meine Hand nehmen konnte. »Archie und ich finden, wir sollten uns jetzt auf den Weg machen, damit wir es nach Boston schaffen. Er möchte mir dort heute abend jemanden vorstellen.«

»Ihr brecht jetzt schon auf? Aber was ist mit dem Abendessen?«

»Wir werden irgendwo auf dem Weg einen Happen zu uns nehmen«, sagte sie.

»Wolltet ihr euch denn nicht die Stadt ansehen und ...«

»Oh, diese Stadt kenne ich nur zu gut«, sagte sie lachend. »Vergiß nicht, wie lange ich hier gelebt habe.«

»Aber ...« Ich warf einen Blick auf das Haus und sah dann auf das Meer. »Willst du denn nicht mit Onkel Jacob reden?«

»Ich glaube, ihm wäre es am liebsten, wenn sich das im Moment vermeiden ließe«, sagte sie. »Wir haben deine Sachen in dein Zimmer gebracht. Es ist ein sehr hübsches Zimmer, Schätzchen, hübscher als das im Wohnwagen. Vom Fenster aus kannst du das Meer sehen. Tante Sara wird sich darum kümmern, daß du in der Schule angemeldet wirst, und die Schule wird all deine Unterlagen aus West Virgina besorgen. Ich habe bereits die Papiere unterschrieben, die ich unterzeichnen mußte, damit Tante Sara in meinem Namen handeln kann«, fügte Mommy hinzu.

»Wann hast du das getan?« fragte ich, denn ich war verwundert darüber, wieviel bereits erledigt worden war.

»Äh, gerade eben. Tante Sara hat herausgefunden, was man tun muß. Sie freut sich schon schrecklich darauf, dich hier aufzunehmen.«

Archie stieg in den Wagen und ließ den Motor an. Mein Herz begann zu pochen wie eine Urwaldtrommel.

»Mommy?«

»Mach es uns jetzt bloß nicht noch schwerer, als es ohnehin schon ist, Schätzchen. Ich werde dich in ein paar Tagen anrufen, um dir zu sagen, wo ich bin und was ich bereits unternommen habe, und ehe du dich versiehst, bin ich auch schon wieder da und hole dich zu mir.«

»Es wird Zeit«, rief Archie.

»Kannst du nicht noch ein wenig länger bleiben?« flehte ich. Mein Herz schlug Purzelbäume.

»Wenn wir ein paar Minuten oder Stunden länger bleiben, dann ändert das für dich gar nichts, aber für uns stellt es einen gewaltigen Unterschied dar, weil wir noch eine so weite Strecke vor uns haben, Schätzchen. Bitte.«

Sie umarmte mich, doch ich ließ die Arme an meinen Seiten hängen. Dann drückte sie mir einen schnellen Kuß auf die Stirn.

»Ich brauche dir ja nicht erst noch zu sagen, daß du ein braves Mädchen sein sollst. Ich weiß, daß du ohnehin brav sein wirst. Bis bald«, fügte sie hinzu und wandte sich zu dem Wagen um.

»Mommy!«

Ich rannte auf sie zu und umarmte sie, preßte sie an mich und klammerte mich an sie, an das einzige Leben, das ich je gekannt hatte, an die Erinnerungen an unser Gelächter und an unsere Tränen. Es mochte zwar sein, daß sie nicht gerade die allerbeste Mutter war, doch sie war die einzige Mutter, die ich hatte, und wir hatten auch Schönes miteinander erlebt. Wir hatten gemeinsam Picknicks veranstaltet, gemeinsam zu Abend gegessen, Weihnachten und Geburtstage miteinander gefeiert. Das Einzige, woran ich mich jetzt noch erinnern konnte, war, wie ich mich als kleines Mädchen an ihre Hand geklammert hatte, wenn wir durch die Straßen von Sewell gelaufen waren. Alle hatten sich nach uns umgedreht; Mommy war so wunderschön, und ich war so stolz auf sie gewesen.

»Melody«, flüsterte sie. »*Bitte,* Schätzchen.«

Ich ließ sie los und wich langsam zurück.

Sie lächelte. »Ich rufe dich bald an.« Sie lief schnell um den Wagen herum und stieg ein.

Archie lächelte mich an. »Tu nichts, was ich nicht auch täte, Kleine«, sagte er und zwinkerte mir zu.

»Es gibt nicht viel, was Sie nicht täten«, erwiderte ich darauf.

Er lachte.

»Du wirst mir fehlen, Prinzessin. Jetzt habe ich niemanden mehr, der Botengänge für mich übernimmt.« Er lachte und setzte den Wagen zurück. Ich trat einen Schritt vor.

Mommy drehte sich um und winkte, als sie losfuhren.

Ein weiteres Bild, das sich meinem Gedächtnis einprägen sollte. Ich beobachtete, wie der Wagen auf der Straße verschwand. Ich stand da und konnte es immer noch nicht fassen.

Dann hörte ich, wie hinter mir die Tür geöffnet wurde, und als ich mich umdrehte, sah ich Tante Sara, die sich nervös die Hände an ihrer Schürze abtrocknete. »Laura hat mir immer so gern dabei geholfen, den Tisch zu decken. Möchtest du mir jetzt vielleicht dabei helfen?«

Ich nickte, und sie lächelte.

»Das dachte ich mir.«

Sie ging wieder ins Haus. Mit gesenktem Kopf folgte ich ihr. Ich fühlte mich, als sei ich bei hohem Seegang aus einem Boot geschleudert worden. Verzweifelt suchte ich nach einem Rettungsring.

6.

Lauras Sachen

Tante Sara hatte das Geschirr für das Abendessen auf der Anrichte in der Küche stehen, und das Besteck lag gleich daneben. Sie faltete gerade Leinenservietten zusammen. Die Küche war so lang wie breit. Töpfe und Pfannen hingen an den Wänden. Eine Spüle mit zwei Becken aus Metall stand neben einem großen gußeisernen Herd und einem Kühlschrank. Zur Linken führte eine Tür in eine Speisekammer. Die spätnachmittägliche Sonne strömte durch ein großes Fenster im Westen und bildete die einzige Beleuchtung des Raums.

»Heute abend essen wir von meinem besseren Porzellangeschirr«, sagte sie lächelnd, während sie pedantisch die Servietten faltete. »Deine Ankunft hier ist schließlich ein besonderer Anlaß für uns. Deck den Tisch für fünf Personen«, sagte sie zu mir. »Du wirst gegenüber von May und neben mir sitzen. Dort hat Laura früher immer gesessen.«

»Wo ist May?« fragte ich.

»May ist nach oben in ihr Zimmer gegangen. Wahrscheinlich macht sie ihre Hausaufgaben. Sie ist eine fleißige Schülerin. Dazu hat Laura sie erzogen.«

»Sie hat mich zum Anlegesteg geführt, und Cary hat sie angeschrien«, sagte ich.

Tante Sara nickte. »Er will nicht, daß sie in die Nähe des Wassers kommt, nur wenn er dabei ist. Er hat Angst um sie.« Sie holte tief Atem und preßte sich die rechte Hand aufs Herz. »Wir sind heute alle etwas furchtsamer«, murmelte sie.

Ich nahm das Geschirr und trug es ins Eßzimmer. Ich kam mir vor wie eine Schlafwandlerin. Passierte all das wirklich? War Mommy tatsächlich fortgegangen und hatte mich hier gelassen?

Als ich in die Küche zurückkam, um das Besteck und die gefalteten Servietten zu holen, sah Tante Sara gerade nach dem Hähnchen. Auf dem Herd kochte etwas auf kleiner Flamme. Kartoffeln rösteten im Ofen, während Pasteten auf der Fensterbank abkühlten. Das geschäftige Treiben in Tante Saras Küche ließ mir wärmer ums Herz werden. Alles roch wunderbar. Ich war am Morgen zu nervös gewesen, um viel zu frühstücken, und bis auf ein paar Muscheln direkt nach unserer Ankunft hatte ich den ganzen Tag über fast nichts gegessen.

»Laura hat mir schrecklich gern beim Kochen geholfen«, sagte Tante Sara, während sie emsig umherlief. »Alle anderen Mädchen in ihrem Alter haben sich in der Gegend rumgetrieben und kichernd die Jungen beobachtet, aber sie war zuhause und hat mir geholfen. Sie war schon immer so, schon als sie noch ein ganz kleines Mädchen war. Nie habe ich einen selbstloseren Menschen gesehen, der sich mehr Sorgen um jeden anderen macht als um sich selbst.« Sie unterbrach sich.

»Weißt du, was Jacob sagt?« fragte sie dann und drehte sich zu mir um. »Er sagt, die Engel müssen so neidisch auf sie gewesen sein, daß Gott ihren Wunsch erfüllt und sie früher als geplant zu sich in den Himmel geholt hat.«

Sie lächelte wehmütig. Ihr Kinn zitterte, und Tränen glitzerten in ihren Augen.

»Es tut mir leid«, sagte ich. »Es tut mir leid, daß ich sie nie kennenlernen durfte.«

»Oh, ja. Wäre das nicht wunderbar gewesen?« Sie dachte einen Moment lang darüber nach und fügte dann finster hinzu: »Ihr beide hättet einander kennenlernen sollen.«

Ich hätte sie gern gefragt, warum es nie dazu gekommen war und warum diese Familie so erbittert und gemein gewesen war, doch es schien mir nicht der richtige Zeitpunkt zu sein, um eine solche Frage aufzuwerfen.

Sie holte tief Luft. »Du solltest jetzt besser das Besteck verteilen, mein Liebes.«

Nachdem der Tisch gedeckt war, sagte Tante Sara, sie würde mich jetzt in mein Zimmer führen. »Deine Sachen sind schon da. Ich möchte dir gern zeigen, wo du sie verstauen kannst und was du alles benutzen kannst.«

»Benutzen?« Ich fragte mich, was sie damit meinte, als ich ihr die kurze Treppe hinauf folgte, die zum oberen Stockwerk führte. Die Stufen quietschten und ächzten, und das Geländer wackelte. Wir gelangten auf einen kleinen Treppenabsatz.

»May und Cary haben ihre Zimmer dort drüben«, sagte sie und deutete nach rechts. Da das Treppenhaus keine Fenster hatte, war es dunkel im Korridor. »Jacob und ich schlafen in dem letzten Zimmer hinten links, und dein Zimmer, das früher einmal Lauras Zimmer war, ist gleich hier.« Sie deutete auf die erste Tür links. »Und das ist natürlich das Badezimmer«, fügte sie hinzu und wies mit einer Kopfbewegung auf die Tür, die meinem zukünftigen Zimmer gegenüberlag. »Hier wären wir also.« Sie trat einen Schritt zurück, nachdem sie die Tür geöffnet hatte. Ich sah mich schockiert um. Das ganze Zimmer war mit Sachen vollgestellt, die früher einmal meiner toten Cousine gehört hatten. Es sah alles so aus, als sei sie gerade erst gestern gestorben. Die Wände waren mit Postern von Rockstars und Filmstars bedeckt, die sie verehrt hatte, und auf den Regalen drängten sich Stofftiere und Keramikpuppen. Auf einem der Regale war eine Sammlung von Katzen aus Ton und Zinn aufgereiht. Unter den Regalen stand ein kleiner Tisch mit der Miniaturausgabe eines Teegeschirrs, und davor saß auf einem Stuhl eine große Puppe.

Es war ein sehr hübsches und behagliches Zimmer mit einer rosa-weiß gesprenkelten Tapete und einem Himmelbett, das genauso aussah wie Alice Morgans Bett, nur das Kopfende war nicht herzförmig. Das Bettzeug, die Steppdecke und die Kissen waren alle in dem zartvioletten Farbton des Betthimmels gehalten, und mitten auf dem Bett saß auf zwei flauschigen Kissen eine große Stoffkatze, die nahezu echt wirkte und große Ähnlichkeit mit der Katze aufwies, die ich mitgebracht hatte.

An einer Wand stand ein Frisiertisch mit einem großen Spiegel darüber und einer passenden Kommode. In einer Ecke sah ich einen Schreibtisch und einen Stuhl. Ein aufgeschlagenes Schulheft lag auf dem Schreibtisch, daneben stapelten sich Schulbücher und andere Bücher, die aussahen, als seien sie aus der Leihbücherei.

Warum hatte man diese Bücher nie zurückgegeben? fragte ich mich.

Die Schiebetüren des Kleiderschranks standen offen und gaben den Blick auf die Kleidungsstücke darin frei. An einem Haken hing ein Morgenmantel aus rosafarbenem Frottee. Die Pantoffeln standen am Fußende des Bettes.

Links und rechts des Bettes waren Fenster mit Blick auf das Meer hinaus. Die Brise ließ die Gardinen flattern und wehen. Die würzige Seeluft setzte sich gegen den süßen Duft durch, den ich beim Eintreten wahrgenommen hatte.

»Ist das nicht ein wunderschönes Zimmer?« sagte Tante Sara.

»Oh, doch.«

»Ich möchte, daß du dich hier wohl fühlst«, sagte sie. »Du darfst alles benutzen, was du haben möchtest oder gebrauchen kannst. Du würdest mir eine große Freude damit bereiten, wenn ich dich in einem dieser hübschen Kleider sehen dürfte. Probier doch einfach eines an«, sagte sie eifrig. »Die scheinen genau die richtige Größe für dich zu haben.«

Ich schüttelte behutsam den Kopf.

»Ich weiß nicht, ob ich das tatsächlich tun sollte, Tante Sara.«

Obwohl das Zimmer den Eindruck machte, es sei noch vor kurzer Zeit bewohnt gewesen, hatte es doch die Ausstrahlung eines Schreins, den man für ein totes Mädchen errichtet hatte.

»Aber selbstverständlich solltest du das tun«, sagte sie, und auf ihrem Gesicht machte sich ein panischer Ausdruck breit, weil ich ihren Vorschlag abgelehnt hatte. »Deshalb habe ich mir doch so sehr gewünscht, daß du herkommst. Hier hat so vieles unbenutzt herumgelegen, aber das ist jetzt vorbei. Wenn Laura jetzt in diesem Moment hier wäre, würde sie sagen: ›Cousine Melody, es steht dir frei, alles zu benutzen, was du willst. Na los, jetzt mach schon.‹ Ich kann fast hören, wie sie diese Worte sagt.« Sie neigte den Kopf zur Seite, als wollte sie einer leisen Stimme lauschen, die die Brise mit sich trug. »Hörst du es denn nicht selbst?« Auf ihrem Gesicht stand ein seltsam entrücktes und liebevolles Lächeln.

Ich bewegte mich vorsichtig durch das Zimmer und sah mir alles genauer an. Auf dem Schreibtisch lag ein Packen Briefe, die mit einem Gummiband zusammengeschnürt waren. Zwischen den Zinken der Bürsten und Kämme auf dem Frisiertisch waren noch dunkelbraune Haare. Auf der Kommode stand eine gerahmte Fotografie meiner Cousine Laura, die sie mit einem Strauß gelber Rosen vor dem Haus zeigte.

»Das Bild ist an ihrem sechzehnten Geburtstag aufgenommen worden, vor Beginn der Party«, erklärte Tante Sara. »Seitdem ist schon fast ein Jahr vergangen. Laura und Cary haben nämlich nächsten Monat Geburtstag.«

Cary würde folglich siebzehn werden. »Dann ist Cary im letzten Schuljahr?«

»Ja. Laura hätte am Tag, an dem die Abschlußzeugnisse verteilt werden, die Festrede halten dürfen. Das sagen alle.«

Ich sah mir das Mädchen auf der Fotografie genauer an. Tante Sara hatte recht. Laura war wirklich sehr hübsch gewesen. Sie hatte Carys Augen, und beide hatten eine ähnliche Nase und einen ähnlichen Mund und exakt denselben dunkelbraunen Haarton. Lauras Gesicht war zarter geschnitten, und ihre Züge waren weicher und weiblicher. Sie schien in etwa meine Größe und meine Figur zu haben, vielleicht mit etwas weniger Oberweite. Als ich die Fotografie anstarrte, verstand ich jedoch, warum Onkel Jacob zu Tante Sara gesagt hatte, die Engel seien neidisch gewesen. Lauras Gesicht war von einer Aura umgeben und schimmerte in einer Art und Weise von innen heraus, die schon spirituell anmutete und sie so wirken ließ, als könnten ihr jeden Moment Flügel wachsen und sie davonschweben lassen.

»Sie ist wirklich sehr hübsch gewesen«, sagte ich.

»Ja.«

»Und wer ist das?« Ich nahm das Foto eines Jungen mit braunen Haaren in die Hand, das nur Paßbildformat hatte und vor der Glasscheibe in dem Rahmen mit Lauras Geburtstagsfoto steckte. Der Junge sah sehr gut aus.

»Das war Robert Royce«, sagte Tante Sara mit einem erneuten tiefen Seufzer. »Er ist an jenem entsetzlichen Tag gemeinsam mit Laura ertrunken.«

»Oh, das ist ja furchtbar!«

»Ja, es war furchtbar«, wiederholte Tante Sara. Sie sah sich in dem Zimmer um. »Ich habe nichts angerührt, nur um abzustauben und das Zimmer sauberzuhalten. Alles sieht noch genauso aus wie am Tage ihres Todes. Versuch doch bitte, alles so zu lassen, wie es ist, Melody, mein Liebes. Tu alles wieder dahin, wo du es gefunden hast. Aber, wie ich schon sagte, du kannst all ihre Dinge benutzen.«

»Vermutlich brauchst du nach der langen, weiten Reise ein Weilchen Ruhe. In einer Stunde essen wir zu Abend. Onkel Jacob mag es, wenn wir uns für das Abendessen alle feinmachen. Ich habe diese Schublade für dich freigeräumt, damit du deine Sachen verstauen kannst«, sagte sie und zog die dritte Kommodenschublade von oben auf, »und ich bin sicher, daß du im Kleiderschrank genug Platz findest, um die Dinge unterzubringen, die du mitgebracht hast.«

»Mommy hat gesagt, sie würde dafür sorgen, daß mir meine übrigen Sachen nachgeschickt werden«, sagte ich.

»Bis dahin kannst du benutzen, was da ist«, sagte Tante Sara mit einer ausholenden Geste. »Morgen früh«, fuhr sie fort, »bringe ich dich zur Schule und melde dich an. Es ist nicht weit von hier. Du kannst jeden Tag mit Cary und May zu Fuß zurücklaufen, wie Laura es immer getan hat.«

Tante Sara drehte sich um, blieb in der Tür noch einmal stehen und ging dann auf den Kleiderschrank zu.

»Ich könnte dir etwas Hübsches aussuchen, was du zum Abendessen tragen kannst.« Sie sah Lauras Kleider schnell durch. »Also, das hier, ja, das wäre perfekt.« Sie zog ein blaues Kleid mit einem weißen Kragen und weißen Manschetten an den dreiviertellangen Ärmeln heraus.

»Es sieht so aus, als könnte es hier ein wenig spannen«, sagte ich und preßte mir die Hände auf die Rippen.

»Oh, nein, ganz bestimmt nicht. Dieses Material gibt ein wenig nach, aber selbst, wenn es zu eng sein sollte, dann werde ich die Seitennähte für dich auslassen. Ich bin eine begabte Schneiderin«, fügte sie mit einem Lachen hinzu. »Früher habe ich Lauras Kleider immer selbst geändert. Dieses Kleid hier habe ich für sie genäht.« Sie zog ein rosa Taftkleid von einem Bügel, um es mir zu zeigen. »Sie hat es zu einer Tanzveranstaltung in der Schule getragen.«

»Das ist ein hübsches Kleid.«

»Vielleicht wirst du es eines Tages auch zu einer Tanzveranstaltung anziehen.« Sie musterte das Kleid noch einen Moment lang, ehe sie es wieder in den Schrank hängte, und zwar genau an die Stelle zwischen den beiden anderen Kleidern, an der es vorher gehangen hatte, bevor sie es mir gezeigt hatte.

Dann breitete sie das blaue Kleid auf dem Bett aus und trat einen Schritt zurück.

»Welche Schuhgröße hast du?«

Ich sagte es ihr. Es schien sie zu enttäuschen.

»Laura hat kleinere Füße gehabt. Es ist wirklich ein Jammer, daß du keinerlei Verwendung für ihre Schuhe haben wirst.«

»Vielleicht kann May sie eines Tages tragen«, schlug ich vor.

»Ja«, flüsterte sie und schien plötzlich sehr traurig zu sein. »Aber ich bin ganz sicher«, sagte sie, »daß das Kleid dir passen wird. Willkommen bei uns, mein Liebes.«

Ehe sie ging, blieb sie noch einmal in der Tür stehen.

»Es ist ein wunderbares Gefühl zu wissen, daß alle diese Dinge wieder benutzt und geliebt werden. Es ist fast so, als ob ... als ob uns Laura dich gesandt hätte.« Sie lächelte mich an und ging.

Ich fröstelte. In diesem Schlafzimmer fühlte ich mich wie ein Eindringling. Es war nach wie vor Lauras Zimmer. Meine beiden kleinen Koffer standen dicht nebeneinander an der Wand, und meine Fiedel lag ihn ihrem Kasten. Ich war hier kaum vertreten, während Lauras Präsenz übermächtig war.

Ich packte meine Sachen aus und setzte meine eigene Stoffkatze neben Lauras Stoffkatze, die bereits auf dem Bett saß. Die beiden Katzen sahen aus, als seien sie aus demselben Wurf. Auch meinen Teddybären setzte ich zu ihnen auf die Kissen. Dann hängte ich die wenigen Kleider auf, die ich mitgebracht hatte, und räumte die Schublade ein, die Tante Sara für mich freigemacht hatte.

Als ich fertig war, trat ich ans Fenster und sah auf den Strand und das Meer hinaus. Cary und Onkel Jacob kamen gerade vom Anlegesteg zurück. Cary hatte sein Hemd noch nicht wieder angezogen, sondern über eine Schulter geworfen. Seine andere Schulter schimmerte im Sonnenschein, als er mit gesenktem Kopf dem Haus entgegenstapfte. Onkel Jacob schien ihm eine Strafpredigt zu halten.

Plötzlich blickte Cary zu dem Fenster hoch, als hätte er gespürt, daß ich ihn betrachtete, und einen Moment lang beschlich mich das ganz seltsame Gefühl, daß Laura persönlich mich aus seinen smaragdgrünen Augen musterte.

Ich zuckte zusammen, als ich jemanden hinter mir hörte. May stand in der Tür.

»Hallo«, sagte ich und winkte ihr zu. Sie kam mit einem Buch in das Zimmer und ließ sich auf das Bett plumpsen, schlug das Buch auf und deutete auf eine Seite. Ich setzte mich hin und sah mir ihre Mathematikaufgaben an. »Möchtest du vielleicht, daß ich dir dabei helfe?« fragte ich sie. Ich deutete erst auf die Seite, dann auf mich und schließlich auf sie. Sie nickte und machte mir Zeichen, die ich als »Ja, bitte, hilf mir« auslegte.

»Das ist nichts weiter als Prozentrechnung«, murmelte ich vor mich hin. »Das geht ganz einfach.«

Sie starrte mich an. Ich vergaß immer wieder, daß sie kein einziges Wort hören konnte. Ich fragte mich, wie es wohl sein mußte, auf dieser Welt zu leben und nie einen Vogel singen zu hören, nie Musik zu hören oder den tröstlichen Klang der Stimme eines geliebten Menschen. Es schien mir ungerecht zu sein, vor allem, wenn es sich um ein so nettes kleines Mädchen wie May handelte.

»In Ordnung«, sagte ich und nickte. Ich deutete auf den Schreibtisch, und sie folgte mir. Als ich mich hinsetzte, blieb sie neben mir stehen, und ich begann, die Probleme zu lösen, während ich mich damit abmühte, ihr zu erklären, was ich tat. Trotz meiner Schwierigkeiten, mich mit ihr zu verständigen, schien sie zu verstehen, was ich ihr beibringen wollte. Sie konzentrierte sich darauf, die Worte von meinen Lippen abzulesen. Flink befolgte sie meine Anweisungen. Das kleine Mädchen war ganz entschieden ziemlich klug.

Wir wandten uns der nächsten Aufgabe zu, und wieder verstand sie schnell, worauf ich hinaus wollte.

»Was geht hier vor?« Als ich die Worte hörte und mich umdrehte, sah ich Cary in der Tür stehen.

»Ich helfe May gerade dabei, ihre Hausaufgaben in Mathematik zu lösen.«

»Ich helfe ihr bei ihren Mathematikaufgaben«, sagte er. »Sie kann dich nicht hören. Das macht es zu schwierig für sie«, sagte er.

»Aber sie macht ihre Sache prima.«

Er bedeutete May etwas in Zeichensprache, das sie zu beunruhigen schien. Er fuhr mit seinen Handbewegungen fort, und sie schüttelte den Kopf.

»Wenn sie ihre Sache nicht gut macht, dann ist das deine Schuld«, fauchte Cary und ging.

»Besonders freundlich ist er nicht gerade«, murrte ich.

May sah nicht, daß meine Lippen sich bewegten, doch anscheinend machte ihr Carys Haltung nichts aus. Sie lächelte mich an, ging zu meinen Koffern und klopfte neugierig auf den Fiedelkasten. Dann sah sie mich fragend an.

»Das ist eine Fiedel«, sagte ich. Ich öffnete den Kasten und nahm den Bogen heraus. Wie gräßlich, sagte ich mir plötzlich. Sie kann mich nicht spielen hören.

Sie drängte mich, ihr trotzdem etwas vorzuspielen. Ich schüttelte lächelnd den Kopf, doch ihre großen Augen schienen mich anzuflehen.

»Aber wie kannst du denn ...?« fragte ich verwirrt.

Sie wies mit einer Kopfbewegung auf meine Fiedel.

Ich zuckte die Achseln, nahm den Bogen zur Hand und spielte.

May kam näher. Ich ließ den Bogen über die Saiten gleiten und spielte ein fröhliches Lied aus den Bergen. Langsam hob sie die Hand und legte die Finger auf die Fiedel. Sie schloß die Augen.

Sie kann die Schwingungen fühlen, erkannte ich, und es dauerte auch nicht lange, bis sie den Kopf im Takt der Melodie bewegte. Ich lachte fröhlich und spielte weiter.

Plötzlich tauchte Cary wieder in meiner Tür auf und knöpfte ein frisches weißes Hemd zu. »Was stellst du denn jetzt schon wieder mit ihr an?« fragte er barsch.

Ich hörte auf zu spielen und ließ die Fiedel sinken. May öffnete enttäuscht die Augen, und dann drehte sie sich um, weil sie sehen wollte, worauf mein Blick gerichtet war.

»Sie wollte wissen, was das ist, und dann wollte sie, daß ich für sie spiele.«

»Das ist ein reichlich schlechter Witz«, sagte er.

»Sie saugt die Töne durch ihre Finger in sich auf«, begann ich zu erklären, doch er schüttelte nur den Kopf und ging wieder.

Ich kochte vor Wut.

»Dein Bruder«, sagte ich zu May, »ist ein ... ein Ungeheuer.« Ich verdrehte die Augen und schnitt eine abscheuliche Grimasse, und dabei wies ich auf die Tür. Im ersten Moment sah sie mich erschrocken an, doch als sie begriff, was ich meinte, lachte sie.

Mays bezauberndes Lachen beschwichtigte mich wieder.

»Ich sollte mich jetzt besser für das Abendessen fertig machen«, sagte ich zu ihr und deutete auf Lauras Kleid. Ich führte in Form einer Pantomime Nahrung zu meinem Mund. Sie nickte, schnappte ihr Mathematikbuch und ihre Papiere und ging, um sich ebenfalls umzuziehen.

Ich packte meine Fiedel in den Kasten und dachte an Daddy, erinnerte mich wieder daran, wie er, Papa George und Mama Arlene vor ihrem Wohnwagen gesessen und mir beim Üben zugehört hatten. Wie sehr sie mir doch alle miteinander fehlten!

Tante Sara hatte angedeutet, daß es in diesem Haushalt wichtig war, wie man zum Abendessen erschien. Ich ging ins Bad und wusch mich, und dann kehrte ich zu dem Frisierspiegel in meinem Zimmer zurück, um mir das Haar zu bürsten. Am liebsten hätte ich Lauras Sachen vollständig fortgeräumt und Platz für meine eigenen geschaffen, doch dann fiel mir wieder ein, daß Tante Sara mich gebeten hatte, keinen Gegenstand vom Fleck zu bewegen. Daher breitete ich meine eigenen Sachen aus, wo eben Platz war, und schließlich stand alles durcheinander da.

Lauras blaues Kleid war hauteng und spannte besonders über

meinen Brüsten. Ich mußte die beiden obersten Knöpfe offenlassen, aber irgendwie schien es Tante Sara wichtig zu sein, daß ich dieses Kleid trug.

Vielleicht lag es daran, daß ich dieses hautenge Kleid trug, doch als ich mich im Spiegel ansah, fühlte ich mich ganz anders als bisher, irgendwie erwachsener und weiblicher. Obwohl Mommy ständig in den höchsten Tönen von sich selbst sprach, fühlte ich mich hingegen immer schuldig bei dem Gedanken, daß ich stolz auf mein Aussehen und auf meine Figur war. In der Kirche hatte der Pfarrer den Stolz als eine Sünde bezeichnet.

Als ich meine Hände jedoch über meinen Busen und dann seitlich herunter bis auf meine Hüften gleiten ließ, mich vor dem Spiegel drehte und mein Spiegelbild musterte, sagte ich mir, daß ich ja vielleicht doch hübsch war. Vielleicht würden sich die Männer eines Tages auch nach mir umdrehen. War das ein sündiger Gedanke?

Ein lautes Pochen an der Tür riß mich aus meinen intimen Gedanken heraus und gab mir das Gefühl, ich sei bei etwas Ungehörigem ertappt worden.

»Es ist jetzt Zeit zum Abendessen«, murrte Cary. »Mein Vater kann es nicht leiden, wenn wir zu spät kommen.«

»Ich komme schon.« Ich strich eine lose Haarsträhne zurück, die mir ins Gesicht gefallen war. Dann öffnete ich die Tür. Cary und May standen draußen im Gang und warteten auf mich.

Ich sah den Ausdruck des Erstaunens, der sich auf Carys Gesicht ausbreitete. Die Maske der Wut und der Strenge brach in Stücke. Cary hatte sich das Haar aus dem Gesicht zurückgebürstet und sah richtig gut aus. Er trug eine Krawatte und eine Hose mit Bügelfalten.

»Das ist eines von Lauras Kleidern«, flüsterte er.

Wieder regte sich die Panik in mir, und ich begann vor Nervosität zu flattern ob der Zweifel, die mich bestürmten. Vielleicht hätte ich ihr Kleid doch nicht tragen sollen. Möglicherweise verstieß ich damit gegen ein weiteres ungeschriebenes Gesetz in diesem verwirrenden Haushalt.

»Deine Mutter hat es für mich ausgesucht. Sie hat mich gebeten, es beim Abendessen zu tragen«, erwiderte ich.

Diese Antwort schien ihn zufriedenzustellen, und sein Gesicht wurde freundlicher. May nahm mich an der Hand. Cary warf einen schnellen Blick auf sie, ehe er auf dem Absatz kehrt machte und vor uns her durch den Korridor lief. May bedeutete mir etwas, und ich glaubte zu verstehen, was sie mir damit sagen wollte: Du siehst sehr hübsch aus.

Onkel Jacob saß bereits am Tisch. Sein nasses Haar war aus dem Gesicht zurückgekämmt und in der Mitte gescheitelt. Er war frisch rasiert und trug ein weißes Hemd, eine Krawatte und eine Leinenhose. Cary sah mich an, ehe er sich setzte. May tat es ihm nach. Ich zögerte.

»Ich werde schnell nachsehen, ob Tante Sara Hilfe braucht«, sagte ich dann. Onkel Jacob nickte, und ich ging in die Küche. »Kann ich dir dabei helfen, das Essen aufzutragen, Tante Sara?«

Sie wandte sich vom Herd ab und drehte sich zu mir um.

»Ja, selbstverständlich, meine Liebe. Das hat Laura auch immer getan.« Sie wies auf die Schüsseln mit Gemüse und Kartoffeln, auf das Brot und die Moosbeersauce.

Ich begann, das Essen aufzutragen. Onkel Jacob hatte seine Bibel aufgeschlagen und las stumm darin. Cary und May saßen stocksteif da und warteten, doch Carys Augen folgten jeder meiner Bewegungen, als ich um den Tisch herumlief. Als letztes brachte ich einen Krug mit Eiswasser. Ich schenkte allen etwas davon ein und setzte mich dann, als Tante Sara mit dem Brathähnchen kam. Sie lächelte mich an und setzte sich ebenfalls.

»Laßt uns jetzt das Dankgebet sprechen«, sagte Onkel Jacob. Alle senkten die Köpfe. »Herr, wir danken dir für das Mahl, das du uns beschert hast.«

Als alle aufblickten, glaubte ich schon, das sei es gewesen, doch Onkel Jacob reichte Cary die Bibel.

»Heute bist du an der Reihe, mein Sohn.«

Cary warf einen Blick auf mich und sah dann auf die Seite, die Onkel Jacob für ihn aufgeschlagen hatte.

»Welcher Mensch ist unter euch, der hundert Schafe hat, und so er deren *eines* verliert, der nicht lasse die neunundneunzig in der Wüste und hingehe nach dem verlorenen, bis daß er's findet?« las Cary mit einer so harten und tiefen Stimme, daß ich zweimal hinsehen mußte, ehe ich glauben konnte, daß er es war, der las.

Er fuhr fort. »Und wenn er's gefunden hat, so legt er's auf seine Achseln mit Freuden.«

»Und wenn er heimkommt, ruft er seine Freunde und Nachbarn und spricht zu ihnen: Freuet euch mit mir, denn ich habe mein Schaf gefunden, das verloren war.«

»Gut so.« Onkel Jacob nahm die Bibel wieder entgegen. Er nickte Tante Sara zu, und sie erhob sich, um das Gemüse auszuteilen, wobei sie Onkel Jacob zuerst bediente.

Als er das Brathähnchen zerlegte, sah er mich endlich an. »Wie ich sehe, hast du dich inzwischen häuslich eingerichtet«, begann er. »Deine Tante wird dir eine Liste geben, aus der du deine täglichen Pflichten ersehen kannst. Bei uns leistet jeder seinen Beitrag zu den Hausarbeiten. Das hier ist keine Pension für Touristen, die sich von vorn bis hinten bedienen lassen.« Er unterbrach sich, um zu sehen, ob ich auch aufmerksam lauschte.

»In unserem Haus in West Virginia habe ich den größten Teil der Hausarbeiten erledigt«, sagte ich mit fester Stimme.

»Soweit ich gehört habe, habt ihr dort in einem Wohnwagen gelebt«, sagte er und reichte May eine Portion von dem Hähnchen.

»Es gab dort trotzdem viel zu tun. Ich bin es gewohnt, zu putzen, zu spülen, die Wäsche zu waschen und zu kochen.«

»Ja, das kann ich mir denken.« Er schüttelte den Kopf. »Mit der Hausarbeit hat Haille noch nie etwas im Sinn gehabt.« Er hielt einen Moment inne und fuhr dann fort. »Was war das für eine Musik, die ich vorhin gehört habe?«

»Ich habe für May auf meiner Fiedel gespielt.«

Onkel Jacob zog erstaunt die Augenbrauen hoch. »Wer hat dir das beigebracht? Chester war nicht musikalisch.« Er unterbrach sich wieder und fügte dann hinzu: »Andererseits behauptet Dad, sein Pa sei es gewesen.«

»Papa George hat es mir beigebracht«, erwiderte ich und erklärte eilig, wer er und Mama Arlene waren.

»Dann war er also auch Bergarbeiter?« Onkel Jacob schüttelte den Kopf. »Ich kann nicht begreifen, wie sich jemand tief unten in einem Berg einsperren läßt, um sein täglich Brot zu verdienen. Und schon gar nicht jemand, der am Meer aufgewachsen ist und die frischeste und sauberste Luft in Gottes Schöpfung geatmet hat. Das ist unsere Bestimmung. Wir sind nicht dazu geschaffen, wie die Maulwürfe zu leben.«

»Daddy hat sich diese Arbeit nicht freiwillig ausgesucht«, erwiderte ich.

Onkel Jacob stieß einen mürrischen Laut aus. »Wie man sich bettet, so liegt man.«

Ich fürchtete mich davor zu fragen, wie er das meinte. Wir fingen alle an zu essen.

Nach einer Weile legte mein Onkel Messer und Gabel beiseite und sah mich wieder an. »Dieses Jahr erwarten wir unsere bislang beste Moosbeerausbeute. Falls du im Herbst noch hier sein solltest, kannst du bei der Ernte mithelfen.«

»Was heißt das, ›Moosbeerausbeute‹?«

»Wir haben gleich hinter dem Hügel dort einen Morast.« Er wies mit einer Kopfbewegung nach Norden. »Damit bessern wir die Einnahmen aus meinem Hummerfang auf. Das ist schließlich auch nicht mehr, was es früher einmal war, als mein Vater noch seine Flotte von Booten rausgeschickt hat.«

Er wies auf Cary. »Cary kann dir alles über die Moosbeerernte erzählen. Wir sind zwar keine Millionäre, aber das ist immer noch eine angenehmere Arbeit, als schwarze Brocken aus den Eingeweiden der Erde zu hacken«, murrte er.

Ich sah zu Cary hinüber. Sein Blick war zwar auf mich gerichtet gewesen, er wandte jedoch eilig die Augen ab, also sah ich May an. Sie lächelte. Der einzige Lichtblick an diesem Tisch, dachte ich.

Dann sah ich Tante Sara an. Sie hatte noch keinen einzigen Bissen zu sich genommen. Ihr Abendessen stand unberührt vor ihr, denn sie hatte mich die ganze Zeit über lächelnd angestarrt.

Ich half Tante Sara beim Abspülen und Abtrocknen und beschloß dann, einen Spaziergang zu unternehmen. In all der Zeit, die ich in der Küche verbracht hatte, hatte sich Tante Sara unermüdlich über Laura ausgelassen und mir in glühenden Farben geschildert, was für eine große Hilfe sie ihr gewesen war und wie gut sie sich darauf verstanden hatte, Moosbeerküchlein und Moosbeergelee herzustellen. Tante Sara wünschte sich, daß ich lernte, alles so zu tun, wie Laura es getan hatte. Ich glaube, daran störte ich mich nicht weiter, trotzdem war es ein seltsames Gefühl, ständig mit meiner toten Cousine verglichen zu werden. Wenn ich jedoch auch nur den leisesten Zweifel äußerte, unterbrach sich Tante Sara bei dem, was sie gerade tat, und lächelte mich an.

»Aber du mußt es versuchen, meine Liebe. Laura würde sich wünschen, daß du dich bemühst.« Sie sagte das mit einer solchen Überzeugung, daß es schien, als könnte sie sich nach wie vor mit ihrer ertrunkenen Tochter verständigen. Mir gruselte bei dem Gedanken.

Als ich die Küche verließ, fühlte ich mich ausgelaugt, aber mir standen noch ganz andere Anstrengungen bevor. Um zur Haustür zu gelangen, mußte ich das Wohnzimmer durchqueren. Onkel Jacob saß auf dem Schaukelstuhl und las die Zeitung. Mein Erscheinen ließ ihn abrupt aufblicken. »Ist das Geschirr gespült?« fragte er barsch.

»Ja, Onkel Jacob.«

»Wenn das so ist, dann setz dich hin, damit wir unsere Unterredung jetzt gleich führen können.« Er faltete seine Zeitung zusammen und wies mit einer Kopfbewegung auf das schmale Sofa, das ihm gegenüberstand.

»Unsere Unterredung?« Ich kam langsam näher und setzte mich. Er legte seine zusammengefaltete Zeitung auf die Seefahrertruhe, die als Tisch diente, klopfte die Asche aus seiner Pfeife in einen Muschelaschenbecher und lehnte sich in seinem Schaukelstuhl zurück. Statt mich anzusehen, richtete er seinen Blick zur Zimmerdecke.

»Als Sara mir erzählt hat, daß Haille dich herbringen möchte, damit du eine Zeitlang bei uns lebst, war ich dagegen«, gestand er freimütig. »Es hat mich nicht im geringsten überrascht zu hören, daß sie wieder einmal versucht, sich vor ihrer Verantwortung zu drücken. So und nicht anders habe ich Haille schon immer gekannt. Aber Sara war ganz versessen darauf, dich hier aufzunehmen, und Sara hat weitaus mehr durchgemacht, als man es einer anständigen und hart arbeitenden Frau wie ihr wünschen würde. Wir dürfen die Lasten, die Gott uns auferlegt, nicht hinterfragen. Wir müssen sie ertragen und sehen, wie wir weiterleben.«

Sein kalter, stahlharter Blick heftete sich auf mich, als er fortfuhr. »Sara«, sagte er, »glaubt, Gott hätte dich hergeschickt, damit du hilfst, die Wunde zu schließen, die Lauras Tod in unseren Herzen hat aufklaffen lassen. Die Lücke, die sie hinterlassen hat, wirst du niemals schließen können. Kein Mensch kann diese Lücke füllen. Aber Sara hat ein Recht darauf zu hoffen, ein Recht darauf, daß ihre Tränen endlich versiegen. Kannst du das verstehen?«

»Ja«, sagte ich kleinlaut. Ich hielt den Atem an.

»Gut. Ich will von dir das Versprechen haben, daß du Sara niemals enttäuschen wirst. Du hast einen guten Einstieg gehabt, denn du hast ihr von dir aus geholfen, das Essen aufzutragen und das Geschirr zu spülen, und niemand brauchte dir zu sagen, was du zu tun hast. Genauso hätte sich Laura auch verhalten.«

»Laura war ein braves Mädchen. Sie hat ihre Bibel gelesen, sie hat ihre Gebete gesprochen, sie war gut in der Schule, und sie hat uns nie diesen Kummer bereitet, den sonst junge Leute ihrer Verwandtschaft heute machen. Ich habe sie nie beim Rauchen ertappt ... bei nichts dergleichen«, fügte er hinzu. In seinen Augen stand jetzt eine glühende Warnung. »Und sie hat außerhalb dieses Hauses nie Bier oder Whiskey angerührt. Wenn sie mit einem Jungen verabredet war, dann ist sie immer rechtzeitig nach Hause gekommen, und sie hat nichts getan, dessen wir uns hätten schämen müssen, wenn es uns zu Ohren gekommen wäre.«

Ich stieß den Atem aus, den ich angehalten hatte. Laura konnte doch gewiß nicht auf der ganzen Linie eine Heilige gewesen sein, dachte ich mir. Ich wagte jedoch nicht, eine derartige Andeutung zu machen.

»Das hier ist eine Kleinstadt. Jeder weiß genau, wo es den anderen juckt oder wo ihn der Schuh drückt. Alles, was du tust, fällt auf uns zurück, und du kannst sicher sein, daß wir davon erfahren werden.«

»Ich habe mich in West Virginia nicht in Schwierigkeiten gebracht, und ich werde mir auch hier keine Scherereien einhandeln. Und allzu lange werde ich ohnehin nicht in Cape Cod bleiben«, gelobte ich zuversichtlich.

Er murrte unwillig. »Gut. Ich werde dich beim Wort nehmen. Solange du klaglos deinen Anteil an den Hausarbeiten übernimmst, dich in der Schule gut machst und Rücksicht auf Sara nimmst, werden wir gut miteinander auskommen.« Er griff nach seiner Pfeife und stopfte sie wieder.

»Bis zum heutigen Tage hatte ich keine Ahnung, daß ich hierbleiben soll«, sagte ich.

Seine Augen wurden groß. »Im Ernst?«

»Ja. Ich dachte, wir kämen nur zu Besuch hierher.«

Er nickte versonnen. »Haille hat schon immer große Probleme mit der Wahrheit gehabt. So als sei sie eine heiße Kartoffel in ihren Händen.«

»Warum können Sie meine Mutter nicht leiden? Liegt es nur daran, daß sie keine Vorfahren hat, die sich bis zu den Pilgervätern zurückverfolgen lassen?«

»Wir sind alle Sünder«, sagte er. »Unsere Urahnen, Adam und Eva, waren schuld daran, daß wir aus dem Paradies vertrieben worden sind und heimatlos über die Erde ziehen und mit so mancher Pein und Mühsal kämpfen müssen, bis daß uns Gnade gewährt wird. Niemand ist besser als alle anderen.«

»Sie sagt, Sie hätten sie schlecht behandelt, weil sie ein Waisenkind war«, warf ich ihm an den Kopf.

»Das ist eine bodenlose Lüge«, fauchte er.

»Warum haben Sie dann in all diesen Jahren nicht mit meinem Daddy geredet?«

»Das hat er sich selbst zuzuschreiben«, sagte Onkel Jacob. Er zündete seine Pfeife an.

»Was hat er denn getan?«

»Er hat sich seiner Mutter und seinem Vater widersetzt«, erwiderte er, und seine Stimme wurde jetzt schneidend. »Es heißt in der Bibel, du sollst deine Mutter und deinen Vater ehren und dich ihnen nicht widersetzen.«

»Wie hat er sich ihnen widersetzt?«

»Deine Mutter hat es dir nie erzählt?«

»Nein.«

»Und was ist mit meinem Bruder? Hat er etwa auch nie darüber gesprochen?«

»Worüber hat er nicht gesprochen?« fragte ich.

Onkel Jacob preßte die Lippen zusammen und lehnte sich

wieder in seinen Stuhl zurück. »Es gehört sich nicht, daß ich mit einer jungen Frau ein solches Gespräch führe. Die Sünden des Vaters lasten auch auf den Schultern seiner Söhne und Töchter schwer. Das ist alles, was ich dazu zu sagen habe.«

»Aber ...«

»Kein Aber. Ich habe dich bei mir aufgenommen und dich aufgefordert, dich für die Zeit deines Aufenthalts hier zu benehmen. Dabei wollen wir es belassen.«

Ich hielt nur mit Mühe die Tränen zurück.

Er zündete seine Pfeife wieder an, paffte ein paarmal und musterte mich. »Am Sonntag wirst du meine Eltern kennenlernen. Wir werden bei ihnen zu Abend essen. Zeig dich von deiner besten Seite. Es gefällt ihnen gar nicht, daß ich dich in meinem Haus aufgenommen habe.«

Es war, als durchzuckte mich ein Stromstoß. Was waren das bloß für Großeltern? Wie konnten sie einen derart tiefen Groll hegen?

»Vielleicht sollte ich besser nicht hingehen«, sagte ich.

Er zog die Pfeife zwischen seinen Lippen heraus. »Natürlich wirst du mitkommen. Solange du unter diesem Dach lebst, wirst du diese Familie begleiten, wohin wir auch gehen, hörst du?« Er sah mich mit finsterem Blick an.

»Ja, Sir«, sagte ich.

»So ist es schon besser.« Er schaukelte wieder auf seinem Schaukelstuhl, ließ mich jedoch nicht aus den Augen.

Ich wollte mich erheben.

»Es gehört sich nicht, einfach aufzustehen und zu gehen, ohne vorher um Erlaubnis zu bitten.«

Ich setzte mich wieder hin.

»Dürfte ich jetzt bitte gehen?« fragte ich mit spröder Stimme. Ich fühlte mich inzwischen, als bestünde ich aus hauchdünnem Porzellan, das, fürchtete ich, jeden Moment in Scherben zerspringen könnte.

»Dieser Ort, in dem ihr in West Virginia gelebt habt ...«

»Sewell.«

»Genau, Sewell. Das liegt doch oben in den Hügeln, nicht wahr?«

»Ja, ich glaube, man könnte schon von Hügeln sprechen.«

»Dort, wo die Familien ihren schwarzgebrannten Whiskey destillieren, Fehden miteinander führen und Cousins und Cousinen miteinander verheiraten.«

»Was?« Ich wollte schon lächeln, doch dann sah ich, daß es ihm todernst damit war. »Nein, es war eine ganz normale Bergarbeitersiedlung«, sagte ich.

Er schnaubte skeptisch. Dann beugte er sich vor und deutete mit seinem Pfeifenstiel auf mich. »Es gibt Orte in diesem Land, das sind die reinsten Zufluchtsstätten für den Teufel. Dort verrichtet seinesgleichen sein Werk, und der Widersacher fühlt sich dort so heimisch wie in der Hölle selbst«, fügte er hinzu. »Es wundert mich nicht, daß Chester sich sofort an einen solchen Ort begeben hat, nachdem er mit Haille von hier fortgegangen ist.« Er lehnte sich wieder zurück und zog nachdenklich an seiner Pfeife. »Vielleicht hat Sara recht. Vielleicht hat Gott dich tatsächlich hergeschickt, damit du errettet wirst.«

»Mein Daddy war ein braver Mann. Er hat hart für uns gearbeitet«, sagte ich. »Er war kein Sünder.«

Onkel Jacob schaukelte auf seinem Stuhl und starrte mich an. Dann hielt er plötzlich in der Bewegung inne. »Möglicherweise weißt du noch nicht einmal, was ein Sünder ist. Bist du überhaupt zu einem gottesfürchtigen Mädchen erzogen worden?«

»Ich bin mit Daddy in die Kirche gegangen.«

»Ach, wirklich? Nun, vielleicht hat Chester doch noch rechtzeitig Frieden mit dem Herrn geschlossen. Ich hoffe es um seiner Seele willen.«

»Mein Daddy war ein braver Mann. In Sewell mochten ihn alle. Mehr als seine eigene Familie«, fügte ich hinzu, doch Onkel Jacob war tief in Gedanken versunken. Er schien mich nicht zu hören.

Dann blinzelte er und sah mich wieder an. »Wer war dieser Mann, der deine Mutter hergebracht hat?« fragte er.

»Ein Freund von ihr, der Leute kennt, die ihr nützlich sein könnten«, sagte ich matt. Er hörte den Zweifel in meiner Stimme und schüttelte den Kopf.

»Hat sie ihn schon vor dem Tod deines Daddys gekannt oder hat sie ihn erst hinterher kennengelernt?« fragte er, und seine Augen waren argwöhnisch zusammengekniffen.

»Sie hat ihn vorher schon gekannt«, gestand ich widerstrebend ein.

»Das habe ich mir doch gleich gedacht.« Seine Lippen verzogen sich zu einem zynischen Lächeln.

Ich wandte den Blick ab, damit er nicht sehen konnte, wie schwer es mir fiel, die Tränen zurückzuhalten. Die Anstrengung, sie nicht fließen zu lassen, ließ meine Lider brennen. »Dürfte ich jetzt bitte gehen? Ich möchte einen Spaziergang machen«, sagte ich flehentlich.

»Geh aber nicht zu weit vom Haus fort, und bleib auch nicht zu lange draußen. Sara muß dich morgen in die Schule bringen und dich dort anmelden, damit dein normaler Alltag beginnen kann.«

Ich stand auf. Am liebsten hätte ich ihn angeschrien und ihm an den Kopf geworfen: »Für wen halten Sie sich eigentlich? Haben Sie nicht gerade erst gesagt, niemand sei besser als alle anderen? Weshalb maßen Sie sich dann an, vollkommen zu sein, und wie können Sie es wagen, meinen Daddy und meine Mommy zu verurteilen und schlecht über die beiden zu reden?« Meine Zunge wollte sich jedoch nicht vom Gaumen lösen. Statt dessen floh ich aus dem Zimmer und eilte zur Haustür hinaus. Ich fühlte mich wie eine kurze, straffe Zündschnur, die an einer Zeitbombe befestigt ist. Früher oder später mußte es dazu kommen, daß sie explodierte. Im Moment wünschte ich jedoch, ich könnte in die stählernen Arme meines Vaters laufen und dort Zuflucht suchen.

Draußen begrüßte mich eine seltsame Dunkelheit. Bis auf den Lichtschein, der durch die Fenster des Hauses drang, gab es keine Straßenbeleuchtung. Die Dünen hinter dem Haus waren in dichtes Dunkel gehüllt. Ein Wolkenmeer war vor die Sterne gezogen. Der Wind wirbelte den Sand auf und hinter dem Hügel toste der Ozean.

Diese Welt war ganz und gar anders als die Welt, in der ich mein gesamtes bisheriges Leben verbracht hatte. Mir war kalt, und ohne die Bäume, die Singvögel und die Blumen meiner Vergangenheit fühlte ich mich restlos allein. Statt dessen hörte ich jetzt nur die Schreie der Seeschwalben. Etwas gespenstisch Weißes schlug mit den Flügeln gegen die Mauer der Nacht. Wenn in diesem Augenblick jemand behutsam an meinen Nervenenden gezupft hätte, dann hätte man sie schwirren hören wie die Saiten meiner Fiedel.

Ich schlang meine Arme um mich, und Tränen strömten über meine Wangen, als ich über die Pflastersteine zur Auffahrt und dann ein klein wenig weiter in Richtung Dünen und Meer lief. Ich sah zum Himmel auf, weil ich mir erhoffte, einen Stern zu erblicken, nur einen einzigen Stern der Hoffnung und Verheißung. Aber die Wolkendecke war zu dicht. Nirgends traf mein Blick auf etwas anderes als Dunkelheit.

Ich fragte mich, wo Mommy die Nacht wohl verbrachte. Dachte sie an mich? Gewiß mußte ihr so schwer ums Herz sein wie mir in diesem Moment.

Oder trank sie gerade irgendwo mit Archie und tanzte und lachte mit ihm? Machte er sie mit so vielen aufregenden Menschen bekannt, daß sie keinen Moment lang auch nur an mich dachte?

Ich wünschte mir verzweifelt, sie würde mich heute abend noch anrufen.

Ich wollte mich gerade auf den Rückweg zum Haus machen,

als Cary wie ein Geschöpf der Nacht aus dem Dunkel auftauchte. Ich schnappte nach Luft, als seine Silhouette Gestalt annahm, und als er nahe genug kam, daß der schwache Lichtschein aus den Fenstern des Hauses auf ihn fiel, starrte ich ihn entgeistert an.

Ihn schien es ebensosehr zu überraschen, mich zu sehen.

»Was hast du hier draußen zu suchen?« fragte er barsch.

»Ich wollte nur einen kleinen Spaziergang machen. Wo warst du?« fragte ich.

»Ich mußte am Boot etwas nachsehen und wollte nicht, daß ich morgen früh in Zeitnot gerate«, sagte er und kam auf mich zu.

»Aber draußen ist es doch schon ganz dunkel.«

»Mir ist es nicht zu dunkel. Ich kann mich nicht erinnern, wie oft ich schon bei Sturm oder bei Dunkelheit über diesen Strand gelaufen bin«, sagte er. »Mit der Zeit habe ich ihn so gut kennengelernt wie meinen eigenen Handrücken, und außerdem gewöhnen sich die Augen an die Dunkelheit.« Er starrte mich einen Moment lang an. »Dir scheint kalt zu sein.«

»Mir ist kalt«, sagte ich, doch es lag weniger am Wetter. Was mich wirklich zittern ließ, war eher eine Form von emotionaler Vereisung.

»Warum gehst du dann nicht ins Haus?«

»Das hatte ich gerade vor.«

»Gut«, sagte er barsch und setzte seinen Rückweg fort.

»Was hast du gegen mich?« fragte ich. Er blieb stehen und drehte sich zu mir um.

»Wer hat behauptet, ich hätte etwas gegen dich?«

»Ich.«

»Ich kenne dich nicht gut genug, um etwas gegen dich zu haben«, sagte er. »Warte, bis ich dich besser kennengelernt habe, und frag mich dann noch mal«, fügte er hinzu.

»Das ist wirklich sehr komisch.« Ich ging auf das Haus zu. »Wie kann ich die Zeichensprache erlernen?«

»Du willst die Zeichensprache lernen?« fragte er voller Erstaunen.

»Ja, selbstverständlich. Wie soll ich mich denn sonst mit May verständigen?«

Darüber dachte er einen Moment lang nach.

»Ich habe ein Buch, das ich dir geben kann«, sagte er dann.

»Könntest du es mir gleich geben?« fragte ich eilig. Er sah mich noch einmal an.

»Ja«, sagte er und ging weiter. Ich war direkt hinter ihm, doch er war so schnell, daß ich nicht mit ihm Schritt halten konnte. Nach unserer Rückkehr begab er sich zu Onkel Jacob, um mit ihm zu reden, und ich ging nach oben. Tante Sara, die mich bereits in meinem Zimmer erwartete, stand vor dem Kleiderschrank.

»Da bist du ja, mein Liebes. Ich dachte, vielleicht sollte ich ein Kleid für dich aussuchen, das du dann morgen in der Schule tragen kannst. Dieses hier hat Laura an dem Tag getragen, an dem sie zum letzten Mal die Schule besucht hat«, sagte sie und hielt mir ein knöchellanges dunkelblaues Kleid mit einem passenden Gürtel hin. »Es müßte wie angegossen passen.«

»Ich habe selbst auch ein paar Sachen zum Anziehen mitgebracht, Tante Sara, Dinge, die ich normalerweise in der Schule getragen habe.«

»Aber das ist doch so ein hübsches Schulkleid. Laura hat es oft angehabt«, beharrte sie.

»Also, gut«, ließ ich mich erweichen. Es war wirklich ein hübsches Kleid.

»Das ist nett von dir, mein Liebes. Fühlst du dich denn inzwischen schon etwas mehr zuhause hier?«

»Hier ist alles so anders«, sagte ich. »Aber du bist sehr nett zu mir gewesen«, fügte ich eilig hinzu, ehe sie ihre Enttäuschung zeigen konnte.

Sie lächelte und legte eine Hand auf meine Wange. »Du bist eine sehr hübsche junge Dame, ein ganz reizendes junges Mädchen. Es ist, als hätte ich Laura wieder.« Sie zog mich an sich, um mich zu umarmen und mein Haar zu küssen. »Ich wünsche dir einen erholsamen Schlaf, damit du morgen frisch und ausgeruht bist. Gute Nacht.« Sie gab mir noch einen Kuß.

Tante Sara war zerbrechlich, aber sie war eine sehr nette Frau. Ich wollte ihr gern Freude bereiten, doch gleichzeitig schreckte ich vor dem Ausdruck in ihren Augen zurück. Sie erwartete zuviel von mir. Ich würde ihr niemals die Tochter sein können, die sie verloren hatte.

Welch eine Ironie des Schicksals, dachte ich betrübt. Meine Mutter gab mich ohne viel Aufhebens fort, und Tante Sara hätte sich den rechten Arm dafür abgehackt, ihre Tochter eine Stunde bei sich haben zu dürfen.

Ich warf mich auf das Bett und begrub mein Gesicht in der Steppdecke. Als ich dort lag, vergaß ich ganz, daß die Tür noch offen war, bis ich ein Klopfen hörte und schnell aufblickte.

»Hier«, sagte Cary. Er warf das versprochene Buch auf mein Bett. »Verlier es bloß nicht und schütte auch nichts über die Seiten«, wies er mich an. Sein Blick ruhte noch einen Moment lang auf mir, dann wandte er sich rasch ab und ging hastig durch den kurzen Korridor zu seinem Zimmer.

Ich warf einen Blick auf das Lehrbuch für Zeichensprache, und dann setzte ich mich auf, holte tief Atem, um die Tränen zu schlucken, und schlug es auf.

May würde nie den Klang meiner Stimme vernehmen, aber im Moment fühlte ich mich so klein und verletzbar wie sie. Es schien ganz so, als sei sie die Einzige in diesem Haus, die jemals begreifen würde, wie tief der Brunnen meiner Tränen war.

Ich setzte mich vor den Frisierspiegel und übte die Handbewegungen, bis mir fast die Augen zufielen. Schließlich hatte ich einen der längsten Tage meines Lebens hinter mir gebracht, nur der Tag, an dem Daddy gestorben war, war noch länger gewesen. Nachdem ich mein eigenes Nachthemd angezogen hatte, stellte ich fest, daß es zu durchsichtig war und daß ich nicht darin herumlaufen konnte, deshalb zog ich Lauras Frotteemantel darüber und ging ins Bad.

Als ich herauskam, wartete Cary schon vor der Tür. Auf seinem Gesicht stand ein ganz seltsamer Ausdruck. Er schien freudig überrascht zu sein.

»Schläft May schon?« fragte ich.

»Ich gehe gleich ihr Licht ausschalten, nachdem ich ihr Gute Nacht gesagt habe.«

»Ich habe gerade gelernt, wie man in Zeichensprache Gute Nacht sagt. Darf ich versuchen, ob es klappt?«

»Wenn du sie nicht wachhältst«, sagte er und ging ins Bad.

Ich lief durch den Korridor zu Mays Zimmer und sah hinein. Sie lag im Bett und war in einen Roman vertieft. Erst als ich an das Fußende ihres Bettes trat, bemerkte sie mich. Sie ließ ihr Buch sinken und lächelte. Ich wünschte ihr in Zeichensprache Gute Nacht.

Sie strahlte über das ganze Gesicht und antwortete mir mit Zeichen. Dann streckte sie die Arme nach mir aus. Ich zog sie an mich, gab ihr einen Kuß auf die Wange, sagte noch einmal mit Zeichen Gute Nacht und verließ ihr Zimmer. Cary beobachtete mich von der Tür aus, und als ich an ihm vorbeikam, sagte ich: »Gute Nacht.«

»Gute Nacht«, murrte er, und es klang so, als hätte ich ihn gegen seinen Willen dazu gezwungen, die Worte auszusprechen.

Unwillkürlich mußte ich lächeln.

Ich kehrte in mein Zimmer zurück, schloß die Tür hinter mir und schlüpfte unter die Steppdecke. Die Fenster waren noch offen, doch die Brise störte mich nicht. Es war ein bequemes Bett, in dem man es sich richtig behaglich machen konnte.

Ich warf einen Blick auf Papa Georges Taschenuhr, ließ die Finger über den Deckel gleiten und öffnete ihn dann behutsam, um den Grashalm zu berühren, den ich von Daddys Grab gepflückt hatte. Die Uhr spielte ihre Melodie. Das spendete mir Trost.

Ich wollte an nichts Trauriges denken. Ich wollte mich nicht daran erinnern, wie Mommy in den Wagen gestiegen und fortgefahren war. Ich wollte Onkel Jacobs unfreundliche Worte nicht hören, und doch hallten sie in meinen Ohren wider. »Die Sünden des Vaters lasten auf den Schultern seiner Söhne und Töchter!« Welche Sünden?

Die Geräusche draußen vor dem Fenster, mit dem die Wellen auf den Strand spülten, waren wie ein Schlaflied. In der Dunkelheit des Zimmers machte ich mir Gedanken über Laura, die zur selben rhythmischen Ozeanmelodie eingeschlafen sein mußte. Ich fragte mich, was sie sich wohl erhofft und erträumt haben könnte, und welche Ängste sie wohl gehabt hatte.

Ich dachte an meine Mutter und mußte gegen meinen Willen plötzlich weinen. Ich schloß Papa Georges Taschenuhr und legte sie wieder auf den Nachttisch.

Ich holte tief Atem und wünschte mir selbst in Zeichensprache eine gute Nacht. Dann schloß ich die Augen und hoffte auf den magischen Zauber des Schlafs.

7.

»Großpapa« Cary

Sonnenschein drang durch die Mauer des Morgennebels. Erst sickerte das Licht durch meine Schlafzimmerfenster, doch dann strömte es ungehindert hinein und hob die Dunkelheit und den Schlaf von meinen Augen. Ich blinzelte und sah mich, noch immer in einen komplizierten Traum verstrickt, in meiner neuen Umgebung um. Diese ganze Reise, der Umstand, daß Mommy mich bei Verwandten zurückgelassen hatte, mit denen wir schon seit Jahren keinen Kontakt mehr pflegten, mein Erwachen im Zimmer meiner toten Cousine – all das mußte Teil eines Alptraums sein, der für mich mit Daddys Tod begonnen hatte. Wenn ich noch einmal blinzele, dachte ich mir, bin ich bestimmt wieder in Sewell. Jeden Moment kann ich aufwachen, mich anziehen, frühstücken, Mama Arlene und Papa George begrüßen und mich dann auf den Schulweg begeben. Ich schließe ganz einfach die Augen, hole tief Atem und wünsche mir etwas, und wenn ich die Augen dann noch einmal aufschlage, wird alles wieder so sein wie früher. Aber die Zimmertür wurde geöffnet, ehe ich Zeit für meinen Wunsch fand. Tante Sara stand mit weit aufgerissenen Augen und offenem Mund da. Sie hatte sich die Handflächen auf die Brust gepreßt und lächelte mich an. »Guten Morgen, mein Liebes«, sagte sie. »Es tut mir leid, wenn ich dich erschreckt habe, aber als ich die Tür geöffnet und ins Zimmer geschaut habe, und du hast dagelegen, in Lauras Bett ... da war mir einen Moment lang ganz so, als sei Laura gar nicht ... als sei Laura noch bei uns. Hast du gut geschlafen? Aber gewiß mußt du gut geschlafen haben«, sagte sie und beantwortete damit ihre eigene Frage. »Lauras Bett ist doch so bequem, findest du nicht auch?«

Ich zog mich auf die Ellbogen, und dann setzte ich mich auf, lehnte mich an das Kopfende des Bettes und rieb mir den Schlaf aus den Augen.

»Wie spät ist es?«

»Oh, es ist noch früh. Wir sind alle Frühaufsteher. Jacob wollte, daß ich dich gleichzeitig mit den anderen Kindern wecke, aber ich habe zu ihm gesagt, du hättest gestern einen so anstrengenden Tag gehabt, daß du ein wenig mehr Schlaf bräuchtest. Cary und dein Onkel Jacob sind schon seit mehr als einer Stunde auf und machen das Boot bereit. Ich habe schon das Frühstück für sie und Roy vorbereitet.«

»Roy?«

»Jacobs Gehilfe.«

»Ach so. Dann ist May wohl auch schon auf?«

»Ja, sie frühstückt gerade.« Tante Sara schien plötzlich etwas entdeckt zu haben und trat ein. »Sie wird sich schon bald mit Cary auf den Schulweg machen. Aber mach dir deshalb keine Sorgen.« Tante Sara blieb vor der Kommode stehen und rückte ein Foto von Laura wieder genau dahin, wo es vorher gestanden hatte. Dann wandte sie sich zu mir um. »Wir beide werden uns ein wenig Zeit lassen, dann machen wir uns gemeinsam auf den Weg zur Schule und besuchen unterwegs auf dem Friedhof Lauras Grab. Ich statte ihr jeden Morgen einen Besuch dort ab.« Sie ging wieder zur Tür. »Komm nach unten, wenn du fertig bist.« Sie holte tief Atem und schloß die Augen. »Es wird ein prachtvoller Tag werden. Ich kann es jetzt schon fühlen.«

Sie ging und schloß die Tür hinter sich. Ich sah das Bild auf der Kommode an. Offenbar mußte ich es beim Zurückstellen ein paar Millimeter verrückt haben.

Das frühe Tageslicht gewann weiterhin an Kraft und durchflutete das Zimmer. Mehr noch als zuvor beschlich mich das Gefühl, unbefugt in einen Schrein vorgedrungen zu sein. Schuldbewußtsein keimte in mir auf, weil ich Freude an den Dingen hatte, an denen meine Cousine Laura ihre Freude hätte haben sollen – an ihrem Bett, ihren Kleidern, ihrer wunderschönen Frisierkommode.

Trotzdem zog ich nach dem Duschen das Kleid an, das Tante Sara für meinen ersten Tag in der neuen Schule ausgesucht hatte. Mir war klar, wie wichtig es ihr war, daß ich ihr derlei Wünsche erfüllte, und ich brachte es einfach nicht übers Herz, ihr diese Bitte abzuschlagen. Ich sah mich im Spiegel an und versuchte, Ähnlichkeiten zwischen mir und meiner toten Cousine zu entdecken. Soweit ich sehen konnte, ähnelten wir einander nicht, wenn man von grundlegenden Dingen wie Körpergröße und Gewicht absah. Wir hatten weder dieselbe Haarfarbe noch dieselbe Augenfarbe, und auch die Form unserer Gesichter unterschied sich voneinander.

Als ich nach unten kam, waren Cary und May bereits aus dem Haus gegangen.

»Wußte ich doch, daß dieses Kleid dir passen würde. Ich habe es ja gleich gesagt!« Tante Sara huschte aufgeregt in ihrer Küche umher. Sie hatte etwas zubereitet, was sie Flossen nannte, ausgebackener Teig, den sie mir zu meinen Eiern servierte. Diese Teigfladen schmeckten mir gut. Sie setzte sich hin und trank Kaffee, sah mir beim Essen zu und erzählte mir mehr über die Stadt, die Schule und über Lauras Lieblingsplätze und ihre Lieblingsbeschäftigungen.

»Sie hat bei jeder Theateraufführung der Schule mitgewirkt. Hast du in deiner alten Schule je in einem Stück mitgemacht?«

»Nein, aber ich bin mit meiner Fiedel als Solistin aufgetreten, wenn wir einen bunten Abend veranstaltet haben.«

»Ach, so was. Laura war nicht so musikalisch, sie hat zwar im Chor gesungen, aber sie hat kein Instrument gespielt.« Sie dachte einen Moment lang nach und lächelte dann. »Aber ich kann mir vorstellen, daß sie talentiert gewesen wäre. Laura konnte so ziemlich alles erreichen, was sie sich vorgenommen hat.«

Tante Sara hing ihren Gedanken nach. »Ich war ganz anders«, fuhr sie dann fort. »Ich bin nie über die Highschool hinausgekommen. Mein Vater war der Meinung, ein junges Mädchen bräuchte keine höhere Schulbildung. Meine Mutter hätte es zwar gern gesehen, wenn ich aufs College gegangen wäre, aber ich wußte nicht, weshalb ich das hätte tun sollen. Ich bin nie eine besonders gute Schülerin gewesen. Schließlich wurde dann entschieden, ich sollte Jacob heiraten und Hausfrau und Mutter werden.«

»Es ist entschieden worden? Was soll das heißen?« fragte ich.

»Jacobs Vater und mein Vater waren gute Freunde. Sie hatten schon miteinander vereinbart, daß Jacob und ich heiraten, ehe wir auch nur die Highschool besucht haben.« Sie ließ ihren Worten ein kleines Lachen folgen, das mich an klirrende Gläser erinnerte.

»Aber warst du denn nicht in Onkel Jacob verliebt?«

»Ich mochte ihn, und meine Mutter hat immer gesagt, Liebe sei etwas, was sich von allein einstellt, weil man mit der Zeit hineinwächst, und nicht etwa diese Explosion des Herzens, die in Liebesromanen und Filmen dargestellt wird. Ich spreche natürlich von wahrer Liebe, die von Dauer ist.« Sie nickte ernst, und ihre Miene wurde streng. »Ja, das ist einleuchtend. Und deshalb kommt es heute zu so vielen Scheidungen. Die Leute behaupten, sie hätten sich Hals über Kopf verliebt, und sie wachsen nicht mehr in die Liebe hinein. Es erfordert Zeit, Hingabe und Verantwortungsbewußtsein, in die Liebe hineinzuwachsen. Jacob hat recht, wenn er sagt, die Ehe und die Liebe sind Dinge, in die man investieren muß.«

»Investieren? In die Liebe?« Fast hätte ich lauthals über diese Vorstellung gelacht.

»Ja, mein Liebes. Das ist nicht so albern, wie es sich für dich vielleicht anhören mag.«

»Mein Vater hat sich Hals über Kopf in meine Mutter verliebt«, beharrte ich. »Das hat er mir immer wieder erzählt.«

»Ja, ich weiß«, murmelte sie betrübt und wandte den Blick ab.

»Stimmt es etwa nicht, daß die ganze Familie nur deshalb so entrüstet war, weil meine Mutter eine Waise war?«

»Wer hat dir denn das erzählt?« Sie lächelte ein wenig über diese Vorstellung, doch sie schien neugierig geworden zu sein.

»Meine Mommy.«

»Niemand hat etwas gegen deine Mutter einzuwenden gehabt, weil sie eine Waise war. Das ist doch lächerlich. Alle sind nett zu ihr gewesen, besonders Samuel und Olivia.«

»Das verstehe ich nicht. Weshalb sonst hat die Familie denn den Kontakt zu meinem Daddy abgebrochen? Hat es etwa nicht nur daran gelegen, daß er sie geheiratet hat?« fragte ich weiter.

Tante Sara biß sich auf die Unterlippe, und dann stand sie auf und begann, das Geschirr wegzuräumen.

»Onkel Jacob hat zu mir gesagt, Daddy hätte seinen Vater und seine Mutter nicht geehrt. Hat er denn damit nicht gemeint, daß Daddy Mommy geheiratet hat?« bohrte ich weiter.

»Ich rede nicht gern über Chester und Haille.« Tante Sara schien kurz davor, in Tränen auszubrechen. »Jacob hat es mir verboten.« Sie holte so tief Luft, als hätte dieses Thema ihr den Atem verschlagen.

»Schon gut. Es läßt sich jetzt nicht mehr rückgängig machen. Wie Jacob immer sagt: Wir müssen uns nach der Flut richten. Gegen die Flut kann man nicht ankämpfen. Du bist jetzt hier bei uns, und ich möchte, daß du dich bei uns wohl fühlst.« Als sie sich zu mir umdrehte, lächelte sie wieder. Sie konnte so übergangslos von einem Gefühl zum anderen umschalten, als seien es Fernsehkanäle. »In Ordnung?«

Ich schmollte einen Moment lang. Warum war all das ein so großes Geheimnis? Was mochte wohl dahinterstecken?

»Wir sollten uns jetzt langsam auf den Weg zur Schule machen, mein Liebes.«

Ich nickte, stand auf und ging nach oben, um noch einen letzten Blick in den Spiegel zu werfen. Ich hatte mir das Haar gebürstet und es lose mit einer zartrosa Schleife zusammengebunden, die ich in einer Schublade von Lauras Frisierkommode gefunden hatte. Ich tupfte ein paar Tropfen von ihrem Parfum hinter meine Ohren, beschloß jedoch, keinen Lippenstift aufzutragen. Ich bemerkte, daß die winzigen Sommersprossen unter meinen Augen deutlicher zu sehen waren als sonst. Es gab nichts, was ich dagegen tun konnte. Kompaktpuder schien die Sommersprossen nur noch mehr hervorzuheben.

Mir graute davor, eine neue Schule besuchen und dort neue Freundschaften schließen zu müssen. Ich hatte gesehen, wie manche Mädchen, die nach Sewell gezogen waren, in den allerersten Tagen behandelt worden waren und wie nervös und furchtsam die meisten von ihnen wirkten. Mir hatten sie immer leid getan, und daher hatte ich mich bemüht, ihnen zu helfen, damit sie sich schneller in der neuen Umgebung zurechtfanden, doch einige meiner Freundinnen empfanden neue Gesichter als eine Bedrohung. Die Jungen zeigten größeres Interesse an jedem neuen Gesicht, zumindest eine Zeitlang, und alle Mädchen, die einen festen Freund hatten, gerieten in Panik.

Tante Sara wartete auf dem unteren Treppenabsatz auf mich. Als ich die Stufen hinunterkommen wollte, hielt sie mich zurück. »Du wirst einen Füller, einen Bleistift und ein Schulheft brauchen. All das findest du auf Lauras Schreibtisch, meine Süße«, wies sie mich an.

Ich zögerte und kehrte dann noch einmal in das Zimmer zurück. Ich hatte nichts dagegen einzuwenden, Lauras Füllfederhalter und ihren Bleistift zu benutzen, doch sämtliche Schulhefte trugen in großen schwarzen Buchstaben ihren Namen auf dem Umschlag, Laura Logan. Zudem waren viele Seiten schon beschrieben. Für den Moment werde ich eines ihrer Hefte benutzen müssen, dachte ich, und später besorge ich mir dann ein neues Ringbuch.

Tante Sara war erfreut. »Laura hat sich ihre Pausenbrote im allgemeinen selbst geschmiert, aber da du heute morgen so wenig Zeit gehabt hast, habe ich beschlossen, dir ausnahmsweise das Geld für ein Mittagessen in der Schule zu geben.« Tante Sara drückte mir zwei Dollar in die Hand.

»Danke, Tante Sara.«

»Ich möchte, daß du dich bei uns wohl fühlst.« Sie drückte mir einen Kuß auf die Wange. »Du siehst so hübsch aus, so elegant. Genau wie Laura.«

Wir machten uns auf den Weg in die Stadt. Die Sonne hatte den Nebel aufgelöst, und zurückgeblieben war ein türkisblauer Himmel, an dem der Wind duftige Wolken schnell vor sich hertrieb. In der Bucht lagen zahlreiche Fischer- und Segelboote, und in der Ferne glitt ein großes Frachtschiff am Horizont entlang. Zu meiner Linken wiegten sich auf einem Hügel Lärchen in einem melancholischen Rhythmus. Tante Sara erklärte, gleich hinter der Wegbiegung liege der Friedhof.

»Wir werden uns nicht lange dort aufhalten«, sagte Tante Sara, als wir den Weg zum Friedhof einschlugen. Zwei rechteckige Granitsäulen bildeten den Eingang. Auf jeder der beiden Säulen saß die Skulptur eines Vogels, der wie ein Rabe aussah. Der Kiesweg gabelte sich gleich nach dem Eingang. Wir wandten uns nach links, und nachdem wir noch einmal nach links abgebogen waren, blieben wir vor dem großen Familiengrab der Logans stehen. Saras Grabstein war hellgrau. Unter ihrem Namen, Laura Ann Logan, und den Daten stand die Inschrift: Mögen die Heiligen vor Freude jubeln; mögen sie in ihren Gräbern singen.

Tante Sara kniete nieder und lehnte eine tiefrote Wildrose an den Grabstein. Sie schloß die Augen und betete. Dann drehte sie sich zu mir um und lächelte mich an.

»Rote Rosen waren Lauras Lieblingsblumen. Sobald sie blühen, bringe ich sie ihr.«

»Rote Rosen mag ich auch gern«, sagte ich.

»Das war mir klar«, erwiderte sie strahlend.

Sie stand auf und klopfte ihren Rock ab. Ehe wir gingen, fielen mir zwei frische Grabsteine auf, in die die Namen Samuel Logan und Olivia Logan eingemeißelt waren. Unter den Namen stand das jeweilige Geburtsdatum, doch das Sterbejahr fehlte.

»Sind das nicht meine Großeltern?« fragte ich verblüfft.

»Doch, meine Liebe. Samuel hat die Steine dieses Jahr hier aufstellen lassen, um ganz sicher zu gehen, daß alles nach seinen Wünschen geschieht.« Sie lachte. »Die Logans trauen keinem, noch nicht einmal ihren nächsten Angehörigen. Samuel wollte unter allen Umständen, daß sein Grab nach Osten hin ausgerichtet ist, damit die aufgehende Sonne jeden Morgen seine Grabstätte wärmt.«

Sie nahm mich an der Hand, als wir den Friedhof verließen. Eine Zeitlang schwieg sie, doch als die Schule in Sicht kam, begann sie wieder, aufgeregt zu plappern und mir zu schildern, wie gern Laura in die Schule gegangen war, wie sehr sie ihre Lehrer gemocht hatte und wie gern ihre Lehrer sie gehabt hatten.

»An dem Tag, an dem sie und Robert begraben worden sind, hätten sie beinahe den Unterricht ausfallen lassen, weil so viele Schüler und Lehrer zur Beerdigung kommen wollten.« Wir gingen auf den Haupteingang zu und betraten das Schulgelände. Ein Schild wies auf den Weg zum Büro des Direktors. Tante Sara hatte einen Termin vereinbart. Mrs. Hemmet, die Sekretärin des Schulleiters, erwartete uns bereits und begrüßte uns mit einem freundlichen Lächeln. Sie gab mir Formulare, die ich ausfüllen sollte, während wir darauf warteten, zu Mr. Webster, dem Direktor, vorgelassen zu werden.

»Dann ist das also Ihre Nichte?« sagte Mrs. Hemmet zu Tante Sara.

»Ja. Ist sie nicht hübsch?«

Mrs. Hemmet nickte. Sie war eine große, hagere Frau mit langen, dürren Spinnenarmen und kurzem graumeliertem Haar, das wie winzige Spiralen um ihren Kopf hing. Während ich die Formulare ausfüllte, unterhielten sich Tante Sara und Mrs. Hemmet über die Stadt, die bevorstehende Touristenschwemme in der Hauptsaison und die Moosbeerernte des vergangenen Herbstes. Tante Sara gab Mrs. Hemmet den Brief, den Mommy geschrieben hatte, um zu bestätigen, daß sie Tante Sara die Vormundschaft übertrug.

»In Ordnung«, sagte Mrs. Hemmet und überflog die Formulare, die ich ihr gereicht hatte. »Ich werde gleich die Unterlagen und deine früheren Zeugnisse von deiner alten Schule anfordern.«

»Sie werden feststellen, daß sie eine ganz ausgezeichnete Schülerin war«, versicherte ihr Tante Sara. Sie hatte mir aufs Wort einfach geglaubt, ohne meine Noten zu kennen. Trotzdem war ich zuversichtlich, daß meine bisherigen Leistungen alle zufriedenstellen würden.

»Wenn keine Änderungen vorgenommen werden müssen«, fuhr Mrs. Hemmet fort, »ist das dein Stundenplan.«

Sie reichte mir eine Karteikarte, auf der meine Kurse verzeichnet waren. Jede Angabe war mit der Zimmernummer und mit dem Namen des jeweiligen Lehrers versehen. Sie klopfte an die Tür des Schulleiters und meldete uns an.

Mr. Webster war ein kleiner, untersetzter Mann mit schütterem hellbraunem Haar, einem festen Mund und einer dicken Knollennase, die dort gerötet war, wo das breite Brillengestell drückte. Seine Wangen hatten eine violette Färbung, und über seinen dunkelbraunen Augen ragten buschige Augenbrauen hervor. Er begrüßte Tante Sara herzlich und musterte mich einen Moment lang prüfend, ehe er mir die Hand reichte und mich anlächelte.

»Nimm bitte Platz«, sagte er und wies auf den Stuhl vor seinem Schreibtisch. Tante Sara setzte sich neben mich. »So, so, du kommst also aus West Virginia?« sagte er, nachdem er sich meine Akte vorgenommen hatte. »Ein Kohlenbaugebiet. Erzähl mir ein wenig von der Schule, die du dort besucht hast.«

Ich schilderte ihm den dortigen Schulbetrieb in wenigen Worten. Es schien, als interessierten ihn meine außerschulischen Interessen mehr als meine schulischen Leistungen, und als ich ihm erzählte, daß ich die Fiedel spielte, zog er die buschigen Augenbrauen hoch und sah Tante Sara an.

»Das ist ja gleich etwas ganz anderes«, sagte er. »Wir veranstalten jedes Jahr einen bunten Abend mit unseren talentierten Schülern, um Geld für die Stipendien einzunehmen, die am Ende des Schuljahres vergeben werden. Ich hoffe, du wirst dich daran beteiligen.«

»Das wird sie ganz bestimmt tun«, kam mir Tante Sara eifrig zuvor.

»Nun, da du die Nichte von Sara und Jacob Logan bist, glaube ich kaum, daß ich dich zu gutem Benehmen ermahnen muß, Melody, aber das hier ist unsere Schulordnung mit den Regeln, die zu befolgen sind.« Er reichte mir eine Broschüre. »Sieh sie dir an, und falls du noch weitere Fragen dazu haben solltest, dann komm ruhig zu mir. Viel Glück, und herzlich willkommen.«

Ich bedankte mich bei ihm. Als ich aus dem Büro kam, wartete im Vorzimmer ein zierliches Mädchen mit karamelfarbener Haut und schulterlangem ebenholzfarbenem Haar. Ihre Augen waren so schwarz wie ihr Haar. Sie trug eine Kette aus winzigen Muschelschalen und eine hellblaue Bluse, einen passenden Rock und Sandalen an den nackten Füßen. Ihre Zehennägel waren perlmuttfarben lackiert.

»Das ist Theresa Patterson«, sagte Mrs. Hemmet. »Theresa ist eine unserer besten Schülerinnen und hat schon zahlreiche Auszeichnungen erhalten. Sie wird dich heute herumführen.«

»O Theresa, wie schön, daß du Melody helfen wirst«, sagte

Tante Sara. »Ich kann mich noch erinnern, daß Laura dir manchmal bei den Hausaufgaben geholfen hat.«

»Guten Tag, Mrs. Logan«, erwiderte Theresa. Das sehr ernst wirkende Mädchen konnte sich offensichtlich nicht zu einem Lächeln durchdringen. Sie war hübsch, aber so mißmutig, daß ihre schlechte Laune schon an Wut zu grenzen schien. Sie wandte sich an mich. »Du hast schon deinen Stundenplan?«

»Ja.« Ich zeigte ihn ihr. Sie warf einen Blick darauf und nickte dann. »Genau dieselben Kurse wie ich. Gehen wir. Wir verpassen gerade die Vorlesung über amerikanische Geschichte, und Mr. K. wiederholt sich nicht gern«, sagte sie und drehte sich um. Ich sah Tante Sara an.

»Ich wünsche dir einen schönen Tag, mein Liebes.«

Ich nickte und setzte mich eilig in Bewegung, um das Mädchen einzuholen, das mich offenbar nur widerstrebend herumführte.

»Warum kommst du erst so spät?« fragte sie und sah dabei starr vor sich hin, während wir den Korridor durchquerten.

»Ich mußte mir heute morgen Zeit für meine Tante nehmen. Sie wollte mich persönlich zur Schule bringen, und auf dem Weg macht sie immer auf dem Friedhof Halt, um einen Moment am Grab meiner Cousine Laura zu verbringen, die vor fast einem Jahr ertrunken ist.«

Jetzt sah Theresa mich mit hochgezogenen Augenbrauen an. »Glaubst du etwa, das wüßte ich nicht?« Sie wartete einen Moment lang und wandte sich dann ab. »Weißt du denn nicht, wer ich bin? Und warum sie ausgerechnet mich dazu bestimmt haben, dich herumzuführen?«

Ich schüttelte den Kopf.

»Nein.«

»Ich bin Theresa Patterson. Mein Vater ist Roy Patterson. Er leistet Sklavenarbeit für deinen Onkel Jacob, deshalb geht man natürlich schlichtweg davon aus, daß ich mich von dir versklaven lassen sollte«, fügte sie hinzu und lief weiter.

Willkommen in der neuen Schule, dachte ich und beeilte mich, um Theresa wieder einzuholen.

Ich stellte fest, daß die Schule hier sich nicht allzu sehr von dem, was ich aus Sewell kannte, unterschied. Die Tische waren ganz ähnlich, und wir hatten in meiner alten Schule sogar dasselbe Lehrbuch für den Geschichtsunterricht gehabt, aus diesem Grund hinkte ich nicht hinter den anderen Schülern her. Ich hatte sogar so viel vorausgearbeitet, daß ich mich tatsächlich gleich am ersten Tag melden und eine Frage beantworten konnte, obwohl ich vor lauter Angst fast umkam. Der Lehrer, Mr. Kattlin, den die Schüler Mr. K. nannten, war offensichtlich beeindruckt. Nach der Unterrichtsstunde verhielt sich Theresa mir gegenüber nicht mehr ganz so verächtlich.

»Hast du auch Algebra belegt gehabt?« fragte sie, sowie das Läuten die Unterrichtsstunde beendet hatte.

»Ja.«

»Gut. Das spart mir Arbeit«, bemerkte sie. »Laß uns jetzt gehen. Der Mathematiksaal ist am anderen Ende des Korridors, und oft werden wir ohne Vorankündigung geprüft. Ich gehe gern noch einmal das Pensum vom Vortag durch, ehe der Unterricht beginnt«, fügte sie hinzu.

Es stellte sich heraus, daß ich meiner neuen Schulklasse in Algebra tatsächlich schon ein Kapitel voraus war, doch in dieser Schulstunde meldete ich mich nicht freiwillig zu Wort. Der Lehrer begann auch gleich mit einem Test, und ich überraschte ihn damit, daß ich mich erbot mitzumachen. Einige der anderen Mädchen, die ebenfalls in meinem Geschichtskurs gesessen hatten, schienen verärgert zu sein. Ich fürchtete, wenn ich besser abschnitt als sie, würde der Lehrer mich dazu benutzen, sie zu verspotten und zu tadeln. Das hatte ich bei meinen Lehrern in Sewell schon erlebt.

Nach dem Mathematikkurs hatten wir Mittagspause, und Theresa zeigte mir den Weg zur Cafeteria.

»Ich habe mein Mittagessen mitgebracht«, sagte sie zu mir und zeigte mir ihre braune Papiertüte. »Es ist zu kostspielig, das Mittagessen für uns alle in der Cafeteria zu bezahlen.«

»Euch alle? Wie viele Geschwister hast du denn?«

»Ich habe zwei Schwestern und einen Bruder, die alle die Grundschule besuchen, und mein Vater verdient nicht genug Geld.«

»Oh. Und deine Mutter arbeitet nicht, um etwas dazuzuverdienen.«

»Meine Mutter ist tot«, sagte sie scharf. »Ich setze mich dort drüben hin«, sagte sie und wies mit einer Kopfbewegung auf einen Tisch ganz hinten, an dem andere Schülerinnen mit dunklerem Teint saßen. »Aber du willst dich ja bestimmt nicht zu den Bravas setzen.«

»Bravas?«

»Halb Schwarze, halb Portugiesen«, erklärte sie und ließ mich stehen.

Ich schaute mich nach Cary um und sah ihn mit zwei Jungen am anderen Ende der Cafeteria sitzen. Er war im letzten Schuljahr, und daher wußte ich, daß ich ihn in keinem meiner Kurse treffen würde, doch ich hoffte, wir würden einander wenigstens beim Mittagessen sehen. Er sah in meine Richtung, bedeutete mir jedoch mit keiner Geste, daß ich mich ihm anschließen sollte. Statt dessen unterhielt er sich weiterhin mit seinen Freunden.

Als ich allein in einem Raum voller Fremder stand, von denen mich die meisten anstarrten, fühlte ich mich wie der sprichwörtliche Fisch auf dem trockenen. War es nicht naheliegend, daß mich ausgerechnet in Cape Cod dieses Gefühl beschlich? Der Gedanke ließ mich lächeln, und ich wandte mich der Selbstbedienungstheke zu.

»Hallo.« Ein großes, schlankes Mädchen mit braunem Haar war neben mir aufgetaucht. Sie hatte unglaublich blaue Augen und lächelte freundlich. »Ich bin Lorraine Randolph.«

Sie hielt mir die Hand zur Begrüßung hin.

»Melody Logan«, sagte ich, als ich ihre Hand drückte.

»Ich weiß. Das hier ist Janet Parker.« Lorraine wies mit einer Kopfbewegung auf eine Brünette mit herben Gesichtszügen und stumpfen grüngesprenkelten Augen. Zudem hatte sie auch noch zwei auffallende Pockennarben auf der Stirn, und mit ihren gewaltigen Brüsten war sie das krasse Gegenteil von Lorraine Randolph.

»Hallo«, sagte sie.

»Ich bin Betty Hargate.« Die Kleinste von den dreien schob sich zwischen Janet und Lorraine. Ihr dunkelblondes Haar war zu einem Pagenkopf geschnitten, und darauf saß eine Mütze, die zu ihrer Bluse und zu ihrem Rock paßte, Markenartikel, denen man den Preis mühelos ansehen konnte. Sie hatte eine leichte Schwellung unter den Augen und einen etwas schiefen Mund, was sie hämisch und herablassend wirken ließ. Ihre kleine Nase sah aus, als sei sie erst während der Geburt in allerletzter Minute zwischen ihre aufgeblasenen Wangen gesetzt worden. Als einzige von den dreien trug sie Ohrringe, außerdem hatte sie eine goldene Kette um den Hals und Ringe an jedem Finger stecken.

»Hallo«, sagte ich.

»Dann bist du also Großpapas Cousine?« fragte Betty.

»Großpapa?« Ich lächelte verwirrt.

»Cary Logan. Wir nennen ihn Großpapa«, erklärte Lorraine.

Wir rückten weiter in der Schlange vor.

»Cary? Wieso denn das?«

»Weil er sich benimmt, als sei er einer«, erklärte Betty. »Sag bloß, du kennst deinen eigenen Cousin nicht.«

»Wir haben uns tatsächlich gerade erst kennengelernt«, erwiderte ich und suchte mir ein Essen aus. Ich hatte es eilig wegzukommen, da mir Bettys Tonfall Unbehagen einflößte. Die drei folgten mir, und Lorraine forderte mich auf, mich zu ihnen zu setzen. Ich wäre lieber an Carys Tisch gegangen, obwohl er mich nicht dazu aufgefordert hatte, andererseits wollte ich auch kein Angebot ausschlagen und es mir mit potentiellen neuen Freundinnen verderben.

»Wie kommt es, daß du Cary gerade erst kennengelernt hast?« fragte Janet, ehe sie in ihren Hot dog biß.

»Die Entfernung war so groß, daß sich unsere Familien nicht getroffen haben.« Diese Antwort schien die Mädchen zufriedenzustellen.

»Dann wußtest du also gar nicht, was für ein Typ er ist«, folgerte Betty.

»Was soll das heißen, was für ein Typ er ist?« fragte ich. »Das verstehe ich nicht.«

»Er interessiert sich für nichts anderes, als mit seinem Vater zusammenzuarbeiten und zu beten. Er raucht nicht, er trinkt nicht, und er kommt nie zu einer unserer Parties. Er redet mit uns, als seien wir alle ...«

»Was?« fragte ich.

»Jezebels«, sagte sie, und alle lachten.

»Was soll das heißen?«

»Haben sie dir denn in der Schule nichts über Jezebel erzählt?« fragte Janet.

Ich schüttelte den Kopf.

Betty beugte sich zu mir vor. »Jezebel war Ahabs Frau. Sie hat heidnische Götter verehrt.«

»Man benutzt diesen Namen für schamlose und verruchte Frauen«, erklärte Lorraine.

»Wenn du deine Bibel nicht gut genug kennst, dann kannst du dich darauf verlassen, daß Großpapa dir das Leben zur Hölle macht«, sagte Betty.

»Ich kenne meine Bibel gut«, brachte ich zu meiner Verteidigung vor. »Ich habe nur nicht verstanden, weshalb Cary euch so nennen sollte.«

»Du wirst es schon noch verstehen, wenn du ihn erst einmal besser kennengelernt hast«, sagte Betty zu mir.

Ich warf einen Blick auf Cary. Er beobachtete uns mit einem gewissen Interesse. Er lächelte zwar nicht, doch als unsere Blicke sich trafen, schien sein Gesichtsausdruck freundlicher zu werden, und er deutete ein Nicken an.

Während des Mittagessens beantwortete ich Fragen zu meinem Leben in Sewell, West Virginia, zu der Art von Musik, die ich mochte und welche Filme und Fernsehsendungen ich mir ansah. Die Mädchen benahmen sich, als käme ich aus dem Ausland.

»Das Fernsehen kannst du vergessen, solange du bei den Logans lebst«, sagte Janet.

»Wieso denn das?«

»Sie haben doch gar kein Fernsehgerät, stimmt's?«

Ich dachte einen Moment lang nach und stellte verblüfft fest, daß mir das nicht selbst schon aufgefallen war. »Ja, richtig. Ich frage mich, wie das wohl kommt.«

»Im Fernsehen bekommt man laufend sündige Handlungen zu sehen«, spottete Betty.

»Großpapa weiß noch nicht einmal, wer die Beatles sind. Er glaubt immer noch, wir reden über Insekten«, sagte Lorraine. Sie fiel in das Gelächter ihrer Freundinnen ein, das die Aufmerksamkeit aller auf sich zog, die in unserer Nähe saßen. Ich fühlte mich reichlich unwohl, dazusitzen und anzuhören, wie sie Cary verhöhnten.

»Ihr solltet euch nicht über ihn lustig machen«, sagte ich. »Seine Familie und er haben einen gewaltigen Verlust erlitten.«

Sofort hörten alle auf zu lachen.

»Du meinst Laura«, sagte Betty.

»Ja. Habt ihr sie gut gekannt?«

»Natürlich kannten wir sie«, sagte Lorraine. Sie tauschten verschwörerische Blicke miteinander aus und aßen weiter. Stille senkte sich über unseren Tisch herab, und diejenigen, die uns angesehen, zugehört und gelächelt hatten, nahmen ihre eigenen Gespräche wieder auf.

»Meine Tante hat sich immer noch nicht von dem Schlag erholt«, fuhr ich fort, weil ich mich darüber ärgerte, daß sie so grausam und unsensibel zu sein schienen. »Dieser entsetzliche Unfall war doch eine Tragödie, oder etwa nicht?«

Die drei sahen sich an. Janet wischte sich mit ihrer Serviette die Lippen ab und trank ihren Apfelsaft aus. Lorraine wandte eilig die Augen von mir ab, nur Betty lehnte sich zurück und streckte sich.

»Danach solltest du Großpapa besser fragen«, sagte sie. Die beiden anderen schienen schockiert über das zu sein, was sie gesagt hatte.

»Was soll das heißen?«

Sie zuckte die Achseln.

»Du brauchst ihn nur nach Laura und Robert zu fragen. Sie waren mit Großpapas Nußschale unterwegs, als sie in den Südwestwind geraten sind«, erwiderte sie, als sei damit alles erklärt.

»Nußschale?«

»Das ist ein winziges Boot mit nur einem Segel«, sagte Lorraine.

»Kein Boot von der Sorte, mit der man in ein Unwetter geraten sollte«, fuhr Betty fort. »Großpapa hat das besser gewußt als jeder andere. Er ist auf einer Welle geboren worden, und die Flut hat ihn an Land gespült.«

Sie lachten wieder.

»Das verstehe ich nicht. Was wollt ihr damit sagen?«

»Wir wollen damit gar nichts sagen«, erwiderte Betty eilig, und ihr Lächeln verflüchtigte sich. »Und erzähl bloß niemandem, wir hätten etwas gesagt.«

Es läutete. Ich starrte die drei einen Moment lang an, ehe ich aufstand.

»Wo stelle ich mein Tablett ab?« fragte ich.

»Das kannst du von Theresa lernen. Sie versteht sich darauf, Tische abzuräumen«, sagte Janet.

Innerlich vor Wut schäumend, floh ich vor dem unangenehmen Gelächter der drei. Ich folgte den anderen Schülerinnen zu einer Durchreiche in der Wand, um mein Tablett mit dem benutzten Geschirr abzustellen. Theresa erwartete mich dort. »Hast du schon neue Freundschaften geschlossen?« fragte sie trocken.

»Vermutlich könnte man eher von Feindschaften sprechen«, antwortete ich. Sie zog die Augenbrauen hoch. Ich bildete mir sogar ein, ich hätte ein kleines Lächeln auf ihren Lippen entdeckt.

»Als nächstes kommt Englisch«, sagte sie. »Wir lesen gerade *Huckleberry Finn.*«

»Das kenne ich. Ich habe es gelesen.«

Theresa blieb stehen und drehte sich zu mir um. »Wirklich? Prima. Dann kannst du mir vielleicht zur Abwechslung einmal helfen.«

»Nichts lieber als das«, gab ich barsch zurück, und meine Stimme war so gepreßt und unfreundlich wie ihre.

Sie starrte mich einen Moment lang an, und dann lächelte sie zum ersten Mal freundlich. Ihre funkelnden schwarzen Augen glänzten, und sie lachte laut los. Ich lachte ebenfalls.

Betty, Janet und Lorraine starrten uns erstaunt an, als sie auf dem Weg durch den Korridor an uns vorbeikamen.

»Haben die Hexen aus *Macbeth* jetzt auch Englisch auf dem Stundenplan?« fragte ich Theresa.

»Hexen?« Sie sah hinter Lorraine, Janet und Betty her.

»Oh, ja.«

»Gut«, sagte ich mit fester Stimme.

Wir liefen weiter, und Theresa redete jetzt offener und kameradschaftlicher über unsere Lehrer, unsere Kurse und auch darüber, was ich zu erwarten hatte und wie die Dinge hier gehandhabt wurden.

Cary wartete nach der letzten Schulstunde vor dem Schulgebäude auf mich. Er blickte abrupt auf, als ich vor ihm stehenblieb.

»Meine Mutter will, daß du mit May und mir zu Fuß nach Hause gehst«, erklärte er. »Aber du brauchst es nicht zu tun, wenn du keine Lust hast.«

»Doch, ich komme gern mit«, sagte ich. Er setzte sich sofort in Bewegung.

»Gehen wir oder laufen wir?« fragte ich, während ich mühsam versuchte, Schritt mit ihm zu halten.

Er warf mir einen raschen Blick zu.

»Ich komme ungern zu spät, wenn ich May abhole«, sagte er.

»Sie weiß nicht, wie sie allein nach Hause kommt?« fragte ich unschuldig. Er blieb stehen und drehte sich wütend zu mir um.

»Sie ist taub. Sie würde einen Wagen nicht kommen hören, wenn sie die Straße überquert.«

»Ich wette, daß sie sich vorher sorgsam umsehen würde«, sagte ich. »Sie ist ein gescheites Mädchen.«

»Wozu das Risiko eingehen?« sagte er.

»Sie braucht das Gefühl, daß sie allein zurechtkommen kann«, sagte ich zu ihm.

»Sie ist erst zehn. Dafür hat sie noch jede Menge Zeit. Und außerdem vergeuden wir nur Zeit, wenn wir hier rumstehen und uns zanken.«

»Wir zanken nicht«, sagte ich und hielt jetzt mit ihm Schritt. »Wir unterhalten uns lediglich miteinander.«

Er gab einen mürrischen Laut von sich, wie Onkel Jacob es so oft tat, und ging mit großen Schritten, die Augen starr nach vorn gerichtet, weiter.

»Wie ich sehe, hast du dich jetzt schon mit den beliebtesten Mädchen in der ganzen Schule angefreundet«, bemerkte er.

»Ich würde mehr Wert auf Theresa Pattersons Freundschaft legen«, erwiderte ich. Er wandte sich mir zu und musterte mich erstaunt.

»Sie ist eine Brava.«

»Na und?«

»Wenn du dich mit denen abgibst, werden die anderen dich weniger freundlich behandeln. Sie werden dir nicht den neuesten Klatsch erzählen, und du wirst niemals zu ihren wunderbaren Parties eingeladen werden.«

»Das Risiko gehe ich gerne ein«, sagte ich. Er drehte sich zwar nicht zu mir um, doch ich sah, wie seine Mundwinkel sich zu einem Lächeln verzogen.

May wartete vor ihrer Schule geduldig auf uns. Als sie sah, daß ich ebenfalls gekommen war, um sie abzuholen, lächelte sie strahlend und glücklich, und ich begrüßte sie in Zeichensprache. Sie rannte uns entgegen, doch Cary verständigte sich eilig mit ihr. Was auch immer er ihr bedeutet haben mochte, sie wurde augenblicklich ruhiger und hielt seine Hand auf dem Rückweg fest umklammert. Ich war beträchtlich im Nachteil, da ich die Sprache der Tauben nicht kannte. Ich beschloß, möglichst schnell und viel zu lernen.

Tante Sara stand vor dem Haus, als wir ankamen. Freudige Erwartung stand auf ihrem Gesicht, als sie uns entgegeneilte. Ich merkte deutlich, daß es Cary Unbehagen bereitete, wie sie uns ansah, als wir alle näherkamen. Ich hörte, wie er leise etwas vor sich hinmurmelte, und dann beschleunigte er seine Schritte und zog May hinter sich her.

»Wie ist euer Schultag verlaufen, Kinder?«

»Genauso wie immer«, murmelte Cary, als er durch das Tor kam und eilig an seiner Mutter vorbeiging. May blieb stehen, um Tante Sara zu erzählen, was sie in der Schule erlebt hatte. Ihre Finger und Hände bewegten sich so schnell, daß ich mich fragte, wie Tante Sara bei diesem Tempo mithalten konnte. Sie schien May jedoch nicht viel Beachtung zu schenken, denn während sie nickte und lächelte, ließ sie mich nicht aus den Augen.

»Es ist so schön, wieder drei von euch nach Hause kommen zu sehen und nicht nur zwei. Ist in der Schule alles gut gegangen? Hast du neue Freunde gefunden, mein Liebes?«

»Es ist schwierig, gleich am ersten Tag Freundschaften zu schließen«, erwiderte ich in einem Tonfall, aus dem nichts herauszuhören war.

»Ja, selbstverständlich«, sagte sie. »Möchtest du vielleicht etwas Kaltes trinken? Laura und ich haben um diese Tageszeit immer gern ein Glas Eistee getrunken.«

»Das klingt verlockend. Hat meine Mutter angerufen?« fragte ich hoffnungsvoll.

Ihr Lächeln welkte wie eine Blume, der man den Sonnenschein und das Wasser entzieht. »Nein, mein Liebes, noch nicht.«

Ich bemühte mich, nicht enttäuscht zu wirken. »Ich gehe nur schnell und ziehe mich um. Ich möchte mir gern den Morast ansehen, in dem die Moosbeeren wachsen.«

»Oh, ja. Er liegt gleich hinter dem Hügel. Vielleicht führt Cary dich hin«, schlug sie vor. May versuchte, Tante Saras Aufmerksamkeit und ihr Interesse wieder auf sich zu lenken. Ihre Hände ähnelten kleinen Vögeln, die mit den Flügeln flattern, doch Tante Sara ließ sich weiterhin ungestört über ihre stillen Nachmittage mit Laura aus. Als ich endlich mein Zimmer erreichte, kam Cary gerade aus seinem Zimmer. Er trug eine abgetragene Hose, schmutzige Turnschuhe und ein altes Hemd.

»Ich muß meinem Vater beim Fischfang zur Hand gehen«, sagte er im Vorbeigehen. Ich blieb in der Tür meines Zimmers stehen. »Ich habe keine Zeit, jemanden in der Gegend herumzuführen.«

»Kann ich dabei helfen?« rief ich ihm nach, doch er lief schon die Treppe hinunter und antwortete nicht.

Warum ging er mir aus dem Weg? Als wir von der Schule nach Hause gekommen waren, schien es ihm peinlich zu sein, daß ich neben ihm herlief, und er sah mich nur selten an, wenn er mit mir sprach. War ich etwa derart verabscheuungswürdig? Seine Ablehnung mußte etwas damit zu tun haben, daß ich in Lauras Zimmer schlief und Lauras Sachen trug. Ich konnte es kaum erwarten, daß Mommy endlich anrief, damit ich mir wenigstens meine eigenen Sachen herschicken lassen konnte.

Ich zog Jeans und eine Bluse an, löste mein Haar und schlüpfte in das ältere Paar Schuhe, das ich mitgebracht hatte. May hatte sich bereits umgezogen und wartete schon auf mich. Sie bedeutete mir in Zeichensprache etwas, was ich nicht verstand.

»Warte«, sagte ich zu ihr und holte schnell mein Lehrbuch für Zeichensprache. »Wir beide werden heute miteinander üben, einverstanden?« sagte ich und hielt das Buch hoch.

Sie nickte, und ich nahm sie an der Hand. Als wir die Treppe hinunterliefen, rief Tante Sara mich aus der Küche.

»Bist du das, Liebes?«

»Das sind wir beide, May und ich«, erwiderte ich. Als sie aus der Küche kam, hielt sie nur ein Glas Eistee in der Hand. »Komm, setz dich einen Moment lang mit mir auf die Veranda«, sagte sie und reichte mir das Glas.

»Danke, aber möchte May denn nichts zu trinken?« Ich hielt das Glas hoch, und May nickte eifrig.

»May hat zu tun«, sagte Tante Sara grob. Sie bedeutete ihr mit den Händen etwas, und Mays Lächeln verblaßte. Sie sah mich einen Moment lang an und lief dann los, zum hinteren Ende des Hauses.

»Wohin geht sie?«

»May hilft mit der Wäsche. Sie faltet die Handtücher zusammen und räumt die Bettwäsche in den Schrank. Das gehört zu ihren Aufgaben. Hier hat jeder eine Liste von Hausarbeiten, für die er zuständig ist«, sagte Tante Sara.

»Wo ist meine Liste?«

»Oh, dafür haben wir noch genug Zeit, Liebes. Ich möchte, daß du dich erst hier eingewöhnst.«

»Das ist nicht fair«, sagte ich und sah hinter der armen May her. »Vielleicht kann ich May helfen.«

»Nein, Liebes. Sie kommt schon allein zurecht. Und jetzt

komm mit.« Tante Sara führte mich auf die Veranda. »Erzähl mir alles, was du heute in der Schule erlebt hast. Laura konnte alles so gut schildern, daß ich das Gefühl hatte, ich sei selbst da gewesen und hätte neben ihr gesessen«, sagte sie mit einem kurzen, dünnen Lachen. Sie nahm auf einem Schaukelstuhl Platz, während ich mich auf die schmale Bank setzte.

Eine winzige Heckenbraunelle ließ sich auf dem Rotahorn nieder und stolzierte auf und ab, als wollte sie sich mit ihrem Gefieder brüsten. Eine dünne Wolkenschicht hatte sich vor die Nachmittagssonne gelegt, und eine kühle Brise, die durch meine Kleidung drang, ließ mich plötzlich frösteln. Ich sah zum Strand hinunter, der noch in der Sonne lag.

Ich berichtete Tante Sara, was ich von meinen Lehrern hielt und daß ich den Eindruck hatte, wirklich nicht hinter dem hiesigen Lehrstoff herzuhinken, sondern daß ich in manchen Fächern sogar ein wenig Vorsprung hatte. Sie lauschte mir zwar aufmerksam, trotzdem wirkte sie enttäuscht. Es schien, als ob ich ihr nicht das erzählte, was sie eigentlich hören wollte.

»Und du hast wirklich noch keine Freundschaften geschlossen?«

»Theresa Patterson ist nett«, sagte ich, und sie verzog das Gesicht.

»Du solltest dich lieber mit den Töchtern der besseren Familien in dieser Stadt anfreunden, Liebes. Auf die Art wirst du nette, ehrenwerte junge Männer kennenlernen.« Sie lächelte. »Ich bin ganz sicher, daß du damit keine Schwierigkeiten haben wirst, so hübsch wie du bist. Das habe ich Laura immer wieder gesagt, und wie man sieht ... wie man sieht ...« Sie zögerte, als hätte sie vergessen, was sie als nächstes sagen wollte, und dann wandte sie sich abrupt dem Meer zu. »Wir werden heute abend Nippflut haben, sagt Jacob.«

»Was ist Nippflut?«

»Dazu kommt es, wenn der Mond im ersten oder im dritten Viertel ist. Im Moment ist er im dritten Viertel. Die Sturzwellen könnten bis zu zwei Meter hoch sein. Halte dich heute abend vom Wasser fern«, fügte sie hinzu. Sie seufzte tief. »Laura ist bei Nippflut hinausgefahren und nie mehr zurückgekommen. Ich habe sie nie mehr zu sehen bekommen.« Sie schüttelte langsam den Kopf. »Nur Roberts Leiche ist geborgen worden.«

»Aber Laura hat ein Grab«, sagte ich.

»Ja. Ich mußte ihr ein Denkmal setzen, ihrem Geist einen Ort geben, an dem er Ruhe finden kann.« Sie lächelte. »Wie du siehst, ist es nur einen Muschelwurf von hier entfernt. Ich kann hingehen und mit ihr reden, wann immer mir danach zumute ist. Letzte Nacht habe ich ihr alles über dich berichtet, deswegen bin ich sicher, daß ihr Geist über dich wacht. Deshalb weiß ich auch genau, wie sehr es sie freuen würde, wenn du das trägst.« Sie fischte etwas aus der Tasche ihres Kleides. »Streck die linke Hand aus, Liebes«, wies sie mich an. Ich tat es zögernd, und sie legte ein goldenes Armband mit Anhängern um mein Handgelenk und ließ den Verschluß zuschnappen, ehe ich mich widersetzen konnte. »Oh, wie gut es dir doch steht. Es sieht ganz bezaubernd an dir aus.«

»Das kann ich nicht annehmen«, sagte ich. »Das gehört sich nicht.«

»Laura würde nicht wollen, daß du es trägst, wenn es sich nicht gehören würde. Es wird dir Glück bringen. Und du weißt auch, warum, nicht wahr?«

Ich schüttelte den Kopf und fürchtete mich davor, auch nur eine Vermutung anzustellen.

»Du bist doch am zwölften Juli geboren worden, nicht wahr?«

»Ja«, sagte ich und hielt den Atem an.

Ihr Lächeln wurde jetzt noch strahlender.

»Weißt du es wirklich nicht, Liebes?«

»Weiß ich was nicht?«

»Laura ist am zwanzigsten Juni geboren worden. Ihr beide seid Zwillinge. Begreifst du es immer noch nicht?«

Ich schüttelte den Kopf und hielt immer noch den Atem an. »Zwillinge im astrologischen Sinne. Das war Lauras Sternzeichen, es ist Carys Sternzeichen, und es ist auch dein Sternzeichen«, sagte sie. »Ist das nicht wunderbar?«

»Mit Astrologie kenne ich mich überhaupt nicht aus«, sagte ich.

»In einer sternenklaren Nacht werde ich dir dein Sternbild zeigen. Laura und ich haben es uns immer mit Begeisterung am Nachthimmel angesehen.« Sie blickte auf, als sei es bereits Nacht und am Himmel leuchteten die Sterne. May tauchte zaghaft in der Tür auf. Tante Sara fragte sie, ob sie alles erledigt hätte, was sie bejahte.

»Vielleicht kann May mir den Morast mit den Moosbeeren zeigen?« schlug ich vor. Tante Sara nickte und war enttäuscht darüber, daß ich nicht länger dasitzen und mit ihr reden wollte. Widerstrebend teilte sie May meine Bitte mit. May strahlte über das ganze Gesicht, nahm mich an der Hand und konnte es kaum erwarten.

»Bleibt bloß nicht zu lange!« rief uns Tante Sara von der Veranda nach.

»Nein, ganz gewiß nicht«, versprach ich.

»Ich habe heute eine vorzügliche Flunder zum Abendessen. Das war eines von Lauras Lieblingsgerichten«, rief sie.

May zog fester an meiner Hand. Ich lachte, als wir anfingen zu rennen, erst um das Haus herum und dann über die hellen rosalila Kieselsteine auf den Hügel zu. Als ich zum Meer hinübersah, konnte ich Cary sehen, der gemeinsam mit seinem Vater und Roy Patterson auf dem Boot arbeitete. Ich hatte den Eindruck, als sähe er in unsere Richtung, aber er winkte uns nicht zu.

May führte mich auf den Kamm des Hügels. Dort blieben wir stehen, und ich sah auf den Morast mit den Moosbeersträuchern hinunter. Sie standen in voller Blüte. Man glaubte fast, auf ein zweites Meer hinunterzuschauen, auch wenn dieses blaßrosa war. May gestikulierte wild mit den Händen. Ich war sicher, daß sie mir erklärte, wie die Sträucher angepflanzt wurden, wie das Wasser sie überflutete und wieder ablief, und wie man die Beeren erntete. Es frustrierte mich, daß ich sie nicht verstehen konnte.

Wir setzten uns nebeneinander auf den Hügel, und ich schlug das Buch mit der Zeichensprache auf. Ich sagte mir, wenn wir gemeinsam daran arbeiteten, würde ich gewiß schneller Fortschritte machen. Wir waren immer noch dabei, Gesten zu üben, als Cary und Onkel Jacob vom Anlegesteg zurückkehrten.

»He!« herrschte Cary mich an. »Bring sie zum Haus zurück.« Er machte ein paar Zeichen, und May stand auf.

Ich nutzte meine neuerworbenen Kenntnisse dazu, mich bei ihr zu bedanken. Daraufhin umarmte sie mich.

Als ich wieder aufsah, stellte ich fest, daß Cary uns mit finsterer Miene beobachtete. Jetzt senkte er den Kopf und trabte hinter Onkel Jacob her. Ich nahm May an der Hand, und wir folgten den beiden ins Haus.

»May hat mir den Morast mit den Moosbeersträuchern gezeigt«, sagte ich zu Cary, als wir das Haus betraten. Er saß mit Onkel Jacob im Wohnzimmer. »Er ist wirklich wunderschön.«

Cary schnaubte verächtlich. »Wir werden ja sehen, ob du ihn immer noch schön findest, wenn die Erntezeit kommt.« Er ging eilig an mir vorbei nach oben.

»Falls ich dann noch hier bin«, rief ich ihm nach. Konnte ich denn kein Wort sagen, an dem er nichts auszusetzen hatte?

»Geh jetzt zu Sara und sieh nach, ob sie in der Küche deine Hilfe braucht«, befahl mir Onkel Jacob. Er sagte kein Wort zur Begrüßung und fragte mich noch nicht einmal nach meinem ersten Schultag. Statt dessen faltete er seine Zeitung auseinander und lehnte sich zurück, um in Ruhe zu lesen.

May sah mich an und fragte sich bestimmt, was all diese finsteren Mienen zu bedeuten hatten. Ich lächelte tröstlich. Dann hörte ich das Telefon läuten.

Oh, bitte, laß das Mommy sein, betete ich. Nie hatte ich mich so sehr danach gesehnt, ihre Stimme zu hören. Ganz gleich, wie viele Fehler sie auch hatte und wie sehr sie mich schon enttäuscht und verärgert hatte, aber im Moment wäre ich schon dankbar dafür gewesen, den Klang ihrer Stimme hören zu dürfen.

Onkel Jacob nahm widerwillig den Hörer ab und sagte hallo. Sein Blick war auf mich gerichtet.

»Ich habe doch gesagt, daß du Sara helfen sollst«, befahl er mir noch einmal. Ich ging zur Tür hinaus, blieb jedoch dahinter stehen, damit ich das Gespräch hören konnte.

»Ja«, sagte er. »Sie ist hier. Sie sieht Haille sehr ähnlich. Aber ich schätze, das wirst du schon früh genug selbst sehen«, fügte er hinzu. »Es weckt alte Erinnerungen.«

Plötzlich spürte ich Augen, die sich in meinen Rücken bohrten, und als ich mich umdrehte, stand Cary auf der Treppe und sah mich finster an.

»Horchen ist nicht besonders damenhaft.« Er ging wieder nach oben.

Ich schluckte meine Tränen und begab mich in die Küche, wo mich gewiß schon Tante Sara erwarten würde, um mir zu erzählen, wie sie Lauras Lieblingsgericht zubereitete.

8.

Eine Sturmwarnung

Wie schon am Abend zuvor begannen wir das Abendessen wieder mit einem Gebet und einer Bibelstelle, die vorgelesen wurde. Onkel Jacob sah Cary an, warf einen schnellen Blick auf May und wandte sich dann an mich. »Weshalb noch länger warten und nicht gleich beginnen«, sagte er. »Du bist an der Reihe.«

»An der Reihe?« Ich sah Tante Sara fragend an.

»Er möchte, daß du einen Auszug aus der Bibel liest, mein Liebes. Laura ist immer gleich nach Cary drangekommen.«

»Wenn sie nicht will, kann ich es für sie übernehmen«, erbot sich Cary herablassend.

»Ich bin einverstanden«, sagte ich eilig. »Ich übernehme es sogar gern. Was soll ich vorlesen?«

Onkel Jacob reichte mir die Bibel mit dem Daumen auf der Stelle, die er vorgelesen haben wollte.

Ich begann. »Wem eine tüchtige Frau beschert ist, die ist viel edler als die köstlichsten Perlen.«

»Ihres Mannes Herz darf sich auf sie verlassen, und an Nahrung wird es ihm nicht mangeln.«

»Sie tut ihm Liebes und kein Leid ihr Leben lang.«

Ich warf einen schnellen Seitenblick auf Cary, da ich beim Lesen die Glut seines Blickes spüren konnte, die mich versengte.

»Sie geht mit Wolle und Flachs um und arbeitet gern mit ihren Händen.«

»Ja«, sagte Onkel Jacob mit einem Nicken. Offensichtlich gefiel ihm, wie ich las.

Cary senkte den Blick, während ich bis zum Ende der Bibelstelle weiterlas.

»Gut so«, sagte Onkel Jacob. »Diese Worte sollte man sich merken. Amen.« Seine Augen hefteten sich auf mich. Ich wußte nur zu gut, was er von meiner Mutter hielt. Hatte er diese Bibelstelle etwa ausgesucht, weil er glaubte, ich sei genauso wie sie? Ich fürchtete mich davor, ihn zu fragen.

Sobald wir mit dem Essen begonnen hatten, vertieften sich Onkel Jacob und Cary in ein Gespräch über den Hummerfang und die Konstruktion weiterer Reusen. Währenddessen versuchte ich, mich mit May zu unterhalten. Ich sah, daß Cary uns aus den Augenwinkeln beobachtete, und irgend etwas was ich tat, entlockte ihm ein Lächeln. Onkel Jacob dagegen schien plötzlich wütend zu werden.

»Würdest du deiner Tochter sagen, daß sie beim Abendessen nicht reden, sondern essen soll«, forderte er Tante Sara unfreundlich auf. »Das lenkt ab.«

»Ja, Jacob.« Tante Sara gab seine Anordnungen an May weiter, die augenblicklich die Augen auf ihren Teller senkte und jeden Versuch aufgab, sich mit mir zu verständigen.

Mir ging auf, daß ich Onkel Jacob bisher noch nie gesehen hatte, wie er sich in Zeichensprache mit May verständigte.

Bisher hatten das nur Cary, Tante Sara und ich getan.

»Es tut mir leid«, sagte ich. »Es war meine Schuld. Ich bemühe mich, die Zeichensprache zu lernen.«

»Das kannst du nach dem Abendessen tun«, fauchte Onkel Jacob mich an und wandte sich dann wieder an Cary, um das Gespräch über die neuen Reusen fortzusetzen.

Nach dem Abendessen half ich Tante Sara. Wir deckten den Tisch ab und verstauten die Lebensmittel. Sie ließ sich unermüdlich darüber aus, welche wunderbaren Fischgerichte Laura auf den Tisch gezaubert hatte.

»Sie hat es so weit gebracht, daß sie mit ihrem Barschfilet an einem Wettbewerb hätte teilnehmen können. Und erst ihre Fischpasteten! Die hättest du probieren müssen. Dieser lockere Teig! Mit ihren geschickten Fingern konnte sie wahre Wunder wirken.«

»Ich habe oft für meinen Daddy gekocht«, sagte ich.

»Ach, wirklich, Liebes? Ja, gewiß, das hätte ich mir denken können. Soweit ich mich erinnere, war Haille nicht gerade eine besonders gute Köchin. Sie hatte andere Dinge im Kopf.«

»Wie zum Beispiel?« bohrte ich.

»Das ist kein geeignetes Gesprächsthema.« Tante Sara kniff die Lippen zusammen und weigerte sich, auch nur noch ein weiteres Wort zu sagen.

»Was soll das heißen?« hakte ich nach.

Sie schüttelte den Kopf und warf dann einen Blick auf die Türöffnung, ehe sie die Stimme senkte und mir zuflüsterte: »In Wahrheit sieht es so aus, daß Jacob es nicht leiden kann, wenn ich Haille und diese Jahre auch nur erwähne.«

»Aber ich für meinen Teil würde gern mehr darüber hören«, sagte ich.

»Nein, diese Dinge willst du ganz bestimmt nicht hören, Liebes. Ich muß dir unbedingt ein paar von Lauras Handarbeiten zeigen«, sagte sie, um das Thema zu wechseln. »Habe ich dir überhaupt schon erzählt, daß sie an Handarbeiten große Freude hatte? In meinem Schlafzimmer hängen all ihre Handarbeiten an den Wänden, nur eine ihrer Arbeiten konnte sie nie vollenden. Die liegt noch in meinem Schrank. Hast du dich je an Nadelarbeiten probiert?«

»Nein«, sagte ich verdrossen.

»Oh, dann solltest du es aber wirklich einmal ausprobieren, Liebes. Ich wette, auch du würdest dich geschickt anstellen.«

»Das glaube ich nicht«, sagte ich. »Kann ich dir im Moment noch bei etwas anderem behilflich sein, Tante Sara?«

»Was? Ach so. Nein, danke, mein Liebes«, sagte sie. »Das war schon alles. Du mußt jetzt deine Hausaufgaben machen, nicht wahr?«

»Ja«, sagte ich.

»Dann lauf los. Ich sehe später noch nach dir, ehe ich schlafen gehe«, sagte sie.

Ich lief eilig nach oben. Als ich die Treppe hinaufstieg, fiel mir eine Leiter auf, die im oberen Stockwerk aus dem Dach heruntergelassen worden war. Sie führte zu einer Öffnung in der Decke. Ich ging langsam darauf zu und sah zu dem beleuchteten Dachboden hinauf. Inzwischen neugierig geworden, kletterte ich die Sprossen hinauf und blieb auf der obersten stehen, um in den Dachboden zu lugen. Zwei Öllampen warfen ihr Licht auf einen Tisch und einen Stuhl, Truhen und Kisten, allerlei Gerümpel und alte Gemälde. Am interessantesten fand ich jedoch die Schiffsmodelle aus Balsaholz. Auf dem Tisch lag ein Modell, das so gut wie fertig war. Die anderen waren in Regalen aufgereiht. Sie waren ausnahmslos bemalt, und manche waren sogar mit winzigen Matrosen bemannt.

Rechts stand ein abgenutztes Sofa, und auf das einzige Fenster war ein Teleskop gerichtet.

»Was hast du hier zu suchen?« Als ich mich umdrehte, sah ich Cary, der unter der Leiter stand und zu mir heraufsah.

»Ich habe mich nur gefragt, was wohl hier oben ist. Bastelst du diese Boote?«

»Zuerst einmal sind das keine Boote, sondern Schiffe. Und zweitens hast du auf dem Dachboden nichts zu suchen.«

»Es tut mir leid.« Ich stieg die Sprossen hinunter, glitt jedoch auf der vorletzten aus und fiel in seine Arme. Einen Moment lang waren unsere Gesichter dicht voreinander. In dem Moment, in dem Cary erkannte, daß er mich in den Armen hielt, ließ er mich los, und ich landete hart auf den Füßen.

»Siehst du jetzt selbst, warum ich es nicht leiden kann, wenn jemand auf den Dachboden steigt«, sagte er und stieg eilig die Leiter hinauf. »Es ist gefährlich.« Seine Wangen waren knallrot.

»Es tut mir leid. Ist das dein Hobby?« fragte ich, ehe er oben angekommen war.

Er ließ mir ein unwirsches »Ja« zukommen, ehe er die Leiter hinter sich hochzog.

»Du tust gerade so, als hätte ich die Masern!« rief ich zu ihm hinauf.

Er zögerte einen Moment, ehe er die Luke in der Decke schloß.

»Nur gut, daß ich mich jetzt nicht mehr mit dir abgeben muß!« Ich stolzierte in mein Zimmer und vertiefte mich in meine Hausaufgaben. Ab und zu hörte ich Geräusche, wenn Cary über mir herumlief. Dann blickte ich zur Decke und lauschte, bis nichts mehr zu hören war.

Unten im Wohnzimmer läutete das Telefon. Ich wartete mit angehaltenem Atem, und dann hörte ich, wie Tante Sara meinen Namen rief.

»Telefon, Liebes.«

»Mommy!« rief ich. »Endlich!« Ich rannte die Treppe hinunter.

»Es ist Haille«, sagte Tante Sara. »Beeil dich, es ist ein Ferngespräch.«

Ich rannte ins Wohnzimmer. Onkel Jacob saß auf seinem Stuhl und blätterte im Katalog eines Versandhauses. Er sah zu mir auf, ehe er sich wieder seiner Lektüre zuwandte, machte jedoch keinerlei Anstalten aufzustehen. Tante Sara stand in der Tür und beobachtete mich. Ich würde dieses Telefongespräch offensichtlich nicht ungestört führen können. Dennoch griff ich eifrig nach dem Hörer. »Mommy?«

»Hallo, Schätzchen. Siehst du, ich rufe dich tatsächlich bei der ersten sich bietenden Gelegenheit an, wie ich es dir versprochen habe. Tante Sara sagt, du hättest bereits deinen ersten Schultag hinter dir. Sie sagt auch, du hättest ihr berichtet, daß du mit dem Lehrstoff auf dem laufenden bist.«

»Ja, Mommy. Wo bist du?«

»Wir sind auf dem Weg nach New York City«, sagte sie aufgeregt. Dann senkte sie die Stimme. »Die Leute in Boston haben uns versetzt. Sie hatten mit Richard einen Termin vereinbart und sind dann doch nicht erschienen, und so kam es, daß wir sie überhaupt nicht getroffen haben, aber er will mir erst in New York und dann in Chicago Leute vorstellen. Und danach machen wir uns auf den Weg nach Los Angeles.«

»Los Angeles? Aber Mommy, wann werde ich ... wann werden wir wieder zusammen sein?« Ich versuchte, ruhig zu bleiben.

»Schon bald, Schätzchen. Schon sehr bald. Ich verspreche es dir.«

»Ich könnte dich doch unterwegs irgendwo treffen, Mommy. Ich könnte einen Bus nehmen und ...«

»Mach es mir nicht noch schwerer, als ich es sowieso schon habe, Schätzchen. Ich habe ohnehin schon mit einer gewaltigen Enttäuschung fertig werden müssen. Hab bitte Verständnis.«

»Aber ich brauche meine Sachen«, sagte ich. »Und außerdem hast du mir kein Geld dagelassen, Mommy. Ich kann meine Freundinnen nicht anrufen. Ich kann Alice nicht anrufen. Und Mama Arlene auch nicht. Das sind Ferngespräche.«

»Ich werde Mama Arlene anrufen, sobald ich in New York bin«, versprach sie mir. Ich hörte, wie im Hintergrund gehupt wurde und jemand etwas rief.

»Ich komme schon!« rief Mommy zurück. »Ich muß jetzt auflegen, Schätzchen. Ich habe ohnehin schon länger telefoniert als ich sollte. Sei brav, Schätzchen. Tschüß.«

»Aber, Mommy ...«

Die Leitung war tot. Ich hielt den Hörer fest umklammert. Stumme Schreie blieben in meiner Kehle stecken, und Tränen froren hinter meinen Augen ein.

»Häng den Hörer auf, wie es sich gehört«, wies mich Onkel Jacob an. »Ich erwarte einen wichtigen Anruf.«

Mit dem Rücken zu ihm legte ich auf und verließ eilig das

Wohnzimmer, ohne Onkel Jacob oder Tante Sara anzusehen.
»Moment mal«, brummte Onkel Jacob. »Du kommst jetzt sofort zurück, junges Fräulein.«

Ich holte tief Luft und machte kehrt. Mein Herz pochte wie verrückt und trommelte ein Lied der Angst auf meinen Rippen.

»Ja, Sir?«

»Es gehört sich, daß man sich bei Leuten bedankt, wenn man ihre Sachen benutzt. Sara ist schließlich nicht deine Sekretarin.«

»Es tut mir leid. Danke, Tante Sara.«

»Gern geschehen, Liebes. Geht es Haille gut?«

»Ja«, erwiderte ich.

»Das ist schön.«

»Pah«, murrte Onkel Jacob.

»Ich bringe dir nachher noch ein Glas warme Milch«, erbot sich Tante Sara.

»Das ist nicht nötig, Tante Sara.«

»Laura habe ich jeden Abend ein Glas warme Milch gebracht. May bringe ich auch ein Glas.« Mit ihren riesigen verängstigten Augen sah sie mich bekümmert an. Ich warf einen Blick auf Onkel Jacob. Er sah aus, als würde er sich jeden Moment auf mich stürzen.

»Wenn das so ist, dann nehme ich dein Angebot gern an. Danke, Tante Sara.«

Ihr Gesicht hellte sich auf, und jede Spur von Trostlosigkeit wich aus ihren Augen. Ich zwang mich zu einem Lächeln und eilte die Treppe hinauf. Als ich mein Zimmer erreicht hatte, schloß ich die Tür hinter mir, warf mich auf das Bett und begrub das Gesicht im Kissen, um mein Schluchzen zu ersticken.

Ich wollte nicht hier bleiben. Wie ich das alles haßte! Kein Wunder, daß mein Vater den Kontakt zu seiner Familie abgebrochen hatte. Er hatte nicht die geringste Ähnlichkeit mit Onkel Jacob gehabt. Es wäre mir lieber gewesen, Mommy hätte mich in einem Waisenhaus untergebracht, sagte ich mir. Mein gedämpftes Weinen ließ meine Schultern beben. Plötzlich spürte ich, wie etwas meine Schultern berührte, und als ich mich umdrehte, stand die kleine May da und sah mich an. Furcht und Mitgefühl waren in ihr Gesicht geschrieben. Sie war so leise hereingekommen, daß ich sie nicht gehört hatte. Ihre Hände bewegten sich blitzschnell. Sie wollte wissen, warum ich so unglücklich war. Und warum ich weinte.

»Ich vermisse meine Mutter«, sagte ich. Sie neigte den Kopf zur Seite. Ich seufzte tief und griff nach dem Buch mit der Zeichensprache. Ich fand die Gesten und beschrieb sie. May nickte und bedeutete mir, wie leid es ihr für mich tat. Dann umarmte sie mich zum Trost.

Wie süß, dachte ich, und wie traurig war es doch andererseits, daß der einzige Mensch in diesem Haus, der mir das Gefühl gab, ich sei hier zuhause, nicht einmal den Klang meiner Stimme hören konnte.

Sie konnte auch das Scharren und die Schritte über uns nicht hören, doch sie sah, daß meine Augen zur Decke gerichtet waren und verstand sofort weshalb.

»Car... ry«, sagte sie und demonstrierte den Bau eines Schiffsmodells.

»Ja. Gehst du manchmal nach oben?« fragte ich sie mit Gesten. »Oder läßt er nicht einmal dich auf den Dachboden?«

Sie dachte einen Moment lang nach und schüttelte dann den Kopf.

»Nein?«

Sie schüttelte noch einmal den Kopf und machte das Zeichen für das Wort »nur«. Dann deutete sie auf die Fotografie von Laura.

»Nur Laura?« May nickte. »Nur Laura«, dachte ich laut und blickte wieder zur Decke. May gab einen Laut von sich und versuchte dann, mir mit Gesten seinen großen Kummer begreiflich zu machen.

Ich sah wieder die Decke an. Cary litt Qualen, dachte ich, und einen Moment lang vergaß ich sogar mein Selbstmitleid.

May ging in ihr Zimmer zurück, um ihre Schularbeiten zu erledigen. Nachdem ich meine Hausaufgaben gemacht hatte, übten wir gemeinsam Zeichensprache, bis es für sie Zeit zum Schlafengehen war. Ich wusch mich und zog ein Nachthemd an, um ins Bett zu gehen, und dann brachte Tante Sara mir ein Glas warme Milch. Sie trug etwas Zusammengerolltes unter dem Arm. Als sie es herausholte, sah ich, daß es sich um das gestickte Bild handelte, das Laura nie fertiggestellt hatte. Darauf war eine Frau auf einer überdachten Terrasse zu sehen, die zum Meer ging.

»Laura hat das Bild selbst gemalt«, erklärte Tante Sara. »Ist es nicht wunderschön?«

»Doch«, sagte ich.

»Möchtest du es wirklich nicht an ihrer Stelle beenden, Liebes? Ich kann mich nicht überwinden, es selbst zu tun«, sagte sie mit einem tiefen Seufzen.

»Ich hätte nur ständig Angst, daß ich alles verpfusche, Tante Sara.«

»Oh, nein, das tätest du gewiß nicht. Ich bin ganz sicher. Am besten lasse ich es einfach hier, und morgen bringe ich dir dann das Garn und zeige dir die Stickstiche.«

»So etwas habe ich noch nie gemacht«, sagte ich, doch sie schien mich nicht zu hören, außerdem hätte es wohl ohnehin nichts geändert.

»Meine Güte«, sagte sie, und ihr Blick fiel auf die beiden Stoffkatzen, die nahezu identisch waren. »Wo kommt denn diese zweite Katze her?«

»Sie gehört mir, ein Geschenk von meinem Daddy. Ich habe es in meinem Koffer mitgebracht.«

»Das ist aber wirklich eine Überraschung. Die andere Katze hat Cary in einem der vergangenen Sommer auf einer Kirmes gewonnen und Laura geschenkt. Und diesen Teddybär hast du auch mitgebracht?«

»Ja.«

»Zwillinge«, sagte sie, »ihr alle miteinander.«

Sie sah sich betrübt im Zimmer um, dann fiel ihr Blick auf mich, und nachdem sie mir eine gute Nacht gewünscht hatte, ging sie lächelnd hinaus.

Ich war müde. Es war ein anstrengender Tag gewesen, eine emotionale Achterbahnfahrt. Ich war durch den Tunnel der Angst gekrochen, und ich hatte Wut, Traurigkeit und Neugier durchlebt. Es machte mir großen Spaß, meine Zeit mit der kleinen May zu verbringen, und ich wußte es zu würdigen, daß sie mich mit offenen Armen willkommen hieß. Das war der einzige Sonnenstrahl, der in diese trostlose Welt der Traurigkeit vordrang.

Impulsiv griff ich nach meiner Fiedel und spielte eine traurige Melodie, die meiner Stimmung entsprach. Die Musik, die ich spielte, kam tief aus meinem Innern. Ich schloß die Augen und sah Daddy vor mir, wie er im Wohnzimmer unseres Wohnwagens auf dem Sofa saß. Ein kleines Lächeln stand auf seinem Gesicht, und seine Augen waren von Stolz erfüllt, während er meinem Spiel lauschte. Hinterher hatte er mich immer an sich gezogen, mich umarmt und meine Wange und meine Stirn mit Küssen bedeckt.

Plötzlich wurde laut an die Wand gepocht.

»Hör auf mit diesem Lärm!« befahl mir Onkel Jacob. »Es ist jetzt Schlafenszeit für alle!«

Meine Erinnerungen an Daddy platzten wie Seifenblasen.

Ich packte die Fiedel weg und kroch unter die Steppdecke. Dann drehte ich die Öllampe herunter, schloß die Augen und lauschte dem Rauschen des Meeres. Ein Weilchen herrschte Stille im ganzen Haus, und dann hörte ich Laute, die eindeutig so klangen, als schluchzte jemand.

»Jetzt wird geschlafen!« befahl Onkel Jacob mürrisch, und seine Stimme schien aus den Wänden zu dringen.

Das Schluchzen riß abrupt ab.

Jetzt drang das Meeresrauschen wieder durch mein Fenster,

ausgerechnet das Tosen desselben Ozeans, der Laura aus diesem Haus gerissen hatte und die Melancholie hier einziehen ließ, von der ich jetzt aufgesogen worden war.

Am nächsten Morgen bereitete ich nach Tante Saras Anweisungen zwei Pausenpakete zu, eines für Cary und das andere für mich. Laura hatte das früher immer getan, und ich nahm an, von jetzt an würde es eine meiner Aufgaben sein. Wir nahmen belegte Brote und jeweils einen Apfel mit, außerdem bekamen wir fünfzig Cent, um uns etwas zu trinken zu kaufen. May bekam ihr Mittagessen in der Sonderschule.

Als wir aus dem Haus gingen, nahm May nicht etwa Cary, sondern mich an der Hand. Er blieb einen Moment lang stehen und war sichtlich verärgert, sagte jedoch kein Wort.

»Laßt uns jetzt gehen. Wir wollen schließlich nicht zu spät kommen«, murmelte er und trabte vor uns her. Er ging so schnell, daß May regelrecht rennen mußte, um mitzuhalten.

Wir lieferten sie ab und machten uns dann auf den Weg zu unserer Schule. Ich versuchte, mich mit Cary zu unterhalten. »Wie lange bastelst du schon Schiffsmodelle?« fragte ich ihn. Er sah mich so an, als hätte ich eine unglaublich dumme Frage gestellt.

»Schon lange. Und diese Modellschiffe sind keine Spielsachen«, fügte er hinzu.

»Das habe ich doch gar nicht behauptet. Ich weiß, daß auch Erwachsene Hobbies haben. Papa George hat aus Zweigen von Walnußbäumen Flöten geschnitzt. Er hat sogar meine Fiedel selbst gebaut.«

»Weshalb nennst du diese Person Papa George?« fragte er geringschätzig. »Der Mann ist nicht dein Großvater. Am kommenden Sonntag wirst du deinen Großvater kennenlernen.«

»Papa George ist der einzige Großvater, den ich je gekannt habe. Aus meiner Sicht sind er und Mama Arlene meine Großeltern«, erwiderte ich mit Nachdruck.

»Haben die beiden denn keine eigenen Kinder?«

»Nein.«

»Warum hat Haille dich dann nicht bei ihnen gelassen, während sie durch die Gegend reist, um Filmstar zu werden?« fragte er, und seine Augen funkelten böse.

»Papa George ist sehr krank. Er leidet an einer schwarzen Lunge«, erwiderte ich.

Cary gab einen verächtlichen Laut von sich. »Das ist ein willkommener Vorwand«, sagte er.

In meiner Wut packte ich ihn am Ellbogen und zog, bis er stehenblieb und drehte ihn unsanft zu mir um. Ich war mindestens so schockiert wie er über diese Demonstration körperlicher Kraft.

»Das ist kein Vorwand. Er ist sehr krank. Ich weiß nicht, warum du mich nicht leiden kannst, Cary Logan, und in Wahrheit interessieren mich deine Gründe auch gar nicht. Wenn es unbedingt so sein muß, dann muß es eben so sein, aber glaube bloß nicht, ich würde es zulassen, daß du dich über mich lustig machst oder den Menschen, die ich liebe, Schlechtes nachsagst.«

Sein Schock wurde von blankem Erstaunen abgelöst, und dann sah ich einen Ausdruck in seinem Gesicht, der mir nahezu so etwas wie Bewunderung und Vergnügen zu sein schien, ehe seine gewohnte stoische Haltung wieder die Oberhand gewann.

»Ich darf nicht zu spät zur Schule kommen«, sagte er. »Ich habe in diesem Schuljahr schon zwei Tadel bekommen.«

Er ging weiter, und ich holte ihn nur mühsam ein.

»*Du* hast schon zwei Tadel bekommen? Wofür denn das?«

Er blieb stumm.

»Was hast du angestellt?« hakte ich nach. Ich war gespannt darauf, welche Verstöße unser Musterschüler wohl begangen haben mochte.

»Ich habe mich geprügelt«, antwortete er endlich.

»Ich frage mich, warum mich das nicht überrascht?« sagte ich. Ich konnte es einfach nicht lassen.

Er sah mich finster an, und ich dachte, wenn Blicke töten könnten, wäre ich jetzt tot und begraben. Er schritt noch schneller aus und lief für den Rest des Schulwegs vor mir her. Theresa Patterson war freundlich und unterhielt sich zwischen den Unterrichtsstunden mit mir, doch da sie mich jetzt nicht mehr im Haus herumführen mußte, befaßte sie sich weitgehend mit ihren eigenen Freundinnen. Sie brauchte es mir nicht zu sagen, denn ich wußte selbst, daß ihre Freundinnen etwas dagegen gehabt hätten, wenn sie mich zu ihnen mitgenommen hätte. Genauso wie in meiner früheren Schule und wie wahrscheinlich in den meisten Schulen hingen Trauben von Mädchen und Jungen in Cliquen zusammen herum, da sie sich in Gesellschaft derer, die sie als ihresgleichen ansahen, sicherer und geborgener fühlten.

Beim Mittagessen saß ich allein an einem Tisch, bis Lorraine, Janet und Betty sich mir mit zwei weiteren Mädchen im Schlepptau anschlossen. Sie hatten garantiert etwas ausgeheckt. Ich konnte es daran erkennen, daß Bettys Augen schalkhaft funkelten.

»Wie gefällt es dir denn in unserer Schule, nachdem du jetzt schon fast zwei Tage hier verbracht hast?« erkundigte sich Lorraine in aller Unschuld.

»Es ist in Ordnung. Die Lehrer sind nett«, sagte ich.

»Sehen die Jungen hier besser aus als die Jungen in West Virginia?« fragte Janet.

»Ich hatte bisher noch keine Gelegenheit, mir ein Bild davon zu machen«, sagte ich. Als sie mich alle skeptisch ansahen, fügte ich hinzu. »Es ist nicht leicht, gegen Ende des Schuljahres in einer neuen Schule anzufangen. Ich muß dieselben Abschlußprüfungen bestehen wie ihr«.

Eines der Mädchen, die neu hinzugekommen waren, sah mich mitfühlend an, doch Betty kniff die Mundwinkel zusammen und sagte: »Du machst nicht den Eindruck, als hättest du mit den Schularbeiten ein Problem.«

»Aber Großpapa könnte durchaus ein Problem damit haben«, sagte Janet. »Er kann kaum mithalten. Ich habe gehört, daß er möglicherweise die Highschool nicht abschließen wird.«

»Billy Wilkins hat mir erzählt, daß Großpapa in Englisch durchfallen wird«, sagte Lorraine und nickte.

»Vielleicht kannst du ihm Nachhilfeunterricht erteilen«, schlug Betty vor.

»Richtig, du kannst ihm zeigen, wie's gemacht wird«, sagte Janet, und alle lachten.

»Was soll das heißen?« fragte ich. Die Mädchen sahen einander an und aßen weiter.

»Schläfst du im selben Zimmer?« fragte mich Betty.

»Im selben Zimmer?«

»Mit Großpapa? Wir haben gehört, das Laura und Cary von Geburt an im selben Zimmer geschlafen haben.«

»Nein, natürlich nicht«, sagte ich. »Und die beiden haben auch nicht im selben Zimmer geschlafen.«

»Da wäre ich mir nicht so sicher«, sagte Lorraine.

»Laura hat ein sehr hübsches Zimmer gehabt. Das ist das Zimmer, das ich jetzt bewohne. Ist denn keine von euch jemals in dem Haus gewesen, in dem meine Tante und mein Onkel wohnen?«

»Nein«, sagte Betty.

»Laura war ein ganz merkwürdiges Mädchen«, sprang Janet ein. »Diese ganze Familie ist äußerst seltsam.«

»Sie wollte nicht das geringste mit gleichaltrigen Mädchen zu tun haben«, sagte Lorraine. »Sie war wie eine alte Dame – sie hat gekocht, geputzt und mit ihrer Mutter Obst eingemacht.«

»Ich habe sie so gut wie nie auf einer unserer Tanzveranstaltungen gesehen«, klagte Janet.

»Robert Royce war der einzige Junge, mit dem sie je gegangen ist«, sagte Lorraine.

»Pech für ihn«, fügte Betty hinzu.

»Wogegen Großpapa nie etwas mit jemandem zu tun hatte, den wir kennen«, sagte Janet.

»Jetzt haben wir endlich jemanden, der uns alles erzählen wird«, sagte Lorraine und sah mich an. »Erzähl es uns, Melody.«

»Was soll ich euch erzählen?«

»Verbringt Großpapa viel Zeit im Badezimmer, vielleicht sogar mit Zeitschriften, in denen nackte Mädchen abgebildet sind?«

Noch mehr Gelächter. Das Blut schoß in meinen Hals und mein Gesicht.

»Hörst du die Bettfedern quietschen, wenn er schlafen geht?« fuhr Betty fort. Die Mädchen kicherten.

»Ihr seid echt widerlich«, sagte ich. Das Gelächter riß ab.

»Sei doch nicht so, Melody. Ich bin ganz sicher, daß du auch neugierig auf ihn bist«, sagte Janet.

»Er sieht nicht schlecht aus«, räumte Lorraine ein und sah Cary an, der am anderen Ende der Cafeteria saß. Er starrte uns ebenfalls an. »Vielleicht kannst du ihn dazu bringen, daß er lockerer wird und nicht mehr so verbissen ist. Wir könnten dir dabei helfen.«

»Wie meint ihr das?« fragte ich.

Die Mädchen schwiegen einen Moment lang und sahen alle die Aufsichtsperson an. Betty nickte Lorraine zu. Sie öffnete ihre Schultasche, die sie zwischen mir und sich abgestellt hatte, und zog schnell etwas heraus. Dann drückte sie es mir in die Hand. Ich sah auf etwas herunter, was wie eine von Papa Georges selbstgedrehten Zigaretten aussah.

»Ich rauche nicht«, sagte ich.

»Das ist keine Zigarette, du Dummkopf«, sagte Betty. »Und heb es bloß nicht hoch. Laß die Hand unter dem Tisch, damit Mr. Rotter es nicht sehen kann.«

»Was ist das?«

»Das ist ein Joint«, sagte Lorraine in lautem Flüsterton.

»Ich will ihn nicht haben«, sagte ich und versuchte, ihn ihr zurückzugeben, doch sie stieß meine Hand fort.

»Behalte ihn einfach für den Fall, daß sich dir die Gelegenheit bietet, ihn Großpapa anzubieten. Das wird ihn auflockern.«

»Erzähl uns nur, was passiert. Das ist alles«, sagte Betty.

»Steck ihn schnell weg«, sagte Lorraine, als Mr. Rotter durch den Gang zwischen den Tischen kam.

Ich geriet in Panik. Als ich mich umsah, schien es, als starrten mich alle an und warteten nur darauf, was ich jetzt tun würde.

»Hallo, ihr Mädchen«, sagte Mr. Rotter und lächelte auf uns herab. »Sorgt ihr dafür, daß unsere neue Schülerin sich hier wohlfühlt?«

»Ja, Mr. Rotter«, sagte Lorraine und klimperte mit den Augenlidern.

»Stimmt das Melody?« fragte er mich.

Ich fürchtete, meine Stimme würde sich überschlagen. »Ja, Sir«, sagte ich.

»Gut. Sehr gut.« Er setzte seine Runde durch die Cafeteria fort. Ich stieß den angehaltenen Atem aus.

»Na, prima. Du hast deine Sache gut gemacht«, sagte Betty. Die anderen Mädchen waren anscheinend derselben Meinung.

»Wir feiern am Samstagabend eine Strandparty. Wir treffen uns gegen acht bei Janet. Hast du Lust zu kommen? Das gibt dir die Gelegenheit, ein paar normale Jungen kennenzulernen«, sagte Betty.

»Ich weiß nicht, ob ich kommen kann. Ich muß erst meine Tante fragen.«

»Sag ihr bloß nicht, wohin du gehst«, sagte Janet, »sonst erlaubt sie es dir ganz bestimmt nicht. Sag einfach, du verbringst den Abend bei mir, weil wir für eine Arbeit, die wir demnächst schreiben, lernen müssen. Das hat sich noch immer bewährt.«

»Ich lüge nicht gern«, sagte ich.

Sie verzog das Gesicht. »Du lebst noch nicht lange genug bei den Logans. Nach einer Weile wirst du dich daran gewöhnen und es mögen.«

Ein Läuten signalisierte das Ende der Mittagspause. Alle standen auf, um zu gehen. Ich erhob mich als letzte. Bis zu dem Augenblick war mir nicht klar gewesen, daß ich die Marihuanazigarette immer noch umklammert hielt. Ich ließ sie in meine leere Pausenbrottüte fallen und warf die Tüte auf dem Weg zur Tür in den Mülleimer.

In der Tür rempelte mich jemand an, und als ich mich umdrehte, sah ich in das vollkommenste Gesicht, das ich mir vorstellen konnte. Die blauen Augen waren einfach umwerfend, und nie zuvor hatte ich ein so freundliches und reizendes Lächeln gesehen. Kräftige, volle Lippen bogen sich an den Mundwinkeln leicht nach oben und legten Zähne bloß, die so weiß wie die Tasten eines Klaviers waren. Das wellige dunkelbraune Haar fiel ihm in die Stirn. Er war groß und breitschultrig und hatte eine schmale Taille. Sein Gesicht war so braungebrannt wie Carys Gesicht, doch der Teint war weich und zart. Der Junge sah aus wie ein Dressman oder ein Filmstar.

»Entschuldige, bitte«, sagte er zu mir. »Habe ich dir weh getan?«

»Nein. Es ist nichts passiert.«

»Ich fürchte, ich war in Gedanken schon bei der Prüfung in europäischer Geschichte, die ich gleich ablegen muß. Normalerweise bin ich nicht so ungeschickt.«

»Schon in Ordnung. Mir fehlt nichts.«

»Du bist die Neue, stimmt's?«

»Ja«, sagte ich lächelnd.

»Ich bin Adam Jackson.«

»Melody Logan«, gab ich zurück.

»Willkommen in Provincetown«, sagte er. »Wie ich gesehen habe, hast du dich bereits mit einigen der Mädchen angefreundet. Kommst du am Samstagabend zu der Strandparty, die sie veranstalten?«

»Ich weiß es nicht. Ich ... ich muß es mir noch in Ruhe überlegen.«

»Ich hoffe, wir treffen uns dort«, sagte er. Ein anziehendes Lächeln hellte sein Gesicht auf, als er weiterging, um sich wieder seinen Freunden anzuschließen, zu denen, wie ich jetzt sah, auch eine sehr hübsche Brünette zählte. Sie funkelte mich böse an, als sie sich bei ihm einhing und ihn schleunigst weiterzog. Ich starrte hinter dem Jungen her, bis Lorraine mir einen Rippenstoß versetzte. Die Mädchen hatten in der Nähe gestanden und alles beobachtet.

»Sieh dich vor«, sagte Lorraine. »Das ist Adam Jackson.«

»Ich weiß. Er hat sich mir vorgestellt.«

»Hat er dir auch erzählt, daß er für jedes Mädchen, mit dem er ins Bett geht, eine Kerbe in den Bug seines Segelbootes ritzt?«

»Was?«

»Noch eine weitere Kerbe, und das Boot könnte sinken«, fügte Betty hinzu. Während wir weitergingen, bekam ich allmählich wieder Luft.

»Aber vielleicht hätte sie gar nichts dagegen, eine von Adams Kerben zu werden«, scherzte Janet. »Was hältst du davon, Melody?«

»Was?«

Jetzt lachten wieder alle. Ich begann allmählich, mich so leicht und hilflos wie ein Luftballon zu fühlen, der in einen Seitenwind gerät und von einer Richtung in die andere geweht wird. Und dabei war ich erst zwei Tage hier!

Mr. Malamud, mein Chemielehrer, nahm sich nach dem Unterricht Zeit für mich, weil er ganz sichergehen wollte, daß ich mit dem Lehrstoff der Klasse auf dem laufenden war. Es war meine letzte Schulstunde. Als ich endlich aus dem Schulgebäude kam, mußte ich feststellen, daß Cary nicht auf mich gewartet hatte. Ich wartete noch eine Zeitlang, dann ging ich alleine los. Ich nahm an, er hätte May bereits von ihrer Schule abgeholt, deshalb schlug ich den kürzesten Weg nach Hause ein.

»O Melody, Liebes, ich habe mir schon Sorgen um dich gemacht«, sagte Tante Sara, als ich das Haus betrat. »Cary und May sind schon seit einer ganzen Weile zuhause.«

»Ich mußte nach der Schule noch ein paar Minuten länger bleiben, weil mein Chemielehrer mit mir reden wollte«, erklärte ich.

»Du hättest Cary Bescheid sagen sollen«, sagte sie zu mir.

»Ich sehe Cary kaum, und wir wechseln auch so gut wie kein Wort mehr miteinander, wenn wir in der Schule angekommen sind, Tante Sara, und das ist absolut nicht meine Schuld«, fügte ich hinzu. Ich ging nach oben, um mich umzuziehen, und freute mich schon darauf, endlich wieder eine meiner Jeans zu tragen. Auf dem Bett war das Stickbild ausgebreitet, und daneben stand eine Schachtel mit farbigem Stickgarn. Wenige Sekunden später stand Tante Sara in der Tür.

»Ich werde dir die Stickstiche zeigen«, sagte sie.

»Ich stelle mich mit diesen Dingen wirklich nicht geschickt an, Tante Sara.«

»Ich bin ganz sicher, daß es dir leicht von der Hand gehen wird, wenn du erst einmal damit angefangen hast«, beharrte sie. Ich wollte gerade weitere Einwände erheben, als Cary hinter Tante Sara im Korridor auftauchte.

»Versuch nicht ständig, sie dazu zu zwingen, wenn sie es nicht tun will, Mutter«, fauchte er. Tante Saras Mund sprang auf, und sie schlug sich eine Hand auf die Kehle.

»Ich wollte doch gar nicht ... ich ...«

»Schon gut, Tante Sara«, sagte ich, und meine Augen sprühten zornige Funken. »Wenn es dir Spaß macht, lerne ich es gern.«

Der Ausdruck der Belustigung, der sich auf Carys Gesicht stahl, ließ die Flammen meiner Wut noch höher züngeln. Dann eilte er die Treppe hinunter und lief aus dem Haus. Tante Sara kam lächelnd in mein Zimmer, um mir die Stickstiche vorzuführen. Ich begriff das Prinzip schnell, und es machte mir tatsächlich Spaß.

»Sobald dieses Bild fertig ist, werde ich einen Rahmen dafür besorgen und es zu den anderen hängen«, versprach mir Tante Sara. »Aber du brauchst dich wirklich nicht jetzt gleich an die Arbeit zu machen. Du bist den ganzen Tag lang in der Schule eingesperrt gewesen. Geh an die frische Luft. Laura ist so gern am Strand spazieren gegangen und hat Muscheln gesammelt.«

May war noch nicht mit der Hausarbeit fertig, die ihr zugeteilt worden war, also machte ich mich allein auf den Weg. Der Himmel war zwar an manchen Stellen noch tiefblau, doch es waren Sturmwolken aufgezogen, unförmige rußige Klumpen, die sich bedrohlich vom Horizont heranwälzten. Auch das Meer wirkte stürmischer als sonst. Ich konnte Cary und Roy Petterson auf dem Fischerboot sehen, das neben dem Anlegesteg schwankte. Ich lief ein Stückchen weiter. Cary stieg aus dem Boot und kam auf mich und das Haus zu.

»Ein Sturm zieht auf«, sagte er, als er näherkam. »Er kommt aus Nordosten«, fügte er hinzu und lief weiter. Ich sagte nichts, sondern ging unbeirrt auf das Meer zu. »Hast du nicht gehört, was ich gesagt habe?« rief er.

Ich drehte mich um.

»Sieh dir den Himmel an. Selbst eine Landratte wie du sollte erkennen können, daß es Regen gibt.«

»Wag es bloß nicht, mich eine Landratte zu nennen.«

Er lächelte. »Was bist du denn sonst?«

»Ich bin ein Mensch, genau wie du, nur bin ich in einer anderen Gegend aufgewachsen. Ich bin ganz sicher, daß du dich in einem Kohlenbergwerk nicht zurechtfändest, aber bloß, um mich aufzuspielen, würde ich dich noch lange nicht mit albernen Namen beschimpfen.«

»Ich spiele mich nicht auf.«

Ich wandte mich ab. Zu meinem Erstaunen war er wenige Momente später an meiner Seite. »Wenn du weiterhin in diese Richtung läufst, wirst du in einen Regenguß geraten. Sieh dir die Brecher an. Das Meer redet mit uns. Es sagt uns, was wir zu erwarten haben. Sieh nur, sogar die Seeschwalben streben sichereren Gefilden zu.«

»Wo ist Onkel Jacob?« fragte ich.

»Er hat die Ausbeute des heutigen Tages in die Stadt gefahren. Wir haben heute keinen guten Fang gemacht. Nur vier Hummer, die halbwegs groß genug sind, sind uns in die Reusen gegangen.«

»Wie fängt man Hummer?« fragte ich.

»Wir locken sie mit Ködern in die Reusen, mit toten Fischen, die schon stinken. Wir lassen die Reusen auf den Meeresboden herab. Der Hummer kriecht hinein und kann nicht mehr hinaus. Später ziehen wir die Reusen an die Wasseroberfläche, und wenn die Hummer den Größenordnungen entsprechen, dann machen wir sie fertig für den Markt.«

»Wie macht ihr sie fertig für den Markt?«

»Man muß die Scheren mit Gummibändern zusammenschnüren, damit sie einen nicht zwicken können. Eine der Scheren ist eine Brechschere, kräftig und stumpf; die andere ist messerscharf und wendig.«

»Ich wußte nicht, daß diese Tiere so gefährlich sind.«

»So gefährlich sind sie gar nicht, wenn man sich vorsieht. Ich bin ein paarmal gezwickt worden, aber nur einmal so fest, daß es geblutet hat.« Er zeigte mir seine rechte Hand. Ich konnte eine helle Narbe sehen, die sich über den Zeigefinger zog.

»Ist Laura mit dir auf Hummerfang gegangen?« fragte ich.

Er blinzelte mehrmals und wandte sich dem Meer zu.

»Nein, nicht allzu oft«, erwiderte er.

»Sie hat das Meer wohl nicht so gut gekannt wie du?«

»Wir sollten jetzt besser zum Haus zurückgehen. Roy macht sich auch schon auf den Weg.« Cary wies mit einer Kopfbewegung auf den großen, breitgebauten Schwarzen, der sich eilig vom Anlegesteg entfernte.

»Wo wohnen die Pattersons?«

»In einer der Holzhütten am anderen Ende der Stadt.«

»Was ist Theresas Mutter zugestoßen?« fragte ich.

»Dir kommen die Fragen ja schon zu den Ohren raus.«

»Glaubst du etwa, dir erginge es anders, wenn der Spieß umgedreht wäre und du gerade erst hier angekommen wärst?«

Seine Mundwinkel zogen sich jetzt wieder kaum wahrnehmbar nach oben, und er gestattete sich, mich noch einen Moment lang anzusehen.

»Da hast du vermutlich recht«, gab er schließlich zu. »Theresas Mutter ist auf dem Heimweg von der Arbeit bei einem Unfall ums Leben gekommen. Sie war Zimmermädchen in einem Hotel in North Truro. Ein gräßlicher Unfall. Ein Traktorfahrer hat mit seinem Traktor und dem Anhänger im Regen die Kontrolle verloren und ist auf der Straße ins Schleudern gekommen. Er hat sie brutal und schlagartig ins Jenseits befördert. Dad sagt, es sei ihr so bestimmt gewesen.«

»Wie kann einem etwas so Schreckliches bestimmt sein?«

»Mein Dad glaubt an diese Dinge.«

»Scheint ihn der Tod meines Vaters vielleicht deshalb keine Spur zu betrüben, obwohl er sein eigener Bruder war? Meint er, auch das sei vorbestimmt gewesen?«

Cary blieb stumm. Er hielt den Kopf gesenkt und scharrte mit einem Fuß im Sand. Eine besonders laute Seeschwalbe schrie gegen das nahende Unwetter an.

»Und was ist mit dem Tod deiner Schwester?« bohrte ich weiter. »War auch das vorbestimmt?«

Als er mich ansah, schimmerten Tränen in seinen Augen.

»Ich rede nicht gern über Lauras ... über Lauras Verschwinden.«

»Wenn du die Traurigkeit und den Schmerz in dir verschließt, dann schwellen diese Regungen in deinem Innern an, bis du schließlich zerbrichst«, sagte ich. »Das hat mir Mama Arlene beigebracht.«

»Tja, ich hatte aber nie das Vergnügen, Mama Arlene kennenzulernen«, erwiderte er darauf. »Ich gehe jetzt zum Haus zurück. Tu, was du willst.«

»Warum hat dein Vater den Kontakt zu meinem Vater abgebrochen?« fragte ich unerbittlich weiter. Inzwischen hatte ich die Arme in die Hüften gestemmt. Cary zögerte und drehte sich dann noch einmal zu mir um. »Mir hat er erzählt, mein Daddy hätte sich seinen Eltern widersetzt. Wie hat er das gemeint? Was hat mein Daddy ihnen angetan?«

»Ich weiß es nicht.«

»Aber Tante Sara und Onkel Jacob müssen doch oft darüber geredet haben.«

»Ich belausche die beiden nicht, wenn sie private Gespräche miteinander führen«, sagte er. »Und außerdem läßt es sich ja doch nicht mehr ungeschehen machen. Weshalb also jetzt noch darüber reden?«

»Ja, ja, ich weiß schon. Ich muß mich nach der Flut richten, mich mit der Strömung treiben lassen.«

Er riß die Augen weit auf und zog die Augenbrauen hoch.

»Aber manchmal«, fuhr ich fort, »muß man eben gegen den Strom schwimmen und die Kraft aufbringen, die man braucht, um es zu schaffen. Manchmal darf man einfach nicht nachgeben und alles mit sich geschehen lassen.«

»Ach wirklich?« sagte er. Meine Aufsässigkeit schien ihn zu amüsieren.

»Ja, wirklich.«

»Bei der ersten sich bietenden Gelegenheit nehme ich dich in meinem Segelboot mit. Dann kannst du dich gegen die Gezeiten aufbäumen.«

»Ja, gern.«

Er schüttelte lächelnd den Kopf.

»Die Mädchen in der Schule haben mir erzählt, Laura und

ihr Freund seien mit deinem Segelboot rausgefahren. Stimmt das?«

Blitzschnell verflog sein Lächeln. »Ich habe inzwischen ein anderes Segelboot. Und wie ich bereits sagte«, fügte er hinzu und wandte sich wieder ab, »rede ich mit niemandem über Lauras Verschwinden. Und schon gar nicht mit Fremden.«

Ich sah ihm nach, als er mich stehen ließ und mit hängenden Schultern fortging. Er hatte den Kopf gesenkt, und seine Hände waren zu Fäusten geballt.

Der Wind pfiff immer heftiger und verfing sich in meinem Haar. Er begann, Sand vom Meer in mein Gesicht zu wehen. Die blauen Stellen am Himmel waren verschwunden, und die dunklen Regenwolken bildeten jetzt eine undurchdringliche Mauer. Selbst dort, wo ich stand, so weit vom Meer entfernt, konnte ich spüren, wie mir die Gischt ins Gesicht sprühte.

Plötzlich gruselte mir vor alledem. Wie konnte das Wetter bloß so schnell umschlagen?

Ich schlug den Weg zum Haus ein und stemmte mich gegen den Wind. Jeder Schritt fiel mir schwerer als der vorhergehende. Meine Füße glitten auf dem Sand aus, der unter ihnen nachgab. Selbst auf Glatteis hätte man leichter laufen können. Der Wind hatte jetzt eine derartige Heftigkeit angenommen, daß meine Augen zu tränen begannen. Ich mußte sie geschlossen halten und harte Arbeit mit den Beinen leisten, um mich voranzukämpfen. Ich versuchte zu rennen. Meine Bluse flatterte und blähte sich über meinen Brüsten und Rippen.

Kurz bevor ich das Haus erreichte, ging der erste Regenguß herunter und spülte über mich hinweg. Ich schrie und strengte mich noch mehr an, auf die Haustür zuzurennen.

Als ich ins Haus stürmte, stand Cary im Korridor. In seinen Augen sah ich Schadenfreude, und auf seinem Gesicht stand geschrieben: »Ich habe es dir doch gleich gesagt.«

»Ich hasse das alles hier!« schrie ich ihn an und lief die Treppenstufen hinauf.

Der Wind heulte um das Haus herum und pfiff durch alle Ritzen. Ich glaubte, er würde das Dach abdecken, aber im Moment war mir das vollkommen gleichgültig. Von mir aus konnten Wolkenbrüche heruntergehen und das Meer durch den Regen anschwellen, bis es das Haus überschwemmte. Ich stellte mich ans Fenster, schlang die Arme um mich und beobachtete, wie sich die Bäume bogen, als würden sie jeden Moment entzweibrechen. Der Himmel schien all seine Schleusen geöffnet zu haben. Der Regen prasselte auf die Straße. Ich erschauerte und zog hastig meine nasse Bluse aus. Dann ging ich ins Bad, um mir ein Handtuch für mein Haar zu holen.

Als ich kurz darauf wieder aus dem Bad kam, stand Cary im Flur und starrte mich an. In diesem Moment wurde mir klar, daß ich im BH dastand. Ich schlang eilig das Handtuch um mich.

»Entschuldige, bitte«, sagte er reumütig. »Ich hätte dich nicht allein draußen im Regen lassen sollen.«

»Es war meine eigene Schuld. Ich habe nicht auf dich gehört«, gestand ich ein. »Wo ist May?«

»Sie ist in ihrem Zimmer. Manchmal ist Taubheit ein Segen«, sagte er. »Sie kann nicht hören, wie heftig es regnet und stürmt.«

»Wie drückt man aus, daß es regnet?« fragte ich.

Er führte es mir vor. »Und das heißt, daß es wirklich schüttet«, fügte er hinzu und machte wieder eine Handbewegung.

Dann lächelte er. »Hier fühlt man sich doch gleich viel besser als draußen, meinst du nicht auch?«

Ich ließ mich erweichen und lächelte. »Doch.«

»Vielleicht bist du doch keine solche Landratte«, kam er mir entgegen. Er errötete, und dann wandte er sich ab, um wieder in sein Zimmer zu gehen. Das mochte zwar bei weitem noch kein Kompliment sein, doch es war freundlicher als alles, was er bisher zu mir gesagt hatte.

Daddy hätte an dieser Stelle gesagt: »Auch für Kleinigkeiten sollte man dankbar sein.«

Ich ging in mein Zimmer, um mich an das Stickbild zu machen, bis es an der Zeit war, Tante Sara bei den Vorbereitungen für das Abendessen zu helfen. Ehe ich meine Beschäftigung beiseitelegte, um nach unten zu gehen, hörte ich ein Klopfen an meiner Tür.

»Ja?«

Cary streckte den Kopf herein.

»Ich dachte, ich sollte dir schnell noch sagen, was wir tun, falls es morgen früh immer noch regnet.«

»Was tun wir denn dann?«

»Wir laufen schneller«, sagte er. Zum ersten Mal seit meiner Ankunft in Provincetown hörte ich den Klang meines eigenen Lachens.

9.

Etwas ganz Besonderes

Es regnete fast die ganze Nacht. Zweimal weckte mich das laute Trommeln der Tropfen auf den Fensterscheiben. Nach dem zweiten Mal hörte ich, wie Tante Sara an meine Tür kam. Sie blieb dort stehen und sah ins Zimmer. Ihr Gesicht lag im Schatten, und ihr Kopf setzte sich als Silhouette gegen den matten Lichtschein im Korridor ab. Ich sagte nichts, und schließlich schloß sie leise die Tür und ging.

Gegen Morgen hörte der Regen auf. Nachdem ich mich angezogen hatte, ging ich nach unten und stellte zu meinem Erstaunen fest, daß die Fenster größtenteils mit Salz verkrustet waren, ein Anblick, der mich an Eis erinnerte. Als ich es Tante Sara beim Frühstück erzählte, sagte sie, nach einem Sturm sei das nicht ungewöhnlich.

»Das Salz schält sogar die Farbe von den Fensterrahmen. Das Wetter macht uns schwer zu schaffen, doch wir harren geduldig aus.«

»Das Wetter macht den Menschen überall zu schaffen«, behauptete Onkel Jacob. »Doch es tut uns auch Gutes, und wir sollten dankbar sein für unser Los. Merkt euch das gut«, sagte er schneidend und wies drohend mit dem langen rechten Zeigefinger auf uns wie ein biblischer Prophet.

»Ich kann dir heute nach der Schule dabei helfen, die Fenster zu putzen«, sagte ich zu Tante Sara.

»Danke, Liebes. Es ist sehr nett von dir, daß du das anbietest.«

»Nett? Das ist doch wohl das mindeste«, sagte Onkel Jacob und richtete den Blick auf mich. »Heutzutage wissen die meisten jungen Menschen gar nicht mehr, was es heißt, alltägliche Pflichten zu haben. Sie scheuen die Arbeit und schrecken vor Verantwortung zurück. Sie bilden sich ein, bloß, weil sie geboren worden sind, sei ihnen die Welt alles mögliche schuldig.«

Ich hätte ihm am liebsten eine patzige Antwort gegeben und ihn wissen lassen, daß ich nicht dazu erzogen worden war, selbstsüchtig und faul zu sein. Man hatte mich nicht verwöhnt und verzogen, und in Sewell hatte ich die meisten Hausarbeiten erledigt und oft auch Mama Arlene und Papa George bei der Hausarbeit geholfen. Ich hatte von den beiden nie etwas dafür verlangt, und ich erwartete auch nichts für meine Hilfe. Mir genügte es, daß sie mir ihre Liebe schenkten.

Meine Wangen glühten vor Zorn, als ich Onkel Jacob finster ansah. Er kannte mich nicht. Er hatte in meinem ganzen Leben kaum zehn Minuten lang mit mir geredet. Woher nahm er das Recht, selbstgefällig und anmaßend auf seinem Thron zu sitzen und mich mit all den verwöhnten jungen Menschen, die er in der Stadt sah, in einen Topf zu werfen?

Cary mußte geahnt haben, daß diese Wort auf meiner Zungenspitze lagen, denn er warf mir einen warnenden Blick zu, ehe ich Gelegenheit fand, den Mund aufzumachen. Ich starrte ihn einen Moment lang an und sah sein behutsames und doch nachdrückliches Kopfschütteln. Daraufhin wandte ich mich wieder meinem heißen Haferbrei zu und schluckte meine Wut hinunter, obgleich sie drohte, mir für den Rest des Tages in der Kehle steckenzubleiben und mir das Atmen unmöglich zu machen.

»Dein Vater ist ein Unmensch«, sagte ich zu Cary, als wir uns an jenem Morgen auf den Schulweg machten.

Cary erwiderte nicht gleich etwas darauf, doch dann sagte er: »Er fürchtet sich einfach nur, das ist alles.«

»Er fürchtet sich?« Fast hätte ich laut gelacht. »Dein Vater? Wovor sollte er sich denn fürchten?«

»Davor, noch einen von uns zu verlieren.« Cary ging mit zusammengepreßten Lippen weiter und hielt den Blick starr auf die Straße geheftet. Er sah mich auf dem ganzen Schulweg nicht mehr an. Trotz seiner Worte glaubte ich, daß er sich manchmal für das Benehmen seines Vaters schämte.

Da inzwischen Freitag war, erinnerten mich Betty, Lorraine und Janet noch einmal an ihre Strandparty am Samstagabend. Ich sagte, ich würde versuchen zu kommen, wobei ich noch einmal betonte, daß ich nicht ohne Erlaubnis aus dem Haus gehen durfte.

»In dem Fall kommst du ganz bestimmt nicht«, sagte Betty voraus. »Du läßt dir einiges entgehen.«

»Ich kann es nicht ändern. Ich muß vorher meinen Onkel und meine Tante um Erlaubnis bitten. Meine Mutter hat ihnen die Vormundschaft für mich übertragen.«

»Tu einfach das, was Janet vorgeschlagen hat: Sag ihnen, daß du zu Janet gehst, um gemeinsam mit ihr zu lernen«, wies mich Lorraine an. »Eine kleine Notlüge, da ist doch nichts dabei. Darauf müssen wir doch alle hin und wieder zurückgreifen.«

»Mir scheint, hier geht es um mehr als nur um eine kleine Notlüge. Wenn mein Onkel herausfindet, daß ich ihn belogen habe …«

»Er wird es nicht herausfinden«, versicherte mir Betty. »Wir verpetzen einander nicht.«

»Aber wenn du Großpapa etwas davon erzählst, dann wird er dich natürlich verpfeifen«, sagte Janet.

»Hört auf, ihn Großpapa zu nennen«, fauchte ich. »Er hat nicht das geringste von einem alten Mann.«

»Ach? Wieso sagst du das? Weißt du etwa Dinge, von denen wir nichts wissen?« fragte Janet eilig. Sämtliche Mädchen lächelten und warteten gespannt auf meine Antwort.

»Nein«, sagte ich.

»Konntest du ihn dazu bringen, diesen Joint zu rauchen?«

»Nein.«

»Er hat ihn doch nicht etwa gesehen und deinem Onkel etwas davon erzählt, oder doch?« erkundigte sich Lorraine besorgt.

»Wenn mein Onkel auch nur auf die Idee käme, ich könnte mit so etwas ...«

»Dann würde er dich der Polizei übergeben«, schlug Lorraine vor.

»Er würde seine eigene Mutter der Polizei übergeben«, fügte Betty hinzu. »Hast du den Joint noch, oder hast du ihn gestern abend selbst geraucht?« fragte Betty.

»Nein, ich habe ihn nicht geraucht.« Ich wollte ihnen nicht erzählen, daß ich ihn einfach weggeworfen hatte.

»Du kannst ihn auf der Strandparty rauchen«, sagte Janet.

»Laßt uns jetzt gehen«, sagte Betty.

»Komm gegen acht Uhr zu Janet. Du wirst es nicht bereuen. Adam Jackson wird auch zu unserer Strandparty kommen«, zwitscherte Lorraine, als sie sich geschlossen in Bewegung setzten.

Ich sah ihnen nach, wie sie den Korridor durchquerten, und eilte dann aus dem Gebäude, um mich mit Cary zu treffen und mit ihm gemeinsam den Heimweg anzutreten. Ich hätte ihm gern von der Party erzählt und ihn nach seiner Meinung gefragt, doch ich fürchtete mich davor, dieses Ereignis auch nur zu erwähnen. Ich wußte, daß er etwas gegen diese Mädchen hatte, trotzdem wollte ich gern hingehen. Ich war noch nie auf einer Strandparty gewesen und mußte zugeben, daß Adam Jacksons Augen letzte Nacht durch meine Träume gegeistert waren.

Ich beschloß abzuwarten, bis wir zu Abend gegessen hatten und ich Tante Sara beim Abspülen half. Sie hatte sämtliche Fenster im ganzen Haus allein geputzt, sogar die im oberen Stockwerk. »Ich hätte dir doch dabei geholfen«, sagte ich zu ihr.

»Das weiß ich, Liebes, aber mach dir deshalb keine Sorgen. Wenn ich genug zu tun habe, hilft mir das dabei, den Tag zu überstehen. Jacob sagt immer, Müßiggang ist aller Laster Anfang.«

Ich schüttelte den Kopf. Welchen Unfug hätte Tante Sara schon anstellen können? Und warum ließ sie es zu, daß ihr Mann sie wie eines seiner Kinder behandelte und nicht wie seine Frau, die ihm gleichgestellt war? Sie tat alles, was er von ihr verlangte, und soweit ich sehen konnte, beschwerte sie sich nie. Er hätte den Boden küssen sollen, auf den sie trat, und außerdem hätte er derjenige sein sollen, der schwere körperliche Arbeiten verrichtete. Mein Daddy hätte meiner Mutter ganz bestimmt das Fensterputzen abgenommen, dachte ich. Je mehr ich über diese Familie erfuhr, desto rätselhafter wurde mir all das.

»Tante Sara, ich bin am Samstagabend zu einer Party eingeladen.«

»Ach? Zu einer Party? So schnell schon? Was ist das für eine Party? Ein Geburtstagsfest? Eine Schulfeier?«

»Nein. Ein paar Mädchen aus meiner Klasse grillen Hot dogs am Strand«, sagte ich. »Es beginnt um acht Uhr.«

»Was sind das für Mädchen?«

Ich nannte ihr die Namen. Sie dachte einen Moment lang nach.

»Das sind alles Mädchen aus guten Familien, aber du wirst deinen Onkel fragen müssen«, sagte sie.

»Warum kannst du mir nicht die Erlaubnis geben?«

»In einem solchen Fall wirst du deinen Onkel um Erlaubnis bitten müssen«, erwiderte sie. Ich sah ihr an, daß ihr allein schon bei dem Gedanken graute, eine solche Entscheidung alleine zu fällen. Sie beschäftigte sich mit dem Geschirr. Wenn ich diese Strandparty besuchen wollte, dann würde ich mit Onkel Jacob darüber reden müssen. Das ließ sich nicht umgehen.

Er saß wie üblich nach dem Abendessen im Wohnzimmer

und las seine Zeitung. Ich trat mit meiner Bitte an ihn heran. »Entschuldigung«, sagte ich, als ich in der Tür stand.

Er ließ die Zeitung langsam sinken, kniff die Augen zusammen und zog die Stirn in Falten. Ich konnte mich nicht daran erinnern, jemals mit Daddy gesprochen zu haben, ohne ein Lächeln in seinen Augen oder auf seinen Lippen zu sehen.

»Ja, was ist?«

»Ein paar Mädchen aus meiner Klasse veranstalten morgen abend eine Party am Strand, und sie haben mich dazu eingeladen. Tante Sara hat gesagt, ich soll dich um Erlaubnis bitten. Ich würde gern hingehen. So lernt man am schnellsten Leute kennen«, fügte ich hinzu.

Er nickte.

»Es überrascht mich nicht, daß du gern eine Party besuchen würdest, die nicht von Erwachsenen beaufsichtigt wird.«

»Was soll das heißen?«

Er beugte sich mit einem zynischen Lächeln vor. »Glaubst du etwa, ich wüßte nicht, was sich auf diesen Strandparties abspielt? Wie dort getrunken und geraucht wird? Und außerdem gibt es dort Rauschgift und wilde Ausschweifungen.«

»Ausschweifungen?«

»Laster und Perversionen«, verkündete er, und wieder einmal hob sich sein ärgerlicher Zeigefinger wie ein Banner der Selbstgerechtigkeit. »Junge Mädchen stellen sich spärlich bekleidet zur Schau und wälzen sich dann mit jungen Männern auf Decken herum, damit sie ihre Unschuld verlieren. Das ist heidnisch. Solange du unter meinem Dach lebst, wirst du ein anständiges Leben führen, dich anständig kleiden und dich anständig benehmen, auch wenn es deinen Instinkten zuwiderläuft.« Er ließ die Zeitung wie eine Peitsche durch die Luft knallen. »Und jetzt will ich kein Wort mehr davon hören.«

»Welche Instinkte?« fragte ich. Er schenkte mir keine Beachtung. »Ich *bin* anständig. Ich habe nie etwas getan, was meine Eltern hätte beschämen können.«

Er sah mich über seine Zeitung hinweg an.

»Vermutlich wäre einiges vonnöten, um deinen Eltern Schande zu bereiten, aber ich weiß, was in deinen Adern fließt, was dort tobt und wütet. Wenn du ihm freien Lauf läßt, führt das auf geradem Wege in die Hölle, und du wirst auf ewig verdammt sein.«

»Das verstehe ich nicht. Was tobt und wütet denn in meinen Adern?«

»Schluß jetzt mit diesem Gerede!« brüllte er. Ich zuckte zusammen und wich zurück, als hätte er mich geohrfeigt. Mein Herz begann zu rasen. Um seine verkniffenen Lippen herum hatte sich ein weißer Strich gebildet, der Rest seines Gesichts war flammendrot vor Wut. Nie hatte ich erlebt, daß ein so kleiner Funke derartigen Zorn entfachen konnte. Ich hatte doch lediglich um Erlaubnis gefragt, weil ich eine Party besuchen wollte.

Ich wandte mich ab und stapfte die Treppe hinauf. Die Mädchen hatten recht, dachte ich erbost. Ich hätte einfach lügen und behaupten sollen, ich würde zu Janet gehen, um gemeinsam mit ihr zu lernen. Es war kein Unrecht, einen solchen Mann zu belügen. Er hatte keine Ehrlichkeit verdient.

Cary stand vor der Leiter zum Dachboden und wartete auf mich.

»Was war das denn für ein Geschrei?« fragte er, als ich den oberen Treppenabsatz erreicht hatte.

Ich erzählte es ihm, und er schnaubte.

»Du hättest mich fragen sollen. Ich hätte dir vorher sagen können, wie er auf so eine Frage reagiert.«

»Weshalb ist er bloß so gemein?«

»Ich habe es dir doch schon gesagt. Er ist nicht gemein, er fürchtet sich einfach nur.«

»Das verstehe ich nicht. Weshalb sollte er sich derartig fürchten?«

Cary starrte mich einen Moment lang an, dann preßte er heraus: »Weil er glaubt, es sei alles seine Schuld und er sei bestraft worden.« Er wandte sich ab, um die Leiter hinaufzusteigen.

»Was war seine Schuld?« Ich trat näher an die Sprossen heran. »Lauras Tod? Das verstehe ich nicht. Wie hätte das seine Schuld sein können? Liegt es vielleicht daran, daß er ihr die Erlaubnis gegeben hat, an jenem Tag segeln zu gehen?«

»Nein«, sagte Cary, ohne sich zu mir umzudrehen.

»Dann verstehe ich überhaupt nichts mehr. Erkläre es mir!« verlangte ich. Mein Tonfall veranlaßte ihn, sich doch umzudrehen. Auf seinem Gesicht stand eine Mischung aus Wut und Schmerz, als er auf mich herabsah.

»Mein Vater glaubt nicht an Unfälle. Er glaubt daran, daß wir auf Erden für das Böse bestraft werden, was wir auf Erden tun, aber auch daß wir hier für alles Gute, das wir tun, belohnt werden. Er ist zu diesem Glauben erzogen worden, und diesen Glauben hat er uns gelehrt.«

»Glaubst du auch daran?«

»Ja«, sagte er, doch es klang nicht sehr überzeugend.

»Mein Daddy war ein braver Mann, ein gütiger Mann und ein guter Mensch. Warum ist er bei einem Unfall ums Leben gekommen?«

»Du weißt nicht, welche Sünden er begangen hat«, sagte Cary und wandte sich wieder von mir ab.

»Er hat keine Sünden begangen, nichts, was so schwerwiegend gewesen wäre, daß er dafür sterben mußte! Hast du mich gehört, Cary Logan?« Ich packte die Leiter und schüttelte sie. »Cary!«

Er blieb oben stehen und sah auf mich herunter, ehe er die Leiter durch die Luke hochzog.

»Keiner von uns kennt das Dunkel im Herzen eines anderen.« Diese Worte hätten von seinem Vater stammen können.

»So ein Blödsinn. Schon wieder so eine idiotische religiöse Wahnvorstellung«, gab ich zurück, doch er schenkte mir keine Beachtung und wollte die Leiter weiter hochziehen. Ich packte die unterste Sprosse und hielt sie fest. Cary sah mich überrascht an und staunte wieder einmal über meine Kraft.

»Laß sofort diese Leiter los.«

»Ich werde sie loslassen, aber glaube bloß nicht, ich wüßte nicht, was du jeden Abend dort oben tust«, sagte ich. Sein Gesicht lief so rot an, daß ich es sogar in dem schwach beleuchteten Korridor erkennen konnte. »Du läufst vor der Tragödie weg, aber du kannst nicht vor etwas weglaufen, was Teil deiner selbst ist.«

Er zog mit aller Kraft an der Leiter und hätte mich fast hochgehoben. Ich mußte loslassen, und die Leiter schnellte nach oben. Er knallte die Luke zu.

»Gut, daß ich endlich meine Ruhe vor dir habe!« schrie ich. May, in ihrer Welt der Stille gefangen, tauchte mit einem strahlenden Lächeln aus ihrem Zimmer auf. Meiner Meinung nach war sie in diesem verdammenswerten Haus besser als jeder andere dran.

Sie fragte mich in Zeichensprache, ob sie in mein Zimmer kommen dürfte. Ich antwortete mit einem Ja. Sie folgte mir und sah mir dabei zu, wie ich zornig Nadel und Faden in das Bild stach, das ihre Schwester Laura kurz vor ihrem Tod gemalt hatte. Zwischendurch blickte ich abwechselnd zur Decke hoch und auf den Fußboden, unter dem mein kaltherziger Onkel saß und seine Zeitung las. Nach einer Weile beruhigte mich die mechanische Beschäftigung des Stickens, und ich begann nachzudenken. Jetzt begann ich zu verstehen, warum es Laura in Verzückung versetzt hatte, so viele solcher Handarbeiten anzufertigen. In diesem Haushalt suchte jeder nach einem Fluchtweg.

May blieb bei mir, bis es für sie an der Zeit war, schlafen zu gehen. Wir übten die Verständigung, und sie stellte mir Fragen über mich, meine Familie und unser Leben in West Virginia. Sie war unglaublich neugierig und absolut reizend und schien von dem Aufruhr, der im Herzen aller anderen Familienangehörigen tobte, nicht berührt zu sein. Nichts von alledem hatte ihr Schaden zufügen können. Vielleicht war es doch nicht so still in ihrer Welt. Vielleicht hörte sie andere Musik und andere Klänge, die ausschließlich ihrer unschuldigen und ungezügelten Phantasie entsprangen. Als ihre Lider schwer zu werden begannen, bedeutete ich ihr, sie solle jetzt besser ins Bett gehen. Ich war ebenfalls müde. Ich fühlte mich, als sei ich in einer emotionalen Waschmaschine geschleudert und dann in einen Trockner gepackt worden, bis meine letzte Träne verdunstet war.

Cary verbrachte fast die ganze Nacht in seinem Zufluchtsort unter dem Dach. Gegen Morgen weckten mich seine Schritte auf der Leiter. Einen Moment lang blieb er vor meiner Tür stehen, ehe er in sein eigenes Zimmer ging.

Gut eine Stunde später stand er mit der Sonne auf und war mit Onkel Jacob aus dem Haus gegangen, als ich zum Frühstück nach unten kam. Tante Sara sagte, die beiden würden den ganzen Tag über Hummer fangen. Ich ging mit May in die Stadt, wo wir den ganzen Nachmittag größtenteils damit verbrachten, uns die hübschen Geschäfte in der Commercial Street anzusehen, und später beobachteten wir zusammen die Fischer unten am Kai. Die Touristensaison hatte noch nicht begonnen, dennoch hatte das warme Frühlingswetter Scharen von Besuchern aus Boston und der näheren Umgebung angelockt. Überall herrschte rege Betriebsamkeit.

Tante Sara hatte uns etwas Geld gegeben, damit wir uns zum Mittagessen Hamburger kaufen konnten. Es störte sie nicht, daß ich May mitnahm. Sie sah, wie gern May mit mir zusammen war, außerdem war ich jetzt schon wesentlich vertrauter mit der Zeichensprache.

Tante Sara lobte mich, wie schnell ich gelernt hatte, mich mit May zu verständigen, und wie geschickt ich mich dabei anstellte. »Laura hat die Zeichensprache am besten beherrscht«, berichtete sie mir. »Sogar noch besser als Cary.«

»Was ist mit Onkel Jacob?« fragte ich sie. »Kennt er die Zeichensprache nicht?«

»Nur das Nötigste. Er hat immer zuviel zu tun und findet keine Zeit zum Üben«, sagte sie, doch ich fand, das sei eine schwache Ausrede. Wenn mein Daddy die Zeichensprache hätte erlernen müssen, um sich mit mir zu verständigen, dann wäre ihm nichts anderes wichtiger gewesen, dachte ich. Nach dem Essen zählte ich das Wechselgeld, das mir noch geblieben war, und suchte eine Telefonzelle. Das Geld reichte nicht für einen Anruf in Sewell, also ließ ich ein R-Gespräch mit Alice anmelden. Zum Glück war sie zuhause und übernahm die Kosten.

»Es tut mir leid«, sagte ich zu ihr. »Ich habe nicht genug Geld.«

»Das macht nichts. Wo bist du?«

»Ich bin in Provincetown, auf Cape Cod. Ich lebe dort bei meinem Onkel und meiner Tante.«

»Du wohnst bei ihnen? Wieso denn das?«

»Mommy ist nach New York gefahren, weil sie hofft, dort Mannequin oder Schauspielerin zu werden«, sagte ich. »Wenn sie da keine Arbeit findet, geht sie nach Chicago oder Los Angeles, und deshalb mußte ich hier bleiben und hier zur Schule gehen.«

»Du gehst dort zur Schule? Wie ist es dort?«

Ich berichtete ihr von der Schule und von meinem Leben im Hause meines Onkels, von Lauras Verschwinden und von ihrem Tod, aber auch von Mays Behinderung.

»Das klingt alles sehr traurig.«

»Es läßt sich nur sehr schwer mit diesen Menschen leben, vor allem mit meinem Cousin Cary. Er sieht die ganze Welt so verbittert. Aber ich sage mir immer wieder, daß ich schließlich nicht lange hier bleiben werde.«

»Wie sind die Mädchen in deiner neuen Schule?«

»Sie sind anders«, sagte ich. »Sie scheinen sich besser auszukennen und mehr zu unternehmen.«

»Wie zum Beispiel?«

Ich erzählte ihr, wie sie mir in der Cafeteria der Schule die Marihuanazigarette gegeben hatten.

»Was hast du damit getan? Du hast sie doch nicht etwa geraucht?«

»Nein. Ich habe mich gefürchtet. Ich war ganz außer mir vor Angst, als ein Lehrer an unseren Tisch gekommen ist. Hinterher habe ich den Joint dann, als die anderen Mädchen gerade nicht hingesehen haben, in den Abfalleimer geworfen.«

»Ich hätte es genauso gemacht«, sagte Alice. »Vielleicht solltest du dich besser von ihnen fernhalten.«

»Sie haben mich zu ihrer Strandparty heute abend eingeladen, aber mein Onkel erlaubt mir nicht hinzugehen.«

»Eine Strandparty!« Sie zögerte und sagte dann nicht ohne einen gewissen Neid: »Das klingt, als würde es großen Spaß machen. Vielleicht wird dir das Leben dort mit der Zeit doch noch gefallen.«

»Nein, das glaube ich nicht«, sagte ich. »Ich wünschte, ich wäre wieder zuhause.«

»Ich bin gestern am Friedhof vorbeigekommen und habe an dich gedacht. Ich bin ans Grab deines Vaters gegangen und habe in deinem Namen ein kurzes Gebet für ihn gesprochen.«

»Das hast du tatsächlich getan? Ich danke dir, Alice. Du fehlst mir.«

»Vielleicht kann ich im Sommer kommen und dich besuchen, falls du dann noch dort bist.«

»Das wäre prima, aber ich gehe davon aus, daß ich dann nicht mehr hier bin. Mommy wird mich holen, sobald sie sich irgendwo niedergelassen hat. Wobei mir etwas einfällt – hast du Mama Arlene gesehen? Mommy wollte sich bei ihr melden, damit sie mir meine Sachen schickt.«

»Ich habe sie gesehen, aber George geht es wirklich sehr schlecht.«

»Ja, ich weiß.«

»Er könnte inzwischen sogar im Krankenhaus sein.«

»Oh, nein! Würdest du Mama Arlene bitte erzählen, daß ich angerufen habe?«

»Ich werde gleich zu ihr rübergehen und sie besuchen«, versprach Alice.

Ich gab ihr den Namen und die Telefonnummer meines Onkels, und sie versprach, mich am kommenden Wochenende anzurufen.

»Seit du fortgegangen bist, habe ich hier überhaupt keine Freunde mehr«, gestand sie, ehe wir das Gespräch beendeten. Tränen traten in meine Augen. Nachdem ich aufgelegt hatte, wollte May wissen, warum ich weinte. Ich versuchte, es ihr zu erklären, aber ich beherrschte die Zeichensprache noch nicht gut genug, um all dem Kummer Ausdruck zu verleihen, der auf meinem Herzen lastete. Es war einfacher, mich mit ihr auf den Rückweg zu machen.

Als wir zuhause ankamen, erklärte Tante Sara, das Abendessen würde heute anders als sonst verlaufen. Onkel Jacob hatte einen anderen Hummerfischer und dessen Frau eingeladen, die Dimarcos. May, Cary und ich würden früher essen und sollten uns zurückziehen, ehe die Erwachsenen am Tisch Platz nahmen. Ich war höchst dankbar für eine Mahlzeit, bei der mich Onkel Jacob nicht so finster ansehen würde, als sei ich eine der Jezebels, die er an jeder Straßenecke lauern sah.

Am späten Nachmittag kehrten Cary und Onkel Jacob fröhlich gestimmt nach Hause. Anscheinend hatten sie einen der besten Tage auf See hinter sich, mit einer Ausbeute von fünfzehn Hummern und zusätzlich einem Dutzend Streifenbarsche von beträchtlicher Größe.

Cary erklärte, zur Feier des Tages würden er, May und ich eine echte Köstlichkeit der regionalen Küche zu uns nehmen: Muschelsuppe, gedämpfte Muscheln, gegrillten Barsch, Kartoffeln und Gemüse. Cary sagte, er würde den Fisch persönlich draußen auf dem Holzkohlengrill zubereiten. »Mutter hat mit dem Essen für die Gäste genug zu tun. Wir veranstalten unser eigenes Picknick«, sagte er.

»Prima«, sagte ich.

»Ich fürchte allerdings, so spannend wie die Strandparty wird es nicht werden.«

»Ich sagte doch schon, daß ich das prima finde.«

Er nickte und teilte May mit, was wir vorhatten. Sie schien sich sehr darüber zu freuen.

»Ihr beide könnt den Klapptisch decken, wenn ihr Lust habt.«

Obwohl ich die Idee schön fand und mich auf das Essen freute, nickte ich nur stumm.

Cary machte sich an die Vorbereitungen für unsere Mahlzeit. Er stellte sich wesentlich geschickter an, als ich es von ihm erwartet hätte, und bereitete liebevoll das Essen zu. Keiner der Jungen, die ich in West Virginia gekannt hatte, konnten mit Fisch und Gemüse irgend etwas anfangen. Cary bedankte sich bei mir, als May und ich den Tisch gedeckt hatten. Ich beschloß, mich höflich mit ihm zu unterhalten.

»Ich verstehe immer noch nicht, wie ihr die Hummer fangt«, sagte ich, als ich neben ihm stand und zusah, wie er den Fisch grillte. »Ihr braucht keine Angelruten?«

Er lachte.

»Wir angeln sie nicht. Wir stellen Fallen auf den Meeresboden, die sich Reusen nennen, und daran befestigen wir Bojen, die auf dem Wasserspiegel treiben.«

»Woher wissen die anderen Fischer, welche Reusen ihre sind und welche euch gehören?«

»Jeder Hummerfischer hat Bojen in seinen eigenen Farben. Wir benutzen immer noch dieselben Farben, die schon mein Urgroßvater benutzt hat. Sie gehören gewissermaßen unserer Familie, wie ein Wappen oder so etwas, verstehst du?«

Ich nickte.

»Nachdem wir die Reuse hochgezogen haben, messen wir

mit einem Bandmaß den Hummer, falls wir überhaupt einen gefangen haben, von der Augenhöhle bis zum Schwanzende. Das Gewicht eines durchschnittlichen Hummers liegt irgendwo zwischen zwei und fünf Pfund. Mein Vater hat einmal eine Reuse mit einem Hummer darin hochgezogen, der mehr als dreißig Pfund gewogen hat.«

»Dreißig Pfund!«

»Ja, aber im letzten Jahr hat jemand einen Hummer gefangen, der fast vierzig Pfund gewogen hat. Hummer mit Eiern unter dem Panzer müssen sofort wieder ins Meer zurückgeworfen werden. Wir müssen tun, was wir können, um Nachwuchs heranzuzüchten. Es dauert etwa siebeneinhalb Jahre, bis ein Hummer eine anständige Größe erreicht hat.«

»Siebeneinhalb Jahre?«

»Mhm«, sagte er lächelnd. »Jetzt weißt du, warum wir außerdem noch Moosbeeren anpflanzen und ernten.«

»Willst du das für den Rest deines Lebens tun?« fragte ich ihn. Er nickte.

»Du willst nicht ins College gehen?«

»Mein College ist hier draußen«, sagte er und wies mit der Gabel auf den Ozean.

»Es gibt noch mehr im Leben, nicht nur das Fischen und das Segeln, auch an Land kann man wunderbare Ort aufsuchen und bekommt herrliche Dinge zu sehen.«

»Ich bekomme hier genug zu sehen.«

»Mir ist noch nie ein so junger Mensch begegnet, der sich so benimmt wie ...«

»Wie was?« fiel er mir eilig ins Wort. Ich schluckte die Worte und wählte andere, weniger verletzende. »Wie ein Erwachsener.«

Er nickte.

»Mach schon«, sagte er. »Wenn auch du mich Großpapa nennen willst, nur zu. Mich stört das nicht.«

»Du hast nicht das geringste von einem Großpapa an dir.«

Er sah mich einen Moment lang neugierig an. Ich hatte das Gefühl, da er ehrlich war, sollte ich es auch sein.

»Aber für jemanden in deinem Alter bist du in deinem Denken zu festgelegt. Du solltest den Dingen aufgeschlossener begegnen.«

»Klar«, sagte er. »Und ich sollte bereit sein, Dope zu rauchen und zu trinken und meine Zeit genauso zu vergeuden wie all diese anderen Idioten in der Schule.«

»Dort gibt es doch gewiß nicht nur Idioten, oder?«

»Die meisten sind Idioten.«

»Du kannst einen ganz schön auf die Palme bringen«, sagte ich.

Er zuckte die Achseln und begann den Fisch zu servieren. »Ich belästige niemanden, und ich erwarte von anderen, daß sie mich nicht belästigen«, sagte er. »Und jetzt laß uns essen.«

Er sorgte dafür, daß May die besten Stücke bekam. Als ich wieder einmal sah, wie liebevoll er sich ihrer annahm, sie umsorgte und bestrebt war, ihr eine Freude zu machen, legte sich mein Ärger.

»Wie sehr hat May darunter gelitten, daß Laura gestorben ist?« fragte ich Cary, als wir uns an den Klapptisch setzten und mit dem Essen begannen.

»Sehr«, sagte er.

»Das arme Ding. Erst ihre Behinderung, und dann zusätzlich auch noch eine solche Tragödie.«

»Ihr fehlt es an nichts«, sagte er ärgerlich.

»Niemand hat behauptet, daß es ihr an etwas fehlt, Cary. Du brauchst mir nicht ständig an die Gurgel zu springen. Man kann einen anderen Menschen auch im Übermaß beschützen, verstehst du.«

»Man kann gar nicht gut genug auf einen anderen Menschen aufpassen«, erwiderte er. »Wenn du erst einmal dort draußen gewesen bist, wirst du das verstehen.« Er wies mit einer Kopfbewegung auf das Meer.

»Wann wird das sein?« Er blieb stumm. »Ich bin noch nie auf einem Segelboot gewesen. Daddy ist früher mit uns ans Meer gefahren, aber Mommy hat Boote gehaßt, und daher sind wir nur schwimmen gegangen und haben uns zum Sonnenbaden an den Strand gelegt.«

»Typisch für dieses Touristenpack«, höhnte er.

»Du solltest dich nicht über die Touristen lustig machen. Schließlich kaufen sie euren Hummer, oder etwa nicht?«

»Und sie machen alles kaputt. Sie lassen ihre Abfälle am Strand liegen, sie verschmutzen das Wasser, und sie machen sich über uns lustig.«

»Ich glaube, du würdest als Einsiedler glücklich«, schloß ich daraus, was ihm nichts auszumachen schien. Er zuckte die Achseln.

»Das schmeckt gut«, sagte ich, nachdem ich den Fisch probiert hatte, doch es klang eher wie eine Beschwerde.

»Danke«, sagte er ungerührt.

»Gern geschehen«, murrte ich.

Wir aßen schweigend und schossen mit den Augen Pfeile aufeinander ab, doch als wir uns zu May umdrehten, sahen wir, daß sie uns anstarrte und belustigt lächelte. Carys Blick wandte sich mir wieder zu. Einen Moment lang sahen wir einander an, dann mußten wir beide lachen.

Es war, als hätte eine Eisschicht einen Sprung bekommen und ließe jetzt Warmluft hinein. Unser Gesprächston wurde lockerer, und ich erzählte ihm von meinen Eindrücken, die ich hier gewonnen hatte, wie sehr mich der aprikosenfarbene Glanz des Sonnenuntergangs über dem Meer begeisterte. Mir war nicht klar gewesen, wie wunderschön das Meer sein konnte. Das gefiel Cary, und er gestand, daß er und Laura, als sie noch kleiner waren, häufig in der Abenddämmerung im Ruderboot ihres Vaters auf dem Rücken gelegen und das prächtige Farbenspiel am Himmel beobachtet hatten.

»Es erschien uns wie der reinste Zauber«, sagte er.

»Das ist es auch.«

In seinen Augen stand jetzt echte Wärme, und ich fand, die Mädchen hatten recht: Er sah tatsächlich gut aus, wenn er ein wenig auftaute. Doch plötzlich war er wieder gehemmt und setzte schnell den gewohnten Ausdruck von Ernst und Strenge auf. Als ich ihm nach dem Abendessen beim Aufräumen und Spülen half, überraschte er mich jedoch mit dem Vorschlag, wir könnten gemeinsam mit May in die Stadt gehen und Eis essen.

»Und uns ansehen, welchen Schaden die Touristen anrichten«, fügte er hinzu.

»Und wieviel Geld sie hier lassen«, sagte ich. Er versuchte sein Lächeln zu verbergen, doch es entging mir nicht.

Als wir uns mit May auf den Weg machten, ließ er zum ersten Mal zu, daß sie uns beide an den Händen hielt. Cary führte uns auf einem anderen Weg in die Stadt, an hohen Gräsern, Sträuchern und Krüppeleichen vorbei. Ich hörte die Zirpfrösche in der Sumpflandschaft.

»Dort wohnt Theresa mit ihrem Vater und mit ihren Geschwistern«, sagte Cary, als wir um eine Biegung kamen.

Ich schaute in die Richtung, in die er deutete. Dort schlängelte sich eine von sehr kleinen Häusern gesäumte Straße nach Osten. Das Gras in den Vorgärten wuchs in unregelmäßigen Büscheln. Je näher wir der Stadt kamen, desto hübscher waren die Häuser, mit echten Rasenflächen und Blumen, gelben Teerosen in Beeten mit weißen Stiefmütterchen, dunkelblauen Iris und Hortensien.

Das Cape war wirklich ganz erstaunlich. Zum Meer hin erstreckten sich Sanddünen, die spärlich bewachsen waren und so trocken wie eine Wüste wirkten, doch gleich dahinter standen Eichen, Blaubeersträucher, Rotahorn und Häuser, auf deren Rasen Krokus, Kaisertulpen und üppige Fliedersträucher wuchsen. Es schienen zwei verschiedene Welten zu sein. Cary sagte, hier könnte man oft zwei Wetterlagen gleichzeitig antreffen. Im Osten konnte es stürmisch sein, während der Westen in strahlendem Sonnenschein dalag.

Vielleicht ließen sich die unterschiedlichen Menschen, die man hier traf, auf die Gegensätze in der Landschaft zurückführen, überlegte ich mir. Einige waren bitter und genügsam, und ihre religiösen Vorstellungen waren in Stein gemeißelt; andere waren unbeschwert, impulsiv und heiter und lechzten geradezu nach Spaß und spannenden Unternehmungen. Manche lebten nur für ihre Arbeit, und andere arbeiteten gerade soviel, daß es zum Leben ausreichte.

Abends war viel los in der kleinen Stadt mit all den Leuten auf den Straßen, der Musik, die aus den Bars und Restaurants drang, den Wagenladungen von lauten, vergnügten Touristen und der Menschenmenge unten am Kai. Ich konnte mich gar nicht daran satt sehen. Cary spendierte uns allen ein Eis.

May wollte gern zum Kai runtergehen und beobachten, wie die Tiefseefischer sich bemühten, die Touristen dazu zu überreden, daß sie sie für einen Bootsausflug engagierten. Ich war noch nie abends in einem touristischen Ort gewesen und war ganz entzückt von all den Lichtern. Ladeninhaber und Fremdenführer priesen den Touristen ihre Waren und ihre Dienste an. Sie taten ihr Bestes, um die Leute in Versuchung zu führen und umschmeichelten sie, um mit ihnen ins Geschäft zu kommen.

»Ich hasse diese Ausflüge, die sie hier anbieten«, bemerkte Cary, als ein Jeep mit Touristen an uns vorbeifuhr. »Einmal haben zwei Jeeps hinter unserem Haus angehalten, und der Reiseleiter hat auf meine Mutter und auf Laura gedeutet und sie als ein typisches Beispiel für die Frauen der hiesigen Fischerfamilien hingestellt.«

»Aber deine Mutter ist doch die Frau eines Fischers, oder etwa nicht?«

»Sie ist keine Mißgeburt, die ausgestellt wird, damit die Touristen sie angaffen können, nein, ganz gewiß nicht«, sagte er.

»Und von Laura konnte man das schon gar nicht behaupten. Wie würde es denen wohl gefallen, wenn ein Reisebus auf einer Stadtrundfahrt hinter ihren Häusern anhalten würde, damit die Leute sie angaffen, während sie ihre Hausarbeit verrichten?«

Ich nickte, denn ich begann, seinen Zorn zu verstehen.

»Du hast recht. Das sollte man nicht tun.« Er sah mich beifällig an, ließ sein Lächeln jedoch so schnell wieder verschwinden, wie es gekommen war und warf einen Blick auf May.

»Wir sollten uns jetzt besser auf den Heimweg machen«, sagte er. »May ist müde.«

Als wir ins Haus zurückkehrten, saß Onkel Jacob mit dem befreundeten Fischer im Wohnzimmer, und die Frauen plauderten in der Küche miteinander. Wir gingen gleich nach oben und May legte sich sofort schlafen.

»Danke für den Spaziergang und das Eis«, sagte ich im Flur zu Cary.

Er starrte mich einen Moment lang an.

»Bist du sehr müde?«

»Nein, nicht allzu sehr«, sagte ich.

»Soll ich dir etwas ganz Besonderes zeigen?«

»Ja, gern.«

»Komm«, sagte er und lief vor mir her die Treppe hinunter. Wir bewegten uns leise durch das Haus, doch Onkel Jacob hörte uns und trat in die Tür des Wohnzimmers.

»Wohin gehst du jetzt schon wieder, mein Sohn?« fragte er.

»Ich wollte nur schnell nach dem Morast sehen«, erwiderte Cary.

Onkel Jacob sah mich an, und seine Augen wurden kleiner, ehe er bedächtig nickte und wieder zu seinem Besucher zurückkehrte.

Cary sagte kein Wort. Er hastete aus dem Haus und führte mich über das Gelände zum Hügel. Als wir den Kamm erreicht hatten, blieb er stehen, und wir sahen auf den Morast hinaus.

Der Mondschein spielte unseren Augen Streiche. Die Blüten funkelten wie Edelsteine in der Nacht.

»Wie findest du das?« fragte Cary.

»Es ist wunderschön.«

»Ich dachte mir, daß es dir gefallen könnte.«

Zu unserer Rechten rauschte das Meer in der Dunkelheit. Ich schlang die Arme um mich.

»Ist dir kühl?«

»Ein wenig schon«, gestand ich.

»Ich wette, du wärst jetzt wirklich gern auf dieser Strandparty«, sagte er.

»Ich bin noch nie auf einer Strandparty gewesen.«

»Dort passiert nicht viel. Sie sitzen nur um das Feuer herum und rauchen Marihuana oder trinken. Natürlich ziehen sich auch einige Pärchen in die Dunkelheit zurück.«

»Möchtest du nicht eines Tages eine Freundin haben?« fragte ich ihn.

»Wenn ich eine vernünftige Frau finde, werde ich mit ihr reden«, erwiderte er.

»Kennst du denn kein einziges vernünftiges Mädchen?«

»Hübsch soll sie auch sein«, gestand er. Er stand mit den Händen in den Taschen da, trat Sand um sich und abgesehen von einem gelegentlichen Seitenblick auf mich, starrte er auf das Meer hinaus. »Was ist mit dir?«

»Wie meinst du das?«

»Hast du in West Virginia einen Freund gehabt?«

»Eine Zeitlang bin ich mit einem Jungen gegangen, aber nach Daddys Tod … habe ich keine Tanzveranstaltungen oder Parties mehr besucht.«

»Ja, nach Lauras Tod wollte ich auch nichts unternehmen. Ich wollte nicht einmal mehr arbeiten, und ich wollte nie mehr in die Schule gehen.«

»Das ist für mich das einzig Gute daran, daß wir von Sewell fortgegangen sind«, sagte ich zu ihm. »Jetzt brauche ich nicht mehr an die Orte zu gehen, die Daddy und ich früher gemeinsam aufgesucht haben, und ich muß auch nicht mehr die Bergarbeiter sehen und täglich wieder darauf warten, daß er nach Hause kommt.«

Er dachte einen Moment lang nach. »Ich könnte niemals von hier fortgehen.«

»Die meisten jungen Leute, die ich in Sewell gekannt habe, haben ständig davon geredet, eines Tages von dort fortzugehen.«

»Bei mir ist das anders. Ich gehöre hierher, und das ist das Leben, das mir bestimmt ist. Ich habe Salzwasser im Blut.«

Ich lachte.

»Wahrscheinlich bekomme ich mein Abschlußzeugnis ohnehin nicht«, fügte er hinzu.

»Und warum nicht?«

»Ich bin in Englisch ziemlich schlecht.«

»Vielleicht kann ich dir helfen. Ich bin sehr gut in Englisch.«

»Wahrscheinlich ist es dafür schon zu spät. Wenn ich die Abschlußprüfung nicht bestehe ...«

»Dann wirst du sie eben bestehen«, sagte ich zu ihm. »Ich werde dir von jetzt an jeden Abend helfen, wenn es dir recht ist.«

»Ich weiß es nicht. Ich weiß noch nicht einmal, ob mir an dem Prüfungsergebnis überhaupt gelegen ist.«

»Das darf dir aber nicht gleichgültig sein! Und außerdem bin ich sicher, daß du gut abschneiden wirst, wenn du dich bemühst.«

Er lächelte.

»Soweit ich gehört habe, war Laura eine sehr gute Schülerin. Hat sie dir geholfen?«

Er wandte sich anstelle einer Antwort ab, und ging den Hügel hinunter. »Laß uns zum Haus zurückgehen.«

Ich folgte ihm. Als wir das Haus betraten, forderte Onkel Jacob Cary auf, ins Wohnzimmer zu kommen, um sich mit den

Männern über den Hummerfang zu unterhalten. Ich sagte gute Nacht und ging in mein Zimmer, um zu lesen. Kurz darauf hörte ich, wie Cary sich auf den Dachboden zurückzog. Ich hörte seine Schritte über mir, dann herrschte Stille. Nur die gedämpften Stimmen von Onkel Jacob, Tante Sara und ihren Freunden drangen noch aus dem unteren Stockwerk zu mir.

Meine Lider wurden schwer. Ich döste eine Zeitlang, wurde wieder wach und ging ins Bad. Nachdem ich die Lichter gelöscht hatte, sah ich durch das Fenster, wie der Mond über das Meer spazierte. Wie schön dieser Anblick doch war. Hatte Laura auch aus diesem Fenster gesehen wie ich jetzt? Was für ein Mensch war sie wirklich gewesen? Ich hatte Tante Saras endlose Schilderungen, Vergleiche und Bemerkungen alle gehört, aber irgendwie glaubte ich, daß es mit ihrer Tochter mehr auf sich hatte, als sie wußte.

Cary weiß Bescheid, dachte ich mir. Sie war seine Zwillingsschwester gewesen, aber er fürchtete sich davor, über sie zu reden, oder er wollte es aus irgendeinem Grund nicht. Das würde viel Zeit erfordern, aber eine noch wichtigere Voraussetzung war es, sein Vertrauen zu gewinnen. Ich fragte mich, ob es mir wohl jemals gelingen würde, ihn so weit zu bringen, daß er mir seine tiefsten Geheimnisse anvertraute. Ich wußte, daß er Geheimnisse hatte, die er tief in seinem Innern verschloß.

Ich machte die Augen zu, legte den Kopf auf das Kissen und dachte an Mommy. Wo war sie heute nacht? Ich schluckte die Tränen und wünschte sehnlichst den Schlaf herbei, um nicht an traurige Dinge zu denken.

War es das, was Cary jeden Abend tat?

10.

Ein Kokon aus Lügen

Am nächsten Morgen, einem Sonntag, gingen wir in die Kirche und kehrten dann nach Hause zurück, um uns für den Besuch bei meinen Großeltern herauszuputzen, als seien wir von Mitgliedern des Königshauses eingeladen worden. Tante Sara erklärte, wir müßten alle unsere besten Sachen anziehen und uns anständig und ordentlich benehmen.

Sie lief im Zimmer auf und ab und erklärte mir bis in alle Einzelheiten, was ich anziehen sollte, wie ich mein Haar zu tragen hatte und wie ich mich zu benehmen hatte. »Olivia kann es nicht leiden, wenn Frauen das Haar offen tragen. Sie sagt, dann sähen sie aus wie Hexen. Du kannst dein Haar mit Haarnadeln und Kämmen aufstecken, aber paß bloß auf, daß es ordentlich aussieht. Und kein Make-up, noch nicht einmal eine Spur von Lippenstift. Natürlich kannst du das Armband mit den Anhängern tragen, aber Ringe und Halsketten und insbesondere Ohrringe haben an jungen Damen nichts zu suchen, sagt sie.«

»Bist du auch dieser Meinung, Tante Sara?«

»Wenn wir Samuel und Olivia zuhause besuchen, spielt meine persönliche Meinung keine Rolle«, erwiderte sie. »Jacob freut sich, wenn die beiden zufrieden sind.«

»Und was ist mit dir? Wann freust du dich?«

Tante Sara blieb stehen und sah mich an, als hätte ich die albernste Frage auf Erden gestellt. »Ich freue mich, wenn Jacob sich freut. So geht es doch jeder Ehefrau.«

»Ich hoffe, daß mein Mann sich auch für mein Glück interessiert und daß er mindestens ebensoviel Rücksicht auf meine Gefühle nimmt wie auf seine, wenn nicht noch mehr. Mein Daddy war ein solcher Mann.«

»Ach, du meine Güte. Sag solche Dinge bloß nicht, wenn Jacob in der Nähe ist. Und schon gar nicht heute«, warnte sie mich.

»Vielleicht sollte ich besser nicht mitkommen«, sagte ich, während ich spürte, wie sich Panik in mir breitmachte.

»Du mußt mitkommen! Heute ist Sonntag. Wir gehen jeden Sonntag zu Samuel und Olivia zum Brunch«, sagte sie. »Laura hat sich immer darauf gefreut. Bei Olivia gibt es wunderbare Dinge zu essen. Laura hat die winzigen Küchlein mit dem Zuckerguß und der Marmeladenfüllung geliebt, und Samuel hat ihr beim Gehen immer einen nagelneuen Fünfdollarschein geschenkt. Sie war sein Augapfel. Sie war ...« Sie unterbrach sich, um tief Atem zu holen.

Einen Moment lang schien sie benommen zu sein. Nur mit Mühe konnte sie sich aus ihrer Verwirrung befreien. Sie schloß eine Sekunde die Augen, öffnete sie dann wieder und drehte sich zu mir um. »Bemüh dich, die Schultern zurückzuziehen und den Kopf beim Laufen aufrecht zu halten. Olivia haßt die nachlässige Haltung der jungen Leute von heute. Sie sagt immer, in der Haltung drückt sich der Charakter aus, und zudem unterstreicht eine aufrechte Haltung die Gesundheit eines Menschen.«

»Niemand hat mir je eine nachlässige Haltung vorgeworfen.«

»Nein, das sage ich auch gar nicht, aber du solltest bewußt darauf achten. Und jetzt muß ich nach May sehen.«

Ich holte tief Luft und stand auf. Ich war noch nervöser als am Tag meiner Ankunft hier. Als ich endlich der Meinung war, ich sei gut genug gekleidet und entsprechend zurecht gemacht, um Tante Saras Billigung zu finden, ging ich nach unten und stellte fest, daß die Familie mich bereits erwartete. Alle trugen noch die Kleidung, die sie zum Kirchgang angezogen hatten.

Onkel Jacob trug einen dunkelblauen Anzug mit Krawatte, Cary ein hellblaues Sport-Jackett, eine Hose mit Bügelfalten und ebenfalls eine Krawatte. Seine Schuhe waren blitzblank poliert. May sah in ihrem zartrosa Baumwollkleid und der rosa Haarschleife ganz entzückend aus. Sie trug schwarze Lackschühchen. Tante Sara hatte ein dunkelblaues Kleid mit hochgeschlossenem Kragen und einem Gürtel an. Wie üblich war sie ungeschminkt und trug als einziges Schmuckstück das Medaillon. Ihr Haar war mit einem weißen Kamm zu einem strengen Knoten zurückgesteckt.

Als ich eintrat, richteten sich alle vier Augenpaare auf mich. Cary riß die Augen weit auf, bevor er sich schnell bemühte, seinen Blick abzuwenden. Gewiß lag es daran, daß ich wieder eines von Lauras Kleidern trug – diesmal ein hübsches eierschalfarbenes. Ich konnte das Eintreffen meiner eigenen Sachen kaum erwarten.

»Sie sieht doch hübsch aus, meinst du nicht auch, Jacob?« fragte Tante Sara kleinlaut.

»Ja«, sagte er widerstrebend. »Hast du mit ihr über ihr Benehmen geredet?«

»Noch nicht«, sagte sie.

»Was habe ich denn jetzt schon wieder angestellt?« fragte ich.

»Es geht nicht darum, was du angestellt hast. Es geht darum, was du anstellen könntest«, bemerkte Onkel Jacob. Dann wandte er sich an Sara. »Dann tu es jetzt. Wir warten so lange auf euch«, sagte er und erhob sich. Er nickte Cary zu, der eilig aufstand, May an der Hand nahm und ging.

»Setz dich einen Moment, Liebes«, sagte Tante Sara. »Es gibt noch ein paar andere Dinge, die du dir gut merken mußt.«

»Was für andere Dinge?« Ich setzte mich auf das Sofa.

»Olivia, deine Großmutter, ist sehr eigen, wenn es darum geht, wie Kinder sich in ihrem Haus benehmen.«

»Ich bin kein Kind mehr«, sagte ich. »Ich bin fast sechzehn.«

»Ja, ich weiß, aber solange du nicht selbst verheiratet bist, bist du für sie ein Kind.« Tante Sara sprach offensichtlich aus eigener Erfahrung.

Sie baute sich wie eine Lehrerin in der Schule vor mir auf. »Das wichtigste ist, daß du nur dann etwas sagst, wenn man dich dazu auffordert. Olivia empfindet es als äußerst ungehörig, wenn ein junger Mensch von Erwachsenen Antworten verlangt oder eine Meinung äußert, wenn er nicht ausdrücklich dazu aufgefordert worden ist. Und insbesondere darfst du niemals, wirklich nie, einem anderen ins Wort fallen.«

»Das tue ich ohnehin nicht«, sagte ich.

»Gut. Denk immer daran, danke und bitte zu sagen, und achte darauf, daß deine Knie beim Sitzen immer geschlossen sind. Leg die Hände stets auf den Schoß. Bei Tisch mußt du darauf achten, daß du den Löffel und die Gabel an den Mund führst und nicht umgekehrt, und denk auch daran, immer nur einen Ellbogen auf den Tisch zu stützen. Tupf dir jedesmal mit der Serviette die Lippen ab, nachdem du dir etwas in den Mund gesteckt hast. Du mußt mit geradem Rücken dasitzen, und du darfst die Leute nicht anstarren«, sagte sie auf, als hätte sie ein Buch über Verhaltensmaßregeln auswendig gelernt. »Hast du alles ganz genau verstanden?«

Ich nickte.

»Das klingt nicht gerade so, als hätte ich auch nur den geringsten Spaß daran«, murmelte ich. Sie wurde weiß.

»Ach, du meine Güte, sag so etwas bloß nicht. Ich bitte dich! So etwas darfst du nicht einmal denken.«

»Mach dir keine Sorgen, Tante Sara. Ich habe meine Familie nie in Verlegenheit gebracht, und ich werde auch dich nicht in Verlegenheit bringen.« Widerstrebend stand ich auf und trat aus dem Haus. Cary und May warteten auf dem Rücksitz des Wagens. Ich stieg ein und setzte mich neben May.

»Wie weit ist es von hier?« fragte ich Cary leise.

»Etwa zwanzig Minuten.«

Meine Zähne klapperten regelrecht in Erwartung von Großmama Olivias Ablehnung und Zurückweisung. Aber warum bloß? Endlich würde ich die Eltern meines Vaters kennenlernen, meine echten Großeltern. Alle Großeltern, von denen ich je gehört hatte, liebten ihre Enkelkinder von ganzem Herzen.

Aber unsere Familie ist anders, rief ich mir ins Gedächtnis zurück.

Von außen machte das Haus meiner Großeltern keineswegs einen kalten und unpersönlichen Eindruck. Es war groß und mit Holzschindeln verkleidet.

Tante Sara erzählte mir, das Haus sei sehr alt und berühmt, und das ursprüngliche Gebäude sei um 1780 herum gebaut worden. Cary schüttelte den Kopf und richtete den Blick zum Dach des Wagens, als Tante Sara ihren Vortrag über das Haus hielt, einen Vortrag, von dem ich vermutete, daß Großmama Olivia ihn ihr so oft gehalten hatte, daß er sich für alle Zeiten in ihr Gedächtnis eingeprägt hatte.

Das Grundstück war mit Sicherheit das schönste, das ich auf dem Cape gesehen hatte. Der prachtvoll gepflegte grüne Rasen war überwältigend und der Blumengarten mit seinen Garben von Goldruten und den Beeten mit purpurnen Stiefmütterchen, Rosen und Geranien ein wahres Kunstwerk. Im rechten Teil des Gartens war ein kleiner Ententeich angelegt, in dem etwa ein Dutzend Enten schwammen. Am beeindruckendsten waren die großen blühenden Ahornbäume. Ganz hinten rechts hing zwischen zweien von ihnen eine Hollywoodschaukel.

Wir hielten auf der Auffahrt an und stiegen aus. Tante Sara strich mir augenblicklich eine Strähne aus dem Gesicht, die sich aus meinem Haar gelöst hatte, dann glättete sie die Schultern meines Kleides mit den Händen.

»Laß sie in Ruhe«, murrte Cary.

Tante Sara stand neben Onkel Jacob, als er läutete, und wir drei standen hinter den beiden. Im nächsten Moment wurde die Tür geöffnet.

Zum ersten Mal in meinem Leben stand ich meinem Großvater leibhaftig gegenüber. Bisher hatte ich lediglich eine alte Fotografie von ihm gesehen.

Großpapa Samuel war immer noch ein großer, aufrechter Mann, dessen Auftreten Stolz und Stärke ausstrahlte. Ich konnte die Ähnlichkeit mit meinem Daddy sofort in seinen Gesichtszügen entdecken. Daddy hatte, ebenso wie Cary, Großpapas grüne Augen geerbt. Großpapa Samuels Haar war weitgehend grau, doch immer noch sehr dicht. Er hatte es sich aus der Stirn gekämmt, und über den Ohren war es säuberlich geschnitten. Wenn man genau hinsah, merkte man, daß es ein klein wenig gewellt war.

Daddy hatte dieselbe gerade, schmale Nase gehabt, doch Großpapa Samuels Lippen waren dünner und sein Kinn energischer. Er hatte Daddys lange Arme und seine langen Finger, und für einen Mann in seinem Alter sehr feste und breite Schultern, fand ich.

»Hallo, Jacob. Guten Tag, Sara«, sagte er. Er schaute schnell an den beiden vorbei, um den Blick auf mich zu richten. Ich glaubte ein kleines Lächeln zu sehen, das seine Mundwinkel hochzog, dasselbe Lächeln, das ich an Daddy so sehr geliebt hatte. Er warf einen Blick auf Cary und May.

»Hallo, Kinder.«

»Hallo, Papa«, sagte Cary.

»Hallo ... Pa-pa«, sagte May.

»Das ist Melody«, sagte Tante Sara und trat zur Seite, um mir Platz zu machen.

»Ein hübsches Mädchen. Sie hat viel von Haille an sich, nicht wahr, Jacob?«

»Ja«, erwiderte Onkel Jacob mit einem Seitenblick auf mich.

»Hallo, Melody«, sagte mein Großvater.

Ich wußte nicht, ob ich ihm die Hand drücken, einen Knicks machen oder einfach nur nicken sollte.

»Hallo«, erwiderte ich. »Es freut mich sehr, Sie kennenzulernen.« Fast hätte ich noch ein »endlich« hinzugefügt. Er nickte, während dieses angedeutete Lächeln weiterhin auf seinen Lippen spielte.

»Kommt rein«, sagte er zu uns und trat zurück. »Olivia sieht natürlich gerade nach dem Essen.«

Wir traten in eine kleine Eingangshalle mit Marmorfußboden und Gemälden an den Wänden. Darauf waren das Kap, Matrosen und Segelboote abgebildet. Ein starker Duft nach Blumen hing in der Luft.

Großpapa Samuel führte uns in das rechte Zimmer, das Wohnzimmer. Ich kam mir vor wie im Schaufenster eines Möbelhauses, das seine Prunkstücke zur Schau stellt. Der Eichenboden war so spiegelglatt poliert, daß ich sicher war, mein Gesicht darin sehen zu können, wenn ich den Kopf gesenkt hätte. Auf allen Tischen und auf sämtlichen Regalen standen Gegenstände aus Glas, die sehr kostspielig aussahen, Vasen und einige Fotografien in silbernen und goldenen Rahmen, die ich mir im Vorbeigehen ansah. Es schienen Bilder von meinem Großvater und meiner Großmutter in jüngeren Jahren zu sein, und dazwischen standen ein paar Bilder von Onkel Jacob, Tante Sara, Laura, Cary und May. Von Daddy war nirgendwo eine Fotografie zu sehen.

»Setz dich mit Cary und May dort drüben hin«, wies mich Tante Sara an. Wir nahmen auf dem Sofa zu unserer Rechten Platz. Großpapa Samuel setzte sich auf den Sessel, und Tante Sara und Onkel Jacob ließen sich auf dem Sofa uns gegenüber nieder. Großpapa Samuel ließ mich nicht aus den Augen, während er sich an Onkel Jacob wandte.

»Wie ist die Woche für dich verlaufen, Jacob?«

»Durchschnittlich bis gut«, erwiderte Onkel Jacob. »Gestern hatten wir einen guten Tag, stimmt's, Cary?«

»Ja, allerdings«, sagte Cary. Er warf mir einen Blick zu.

Großpapa Samuel nickte. Dann wandte er sich an mich. »Dann bist du also Melody. Wie alt bist du?«

»Fünfzehn, aber ich werde bald sechzehn.«

»Ja, das sollte hinkommen.« Er dachte einen Moment lang nach und lächelte dann. »Wie ich gehört habe, kannst du Fiedel spielen. Mein Vater hat Akkordeon gespielt. Habe ich dir das eigentlich je erzählt, Sara?«

»Nein«, sagte sie und bekam große Augen.

»Aber von mir hast du es schon gehört«, fauchte Onkel Jacob sie an.

»Ach, wirklich? Ich kann mich nicht daran erinnern, daß du mir erzählt hast, dein Großvater hätte Akkordeon gespielt, Jacob.«

»Ja, er hat es richtig gut gekonnt«, sagte Großpapa Samuel und wandte sich dann wieder an mich. »Ich kann mich heute noch an die fröhlichen Melodien erinnern, die er gespielt hat.«

»Ein fauler Fischer ist nicht gerade das, woran man sich besonders gern erinnert«, hörte ich eine spitze Stimme sagen. Wir drehten uns alle zur Tür um, wo Großmama Olivia stand. Sie war nicht viel größer als einen Meter fünfzig und trug ein blaßgelbes Kleid. Ihr schneeweißes Haar war zu einem strengen Knoten zurückgesteckt, ebenso streng wie Tante Saras Frisur, was ihre Augen noch größer und ihre Stirn um so breiter wirken ließ. Direkt unter dem Haaransatz und auf den Wangen hatte sie winzige Altersflecken, und ihre Lippen zeigten ohne Lippenstift ein stumpfes Hellrosa. Unter dem Kinn hing ihre Haut in losen Falten herunter, wie bei einer Henne.

Sie hielt sich aufrecht, und ihr Rücken war so kerzengerade, daß ihre majestätische Pose sie größer und stämmiger wirken ließ, als sie tatsächlich war.

»Ihr seid zu früh dran«, sagte sie vorwurfsvoll und sah uns der Reihe nach an, bevor ihr starrer Blick an mir hängen blieb.

»Wir sind ganz einfach losgefahren, als wir fertig waren«, bemerkte Onkel Jacob.

»Zu früh ist immer noch besser als zu spät«, sagte Großpapa Samuel. Sie bedachte ihn mit einem Blick, der sein Lächeln schleunigst verblassen ließ.

»Würdest du es jetzt vielleicht übernehmen, uns offiziell miteinander bekannt zu machen«, sagte sie zu Sara.

»Ja, natürlich, Olivia.« Tante Sara sah mich an. »Das ist Melody, Hailles Melody.«

Hailles, dachte ich. Warum nicht Hailles und Chesters? War es in diesem Haus etwa verboten, auch nur den Namen meines Vaters auszusprechen?

Tante Sara nickte mir zu und bedeutete mir damit, ich solle aufstehen. Ich erhob mich, und Großmama Olivia kam näher. Sie musterte mich schnell von Kopf bis Fuß, und dann nickte sie, als sähe sie ihre Vorstellungen bestätigt.

»Sie macht einen gesunden Eindruck. Außerdem ist sie groß und hat eine gute Haltung.«

Groß? So groß war ich nun auch wieder nicht, sagte ich mir, doch dann wurde mir klar, daß in ihren Augen alle anderen groß sein mußten.

»Na, los, was hast du zu sagen?« fragte sie mich.

Ich warf einen Blick auf Tante Sara, die mir lächelnd zunickte.

»Guten Tag, Großmama Olivia«, erwiderte ich. Die Worte schienen ihr einen Stich zu versetzen. Ihr Körper straffte sich noch mehr, und sie zog steif die Schultern hoch.

»Wir sind zwar noch etwas zu früh dran, aber wir werden trotzdem gleich essen«, sagte sie, »und beim Essen wirst du mir dann mehr über dich erzählen. Samuel«, herrschte sie ihn an, worauf er sich rasch erhob. Cary und May standen ebenfalls auf, und Tante Sara schoß gemeinsam mit Onkel Jacob eilig in die Höhe.

Einen Moment lang kam ich mir vor, als seien wir alle beim

Militär und Großmama Olivia sei der General unserer kleinen Truppe. Sie ging zur Tür hinaus, und wir folgten ihr durch die Eingangshalle ins Eßzimmer.

Es war ein wunderschöner Raum mit dunkler Eichentäfelung an den Wänden und einem langen Tisch aus schimmerndem Kirschbaum. Sämtliche Stühle waren hochlehnig und gepolstert. Das Porzellan sah sehr kostspielig aus, und die Kerzenhalter schienen aus echtem Gold zu sein. Schweres Silberbesteck und Platzdeckchen und die Servietten aus reinem Leinen waren aufgedeckt worden.

Cary, May und ich wurden auf eine Seite gesetzt, Tante Sara und Onkel Jacob nahmen an der anderen Längsseite des Tisches Platz. Großmama Olivia und Großpapa Samuel ließen sich einander gegenüber an den Kopfenden des Tisches nieder. Ein Mädchen servierte den Brunch.

Zuerst gab es einen gemischten Salat mit leuchtend roten Kirschtomaten. Noch nie hatte ich derart grüne Paprikaschoten und einen so intensiv grünen Kopfsalat gesehen. Lange Brotlaibe lagen in Scheiben geschnitten auf silbernen Vorlegeplatten bereit. Große Gläser mit Eiswasser wurden herumgereicht. Anschließend wurde ein gewaltiger Hummer, der perfekt zerlegt worden war, auf einem Salatbett serviert. Dazu gab es kleine kalte Kartoffeln, Stangenspargel und schließlich zwei gebratene Enten, die ebenfalls in Scheiben geschnitten waren.

Großmama Olivia nahm von allem nur winzige Portionen, doch Großpapa Samuel griff genauso herzhaft zu wie Onkel Jacob und Cary. Ich spürte bei jeder einzelnen Bewegung, daß Großmama Olivias Blicke auf mir ruhten, aus diesem Grund sagte ich mir am Eßtisch immer wieder Tante Saras Anweisungen zum guten Benehmen auf, während ich kaute, nippte und nach Dingen griff.

»Also, dann«, sagte Großmama Olivia plötzlich, als seien wir mitten in ein Gespräch vertieft gewesen. »Haille hat angerufen?«

»Ja«, sagte Tante Sara. »Vorgestern abend hat sie mit Melody geredet.«

Großmama Olivia richtete die eiskalten, stahlharten Augen auf mich. »Wo steckt deine Mutter?«

»Sie hat von unterwegs angerufen, irgendwo auf der Strecke zwischen Boston und New York«, erwiderte ich.

»Und wie lange gedenkt sie noch so weiterzumachen?« fragte sie mich.

Ich schüttelte den Kopf. »Wie weiterzumachen?«

»Wie lange will sie sich noch vormachen, sie finge etwas mit ihrem verpfuschten Leben an«, erklärte Großmama Olivia.

Ich spürte, wie eine glühende Röte in meinen Hals und in mein Gesicht schoß. »Sie hat Vorstellungsgespräche und andere Treffen und Termine«, sagte ich. »Sie bemüht sich um ihre Karriere als ...«

»Ja, als was überhaupt? Etwa als Mannequin oder Schauspielerin?« unterbrach sie mich mit einem dünnen Lachen. Dann sah sie Großpapa Samuel an. »Eine Schauspielerin ist sie schon immer gewesen«, sagte sie. Er wandte den Blick ab, und sie fuhr fort.

»Dein Vater hat dir und deiner Mutter nach all den Jahren seiner sogenannten ehrlichen Arbeit kein Geld hinterlassen?«

»Wir hatten etwas Geld, aber unsere Unkosten waren hoch, und Mommy brauchte dringend Sachen, damit sie ...«

»Verschwendungssüchtig. Daran hat sich also immer noch nichts geändert«, murmelte sie. »Wie hat sie ausgesehen?« fragte sie Tante Sara.

»Oh, sie ist immer noch sehr hübsch, Olivia. Vielleicht kann sie tatsächlich Mannequin werden.«

»Das ist doch lachhaft. Bei ihrer Haltung? Cary«, herrschte sie ihn an, da sie sich wohl entschlossen hatte, sich jetzt einen anderen Gesprächspartner am Tisch zu suchen, »was macht die Schule inzwischen?«

»Ich fürchte, da hat sich inzwischen nicht viel verbessert, Großmama«, sagte er.

»Und was wirst du dagegen unternehmen, Cary? Allzuviel Zeit bleibt dir schließlich nicht mehr, stimmt's?« fragte sie.

»Ich spiele mit dem Gedanken, mir Privatunterricht geben zu lassen«, sagte er und sah mich dabei an. Ich nahm sein kleines Lächeln wahr und lächelte ebenfalls. Großmama Olivia, der unsere Blicke nicht entgangen waren, wandte sich jetzt wieder an mich.

»Soweit ich gehört habe, bist du eine gute Schülerin?«

»Ja, Großmama. Ich habe immer Auszeichnungen bekommen.«

»Hm«, sagte sie kopfschüttelnd. »Und das, obwohl deine Mutter noch nicht einmal die Highschool abgeschlossen hat.«

Ich blickte eilig auf.

»Oh, doch, sie hat sie abgeschlossen«, sagte ich.

Tante Sara entfuhr ein leises Keuchen, und sie preßte sich die Serviette auf die Lippen. Sie sah mich an und schüttelte kaum wahrnehmbar den Kopf. Erwartete sie etwa von mir, daß ich stumm dasaß und Großmama Olivia Unwahrheiten verbreiten ließ?

»Das hat sie dir erzählt, nicht wahr?«

»Ja«, sagte ich.

Jetzt verzog wieder dieses eiskalte Lächeln ihre dünnen Lippen, bis es so aussah, als würden sie jeden Moment zerreißen. »Das Mädchen konnte noch nie zwischen Wahrheit und Illusion unterscheiden. Kein Wunder, daß sie sich jetzt in der Gegend herumtreibt und versucht, Schauspielerin oder Mannequin zu werden«, fuhr Großmama Olivia fort.

Wie kommt es, daß Sie soviel über meine Mutter wissen? hätte ich am liebsten gefragt. Ausgerechnet Sie, die Sie meinen Vater verstoßen haben, nachdem er sie geheiratet hat. Statt dessen senkte ich jedoch den Blick und nahm ein paar kleine Häppchen von meinem Teller. Dann sah ich May an, die dasaß, aß und mit einem verträumten Lächeln vor sich hinsah. Ich fragte mich, ob Großmama Olivia oder Großpapa Samuel wohl gelernt hatten, sich mit ihr zu verständigen. Bisher hatte ich nichts dergleichen gesehen von einem gelegentlichen Lächeln oder Nicken von Seiten Großpapa Samuels abgesehen. Großmama Olivia nahm, soweit ich das bisher gesehen hatte, kaum Notiz von May.

Wir aßen schweigend weiter, und alle außer Großmama Olivia sahen auf das Essen hinunter, das vor ihnen stand. Schließlich blickte Großpapa Samuel auf.

»Nach allem, was ich gehört habe«, sagte er zu Onkel Jacob, »ist für dieses Jahr eine gute Touristensaison zu erwarten, da Auslandsreisen so teuer geworden sind.«

Onkel Jacob nickte. »Ja. Ich habe auch schon gehört, daß die Hotels gut gebucht sind. Im kommenden Herbst wird es viel Müll von den Stränden zu räumen geben«, fügte er hinzu.

Jetzt wußte ich genau, woher Cary seine Einstellung zu den Touristen hatte.

»Wie gedeihen die Moosbeeren?« erkundigte sich Großpapa Samuel.

»Es sieht gut aus. Wir erwarten eine anständige Ernte.«

»Hat sie vor, dich den Sommer über hier zu lassen?« fragte mich Großmama Olivia plötzlich.

»Ich weiß es nicht«, sagte ich. »Ich hoffe nicht.«

Sie zog die Augenbrauen hoch.

»Und wie kommt das? Wirst du im Hause meines Sohnes etwa nicht gut behandelt? Soweit ich weiß, hat man dir Lauras Zimmer zur Verfügung gestellt, und du trägst sogar ihre Sachen, oder etwa nicht?«

»Doch. Und ich werde gut behandelt«, sagte ich eilig. »Ich meinte damit nur, daß ich gern wieder bei meiner Mutter wäre. Sie fehlt mir.«

Sie verzog das Gesicht. »Ein Mädchen in deinem Alter sollte ein Zuhause haben und nicht aus dem Kofferraum eines Wagens leben, der nicht mit Benzin, sondern mit den Hirngespinsten eines anderen Menschen betrieben wird«, murrte sie.

»Wir hatten ein Zuhause, und wir werden wieder ein Zuhause haben«, sagte ich trotzig, und die Aufsässigkeit war gewiß aus meiner Stimme herauszuhören.

»Wie hat denn euer Zuhause in West Virginia ausgesehen?« fragte sie, ohne sich von meinem Tonfall beeindrucken zu lassen.

»Wir haben in einem Wohnwagenpark gelebt. Daddy hat im Bergwerk sehr hart gearbeitet. Ich mußte nie hungern.«

»Und deine Mutter, was hat sie getan?«

»Sie hat in einem Schönheitssalon gearbeitet.«

»Das paßt«, bemerkte Großmama Olivia trocken.

Ehe ich etwas darauf sagen konnte, wandte sich Großmama Olivia ab, um das Hausmädchen zu rufen. »Die Erwachsenen werden den Kaffee im Wohnzimmer einnehmen, Loretta.«

»Ja, Ma'am.«

»Servieren Sie den Kindern Eis und Petits Fours«, ordnete sie an.

Den Kindern? Ich warf einen Blick auf Cary, weil ich wissen wollte, wie es ihm wohl gefiel, so bezeichnet zu werden. Er kniff die Mundwinkel zusammen und sah die Wand an.

»Ein Glück für dich, daß deine Tante Sara Lauras komplette Garderobe aufgehoben hat«, sagte Großmama Olivia zu mir. »Sie hat immer so hübsche Sachen angehabt.«

»Mommy läßt mir meine Sachen nachschicken«, erwiderte ich. Ich warf einen Blick auf Tante Sara und stellte fest, daß sie zutiefst verletzt schien. »Obwohl ich sehr dankbar für alles bis, was Tante Sara mir zur Verfügung gestellt hat, damit ich es einstweilen benutzen kann. Ich bedaure lediglich die Umstände, die dazu geführt haben.«

Großpapa Samuel nickte freundlich.

Großmama Olivia zog die Augenbrauen hoch. »Und was weißt du über die Umstände?« fragte sie schroff.

»Was? ich meine, man hat mir gesagt ...«

»Olivia, müssen wir das wirklich alles noch einmal aufrollen?« sagte Großpapa Samuel leise.

Großmama Olivia schnaubte. »Jacob sagt, du kannst gut Fiedel spielen«, sagte sie. Ich war völlig verblüfft. Onkel Jacob hatte etwas Nettes über mich gesagt? »Vielleicht kommst du eines Tages rüber und spielst uns etwas vor«, fügte sie hinzu. Mir wäre fast der Kiefer runtergefallen. War das ihr Ernst?

Sie stand auf. »Laß uns jetzt ins Wohnzimmer gehen und dort Kaffee trinken, Samuel«, befahl sie.

»Gern, meine Liebe«, sagte er und erhob sich.

Das Hausmädchen brachte drei Portionen Eis für Cary, May und mich und servierte dazu einen Teller mit kleinen Küchlein von der Sorte, die Laura so gern gegessen hatte, wie ich von Tante Sara wußte.

»Tut mir leid, wir haben heute nur Vanilleeis«, sagte Großmama Olivia. »Cary, wenn ihr aufgegessen habt, kannst du Melody herumführen und ihr das Grundstück zeigen. Aber tragt mir bloß keinen Dreck ins Haus. Sorg dafür, daß May sich ebenfalls danach richtet.«

»In Ordnung, Großmama«, sagte er und gab ihre Anweisungen in Zeichensprache an May weiter.

»Wie geht es ihr?« fragte Großmama, die am Tisch sitzen geblieben war und May jetzt mitleidig anschaute.

»Sie macht sich sehr gut, Großmama«, sagte Cary, ehe seine Eltern dazu kamen, etwas auf die Frage zu erwidern. Großmama Olivia nickte, dann schüttelte sie den Kopf, als wolle sie die Gedanken gleich wieder vertreiben. Sie verließ das Eßzimmer, und die übrigen Erwachsenen folgten ihr.

Als sie den Raum verließ, hatte ich das Gefühl, sie nähme eine schwere, drückende graue Luft mit sich hinaus, die so dick war, daß man sie nicht atmen konnte.

»Ihr solltet dieses Haus das Eishaus nennen«, bemerkte ich.

Cary lächelte. »Sie ist nicht so schlimm, wie sie sich gibt.«

Wir aßen den Nachtisch, und ich mußte zugeben, daß mir die kleinen Küchlein wirklich sehr gut schmeckten. »Das Haus an sich ist sehr schön, sogar noch schöner als das Haus, in dem Alice Morgan wohnt.«

»Wer ist das?«

»Sie war in Sewell meine beste Freundin.« Ich sah mir die hübschen Dinge an, von denen wir umgeben waren, die antike Vitrine mit den edlen Kristallgläsern, die wunderbaren Kronleuchter über uns und die großen alten Ölgemälde an den Wänden.

»Womit hat Großpapa soviel Geld verdient?« fragte ich Cary.

»Einen großen Teil hat Großmama Olivia geerbt, als ihre Eltern gestorben sind. Großpapa hat eine ganze Flotte von Fischerbooten unterhalten, darunter auch fünf Boote für den Hummerfang. Aber dann sind schlechte Zeiten gekommen, und er hat die meisten seiner Boote verloren. Zum Glück hatte mein Vater damals schon sein eigenes Boot. Komm jetzt. Ich führe dich herum.«

Er bedeutete May etwas, und sie schlang schnell noch einen Löffel Eis hinunter. Ich nahm sie an der Hand, als sie um den Tisch herumkam. Cary führte uns durch das Haus, durch den Korridor und an der Küchentür und einem kleinen privaten Büro zu unserer Rechten vorbei zur Hintertür, die auf eine kleine Veranda ging.

Hinter dem Haus war eine große Laube mit ein paar Bänken und einem Steingarten mit einem kleinen Brunnen in der Mitte. Das hintere Ende des Grundstücks grenzte ans Meer, und am Strand waren ein großes Segelboot und ein kleines Motorboot an einen Anlegesteg vertäut.

»Es ist wirklich wunderschön hier«, schwärmte ich.

»Ja. Und sie haben hier tatsächlich ihre eigene kleine Bucht, deshalb ist es nicht ganz so rauh, wie manchmal am Strand.«

Wir liefen zum Anlegesteg hinunter und sahen auf das Meer

hinaus. Das Wasser war ruhig und klar. Vor dem Blau des Himmels zeichneten sich langgezogene schneeweiße Wolkenfetzen ab. Rechts von uns ragten in Küstennähe hohe Felsen aus dem Wasser auf.

»Siehst du die Muscheln, die sich an diese Felsen klammern?« sagte Cary und deutete darauf. Sie setzten sich schwarzviolett gegen den Stein ab. Möwen stolzierten auf der Suche nach kleinen Venusmuscheln über den Sand. Ich sah, wie eine von ihnen über den Felsen kreiste und dann etwas aus ihrem Schnabel fallen ließ. In dem Moment, als das, was die Möwe hatte fallen lassen, auf den Felsen traf, tauchte sie herab, um es wieder an sich zu bringen.

»Was tut dieser Vogel da?«

»Möwen lassen die Muscheln, die sie finden, auf die Felsen fallen, um die Schalen aufzubrechen, und wenn die Muschelschalen zerbrochen sind, tauchen sie herab, um die Muscheln zu verschlingen. Ganz schön klug, was?«

Ich schüttelte verwundert den Kopf. Mich erstaunte nicht nur, was ich sah, sondern auch Carys umfassendes Wissen, wenn es um die Natur ging.

Ich wandte den Blick nach links. Ein großes Segelboot tanzte auf den Wellen, und die Brise ließ das Segel flattern. »Ich kann gut verstehen, warum mein Daddy so gern an die Küste rausgefahren ist. Das alles hat ihm sehr gefehlt.«

Cary nickte, warf einen schnellen Seitenblick auf mich und überprüfte dann den Knoten des Taus, mit dem das Motorboot am Anlegesteg festgebunden war. May bedeutete uns, sie würde Muscheln suchen gehen.

»Geh nicht zu weit weg«, bedeutete ihr Cary. Sie nickte und wandte ihre Aufmerksamkeit dem Strand zu.

»Unsere Großmutter haßt meine Mutter, stimmt's« sagte ich.

Carys wachsame Blicke folgten May. »Es sieht ganz so aus«, gab er zu.

»Reden unsere Großeltern oft über sie und meinen Daddy?«

»So gut wie nie«, sagte Cary. Er ging in Richtung Strand, und ich folgte ihm.

»Ich kann mir beim besten Willen nicht vorstellen, was mein Daddy getan haben könnte, um sie derart gegen sich aufzubringen. Weshalb sollte ein Mann nicht das Recht haben, sich eine Frau zu suchen, die er liebt, und sie zu heiraten? Deine Großmutter ist eine sehr grausame Frau, oder willst du mir etwa einreden, auch sie hätte schlicht und einfach nur Angst?«

In seinen Augen stand mehr Schmerz als Wut, als er sich zu mir umdrehte. »Großmamas Bellen ist schon immer übler gewesen als ihr Beißen«, sagte er. »Wenn du erst einmal eine Zeitlang hier bist, wirst du es selbst sehen. Sie braucht eine Weile, um mit Fremdem warm zu werden.«

»Ich bin keine Fremde. Ich bin ihre Enkelin, ob es ihr paßt oder nicht.«

Er wandte den Blick ab. May war jetzt so dicht am Wasser, daß die Flutwellen gerade ihre Füße berühren konnten.

»Verdammt noch mal!« Cary rannte auf May zu und zog sie weiter vom Wasser weg. Ich fand, er behandelte sie mit übertriebener Strenge, und das sagte ich ihm auch. Dann nahm ich sie an der Hand und wir liefen weiter. Ich bedeutete ihr, ich würde ihr dabei helfen, Muscheln zu sammeln. Cary folgte uns.

»Verstehst du, sie kann nicht schwimmen«, sagte er zu seiner Verteidigung.

»Sie kann nicht schwimmen?«

»Nein. Und selbst wenn sie es könnte – ein Sog oder eine Strömung kann selbst den kräftigsten Schwimmer aufs Meer hinausziehen, und das bedeutet den sicheren Tod.«

Ich sorgte dafür, daß wir ein gutes Stück Abstand zum Wasser hielten.

»Ich kann verstehen, daß du sie beschützen willst, Cary. Ich finde das schön und gut und richtig, aber du mußt ihr die Luft zum Atmen lassen.«

Er starrte mich an. Der Wind ließ das Haar um sein Gesicht tanzen. Ich spürte, wie mir die Gischt ins Gesicht sprühte. Über uns kreisten die Seeschwalben und schrien.

»Ich weiß, warum die Familie nichts mit deinem Vater zu tun haben wollte, und ich weiß auch, warum er mit deiner Mutter fortgelaufen ist«, gestand Cary.

»Ist das wahr?«

»Ja.« Er kniete sich hin, zog eine Muschelschale aus dem Sand und gab sie May. »Nicht, daß mir jemand die ganze Geschichte erzählt hätte«, fuhr er fort. »Im Lauf der Jahre habe ich mir die zahllosen Einzelheiten zusammengereimt, weil ich oft in der Nähe war, wenn über dieses Thema gesprochen worden ist.«

»Als mein Vater gemerkt hat, was ich mit der Zeit in Erfahrung gebracht hatte und jetzt wußte, hat er mich eines Tages beiseite genommen und mir verboten, die ganze Geschichte jemals auch nur mit einem einzigen Wort zu erwähnen, und schon gar nicht im Beisein meiner Großeltern.«

»Erzähl es mir«, bat ich leise und eindringlich.

»Deine Mutter hätte diejenige sein sollen, die es dir erzählt, oder auch dein Vater, aber ich bin sicher, daß die beiden sich zu sehr geschämt haben und Angst davor hatten«, fügte er hinzu.

Mein Herz schien einen Moment lang auszusetzen, doch dann begann es so heftig zu hämmern, daß das Blut in meinen Schläfen rauschte.

»Wofür hätten sie sich schämen sollen? Was haben sie denn getan?«

»Geheiratet«, sagte er.

»Ach? Na und? Sind deine Eltern und unsere Großeltern etwa so eingebildet und arrogant, daß sie auf jemanden herabsehen können, der nicht aus einer der sogenannten besten Familien stammt? Auf ein Waisenkind? Wofür halten sie sich eigentlich, und wie können sie sich anmaßen, sie zu ...«

»Deine Mutter war ein Waisenkind, das ist richtig. Aber sie

hat dir nie die Wahrheit über ihre Adoptiveltern erzählt und wer sie waren.«

Ich hielt den Atem an.

»Was soll das heißen? Wer waren ihre Adoptiveltern?«

»Großmama und Großpapa«, sagte er. »Deine Mutter und dein Vater sind wie Geschwister miteinander aufgewachsen, und als sich herausgestellt hat, daß deine Mutter mit dir schwanger war, war die Schande noch größer.«

Ich schüttelte den Kopf und hätte beinah laut losgelacht.

»Das ist doch albern. Das ist eine lächerliche Lüge, die dein Vater dir erzählt hat, um damit zu rechtfertigen, wie schändlich und abscheulich die Familie meinen Daddy behandelt hat.«

»Es ist die Wahrheit«, beharrte er.

»Nein!« Ich schlug mir die Hände auf die Ohren. »Ich denke gar nicht daran, mir auch nur noch ein weiteres Wort von diesen Abscheulichkeiten anzuhören.«

May starrte mich an und verzog das Gesicht. Sie bewegte blitzschnell die Hände, um mich zu fragen, was mir fehlte, aber ich schüttelte den Kopf.

»Ich fand, du solltest es wissen, damit du endlich verstehst, warum alle so gegen deine Mutter und deinen Vater sind. Vielleicht wirst du meinen Großeltern und meinen Eltern jetzt nicht mehr ganz so viele Vorwürfe machen.«

»Ich mache ihnen nur noch größere Vorwürfe!« schrie ich Cary an. »Und zwar deshalb, weil sie lügen.«

»Sie lügen nicht«, sagte er mit ruhiger Stimme. »Es überrascht mich, daß diese Klatschbasen in der Schule dir noch nichts davon erzählt haben. Es ist schon eine alte Geschichte, und vielleicht sind sie zu jung, um etwas davon zu wissen, aber vielleicht ist ihnen auch einfach nur nicht klar, wer du bist.«

Ich schüttelte den Kopf und wich vor Cary zurück. »Du willst mir ja doch nur heimzahlen, daß ich dich wegen May kritisiert habe. Du bist grausam. Ich hasse dich«, rief ich. »Ich hasse dich!«

Tränen strömten über meine Wangen, als ich über den Strand lief. Ich rannte, so schnell ich konnte, obwohl meine Füße immer wieder im Sand ausglitten und ich ins Rutschen kam.

Zwischendurch rannte ich sogar durch Wasser, ohne mich daran zu stören, doch bald war ich so erschöpft, daß ich mich bäuchlings auf den Sand fallen ließ. Ich hatte das Gefühl, meine Brust würde zerspringen, und hatte Mühe, Atem zu holen.

Er mußte einfach lügen oder Lügen weiterverbreiten. Weshalb hätten Mommy und Daddy mir das verschweigen sollen?

Wenige Momente später stand Cary neben mir. »Ich wußte gleich, warum ich es dir nicht sagen wollte.«

»Du kannst sagen, was du willst, aber nicht einen solchen Unsinn«, gab ich zurück und blickte zu ihm auf. Er stand da und hielt May an der Hand. Sie wirkte verängstigt, und es sah ganz so aus, als könnte sie selbst jeden Moment anfangen zu weinen. Ich stand auf und klopfte mir den Sand aus den Kleidern.

»Ich werde dir nachher im Haus etwas zeigen«, sagte Cary. Er wandte sich ab und machte sich auf den Rückweg. Ich nahm May an der Hand, und wir folgten ihm.

Hinter dem Haus blieb Cary stehen und sagte: »Hier entlang.« Er führte uns zur Nordseite des Hauses, blieb vor einer Metalltür stehen, bückte sich und öffnete sie. Dahinter führten ein paar Stufen aus Zement zu einer zweiten Tür hinab. »Das ist der Keller des Hauses.«

Ich zögerte. Er lief die Stufen hinunter und öffnete die zweite Tür. Nachdem er eingetreten war, zog er an einer Schnur und schaltete damit eine nackte Glühbirne an, die von der Decke hing. Als ich die Stufen herunterkam, sah ich, daß der Keller lediglich einen festen Lehmboden hatte, und daß auf dem alten Feldsteinfundament Metallregale standen. Ich bahnte mir den Weg durch zahllose Spinnweben. Ein feuchtkalter, muffiger Geruch hing in der Luft.

»Wir befinden uns hier unter dem ältesten Teil des Hauses«,

erklärte Cary. »Ich glaube, früher einmal sind in diesem Keller Obst und Gemüse eingelagert worden, oder so ähnlich. Laura und ich haben uns früher immer vorgestellt, das sei unser Clubhaus. An der Feuchtigkeit, den Spinnweben und den Mäusen haben wir uns nicht gestört.«

»Mäuse?«

»Inzwischen sind sie davongehuscht und haben sich versteckt.« Cary lächelte. Dann ging er durch den kleinen Raum zu einem der Metallregale, zog einen Karton vom zweiten Regalboden und stellte ihn auf die Erde. Da er in dieser feuchten Umgebung aufbewahrt wurde, war der Karton aufgeweicht und wäre beinah unter seinen Fingern zerrissen, als Cary ihn behutsam öffnete.

»Hier«, sagte er und wartete darauf, daß ich näherkam. Ich näherte mich mit langsamen und zaghaften Schritten. Ich hatte ein Gefühl in der Brust, als hätte ich Kohlebrocken geschluckt, die mir jetzt schwer aufs Herz drückten. May blieb an meiner Seite und hielt meine Hand fest umklammert. Ich sah in den Karton. Er war mit Fotoalben gefüllt. Cary zog das oberste heraus und schlug es auf.

»Deine Eltern waren natürlich schon längst von hier fortgegangen, als Laura und ich auf all das gestoßen sind. Als wir Großmama Olivia nach diesen Bildern gefragt haben, hat sie uns verboten, jemals wieder diesen Keller zu betreten. Lange Zeit haben wir uns an das Verbot gehalten«, sagte er.

Ich sah mir die Fotografien an. Es waren alte Aufnahmen von Kindern, zwei Jungen und ein Mädchen.

»Das sind dein Vater und deine Mutter, und das hier ist mein Vater«, hob Cary hervor. Er blätterte die Seiten um, und Daddy, Mommy und Onkel Jacob wurden auf den Fotos immer älter. Mit jeder neuen Seite, die er aufschlug, wurde die Ähnlichkeit deutlicher. »Dein Vater ist schon immer unglaublich groß gewesen, was? Und deine Mutter, sie ist von Anfang an hübsch gewesen«, sagte er.

Tränen strömten über meine Wangen, als Cary langsam die Seiten umblätterte und ich Fotos sah, die auf Gartenparties aufgenommen worden waren, auf der Hollywoodschaukel, mit den Blumenbeeten im Hintergrund, auf Segelbooten und auf Fischerbooten. Bilder von Schulklassen waren darunter und Gruppenbilder der Familie.

Ich schüttelte ungläubig den Kopf.

»Es tut mir leid«, sagte er. »Es tut mir leid, daß du nie die ganze Wahrheit gekannt hast.«

Ich biß mir auf die Unterlippe, sog durch die Nase Luft ein und schenkte meinen heißen Tränen keinerlei Beachtung. Cary packte die Alben wieder in den Karton, schloß ihn sorgfältig und stellte ihn wieder ins Regal.

»Hier gibt es noch viel mehr zu sehen, aber vielleicht besser ein anderes Mal«, sagte er.

Ich wandte mich ab und ließ Mays Hand los. Ich fühlte mich, als hätte ich einen Rettungsanker losgelassen und triebe jetzt haltlos im Raum. Benommen ging ich auf die Zementstufen zu und stieg wieder ins Tageslicht hinauf. Ich nahm verschwommen wahr, daß Cary das Licht ausschaltete und die Kellertür hinter uns schloß. Während ich starr auf das glitzernde Meer sah, das wie ein schwebender Spiegel aussah und eine hypnotische Anziehungskraft ausübte.

Ein Kokon aus Lügen war um mich herum gesponnen worden. Cary hatte ihn aufgebrochen, und plötzlich sah ich die Welt mit ganz anderen Augen.

Aber mir stand noch viel mehr bevor. Ich ahnte es, und diese unheilvolle Vorahnung ließ mein Herz vor Grauen schneller schlagen. Ich würde alles in Erfahrung bringen, gelobte ich mir, ganz gleich, wie schrecklich die Wahrheit auch sein mochte.

11.

Er findet mich hübsch

Cary kam an meine Seite und blieb einen Moment lang wortlos neben mir stehen. Zwei Seeschwalben flogen vorüber. Ihre Rufe klangen wie Schreie in meinen Ohren. Vielleicht lag es daran, daß ich das Gefühl hatte, innerlich laut zu schreien. Innerhalb von Sekunden hatte sich meine gesamte Welt auf den Kopf gestellt. Der blaue Himmel sah jetzt grau aus. Das weiche blaue Wasser hatte sich in hartes Eis verwandelt.

»Ich bin ganz sicher, daß meinen Eltern nicht klar war, was dir Haille alles nicht erzählt hat, Melody. Zumindest habe ich meinen Vater nie etwas derartiges sagen hören. Es wäre mir sehr lieb, wenn sie nicht erführen, daß ich derjenige war, der es dir gesagt hat«, sagte Cary.

Ich fuhr so abrupt zu ihm herum, daß er zusammenzuckte, als rechnete er damit, geohrfeigt zu werden. »Vermutlich könnte ich lügen und deinen Eltern sagen, Mommy hätte mir all das erzählt. Oder ich könnte so tun, als hätte ich es in der Schule gehört. Vielleicht bin ich sogar ganz von allein dahintergekommen, was hältst du davon? Ich meine, hier sprießen die Lügen doch wie die Moosbeeren aus dem Boden. Mir stehen viele Möglichkeiten zur Auswahl, stimmt's?«

Er nickte. »Ich verstehe gut, wie dir zumute ist.«

»Ach, wirklich?« fauchte ich. Meine Gesichtshaut fühlte sich so heiß an, als hätte ich einen Sonnenbrand.

»Ja«, erwiderte er mit fester Stimme. Seine grünen Augen wurden dunkler, hielten mich jedoch mit ihrer Aufrichtigkeit in ihrem Bann. »Ich weiß es wirklich, Melody. Als mir allmählich klar wurde, daß du nicht die Wahrheit über deine Eltern kennst, war ich schockiert. Ich habe schon früher mit dem Gedanken gespielt, dir alles zu sagen, nicht erst heute, weil ich es satt hatte, mir deine Klagen darüber anzuhören, wie mein Vater deine Mutter und deinen Vater behandelt hat, aber ...«

»Aber was, Cary Logan?«

Er wandte den Blick ab, schluckte und sah mich dann wieder an.

»Ich wollte nicht, daß genau das passiert, was jetzt passiert ist«, platzte er heraus.

»Und was ist das?« fragte ich mit den Armen in den Hüften. Aus dem Augenwinkel sah ich, daß May uns verwirrt beobachtete. »Nun, was ist?« bohrte ich.

»Ich wollte nicht, daß du mich haßt«, gestand er.

Mein Herz hämmerte weiterhin, doch der Stahl in meinen Schultern und in meinem Rücken schien ein wenig nachzugeben. Ein Teil der Spannung fiel von mir ab.

»Ich weiß nicht, was du meinst«, murmelte ich, während ich wieder auf das Meer hinausschaute. »An die Geschichte kann ich mich nicht mehr genau erinnern, aber die Lektion, die uns der Lehrer erteilt hat, habe ich mir gut gemerkt«, fuhr Cary fort. »Es hatte etwas damit zu tun, daß wir immer den Boten hassen, der uns schlechte Nachrichten überbringt. Deshalb hassen wir es, schlechte Nachrichten überbringen zu müssen.«

»Ich hasse dich nicht dafür, daß du mir die Wahrheit gesagt hast«, sagte ich. »Aber wütend bin ich, und zwar in erster Linie auf meine Mutter. Sie hätte mir all das erzählen müssen, ehe sie mich hierher gebracht hat, um mich der Familie aufzuhalsen, die meinen Anblick verabscheut.«

»Niemand verabscheut deinen Anblick. Wie könnte jemand dir die Schuld daran geben? Aber du hast recht: Deine Eltern hätten dir die Wahrheit über ihre Vergangenheit und alles, was vorgefallen ist, sagen müssen. Ich vermute, mein Vater hat den

Nagel auf den Kopf getroffen: Sie haben sich geschämt. Deshalb sind sie auch von hier fortgelaufen, um in West Virginia zu leben, nachdem sie heimlich geheiratet hatten.«

»Aber ... ich verstehe das alles einfach nicht.« Ich schüttelte den Kopf. »Wenn sie meine Mutter für so minderwertig gehalten haben, warum haben Großpapa Samuel und Großmama Olivia sie dann bei sich aufgenommen und adoptiert? Und obwohl sie wie Bruder und Schwester miteinander aufgewachsen sind, waren meine Mutter und mein Vater doch gar keine Geschwister. Warum war das so schrecklich? Was soll daran schrecklich genug sein, um meinen Vater zu verstoßen und ihn so sehr zu hassen, daß keiner von euch auch nur um ihn trauert?«

»Sieh mal, die Einzelheiten kenne ich nicht. Wie ich schon sagte, redet niemand gern darüber. Vielleicht wird deine Mutter dir jetzt alles erzählen«, schloß er. »Du kannst sie ja danach fragen.«

»Ja, das werde ich ganz bestimmt tun«, stöhnte ich, »falls sie mich jemals wieder anruft oder mich von hier fortholt.«

»Es tut mir leid, Melody«, sagte er. »An dieser ganzen Geschichte ist so einiges faul.«

Ich schaute in seine smaragdgrünen Augen, die jetzt keine Spur von Härte mehr aufwiesen, und dort sah ich, wie nahe ihm mein Schmerz ging.

»Ich danke dir dafür, daß ich dir nicht gleichgültig bin«, sagte ich. Seine Augen leuchteten, er schenkte mir ein kleines Lächeln.

May starrte mich an und wartete auf eine Erklärung. Meine Tränen und meine Wutausbrüche hatten ihr Angst eingejagt. Weshalb hätte ein so unschuldiges und süßes Geschöpf unter meiner miserablen Laune leiden sollen? fragte ich mich.

»Es ist alles in Ordnung«, bedeutete ich ihr und griff nach ihrer Hand. Sie strahlte von einem Ohr zum anderen.

»Wir sollten jetzt besser wieder ins Haus gehen«, sagte Cary.

»Sie suchen uns sicher schon.« Er sagte May noch einmal, sie solle ihre Schuhe gründlich saubermachen, ehe wir alle wieder ins Haus gingen.

»Da sind ja die Kinder«, sagte Tante Sara, als wir in der Tür zum Wohnzimmer auftauchten. »Ich wollte euch gerade rufen. Wo seid ihr gewesen, Cary?«

»Wir haben einen Spaziergang am Strand gemacht.«

»Hast du interessante Muscheln gefunden?« fragte sie mich. »Laura hat immer die ungewöhnlichsten Muschelschalen gefunden, nicht wahr, Jacob?«

Er gab einen unwilligen Laut von sich.

Es fiel mir so schwer, sie alle anzusehen, nachdem ich einen Teil des Geheimnisses kannte. Großmama Olivia saß mit stocksteifem Rücken auf einem breiten Polstersessel mit hoher Lehne und hatte die Arme auf den Armlehnen liegen. Sie schien wütend zu werden, als sie mich ansah. Ich spürte, wie ihre Augen sich glühend in mich bohrten. Soll Cary ruhig sagen, was er will, dachte ich. Sie haßt mich. Mein Anblick ist ihr ein Greuel, denn sie kann mich nicht ansehen, ohne an meine Mutter zu denken. Ich konnte unseren Aufbruch kaum noch erwarten.

Andererseits war Großpapa Samuels Gesicht jetzt freundlicher, und ein kleines Lächeln spielte um seine Lippen. »Hast du deine Cousine schon zum Segeln mitgenommen, Cary?« fragte er.

»Nein, Sir.«

»Das hat keine Eile«, sagte Tante Sara mit deutlich hörbarer Furcht in der Stimme.

»Ich wüßte niemanden, dem ich ein Segelboot lieber anvertrauen würde als Cary«, sagte Großpapa Samuel und hielt den Blick dabei immer noch auf mich gerichtet. Cary errötete. »Er ist der beste Seemann, den es in dieser Familie je gegeben hat, stimmt's Jacob?«

»Ja«, sagte Onkel Jacob. »Das kann man wohl sagen.« Er

schlug sich mit den Händen auf die Knie und stand auf. »Ich denke, wir sollten jetzt besser gehen.« Er warf Tante Sara einen Blick zu, worauf sie sich eilig erhob. Dann sah er Cary an. »Danke für das Essen, Großmama«, sagte Cary eilig, um dem erwartungsvollen Blick seines Vaters Folge zu leisten. Onkel Jacobs Blick glitt zu mir.

»Danke«, sagte ich, und meine Lunge brannte so sehr, daß ich das Wort kaum herausbrachte. Am liebsten hätte ich noch sarkastisch hinzugefügt: »Ich danke euch dafür, daß ihr die Fotos von meiner Mutter und meinem Vater in einem Karton im Keller verstaut habt. Ich danke euch dafür, daß ihr genug Haß auf euren eigenen Sohn in euch tragt, um noch nicht einmal seinen Namen zu nennen, ganz zu schweigen davon, daß ihr seinen Tod betrauern würdet. Ich danke euch dafür, daß ihr an allem, was die beiden getan haben, mir die Schuld zuschiebt.« Aber ich schluckte meine Worte, und als ich mich umdrehte, sah ich, wie May das Zeichen zum Dank machte. Die beiden schenkten ihr kaum Beachtung. Vielleicht konnten sie sich auf die Art vormachen, sie hätte gar keine Behinderung, dachte ich mir. Eine weitere Lüge kam zu den Bergen von Lügen hinzu, die sich bereits in den dunklen Schränken und den Seemannstruhen der Logans türmten.

»Ich werde dich im Lauf der Woche anrufen, Sara«, sagte Großmama Olivia, ohne den Kopf zu wenden, »und dann sage ich dir, wann das Abendessen stattfindet.«

»Ja, gern, Olivia. Ich danke dir«, sagte Tante Sara. Sie sah Onkel Jacob hilfesuchend an. Als er sich auf den Weg zur Tür machte, folgte sie ihm. Mir fiel auf, daß niemand einen Abschiedskuß bekam, aber schon zur Begrüßung hatte man sich nicht geküßt. Nur Großpapa Samuel folgte uns zur Tür. »Ich wünsche dir eine gute Woche, Jacob«, sagte er.

»Danke, Dad«, erwiderte Onkel Jacob. Er schüttelte seinem Vater die Hand, und wir alle folgten ihm, als er auf den Wagen zuging.

»Ich freue mich schon darauf, dich auf deiner Fiedel spielen zu hören«, rief mir Großpapa Samuel nach. »Bring sie mit, wenn ihr zum Abendessen kommt.«

Ich drehte mich zu ihm um. Er lächelte freundlich, und seine Augen funkelten. Wir hatten kaum ein Wort miteinander getauscht und auch nur wenig Zeit gemeinsam verbracht, und doch erschien er mir zu nett, um meinen Vater zu verstoßen, zu nett, um so lange Zeit einen so unerbittlichen Groll in seinem Herzen zu tragen.

»Hat es dir gefallen, Melody?« fragte mich Tante Sara, nachdem wir alle in den Wagen gestiegen waren. Cary warf einen nervösen Seitenblick auf mich.

»Ja, Tante Sara. Das Essen war wunderbar, und es ist wirklich ein wunderschönes Haus«, sagte ich teilnahmslos.

»Ja, nicht wahr? Ich komme liebend gern hierher. Laura hat Großpapa und Großmama Logan früher oft besucht. Ich bin ganz sicher, daß du dir das mit der Zeit auch angewöhnen wirst.«

»Da wäre ich mir nicht so sicher«, murmelte ich tonlos. Cary war der einzige, der meine Worte hörte, sagte aber nichts dazu.

»Wir sind alle nächste Woche zum Abendessen eingeladen. Ist das nicht schön?« sagte Tante Sara. Niemand, noch nicht einmal Onkel Jacob, gab eine Antwort. Wir fuhren schweigend nach Hause, und May war wohl die einzige, die sich in einer so stummen Welt behaglich fühlte, dachte ich mir.

Was für eine Erleichterung, die feinen Sachen auszuziehen und mich in eine derbe Jeans, Turnschuhe und eine einfache Bluse zu werfen! In Lauras Sachen hatte ich mich so eingeengt gefühlt. Tante Sara behandelte Lauras Kleidungsstücke wie Heiligtümer. Ich knöpfte meine eigene Bluse bis zur Taille zu und knotete sie dann vorn zusammen, wie Mommy es so oft mit ihren Blusen getan hatte. Mir schwirrte immer noch der Kopf von den Entdeckungen, die ich gemacht hatte, von all diesen Enthüllungen über meine Eltern.

Wann hatten sie zum ersten Mal bemerkt, daß sie sich ineinander verliebt hatten? War es wirklich so gewesen, als verliebte man sich in den eigenen Bruder oder in die eigene Schwester, obwohl sie keine Blutsverwandten waren? Wie hatten sie es Großpapa und Großmama Logan beigebracht? Es gab so vieles, das ich nicht über meine Familie wußte. Ich kam mir vor, als hätte ich mein Leben mit Fremden verbracht. Alle anderen waren noch dabei sich umzuziehen, als ich aus meinem Zimmer trat. Ich wußte, daß May sich schon darauf freute, ihre Zeit mit mir zu verbringen, doch ich lechzte nach Einsamkeit. Ich eilte die Treppe hinunter und zur Tür hinaus. Verwirrt, wütend, verängstigt und bestürzt grub ich die Füße in den Sand und stapfte zum Ozean. Die Brise peitschte mein Haar. Große, aufgeblähte Wolken hatten sich vor die Sonne geschoben. Ich fröstelte ein wenig, und mir wurde klar, daß ich mit meiner Baumwollbluse zu dünn angezogen war. Trotzdem wollte ich nicht noch einmal umkehren.

Die Flut strömte so schnell auf den festen Sand des Strandes, daß ich große Sätze machen mußte, um wieder trockenen Boden zu erreichen. Es war, als schnappte das Meer nach mir. Ich zog Schuhe und Socken aus und watete durch das Wasser, ohne die Kälte wahrzunehmen. Falls ich mir eine Lungenentzündung holen sollte, dann würde Mommy schuld daran sein. Es würde ohnehin niemandem etwas ausmachen. Ich kochte vor Wut und stellte mir vor, wie der Rauch aus meinen Ohren herausströmte.

Wie hatte mir Mommy die Wahrheit vorenthalten können? Hatte sie etwa geglaubt, der Tag, an dem sie all ihre Lügen eingestehen mußte, würde niemals kommen?

Gewiß hätte Daddy mir früher oder später alles erzählt. Er hatte nur gewartet, bis ich alt genug war. Daddy hätte nicht erleben wollen, daß ich derart tief getroffen wurde. Aber Mommy mußte klar gewesen sein, daß ich die ganze Geschichte hören würde, wenn sie mich hier ließ. Und das einzige, was ihr Sorgen bereitet hatte, war, wie sie so schnell wie möglich von hier verschwinden und sich um ihre eigenen Angelegenheiten kümmern konnte, nämlich darum, berühmt zu werden.

»Das ist nicht gerecht!« schrie ich dem Meer zu. Meine Worte gingen im Tosen der Wellen unter.

Mir war nicht bewußt gewesen, wie weit ich schon gelaufen war, erst als ich mich umdrehte, sah ich, wie weit das Haus entfernt war. Ich verschränkte die Arme vor der Brust, setzte mich auf den trockenen Sand und starrte auf die Wogen hinaus. Die Brise legte sich nicht, doch es war nicht annähernd so bewölkt, wie es mir anfangs erschienen war. Das Wetter schlug hier so schnell um, als gäbe es auf Cape Cod einen Zauberer, der darüber bestimmte. Ich spürte, daß die Sonne am Wasser mehr Kraft hatte, wo sie vom Sand reflektiert wurde. Ich kam mir vor wie ein Pingpongball, der abwechselnd in warme und kühle Luft getaucht wird. Die Brise wehte die Tränen von meinen Wangen. Ich seufzte so tief, daß ich glaubte, ich könnte zerspringen wie sprödes Porzellan. Ich malte mir sogar aus, daß mein Gesicht wie ein Alabasterpuzzle in Stücke sprang. Dann konnte keine Macht auf Erden mehr die arme Melody zusammensetzen.

Plötzlich sah ich ein Motorboot, das geräuschvoll über die Wellen hüpfte und um sich herum Gischt aufsprühen ließ. Wer auch immer es steuern mochte, er riß das Steuer schnell herum, kam direkt auf die Küste zu und beschleunigte. Das Boot kam direkt auf mich zu. Neugierig sah ich beim Näherkommen zu, bis ich erkennen konnte, wer am Steuer stand. Adam Jackson winkte mir zu. Er schaltete den Motor aus, und das Boot schaukelte auf den Flutwellen.

»He!« rief er und hielt die Hände wie einen Trichter vor seinen Mund. »Was tust du ganz allein hier draußen?«

Das Boot hob und senkte sich, bis es fast auf dem Sand auflief.

»Ich habe nur einen Spaziergang gemacht«, rief ich zurück.

»Ich dachte mir gleich, daß du das bist. Ich muß wohl ganz ausgezeichnete Augen haben, was?« Er lachte, und dann hielt er ein Fernglas hoch. »Komm mit. Wir machen eine kleine Spritztour.«

Ich schüttelte den Kopf. »Nein, danke.«

»Komm schon«, drängte er mich. »Es macht bestimmt Spaß.«

»Und wie komme ich ins Boot? Ich werde naß bis auf die Knochen, und dann hole ich mir den Tod.«

Er lachte und sprang heraus. Er trug eine knappe schwarze Badehose und ein hellblaues Polohemd, das naß wurde, was ihn jedoch nicht zu stören schien. Er zog das Boot näher ans Ufer, bis der Bug auf dem Strand lag. Dann zog er sein Hemd aus und warf es ins Boot, ehe er sich wieder zu mir umdrehte.

»Komm schon. Ich passe auch ganz bestimmt auf, daß du nicht naß wirst.«

»Nein, lieber nicht.«

»Du siehst nicht gerade fröhlich aus«, sagte er. »Eine kleine Bootsfahrt wird deine Niedergeschlagenheit vertreiben. Darauf gebe ich dir die hundertprozentige Adam-Jackson-Garantie.«

Ich sah mich nach dem Haus um. Tante Sara und Onkel Jacob würden einen Anfall bekommen, wenn sie mich in dieses Boot steigen sahen, aber Adams Schultern schimmerten einladend in der Nachmittagssonne. Ich stand mit klopfendem Herzen auf.

Warum eigentlich nicht? dachte ich mir. Sie können mich schließlich nicht hier gefangen halten. »In Ordnung«, sagte ich.

»Prima«, rief er. »Beeil dich. Der Atlantische Ozean läßt sich um diese Jahreszeit noch nicht mit einer warmen Badewanne vergleichen«, sagte er lachend und tat so, als zitterte er in dem kalten Wasser.

Ich krempelte meine Hosenbeine so weit wie möglich hoch, preßte die Schuhe und die Socken an mich und machte dann den ersten Schritt ins Wasser. Die Flut stieg immer noch, und ich wich mit einem kleinen Aufschrei zurück. Adam lachte. Er rannte auf mich zu und hob mich auf seine Arme, ehe ich dagegen protestieren konnte. Dann trug er mich zu seinem Boot, als sei ich federleicht, und hob mich behutsam über den Rand. Sowie ich im Boot saß, stieß er es wieder ins Wasser, zog sich hoch und schwang sich geschmeidig über den Bootsrand.

»Siehst du? Du hast kaum einen Tropfen abgekriegt.«

»Ich kann nicht glauben, daß ich das wirklich tue.«

»Was ist denn da schon dabei?« sagte er achselzuckend. »Boote, Wasser und das Fischen – für uns auf Cape Cod sind diese Dinge so normal wie das Atmen, und da du jetzt auch zu uns gehörst, mußt du dich schleunigst an all das gewöhnen, oder du läufst Gefahr, für immer als Außenseiterin zu gelten«, sagte er. Er machte so große Augen, als wolle er damit sagen, dieses Los sei schlimmer als der Tod. Dann lachte er und ließ den Motor an.

Das Boot hob und senkte sich so heftig mit dem Wellengang, daß ich mich kaum auf den Füßen halten konnte.

»Ist das Meer denn nicht zu stürmisch heute? Ich komme mir vor wie in einer Wäscheschleuder.«

»Das nennst du stürmisch? Davon kann gar keine Rede sein.« Er klopfte auf den Sitz neben sich. »Setz dich hierher, damit du eine gute Aussicht hast. Wenn du willst, lasse ich dich sogar das Steuer übernehmen.«

»Wirklich?«

»Ja, klar. Komm schon, setz dich«, drängte er, also tat ich es. »Ich bin dieses Jahr selbst noch nicht oft rausgefahren«, sagte er. »Jetzt bin ich froh, daß es mich heute plötzlich überkommen hat.« Seine blauen Augen funkelten schelmisch, als er sich zu mir umdrehte. »Es war nämlich kein Zufall, daß ich dich am Strand gefunden habe.«

»Ach?«

»Das Schicksal hat es so gewollt«, sagte er und zwinkerte mir zu. Und dann jagte er den Motor derart hoch, daß sich das vordere Ende des Boots aus dem Wasser hob.

Ich stieß einen Schrei aus und mußte mich an ihm festklammern, doch das schien ihn nicht zu stören.

»Mußt du so schnell fahren?« rief ich. Gischt sprühte auf, und der Wind ließ meine Bluse derart flattern, daß ich schon glaubte, er würde sie mir vom Leib reißen. Und außerdem tränten meine Augen.

»Ja, natürlich«, sagte er. »Du willst doch die Faszination erleben, ober etwa nicht? Das langsame Fahren ist nichts für Leute wie uns, die sich an Schnelligkeit berauschen wollen.«

Leute wie uns? dachte ich. Für wen hielt er mich überhaupt? Das Boot machte jedesmal, wenn es aufs Wasser traf, einen solchen Satz, daß ich fürchtete, es könnte zerbersten. Mein Herz pochte heftig. Endlich drosselte er das Tempo und sagte, ich solle versuchen, das Steuer selbst zu übernehmen. Er rückte zur Seite, und ich übernahm das Steuer. Dann setzte er sich hinter mich und griff mit beiden Armen über meine Schultern, um seine Hände auf meine zu legen.

»Jetzt zeige ich dir erst mal, wie man das macht«, sagte er und preßte seine Wange an meine. Das Wasser, die Brise, der Geruch des Meeres und der Duft seines After-shaves verbanden sich schwindelerregend miteinander. Ich fühlte mich benommen, trotzdem war es aufregend und einfach wunderbar. Eine Zeitlang konnte ich all die Lügen und Geheimnisse vergessen.

Er legte langsam wieder Tempo zu, und ich drehte das Steuerrad. Meine Macht über das Boot beeindruckte und faszinierte mich. Ich war derart hingerissen, daß ich seinen Lippen, die über meine Ohren und auf meine Wange glitten, kaum Beachtung schenkte.

»Du bist einfach toll«, sagte er plötzlich.

»Was?« Ich rückte zur Seite und sah ihn an. Diese unglaublichen Augen sogen mich auf und verschlangen mich. Eilig schloß ich einen der Knöpfe meiner Bluse, der sich geöffnet hatte, doch unter seinen durchdringenden Blicken kam mir das Kleidungsstück unzulänglich und geradezu durchsichtig vor. Ich konnte kaum atmen. Ohne jede Vorwarnung machte das Boot einen enormen Satz und warf Adam auf meinen Schoß. Wir schrien beide auf, doch er faßte sich schnell genug wieder, um das Tempo zu drosseln und den Bug wieder auszurichten. Wir schnappten nach Luft, und das Boot wiegte sich sanft auf den Wellen. So fern von der Küste war das Wasser ruhiger und einladender.

»Du mußt im Auge behalten, was du tust«, sagte er.

»Und du mußt deine Augen im Kopf behalten. Ich habe Abdrücke deiner Pupillen an Stellen, die besser unangetastet bleiben sollten.«

Er lehnte sich lachend zurück. »Du hast manchmal wirklich eine seltsame Art, dich auszudrücken, aber es ist erfrischend. Die Mädchen hier haben alle dieselbe Ausdrucksweise. Alles ist irre, wenn du verstehst, was ich meine.«

Ich nickte.

»Warum bist du gestern abend nicht zu der Party gekommen?« fragte er. »Ich habe den ganzen Abend über nach dir Ausschau gehalten.«

»Ich konnte nicht kommen«, sagte ich. »Ich wäre gern gekommen, aber ...«

»Dein Onkel und deine Tante haben es dir nicht erlaubt?«

»Ja, so ähnlich.«

»Das dachte ich mir schon.« Er schüttelte den Kopf. »Es muß wirklich hart für dich sein. Ich wette, du kommst dir vor, als seist du in einer Art Gefängnis oder Nonnenkloster gelandet, was?«

Ich schwieg.

»Ist dir überhaupt klar, daß sämtliche Mädchen neidisch auf dich sind?«

»Was? Wieso denn das?«

»Ich habe sie gestern abend über dich reden hören, und sie haben alle gesagt, wie hübsch du bist.«

»Das haben sie ganz bestimmt nicht gesagt.«

»Ich schwöre es dir«, sagte er und hob die Hand. »Es ist wahr. Du bist so ziemlich das hübscheste Mädchen, das ich je gesehen habe, und ich habe schon so einige gesehen.« Er beugte sich zu mir vor. »Ich bin sogar schon mit Mädchen ausgegangen, die aufs College gehen, aber du würdest noch unter einer Million Mädchen auffallen. Du besitzt dieses gewisse Etwas, diesen Zauber, wie ihn sonst nur Filmstars oder Mannequins haben. Ich habe gehört, daß deine Mutter Mannequin ist. Jetzt kann ich es verstehen.«

Ich saß mit offenem Mund da. Nie hatte ich einen Jungen in meiner früheren Schule so reden hören, und schon gar nicht über mich.

»Einen Moment noch«, fügte er hinzu, ehe ich etwas sagen konnte. Er stand auf und trat vor einen Wandschrank, um eine Kamera herauszuholen. »Ich würde gern ein paar Aufnahmen von dir machen, genauso, wie du jetzt dasitzt, ganz natürlich und vom Wind zerzaust.«

»Was soll ich tun?«

»Bleib einfach nur dort sitzen. Du steuerst das Boot und bist ganz du selbst.« Er richtete seine Kamera auf mich und machte ein paar Schnappschüsse. »Die werden eines Tages viel wert sein, wenn du erst einmal berühmt geworden bist.«

Ich schüttelte lachend den Kopf. »Ich bin nicht hübsch genug. Ich habe Sommersprossen, und meine Ohren sind zu groß. Ich werde nie berühmt werden.«

»Adam Jackson kennt sich mit hübschen Frauen aus, und ich sage es dir, Melody, du bist eine von ihnen. Du solltest dich lieber nicht mit einem Experten anlegen.« Er sah mich immer noch mit diesem schelmischen Lächeln in den Augen an. Das machte mich reichlich nervös.

»Kann ich jetzt wieder Tempo zulegen?« fragte ich.

»Ich wußte gleich, daß du das wollen würdest. Du brauchst nur ganz langsam den Knüppel zu bewegen.«

Ich tat es und merkte, daß ich das Boot jetzt schon besser steuern konnte, was Adam zu einem weiteren Kompliment veranlaßte.

»Du bist begabt« sagte er und ließ eine Hand über mein rechtes Bein gleiten. »Und außerdem hast du wirklich hübsche Beine.« Er lachte, als er meinen Gesichtsausdruck sah. »Du solltest dich besser an Komplimente gewöhnen, Melody. Mit jedem Jahr, das du älter und noch hübscher wirst, werden sie wie ein Platzregen auf dich herunterprasseln.«

Ich fühlte, daß ich rot wurde. Sagte er diese Dinge einfach nur so dahin, oder meinte er sie ernst? Er legte einen Arm um meine Schultern und half mir mit der anderen Hand beim Steuern. Er hielt mich eng umschlungen und zog mich an sich, bis ich wieder seinen Atem auf meiner Wange spürte und dann eine zarte Berührung seiner Lippen.

»Ich glaube, du solltest das Steuer jetzt wieder übernehmen und mich an Land zurückbringen«, sagte ich zu ihm, und meine Stimme überschlug sich fast. »Meine Tante sucht mich bestimmt schon unter jedem Stein.« Er lachte.

»In Ordnung, aber nur, wenn du mir versprichst, daß du dich morgen abend um acht Uhr mit mir triffst.«

»Ich soll mich mit dir treffen? Wo?«

Er dachte einen Moment lang nach.

»Wir treffen uns genau da, wo du vorhin gesessen hast, als ich dich gefunden habe. Oder fürchtest du dich davor, abends allein über den Strand zu laufen?«

»Ich fürchte mich nicht«, sagte ich. »Es ist nur so, daß ...«

»Daß sie dich vielleicht nicht aus dem Haus gehen lassen? Laß dich von denen bloß nicht wie ein kleines Kind behandeln«, sagte er mit zusammengekniffenen Augen.

»Ich lasse mich nicht wie ein Kind behandeln«, protestierte ich, trotzdem war mir klar, daß er recht hatte.

»Dann hätten wir das also geregelt. Ich bringe ein Radio und eine Decke und etwas zu trinken mit.«

»Etwas zu trinken?«

»Um uns aufzuwärmen. Du tust das doch nicht zum ersten Mal?« fragte er.

»Nein, natürlich nicht«, sagte ich, obwohl ich nicht sicher war, wovon er überhaupt sprach. Würde er eine Thermoskanne mit heißer Schokolade, Kaffee oder Tee mitbringen, oder sprach er etwa von Whiskey?

»Das dachte ich mir. Du siehst nicht aus wie die Unschuld vom Lande. Ich möchte mir gern von dir erzählen lassen, wie es für dich gewesen ist, in West Virginia aufzuwachsen. Meine Freunde, die aufs College gehen, haben mir erzählt, die Mädchen aus den Bergarbeiterstädten wissen, wie der Hase läuft. Die Mädchen hier bilden sich gern ein, sie seien ja so raffiniert, aber in Wirklichkeit stimmt das überhaupt nicht. Den Mund weit aufreißen, das können sie, aber wenn's zur Sache geht, dann kennen sie sich überhaupt nicht aus. Du weißt doch, was ich meine?«

»Nein«, sagte ich.

»Natürlich weißt du es.«

»Ich muß jetzt nach Hause.«

»Schon klar. Wird gemacht«, erwiderte er und salutierte. Ich lachte, als er eilig das Steuer übernahm und das Boot wendete. »Soll ich dich da wieder absetzen, wo ich dich gefunden habe, oder ist es dir lieber, wenn ich dich näher am Haus absetze?«

»Lieber da, wo du mich gefunden hast«, sagte ich. »Meine Tante würde sich auf den Kopf stellen, wenn sie mich in einem Motorboot sieht, und mein Onkel würde mir eine Kette mit einer dicken Kugel am Ende anlegen.«

»Die Logans sind ganz seltsame Leute, und nicht nur, weil Laura verunglückt ist. Sie sind schon lange vorher ganz seltsam gewesen.«

Ich wollte wissen, wieviel er wußte und wieviel hier geredet wurde. »Sprichst du von meiner Mutter und von meinem Vater?« fragte ich daher.

»Nein.« Er schüttelte den Kopf. »Darüber weiß ich nicht viel, nur das, was man mir in der Schule erzählt hat. Das mit deinem Vater tut mir leid. Das muß ein schreckliches Unglück gewesen sein.«

»Ja, allerdings.«

»Dir fehlt es wahrhaftig nicht an guten Gründen dafür, traurig zu sein, Melody, aber du bist zu schön, um lange in deiner Melancholie zu versinken.« Er brachte das Boot dicht ans Ufer. Als er mich anlächelte, schien mein Herzschlag für eine Sekunde auszusetzen. Dann sprang er aus dem Boot. »Setz dich auf den Bootsrand«, wies er mich an. »Mach dir keine Sorgen. Ich lasse dich schon nicht fallen.«

Ich nahm meine Socken und Schuhe und tat, was er gesagt hatte. Er hob mich wieder auf seine Arme, schlang seinen Arm jedoch diesmal enger um meine Taille. Unsere Gesichter waren nur wenige Zentimeter voneinander entfernt. Ich glaubte, ich würde in seinen Augen ertrinken. Er beugte sich vor und küßte mich zart auf die Lippen.

»Das ist nicht fair«, sagte ich. »Ich sitze fest wie eine Katze auf einem Baum.«

Er lachte. »Stimmt. Und wenn du mich nicht küßt, dann lasse ich dich ins Meer fallen.« Er tat so, als würde er mich loslassen, und ich schrie auf. »Also, was ist?«

»Einverstanden, aber nur ein einziges Mal«, sagte ich. Diesmal war es ein langer Kuß, und seine Zunge glitt zwischen meine Lippen und berührte meine Zunge. Mir lief zwar ein Schauer über den Rücken, aber es war kein unangenehmes Gefühl.

»Ich muß jetzt nach Hause«, sagte ich, doch es war kaum mehr als ein Flüstern. Mein Herz pochte so heftig, daß ich glaubte, ich würde die Worte nicht herausbringen.

»Kein Problem«. Er lief geschmeidig durch das Wasser und stellte mich auf trockenem Boden ab. »Dann also bis morgen abend.« Sein Gesicht wurde ernst. »Natürlich sehen wir uns morgen in der Schule, aber es wäre mir lieber, wenn wir unser kleines Geheimnis bewahren würden. Andernfalls müssen wir nämlich damit rechnen, daß wir Gesellschaft haben. Ich weiß, wie das hier ist. Unsere lieben Mitschüler können ganz schöne Quälgeister sein. Und außerdem mag ich Geheimnisse und du doch sicher auch?«

»Nein«, sagte ich eilig und mit so viel Nachdruck, daß er die Augenbrauen hochzog.

»Noch nicht einmal Geheimnisse in Herzensangelegenheiten?«

Ich wollte ihm nicht sagen, daß ich derartige Geheimnisse eigentlich noch nie gehabt hatte, deshalb zuckte ich nur die Schultern. Er lachte. »Ich wette, deine Geheimnisse in Sachen Liebe würden eine Seemannstruhe füllen«, scherzte er.

»Diese Wette würdest du verlieren.« Ich wandte mich ab, um mich auf den Heimweg zu machen. »Ich muß jetzt gehen. Vielen Dank für die Bootsfahrt.«

Er stand da und sah mir nach, als ich eilig über den Sand lief. Dann drehte er sich um und watete durch das Wasser zu seinem Boot zurück. Ich blieb stehen, um zu beobachten, wie er beschleunigte und das Boot sich durch die Wellen schnitt. Er hatte recht gehabt, was die Bootsfahrt anging. Die Trübseligkeit, die über mich hinweggeflutet war, war gemeinsam mit meinen Tränen getrocknet. Meine Schritte federten wieder, als ich über den Strand auf das Haus meines Onkels und meiner Tante zulief und mich fragte, ob ich wohl den Mut aufbringen würde, mich morgen abend mit Adam Jackson zu treffen.

»Wo bist du gewesen, Schätzchen?« fragte Tante Sara, als ich das Haus betrat. Sie stand in der Wohnzimmertür, den Blick auf meine Schuhe und Socken gerichtet, die ich in den Händen hielt. Ich hatte schlichtweg vergessen, sie wieder anzuziehen und meine Hosenbeine runterzurollen.

»Ich habe nur einen Spaziergang am Strand gemacht«, sagte ich eilig.

»Du solltest nicht aus dem Haus gehen, ohne entweder deiner Tante oder mir vorher Bescheid zu sagen«, hörte ich meinen Onkel Jacob aus dem Wohnzimmer rufen. »Ich möchte nicht, daß deine Tante dich suchen muß. Hast du gehört?«

»Ja«, sagte ich. »Es tut mir leid«, sagte ich zu Tante Sara und rannte die Treppe hinauf, bevor sie mir noch mehr Fragen stellen oder etwas sagen konnte. Cary hörte mich kommen und trat aus seinem Zimmer.

»Ist alles in Ordnung mit dir?« fragte er, als ich in den Korridor bog.

»Ja.«

Er kam langsam näher, ein Lehrbuch in der Hand.

»Ich habe dich gehört, als du aus dem Haus gelaufen bist, aber bis ich meine Turnschuhe angezogen hatte und runterkam, warst du schon über den Hügel gelaufen. Ich dachte mir, du willst sicher allein sein, damit du ungestört nachdenken und alles in deinem Kopf sortieren kannst«, sagte er.

»Meinen Kopf sortieren?« Ich fing an zu lachen. »In einem Bienenkorb Ordnung zu schaffen, wäre sicher ein Kinderspiel dagegen.«

Er nickte und sah mich interessiert an. »Du siehst aus, als hättest du in der Sonne etwas Farbe bekommen.«

Schuldbewußt registrierte ich, daß ich ihm nicht in die Augen sehen konnte. Fiel ihm auf, daß mein Gesicht gerötet war und daß meine Augen vor Aufregung glänzten? Daddy hatte früher immer gesagt, meine Augen seien wie kleine Fensterscheiben, in denen man meine Gedanken so klar lesen könne wie die Nachrichten in der Tageszeitung.

»Du bist durchs Wasser gelaufen?« fuhr Cary fort und wies mit einer Kopfbewegung auf die Schuhe in meiner Hand und meine hochgekrempelten Hosenbeine. Winzige Sandkörner klebten zwischen meinen Zehen.

»Ich bin müde«, sagte ich und ging auf mein Zimmer zu. »Ich werde mich vor dem Abendessen ein Weilchen ausruhen.«

»Melody?«

Ich drehte mich um.

Er hielt das Buch hoch.

»Ich habe mich gefragt, ob du vielleicht nach dem Abendessen ...«

»Ist das dein Englischlehrbuch?«

»Ja. Wir schreiben morgen eine Arbeit. Es geht um Satzteile. Wenn überhaupt, dann verstehe ich höchstens etwas von Ersatzteilen«, sagte er verdrossen.

»Das ist in Wirklichkeit gar nicht so schwer. Ich werde dir ein paar Tricks zeigen, die mein Lehrer in West Virginia mir beigebracht hat.«

»Danke.«

»Wo ist May?«

»Sie macht auch gerade ihre Hausaufgaben«, sagte er.

Ich nickte, ging in mein Zimmer und schloß leise die Tür hinter mir. Einen Moment lang stand ich da und bemühte mich, gegen meinen inneren Aufruhr anzukämpfen und wieder die Oberhand über meine Gefühle zu gewinnen. Dieser Tag hatte mir erst Wut und Traurigkeit beschert und gleich hinterher Spannung und Faszination. Meine Familie war unerbittlich und kalt, aber May war ganz entzückend und liebebedürftig. Und Cary ... nun ja, Cary war einfühlsamer und liebevoller, als er es sich normalerweise anmerken ließ. Das Meer konnte kalt und grau sein, und in West Virginia gab es keine Stürme, die so erschreckend und bedrohlich waren wie der, den ich vorgestern hier erlebt hatte – solche Stürme trug der Wind von Nordosten mit sich, hatte Cary gesagt. Und doch war das Meer heute wieder ein Genuß, so spannend und so schön, und der Strand war warm und einladend.

War mir etwa doch nicht alles hier verhaßt? Wäre ich etwa doch nicht am liebsten auf der Stelle von hier fortgelaufen?

Immer wieder sah ich Adam Jacksons schönes Gesicht vor meinen Augen, und seine Komplimente hallten in meinen Ohren nach. War ich wirklich so hübsch, wie er behauptet hatte? Ich sah mich im Spiegel an. Konnte ich das enorme Schönheitspotential entdecken, von dem er gesprochen hatte? Sollte er die Dinge einfach erfunden haben, die die anderen Mädchen angeblich über mich sagten? Ich wollte mir nicht zuviel auf mein Aussehen einbilden, aber ich wollte mich auch nicht unterschätzen, denn wer das tat, wurde unweigerlich zu einer grauen Maus ohne jegliches Selbstvertrauen, mit entsetzlicher Furcht vor dem Leben, wie … wie Tante Sara, die sich unbemerkt in Onkel Jacobs dunklen Schatten verkroch.

Versonnen setzte ich mich an den Frisiertisch, und mein Blick fiel auf einen Packen Briefe, die von einem Gummiring zusammengehalten wurden. Es waren die Briefe, die Laura von ihrem Freund bekommen hatte. Ich hatte kein Recht, sie zu lesen, trotzdem fragte ich mich, wie die Beziehung zwischen den beiden vor ihrem gemeinsamen tragischen Ende wohl ausgesehen hatte.

Ich entfernte den Gummiring und öffnete den ersten Umschlag. Die Handschrift war schön, die Schriftzeichen nahezu künstlerisch gestaltet. Das Briefpapier war blau.

Liebste Laura,
ich habe gestern einen wunderschönen Tag verbracht. Ich weiß nicht, wie oft ich schon über diesen Strand gelaufen bin, doch gestern erschien er mir durch deine Nähe plötzlich schöner denn je. Ich hatte nicht vor, dich von deiner Arbeit abzuhalten. Ich weiß, daß Cary sich über mich geärgert hat, weil ich ganz unerwartet und unangemeldet aufgetaucht bin. Wenn sich mir die Gelegenheit bietet, werde ich mich bei ihm dafür entschuldigen, daß ich dich entführt und ihn mit all den Hummern und Fischen allein gelassen habe. Aber ich werde mich niemals dafür ent-

schuldigen, daß ich mit dir zusammen sein will. Ich bin froh, daß du für mich dasselbe empfindest, was ich für dich empfinde. Ich hege diese Gefühle schon seit langem, aber ich habe bisher nicht den Mut aufgebracht, es dir zu sagen. Frag mich nicht, woher ich jetzt plötzlich den Mut genommen habe. Ich glaube, es liegt daran, wie du mich an diesem Tag in der Cafeteria angelächelt hast. Dieses Lächeln hat mir den Mut gegeben, den ich brauchte.

Ich bin es nicht gewohnt, Briefe an Mädchen zu schreiben, und ich schreibe auch sonst niemals Briefe. Tatsächlich bist du das erste Mädchen, dem ich je einen Brief geschrieben habe, wenn man meine Cousine Susie nicht mitzählt. Ich weiß, daß du am Telefon nicht lange reden kannst. Und außerdem ist es aufregend, Briefe von dir zu bekommen. Mich macht nur die Vorstellung nervös, diese Briefe mit der Post zu schicken, denn ich sage mir immer wieder, es könnte sie schließlich auch ein anderer lesen. Du weißt schon, wen ich meine. Ihm scheint es gar nicht zu gefallen, wenn ich zu euch komme, selbst dann nicht, wenn ich dich nicht davon abhalte, deinem Vater zu helfen.

Vielleicht wird er mehr Verständnis dafür aufbringen, wenn er erst einmal für ein Mädchen das empfindet, was ich für dich empfinde. Ich weiß, was du gemeint hast, als du sagtest, manchmal machten dir deine Gefühle für mich Angst. Diese Gefühle drohen, einen zu überwältigen, aber ich schäme mich meiner Gefühle nicht, und ich werde mich ihrer auch niemals schämen. Ich hoffe, du siehst das auch so. Ich verspreche dir, daß ich versuchen werde, mich noch mehr zusammenzureißen, aber du weißt ja selbst, was man über Versprechen sagt, die von Liebenden gegeben werden. Das war nur ein Scherz, aber ich bitte dich, haß mich nicht dafür, daß ich dich mehr liebe, als ich dich eigentlich lieben sollte.

Es macht mir Spaß, dir zu schreiben, Laura. Während

ich nach den richtigen Worten suche, sehe ich dein Gesicht vor mir. Das ruft in mir den Wunsch wach, dir die ganze Nacht lang zu schreiben. Halte mir einen Platz in deinem Herzen frei, bis ich dich wiedersehe.

Alles Liebe

Robert

Tränen traten in meine Augen. Ob ich wohl jemals jemanden finden würde, der mich so sehr liebte, wie Robert Royce Laura geliebt hatte? Wenn etwas so Schönes die beiden miteinander verband, warum hatten sie dann so jung und unter derart tragischen Umständen sterben müssen? Ich seufzte und spielte mit dem Gedanken, noch einen weiteren Brief zu lesen, doch in dem Moment klopfte es an meiner Tür. Schuldbewußt steckte ich den Brief wieder in den Umschlag.

»Ja?«

Cary trat ein. Sein Blick glitt von mir auf den Packen Briefe, der vor mir auf dem Tisch lag, und dann sah er mich wieder an.

»Meine Mutter sagt, da ist ein Anruf für dich. Eine Freundin aus Sewell.«

»Alice!« Ich sprang auf. »Danke.«

Ich lief eilig nach unten und vergaß dabei ganz, daß ich meine Schuhe und Socken immer noch nicht angezogen hatte. Diesmal saß Onkel Jacob nicht neben dem Telefon, damit er jedes Wort belauschen konnte. Tante Sara hielt den Hörer ein gutes Stück von ihrem Ohr entfernt, als handelte es sich dabei um einen verbotenen Gegenstand, an dem sie sich infizieren könnte.

»Jacob hat es gar nicht gern, wenn junge Leute am Telefon miteinander plaudern«, flüsterte sie mir zu. »Sieh zu, daß das Gespräch nicht zu lang wird.«

»Danke«, sagte ich und nahm ihr den Hörer ab. »Alice?«

»Hallo. Habe ich einen ungünstigen Zeitpunkt für meinen Anruf gewählt? Deine Tante schien ganz verstört.«

»Nein, es ist alles in Ordnung. Es freut mich, daß ich schon so bald wieder von dir höre.«

Tante Sara warf mir einen warnenden Blick zu und verließ beklommen das Zimmer.

»Du fehlst mir, und Sewell fehlt mir auch«, sagte ich, als sie weg war. »Sogar noch mehr, als ich es je erwartet hätte.«

»Ach? Tja, leider habe ich keine guten Nachrichten für dich. Papa George ist im Krankenhaus, und als ich Mama Arlene nach deiner Mutter und nach deinen Sachen gefragt habe, hat sie gesagt, seit eurem Aufbruch hätte sie von deiner Mutter nichts mehr gehört.«

»Mommy hat sich nie bei ihr gemeldet?«

»Bisher noch nicht. Ich dachte mir, daß du das wissen solltest.«

»Wie geht es Papa George?«

»Er liegt auf der Intensivstation. Er ist sehr krank, Melody. Es tut mir leid.«

»Ich sollte für ihn da sein«, stöhnte ich. »Ich weiß nicht, was ich tun soll.«

»Was kann ich für dich tun?« fragte Alice auf ihre gewohnt direkte Art.

»Nichts, solange Mommy mich nicht wieder anruft.«

»Ist es wirklich so schlimm dort?«

»Hier tut sich eine ganze Menge, Alice.«

»Erzähl es mir«, flehte sie mich an.

»Das geht nicht. Nicht am Telefon. Ich werde dir einen Brief schreiben.«

»Warte nicht damit. Schreib mir gleich heute abend.«

»Melody, Liebes, laß das Gespräch nicht zu lang werden«, hörte ich Tante Sara durch die Wand sagen. Wahrscheinlich hatte sie die ganze Zeit über direkt vor der Tür im Flur gestanden, sagte ich mir.

»Ich muß jetzt auflegen, Alice. Vielen Dank für deinen Anruf.«

»Schreib mir, und sobald ich höre, daß deine Mutter Mama Arlene angerufen hat, melde ich mich sofort wieder bei dir«, sagte sie eilig.

»Danke. Mach's gut.«

Ich legte den Hörer in dem Moment auf, als Onkel Jacob zur Haustür hereinkam. Er sah Tante Sara im Flur stehen und mich am Telefon.

»War das deine Mutter?« fragte er mich.

»Nein. Eine Freundin aus Sewell.«

Er sah Tante Sara finster an.

»Sie hat nicht lange mit ihr gesprochen, Jacob.«

Er gab einen mürrischen Laut von sich. Dann sah er, daß ich barfuß war.

»Bei uns läuft man nicht halb entblößt durch das Haus«, sagte er. Im ersten Moment verstand ich nicht, was er meinte. »Deine Füße«, sagte er und wies mit einer unwilligen Kopfbewegung darauf.

»Ach so. Ich hatte es eilig, nach unten zu kommen. Es war ein Ferngespräch und ...«

»Ein anständiges Mädchen denkt immer erst an solche Dinge«, wies er mich zurecht.

»Ich bin ein anständiges Mädchen«, gab ich entrüstet zurück.

»Das werden wir ja sehen«, gab er zurück und stieg die Treppe hinauf. »Ich ziehe mich für das Abendessen um«, murmelte er Tante Sara zu.

»In Ordnung, Jacob. Es gibt ein gutes Sonntagsessen«, versprach sie ihm. »Mach dir keine Sorgen«, flüsterte sie mir dann zu. »Er wird gewiß bald einsehen, daß du genauso reizend bist, wie unsere Laura es war, und dann wird alles ... wird alles wieder gut werden, und uns stehen wunderbare Zeiten bevor«, fügte sie hinzu. Hoffnung schimmerte in ihren Augen.

»Beeil dich. Wasch dich und zieh dich um, damit du den Tisch decken kannst, Liebes.«

Ich sah ihr nach, als sie mit diesem seligen Lächeln, das

ebenso schnell wieder verschwand, wie es gekommen war, in die Küche ging. Tante Sara suchte Geborgenheit in ihren Illusionen, in die sie sich einhüllte wie in einen warmen Schal, trotzdem waren Illusionen nichts weiter als maskierte Lügen für mich ... Eines Tages würde die Last der Wahrheit auf ihr Glashaus herabstürzen und ihre Träume um so brutaler zerschmettern.

Ich wollte unter keinen Umständen noch hier sein, wenn es dazu kam. Ich wollte an einem Ort leben, an dem die Menschen einander nicht belügen mußten, um miteinander leben zu können.

Gab es einen solchen Ort überhaupt? Und selbst, wenn es einen solchen Ort gab, konnte dann ich, die ich in eine Welt aus Lug und Trug hineingeboren war, darauf hoffen, diesen Ort jemals zu finden?

Jetzt, da Daddy tot war und Mommy durch die Gegend zog, um sich ihre eigenen Träume zu erfüllen, fühlte ich mich wie ein Waisenkind, eine Landstreicherin, die um Liebe bettelt und für jedes Almosen dankbar ist. Kein Wunder, daß ich Adam Jackson ständig vor meinen Augen sah und daß meine Ohren so empfänglich für seine Worte waren.

Morgen abend werde ich mich mit ihm treffen, sagte ich mir trotzig. Noch nicht einmal einer der tückischen Stürme dieser Region würde mich davon abhalten.

12.

Eine Englischstunde

Beim Abendessen schienen alle trüber Stimmung zu sein, sogar May. Nachdem Onkel Jacob aus der Bibel vorgelesen hatte, aßen wir nahezu schweigend. Ich dachte, die bedrückte Atmosphäre im ganzen Haus könnte vielleicht eine Folge des Wetters sein. Es regnete zwar nicht, doch dichter Nebel war in großen, wogenden Schwaden heraufgezogen. Er hüllte die Landschaft ein und ließ alles kalt und trostlos wirken. Wieder einmal überraschte mich das Wetter auf dem Kap mit seiner Unbeständigkeit. Ich fragte mich, ob sich im Moment an irgend etwas absehen ließe, wie das Wetter morgen abend sein würde. Würde es regnen? Sollte mein Rendezvous mit Adam Jackson etwa buchstäblich ins Wasser fallen?

»Kommt es hier oft vor, daß abends ein so dichter Nebel aufzieht?« fragte ich so unschuldig wie möglich. Onkel Jacob zog die Augenbrauen hoch. Tante Sara lächelte, als hätte ich eine außerordentlich dumme Frage gestellt, und Cary schien belustigt zu sein. »Um diese Jahreszeit haben wir häufig Nebel.«

»Die Leute vom Wetterbericht könnten ebenso gut gleich die Würfel entscheiden lassen, wenn man bedenkt, wie ungenau ihre Vorhersagen sind«, murrte Onkel Jacob. »Da ist man immer noch besser dran, wenn man einfach nur auf das Knarren der eigenen Knochen hört.«

»Genau«, sagte Tante Sara. »Möchtest du noch Kartoffeln, Liebes?«

»Nein, danke, Tante Sara«, antwortete ich.

»Ich trinke heute abend keinen Kaffee«, kündigte Onkel Jacob an, als erwartete das ganze Land seine Entscheidung. »Morgen habe ich einen harten Tag vor mir. Ich muß früh aufstehen und das Boot zu Stormfield in North Truro bringen, um den Motor überholen zu lassen.«

»Ich könnte die Schule morgen ausfallen lassen«, erbot sich Cary augenblicklich. Er warf einen schnellen Seitenblick auf mich, weil er wußte, daß mir klar war, warum er gern die Schule schwänzen würde. Er hoffte, ich würde nichts sagen. Aber es bestand kein Grund zur Sorge, es war schließlich nicht meine Angelegenheit, und ich wollte ganz bestimmt nicht dafür verantwortlich sein, wenn er Ärger mit Onkel Jacob bekam. Das hätte ich selbst meinem ärgsten Feind nicht angetan.

»Nicht nötig«, sagte Onkel Jacob und stand auf. Die Enttäuschung war Cary deutlich anzusehen. »Roy und ich schaffen das schon allein. Also dann«, sagte er und streckte sich. »Ich werde schnell noch eine Pfeife im Wohnzimmer rauchen, und dann gehe ich ins Bett. Ich hätte gern eine ruhige Nacht«, fügte er hinzu und sah mich so finster an, als sei ich ein Teenager, der bis spät in die Nacht laute Rockmusik hört.

Ich stand auf, um Tante Sara mit dem Geschirr behilflich zu sein. May bat mich, hinterher in ihr Zimmer zu kommen und nach ihren Hausaufgaben zu sehen, doch ich erklärte ihr, daß ich Cary helfen wollte, der morgen eine Arbeit schreiben mußte. Sie schien enttäuscht zu sein, und daher bot Tante Sara ihre Hilfe an. Das schien ihre Enttäuschung nicht zu mildern, aber sie war zu rücksichtsvoll, um die Gefühle ihrer Mutter zu verletzen.

Nachdem wir das Geschirr weggeräumt hatten, ging ich nach oben in mein Zimmer und wartete dort auf Cary. Ich hatte selbst noch einen letzten Rest Hausaufgaben zu erledigen, den ich schleunigst hinter mich brachte.

Cary klopfte an meine Tür und lugte zaghaft ins Zimmer. »Hast du jetzt Zeit?« fragte er mich.

»Ja.« Ich zog neben meinen Stuhl noch einen zweiten an den Schreibtisch. »Setz dich.«

»Ich hasse diesen ganzen Kram«, klagte er beim Eintreten. Er bemühte sich sehr, nur mich und den Schreibtisch wahrzunehmen, doch seine Augen glitten immer wieder durch das Zimmer, und in seinem Gesicht stand soviel Traurigkeit und Schmerz, daß ich nicht übersehen konnte, wie offen seine Wunde noch war und daß sie sich weigerte zu heilen. Es entging ihm nicht, daß ich ihn eingehend musterte. »Ich komme nicht oft in dieses Zimmer«, gestand er. »Jedenfalls jetzt nicht mehr.«

»Das kann ich gut verstehen«, sagte ich.

Skepsis verfinsterte sein Gesicht und ließ ihn die Stirn runzeln. Glaubte er etwa, bloß weil ich keine Geschwister hatte, könnte ich mir nicht vorstellen, was es hieß, einen geliebten Menschen zu verlieren?

»Es ist mir wirklich schwergefallen, nach diesem schrecklichen Unfall Dinge in unserem Wohnwagen zu sehen, die mich an meinen Vater erinnert haben«, erklärte ich. Carys Skepsis verflüchtigte sich, als ich weitersprach. »Ich habe ihm wesentlich näher gestanden als meiner Mutter. Und als er gestorben ist, habe ich geglaubt, das Leben ginge nicht mehr weiter. Es ist immer noch nicht wieder so, wie es vorher war. Nichts ist mehr so wie vorher.«

Er nickte, und er sah mich jetzt wieder freundlicher an. »Ich wünschte, ich hätte ihn kennenlernen können.«

»Ja, das wünschte ich auch. Ich wünschte, diese Familie wäre nicht derart nachtragend.«

Er neigte den Kopf.

»Und so grausam«, fuhr ich fort. »Wenn man einen Menschen liebt, dann haßt man ihn nicht über den Tod hinaus für Fehler, die er begangen hat. Man bemüht sich, diesen Menschen zu verstehen und ihm zu helfen, und wenn das nicht klappt, dann hat man wenigstens Mitleid mit ihm. Aber man verstößt ihn nicht für alle Zeiten und tut so, als hätte es ihn nie gegeben.«

Cary sah mich einen Moment lang ernst an, dann lächelte er und schüttelte sachte den Kopf. »Genau das hätte Laura auch gesagt. Sie hat in allen Menschen immer nur das Gute zu sehen versucht. Die Mädchen in der Schule haben sie verspottet. Sie haben sie ausgestoßen, und sie waren neidisch auf sie, aber sie ist trotzdem immer nett zu ihnen gewesen. Darüber haben wir uns oft gestritten«, sagte er. »Im Grunde genommen war das der einzige Streitpunkt zwischen uns. In fast allen anderen Dingen waren wir einer Meinung.«

»Und sogar über Robert Royce wart ihr euch einig?« fragte ich schnell. Als er mich wieder ansah, erblickte ich Schatten in den smaragdgrünen Tiefen seiner Augen.

»Das war etwas ganz anderes. Sie hat sich blenden lassen von ...«

»Wovon?« fragte ich gespannt.

»Von seinen Lügen, von seinem aufgesetzten Charme und von seinem hübschen Gesicht«, erwiderte er bitter.

»Woher konntest du wissen, daß er ein Heuchler war?« fragte ich. Sein Brief an Laura war mir aufrichtig erschienen.

»Ich wußte es eben, so einfach ist das«, beharrte er. »Sie hat immer auf mich gehört. Wir haben uns sehr nahe gestanden, und das nicht nur, weil wir Zwillinge waren. Wir mochten wirklich dieselben Dinge, und wir haben dasselbe empfunden. Wir brauchten auch oft gar kein Wort miteinander zu wechseln. Wir haben einander nur angesehen, und alles war klar. Sie hat mich angelächelt, oder ich habe sie angelächelt, und das hat genügt.«

Er seufzte. »Aber nachdem Robert ...« Er wandte sein Gesicht ab, und sein Blick verdüsterte sich, als er Lauras Foto auf der Kommode ansah.

»Was ist passiert, nachdem Robert begonnen hat, eine Rolle in ihrem Leben zu spielen?«

Als er sich wieder zu mir umdrehte, waren seine Augen hart. »Sie hat sich verändert. Ich habe versucht, ihr die Augen zu öffnen, aber sie wollte nicht auf mich hören.«

»Vielleicht hat ihr gefallen, was sie gesehen hat«, wandte ich behutsam ein.

Er verzog das Gesicht. »Wie kommt es bloß, daß Mädchen, die normalerweise klüger als Jungen sind, so strohdumm sind, wenn es um Jungen geht?« fragte er mich.

Ich starrte ihn an. Er blinzelte mehrfach schnell hintereinander. Er hatte unglaublich lange, dichte Wimpern, um die ihn die meisten Mädchen, die ich kannte, glühend beneidet hätten.

»Das ist eine Frage der ...«

»Ja, was?« fiel er mir ins Wort.

»Ich wollte sagen, es sei Auffassungssache, aber in Wirklichkeit ist es wohl eher eine Herzensangelegenheit.«

Er prustete verächtlich. »Herzensangelegenheiten, ein reiner Vorwand für Dummheit.«

»Cary Logan, willst du mir allen Ernstes erzählen, daß du nicht an die Liebe glaubst? Daß zwei Menschen sich ineinander verlieben können?«

»Ganz so habe ich das nicht gesagt«, räumte er ein. »Aber es ist albern, sich einzubilden, man könnte sich verlieben und entlieben, wie man ... wie man sich eine Erkältung zuzieht.«

»Nach allem, was ich bisher gehört habe, scheint mir das keine Beschreibung zu sein, die auf Laura zugetroffen hätte. Sie hat ihre Freunde nicht ständig gewechselt, oder etwa doch?«

»Darum geht es nicht. Sie hat sich eingebildet, verliebt zu sein, und sie hat auch geglaubt, daß er sie liebt, aber ... Sagen wir einfach, ich weiß, daß sie sich geirrt hat, ja, und dabei lassen wir es bewenden.« Er sah finster auf sein Lehrbuch hinunter. »Ich hasse diesen Kram. Das ist doch alles völlig unwesentlich und für nichts gut.«

»Es ist wichtig, daß wir unsere Sprache besser verstehen lernen, damit wir uns ausdrücken können«, sagte ich mit fester

Stimme. Cary hatte manchmal eine Art, die mir wie ein Splitter unter die Haut ging.

Er schnitt wieder eine Grimasse, aber ich ließ mich nicht von ihm beeindrucken.

»Du wirst nicht dein ganzes Leben lang nur mit Hummern reden, Cary Logan. Du wirst auch mit deinen Kunden reden müssen, und wenn deine Sprache klingt, als wüßtest du nicht, was du tust, dann wird man dir auch keinen Glauben schenken, ganz gleich, ob du der beste Fischer weit und breit bist.«

Er grinste breit. »Reg dich bloß nicht auf.«

»Ich rege mich nicht auf. Ich ...«

»Ja, was?« neckte er mich.

»Ich muß verrückt geworden sein«, sagte ich. »Und ich rege mich eben doch auf. Weshalb sollte man einen Menschen dazu überreden müssen, daß er sich bildet? Wir leben schließlich nicht im Mittelalter. Sogar hier, auf eurem himmlischen Cape Cod, wo angeblich alles so vollkommen ist, die Menschen inbegriffen, ist Weiterbildung notwendig«, fauchte ich.

Er lachte. »Okay, dann hilf mir jetzt, mit meinen Kunden zu reden.«

Ich warf einen Blick auf die aufgeschlagene Seite.

»Sätze sind leicht zu erkennen. Du brauchst sie dir nur näher anzusehen. Wenn ein Satz kein Subjekt und kein Verb hat, dann wirfst du ihn ins Meer zurück wie einen Hummer, der den Größenanforderungen nicht entspricht.«

Er lächelte strahlend. »Das gefällt mir. So kann ich mir wenigstens etwas darunter vorstellen.«

Ich nahm mit ihm die Funktion eines Subjektes im Satz durch, und dann erklärte ich ihm, wozu das Prädikat gut ist. Er hörte zu, probierte das Gelernte an ein paar Beispielen aus und riß dann die Augen weit auf. »Ich verstehe genau, was du damit sagen willst. Ich verstehe bloß immer noch nicht, woher man weiß, ob man es mit einem Adverb oder mit einem Adjektiv zu tun hat.«

»Das kannst du selbst ganz leicht überprüfen«, sagte ich zu ihm. »Hier ist eine einfache Methode zur Bestimmung: Wenn du den Satz umstellen und es innerhalb des Satzes verschieben kannst, dann ist es ein Adverb. Sieh dir dieses Beispiel an: Da mir schlecht wurde, mußte ich nach Hause gehen. Ich mußte nach Hause gehen, da mir schlecht wurde. Siehst du?«

Seine Augen leuchteten.

»Ja.«

»Das hat eure Lehrerin euch nie gezeigt?« fragte ich.

»Ich kann mich nicht erinnern. Vermutlich habe ich nicht besonders gut aufgepaßt, jedenfalls nicht so gut wie bei dir. Vielleicht solltest du Lehrerin werden.«

»Möglicherweise werde ich das sogar. Mach jetzt diese Übungen am Ende des Kapitels. Wenn du damit fertig bist, verbessere ich sie.«

»Ja, Ma'am.«

Ich trat vor den Schrank, um mir die Kleider genauer anzusehen. Morgen würde ich meine eigenen Sachen tragen, dachte ich, obwohl ich nicht gerade eine große Auswahl hatte. Wie konnte es bloß sein, daß Mommy sich immer noch nicht bei Mama Arlene gemeldet hatte? Sie wußte doch, daß ich dringend meine Sachen brauchte.

»Darin hat Laura immer besonders gut ausgesehen«, sagte Cary. Mir war nicht bewußt gewesen, daß er mich beobachtete. Ich hielt ein hellgelbes Baumwollkleid in den Händen. »Überlegst du dir gerade, ob du es morgen in der Schule tragen solltest?«

»Ich könnte einfach in Jeans und einer meiner Blusen, die ich mitgebracht habe, in die Schule gehen«, sagte ich.

»Laura hat in der Schule nie Jeans getragen. Mein Vater fand, das gehört sich nicht.«

»Er ist aber nicht mein Vater«, entgegnete ich. »Und ich bin nicht Laura.«

Er zuckte die Achseln. »Ich sage es dir ja nur.«

»Bist du fertig mit den Übungen?«

»Nein, ich ...«

»Dann mach sie fertig«, befahl ich.

»In Ordnung«, sagte er und wandte sich seinem Buch zu.

Ich grinste und sah mir das gelbe Kleid noch einmal an. Es hatte einen eckigen Kragen, Rüschenärmel und einen leicht ausgestellten Rock. Ich konnte mir vorstellen, daß ich hübsch darin aussehen würde. Und für Adam wollte ich unbedingt hübsch aussehen, sagte ich mir.

»Fertig«, sagte Cary.

Ich hängte das Kleid wieder in den Schrank und setzte mich an den Schreibtisch. Cary hatte nur einen einzigen Fehler gemacht, aber der hätte selbst mir unterlaufen können.

»Nicht schlecht«, sagte ich.

»Ich hoffe, morgen kriege ich es genausogut hin.«

»Ja, ganz bestimmt. Du mußt dir nur die Tricks merken«, sagte ich zu ihm.

»Danke«, sagte er und stand auf. »Ich bin dir etwas schuldig.« Er dachte einen Moment lang nach. »Vielleicht werde ich ganz einfach das tun, was Großpapa am Wochenende vorgeschlagen hat.«

»Und was wäre das?«

»Ich gehe mit dir segeln. Hättest du Lust darauf?«

Ich dachte an Adam. Was war, wenn er mich einlud, wieder mit ihm Motorboot zu fahren?

»Ich ...«

Mein Zögern ärgerte ihn. »Wenn du etwas Besseres zu tun hast, dann lassen wir es eben bleiben.« Er ging auf die Tür zu.

»Nein, es ist nur einfach so, daß ich noch nie wirklich segeln war.«

Er sah sich noch einmal nach mir um. »Wie du willst. Wenn du magst, tun wir es.«

»Auf dem Schulweg gehen wir den Stoff noch einmal durch«, sagte ich zu ihm.

Er verdrehte die Augen. »Ich kann es kaum erwarten«, sagte er und ging.

Kurz darauf hörte ich, wie er sich in seinen Unterschlupf auf dem Dachboden zurückzog. Natürlich konnte ich es nicht mit Sicherheit sagen, aber ich hätte gewettet, daß er seit Lauras Tod mehr Zeit allein dort oben verbrachte als früher, als sie noch am Leben gewesen war.

Wir suchen alle auf den verschiedensten Dachböden Zuflucht, wenn wir unglücklich sind, dachte ich. Ich war immer noch auf der Suche nach meinem persönlichen Dachboden.

Onkel Jacob hatte schon gefrühstückt und war aus dem Haus gegangen, als May, Cary und ich am nächsten Morgen nach unten kamen. Ich beschloß, Lauras gelbes Kleid zu tragen, und als Cary mir im Flur begegnete, sagte er, ich sähe sehr hübsch darin aus.

»Es wird doch heute nicht regnen, oder?« fragte ich ihn.

»Nein. Es wird ein schöner Tag werden, und auch die Nacht wird einigermaßen schön sein«, antwortete er. Ich seufzte erleichtert auf und spürte die prickelnde Erregung der Vorfreude in mir aufsteigen.

Unten fanden wir Tante Sara in heller Aufregung vor. Großmama Olivia hatte am vergangenen Abend angerufen, um ihr zu sagen, das geplante Abendessen fände morgen abend statt. Ihren Äußerungen entnahm ich, daß ein Abendessen im Haus meiner Großeltern anscheinend nicht nur ein Abendessen war, sondern eine Art Galaveranstaltung. Außer uns würden noch weitere Gäste anwesend sein, hochangesehene Gemeindemitglieder. Wir würden uns alle ganz tadellos benehmen müssen, wir würden uns gut kleiden müssen, und wir würden mehr Höflichkeit an den Tag legen müssen als die Königin von England.

»Vergiß nicht, daß Großpapa hören möchte, wie Melody ihre Fiedel spielt«, sagte Cary im Scherz. Tante Sara keuchte und sah mich mit Augen an, in denen sich abgrundtiefes Entsetzen widerspiegelte.

»Oh, ich glaube nicht, daß er ausgerechnet diese Essenseinladung gemeint hat, als er davon gesprochen hat«, sagte sie, doch ihre Stimme war kaum mehr als ein Flüstern.

»Doch, gewiß«, fuhr Cary fort und sprach bewußt lauter. »Wir haben es alle ganz deutlich gehört, Ma.«

Tante Sara schüttelte den Kopf. »Aber Olivia hat nicht ...«

»Es ist schon gut. Ich möchte meine Fiedel ohnehin nicht mitnehmen«, sagte ich.

»Großpapa wird sehr enttäuscht sein«, warnte mich Cary. »Es kann durchaus passieren, daß er dich nach Hause schickt, damit du sie holst. Warum nimmst du sie nicht für alle Fälle mit und läßt sie einfach im Wagen liegen«, schlug er vor.

Tante Sara schüttelte wieder den Kopf, diesmal mit mehr Nachdruck. »Jacob könnte außer sich geraten. Ich weiß nicht, ob ...«

»Ich werde sie nicht mitnehmen, Tante Sara. Du brauchst dir keine Sorgen zu machen«, sagte ich mit fester Stimme. Ich sah Cary an, dessen grüne Augen schalkhaft funkelten.

May wollte wissen, worüber wir uns alle so lebhaft unterhielten. Cary erklärte es ihr in Zeichensprache und stellte pantomimisch dar, wie ich die Fiedel spielte. Ihre Augen hellten sich vor Begeisterung auf.

»Siehst du, Ma, sogar May möchte, daß sie die Fiedel mitnimmt, und das, obwohl sie nichts hören kann.«

»Ach, du meine Güte«, sagte Tante Sara händeringend.

»Hör auf«, sagte ich streng zu Cary. »Du wirst mich noch in Schwierigkeiten bringen.«

Ein kleines Lächeln stand während des gesamten Frühstücks auf seinem Gesicht. Auf dem Schulweg schalt ich ihn aus. »Du solltest dir mit deiner Mutter keine solchen Scherze erlauben, Cary Logan.«

»Es war kein Scherz. Ich möchte dich wirklich gern auf deiner Fiedel spielen hören. Das gäbe dieser Essenseinladung eine gewisse Würze. Ich habe solche Einladungen bei Großmama schon oft genug erlebt, und ich weiß genau, was wir zu erwarten haben. Ein wenig Auflockerung könnte nichts schaden.«

»Unter den gegebenen Umständen ist mir nicht gerade danach zumute, meine Fiedel zu spielen. Es erinnert mich nur an meinen Daddy, und Großmama Olivias Haus ist wahrhaftig nicht der geeignete Ort, um an ihn zu denken«, sagte ich bitter.

Carys schelmisches Lächeln verflog. »Wenn sie dich spielen hören und mehr über deinen Vater erfahren, nachdem er mit Haille von hier fortgegangen ist, dann kommen sie vielleicht eher auf die Idee, einiges zu bedauern«, sagte er.

»Sie sollten ihr Verhalten ohnehin bedauern! Mein Daddy lebt nicht mehr, und der Schaden, der angerichtet worden ist, läßt sich jetzt nie mehr rückgängig machen.«

Cary blieb stumm. Das Thema versank tief im Teich unserer Gedanken. Wir lieferten May in ihrer Schule ab und gingen auf dem Rest des Weges noch einmal den Stoff durch, der für Carys Englischarbeit vorgesehen war. Als Cary und ich die Schule erreicht hatten, trennten wir uns voneinander. Zum Glück hörte er nicht, wie die Mädchen mir zusetzten, als ich zu meinem Spind ging. Ich bin sicher, daß er sehr wütend geworden wäre.

»Wir haben dich am Samstagabend vermißt«, sagte Janet.

»Warst du zu sehr damit beschäftigt, Socken zu flicken oder so was?«

»Oder mußtest du Moosbeerküchlein backen?« fragte Lorraine.

»Ich habe mich bemüht zu kommen«, sagte ich zu ihr. Betty zwängte sich zwischen sie und Janet, um meine Erklärung nicht zu verpassen. »Aber mein Onkel hat es mir nicht erlaubt.«

»Das haben wir dir doch gleich gesagt. Haben wir dir etwa nicht gesagt, daß dir gar nichts anderes übrig bleibt, als ihn zu belügen?« sagte Betty. »Aber du bist genau wie Laura, stimmt's? Du bist so brav und tugendhaft, daß du niemals wirklich Spaß hast. Das muß in der Familie liegen oder so was – erst Großpapa, dann Laura und jetzt auch noch du. Ich wette, die Stumme ist ganz genauso«.

»Sie ist nicht stumm«, fauchte ich, und das Blut strömte so schnell in mein Gesicht, daß ich glaubte, es würde meine Schädeldecke sprengen. »Sie ist taub, aber sie kann reden.«

»Ich habe gehört, wie sie redet. Wer könnte das schon verstehen?« sagte Betty. Die anderen stimmten ihr zu.

»Wenn man sich die Zeit nimmt, dann kann man sie durchaus verstehen. Sie ist gescheit, und sie ist ein ganz süßes kleines Mädchen.«

»Wenn du das sagst. Jedenfalls haben wir eine Menge Spaß gehabt. Einem gewissen Jungen hat es das Herz gebrochen, daß du nicht gekommen bist«, sagte Lorraine mit zynischem Lächeln.

Wie auf ein Stichwort hin kam Adam durch den Korridor geschlendert und blieb bei uns stehen. Die drei Hexen aus *Macbeth* flatterten mit den Wimpern und strahlten ihn mit ihrem verführerischsten Lächeln an, doch er sah nur mich an.

»Guten Morgen, alle miteinander. Tauscht ihr gerade intime weibliche Geheimnisse miteinander aus, oder darf ich zuhören?« fragte er mit diesem betörenden Lächeln. Sogar am frühen Morgen war seine Erscheinung schon so vollkommen, als sei er aus einer Werbung für ein After-shave in einem Herrenmagazin gestiegen.

»Wir haben Melody gerade erzählt, was für eine tolle Strandparty sie sich hat entgehen lassen«, sagte Janet.

»Stimmt. Es war eine tolle Party«, stimmte er ihr zu und sah dabei immer noch mich an.

»Debbie McKay hat jedenfalls ganz besonders viel Spaß daran gehabt«, sagte Betty. »Nicht wahr, Adam?«

»Da werdet ihr sie selbst fragen müssen«, erwiderte er mit einer Lässigkeit, die die drei Mädchen kichern ließ.

»Ich bin ganz sicher, daß wir es schon bald herausfinden werden«, sagte Lorraine. »Debbie gehört zu der Sorte, die alles ausplaudert. Bis später, Melody«, flötete sie.

»Ja, wir sehen dich dann später«, echote Betty. Die drei gingen und ließen mich mit Adam stehen.

»Jetzt weißt du, warum ich möchte, daß die Dinge zwischen uns geheim bleiben«, sagte er und sah hinter den Mädchen her. »Die Klatschbasen hier machen Überstunden. Ich begleite dich zu deinem Klassenzimmer«, erbot er sich, als ich meinen Spind abschloß. »Ist sonst alles in Ordnung? Du hast doch nach unserer Bootsfahrt gestern nicht etwa Schwierigkeiten bekommen oder doch?«

»Nein«, sagte ich.

»Prima.«

Mir fiel auf, daß sich alle interessiert nach uns umsahen, als wir durch den Korridor gingen. Sogar Mrs. Cranshag, die Bibliothekarin, fixierte uns über den Rand ihrer dicken Brillengläser.

»Es hat mir wirklich gefallen mit dir«, sagte Adam leise. »Hat es dir auch Spaß gemacht?«

»Ja, sogar sehr.«

»Prima. Dann bis um acht«, flüsterte er mir vor der Tür zu meinem Klassenzimmer zu. »Ich hoffe, du enttäuschst mich nicht.« Er drückte meine Hand und ging.

Mein Herz pochte heftig. Würde ich mich wirklich mit ihm treffen? Ob ich wohl den Mut aufbringen würde? Seine Lippen waren so verlockend wie verbotene Früchte, aber, oh, wie köstlich, reif und saftig das Versprechen war, das sie auf meinen Lippen hinterlassen hatten, als er mich auf seinen Armen gehalten und mich geküßt hatte! Ich seufzte.

Als ich das Klassenzimmer betrat, bemerkte ich, daß mich tatsächlich alle Mädchen im Raum ansahen. Sie schienen neugierig zu sein, manche sogar neidisch.

»Das hat nicht gerade lange gedauert«, sagte Theresa Patterson, die sich mir von hinten näherte, als ich auf meinen Platz zuging.

»Wie bitte?«

»Bis Adam Jackson sich den nächsten Fisch angelt«, murmelte sie im Vorbeigehen.

Die Mädchen in dieser Schule waren wirklich überaus boshaft und gehässig, dachte ich mir. In dem Punkt hatte Adam nicht unrecht. Cary hatte sich ganz ähnlich dazu geäußert.

Meinen Cousin sah ich erst beim Mittagessen in der Cafeteria wieder. Er schien froh und sehr aufgeregt zu sein. Er hatte seine Englischarbeit geschrieben, und erstmals schien er den Resultaten zuversichtlich entgegenzusehen.

»Jedesmal, wenn ich über eine Antwort nachgedacht habe, konnte ich deine Stimme und deine Ratschläge hören. Es schien mir alles nicht halb so schwierig zu sein, wie ich es erwartet hatte.«

»Prima«, sagte ich. Ich sah an ihm vorbei zum Eingang der Cafeteria, weil ich hoffte, ich würde Adam entdecken. Ich ging davon aus, daß er sich zu mir setzen würde, doch als er kam, war er mit ein paar Jungen zusammen, und sie setzten sich alle gemeinsam an einen Tisch weiter rechts. Er sah in meine Richtung und lächelte mich an. Es wirkte ganz so, als hielte er Hof. Cary verfolgte meinen Blick und sah auch die Enttäuschung, die sich auf meinem Gesicht breitmachte.

»Noch mal vielen Dank für deine Hilfe«, sagte er trocken und wollte gehen.

»Cary« rief ich ihm nach. Er drehte sich um. »Hättest du etwas dagegen, wenn ich mich zu dir setze? Im Moment hätte ich ungern etwas mit meinen neuen Freundinnen zu tun.«

Ich konnte sehen, daß sie an ihrem Tisch einen Platz für mich freigehalten hatten, aber wenn ich dort hinging, dann wäre das so gewesen, als lieferte ich mich freiwillig der Spanischen Inquisition aus, samt Folterkammer und allem, was dazugehört.

Cary zuckte die Achseln und sah in Adams Richtung. »Tu,

was du willst«, sagte er. »Ich kann dir allerdings jetzt schon versichern, daß es nicht gerade der spannendste Tisch sein wird.« Ich folgte ihm trotzdem, und er stellte mich zweien seiner Freunde vor, Billy Breedsly und John Taylor. Ihre Familien arbeiteten ebenfalls in der Fisch- und Hummerbranche. Sie stellten mir viele Fragen zu den Kohlenbergwerken, doch meine begrenzten Kenntnisse dieses Erwerbszweigs enttäuschten sie.

»Mein Vater war fern von Sonnenschein und von der frischen Luft unten in den Stollen eingesperrt, und schon allein diese Vorstellung war mir ein Greuel. Er hat auch nicht gern darüber geredet.«

»Wenn er diese Arbeit so gar nicht mochte, warum hat er sie dann getan?« fragte Billy. Cary und ich tauschten vielsagende Blicke miteinander aus.

»Zu dem Zeitpunkt war das die beste Arbeit, die er bekommen konnte, um Geld zu verdienen«, sagte ich ausweichend, und endlich gelang es Cary, das Thema zu wechseln.

Nach der letzten Schulstunde erwartete mich Cary ungeduldig. Ein breites, zufriedenes Grinsen stand auf seinem Gesicht.

»Ich war nicht sicher, ob du gleich mit nach Hause kommst«, sagte er und freute sich offensichtlich darüber, daß ich allein war.

»Oh, doch, ich komme mit. Du wirkst so geheimniskrämerisch. Was ist los?«

»Ich habe wirklich ein Geheimnis«, sagte er und setzte sich eilig in Bewegung. Ich mußte mich beeilen, um ihn einzuholen.

»Jetzt sag schon, was los ist?«

»Nichts weiter.«

»Cary Logan.« Ich packte ihn am Ellbogen und drehte ihn zu mir um. »Erzähl mir augenblicklich, was passiert ist.«

»Als ich das Schulgebäude verlassen wollte, hat mich Mr. Madeo im Korridor angesprochen, um mir zu sagen, er hätte die Englischarbeiten zum Teil schon korrigiert. Ich habe achtundneunzig Punkte! Er wollte mir gratulieren und mich fragen, wie ich das angestellt habe. Ich habe ihm erzählt, ich hätte eine ganz ausgezeichnete Hauslehrerin, die mir Nachhilfeunterricht erteilt, und daraufhin hat er gesagt: ›Bleib mal bloß bei der und mach schön weiter.‹«

»O Cary. Achtundneunzig Punkte?«

»So gut habe ich bisher noch bei keiner Arbeit abgeschnitten!« rief er aus.

»Siehst du. Du schaffst es also doch, wenn du willst.«

Er zuckte die Achseln. »Das habe ich nur dir zu verdanken. Jedenfalls finde ich, daß du recht hast. Wenn ich Geschäftsmann werden will, dann muß ich lernen, mich ordentlich auszudrücken, und ich brauche auch eine gewisse Bildung.« Er strahlte von einem Ohr zum anderen.

»Ich gratuliere dir. Ich freue mich ja so sehr für dich.«

»Das wollen wir feiern«, sagte er. »Laß uns heute nach dem Abendessen ein Eis essen gehen.«

Ich sank regelrecht in mich zusammen. Er konnte es mir deutlich ansehen.

»Was ist?« fragte er.

»Ich habe mich bereits mit jemandem verabredet«, sagte ich.

Er nickte »In Ordnung«, sagte er und lief schneller.

»Vielleicht morgen abend«, bot ich an und rannte, um ihn einzuholen.

»Klar«, sagte er. »Aber laß uns das erst in Ruhe abwarten. Bis dahin könntest du dich wieder verabredet haben.« Wie eine Schildkröte zog er die Schultern hoch und den Kopf ein. Mir war ganz elend zumute. Erst jetzt begriff ich, was für einen Ruck er sich gegeben haben mußte. Seit Lauras Tod war er verschlossen und konnte seine Gefühle niemandem mehr offen zeigen.

Ich war innerlich zerrissen, regelrecht zwiegespalten. Ein Teil von mir war unglaublich gespannt und zählte die Minuten bis zu meinem Rendezvous mit Adam, ein anderer Teil von mir jedoch sehnte sich danach, Carys Begeisterung mit ihm zu teilen und gemeinsam mit ihm sein wiedergewonnenes Vertrauen und seine Hoffnung zu feiern, seine Rückkehr in eine Welt, die nicht in die Finsternis seiner tragischen Erinnerungen gehüllt war, nein, eine Welt, in der die Sonne schien und die Sterne am Himmel funkelten. Ich wünschte mir, ich hätte mich für diesen einen Abend in zwei Teile spalten können, um an zwei Orten zugleich zu sein.

Das war jedoch nicht möglich, ich konnte es nicht ändern. Trotzdem tat es mir leid.

Cary lief den ganzen Weg bis zu Mays Schule vor mir her. Als er sah, daß sie auf mich zurannte, lief er einfach weiter. »Sorg dafür, daß sie heil nach Hause kommt«, rief er über die Schulter zurück.

»Warte, wir kommen schon!« rief ich ihm nach. Trotzdem verlangsamte er seine Schritte nicht, und May sprudelte vor Fragen und Geschichten über. Ich mußte zusehen, wie Cary hinter einer Straßenbiegung verschwand; er hatte die Schultern immer noch hochgezogen, und diese Haltung ließ ihn wirken wie einen alten Mann. Das trieb mir die Tränen in die Augen, doch ich hielt sie zurück, und für May, die auf dem ganzen Heimweg unermüdlich mit den Händen redete, setzte ich mein strahlendstes Lächeln auf.

Cary hielt sich bis kurz vor dem Abendessen mit Onkel Jacob am Anlegesteg auf. Wie üblich half ich Tante Sara, das Abendessen vorzubereiten, doch kurz vor Onkel Jacobs Rückkehr läutete das Telefon. Tante Sara nahm das Gespräch entgegen und rief ganz aufgeregt nach mir.

»Es ist deine Mutter, Liebes!«

Mein Herz blieb fast stehen und klopfte dann so schnell, daß ich glaubte, ich könnte kein einziges Wort herausbringen. Langsam schlich ich mich ins Wohnzimmer und nahm von Tante Sara den Hörer entgegen. Dabei fragte ich mich, ob die Leitungen wohl der Glut der Worte standhalten würden, die ich gern herausgeschrien hätte.

»Hallo«, begann ich zögernd.

»Hallo, Schätzchen. Ich habe nur ein paar Minuten Zeit, aber ...«

»Wag es nicht, gleich wieder aufzulegen. Wag es bloß nicht.«

»O Melody, wir sind in Los Angeles, und ich ...«

»Wie konntest du mich derart belügen?« Meine Kehle begann augenblicklich, sich zusammenzuschnüren. Ich glaubte, ich würde ersticken, ehe ich herausbrachte, was ich zu sagen hatte. »Wie konntest du vor mir geheimhalten, wer deine Adoptiveltern in Wirklichkeit waren? Warum hast du mir nie erzählt, daß ihr gemeinsam aufgewachsen seid, du und Daddy?«

Nach einer kurzen Pause erwiderte sie: »Dein Vater wollte nicht, daß du all das erfährst, Melody. Er wollte dich gegen alles Unerfreuliche abschirmen.«

»Schieb ihm nicht alles in die Schuhe, Mommy. Er ist tot. Er kann sich nicht mehr rechtfertigen.«

»Trotzdem war all das nicht nur meine Idee. Er wollte es auch so haben«, behauptete sie.

»Und warum das?« rief ich. »Warum konntet ihr mir nicht die Wahrheit sagen, als ich euch gefragt habe, wie ihr euch kennengelernt habt und wie ihr euch ineinander verliebt habt? Warum konntet ihr mir nicht sagen, warum die Familie so wütend war?« fragte ich beharrlich. Die Tränen brannten unter meinen Lidern.

»Chester war der Meinung, du seist noch zu jung, um das zu verstehen.«

»Aber jetzt bin ich nicht mehr zu jung dafür! Warum hast du mich hiergelassen, ohne mir vorher die Wahrheit zu sagen, die ganze Wahrheit über dich und Daddy? Wie konntest du das tun?«

Sie schwieg einen Moment lang, und dann gestand sie: »Ich

habe angenommen, du würdest nicht freiwillig dableiben, wenn ich dir all das erzähle, Melody, und zu dem Zeitpunkt hatte ich kaum eine andere Wahl als dich dort zu lassen. Wenn du tatsächlich so reif bist, wie du behauptest, dann wirst du das verstehen.«

»Mommy, diese Menschen hassen dich und Daddy für das, was ihr getan habt. Wie könnte ich hier bleiben?«

»Onkel Jacob wird dich niemals vor die Tür setzen, Melody«, sagte sie. »Und er hat kein Recht, sich so herablassend zu gebärden, das kannst du mir glauben. Laß dich von ihm nicht schlecht machen. Sei kein Störenfried, aber laß dir diesen ... diesen Unfug nicht gefallen.«

»Ich kann nicht hier bleiben, Mommy. Und ich will mehr wissen. Ich will alles wissen.«

»Du wirst alles von mir erfahren. Das verspreche ich dir. Offensichtlich bist du inzwischen alt genug, um unsere Version dieser ganzen Geschichte zu hören. Wer hat es dir überhaupt erzählt? Jacob, Sara oder Olivia?«

»Ich habe die Fotos gesehen. Großmama Olivia hat sämtliche Bilder von dir und Daddy in Kartons verpackt«, berichtete ich ihr. »Daddys Name wird nicht genannt, und sie reden auch nicht über den Unfall. Es ist einfach gräßlich.«

»Das ist bestimmt Olivias Werk. In all den Jahren meines Lebens, die ich dort verbracht habe, konnte ich sie nie anders als Olivia nennen, verstehst du. Ich hätte niemals ›Mutter‹ zu ihr sagen können«, sagte sie bitter.

»Aber warum haben sie dich überhaupt bei sich aufgenommen? Warum haben sie dich adoptiert?«

»Das ist eine sehr komplizierte Geschichte, Liebling. Auch das ist einer der Gründe dafür, daß ich nicht schon vor meiner Abreise aus Provincetown darüber sprechen konnte. Halte noch ein klein wenig länger durch. Nur noch ein ganz kleines Weilchen, und dann mußt du den Snobismus dieser Familie nicht mehr über dich ergehen lassen«, flehte sie.

»Mommy, du hast Mama Arlene nie benachrichtigt, damit sie meine Sachen herschickt.«

»Nachdem ich aufgelegt habe, werde ich sie sofort anrufen«, versprach sie mir.

»Und Alice hat angerufen und mir erzählt, Papa George sei im Krankenhaus. Er ist sehr, sehr krank.«

»Das war zu erwarten, Schätzchen.«

»Mommy, ich kann nicht hier bleiben. Komm bitte her und hol mich ab, oder sag mir, wohin ich kommen soll. Ich bin bereit, dich überall zu treffen, wo du willst, und ich werde mit allem fertig werden. Es macht mir nichts aus, durch die Gegend zu reisen und von einer Stadt zur anderen zu ziehen. Du wirst kein Wort der Klage von mir hören. Das verspreche ich dir. Ich schwöre es dir.«

»Melody, ich bin in Los Angeles! Ich bin in Hollywood! Ich habe Termine und Vorstellungsgespräche. Kannst du dir das überhaupt vorstellen? Etwas ganz Wunderbares wird sich tun, und zwar schon bald, genauso, wie ich es dir vorausgesagt habe. Gib mir noch ein klein wenig Zeit. Schließ wenigstens die Schule dort ab. Und in den Sommermonaten können wir dann ...«

»Mommy.« Tränen strömten über mein Gesicht. »Warum haben sie dich dafür gehaßt, daß du Daddy geheiratet hast? Warum konnten sie das nicht akzeptieren? Ihr wart doch schließlich keine Blutsverwandten.«

»Wir haben uns Königin Olivias Befehlen widersetzt«, scherzte sie. »Geh ihr am besten einfach aus dem Weg. Bald wird sie sterben und damit alle von ihrer Anwesenheit erlösen. Meine Güte«, sagte sie, »es ist mir ein Greuel, über diese Familie zu reden. Diese Leute haben uns das Leben zur Hölle gemacht. Du solltest sie schröpfen. Sie stehen in deiner Schuld. Diese Familie schuldet uns mehr, als sie uns je zurückzahlen kann. Tu einfach, was dir paßt, und nimm dabei keine Rücksicht. Onkel Jacob wird dich schon nicht vor die Tür setzen.«

»Mommy ...«

»Ich muß jetzt aufhören, Schätzchen. Ich habe einen Termin. Ich rufe Arlene an, das verspreche ich dir.«

»Aber wo bist du? Wie kann ich dich erreichen?«

»Wir haben uns bisher noch keine feste Bleibe gesucht. Ich gebe dir Bescheid, wenn es soweit ist«, sagte sie. »Und wenn wir wieder zusammen sind, dann werden wir ein langes Gespräch miteinander führen, ein Gespräch unter Erwachsenen und ich werde dir alles genau erzählen. Sei brav, Schätzchen.«

»Mommy?«

Sie legte auf, und das Geräusch hallte wie Donner in meinen Ohren.

Ich rief noch lauter. *»Mommy!«* Ich umklammerte den Hörer mit aller Kraft und schrie wieder hinein.

Tante Sara kam ins Wohnzimmer gerannt.

Die Haustür ging auf, und Onkel Jacob blieb im Korridor stehen. Cary folgte ihm auf den Fersen.

Ich schrie und schluchzte hysterisch und unbeherrscht.

»Was geht hier vor? Was hat dieser Ausbruch zu bedeuten?« erkundigte sich Onkel Jacob zornig.

»Sie hat mit Haille geredet«, erklärte Tante Sara.

»Ich dulde es nicht, daß Gefühle derart zur Schau gestellt werden. Hör sofort damit auf!« befahl er mir.

Ich legte den Hörer langsam auf, ehe ich mir mit dem Handrücken die Wangen abwischte und Onkel Jacob finster ansah. Die Wut in meinen Augen überraschte ihn, und er blinzelte.

»Geh in dein Zimmer, und richte dich ordentlich her«, befahl er mir, »oder du bekommst nichts zum Abendessen.«

»Ich lege keinen Wert auf das Abendessen. Ich lege auf nichts Wert, was von Ihnen kommt, und ich will auch nichts von Ihnen haben«, sagte ich durch zusammengebissene Zähne.

Onkel Jacob wurde rot. Carys Mund sprang auf, und Tante Sara schnappte nach Luft.

»Ich will nichts von euch, und ihr könnt mir alle gestohlen bleiben«, sagte ich. »Das gilt für diese ... diese ganze abscheuliche Familie.« Mit diesen Worten rannte ich aus dem Wohnzimmer.

»Da siehst du es selbst!« schrie Onkel Jacob, als ich die Treppe hinaufrannte. »Und du hast geglaubt, sie sei wie Laura. Sie ist Hailles Tochter.«

Ich blieb abrupt stehen, drehte mich um und sah ihn von oben herab finster an. »Was ist dagegen einzuwenden, daß ich Hailles Tochter bin? Warum betonen Sie das immer wieder? Was hat sie Ihnen denn getan?« bohrte ich.

Er sah mich an. »Sie hat mir gar nichts getan. Was sie getan hat, das hat sie sich selbst und Chester angetan.«

»Und was war das? Was?« schrie ich.

»Geh in dein Zimmer und bleib dort, bis du dich wieder beruhigt hast«, sagte er. Er war sichtlich erschüttert. Ich rührte mich nicht vom Fleck. Was hatte Mommy am Telefon doch immer wieder gesagt – er würde mich nicht vor die Tür setzen? Woher wollte sie das wissen? Was gab ihr diese Sicherheit? Jedesmal, wenn ich hinter ein Geheimnis kam, verbargen sich noch zehn weitere dahinter, die sorgsam verscharrt worden waren. »Geh jetzt«, befahl er.

»Ich gehe, wohin ich will, und ich gehe dann, wenn es mir paßt«, sagte ich aufsässig. Meine Kühnheit überraschte uns beide, und er suchte stammelnd nach den rechten Worten. Ich zitterte von Kopf bis Fuß, doch ich bemühte mich, ruhig zu bleiben, damit ich durchhielt und nicht klein beigab.

»Ach, tu doch, was dir paßt«, sagte er schließlich. »Das lasse ich mir nicht bieten. Du wolltest, daß sie herkommt, und jetzt mußt du sehen, wie du damit fertig wirst«, sagte er zu Tante Sara. Mit einer wütenden Handbewegung stapfte er aus dem Zimmer. Cary starrte mich mit bestürzter Miene an.

»Ach, du meine Güte. Du liebes bißchen«, murmelte Tante Sara vor sich hin.

»Es tut mir leid, Tante Sara«, sagte ich. Ich holte tief Atem. »Ich muß mich jetzt ein Weilchen ausruhen.«

Sie sah mich betrübt an und schüttelte den Kopf. »Und dabei hat sich doch alles so gut angelassen, nicht wahr, Cary?«

»Laß sie in Ruhe«, sagte er und folgte Onkel Jacob.

Ich wandte mich ab und stieg die Stufen zu meinem Zimmer hinauf. Hinter geschlossener Tür ließ ich meinen Tränen freien Lauf. Es waren Tränen des Kummers, Tränen der Furcht und Tränen der Einsamkeit.

Ich lag bäuchlings auf dem Bett, deshalb hörte ich nicht, als May anklopfte und zu mir hereinkam. Ich spürte ihre kleine Hand auf meiner Schulter und drehte mich abrupt um. Sie sah so aus, als würde sie jeden Moment in Tränen ausbrechen, und das nur, weil ich weinte.

»Was ist los?« signalisierte sie mir.

Ich lächelte sie durch meine Tränen an. »Mir fehlt nichts«, sagte ich zu ihr. »Es wird alles wieder gut werden.«

Dann setzte ich mich auf und umarmte sie. Ich zog sie ganz eng an mich und hielt mich an ihr fest, wie ich mich in einem Sturm auf tosender See an einem Rettungsboot festgeklammert hätte.

13.

Wütend auf alle

Ich ging in erster Linie deshalb zum Abendessen nach unten, weil ich May nicht noch mehr verstören wollte, als ich es ohnehin schon getan hatte. Ich hatte keinen Appetit. Die drückende Atmosphäre des vorhergegangenen Abends war nichts im Vergleich zu der Grabesstille, die heute beim Abendessen herrschte. Es war so still, daß ich nicht nur hören konnte, wie Onkel Jacob das Essen zwischen den Backenzähnen zermalmte, sondern auch die wimmernden Laute, die Tante Sara zwischen einem Bissen und dem nächsten ausstieß. Das Klappern des Bestecks, das Klirren des Geschirrs und das Einschenken des Wassers waren eindeutig die lautesten Geräusche am Tisch. Wenn überhaupt jemand etwas sagte, dann einsilbig oder in kurzen Sätzen.

»Brot, Jacob?«

Ein gemurrtes »Ja«.

»Möchtest du noch Huhn, Cary?«

»Nein, Ma.«

Cary behielt mich bei jeder einzelnen meiner Bewegungen im Auge. Mit gesenktem Blick pickte ich wie ein Spatz in meinem Essen herum. Ich wußte nicht einmal, auf wen ich die größte Wut hatte – auf Mommy, Onkel Jacob oder meine Großeltern. Vielleicht verteilte sich meine Wut gleichmäßig auf alle, mich eingeschlossen, weil ich eingewilligt hatte, noch länger hier zu bleiben. Wie hatte ich Mommy bloß glauben können, was sie mir versprach? Wenn es um die Logans ging, dann entsprang aus einer Lüge die nächste, und Mommy hatte diese Krankheit von ihnen geerbt.

Tante Sara versuchte, mich abzulenken und erzählte vom Segnen der Flotte, einem Fest, das jedes Jahr im Juni in Provincetown gefeiert wurde. Zahlreiche Boote würden zu diesem Fest erscheinen, Leute in Kostümen, außerdem gäbe es großartiges Essen und Spiele. Jedesmal, wenn sie Onkel Jacob etwas fragte, gab er nichts weiter als ein Ja oder ein Nein von sich, wobei er mich die meiste Zeit über im Auge behielt. Ich ahnte, daß ich Schorf von einer Wunde in seinem Gedächtnis gekratzt hatte, als ich ihm im Treppenhaus lautstark meine Fragen an den Kopf geschleudert hatte. Er wirkte weniger zornig als benommen.

Tante Sara unternahm einen letzten Versuch, unser gemeinsames Abendessen etwas aufzuheitern, indem sie Cary für seine Englischarbeit lobte. Onkel Jacob nickte anerkennend, doch als Cary erklärte, das hätte er ausschließlich meinem Nachhilfeunterricht zu verdanken, verfinsterte sich Onkel Jacobs Miene wieder.

»Laura hat Cary früher auch immer geholfen. Erinnerst du dich noch daran, Jacob?« fragte Tante Sara lächelnd.

»Ja, ich erinnere mich daran«, sagte er. »Ich habe noch etwas am Anlegesteg zu tun.« Er stieß seinen Stuhl vom Tisch zurück und stand auf. »Für mich brauchst du keinen Kaffee zu machen.«

»Ich werde heißes Wasser für dich bereithalten, falls du eine Tasse Tee trinken möchtest, wenn du zurückkommst, Jacob«, versprach ihm Tante Sara. Er warf noch einen letzten Blick auf mich, ehe er das Zimmer verließ.

»Falls du noch Hausaufgaben zu erledigen hast, brauchst du mir heute nicht beim Abspülen zu helfen, Melody«, sagte Tante Sara. Sie tat ihr Bestes, um alles wiedergutzumachen. Sie tat mir leid, aber das Mitleid, das ich mit mir selbst hatte, war noch viel größer. Cary verfolgte meine Bewegungen mit seltsam gehetzten Blicken. War er immer noch wütend auf mich, oder tat ich ihm jetzt leid? Vom Tag meiner Ankunft an hatte ich das Gefühl gehabt, daß Cary schwerwiegende Geheimnisse mit sich herumtrug, deren Last ihn niederdrückte und erwachsener wirken ließ. Deshalb erschien er ständig so verbittert, und deshalb nannten ihn die Mädchen in der Schule auch Großvater.

»Ich habe heute abend tatsächlich noch zu tun, Tante Sara«, sagte ich. »Ich werde gemeinsam mit einer Freundin für eine Arbeit lernen.«

Cary schlug die Augen nieder wie zum Gebet.

»Ach? Also ... ja, Laura hat das ab und zu getan. Wer war schnell noch einmal das Mädchen, mit dem sie gemeinsam gelernt hat, Cary? Sandra Turnpick?«

»Ja«, sagte er, ohne aufzusehen.

»Sie hat eine Schwester, die in deine Klasse geht, nicht wahr, Melody? Ist das das Mädchen, mit dem du heute abend lernen willst?«

»Nein«, sagte ich. Cary sah mich jetzt an. »Es ist jemand anderes. Janet Parker«, sagte ich. Cary schien enttäuscht zu sein. Er sah jetzt wieder auf seinen Teller hinunter. »Aber ich habe May versprochen, ihr vorher bei den Hausaufgaben zu helfen«, fügte ich hinzu.

Tante Sara lächelte. »Das ist nett von dir, Liebes. Ich bin ganz sicher, daß May das zu schätzen weiß.«

Sie bedeutete May, was ich vorhatte, und May strahlte vor Begeisterung. Ich ging mit ihr nach oben, um an ihren Lese- und Sprechübungen zu arbeiten. Um Viertel vor acht mußte ich jedoch aus dem Haus. Ich erklärte ihr, daß sie wahrscheinlich schon schlafen würde, wenn ich zurückkam, und gab ihr lieber sofort einen Gutenachtkuß.

Cary hatte sich auf den Dachboden zurückgezogen. Ich hörte ihn über unseren Köpfen herumlaufen, während ich mit May lernte, doch dann herrschte plötzlich Ruhe. Ich fand eine blaue Strickjacke, die ich über Lauras gelbem Kleid tragen konnte. Draußen herrschten nur etwa achtzehn Grad, doch der Himmel war klar, und ein Dreiviertelmond ließ den Sand so weiß wie Knochen schimmern.

»Komm nicht zu spät nach Hause, Liebes«, rief mir Tante Sara aus dem Wohnzimmer zu, als ich mich auf den Weg zur Haustür machte.

»Nein, ganz bestimmt nicht«, versprach ich. Mein Herz hämmerte heftig, vor Aufregung und Schuldbewußtsein gleichzeitig. Es war mir mehr als unangenehm, daß ich sie anlügen mußte, aber ich konnte mir genau vorstellen, wie sie und Onkel Jacob reagiert hätten, wenn sie von meinem Vorhaben, mich am Strand mit einem Jungen zu treffen, gewußt hätten.

Sie haben nicht das Recht, mir solche Beschränkungen aufzuzwingen, sagte ich mir. Diese Familie hat keinerlei Recht darauf, mir vorzuschreiben, was ich zu tun und zu lassen habe. Nie zuvor hatte ich mich derart auf mich selbst gestellt gefühlt, verantwortlich für mein eigenes Schicksal. Mommy hatte mich im Stich gelassen. Sie hatte mich belogen und keinerlei Rücksicht auf meine Gefühle und Bedürfnisse genommen. Sie hatte mich vorsätzlich und bei vollem Bewußtsein über den Sachverhalt bei Menschen zurückgelassen, die auf uns herabsahen. Sie hatte mich sitzenlassen, und jetzt mußte ich eben sehen, wie ich mich allein durchschlug. Und genau das würde ich tun.

Mein ganzes Leben lang hatte ich an den Wert der Ehrlichkeit geglaubt. Ich hatte an das Gute geglaubt, das letztendlich in jedem Menschen schlummert, und das nur, um jetzt herauszufinden, daß meine eigenen Eltern mich hinters Licht geführt hatten. Wer war mir jetzt noch geblieben? Doch nur ich selbst, dachte ich. Meine Wut trieb mich in demselben Maß an, in dem Adam Jacksons betörende Augen mich lockten, deshalb sprang ich schnell die Stufen hinunter und ließ das Haus hinter mir. Nur ein einziges Mal sah ich mich um. Ich hatte den Eindruck, in einem der Fenster im oberen Stockwerk hätte sich eine Gardine bewegt, doch abgesehen davon wies nichts darauf hin, daß ich beobachtet wurde, also bog ich nach links ab und schlug den Weg zum Strand ein. Ich sollte schnell feststellen, daß es ohne Schuhe viel einfacher war, durch den Sand zu laufen. Der Sand hatte die Wärme des Tages gespeichert und war wärmer als die Luft.

Als ich näher ans Meer kam, sah ich, wie der Mond über das Wasser spazierte und hörte das Rauschen der Brandung. Das Wasser glitzerte in geheimnisvollem tiefem Blau, und die Sterne am Horizont loderten mit einer Helligkeit, die mein Herz mit noch mehr Erregung erfüllte. Wenige Momente später war ich so weit auf den Strand hinausgelaufen, daß ich die Einsamkeit wahrnehmen konnte. Das Haus der Logans war hell erleuchtet, wirkte jedoch, nachdem ich noch ein paar Minuten lang weitergelaufen war und es noch weiter hinter mir zurückgelassen hatte, wie ein Spielzeughaus.

Ich bewegte mich in der hügeligen Dünenlandschaft auf und ab. Vom Kamm einer Düne aus blickte ich auf die Stelle des Strandes hinunter, an der Adam mich das letzte Mal gefunden hatte. Als ich die hellen Flammen eines kleinen Feuers sah, machte mein Herz einen Satz. Ich fragte mich, ob er wohl überrascht sein würde, weil ich tatsächlich gekommen war. Ich für meinen Teil war jedenfalls reichlich erstaunt darüber.

Als ich näherkam, sah ich, daß sein Motorboot am Strand vor Anker lag, und ich hörte Musik, die aus seinem Radio kam. Er lag auf der Decke, hatte die Hände hinter dem Kopf gefaltet und blickte zum Himmel auf. Er trug ein weißes Polohemd und weiße Shorts. Er war barfuß. Falls er mich näherkommen hörte, ließ er sich jedenfalls nichts anmerken. Ich stand schon einen Moment lang neben ihm, als er sein im Mondschein schimmerndes Gesicht mir zuwandte. Mit einem betörenden Lächeln setzte er sich auf.

»Ich freue mich, daß du gekommen bist«, sagte er. »Es ist eine wunderbare Nacht. Es wäre wirklich ein Jammer gewesen, wenn du dir das hättest entgehen lassen.« Er klopfte neben sich auf die Decke. »Gab es Schwierigkeiten?«

»Nein«, sagte ich. »Ich habe einen Tunnel gegraben.«

Er lachte. »Na, prima.«

»Was ist? Willst du den ganzen Abend dort stehen bleiben? Du hast doch nicht etwa den weiten Weg nur zurückgelegt, um mich am Strand auf einer Decke liegen zu sehen, oder etwa doch?« fragte er.

»Das kann schon sein. Vergiß nicht, daß mein Onkel und meine Tante in ihrem Haus keinen Fernseher dulden.«

Er warf den Kopf zurück und lachte schallend. Dann wurde er wieder ernst und bedeutete mir, zu ihm zu kommen. »Auf dieser Decke hat man es richtig schön gemütlich.«

Ich ließ mich auf die Knie sinken und stellte meine Schuhe ab, ehe ich mich auf den Rand der Decke setzte.

Er sah mich spöttisch an und schüttelte den Kopf. »Du willst dir wohl einen Scherz mit mir erlauben?« sagte er. »Also gut. Von mir aus. Dann spiele ich dir eben auch vor, ich sei nicht so leicht zu haben.« Er legte sich wieder auf den Rücken und blickte zum Himmel auf.

»Ich spiele dir nichts vor.«

»Natürlich spielst du mir etwas vor. Das tun alle Mädchen.«

»Aber auf mich trifft das nicht zu.«

Er drehte sich um, stützte das Kinn auf eine Hand und sah mich an. »Ach, wirklich? Warum verwendest du denn soviel Mühe darauf, schön auszusehen, wenn nicht aus dem Grund, daß dich die Jungen sehnsüchtig ansehen?«

»Ich verwende keine Mühe darauf, schön auszusehen.«

»Ja, das kann ich mir vorstellen«, sagte er und nickte. »Du bist das, was ich als natürliche Schönheit bezeichnen würde. Deshalb gehen in der Schule alle Kätzchen mit den Krallen auf dich los. Und jetzt«, sagte er und setzte sich wieder auf, »erzähl mir von deinem Leben bei den Bergarbeitern. Du hast doch sicher einen festen Freund dort zurückgelassen, der jetzt in sein Bier weint, weil du aufs Kap gezogen bist?«

»Nein.«

»Oh, doch, darauf würde ich wetten. Aber weshalb beklage ich mich eigentlich? Er hat doch den kürzeren gezogen, und für mich ist das nur von Vorteil.« Er wieherte vor Lachen. »Rück ein bißchen näher. Ich beiße dich schon nicht«, sagte er. »Willst du, daß ich erst betteln muß? Ist es das?« fragte er.

»Oh, nein, ich will nicht, daß du bettelst.«

»Was denn dann?«

Ich rückte auf der Decke näher, bis ich neben ihm saß.

»Das ist doch gleich etwas ganz anderes. Jetzt kann ich wenigstens dein Haar riechen.« Er schnupperte an meinem Haar und küßte mich dann auf die Stirn. »Und ich kann in diese prachtvollen Augen sehen. Du weißt doch, daß du mich zu Wackelpudding werden läßt, oder etwa nicht?«

Diesmal mußte ich lachen. »Bist du ganz sicher, daß du nicht Moosbeersauce meinst?« fragte ich.

Diese Worte zauberten ein strahlendes Lächeln auf sein Gesicht. Seine blauen Augen schienen mich mit ihrem Lodern zu versengen, als er auf mich hinabsah. »Du bist nicht nur schön, sondern auch klug. Ein seltenes Juwel.« Er küßte meine Lippen, doch ich war so angespannt, daß ich glaubte, er würde hören, wie meine Nerven vibrierten.

Er sah mich mit einem seltsamen Lächeln an, und dann streckte er einen Arm nach einer Stofftasche aus, die er mitgebracht hatte. Er zog eine Flasche Wodka und zwei Gläser heraus. Dann griff er noch einmal in die Tasche und fischte ein Glas Moosbeersaft heraus. »Woher hast du gewußt, daß ich Moosbeersaft mitgebracht habe? Hat dir etwa in der Schule ein kleines Vögelchen etwas ins Ohr geflüstert?«

»Ich wußte es nicht.«

»Mit Wodka macht sich das prima. Das Lieblingsgetränk meines Vaters. Und jetzt mixe ich uns zwei Drinks.«

»Ich trinke nicht gern Whiskey«, sagte ich eilig.

»Das ist kein Whiskey. Das ist Wodka. Den riecht man nicht so sehr im Atem, und wenn man ihn mit Moosbeersaft mischt, dann schmeckt man ihn kaum. Aber man fühlt sich ganz prima. Das hat du doch bestimmt schon öfter probiert?«

»Ja, natürlich«, sagte ich, obwohl ich es noch nie getrunken hatte. Das einzige, was ich je probiert hatte, war Mommys Gin, und ich hatte noch nie verstanden, warum sie ihn so gern mochte.

Nachdem er die Drinks gemixt und mir ein Glas gereicht hatte, suchte er im Radio einen Sender, der zärtlichere Musik spielte.

»Laß uns miteinander anstoßen«, sagte er. »Auf uns. Auf schöne Zeiten und gutes Wetter bis in alle Ewigkeit.«

Ich trank einen Schluck. Er hatte recht. Das Zeug schmeckte nicht so schlecht wie Mommys Gin.

»Wo bist du denn in West Virginia abends mit deinen Freunden hingegangen? In stillgelegte Bergwerke?«

»Manchmal«, sagte ich, obwohl mir schon allein bei der Vorstellung grauste, nachts in ein Bergwerk gehen zu müssen. Ich wollte nicht, daß er glaubte, ich sei nicht so erfahren und so raffiniert wie die Mädchen hier.

Er führte sein Glas an die Lippen und drängte mich, ebenfalls noch einen Schluck zu trinken. »Das wärmt einen von innen«, beteuerte er. Ich nahm noch einen Schluck. »War der Nachthimmel in West Virginia auch so schön?«

»Ja.«

»Aber dort habt ihr kein Meer gehabt. Das Meer unterstreicht die Schönheit des Himmels, stimmt's?« Er rückte näher und legte einen Arm um meine Taille. Ich richtete den Blick auf die Stelle, an der das Meer in den Horizont überging. Das Wasser glitzerte, und die Sterne erschienen mir heller denn je, manche von ihnen funkelten sogar im Wasser. Er drückte mir einen zarten Kuß auf meinen Hals.

Wohlige Wärme zog über meine Schultern und breitete sich bis zu meinen Brüsten aus. Nervös trank ich noch einen Schluck und rückte ein klein wenig von Adam ab.

»Ich mag diese Melodie«, sagte ich. »Du nicht?«

»Was? Ach so, ja. Doch.« Er griff nach der Wodkaflasche und füllte mein Glas nach. »Das tut gut, nicht wahr?«

»Doch.«

»Laß mich überlegen, worauf wir jetzt anstoßen könnten. Auf ... auf das Ende des Schuljahres. Möge es schnell nahen und mich von diesen Qualen erlösen.« Er stieß wieder mit mir an. »Trink schnell aus, sonst wird unser Wunsch nicht in Erfüllung gehen«, drängte er mich. Ich trank einen Schluck und glaubte den Wodka deutlicher herauszuschmecken.

»Ich dachte, du bist ein guter Schüler«, sagte ich.

Er lachte. »Ich halte mich einigermaßen gut. Adam Jackson tut gerade genug, um mit seinen Noten seinem Vater zur Freude zu gereichen«, prahlte er.

»Ist dein Vater nicht Anwalt?«

»Doch, aber mach dir deshalb keine Sorgen. Ich werde dich schon nicht verklagen, wenn wir heute abend keinen Spaß miteinander haben.«

»Willst du auch Anwalt werden?« fragte ich eilig, als er sich vorbeugte, um mich zu küssen.

»Vielleicht. Ich weiß es noch nicht. Mein Vater wünscht es sich natürlich.« Seine Lippen streiften meinen Mund, und dann drehte er sich abrupt um und legte mir den Kopf auf den Schoß, so daß er zu mir aufblicken konnte. »Von hier unten siehst du einfach toll aus«, sagte er. Er hob eine Hand und fummelte an den Knöpfen meiner Strickjacke herum.

Ich legte meine Hand auf seine und hielt sie fest. »Du frierst doch nicht etwa, oder doch?«

»Ein wenig«, sagte ich.

»Trink noch einen Schluck. Jetzt mach schon«, drängte er mich. »Davon wird dir gleich wärmer werden.«

Ich tat es, und er lächelte. Seine Finger knöpften erst einen Knopf auf, dann einen zweiten.

»Das Kleid, das du heute anhast, steht dir gut«, sagte er. »Du siehst darin aus wie eine frische Blume. Ich bin richtig eifersüchtig geworden, als ich gesehen habe, wie einige meiner Freunde dich in der Schule angestarrt haben.«

Seine Finger glitten in den Spalt zwischen meinen Brüsten. Dann zog er sich langsam hoch, legte eine Hand auf meinen Nacken und bog mich sanft seinen Lippen entgegen. Es war wie im Film, dieser Kuß. Seine Lippen preßten sich auf meine, seine Zunge glitt zwischen meine Lippen, um uns herum war Musik, und über uns funkelten die Sterne. Mir war ganz warm, und mein Kopf schwirrte. Er nahm mir das Glas aus der Hand, preßte mich mit dem Rücken auf die Decke und drehte sich dann um. Jetzt lag er auf mir und sah mir ins Gesicht.

»Ich habe gleich gewußt, daß es zwischen uns beiden funken wird«, sagte er.

»Woher hast du das gewußt?«

»Adam Jackson kennt sich mit Frauen aus.«

»Du redest über dich wie über einen Dritten«, sagte ich kichernd. »So etwas habe ich noch nie gehört.«

»Dafür gibt es eine ganz einfache Erklärung«, sagte er achselzuckend. »Ich bin überlebensgroß, und eine einzige Person kann mich nicht fassen.«

Er senkte den Mund auf meine Lippen und küßte mich lange und heftig, während seine rechte Hand über meine Rippen zu meinen Brüsten glitt.

»Du bist einfach wunderbar«, sagte er. Mein Puls raste. Ich sah zu den Sternen auf, und sie schienen zu verschwimmen und miteinander zu verschmelzen. Er küßte meinen Hals, dann rutschte er tiefer auf mir hinunter, und seine Zunge glitt unter meinen Kragen und bewegte sich auf meine Brüste zu. Ich spürte, wie er mich behutsam ein wenig hochhob und den Reißverschluß auf meinem Rücken fand. Ich wollte mich widersetzen, doch der Reißverschluß war in Windeseile geöffnet, und Adam zog mir das Kleid schnell über die Schultern und preßte seinen Mund auf meine Brüste.

Ich fühlte mich, als schwebte ich auf einem fliegenden Teppich und nicht, als läge ich auf einer einfachen Decke am Strand. Der Teppich schien sich über den Sand zu erheben und uns beide in die Lüfte zu tragen, wo er entgegen dem Uhrzeigersinn zu kreisen begann. Adam hatte inzwischen die Träger meines BHs heruntergezogen und öffnete mit der Präzision eines erfahrenen Chirurgen den Verschluß. Sowie der Haken aufsprang, glitten seine Hände darunter und zogen ihn zur Seite. Ehe die kühle Nachtluft meinen nackten Busen berühren konnte, lagen seine Lippen schon darauf und spielten mit meinen Brustwarzen.

Meine Beine schienen plötzlich völlig kraftlos, als seine Oberschenkel sich zwischen meine Knie drängten und mich zwangen, die Beine zu spreizen. Es passierte alles so schnell – die funkelnden Sterne, die ich nur unscharf erkennen konnte, fielen wie ein Diamantenregen um uns herum, die Decke drehte sich blitzschnell im Kreis, seine Hände waren unter den Rock meines Kleides geglitten, und seine Finger fummelten an meiner Unterwäsche herum. Das Meeresrauschen schluckte meine leisen Proteste, und Adam sagte: »Du bist einfach perfekt. Ich wußte gleich, daß wir prima zusammenpassen.«

Trotzdem konnte ich der Situation keinerlei Reiz abgewinnen. Ich empfand die Raserei der Leidenschaft keineswegs als erregend, sondern vielmehr als beängstigend. Zu schnell, dachte ich. Das geht alles viel zu schnell.

Ich stieß mit den Händen gegen seine Brust und schüttelte den Kopf, doch er erstickte meine Proteste mit seinen Lippen und stieß seine Zunge noch fester in meinen Mund. Ich wäre fast erstickt, und als er endlich seinen Kopf zurückzog, schrie ich: »Hör auf! Hör sofort auf damit!«

»Was? schrie er. »Du wolltest es doch so haben, oder etwa

nicht? Weshalb hättest du sonst herkommen sollen? Sei ganz locker. Leg dich wieder auf den Rücken und genieße, was Adam Jackson dir zu bieten hat.«

Meine Arme waren zu dünn und zu schwach, um das Gewicht seines Oberkörpers von mir zu stemmen. Ich fing an zu weinen, als er mich mühelos hochhob und begann, den Slip über meine Oberschenkel zu ziehen. Ich schüttelte den Kopf und wimmerte. Ich konnte seinen schweren, abgehackten Atem hören und versuchte, seinem Mund auszuweichen, doch er schien gewachsen zu sein. Ich sah ihn ähnlich verzerrt wie die Sterne. Er hatte etwas von einer riesigen Qualle, die sich auf mir ausbreitete und mich einhüllte.

»Bitte ... hör auf!« flehte ich.

Er zog den Kopf hoch und sah geringschätzig auf mich herab. »Du treibst deine Spielchen mit den Jungen«, sagte er, »und mit Adam Jackson spielt man nicht.«

Ich glaubte, ich würde unter ihm ohnmächtig werden. Meine Augen rollten in meinem Kopf herum, und einen Moment lang wurde mir schwarz vor Augen, und dann spürte ich plötzlich, wie er sich hochzog. Erst den Kopf, und dann hob sich sein Unterleib von mir. Als ich die Augen aufschlug, sah ich, wie Cary ihn von mir herunterzog. Er hatte ihn an den Haaren und am rechten Arm gepackt und riß heftig an ihm.

»Laß sie in Ruhe!« schrie er.

Adam drehte sich eilig vom Bauch auf den Rücken und sprang auf. Mein Bauch gluckerte, als ich mich aufsetzte. Die beiden Jungen standen einander gegenüber. Carys Hände waren zu Fäusten geballt. Er hatte die Schultern hochgezogen wie ein Raubtier, als er auf Adam zuging.

»Komm schon«, sagte er. »Zeig mir, wie du dein Gesicht verteidigst, auf das du dir soviel einbildest.«

»Verschwinde!« winselte Adam. »Sie wollte es selbst so haben«, sagte er und deutete auf mich. »Schließlich ist sie aus freien Stücken hergekommen, oder etwa nicht?«

Cary warf einen Blick auf die Wodkaflasche, die auf der Decke stand.

»Du hast sie betrunken gemacht, du Mistkerl. Du wolltest dir auf diese Art einen Vorteil verschaffen.«

Cary wollte sich auf ihn stürzen, und Adam sprang mit einem Satz zurück.

»Du bist verrückt!« schrie er. »Deine ganze Familie ist verrückt, und sie ist auch nicht besser!« Er wich noch weiter zurück. »Ich denke gar nicht daran, mich ihretwegen zu schlagen.« Er wich immer weiter zu seinem Boot zurück.

Cary stand da und funkelte ihn finster an. Dann drehte er sich um, griff nach der Wodkaflasche und schleuderte sie in Adams Richtung. Die Flasche prallte gegen die Bootswand und zersprang in tausend Stücke.

»Du bist vollständig übergeschnappt! Das wird dir noch leid tun«, drohte Adam, doch er stieß sein Boot vom Ufer ab und sprang eilig hinein, als Cary drohend näherkam. »Diese Geschichte ist noch lange nicht ausgestanden. Du wirst noch von mir hören!« schrie er.

»Verklag mich doch!« gab Cary zurück und stemmte die Arme in die Hüften.

Adam ließ den Motor an, wendete das Boot und war im nächsten Augenblick verschwunden.

Ich drehte mich auf die Seite und begrub das Gesicht in der Decke. Ich spürte, wie Cary sich neben mich kniete und eine Hand auf meine Schulter legte.

»Ist alles in Ordnung mit dir, Melody?« fragte er leise.

»Nein«, sagte ich. Ich fühlte mich elend, es war alles so peinlich, und plötzlich war ich sehr, sehr müde.

»Komm mit. Ich bringe dich nach Hause«, sagte Cary.

»Ich will nicht nach Hause. Ich bin dort nicht zuhause!« rief ich. »Ich habe kein Zuhause!«

»Natürlich hast du ein Zuhause. Du bleibst bei uns, bis deine Mutter zurückkommt.«

»Mir ist ganz egal, ob sie jemals zurückkommt.«

»Das ist doch gar nicht wahr.«

»Hör auf, mir zu erzählen, was ich will. Du weißt doch gar nicht, was ich wirklich will. Keiner von euch weiß, was ich will, und außerdem interessiert sich ohnehin niemand dafür.«

»Ich interessiere mich dafür«, beharrte er. »Komm jetzt«, drängte er mich. Er zog den Reißverschluß meines Kleides hoch. »Das Laufen wird dir guttun, du wirst dich gleich wieder viel besser fühlen.«

»Ich werde mich nie mehr besser fühlen. Ich will mich überhaupt nicht besser fühlen. Laß mich ganz einfach hier am Strand liegen, und laß das Wasser kommen, damit es mich ins Meer hinausspült. Am liebsten möchte ich ertrinken.«

Er lachte. »Komm schon. Du bist ein bißchen angetrunken, das ist alles.«

»Ich bin nicht betrunken«, sagte ich und drehte mich empört zu ihm um, und sofort drehte sich die ganze Welt mit mir und wollte nicht mehr aufhören zu kreisen. Ich stöhnte und fiel in Carys Arme. Das Gluckern in meinem Bauch wurde zu einem Vulkan, der schließlich ausbrach. Cary hielt mich fest, während ich würgte. Der gesamte Wodka, den ich auf nahezu leeren Magen getrunken hatte, sprudelte wie geschmolzene Lava empor. Brennend stieg er in meine Kehle auf und ergoß sich aus meinem Mund. Ich krümmte mich vor Schmerz. Wenn Cary mich nicht festgehalten hätte, wäre ich ganz bestimmt der Länge nach in den Sand gefallen.

Endlich legte sich das Würgen. Ich holte keuchend Luft.

»Geht es dir besser?«

Ich fühlte mich tatsächlich wohler, nachdem ich den Wodka von mir gegeben hatte. Als ich nickte, ließ Cary mich behutsam auf die Decke sinken.

»Ruh dich einen Moment lang aus«, sagte er.

Mein Atem ging jetzt wieder ruhiger, und meine Brust war nicht mehr so schwer, doch meine Augen schmerzten, und ich fühlte mich, als hätte ich ein Dutzend Hiebe in die Magengrube bekommen. Das einzig Gute war, daß sich nicht mehr alles vor meinen Augen drehte.

»Wie hast du uns gefunden?« fragte ich, als ich allmählich begriff, was sich hier alles abgespielt hatte.

»Ich bin dir gefolgt. Ich hatte den Verdacht, daß du dich mit diesem Mistkerl treffen wirst«, sagte Cary. »Er kann seine Angeberei einfach nicht lassen. Heute morgen in der Schule hat er seinen Freunden erzählt, er würde sich heute abend am Strand vergnügen, und morgen könnte er ihnen dann eine ganz tolle Geschichte erzählen. Er hat zwar deinen Namen nicht genannt, aber ich habe trotzdem gefürchtet, du könntest es sein, und als du dann gesagt hast, du könntest heute abend nicht mit mir in die Stadt gehen, war mir alles klar. Ich konnte mir schon denken, daß du nicht zu Janet Parker gehst, um mit ihr für eine Arbeit zu lernen.«

»Es tut mir leid«, sagte ich. »Es tut mir leid, daß ich dich in Schwierigkeiten gebracht habe.«

»Mir hast du doch keine Schwierigkeiten gemacht«, sagte er lachend. »Wenn du jemanden in Schwierigkeiten gebracht hast, dann Mr. Perfekt.«

»Er hat dir gedroht.«

»Mach dir keine Sorgen. Er wird schon niemandem erzählen, was wirklich vorgefallen ist, das ist ihm viel zu peinlich.«

Ich versuchte, mich aufzusetzen.

»Glaubst du, du kannst wieder gehen?« fragte Cary.

»Ja«, sagte ich. Er hatte zwar den Reißverschluß meines Kleides hochgezogen, doch mein BH war noch offen. Im Moment spielte das keine Rolle. Ich versuchte aufzustehen.

Er stellte sich hinter mich und ließ die Hände unter meinen Ellbogen liegen, bis ich auf den Füßen stand, doch ich war immer noch wacklig auf den Beinen und sank an ihn.

»Nicht übel«, sagte er. »Beträchtlicher Seegang.«

»Vielleicht sollte ich eine Schwimmweste tragen«, sagte ich, und er lachte. Wir machten uns auf den Weg. »Was machen wir mit der Decke und dem Radio und dem ganzen Zeug?«

»Überlaß das alles ruhig der See. Sie versteht sich gut darauf, die Unordnung zu beseitigen, die von den Menschen zurückgelassen wird«, sagte er. Er hielt mich beim Gehen am rechten Arm fest.

»Ich muß schrecklich aussehen«, sagte ich. »Mein Magen fühlt sich an, als hätte ich einen Bienenstock verschluckt.«

»Wir sehen zu, daß du so schnell wie möglich nach Hause und ins Bett kommst, aber wahrscheinlich wirst du dich morgen früh ziemlich mies fühlen.«

»Deine Mutter wird außer sich sein, und wenn dein Vater mich sieht ...«

»Er wird dich nicht sehen«, versprach mir Cary.

»Es ist noch zu früh. Deine Mutter wird sich fragen, warum ich jetzt schon vom Lernen zurückkomme.«

»Wir schmuggeln dich heimlich ins Haus«, versprach er mir. Ich ließ die Augen beim Gehen geschlossen und hatte den Kopf an seine Schulter gelehnt, und die Scham lastete schwer auf mir. Cary hielt mich, als sei ich aus Glas und könnte jede Sekunde zerbrechen. Als ich stolperte, hielt er mich fester und zog mich noch enger an sich. Es schien eine Ewigkeit zu dauern, wieder auf den Hügel zu steigen, doch plötzlich blieb Cary abrupt stehen. »Warte.«

Ich schlug die Augen auf.

»Was ist?«

Er blinzelte im Dunkeln.

»Mein Vater«, flüsterte er. »Er kommt gerade vom Anlegesteg zurück.«

»Na, prima. Jetzt werde ich gleich zu hören bekommen, daß ich den Beweis dafür erbracht habe, daß ich die Tochter meiner Mutter bin. Er wird mich die ganze Nacht lang die Bibel lesen lassen.«

»Psst! Bleib einen Moment lang ganz still stehen.« Cary

schwieg lange Zeit. »In Ordnung, jetzt hat er das Haus gleich erreicht. Wir werden uns ein Weilchen ins Boot setzen«, sagte er. »Dort kannst du dich frisch machen und dafür sorgen, daß du ordentlich aussiehst, und dann gehen wir ins Haus. Komm schon. Es wird alles gutgehen«, versprach er. Seine Worte legten sich wie ein tröstlicher Schal um meine Schultern. Ich entspannte mich und folgte seinen Anweisungen.

Wir wandten uns nach rechts und liefen wieder den Hügel zum Ozean hinunter. Wenige Momente später hatten wir den Anlegesteg erreicht. Er half mir in das Fischerboot. Es bewegte sich nur leicht in den Wellen, aber ich war noch zu unsicher auf den Beinen, um ohne Carys Hilfe zu stehen.

»Nur keine Sorge.« Er führte mich in die Kajüte zu einer gepolsterten Bank. Dann zündete er eine kleine Öllampe an. »Wie fühlst du dich jetzt?«

»Ich fühle mich, als sei ich auf eine Achterbahn geraten, die sich nicht anhalten läßt. Meine Rippen schmerzen, mein Kopf kommt mir wie ein Brocken Kohle vor, mein Magen will nichts mehr mit meinem Körper zu tun haben ... ich bin noch nie betrunken gewesen. Ein Glück, daß du da warst und dich um mich gekümmert hast«, sagte ich. »Danke.«

Er starrte mich an. »Ich hasse Typen wie Adam Jackson. Sie glauben, bloß weil sie mit einem silbernen Löffel im Mund geboren worden sind, fällt ihnen alles von allein zu. Man sollte sie alle mit Harpunen jagen oder sie auf offener See aussetzen und auf ihrem aufgeblasenen Ego treiben lassen.«

Ich lachte, doch das tat weh, und ich stöhnte.

Instinktiv griff er nach meiner Hand. »Möchtest du ein Glas Wasser?«

»Ja, bitte«, sagte ich, und er stand auf, um es zu holen. In dem Moment sah ich an mir hinunter und auf die Bescherung, die ich angerichtet hatte. »O Cary, sieh nur, mein Kleid ist total schmutzig. Tante Sara wird am Boden zerstört sein. Eines von Lauras Kleidern. Die Flecken werden nie mehr herausgehen.«

Er drehte sich um und sah mich an. Dann dachte er einen Moment lang nach. »Ich habe einen Zuber und etwas Seife auf dem Deck. Wir schrubben das Kleid, und dann lege ich es eine halbe Stunde lang auf den Petroleumofen. In der Zeit sollte es trocknen.« Er schenkte ein Glas Wasser ein und reichte es mir. »In der Zwischenzeit«, sagte er und nahm einen Regenmantel aus Gummi von einem Haken, »kannst du das tragen.«

Ich trank das Wasser.

»Ich fülle jetzt den Zuber und hole eine Bürste.«

»Ich wasche das Kleid schon selbst«, sagte ich. »Das brauchst du nicht für mich zu tun.«

»Mir macht das nichts aus. Wenn ich die stinkenden Eingeweide von Fischen vom Deck schrubben kann, dann wird mir wohl kaum vor bereits verwendetem Wodka grausen.«

»Igitt«, sagte ich lachend.

Er ging, und ich zog das Kleid aus, schloß meinen BH und zog den Regenmantel an.

»Es ist alles fertig«, rief Cary.

»Ich schaffe das schon allein«, beharrte ich.

»Bist du ganz sicher?«

»Ja.«

Er führte mich zu dem Zuber, und ich schrubbte das Kleid, während er den Petroleumofen in der Kajüte anzündete. Als mir das Kleid einigermaßen sauber erschien, brachte ich es in die Kajüte, und Cary breitete es behutsam auf dem Ofen aus. »Das sollte nicht allzu lange dauern«, sagte er. Ich setzte mich auf die Bank. Er holte ein Kissen aus einem Schrank. »Hier«, sagte er und legte es auf ein Ende der Bank. »Leg dich hin, mach die Augen zu, und ruh dich aus.«

»Danke. Du erfüllst wirklich alle Aufgaben eines Rettungsdienstes«, sagte ich zu ihm.

Er setzte sich vor der Bank auf den Boden, lehnte sich mit dem Rücken daran und schlang die Arme um die Knie. Die kleine Flamme in der Öllampe flackerte und ließ die Schatten auf den Wänden der Kajüte tanzen. Es roch nach Seetang und nach Salzwasser, was im Moment so erfrischend wie Minze auf mich wirkte. Ich holte tief Atem und seufzte.

»Ich habe mein ganzes Leben verpfuscht«, sagte ich.

»Das stimmt doch überhaupt nicht. Du bist klug und schön. Es wird alles wieder gut werden.« In seinen Worten lag soviel Zuversicht, daß ich mich fragte, ob alle anderen meine Zukunft deutlicher vor Augen sehen konnten als ich selbst. »Mach dir wegen dem, was heute vorgefallen ist, bloß keine Vorwürfe. Typen wie dem gehen täglich von neuem Mädchen auf den Leim«, fügte er bitter hinzu.

Ich dachte an Laura und Robert Royce und fragte mich, ob Cary das damit gemeint hatte.

»Ich habe einen der Briefe gelesen, die Robert Royce an Laura geschrieben hat«, gestand ich.

»Diesen Blödsinn hast du gelesen?« Sogar in dem schwachen Licht konnte ich seine finstere Miene sehen.

»Mir kam es nicht wie Blödsinn vor, Cary. Ich habe zwar nur einen der Briefe gelesen, aber ich hatte den Eindruck, daß er es ehrlich meinte.«

»Er hat genau gewußt, wie er Aufrichtigkeit einsetzt, um zu bekommen, was er will«, sagte Cary mit schneidender Stimme. »Er war ein hinterhältiger, gerissener ...«

»Wie kannst du dir so sicher sein?«

»Ich weiß es ganz genau, das kannst du mir glauben.«

»Ich verlasse mich nicht einmal mehr darauf, daß ich Menschen richtig einschätzen kann, die ich mein ganzes Leben lang gekannt habe, Menschen, die ich tagtäglich gesehen habe. Du kannst unmöglich wissen, was Laura und Robert miteinander geredet haben, was sie gesagt haben, was sie sich erzählt und versprochen haben, und nach allem, was ich bisher über Laura weiß, muß sie ein sehr gescheites Mädchen gewesen sein, Cary. Vielleicht warst du einfach nur ...«

»Nur was?«

»Zu sehr um sie besorgt. Ich nehme an, das ist nur natürlich. Erzähl mir von dem Unfall.«

»Da gibt es nichts zu erzählen. Die beiden sind segeln gegangen, ein Sturm ist aufgezogen, und sie sind hineingeraten.«

»Niemand hat sie gewarnt?«

»Sie waren zu lange draußen. Wahrscheinlich hat er ...«

»Wahrscheinlich hat er was?« Er gab mir keine Antwort. »Cary?«

»Wahrscheinlich hat er versucht, dasselbe mit ihr zu tun, was Adam Jackson dir heute abend anzutun versucht hat. Sie hat sich widersetzt, und er wollte nicht an Land zurückkehren, und dann ist der Sturm hereingebrochen. Er ist verantwortlich für das, was passiert ist. Er kann von Glück reden, daß er auch gestorben ist, denn andernfalls hätte ich ihn eigenhändig getötet, mit bloßen Händen. Ich wünschte sogar tatsächlich, er wäre nicht in dem Sturm umgekommen. Ich wünschte, ich hätte derjenige sein dürfen, der ihn getötet hat.«

Ich schwieg einen Moment lang. Seine Schultern, die vor Wut hochgezogen waren, entspannten sich ein klein wenig.

»Glaubst du nicht, wenn Robert Royce ein Junge von der Sorte gewesen wäre, hätte sich Laura kein zweites Mal mit ihm getroffen, Cary?« fragte ich behutsam. »Ich will jedenfalls ganz bestimmt nicht noch einmal mit Adam Jackson allein sein.«

Eine Zeitlang erwiderte er nichts darauf. Dann seufzte er, schlug die Augen nieder und schüttelte den Kopf. »Sie war verwirrt, das ist alles. Sie hatte es eilig, einen Freund zu finden.«

»Warum denn das?«

»Wegen dieser ... dieser Klatschbasen in der Schule, die sie ständig damit aufgezogen haben, daß sie keinen Freund hat. Sie haben ihr gegenüber gehässige Bemerkungen darüber gemacht, daß ...«

»Daß?« Ich hielt den Atem an.

»Über uns. Sie haben schmutzige Geschichten über uns in Umlauf gesetzt, weil sie keinen Freund hatte. Also hat sie Robert gar nicht so gern gehabt. Sie hat ganz einfach nur versucht, alle zufriedenzustellen, damit die anderen aufhören zu reden. Sie hat geglaubt, es würde mir etwas ausmachen, und sie hat sich die Schuld daran gegeben.«

»Das ist ja furchtbar«, sagte ich. Er nickte. »Warum haben sich die Mädchen diese Geschichten über euch ausgedacht?«

»Warum? Weil sie schäbig, gemein und egoistisch sind. Sie konnten nicht verstehen, daß Laura und ich uns so nahe gestanden haben und warum wir soviel gemeinsam unternommen haben. Warum wir soviel füreinander getan haben. Sie haben diese Geschichten erfunden, weil sie neidisch waren. Und sie sind in demselben Maß für ihren Tod verantwortlich wie Robert«, schloß er.

»Es tut mir leid, Cary.«

Er nickte. »Spar dir die Mühe, noch mehr von diesen scheinheiligen Briefen zu lesen. Darin wimmelt es von Lügen. Er hat sich hingesetzt und genau das geschrieben, wovon er geglaubt hat, daß es ihn ans Ziel bringt«, versicherte mir Cary.

»Warum wirft deine Mutter sie dann nicht fort?«

»Sie wollte nichts in diesem Zimmer anrühren. Noch lange Zeit hinterher hat sie sich geweigert zu glauben, daß Laura nicht zurückkommt. Ihre Leiche ist niemals gefunden worden, und deshalb hat sie sich geweigert, ihren Tod zu akzeptieren. Und dann hat mein Vater den Grabstein aufstellen lassen und sie dazu gezwungen, mit ihm hinzugehen. Schließlich hat sie es dann akzeptiert, aber sie klammert sich immer noch an das Zimmer, an Lauras Sachen, an ihre Kleider. Es hat mich überrascht, daß sie dich aufnehmen und dir Lauras Zimmer überlassen wollte, aber es ist fast so, als glaubte sie ...«

»Was?«

»Durch dich käme Laura zurück. Das ist ein weiterer Grund dafür, daß mein Vater sich dir gegenüber nicht gerade als gastfreundlich erweist. Es ist nicht so, daß er aus irgendwelchen Gründen etwas gegen dich hätte.«

»Oh, doch, dahinter steckt ein Grund«, antwortete ich düster. »Es ist etwas vorgefallen, was ihn gegen meine Mutter derart eingenommen hat, und ich will wissen, was das ist. Weißt du etwas darüber?« fragte ich.

»Nein«, sagte Cary eilig. Für meine Begriffe ein wenig zu eilig.

»Wenn das so ist, dann werde ich eben unsere Großeltern bitten müssen, mir alles zu erzählen.«

Er drehte sich zu mir um und sah mich ungläubig an.

»Du würdest sie doch nicht etwa einfach danach fragen?«

»Warum nicht?«

»Mit Großmama Olivia würde ich mich nicht anlegen. An ihr kann man sich manchmal ganz schön die Zähne ausbeißen.«

»An mir auch«, sagte ich mit fester Stimme. »Wenn man mich dazu zwingt.«

Cary lachte.

»Vielleicht solltest du das besser doch nicht tun, Melody«, sagte er nach einer Weile. »Vielleicht sollte man manche Dinge nicht ans Licht bringen.«

»Geheimnisse schwären wie infizierte Wunden. Sie machen einen krank, Cary. So sehe ich das. Und du hast es genauso gesehen, als andere Leute Geschichten über dich und Laura in Umlauf gebracht haben«, sagte ich, denn ich wollte ihm mit allen Mitteln verständlich machen, wie wichtig es mir war, die Wahrheit herauszubekommen.

»Weißt du was?« sagte er und nahm meine Hand. »Ich lege hiermit ein Versprechen ab. Ich verspreche dir, daß ich mich bemühen werde, möglichst viel über deine Eltern herauszufinden.«

»Das willst du wirklich für mich tun? O Cary, ich danke dir.«

Er hielt meine Hand weiterhin fest. »Keine Ursache«, sagte er. »Wahrscheinlich hast du recht. Wahrscheinlich solltest du tatsächlich alles wissen, was sich über die Logans in Erfahrung bringen läßt.«

Ich lächelte ihn an. »Anfangs habe ich geglaubt, du haßt mich.«

»Das war auch der Fall«, gestand er. »Ich wußte ganz genau, warum meine Mutter dich hier haben wollte, und das hat mir gar nicht gepaßt, aber ...«

»Aber?«

»Du bist sehr nett«, sagte er. »Und außerdem bist du die einzige Cousine, die ich habe, also muß ich mich wohl mit dir arrangieren.«

»Danke, Cary.«

»Mal sehen, was dein Kleid macht«, sagte er und stand auf. »Es ist zwar noch nicht vollständig trocken, aber wenigstens einigermaßen. Man wird dir nichts ansehen.«

»Danke«, sagte ich und stand auf. Er reichte mir das Kleid, und ich wollte den Regenmantel ablegen.

»Ich warte draußen auf dich«, sagte er.

Ich zog mich um, hängte den Regenmantel auf und ging an Deck.

»Wie fühlst du dich jetzt?« fragte Cary.

»Müde und wacklig auf den Beinen, aber doch schon wieder hundertmal besser, und das habe ich dir zu verdanken.«

»Laß uns nach Hause gehen«, sagte er und nahm mich an der Hand. Er ließ meine Hand erst los, als wir das Haus erreicht hatten.

»Wie sehe ich aus?« fragte ich ihn und strich mir das Haar aus dem Gesicht zurück.

»Gut«, sagte er, nachdem er mich im Schein der Lampe gemustert hatte, die auf der Veranda vor dem Haus hing.

Wir begegneten Onkel Jacob im Flur, als wir das Haus betraten. Er war gerade mit einer Tasse Tee in der Hand auf dem Weg ins Wohnzimmer. Als wir hereinkamen, blieb er stehen und sah uns an, und seine Augen wurden klein und finster.

»Wo seid ihr beide gewesen?« fragte er.

»Ich habe Melody zufällig getroffen, als sie von ihrer Freundin zurückgekommen ist, mit der sie gemeinsam für die Schule gelernt hat«, sagte Cary eilig.

Onkel Jacobs Blick wanderte von Cary zu mir und wieder zurück zu Cary, ehe er seinen Weg ins Wohnzimmer fortsetzte.

»Komm morgen so früh wie möglich nach Hause«, sagte er. »Wir haben sehr viel zu tun.«

»In Ordnung«, sagte Cary.

Tante Sara erschien in der Küchentür.

»Hallo, da seid ihr ja alle. Ist alles in Ordnung?«

»Ja, Tante Sara«, sagte ich. »Ich bin müde und werde mich jetzt gleich schlafen legen.«

»Gute Nacht, Liebes«, sagte sie.

Cary folgte mir die Treppe hinauf.

»Es tut mir leid, daß du deinen Vater belügen mußtest, Cary«, sagte ich zu ihm, als ich vor der Tür zu meinem Zimmer stand.

»Schließlich war nicht alles, was ich gesagt habe, gelogen«, sagte er. »Du warst doch wirklich auf dem Heimweg.« Er lächelte mich an.

»Gute Nacht, und noch mal vielen Dank«, sagte ich. Ich beugte mich vor und gab ihm einen Kuß auf die Wange. Er errötete. Ich bemühte mich, ihn strahlend anzulächeln, dann zog ich mich in mein Zimmer zurück. Er stand immer noch im Flur, als ich die Tür hinter mir schloß. Ich hörte, wie er die Leiter zu seinem Dachboden herunterzog und nach oben kletterte.

Ich zog mich aus und schlüpfte in ein Nachthemd. Mir grauste, als ich mich im Spiegel sah, und ich fragte mich, ob die Ringe unter meinen Augen bis morgen früh wohl wieder verschwinden würden. Die Matratze und die Decken fühlten sich unglaublich gut an. Meine Augenlider waren wie zwei Stahltüren, die regelrecht zuschnappten. Das letzte, woran ich mich am nächsten Morgen erinnern konnte, war der Wunsch, Cary hätte nicht gelogen, um mich zu decken. Es fängt immer mit kleinen Notlügen an, und dann ufert es aus, bis ... bis man so wird wie Mommy und zwischen Wahrheit und Lüge nicht mehr unterscheiden kann.

Mir wird das nicht passieren, gelobte ich mir.

Mir nicht.

Die Wiederholung dieser Worte wirkte wie ein Schlaflied auf mich. Das nächste, was ich wahrnahm, war die Sonne, die durch die Gardinen vor dem Fenster drang und das Zimmer durchflutete. Ich gab mir einen Ruck und begann den neuen Tag.

14.

Ein hilfloses Geschöpf

Bedauerlicherweise hatte sich Cary in Adam Jackson geirrt. Es stimmte zwar, daß sein Ego Schaden genommen hatte, doch seine Verlegenheit und sein Zorn über meine Zurückweisung hatten ausgesprochen häßliche Folgen. Als Cary und ich das Schulgebäude betraten, hatten sich Adams Lügen bereits wie ein Lauffeuer in einer Dürreperiode ausgebreitet. In dem Moment, als ich den Gesichtsausdruck sah, mit dem mich Mädchen wie Lorraine, Janet und Betty empfingen, wußte ich, daß ihnen etwas an Niedertracht und Gemeinheit kaum zu überbietendes zu Ohren gekommen war, und ich zweifelte nicht daran, daß auch ich es bald zu hören bekommen würde.

Schon in der Tür witterte Cary, daß die Luft mit etwas Negativem geradezu elektrisch geladen war. Er wich nicht von meiner Seite und wirkte dabei wie ein nervöser Grizzlybär. Gewöhnlich ließ er mich stehen, sowie wir die Schule erreicht hatten, um sich seinen wenigen Freunden anzuschließen, doch heute trieb sich Cary in meiner Nähe herum, während ich mich an meinem Spind zu schaffen machte. Die Mädchen, die in der Nähe standen, beobachteten uns kichernd. Jungen, die an uns vorbeikamen, grinsten hämisch und verzogen die Lippen, während sie miteinander tuschelten. Ich staunte darüber, wie gut Cary alle anderen Menschen ignorieren konnte, wenn er wollte. Für ihn existierte in diesem Moment niemand außer uns. Falls er überhaupt in die Richtung der Schüler sah, die an uns vorbeikamen, dann starrte er durch sie hindurch.

»Guten Morgen, Cary«, sagte Betty, als sie mit Lorraine und Janet an uns vorbeikam.

»Guten Morgen, Cary«, echote Lorraine.

»Guten Morgen, Cary«, ahmte Janet sie nach.

Ganz offensichtlich verbarg sich hinter dem strahlenden Lächeln der drei etwas Schlüpfriges, etwas Widerwärtiges. Cary reagierte nicht auf ihre Begrüßung. Er begleitete mich zu meinem Klassenzimmer, und als es nach der Stunde läutete, stand er schon wieder da, um mich zu meinem nächsten Kurs zu bringen.

»Du brauchst dir um mich keine Sorgen zu machen«, sagte ich zu ihm, als ich ihn nach der zweiten Stunde wieder im Korridor vorfand.

»Oh, ich ... ich mache mir keine Sorgen«, stammelte er. »Ich war nur gerade in der Nähe, und da habe ich mir gedacht, ich könnte ebensogut mit dir durch den Korridor laufen.«

»Danke«, sagte ich und lächelte über seinen ungeschickten Versuch, seine Anwesenheit zu erklären.

»Ich meine, ich sehe dich doch gern. Es ist nur so, daß ...«

»Daß du meistens zu sehr anderweitig beschäftigt bist?«

»Ja«, sagte er und nahm meinen Vorschlag dankbar entgegen. Nach meiner nächsten Schulstunde stand er nicht vor der Tür, doch er blieb nicht weit hinter mir im Korridor zurück. Zumindest für den Moment kam es mir so vor, als hätte ich einen Bruder.

Im Korridor auf dem Weg von einem Klassenzimmer zum anderen fiel mir auf, daß die Mädchen Abstand von mir hielten, und im Unterricht bemerkte ich, daß sie mich ansahen und miteinander tuschelten, aber niemand sagte etwas. Als ich jedoch in der Mittagspause in die Cafeteria kam, wurde ich bereits von Janet, Lorraine und Betty erwartet. In ihren Augen funkelte Schadenfreude.

»Heute scheint es dir Großpapa ganz besonders angetan zu haben«, neckte mich Betty, als ich näher kam. »Gibt es dafür einen besonderen Grund?« Sie sah ihre Freundinnen vielsagend an.

»Angetan? Ich weiß nicht, was du meinst«, erwiderte ich. Dann stellte ich mich an, um Milch zu kaufen, trotzdem entgingen mir ihre Blicke nicht, die sie austauschten, als sie sich hinter mir in die Schlange stellten.

»Wir haben gehört, daß du in mehr als nur einer Hinsicht Lauras Platz eingenommen hast«, flüsterte mir Janet ins Ohr. Die Haare in meinem Nacken stellten sich auf.

»Was soll das heißen?« fragte ich herausfordernd und drehte mich zu den Mädchen um.

»Du benutzt immer noch ihre Schulhefte«, hob Lorraine hervor, »und du trägst ihre Kleider.«

»Du schläfst in ihrem Zimmer, und du benutzt ihre Sachen«, löste Betty sie ab.

»Und du tust alles mit Cary, was sie mit ihm getan hat«, schloß Janet.

Ich fühlte, wie das Blut in mein Gesicht schoß, so schnell, daß meine Wangen glühten.

»Was sie mit ihm getan hat? Was hat das zu bedeuten?« fuhr ich sie an.

»Du weißt schon.« Betty verdrehte die Augen.

»Nein, ich weiß es eben nicht, weil ich keine so schmutzige Phantasie habe wie ihr. Was wollt ihr damit sagen? Wer hat euch das erzählt?«

»Wer außer dem Augenzeugen könnte uns das erzählt haben?« sagte Betty mit der Strenge eines Staatsanwaltes. Sie wies mit einer Kopfbewegung auf Adam Jackson, der inzwischen mit einer Schar Freunde in die Cafeteria gekommen war. Er stolzierte mit zurückgezogenen Schultern durch den Raum. Auf seinen vollendeten Lippen bildete sich ein gemeines Lächeln.

»Ein Augenzeuge?«

»Es ist zwecklos, uns noch länger etwas vorzumachen«, sagte

Lorraine und trat einen Schritt näher. »Adam hat uns erzählt, wobei er euch beide gestern abend am Strand ertappt hat.«

»Was soll das heißen?«

»Er hat gesagt, er hätte eine Spazierfahrt mit seinem Motorboot unternommen, und als er das Feuer gesehen hat, hat er Kurs auf den Strand genommen und angelegt, ehe ihr beide Gelegenheit hattet, einen unschuldigen Eindruck zu machen«, führte Betty näher aus.

»Das hat er euch erzählt?«

»Überrascht es euch etwa, daß er es uns erzählt hat?« fragte Janet.

»Er hat uns geschildert, daß du ihn angefleht hast, nichts zu sagen, und du hast ihm sogar etwas dafür versprochen, daß er den Mund hält«, fügte Betty hinzu.

»Hast du das früher in der Bergarbeiterregion auch schon so gemacht?« fragte Lorraine. »Hast du die Jungen schon immer mit deinem Körper bestochen?« fragte Lorraine.

Ich wollte etwas sagen, doch die Worte blieben in meiner zugeschnürten Kehle stecken, und ich konnte nur den Kopf schütteln. Aus den Augenwinkeln sah ich, daß Cary mich besorgt beobachtete. Er sah aus, als würde er jeden Moment von seinem Stuhl aufstehen. In meiner Panik konnte ich mich nicht von der Stelle rühren, doch ich wußte, daß ich etwas unternehmen mußte, und zwar schnell. Andernfalls würde es vor der gesamten Schülerschaft zu einer abscheulichen Szene kommen.

»Das ist alles gelogen«, sagte ich schließlich. »In Wahrheit ist er nur wütend auf mich, weil er gestern abend am Strand nicht bekommen hat, was er von mir wollte. Es ist wahr!«

»Ach, wirklich?« höhnte Betty. »Ist das etwa der Grund dafür, daß Großpapa dir heute auf Schritt und Tritt folgt? Und geradezu Händchen mit dir hält? Wenn er dir noch näher käme, dann hieße das praktisch, daß er unter deinem Kleid steckt.«

»Es ist einfach widerwärtig«, mischte sich Janet ein. »Er ist doch dein Cousin ersten Grades, oder etwa nicht?«

»Die Logans machen dem ganzen Kap Schande«, verkündete Lorraine. Die beiden anderen Mädchen nickten.

»Worauf wartest du noch?« fragte Betty und richtete den Blick auf Cary. »Geh schon zu ihm. Darauf wartet er doch. Dann könnt ihr unter dem Tisch Händchen halten. Oder sonstwas tun, aber das tut ihr ja ohnehin.«

Die drei gingen lachend weiter und ließen mich stehen. Sofort scharten sich andere Mädchen um mich herum, um sich auf den neuesten Klatsch zu stürzen und ihn aufzupicken wie Hühner auf einem Bauernhof.

Mein Herz klopfte bis zum Hals. Alle starrten mich an, weil sie sehen wollten, was ich jetzt tun würde. Cary beobachtete mich immer noch besorgt von dem Tisch aus, an dem er mit seinen zwei Freunden saß. Ich zögerte. Wenn ich jetzt zu ihm ging, würden sich alle die Mäuler über uns zerreißen, aber wenn ich mich heute zu den Mädchen setzte, dann hätte ich mich auch gleich in die Arena eines römischen Kolosseums stürzen können. Sie würden mich lebendigen Leibes zerfleischen.

»Willst du dich denn nicht zu ihm setzen?« fragte Janet und wies mit einer Kopfbewegung in Carys Richtung, als sie ihr Tablett an mir vorbeitrug.

Theresa kam mit ihren Freundinnen vorbei.

»Ich habe Theresa versprochen, mich heute zu ihr zu setzen«, sagte ich so laut, daß sie es hören konnte. Sie drehte sich überrascht zu mir um, doch der Ausdruck des Erstaunens fiel schnell von ihr ab, als sie mein Gesicht und die drei Hexen aus *Macbeth* sah, die sich um mich drängten. Sie blieb stehen und wartete auf mich.

»Danke«, flüsterte ich ihr zu. »Heute ist mir noch weniger als sonst danach, mich zu ihnen zu setzen. Sie wollen sich ja doch nur über Cary und mich lustig machen«, erklärte ich.

»Ach so.« Sie sah mich verständnisvoll an.

Als wir am Tisch saßen und unsere belegten Brote ausgepackt hatten, beugte ich mich zu ihr vor. »Warum hast du mich so verständnisvoll angesehen und ›ach so‹ gesagt?« fragte ich. »Hast du diese schmutzigen Gerüchte etwa auch gehört?«

»Schmutzige Gerüchte sind hier an der Tagesordnung«, sagte sie. »Vor allem, wenn es um Cary Logan geht. Er und Laura haben in dieser Schule häufig den heißesten Gesprächsstoff geliefert.«

»Und warum das?«

»Es gibt noch andere Geschwisterpaare unter den Schülern, sogar dutzendweise«, fuhr sie fort und beschrieb mit einer ausholenden Geste die Cafeteria, »aber es ist nicht ein einziges darunter, das sich so benimmt, als seien sie mit unsichtbaren Handschellen aneinandergekettet. Das wird dir hier jeder erzählen, deshalb ist es nicht etwa so, als ließe ich einen zweipfündigen Hummer aus seiner Reuse frei. Ich glaube, wenn es Cary möglich gewesen wäre, Laura auf die Toilette zu folgen, dann hätte er es getan.«

»War all das nicht ein wenig übertrieben?«

»Nein. Sie sind gemeinsam zur Schule gekommen, sie haben in jedem Kurs nebeneinander gesessen, sie haben beim Mittagessen zusammengesessen, sie sind gemeinsam in die Bibliothek gegangen, und sie haben gemeinsam die Schule verlassen. Als ich Laura zum ersten Mal auf einem Schulfest gesehen habe, ist sie gemeinsam mit Cary erschienen«, fügte Theresa hinzu, »und sie hat sogar mit ihm getanzt. Sie hat später auch mit ein paar anderen Jungen getanzt, aber der erste Tanz hat ihrem Bruder gehört.«

»Vielleicht hat er geglaubt, sie sei zu schüchtern, und er wollte nur dafür sorgen, daß sie sich nicht unwohl fühlt, oder vielleicht war auch er derjenige, der zu schüchtern war«, warf ich ein. Es mußte hundert andere Gründe dafür geben als nur den, auf den Theresa anspielte.

Theresa schnaubte.

»Aber sie hat doch einen Freund gehabt, oder etwa nicht?« hob ich hervor.

Sie biß in ihr belegtes Brot und schüttelte dann den Kopf.

»Du bist anscheinend wirklich eine Fremde in deiner eigenen Familie, stimmt's?«

»Ja«, gestand ich.

»Als Laura angefangen hat, sich mit Robert Royce zu treffen, war das die reinste Komödie, die sie nur für diese Klatschbasen inszeniert hat. Cary hat daraufhin am anderen Ende der Cafeteria allein dagesessen oder mit diesen dämlichen Freunden und hat Laura und Robert beobachtet. Wenn er durch die Gänge der Schule ging, hing ihm das Kinn bis auf die Knöchel. Die anderen Jungen haben angefangen, ihn aufzuziehen, und er hat sich sogar deswegen mit einigen von ihnen geschlagen.«

Ich warf einen Blick auf Cary und sah, daß er noch immer zutiefst besorgt zu mir herübersah. Mein Herz schlug dreimal so schnell wie sonst. Hatte etwa auch er diese häßlichen Geschichten über uns gehört?

»Und nachdem Laura jetzt nicht mehr da ist, haben sie beschlossen, über dich herzufallen«, sagte Theresa.

»Und dabei hatten sie Unterstützung von einer anderen Seite«, fügte ich hinzu und sah quer durch den Raum Adam finster an. Offensichtlich schmückte er seine Lügen noch weiter aus, denn er gestikulierte heftig und wies dabei mit dem Kopf in Carys Richtung.

»Sie sind unermüdlich. Sie würden einander bis auf die Knochen abnagen, wenn das möglich wäre. Aber Cary und Laura«, sagte Theresa, »an denen konnten sie sich die Zähne ausbeißen.« Sie schüttelte noch einmal den Kopf. »Es war, als machte ihnen das alles nichts aus, als glaubten sie, gehässige Worte und Blicke könnten ihnen nichts anhaben. Das habe ich nie verstanden.«

»Dein Vater arbeitet mit meinem Onkel und mit Cary. Was meint er dazu?«

Sie lehnte sich einen Moment zurück und sah mich entrüstet an. Dann beruhigte sie sich wieder und beugte sich erneut zu mir vor. »Er redet nicht über die Logans, abgesehen davon, daß er immer wieder hervorhebt, was für hart arbeitende Leute sie sind«, bemerkte sie in einem Tonfall, der keine weiteren Fragen zuließ.

»Ich weiß nicht mehr, welche von ihnen zuerst damit angefangen hat«, sagte ich und wies mit einer Kopfbewegung auf Janet, Lorraine und Betty, »aber sie haben angedeutet, Cary hätte etwas mit Lauras und Roberts Unfall zu tun gehabt. Sie haben es so hingestellt, als hätte er sie bewußt ins Verderben laufen lassen.«

»Der Meinung sind auch andere Leute«, sagte Theresa.

»Bist du auch dieser Meinung?«

Sie aß eine Zeitlang schweigend, dann seufzte sie tief. »Sieh mal, ich habe nicht gerade viel mit Laura Logan oder Robert Royce zu tun gehabt. Laura hat mich immer höflich und nett behandelt, und ich mochte sie, aber uns haben Welten voneinander getrennt. Cary dagegen ... Cary ist durch das Weltall getrieben. Ich lege für niemanden die Hand ins Feuer, aber ich verbreite auch keine Gerüchte. Hör also auf, mir all diese Fragen zu stellen.«

Sie unterbrach sich, drehte sich vollständig zu mir um und sagte mit gesenkter Stimme: »Ich halte es genauso wie alle anderen Bravas hier – ich kümmere mich um meine eigenen Angelegenheiten. Was sich in den Häusern der reichen und angesehenen Bürger abspielt, geht mich nichts an. Mein Daddy hat mir beigebracht, daß das die beste Art ist, sich keinen Ärger einzuhandeln. Erzähl bloß niemandem, ich hätte etwas anderes behauptet.«

»Das würde ich nie.«

»Gut.« Theresa wandte sich wieder ihrem Essen zu.

Ich hatte mein Brot bisher kaum angerührt. Stand denn niemand auf unserer Seite? Ich warf einen Blick auf Cary. Er wirkte so einsam und verloren. In meinem tiefsten Inneren erschien es mir unfair. Die Behauptungen, die gegen ihn und mich vorgebracht wurden, waren eine schreiende Ungerechtigkeit, und er hatte all das weiß Gott nicht verdient.

Mein Magen fühlte sich an wie eine straff gespannte Trommel, als ich lustlos an meinem belegten Brot knabberte. Theresa unterhielt sich eine Zeitlang mit ihren Freundinnen, und dann sah sie mich an. Die harte Schale, hinter der sie sich verschanzte, bekam einen Sprung.

»Sieh mal, weshalb hätte Cary etwas tun sollen, was Laura schadet, und das nur, um Robert Royce eins auszuwischen? Das ist doch nicht einleuchtend, oder?« fragte sie mich.

»Nein.«

»Siehst du? Laß dich von denen bloß nicht verrückt machen. Das ärgerliche an ihnen ist«, sagte sie und wies mit einer Kopfbewegung auf Janet, Lorraine, Betty und deren Freundinnen, »daß sie in ihrem eigenen Leben nichts erleben, und daher ziehen sie diesen Unsinn an den Haaren herbei. Ich mag zwar vielleicht nicht so reich sein wie sie, und ich wohne auch nicht in einem so schönen Haus wie diese Mädchen, aber ich bin keineswegs versessen darauf, mit einer von ihnen zu tauschen.«

Ich lächelte. »Das kann ich gut verstehen«, sagte ich.

Sie lächelte jetzt auch. »Schenk ihnen einfach keine Beachtung. Vielleicht langweilen sie sich dann mit der Zeit oder suchen sich ein anderes Opfer«, riet sie mir.

Aber so schnell würde es dazu nicht kommen. Sie fingen gerade erst an, eine regelrechte Kampagne zu planen, um uns zu quälen. Während Theresa und ich miteinander sprachen, war keiner von uns beiden aufgefallen, daß in der Cafeteria kleine Zettel von einem Tisch zum anderen gereicht wurden. Jedesmal, wenn diese Nachrichten einen neuen Tisch erreichten, verstummten alle, die dort saßen, abrupt und steckten die Köpfe zusammen, um die Verleumdungen zu lesen. Schon bald erwachte die Neugier der Mädchen an Theresas Tisch, und eine von ihnen brachte einen der Zettel an sich. Sie las die Worte und reichte die Nachricht an Theresa weiter.

Auf dem zerknüllten Zettel stand: Inzest ist das größte. Ihr braucht nur Cary und Melody zu fragen.

Ich fühlte mich, als hätte sich mein Unterleib in Luft aufgelöst. Ich hatte keine Beine mehr. Ich würde es niemals schaffen, von diesem Tisch aufzustehen. Lautes Stimmengewirr und Gelächter schwirrten durch die Cafeteria. Mein Herz pochte so heftig, daß ich glaubte, sein Trommeln über den Lärm hinweg hören zu können.

»Diese Miststücke«, murmelte Theresa. Ihre Freundinnen nickten. Wieder hatten sich alle Blicke auf mich gerichtet. Ich wandte mich langsam zu Cary um. Jemand hatte einen der Zettel auf seinen Tisch geworfen. Nachdem er den Text gelesen hatte, knüllte er das Papier in der Faust zusammen und sah mich an. Ich schüttelte den Kopf, um zu sagen: »Schenk diesen Worten keinerlei Beachtung. Geh einfach darüber hinweg, als hättest du sie nie gelesen«, aber ich konnte ihm deutlich ansehen, daß er völlig außer sich war.

»Cary!« rief ich, als er aufstand. Er fixierte Adam Jackson, der am anderen Ende der Cafeteria saß, mit seinen Blicken. »Oh, nein«, murmelte ich.

»Misch dich bloß nicht ein«, warnte mich Theresa. »Ich habe selbst gesehen, wie er ein Netz voller Zehnpfünder hochzieht, als handelte es sich bei diesen Hummern um Luftballons.«

»Genau das haben sie damit doch bezweckt«, jammerte ich. Als Cary mit entschlossener Miene durch den Raum schritt, senkte sich Schweigen über die Cafeteria herab. Sein Gesicht war angespannt, die Schultern hochgezogen. Mr. Pepper, eine der Aufsichtspersonen, blickte von seiner Zeitung auf und sah Cary neugierig an, als er an ihm vorbeiging.

Ich stand auf, als Cary den Tisch umrundete, der neben Adam Jacksons Tisch stand. Adam saß mit einem herablassenden Feixen da und hatte die Arme vor der Brust verschränkt.

»Sieh dich vor«, sagte Theresa und legte eine Hand auf meinen Arm, als ich mich in Bewegung setzen wollte.

»Du hast heute einen Haufen schmutziger Lügen über uns verbreitet, stimmt's?« sagte Cary so laut, daß ihn alle hören konnten.

»He, ich kann doch nichts dafür, daß dir die Wahrheit peinlich ist«, sagte Adam.

»Was geht hier vor?« rief Mr. Pepper. Er stand so langsam auf, daß sich eine Schildkröte neben ihm wie der reinste Gepard ausgenommen hätte.

Cary vergeudete weder Zeit noch Worte. Er war so angespannt, daß sein Körper wirkte, als hätte er sich in eine Faust verwandelt. Er streckte einen Arm über den Tisch, packte Adam am Kragen und hob ihn buchstäblich von seinem Stuhl hoch, und als er ihn über den Tisch zog, flogen die voll beladenen Tabletts in alle Richtungen.

Adam versuchte verzweifelt, sich zu befreien, doch Cary hielt ihn so fest wie ein Schraubstock. Adam strampelte wie ein Fisch auf dem Trockenen, wand sich und trat wild mit den Beinen um sich und fuchtelte mit den Armen durch die Luft. Cary drehte ihn zu sich um und hielt seine Arme auf dem Tisch fest. Alle wichen vor ihm zurück. Mr. Pepper legte endlich etwas an Tempo zu, und als er den Tisch erreichte, schrie er: »Laß das augenblicklich sein! Cary Logan ... Hör sofort auf damit!«

Cary ignorierte ihn. Er sah Adam ins Gesicht, dem man deutlich ansehen konnte, daß er zu Tode erschrocken war.

»Sag die Wahrheit! Erzähle ihnen alles!« schrie Cary ihn an. »Ist zwischen mir und Melody etwas gewesen? Ja oder nein?«

»Cary Logan, laß ihn los!« rief Mr. Pepper, doch er rührte Cary nicht an. Es war, als stünde Cary in Flammen und Mr. Pepper wüßte, daß er sich an ihm die Finger verbrennen würde. »Hol den Direktor«, rief er einem Schüler in seiner Nähe zu, der sich nur widerstrebend abwandte und sichtlich enttäuscht darüber war, das Geschehen zu verpassen.

»Die Wahrheit!« schrie Cary Adam an und hob eine Faust

über sein Gesicht. Für Adam mußte es so ausgesehen haben, als würde jeden Moment ein Vorschlaghammer auf seine Visage heruntersausen, an der er so sehr hing.

»Also gut. Es ist nicht passiert. Es ist nichts passiert! Ich habe alles frei erfunden. Bist du jetzt zufrieden?«

Cary ließ ihn los, und Adam setzte sich eilig auf, entrüstet und verlegen zugleich. Er wollte gerade etwas sagen, als Cary sich noch einmal zu ihm umdrehte, und er klappte schleunigst den Mund wieder zu.

»Cary Logan, du wirst jetzt sofort ins Büro des Direktors gehen, hast du mich gehört?« sagte Mr. Pepper.

Cary schenkte ihm keinerlei Beachtung. Er sah mich an. »Ist alles in Ordnung mit dir?« fragte er.

Ich war nicht sicher, ob noch genug Atem für ein »Ja« in meiner Lunge steckte, also nickte ich nur und sparte mir die Worte.

»Wenn dich sonst noch jemand belästigt, erzählst du es mir nachher«, sagte er mit lauter Stimme. Dann marschierte er vor Mr. Pepper her wie ein Gefangener auf dem Weg zum Galgen.

In dem Moment, als die beiden zur Tür hinausgegangen waren, redeten alle gleichzeitig los.

»Seid ihr jetzt zufrieden mit euch?« fragte ich Janet, Lorraine und Betty, als ich auf dem Rückweg zu Theresa an dem Tisch der Mädchen vorbeikam. Sie waren derart eingeschüchtert, daß sie mir keine Antwort gaben. »Adam Jackson hat mich eingeladen. Er wollte sich gestern abend am Strand mit mir treffen. Ich habe den Fehler begangen, seine Einladung anzunehmen, und er hat versucht, mich zu vergewaltigen«, klärte ich sie auf. Ihre Augen traten entsetzt aus den Höhlen. »Er hat mich dazu überredet, Wodka mit Moosbeersaft zu trinken, und er hat mich betrunken gemacht.«

Ich konnte Janet deutlich ansehen, daß sie mir jedes Wort glaubte. Vielleicht hatte sie eine ähnliche Erfahrung hinter sich.

»Cary ist gerade noch rechtzeitig gekommen und hat Adam fortgejagt. Er hat ihn buchstäblich von mir heruntergezerrt«, sagte ich. »Jetzt rächt er sich dafür, und mit eurer niederträchtigen Klatscherei habt ihr ihm auch noch dabei geholfen. Jetzt bekommt Cary große Schwierigkeiten. Herzlichen Dank für alles.« Ich machte auf dem Absatz kehrt und ging wieder an Theresas Tisch zurück.

»Dieser Adam Jackson sollte sich vorsehen, wenn er nicht will, daß Cary ihn zu Fischfutter macht«, sagte sie.

»Er wird sich nur noch mehr Schwierigkeiten einhandeln, und ich bin schuld an allem«, klagte ich. Ich ließ mich in dem Moment auf meinen Sitz plumpsen, als es zur nächsten Stunde läutete. Die Schüler verließen in Scharen die Cafeteria und redeten unentwegt aufeinander ein. Die Lehrer, deren Kurse am Nachmittag stattfanden, würden feststellen, daß sie die Aufmerksamkeit ihrer Schüler nur mit Mühe halten konnten, dachte ich. Ich wartete, bis die meisten gegangen waren, ehe ich aufstand und mich auf den Weg zum Unterricht machte. Theresa blieb gemeinsam mit mir zurück.

»Was passiert jetzt mit ihm?«

»Wahrscheinlich wird er wieder vom Unterricht ausgeschlossen«, sagte sie.

Ich fühlte mich schrecklich. Ich schaffte es kaum, den Nachmittagsunterricht hinter mich zu bringen. Ich beantwortete keine einzige Frage und konnte das Ende des Schultags kaum erwarten. Als es endlich soweit war, wartete Cary mit den Händen in den Hosentaschen vor dem Schulgebäude auf mich. Mit gesenktem Kopf lief er auf und ab wie ein Tier in einem Käfig. Als er mich sah, hob er den Kopf.

»Ist alles in Ordnung mit dir?« fragte er eifrig.

»Ja, aber was ist mit dir?«

»Ich habe zwei Tage Urlaub«, sagte er.

»O Cary, ausgerechnet so kurz vor dem Ende des Schuljahres, wenn alles wiederholt wird, was du für deine Prüfungen brauchst? Das ist ja furchtbar.«

»Das macht doch nichts«, sagte er.

»Oh, doch. Ich werde nicht zulassen, daß der Direktor dir das antut. Das ist ungerecht. Er sollte diese abscheulichen Zettel sehen, die herumgereicht worden sind.«

»Er hat sie gesehen. Das hat nichts geändert. Er hat mir gesagt, ich hätte nicht das Recht, die Selbstbeherrschung zu verlieren und die Dinge selbst in die Hand zu nehmen.«

»Da hat er recht«, sagte ich.

»Ich habe ihm gesagt, seine Familie sei schließlich nicht davon betroffen, und insofern hätte er leicht reden.«

»Was hat er dazu gesagt?« fragte ich. Ich war schockiert über die Courage, die Cary aufgebracht hatte.

»Er hat ein Weilchen herumgeredet, und dann hat er gesagt, darum ginge es hier nicht. Aber mach dir keine Sorgen. Ich werde dich trotzdem zur Schule bringen, und hinterher komme ich wieder und hole dich ab, und falls dich Adam Jackson oder sonst jemand belästigen sollte ...«

»Dann werde ich dir nichts davon sagen«, sagte ich. »Du ... du würdest denjenigen oder diejenige ja doch nur zu Fischfutter verarbeiten«, behauptete ich und machte mir dabei Theresas Ausdrucksweise zu eigen. Er nickte, denn diese Beschreibung sagte ihm zu.

»Ganz genau, und alle wissen es.«

Wir machten uns auf den Weg.

»Ich weiß es wirklich zu schätzen, daß du dich für mich einsetzt, Cary, aber ich kann nicht mitansehen, daß du dich in Schwierigkeiten bringst.«

Ich sah, wie sich ein Lächeln auf seinen Lippen bildete.

»Wie kannst du dich im Moment über etwas freuen?« fragte ich ihn.

»Genauso ist es früher zwischen mir und Laura gewesen«, sagte er liebevoll. Dann verflüchtigte sich sein Lächeln. »Bis Robert in ihrem Leben aufgetaucht ist.«

Ich sagte nichts. Wir gingen weiter, jeder von uns gefangen in seinen eigenen bedrückten Gedanken.

Cary brauchte Tante Sara und Onkel Jacob nicht zu erzählen, was in der Schule vorgefallen war. Der Direktor hatte bereits vor unserer Heimkehr angerufen und Tante Sara alles erzählt. Onkel Jacob war noch unten am Anlegesteg und wußte bisher von nichts, und die Vorstellung, was passieren würde, wenn er es erfuhr, erschütterte Tante Sara sichtlich. Sie rang die Hände und schüttelte in ihrer Verzweiflung immer wieder den Kopf.

»Mach dir keine Sorgen, Ma. Ich werde es ihm selbst sagen. Ich gehe jetzt gleich zum Anlegesteg runter«, sagte Cary.

»Wie konnte das bloß passieren, Cary? Du hast doch schon so lange keinen Ärger mehr gehabt, und die Prüfungen sind doch bald.«

Ich wollte gerade die Schuld auf mich nehmen, aber Cary kam mir zuvor. »Dieser Junge hat in der ganzen Schule abscheuliche und widerwärtige Lügen über uns und unsere Familie in Umlauf gesetzt, Ma. Ich habe nur getan, was ich tun mußte.«

»Warum hat er das bloß getan?«

»Weil er ein Hai ist, den man mit Harpunen jagen sollte. Mehr gibt es dazu nicht zu sagen.« Cary warnte mich mit einem finsteren Blick, den Mund zu halten.

»O Melody, ist es für dich auch so gräßlich gewesen?«

»Ja, Tante Sara. Es tut mir leid, daß Cary jetzt Schwierigkeiten hat, aber der andere Junge ist schuld daran.«

Sie seufzte.

»Was tun wir jetzt? All das muß ausgerechnet an dem Tag passieren, an dem wir bei euren Großeltern zum Abendessen eingeladen sind. Ihr dürft diesen Vorfall mit keinem Wort erwähnen«, bat sie uns ängstlich.

»Wenn du nichts sagst, dann halte ich auch den Mund«, versprach Cary. Er zwinkerte mir zu und ging nach oben, um sich umzuziehen.

May, die nur am Rande etwas mitbekommen hatte, wollte unbedingt wissen, was diesen ganzen Wirbel ausgelöst hatte.

Weder Cary noch ich hatten ihr auf dem Heimweg von der Schule viel erzählt, denn keiner von uns beiden war zu einem Gespräch aufgelegt gewesen. Ich erklärte es ihr, so gut ich konnte, doch die häßlichen Einzelheiten, um die es in den Gerüchten gegangen war, ließ ich aus.

Sie antwortete darauf, es täte ihr leid, daß Cary sich wieder einmal in Schwierigkeiten gebracht hätte. Laura sei dann immer sehr traurig gewesen, und sie sei sogar noch tiefer betrübt darüber, sagte sie. In ihren großen braunen Augen konnte ich mehr dunkle Geheimnisse und bei weitem mehr Leid sehen, als ein Kind in ihrem Alter hätte kennen sollen. Und durch ihre Behinderung waren die meisten ihrer Nöte tief in ihrem Herzen verschlossen.

»Geh nach oben und probier das Kleid an, das ich dir für heute abend bereitgelegt habe«, sagte Tante Sara mit matter und niedergeschlagener Stimme zu mir. »Unter den gegebenen Umständen bleibt uns nichts anderes übrig, als uns nach Kräften anzustrengen.«

»Ja, Tante Sara.«

Sie folgte mir nach oben. Das Kleid und ein Slip hingen an der Schranktür. Darunter standen brandneue Schuhe auf dem Fußboden, die sie mir passend zu dem Kleid gekauft hatte, weil Lauras Schuhe mir nicht paßten.

»Das hättest du nicht tun sollen, Tante Sara. Ich hätte doch ein Kleid tragen können, das zu meinen eigenen Schuhen paßt.«

»Nein, das ist das letzte Kleid, das ich für Laura genäht habe«, erklärte sie. »Sie hatte nie Gelegenheit, es zu tragen.«

»Oh.«

Diese Information verlieh dem Kleid etwas seltsam Gespenstisches, als handelte es sich um das Kleid eines Geistes. Es war aus beiger Seide, knöchellang und gerade geschnitten, hatte einen viktorianischen Kragen und war am Hals mit Spitze gesäumt.

»Und außerdem«, sagte Tante Sara, »werden wir uns heute

abend alle mit größter Sorgfalt kleiden. Olivia und Samuel haben Richter Childs zu Gast. Eigens um mir das zu sagen, hat sie noch einmal angerufen, damit wir uns alle ganz besonders fein machen. Verstehst du, er war als Richter am Obersten Bundesgericht tätig. Jetzt hat er sich pensionieren lassen, aber vielleicht hast du schon von seinem Sohn gehört, dem Künstler Kenneth Childs.«

»Nein.« Ich schüttelte den Kopf und starrte das Kleid an. Fast konnte ich Laura darin sehen.

»Ich dachte nur, es könnte sein, weil du jetzt schon seit einer Weile hier bist, und er ist einer unserer bekanntesten Bildhauer. Seine Arbeiten kann man im Museum für die Künstler von Provincetown sehen und in sämtlichen guten Galerien.«

Ich schüttelte den Kopf.

»Die Childs' sind schon immer gute Freunde von Olivia und Samuel gewesen. Kenneth war so oft bei ihnen zuhause, daß er gewissermaßen mit Chester und Jacob zusammen aufgewachsen ist. Richter Childs' Frau ist vor zwei Jahren gestorben. Seine anderen Söhne und seine Tochter leben alle in Boston. Kenneths Geschwister und er sehen sich nicht allzu oft, aber Kenneth war schon immer der Liebling des Richters und ist es auch heute noch, obwohl er nie etwas mit seinem abgeschlossenen Jurastudium angefangen hat. Der Richter und seine Frau haben ihm genug Geld gegeben, damit er sich in Ruhe seiner Kunst widmen kann. Sie haben ihn eine Zeitlang unterstützt, was zu erbitterten Unstimmigkeiten in der Familie geführt hat. Ich kann mir vorstellen, daß seine Geschwister neidisch waren.«

Sie seufzte.

»Jede Familie hat ihre Last zu tragen. Ich wollte, daß du ein bißchen mehr darüber weißt, damit du nichts Unangebrachtes sagst, falls dir der Richter eine Frage stellen sollte.«

»Warum sitzen wir immer wie auf heißen Kohlen, wenn wir meine Großeltern besuchen, Tante Sara?« fragte ich. Mir schien es, als sollte die Zeit, die man mit der eigenen Familie verbringt, ganz besonders entspannt sein.

»Oh, wir sitzen nicht auf heißen Kohlen. Wir bemühen uns lediglich, alles richtig zu machen, stets nur das Richtige zu sagen und uns für solche Anlässe richtig zu kleiden. So möchte es ...«

»... Großmama Olivia nun einmal haben«, beendete ich ihren Satz. »Es überrascht mich, daß sie überhaupt Freunde hat.«

»Aber gewiß doch! Sie hat viele Freunde, und sie gehören alle zu den besten Kreisen.«

»Das heißt nicht unbedingt, daß sie die besten Freunde sind, die man sich wünschen könnte, Tante Sara.«

Sie lächelte, als hätte ich etwas gesagt, was nur ein junger, unerfahrener Mensch von sich geben kann.

»Jetzt mach schon, Liebes. Probier das Kleid an, damit ich weiß, ob es dir paßt und keine Änderungen notwendig sind«, drängte sie mich.

Die Worte von Betty, Lorraine und Janet verfolgten mich, als ich das Kleid vom Bügel nahm und mich auszuziehen begann. »Wir haben gehört, daß du Lauras Platz in mehr als nur einer Hinsicht einnimmst.« Aber was blieb mir denn anderes übrig? Ich hatte nichts Hübscheres zum Anziehen als dieses Kleid. Natürlich waren meine restlichen Sachen nicht hier eingetroffen.

Das Kleid spannte ein wenig auf der Brust, aber ansonsten saß es perfekt.

»Ich glaube, das wird man uns durchgehen lassen«, sagte Tante Sara, die mich kritisch musterte. »Wie fühlst du dich darin?«

»Es sitzt recht gut, Tante Sara.«

»Schön. Und was ist mit den Schuhen?«

»Sie passen mir gut«, sagte ich.

»Dann wäre das also in Ordnung. Ich werde jetzt nach May sehen. Wir verlassen das Haus gegen fünf«, sagte sie zu mir.

Nachdem sie gegangen war, stand ich da und betrachtete mich im Spiegel. Es war ein hübsches Kleid – es war sogar wirklich wunderschön – und zu jedem anderen Zeitpunkt hätte ich es nur zu gern getragen, aber nicht unter den gegebenen Umständen. Ich kam mir vor, als trüge ich ein Leichentuch. Dieses gespenstische Gefühl ließ sich nicht abschütteln.

Je mehr ich über Laura erfuhr, je öfter ich ihre Dinge berührte, ihre Briefe las und ihre Kleider trug, desto mehr verstärkte sich bei mir das Gefühl, ihren Frieden zu stören und an Dingen zu rühren, die besser nicht ans Licht kamen, sondern gemeinsam mit ihr und ihrem Geliebten auf dem Grund des Meeres begraben bleiben sollten.

Ich war angezogen, mein Haar war gebürstet, und ich war bereit. Cary und Onkel Jacob waren noch immer nicht vom Anlegesteg zurückgekehrt. May sah in ihrem rosa Taftkleid mit den passenden Schuhen niedlich aus. Wir setzten uns ins Wohnzimmer und warteten, während Tante Sara nervös im Flur umherlief. »Wo stecken die beiden? Sie müssen sich noch umziehen, wir werden uns sonst verspäten.«

Ich fragte mich unwillkürlich, ob etwas Furchtbares passiert war, nachdem Cary seinem Vater berichtet hatte, daß er von der Schule ausgeschlossen worden war. Endlich öffnete sich die Haustür, und die beiden traten ein. Cary warf einen Blick ins Wohnzimmer und hastete dann wortlos die Treppe hinauf.

Onkel Jacob blieb stehen und sah uns an. Er richtete den Blick auf mich und nickte. »Ich habe ja gleich gewußt, daß es nicht lange dauern wird, bis du ihn in Schwierigkeiten bringst.«

»Es war nicht ihre Schuld, Jacob«, entgegnete Tante Sara. »Dieser widerliche Adam Jackson ist an allem schuld.«

»Ich habe dich gewarnt«, sagte er zu ihr. »Ich habe dich davor gewarnt, was es bedeutet, Hailles Tochter bei uns aufzunehmen.«

Ich schoß in die Höhe, als hätte ich mich auf einen Ameisenhaufen gesetzt.

»Warum sagst du das immer wieder? Was soll das überhaupt heißen?« Ich wäre ihm fast ins Gesicht gesprungen.

»Frag deine Mutter, wenn sie das nächste Mal hier anruft«, sagte er. Dann sah er Tante Sara an. »Ich muß mich jetzt frisch machen und mich umziehen. Ich habe keine Zeit für diesen Unsinn.« Er stieg die Stufen hinauf.

»Warum sagt er das immer wieder, Tante Sara? Ich muß wissen, was er damit meint.«

Sie schüttelte den Kopf und kniff die Lippen zusammen, als fürchtete sie, die Worte könnten ihr gegen ihren Willen herausrutschen.

»Ich gehe nirgends hin, solange ich keine Antworten bekomme«, beharrte ich.

»Ach, du meine Güte. Um Himmels willen. Warum muß es zu alledem ausgerechnet kommen, wenn wir uns gerade auf den Weg machen, um Olivia und Samuel zu besuchen?« Sie setzte sich auf das Sofa und fing an zu weinen. Ich rannte zu ihr und fiel ihr um den Hals. Ich fühlte mich wie ein Scheusal, als sie schluchzte und May ihr liebevoll und besorgt über das Haar strich. »Und dabei siehst du in diesem Kleid doch so hübsch aus«, klagte sie. »Womit haben wir das verdient? Was haben wir dir denn getan?«

May blickte verwirrt und bestürzt auf, und in ihren sanftmütigen Augen stiegen Tränen auf. Das einzige, wozu ich in der Lage zu sein schien, war, alle anderen um mich herum zu verletzen.

»Schon gut, Tante Sara. Es tut mir leid. Ich komme mit euch.«

Ihre Tränen versiegten, und sie tupfte sich mit ihrem Taschentuch die Wangen ab. Dann lächelte sie.

»Es wird alles gut werden«, sagte sie. »Wenn dich erst einmal alle besser kennenlernen, dann wird alles gut sein. Sieh doch nur, wie hübsch Lauras Kleid an dir aussieht. Jacob wird es mit der Zeit auch erkennen. Fischer haben ein ausgeprägtes Gespür für gute und böse Vorzeichen. Du wirst es ja sehen.«

Ich starrte sie fassungslos an. Sie seufzte und tätschelte Mays Hinterkopf.

»Meine hübsche kleine Muschelschale«, sagte sie und gab ihrer Tochter einen Kuß. Sie zog sie an sich und wiegte sie einen Moment in den Armen. »Ein wenig Glück haben wir uns jetzt alle verdient, mein Liebes. Meinst du nicht auch?«

»Doch, Tante Sara«, antwortete ich.

»Dann hätten wir das also geklärt. Wir werden jetzt alle froh sein«, sagte sie. Es war, als glaubte sie tatsächlich, Worte allein könnten die Welt um uns herum verändern.

Sie ging, um sich das Gesicht zu waschen und ihr Haar in Ordnung zu bringen. May setzte sich neben mich, und wir sahen uns gemeinsam eines ihrer Bücher an. Cary kam die Treppe herunter und blieb in der Tür stehen. Er trug einen blauen Anzug mit Krawatte und sah sehr gut aus.

»Du siehst gut aus«, sagte ich.

»Ich komme mir vor wie in einer Zwangsjacke.« Er zog an seinem Hemdkragen. »Ich hasse es, Krawatten zu tragen. Ich komme mir vor wie ...«

»Ein Fisch auf dem Trockenen?« schlug ich vor.

»Genau. Ich warte draußen auf euch«, sagte er. »Um diese Tageszeit bin ich am liebsten draußen.«

»Wenn das so ist, dann kommen wir mit.« Ich verständigte May, und sie klappte ihr Buch zu, folgte uns und nahm meine Hand. Wir schlenderten vor dem Haus umher.

Die Sonne war ein leuchtender safrangelber, fast schon orangefarbener Glutball über dem Horizont im Westen. Die dünnen Wolkenfetzen ähnelten Schleiern aus dünner Baumwolle, die über den azurblauen Himmel gezogen wurden. Über dem Meer kreischten Seeschwalben. Es wehte eine unablässige Brise, die jedoch wärmer war als sonst.

Ich mußte zugeben, daß Cape Cod ein wunderschönes Fleckchen Erde war. Meinem Vater mußte es das Herz gebrochen haben, von hier fortgehen zu müssen.

Cary sah mich aus seinen schimmernden Augen an.

»Weißt du, dein Vater hat recht«, sagte ich. »Es war wirklich alles nur meine Schuld.«

»Fang nicht noch einmal davon an«, warnte er mich.

»Wenn das Schuljahr vorbei ist, werde ich nicht länger hierbleiben«, sagte ich zu ihm. »Ganz gleich, was geschieht, ich gehe fort von hier. Wenn meine Mutter mich nicht haben will, dann werde ich eben nach Sewell zurückgehen und bei Mama Arlene leben. Ich werde mir eine Teilzeitbeschäftigung suchen, damit ich ihr finanziell nicht zur Last falle, aber ich kann unmöglich an einem Ort bleiben, an dem ich nicht erwünscht bin und denen, die ich mag, nur Schwierigkeiten mache.«

Ein winziges Lächeln bildete sich auf seinen Lippen. »Der Sommer ist die beste Jahreszeit hier oben. Du kannst nicht einfach fortgehen. Und außerdem verlasse ich mich auf deine Hilfe, wenn die Moosbeersaison kommt.«

Ich schüttelte den Kopf.

Hier weigerten sich alle, die Realität anzuerkennen, dachte ich.

May fing plötzlich an, fest an meiner Hand zu ziehen und auf den Strand zu deuten.

»Was ist, May?« Ich hielt mir eine Hand über die Augen und schaute zum Wasser hinunter. »Cary? Warum haben sich all diese Menschen dort unten versammelt?«

»Wo?« Er sah hin. »Oh, nein, nicht schon wieder«, sagte er dann und lief über den Sand.

»Was ist los?« Wir mußten uns beeilen, wenn wir mit ihm Schritt halten wollten. Etwa tausend Meter von uns entfernt bildete eine Schar von Menschen einen Kreis um einen großen schwarzen Gegenstand, der auf dem Strand lag.

»Cary?«

»Das ist ein gestrandeter Pottwal«, rief er über die Schultern zurück. Er fiel in einen Laufschritt. May und ich versuchten mitzuhalten.

Fast zwei Dutzend Menschen hatten das arme Tier bereits vor uns erreicht. Es war mindestens fünfzehn Meter lang. Es lag auf der Seite, und das eine Auge, das zu sehen war, war offen und trat aus dem Kopf heraus. Es war ein gigantisches Geschöpf, das kräftig wirkte, doch im Moment war es hilflos und lag im Sterben. Die meisten Leute, die gekommen waren, um es zu sehen, waren furchtsame Touristen, die vier bis fünf Meter Abstand hielten, doch ein paar Teenager stellten ihren Mut unter Beweis, indem sie zu dem Wal liefen und ihn mit den Händen schlugen. Cary ging näher heran, hielt jedoch genug Abstand, um zu verhindern, daß seine guten Schuhe, die blitzblank geputzt waren, naß wurden. May und ich kamen näher.

»Was ist passiert?«

»Er ist absichtlich gestrandet«, sagte er.

»Warum denn das?«

»Dazu gibt es viele Theorien. Manche Leute glauben, daß es sich um kranke Wale handelt, die anscheinend wissen, daß sie schneller sterben, wenn sie an die Küste kommen und stranden.«

»Wirkt er so, als sei er krank?«

»Ich weiß es nicht.«

»Was für einen anderen Grund könnte der Wal dafür haben?« fragte ich.

»Wale haben ein eingebautes Sonarsystem, mit dem sie sich in der Tiefe orientieren. Wenn sie sich in Wassertiefen von nur dreißig oder vierzig Meter verirren, stört das manchmal ihr Sonarsystem, und die Wale empfangen Echos, die sie verwirren, und so kann es passieren, daß sie auf dem Trockenen landen.«

»Was geschieht jetzt? Kann er nicht mit der Flut wieder hinausschwimmen?« fragte ich.

»Das Problem besteht in dem enormen Körpergewicht von Walen, das, wenn sie in dieser Form an Land kommen, ihre Lunge zerquetscht oder ihre Atmung beträchtlich behindert, und dann sterben sie an den Folgen von Überhitzung. Es sieht so aus, als sei das hier der Fall.«

»O Cary, gibt es denn nichts, was wir tun können?«

»Du glaubst im Ernst, diese Fleischmasse könnte man wieder ins Meer stoßen?« sagte er. »Und selbst, wenn es gelänge, das Tier wieder ins Wasser zu befördern, würde es wahrscheinlich weiter unten an der Küste wieder angeschwemmt. Hat jemand die Küstenwache verständigt?« fragte er die versammelte Menge.

»Jemand hat so etwas gesagt«, erwiderte ein großgewachsener Mann.

»Wenn die Küstenwache kommt, versucht sie möglicherweise, etwas zu unternehmen. Wenn sie nicht bald hier auftaucht ...«

»Was dann?«

Er sah sich um. Die Jugendlichen quälten weiterhin den Wal, hieben auf ihn ein und sahen ihm aus nächster Nähe in das Auge, und einer von ihnen drohte sogar, mit einem Stock, den er auf dem Sand gefunden hatte, dem Wal das Auge auszustechen.

»Aufhören!« schrie ich.

Sie ließen einen Moment lang von ihrem Treiben ab, sahen, daß nur ich es war und wandten sich wieder ihren Spielchen zu.

»Es könnte schlimmer sein«, sagte Cary. »Manchmal kommen Leute in der Nacht und fangen an, Stücke aus dem Fleisch herauszuschneiden, während der Wal noch lebt«, erklärte er zornig.

»Oh, nein, Cary.«

Wir hörten einen Wagen hupen und sahen uns um. Onkel Jacob und Tante Sara waren mit dem Wagen auf die Straße gebogen und gestikulierten heftig in unsere Richtung.

»Wir müssen jetzt gehen«, sagte er.

»Es ist einfach furchtbar, Cary.«

Er seufzte. »Ich weiß«, sagte er und wandte sich ab.

»Cary?«

»Wir kommen später wieder, nachdem wir bei Großmama waren«, versprach er mir. Er starrte den Wal noch einen Moment lang an und schüttelte dann den Kopf. »Wir können ohnehin nichts tun. Komm jetzt«, drängte er mich.

Ich folgte ihm, doch nach wenigen Schritten sah ich mich noch einmal nach dem gigantischen hilflosen Geschöpf um, das irgendwie versehentlich auf diesen Strand geraten war. Wahrscheinlich war ich zu verwirrt und zu benommen, um zu begreifen, was passiert war und was als nächstes geschehen würde.

Genau wie ich, dachte ich, als ich mit langsamen Schritten hinter Cary herlief und mich immer wieder umsah: gestrandet.

15.

Carys Dachboden

Vielleicht lag es an den Familiengeheimnissen, die sich zu entwirren begonnen hatten: Etwas Zerbrechliches in meinem Innern sprang entzwei und schmerzte, als wir in die Auffahrt zum Haus meiner Großeltern einbogen. Ich war kurz davor, hysterisch loszuheulen und war blind vor Tränen. Ich wandte mich ab und sah durch das Fenster des Wagens hinaus, damit May nicht sehen konnte, wie wenig fehlte, damit ich laut geschluchzt hätte.

Da ich jetzt mehr wußte, malte ich mir aus, wie meine Eltern, die damals kaum älter gewesen sein konnten als Cary und ich, in den dunklen Winkeln von Großmama Olivias Haus heimlich Händchen hielten und einander ihre Liebe gestanden. Hatte Onkel Jacob es schon immer gewußt? War das einer der Gründe, weshalb er so wütend auf meinen Vater war?

Onkel Jacob schaltete den Motor aus.

»Und jetzt denkt daran, euch von eurer besten Seite zu zeigen«, wies uns Tante Sara an und bedeutete May dasselbe in Zeichensprache.

»Wenn wir uns noch besser benehmen würden, Ma, dann wären wir schon im Himmel«, sagte Cary im Scherz.

Onkel Jacob sah ihn finster an, und Cary wandte eilig den Blick ab.

Der Wagen, der neben Onkel Jacobs Wagen vor dem Haus stand, war wesentlich älter, aber so blitzblank, daß er brandneu aussah.

»Der Richter ist schon hier«, murrte Jacob. »Er pflegt diesen

Wagen besser als die meisten Leute sich selbst. Dieser Mann weiß den Wert von Qualitätsarbeit wahrhaftig zu schätzen.« Er sah Cary an, um seiner Lektion Nachdruck zu verleihen.

Großmama Olivia engagierte für ihre formellen Einladungen zusätzliches Personal. Ein Butler, ein großer, schlanker Mann mit einer schmalen, spitzen Nase und runden dunkelbraunen Augen, öffnete uns die Tür. Sein Haar war gelockt, aber so dünn, daß ich die Kopfhaut und die braunen Flecken unter den krausen Strähnen sehen konnte, als er sich verbeugte.

»Guten Abend, Sir. Madam«, sagte er mit einem Lächeln, das aussah, als sei es mit einem Buttermesser auf sein Gesicht geschmiert worden. Er hielt uns die Tür auf und musterte uns dabei alle eingehend, um zu sehen, ob jemand einen Mantel oder einen Hut hatte, den er ihm abnehmen konnte. Wir hatten nichts dergleichen bei uns. »Sie sind alle im Wohnzimmer, Sir«, sagte er. Er ging voraus, als ob Onkel Jacob nicht wüßte, wo das Wohnzimmer sei. Tante Sara bedankte sich bei ihm und lächelte ihn an, doch Onkel Jacob tat, als sei der Bedienstete gar nicht da.

Großmama Olivia saß auf ihrem hochlehnigen Stuhl wie eine Königin, die eine Audienz gewährt. Sie trug ein elegantes schwarzes Samtkleid, eine schmale Perlenkette und Perlenohrringe. Ihr Haar war mit einem diamantverzierten Perlmuttkamm zu einem strengen Knoten zurückgesteckt. Großpapa Samuel wirkte erheblich lässiger. Er saß mit übereinandergeschlagenen Beinen da und hielt ein großes Glas Whiskey mit Soda in der Hand. Am kleinen Finger trug er einen Diamantring mit einer goldenen Fassung, der in der frühen Abenddämmerung, die durch die offenen Gardinen vor dem Fenster hereinströmte, funkelte. Sein dunkler Anzug wirkte, wie ich fand, auf elegante Art salopp. Wie schon beim letzten Mal stand ein freundliches und herzliches Lächeln auf seinem Gesicht, als er mich ansah.

Rechts neben Großmama Olivia saß ein älterer, äußerst distinguiert wirkender Herr. Sein graues Haar wies noch Spuren von einem hellen Braun auf. Es war gut geschnitten und auf der rechten Seite gescheitelt. Er trug einen Smoking und eine Frackschleife. Als Richter Childs sich zu uns umdrehte, sah ich, daß er noch immer ein gutaussehender Mann war. Er hatte ein volles Gesicht mit nur einigen wenigen Falten auf der Stirn und eine gesunde Gesichtsfarbe. Seine hellbraunen Augen hatten einen strahlenden Glanz, den man eher bei einem Mann erwartet hätte, der halb so alt war wie er.

»Ihr seid spät dran«, sagte Großmama, ehe einer der anderen Anwesenden auch nur ein Wort von sich geben konnte.

»Wir hatten ein Problem mit dem Boot. Das hat uns länger aufgehalten«, sagte Onkel Jacob.

Großmama Olivia ließ diese Entschuldigung nicht gelten. »Boote können warten, Menschen nicht«, erwiderte sie.

»Aber, aber, Olivia, du darfst diejenigen, die heute noch einer ehrlichen tagfüllenden Arbeit nachgehen, nicht so hart verurteilen«, schalt sie der Richter. »Wie geht es dir, Jacob?«

»Vermutlich gut bis mittelprächtig«, sagte Onkel Jacob. Er nickte seinem Vater zu, auf dessen Gesicht noch immer ein freundliches Lächeln stand. »Und wie geht es Ihnen, Herr Richter?«

»In meinem Alter wagt man nicht zu klagen«, erwiderte Richter Childs.

»Jetzt hör bloß auf, Nelson«, sagte Großpapa Samuel. »Du bist doch nur eineinhalb Jahre älter als ich.«

»Und du bist auch nicht mehr der jüngste, Samuel«, gab der Richter zurück. Die beiden Männer lachten. Dann drehte sich der Richter interessiert zu mir um. »Nun, Sara, wie ich sehe, hast du ein weiteres Küken unter deine Fittiche genommen. Und noch dazu ein ausgesprochen hübsches.«

»Ja, Herr Richter.« Tante Sara legte ihre Hände auf meine Schultern und schob mich etwas weiter vor. »Das ist Melody. Hailles Melody.«

»Sie sieht genauso aus wie sie«, sagte der Richter nickend. »Genauso, wie ich sie in dem Alter in Erinnerung habe. Guten Abend, Melody«, sagte er.

»Guten Abend.«

»Wie alt bist du jetzt?« fragte er.

»In ein paar Wochen werde ich sechzehn.«

»Ach, das ist aber schön. Noch ein Geburtstagsfest mehr im Juni.«

»Kenneth ist doch auch Zwillinge, nicht wahr?« fragte Tante Sara den Richter.

»O Sara, fang bloß nicht wieder mit dieser Astrologie an«, sagte Großmama Olivia warnend. Tante Sara zuckte zusammen und schrumpfte sichtlich.

»Nun, er ist am achtzehnten Juni geboren. Hat das etwas zu bedeuten?« fragte der Richter.

»Zwillinge ist vom einundzwanzigsten Mai bis zum zwanzigsten Juni«, sagte Tante Sara zaghaft und warf schnell einen furchtsamen Seitenblick auf Großmama Olivia.

»Ich verstehe«, sagte Richter Childs. »Ich fürchte, ich bin nicht auf dem laufenden, was diese Sternzeichen angeht.« Er sah Großpapa Samuel und Großmama Olivia kopfschüttelnd an. »Toby, mein Hausmädchen, beginnt keinen einzigen Tag, ohne erst diese Vorhersagen in der Zeitung zu lesen.«

»Nichts als Blödsinn und Dummheiten, das Geschwätz von Idioten«, sagte Großmama Olivia.

»Ich weiß nicht so recht«, sagte Richter Childs achselzuckend. »Manchmal frage ich mich, was besser ist. Die meisten Fischer, die ich kenne, sind ziemlich abergläubisch. Da wir gerade davon reden – wie steht es dieses Jahr bisher mit dem Hummer, Jacob?«

»Es ist unberechenbar«, sagte Onkel Jacob. »Mit all dieser Umweltverschmutzung und den Ölkatastrophen bezweifle ich, daß meine Enkelkinder noch viele Hummer fangen werden.«

Der Richter nickte betrübt. Tante Sara bedeutete Cary, May und mir, daß wir uns auf das Sofa setzen sollten, als der Butler hereinkam, um sich zu erkundigen, was er Onkel Jacob als Aperitif anbieten dürfe.

»Ich trinke nicht«, antwortete er mit scharfer Stimme.

»Du solltest das nicht so verbissen sehen, Jacob«, sagte Richter Childs. »Heute sagen sogar die Ärzte schon, daß ein Gläschen am Tag gut für das Herz ist. Ich habe mich jedenfalls schon an dieses Rezept gehalten, ehe es in Mode gekommen ist.«

»Mein Sohn fürchtet, sein Urteilsvermögen könnte sich trüben«, sagte Großpapa Samuel.

»Und er hat schon immer ein gutes Urteilsvermögen besessen«, sagte Großmama Olivia. »Vor allem, wenn es um moralische Werte geht«, fügte sie hinzu und schoß mit ihren Augen spitze Pfeile auf ihn ab.

Großpapa nickte. »Das kann man wohl sagen.«

Mir fiel auf, daß Richter Childs' Aufmerksamkeit während dieser Unterhaltung in erster Linie mir galt. Das freundliche kleine Lächeln wich nicht von seinen Lippen. Schließlich fragte er mich, wie es meiner Mutter ging.

»Woher soll sie das wissen?« fauchte Großmama Olivia. »Haille zieht durch die Gegend und will Filmstar werden.«

»Stimmt das?« fragte der Richter und wandte sich dabei immer noch an mich.

»Viele Leute haben meiner Mutter gesagt, sie sei hübsch genug, um Karriere als Mannequin oder als Filmstar zu machen«, sagte ich. »Sie hat Termine und Vorstellungsgespräche in Hollywood.«

»Ach, wirklich?«

»Eine glaubhafte Geschichte«, sagte Großmama Olivia. Sie sah Onkel Jacob an, der nickte und sein Gesicht, nahezu eine Abbildung dessen seiner Mutter, hämisch verzog. Mein Daddy war wesentlich mehr seinem Vater nachgeschlagen, doch bei Onkel Jacob verhielt es sich genau umgekehrt.

»Sie war eines der hübschesten Mädchen in ganz Provincetown«, sagte der Richter. »Erinnert euch an diesen Schönheitswettbewerb. Ich habe in der Jury gesessen.«

»Was für ein Schönheitswettbewerb?« platzte ich heraus. Tante Sara schlug sich eine Hand auf den Mund, um ihr Keuchen zu ersticken. Ich hatte gegen eine der obersten Regeln verstoßen. Ich hatte unaufgefordert gesprochen.

»Deine Mutter hat dir nie davon erzählt?« fragte Richter Childs.

»Anscheinend hat ihre Mutter ihr so gut wie nichts erzählt«, sagte Großmama Olivia und verzog die dünnen Lippen.

»Oh, irgendeine Firma – ich habe inzwischen vergessen, welche es war – hat Geld für einen Wettbewerb zur Wahl einer Miss Teenage Cape Cod gestiftet, und die Endausscheidung war hier in Provincetown. Deine Mutter war unter den fünf ersten. Die sind dann in ihren Badeanzügen und in hübschen Kleidern herumstolziert und haben mit den Wimpern geklimpert, wenn sie Fragen beantwortet haben.« Er lachte. »Keine der vier anderen hat jemals eine Chance gehabt, nicht wahr, Samuel?«

»Nicht die geringste Chance«, sagte er und nickte.

»Das ist wohl kaum eine Leistung, über die es sich heute noch zu reden lohnt«, sagte Großmama Olivia.

»Oh, damals hatten wir alle großen Spaß daran, Olivia. Du hast hier ein Fest veranstaltet, nicht wahr?« rief er ihr ins Gedächtnis zurück. Sie warf einen schnellen Blick auf Großpapa Samuel.

»Das war nicht meine Idee. Ich habe mich einverstanden erklärt, aber ich fand nie, daß das etwas sei, womit man sich brüstet.«

»Also, wenn ich mich recht erinnere, dann waren die Leute in Provincetown stolz darauf, daß eine aus ihren eigenen Reihen den Preis gewonnen hat. Ihr wißt doch selbst, wie ausgeprägt das Konkurrenzdenken der Leute ist, vor allem bei denen aus Plymouth Rock«, fügte Richter Childs hinzu und zwinkerte mir zu. »Hat sie nicht eine Trophäe oder sowas Ähnliches bekommen? Du hast sie nie gesehen, Melody?« fragte der Richter.

»Nein, Sir.«

»Vielleicht hat sie sie ins Pfandhaus getragen«, murmelte Großmama Olivia gerade laut genug, daß wir sie alle hören konnten.

»Es gab keinen einzigen Jungen in der ganzen Stadt, der damals nicht in Haille verliebt gewesen wäre«, fuhr der Richter fort. Großmama wand sich auf ihrem Stuhl. »Und Kenneth hat damals angefangen, auf dem Rasen vor eurem Haus zu zelten.« Er lachte.

»Wie geht es ihm überhaupt?« fragte Großpapa Samuel. »Ich kann mich schon fast nicht mehr erinnern, wann ich ihn das letzte Mal gesehen habe.«

»Alles beim alten«, sagte der Richter kopfschüttelnd. »Wenn ich ihn nicht in seinem Atelier aufsuchen würde, bekäme ich ihn auch nicht zu sehen. Er ist mit seiner Arbeit verheiratet, schlimmer als ein Mönch. Ich habe gehört, daß diese kleinen Seeschwalben-Skulpturen aus Ton für zehntausend Dollar verkauft werden. Stell dir das mal vor, Jacob.«

»Ich kann es mir nicht vorstellen«, sagte Onkel Jacob. »Vermutlich gibt es eine ganze Menge dumme reiche Leute.«

»Kenneth beklagt sich nicht.« Der Richter sah mich wieder lange und durchdringend an. »Was sind deine Interessen, Melody?«

»Ich bin noch nicht sicher«, sagte ich. »Vielleicht werde ich Lehrerin«, fügte ich mit einem Seitenblick auf Cary hinzu. Er errötete.

»Eine gute Idee«, sagte der Richter und nickte.

»Sie spielt die Fiedel«, sagte Großpapa Samuel. »Hast du sie heute mitgebracht?«

Ich warf einen schnellen Blick auf Tante Sara, ehe ich ihn wieder ansah.

»Nein, Großpapa«, sagte ich.

»Das ist aber wirklich ein Jammer. Ich hatte mich schon so darauf gefreut, daß du uns ein Konzert gibst.«

»Ich kann nach Hause gehen und sie holen«, erbot sich Cary, und dieses schelmische Lächeln stand wieder auf seinem Gesicht.

»Dafür ist keine Zeit mehr«, sagte Großmama und erhob sich eilig. »Wir essen jetzt zu Abend. Jerome«, rief sie, und der Butler tauchte in der Türöffnung auf, als sei er an einer Schnur heruntergelassen worden.

»Madam?«

»Geben Sie in der Küche Bescheid, daß wir jederzeit bereit sind, am Tisch Platz zu nehmen«, ordnete sie an.

Er nickte. »Gern, Madam.«

Der Richter erhob sich und bot Großmama Olivia seinen Arm an.

»Olivia, gestatte mir, dich zu begleiten«, sagte er, während er mich freundlich anlächelte.

Mit hocherhobenem Kopf und zurückgezogenen Schultern hängte sich Großmama Olivia bei ihm ein. Großpapa Samuel folgte den beiden, und wir gingen hinter ihnen her ins Eßzimmer.

Der Tisch war eleganter und kostbarer gedeckt als jeder andere, den ich bisher gesehen hatte, sogar im Film. Die Eßgedecke standen auf silbernen Platten, und für den Wein waren Kelche aus Kristallglas vorgesehen. In zwei silbernen Kerzenhaltern steckten jeweils drei Kerzen. Zwischen den Kerzenhaltern waren weiße Rosen in einem duftigen Strauß arrangiert. Der Richter saß beim Abendessen rechts neben Großmama, Onkel Jacob zu ihrer Linken. Großpapa saß auf dem Platz, auf dem er schon beim letzten Mal gesessen hatte, dasselbe galt für Tante Sara, May, Cary und mich.

Onkel Jacob sprach das Tischgebet, das sich doppelt so lang wie sonst hinzuziehen schien, bevor endlich das Essen aufgetragen wurde. Die Anzahl der Gäste entsprach der des Personals, und anscheinend war jeder der Bediensteten dazu eingeteilt, einen der Gänge zu servieren. Es war die reinste Theateraufführung, die einer strengen Choreographie folgte. Wir begannen mit einem Häppchen Kaviar. Ich schämte mich zu sagen, daß ich nicht wußte, was das war, doch die Augen des Richters funkelten vor Lachen, als Onkel Jacob sagte: »Ich fühle mich jedesmal wieder schuldbewußt, wenn ich Fischeier esse.«

»Ich schwöre es dir, Olivia«, sagte der Richter, »mit dem hast du einen Heiligen großgezogen.«

»Jacob ist ein braver Mann«, brüstete sie sich. »Wir können uns glücklich schätzen, daß uns ein solcher Segen beschert worden ist.«

Das Kompliment ließ Onkel Jacob nicht erröten. Er wirkte lediglich selbstzufrieden, aber der Richter lächelte mich an und zwinkerte mir zu. Ich hatte es nur ihm zu verdanken, daß ich dieses Essen einigermaßen genießen konnte.

Jerome schenkte den Erwachsenen Wein ein, und der Richter trank auf die Gesundheit und das anhaltende Glück aller Anwesenden. Es beeindruckte mich, wieviel Autorität und Macht er in seine Stimme einfließen lassen konnte. Dieser Mann konnte einer Versammlung innerhalb von Sekunden Ernsthaftigkeit verleihen, dachte ich mir.

Auf den Appetitanreger folgte eine köstliche Spargelcrèmesuppe. Während wir aßen, ließ sich der Richter über das lokalpolitische Geschehen und die Wahlen im Herbst aus. Die Erwachsenen lauschten so aufmerksam, als würden sie in geheime Informationen eingeweiht.

Nach der Suppe kam ein gemischter Salat aus jungen Freilandpflanzen, bestreut mit Walnüssen und Schafskäse, mit Himbeervinaigrette. Das regte alle dazu an, über die Preise von Frischwaren zu reden, doch mir schien, als seien Geldprobleme für diese Familie die geringste Sorge.

Ich war überrascht, als uns kleine Kugeln Orangensorbet serviert wurden. War die Mahlzeit hiermit beendet, und das war das Dessert? fragte ich mich. Der Richter lachte, als er die Verwirrung sah, die auf meinem Gesicht stand.

»Ich glaube, mit dieser kulinarischen Sitte ist deine Enkelin nicht vertraut, Olivia«, sagte er.

»Wie könnte sie das auch kennen? Schließlich ist sie in den Bergen von West Virginia aufgewachsen. Das Sorbet ist dazu gedacht, das Palatum zu reinigen. Du weißt doch, was das ist?«

»Ja«, sagte ich mit scharfer Stimme. Ich warf einen Blick auf Cary, der Großmama Olivia finster ansah. Sein Gesichtsausdruck entging ihr nicht, und sie wandte sich wieder an den Richter, um mit ihm über das Rennen um den Gouverneursposten zu reden.

Das gesamte Küchenpersonal und der Butler servierten das Hauptgericht, das aus gebratenen Wachteln mit wildem Reis und jungem Gemüse bestand. Die Bediensteten scharten sich um uns, tauschten Besteck aus, strichen Servietten glatt und schenkten Wein und Wasser nach. Eines der Mädchen schien ausschließlich Großmama Olivia zugeteilt zu sein.

Wann immer sie nach etwas greifen wollte, war das Mädchen schon da und reichte ihr das Gewünschte. Es war ein wahrlich überwältigendes Festmahl, gekrönt von einem Dessert, das dem Richter einen Ausruf der Begeisterung entlockte.

»Deine Lieblingsspeise«, kündigte Großmama Olivia an.

Es handelte sich dabei um Crème brûlée – etwas, was ich noch nie zuvor gesehen oder gar gekostet hatte. In dem Moment, als ich diese Crème probierte, verstand ich, warum der Richter sie so gern aß.

»Lecker, nicht wahr?« fragte er mich.

»Ja, Sir«, sagte ich.

»Es ist doch nichts dagegen einzuwenden, daß man den Gaumen gelegentlich mit erlesenen Köstlichkeiten verwöhnt«, sagte er. »Stimmt's, Jacob?« fragte er. Es bereitete ihm sichtliches Vergnügen, meinen Onkel aufzuziehen, und ich mußte zugeben, daß ich meinen Spaß daran hatte, das zu beobachten.

»Solange man weiß, wem man dafür zu danken hat«, sagte Onkel Jacob.

»Aber natürlich weiß ich das. Danke, Olivia. Danke, Samuel«, sagte er und lachte. Mein Großpapa fiel in sein Gelächter ein, doch Großmama Olivia schüttelte den Kopf, als benähme er sich wie ein unartiger kleiner Junge.

»Also, wirklich, Nelson«, sagte sie mahnend.

»Das war natürlich nur ein Scherz. Ich bin wirklich sehr dankbar für mein gutes Los. Das einzige, was ich bedaure, ist, daß Louise nicht länger bei mir sein konnte«, fügte er hinzu, und für einen Moment verflüchtigte sich sein Lächeln.

»Sie fehlt uns allen«, sagte Großmama Olivia.

»Ich danke dir, Olivia.«

Der Kaffee wurde serviert. Cary und mir wurde jeweils eine kleine Tasse zugestanden. Ich hatte auch noch nie französischen Kaffee mit Vanillearoma gekostet, doch ich wollte nicht so ahnungslos erscheinen, wie Großmama Olivia mich hinstellte, und bemühte mich, den Kaffee wie etwas zu trinken, das es alle Tage gab.

Als die Mahlzeit beendet war, schlug Großpapa vor, die Herren sollten sich auf Zigarren und einen Cognac in den Salon zurückziehen.

»Das wäre jetzt genau der richtige Zeitpunkt gewesen, um uns etwas auf der Fiedel vorspielen zu lassen«, bemerkte der Richter und sah mich mit funkelnden Augen an.

»Ich könnte die Fiedel immer noch holen«, bot Cary an.

»Bis du damit zurückkämst, wäre es zu spät«, sagte Großmama. »Ein anderes Mal.«

Cary schien enttäuscht zu sein, während ich sehr erleichtert war. Es wäre mir ein Greuel gewesen, vor einem derart kritischen Publikum aufzutreten.

»Ihr Kinder amüsiert euch jetzt miteinander, aber geht nicht raus und tragt dann Schmutz ins Haus, Cary«, sagte sie warnend.

Als der Richter an mir vorbeikam, beugte er sich zu mir vor und sagte: »Ich werde diese Fiedel trotz allem noch zu hören bekommen.« Er zwinkerte mir zu, ehe er meinen Großeltern und Onkel Jacob und Tante Sara aus dem Eßzimmer folgte. Das Personal begann, den Tisch abzudecken.

»Hast du Lust, einen Spaziergang am Strand zu unternehmen, oder möchtest du lieber einfach nur auf der Veranda hinter dem Haus sitzen?« fragte mich Cary.

Ich dachte einen Moment lang nach.

»Es wäre schön, wenn du noch einmal mit mir nach unten gehen und mir mehr Bilder zeigen könntest«, sagte ich dann.

Er lächelte.

»Ich habe schon geahnt, daß du mich darum bitten würdest.« Er verständigte May, die diese Idee spannend zu finden schien. Cary holte Großpapa Samuels Taschenlampe. Wir verließen das Haus durch den Hintereingang.

Wir brauchten die Taschenlampe nicht, um auf die Rückseite des Hauses zu gelangen. Der Mond war voller und heller denn je und verwandelte den Ozean in silbriges Glas und ließ die Sandkörner wie winzige Perlen schimmern. Ich konnte in der Ferne sehen, wie sich der Horizont klar gegen den tintenblauen Nachthimmel abgrenzte.

»Es ist kein Wunder, daß die Leute früher geglaubt haben, wenn sie zu weit hinaussegeln, würden sie von der Erde herunterfallen«, sagte ich. »Sie wirkt tatsächlich ganz flach.«

Cary nickte. Ich nahm May an der Hand, als er uns um das Haus herum zur Kellertür führte.

»Paß bloß auf, daß sie sich das Kleid nicht schmutzig macht«, warnte er mich, »oder es wird teuflischen Ärger geben.«

Ich gab die Warnung in Zeichensprache an May weiter, während Cary die Kellertür öffnete. Er schaltete die Taschenlampe an, fand den Lichtschalter für die nackte Glühbirne, die von der Decke hing, und forderte uns dann auf, ihm zu folgen. Da die Schatten so tief waren, brauchten wir trotz des schwachen elektrischen Lichts die Taschenlampe, um die Kartons zu finden und darin herumzuwühlen.

»Sei vorsichtig«, sagte Cary, als er einen der Kartons vom Regal hob. »Die Staubschicht ist dick. Du wirst dich von Kopf bis Fuß schmutzig machen.«

Das machte mir nichts aus, als ich anfing, in dem Packen von Fotografien herumzuwühlen.

»Du hast wirklich große Ähnlichkeit mit deiner Mutter, als sie in deinem Alter war, Melody«, sagte Cary. »Und du bist genauso hübsch wie sie.«

Ich warf einen Blick auf ihn und sah, wie eindringlich er mich ansah. Ich kauerte neben Cary, May direkt neben mir. Uns trennten nur wenige Zentimeter voneinander, und im Schein der Taschenlampe glänzten seine Augen.

»Nein, das stimmt nicht«, sagte ich. »Ich könnte niemals einen Schönheitswettbewerb gewinnen.«

Er lachte. »Natürlich könntest du das, und ich bin sicher, daß es dazu kommen wird.«

»Du klingst schon fast wie Adam Jackson«, sagte ich.

Sein liebevolles Lächeln löste sich in Luft auf. »Das war nicht meine Absicht«, fauchte er.

»Ich meinte damit nur, daß das Dinge von genau der Sorte sind, wie er sie zu mir gesagt hat.«

Cary nickte und schaute auf die Fotos hinunter. »Tja«, sagte er leise, »der Unterschied ist eben der, daß er es nicht ernst gemeint hat. Ich meine es ernst.«

Ich lächelte verstohlen, als ich die Fotografien durchblätterte. Unter den Bildern, die ich bereits gesehen hatte, befanden sich noch frühere Aufnahmen von Mommy und Daddy in Booten, am Strand, auf Schaukeln hinter dem Haus. Auch Onkel Jacob war auf den meisten dieser Fotos zu sehen, doch er schien immer näher am Rand des Bildes oder sogar ein wenig hinter

Daddy und Mommy zu stehen. Ich fand die Fotografien von ihrem Highschoolabschluß und konnte sehen, wie sich Mommy zu der schönen Frau entwickelt hatte, die sie heute war.

Sie war fotogen, und auf sämtlichen Bildern war sie in komischen Posen zu sehen und wirkte fröhlich und ausgelassen. Ich stellte mir vor, daß Daddy diese Fotos aufgenommen hatte, doch als ich eines von ihnen umdrehte, ein Bild von Mommy, wie sie in einem Bikini am Strand posierte, sah ich die Initialen K. C. und das Datum auf der Rückseite.

»Was hat das zu bedeuten?« fragte ich Cary. Er sah einen Moment lang die Initialen an, und dann lächelte er.

»Oh, ich wette, das ist Kenneth Childs. Hier.« Er zog ein anderes Album aus dem Stapel heraus und blätterte darin herum. Dann deutete er auf ein Foto von einem gutaussehenden jungen Mann, der die Arme vor der Brust verschränkt hatte und an einem Apfelbaum lehnte. Das hellbraune Haar fiel ihm in die Stirn und war hinten und an den Seiten lang. Er lächelte nicht. Er wirkte ernst, nahezu zornig. »Das ist er. Allzusehr hat er sich in der Zwischenzeit nicht verändert. Er trägt sein Haar immer noch lang, jetzt hat er sogar einen Pferdeschwanz.«

»Im Ernst?«

»Mhm. Manchmal trägt er auch einen Ohrring.«

»Ich kann es nicht glauben«, sagte ich. »Richter Childs Sohn?«

»Kenneth ist Künstler«, sagte Cary. »Er kann tun, was er will, denn die Leute lassen ihm alles durchgehen.«

Ich nickte mit weit aufgerissenen Augen. Cary blätterte die Seiten um, bis er wieder auf ein Bild von Kenneth Childs stieß. Auf diesem Foto war er mindestens sechzehn oder siebzehn Jahre alt. Er war größer, aber sein Gesicht hatte sich nicht allzusehr verändert. Er hatte immer noch langes Haar, und ich glaubte, einen Ohrring an seinem linken Ohrläppchen zu erkennen. Er trug Jeans und eine Weste, aber kein Hemd darunter.

»Gibt es noch mehr Fotos von ihm?«

Cary schüttelte den Kopf.

»Er war derjenige, der die Fotos aufgenommen hat. Das hat mein Vater Laura und mir einmal erzählt.«

Ich starrte das Foto von Kenneth noch einen Moment lang an und wandte mich dann den anderen Bildern in dem Album zu. Ein besonders schönes war darunter, von meinem Daddy und meiner Mommy zu ihren Highschoolzeiten. Sie saßen auf einer Bank in einer Laube, und Daddy hatte einen Arm um Mommy gelegt. Sie hatte die Beine angezogen, die Arme um die Knie geschlungen und den Kopf an seinen gelehnt. In ihrem Haar steckte eine Rose, und sie strahlte über das ganze Gesicht. Daddy wirkte so glücklich, wie ich ihn nie erlebt hatte.

»Dieses Foto gefällt mir gut«, sagte ich.

Cary sah sich die Fotografie an. »Die beiden haben wirklich gut ausgesehen. Warum nimmst du das Bild nicht mit?«

»Im Ernst?«

»Wer sollte es schon erfahren?« Er zuckte die Achseln. Ich sah May an, und dann riß ich die Seite aus dem Album heraus.

Wir sahen uns noch eine Zeitlang Bilder an. Es waren Fotos von Verwandten darunter, von denen ich noch nie gehört hatte. Schließlich stießen wir dann auf eine Reihe von Bildern von einer mausgesichtigen Frau, die aussah, als würde sie jeden Moment in Tränen ausbrechen.

»Und wer ist das?« fragte ich.

»Das ist Großmama Olivias jüngere Schwester«, sagte Cary.

»Ach, wirklich? Ich habe im Haus gar keine Bilder von ihr gesehen. Hat Großmama Olivia auch Brüder?«

»Nein.«

»Wo lebt ihre Schwester?« fragte ich.

Cary zögerte, als müsse er erst entscheiden, ob er es mir erzählen sollte oder nicht. »Sie ist in einer Art Krankenhaus.«

»In einem Krankenhaus?«

»Sie ist nicht ...« Er deutete an seine Schläfe und schüttelte den Kopf.

»Sie ist in einer Nervenheilanstalt?«

»Ja, vermutlich. Sie war alkoholabhängig und hatte auch noch andere Probleme. Wir reden nicht viel über sie. Großmama Olivia kann es nicht leiden, wenn sich jemand auch nur nach ihr erkundigt.«

»Das ist ja schrecklich.«

»Ja, vermutlich schon«, sagte Cary. »Vor vielen Jahren haben sie sie eine Zeitlang hierher geholt, aber sie hat es nicht geschafft, das Leben draußen zu bewältigen. Ich weiß wirklich nicht viel über sie«, fügte er hinzu.

»Wie heißt sie?« Ich starrte die Frau mit dem spitzen, kleinen Gesicht an. Sie sah aus, als könnte sie jeden Augenblick zerbrechen.

»Belinda«, sagte Cary.

»Was für ein hübscher Name. Was fehlt ihr?« Ich sah mir die Fotografien genauer an. Auf einem der Bilder schien es ihr besser zu gehen, so daß sie sogar recht hübsch wirkte. »Ich meine, warum hat sie ein Alkoholproblem und so gehabt? Ist das jemals erwähnt worden?« fragte ich.

»Nein, nicht wirklich, aber einmal habe ich meinen Vater sagen hören, sie hätte nach allem, was sie gesagt hat, gelacht und sie hätte jeden Mann angesehen, als sei er ihr sehnsüchtig erwarteter Prinz, ganz gleich, wie alt er war oder wie er ausgesehen hat.«

»Was für eine traurige Geschichte«, sagte ich. Ich betrachtete mir das Gesicht noch etwas länger und blätterte dann die Seiten um. Ich gab es ungern zu, sogar mir selbst gegenüber, aber Großmama Olivia war in ihren jüngeren Jahren eine hübsche Frau gewesen. Und Großpapa Samuel war schon immer ein gutaussehender Mann. Als ich mir diese Familienfotos gründlich ansah, auf denen Momente wie Geburtstage, Parties, Ausflüge mit dem Boot und Nachmittage am Strand festgehalten worden waren, fragte ich mich, wie Mommys Kindheit wohl verlaufen sein mochte. Sie mußte in dieser reichen und komfortablen Umgebung auch glückliche Zeiten durchlebt haben, wie sehr ich doch wünschte, sie hätte mir mehr darüber erzählt. Wie sehr ich doch wünschte, all diese Lügen hätten schon eher ein Ende gefunden.

May wurde unruhig, und Cary fürchtete, sie würde sich schmutzig machen, wenn sie ständig im Keller umherlief, also verstauten wir die Bilder wieder. Ich preßte das Foto von Mommy und Daddy an mich, als wir den Keller verließen. Zu unserem Erstaunen trafen wir auf der Veranda hinter dem Haus auf den Butler, der uns bereits gesucht hatte.

»Oh, da seid ihr ja. Das ist gut«, rief er, als er uns kommen sah. »Man hat mich losgeschickt, um euch zu suchen. Es scheint, als sei Mrs. Logan nicht ganz auf der Höhe, und euer Vater will aufbrechen und nach Hause fahren.«

»Ma fehlt etwas?« sagte Cary. Er lief eilig vor May und mir her.

Tante Sara hatte anscheinend plötzlich eine Magenverstimmung bekommen, und während wir unten im Keller waren, hatte sie die meiste Zeit im Bad verbracht und ihr köstliches Abendessen erbrochen. Onkel Jacob wirkte beunruhigt und zornig.

»Wo seid ihr gewesen?« fauchte er. »Wir fahren nach Hause. Eurer Mutter ist übel.«

»Was ist passiert?«

»Ich weiß es nicht.«

Ein Dienstmädchen stützte Tante Sara, als sie aus dem Bad kam.

»Es tut mir ja so leid«, jammerte Tante Sara. »Ich habe allen den Spaß verdorben. Es tut mir leid, Olivia«, sagte sie, als sie in der Tür stand. Großmama Olivia saß auf dem Sofa.

Sie war allein im Wohnzimmer. Der Richter und Großpapa Samuel waren verbannt worden und mußten ihre Zigarren draußen rauchen. Großmama Olivia hatte Tante Saras Magenverstimmung auf die Zigarren der Männer geschoben.

»Männer und ihre schmutzigen Angewohnheiten«, bemerkte sie. »Sieh zu, daß du Sara an die frische Luft bringst, Jacob.«

»Ja, Ma. Sagt gute Nacht und bedankt euch«, murmelte er uns zu. Cary blieb als erster in der Tür stehen und verabschiedete sich. Dann folge May, die sich mit Zeichen verabschiedete und dabei lächelte. Großmama Olivia reagierte darauf, indem sie die Augen kurz schloß und sie dann wieder öffnete. Die beiden folgten Onkel Jacob, während ich noch einen Moment zurückblieb, um mich ebenfalls zu bedanken und auf Wiedersehen zu sagen.

»Was hast du da in der Hand?« fragte sie, ehe ich auch nur ein Wort herausbringen konnte. Anscheinend hatte sie Augen wie ein Adler.

»Ein altes Foto von meiner Mutter und meinem Vater«, erwiderte ich.

»Dann hat Cary dich also in den Keller geführt«, sagte sie mit einem Nicken. Ich war sicher, sie würde wütend werden. Wenn das zu allem Überfluß jetzt noch hinzukam, dann würde sich Onkel Jacob in einen Vulkan verwandeln. Großmama Olivia seufzte jedoch nur tief und schüttelte den Kopf. »Ich weiß nicht warum, aber er und Laura haben früher oft die wunderschönsten Nachmittage in diesem schmutzigen, kalten Loch unter dem Haus verbracht.« Sie riß sich zusammen und nahm wieder ihre steife Haltung ein. »Du solltest dich jetzt besser beeilen. Sara muß sich dringend hinlegen.«

»Ja, Großmama.« Mein Herz pochte heftig. Cary, May und Onkel Jacob standen in der Tür und folgten dem Hausmädchen und Tante Sara aus dem Haus. »Ich habe mich gefragt«, sagte ich eilig, um nicht den Mut zu verlieren, »ob ich vielleicht einmal vorbeikommen und dich allein sprechen könnte?«

»Mich sprechen?« Sie zog den Kopf zurück. »Wann?«

»So bald wie möglich. Morgen nach der Schule?«

Diese Vorstellung schien sie zu belustigen, doch dann kniff

sie die Lippen schnell wieder zusammen. Ich war ganz sicher, daß sie mir eine Abfuhr erteilen würde, doch sie drehte den Kopf zur Wand und sagte: »Ich werde morgen nachmittag in meinem Garten sein.«

»Danke, Großmama Olivia«, sagte ich. »Das mit Tante Sara tut mir leid.«

Sie drehte sich wieder zu mir um, und ich zwang mich zu einem Lächeln und eilte hinter den anderen her.

Großpapa Samuel und der Richter standen etwas weiter abseits und beobachteten, wie das Mädchen Tante Sara zum Wagen führte. Der Rauch ihrer Zigarren stieg spiralförmig in die Nacht auf.

»Gib ihr einfach etwas Bikarbonat, Jacob«, sagte Großpapa Samuel.

»Das kommt davon, wenn man sich immer nur von schlichten und einfachen Speisen ernährt, Jacob. Du solltest deine Frau ab und zu zum Essen in ein Restaurant ausführen«, schlug der Richter mit einem breiten Grinsen vor.

»Ich soll ihr Gift einflößen, damit sie sich daran gewöhnt? Nein, danke«, sagte Onkel Jacob.

Der Richter lachte schallend. Dann sah er mich an. »Gute Nacht, kleine Haille«, sagte er. »Vergiß nicht, auf deiner Fiedel zu üben.«

Wir stiegen in den Wagen. Tante Sara hatte den Kopf zurückgelegt. Das Mädchen hatte ihr ein feuchtes Tuch gegeben, das sie sich auf die Stirn legen sollte.

»Es tut mir leid, Jacob«, sagte sie. »Es hat einfach in meinem Magen zu rumpeln begonnen.«

»Laß uns nicht mehr darüber reden, Sara. Davon wird alles nur noch schlimmer.« Er fuhr so schnell wie möglich nach Hause.

Auf der gesamten Rückfahrt saß May vorgebeugt da und hielt besorgt Tante Saras Hand. Cary versuchte, ihr zu bedeuten, daß alles wieder gut werden würde, doch May stand kurz vor den Tränen, bis wir Tante Sara nach Hause gebracht hatten und sie sich ins Bett gelegt hatte.

Endlich bekam meine Tante wieder etwas Farbe und versicherte uns, sie fühle sich jetzt wieder besser. Immer wieder entschuldigte sie sich bei Onkel Jacob, bis er schließlich sagte, es sei alles in Ordnung. Er fand, das Essen sei zu deftig gewesen, und er gab zu, auch ihm hätte es große Schwierigkeiten bereitet, es bei sich zu behalten.

»Sieh zu, daß du jetzt schläfst«, sagte er. May gab ihrer Mutter einen Gutenachtkuß, dann verließen wir das Schlafzimmer.

»Ich werde mir nur noch schnell die Nachrichten im Radio anhören«, sagte Onkel Jacob zu Cary. »Sorg dafür, daß deine Schwester ins Bett geht.«

»Wird gemacht«, sagte Cary. Er drehte sich zu mir um, und ich half ihm, May in ihr Zimmer zu bringen und sie soweit zu beruhigen, daß sie einschlafen konnte. Schließlich blieben wir unentschlossen im Korridor stehen.

»Ich frage mich, was wohl aus dem gestrandeten Wal geworden ist«, sagte ich.

»Wir könnten uns umziehen und nachsehen«, schlug er vor. Etwa zehn Minuten später hatten wir beide Jeans und Turnschuhe an.

»Wohin geht ihr?« rief Onkel Jacob aus dem Wohnzimmer.

»Wir wollen nach dem gestrandeten Wal sehen«, sagte Cary. »Wir sind gleich wieder da.«

»Das möchte ich euch aber auch geraten haben«, warnte uns Onkel Jacob.

Wir eilten aus dem Haus und über den Strand. Die Tatsache, daß dort keine Menschenmenge mehr versammelt war, wies darauf hin, daß etwas geschehen sein mußte. Als wir näherkamen, sahen wir, daß der Wal verschwunden war.

»Die Küstenwache muß gekommen sein und ihn ins Meer gezerrt haben«, sagte Cary.

»Glaubst du, es ist alles in Ordnung?« Ich sah auf das dunkle Wasser hinaus.

»Entweder der Wal ist weggeschwommen, oder er ist dort untergegangen, wo sie ihn losgebunden haben«, bemerkte er mit der typischen Schonungslosigkeit der Leute von Cape Cod.

»Wenigstens wird er jetzt nicht von grausamen Menschen gequält.«

»Stimmt«, sagte er. Sogar in der Dunkelheit konnte ich spüren, daß sein Blick auf mich gerichtet war. »Du siehst deiner Mutter auf diesen Bildern wirklich unglaublich ähnlich.«

»Danke«, murmelte ich, sah auf den Sand hinab und atmete die frische, salzige Meeresluft tief ein. »Ich glaube, ich lese noch eine Weile, ich habe in Sozialkunde einiges aufzuholen.«

»Aufholen? Ich wette, du arbeitest voraus.«

»Ja, so könnte man es auch sagen«, gab ich zu, und er lachte. »Ich werde versuchen, mit deinen Lehrern zu sprechen und sie dazu zu bringen, daß sie mir die Hausaufgaben für dich geben, damit du nicht soviel versäumst.«

»Wie du meinst«, sagte er.

Wir machten uns auf den Rückweg zum Haus. Ich hielt beim Gehen den Kopf gesenkt und hatte die Arme vor der Brust verschränkt. Am Nachthimmel über uns funkelten Unmengen von Sternen, doch ich hatte Angst davor aufzublicken, denn ich fürchtete, dieser Anblick könnte mich hypnotisieren und ich würde die ganze Nacht am Strand verbringen und nur dastehen und die Sterne betrachten.

»Sag mal«, sagte Cary, »möchtest du ... hättest du vielleicht Lust, dir meine Schiffsmodelle anzusehen?«

»Oben auf dem Dachboden?«

Er nickte.

»Ja, klar.«

Als wir das Haus betraten, hörten wir eine Stimme im Radio, die sich lautstark über Sünde und Verdammnis ausließ. Wir warfen einen Blick ins Wohnzimmer und sahen, daß Onkel Jacob auf seinem Stuhl in sich zusammengesunken war. Er schlief, und sein Schnarchen übertönte fast den Radiosprecher. Cary hielt einen Finger auf seine Lippen und lächelte. Wir stiegen leise die Treppe hinauf, und als wir oben angekommen waren, zog Cary die Leiter zum Dachboden hinunter.

»Sei vorsichtig«, sagte er, als ich hinter ihm die Leiter hinaufstieg. Er streckte mir die Hand entgegen, um mir auf den obersten Sprossen Halt zu geben, nachdem er durch die Luke geklettert war.

Der Dachboden war kleiner, als ich es erwartet hatte. Als ich früher einmal einen schnellen Blick hineingeworfen hatte, waren mir die Dachschrägen an den beiden Seitenwänden nicht aufgefallen. Cary hatte dort oben einen Tisch stehen, auf dem er seine Schiffsmodelle bastelte. Die fertigen Modelle waren auf einem halben Dutzend Regalbretter aufgereiht. Es sah ganz danach aus, als hätte er schon etwa hundert verschiedene Modelle fertiggestellt. Rechts stand eine Pritsche, und an der linken Wand waren Kisten und Seemannstruhen aufgereiht.

»Vorsicht«, sagte er, als ich mich aufrichtete. »Paß gut auf, damit du dir den Kopf nicht anstößt.« Das Dach fiel so steil ab, daß ich erst weiter vortreten mußte, ehe ich mich aufrecht hinstellen konnte. »Dies«, sagte Cary und blieb vor den Regalen stehen, »ist meine historische Abteilung, von links nach rechts chronologisch angeordnet. Das hier ist ein ägyptisches Schiff.« Er nahm es behutsam vom Regal und hielt es vor mich hin. »Etwa dreitausend Jahre vor Christi Geburt. Was wie zwei Masten aussieht, ist in Wirklichkeit nur einer, denn sie laufen oben zusammen. Daran wurden die Segel aufgehängt.«

Er stellte das Schiff wieder ins Regal und nahm ein anderes.

»Das hier ist phönizisch. Die Phönizier waren die besseren Schiffsbauer. Man nennt es das Rundboot, eines der ersten Schiffe, die vorwiegend auf Segel angewiesen waren und nicht mehr in erster Linie auf die Ruder, und wie du sehen kannst, hat es auch einen größeren Frachtraum.«

Ich sah, wie ernst er wurde, wenn er über seine Schiffe sprach. Sein Gesicht hellte sich auf, und die Begeisterung war ihm deutlich anzusehen. Seine Stimme klang energisch, und er redete so viel und so schnell, daß ich kaum alles aufnehmen konnte, trotzdem versuchte ich, mitzuhalten und seinen Erklärungen zu folgen.

Er ging die griechischen und römischen Modelle der Reihe nach durch und zeigte mir dann ein Wikingerschiff, von dem er erzählte, es sei zur Invasion Englands eingesetzt worden. Sogar eine chinesische Dschunke hatte er gebastelt. Er sagte, dieser Bootstyp würde zwar immer noch so gebaut, es mangelte ihm jedoch an drei Komponenten, die als grundlegende Bestandteile von Schiffen angesehen würden: Es fehlten ihm der Kiel, der Vordersteven und der Achtersteven. Er hielt mir lange Vorträge und demonstrierte alles an seinen Modellen, doch ich konnte deutlich sehen, daß sein größter Stolz seinen Segelschiffen galt.

»Das hier«, sagte er mit ehrfürchtig gesenkter Stimme, »ist eine Nachbildung der H. M. S. *Victory,* dem Flaggschiff des britischen Admirals Horatio Nelson.«

»Es ist ein wunderschönes Schiff, Cary.«

»Ja, nicht wahr?« Er strahlte. Behutsam stellte er es wieder zurück und nahm ein anderes Schiff aus dem Regal. »Das hier hat Laura am liebsten gemocht«, sagte er. »Es ist ein amerikanischer Klipper, eine Nachbildung der *Great Republic,* 1853 gebaut. Diese Schiffe haben im Überseeverkehr neue Rekorde aufgestellt.«

»Die Teile sind so winzig. Wie schaffst du das bloß?«

»Mit viel Geduld«, antwortete er lachend. »Ich habe dieses Schiff in *Laura* umbenannt«, sagte er und zeigte mir ihren Namen, den er sorgsam in eine Schiffswand eingraviert hatte. Er hielt das Schiff noch einen Moment lang in der Hand, dann stellte er es liebevoll wieder ins Regal.

»Ich habe hier noch viel mehr: Dampfschiffe, Containerschiffe, Tanker und natürlich auch Kreuzfahrtschiffe der Luxusklasse. Weißt du, welches das hier ist?« fragte er und hielt ein Schiff in die Höhe.

»Ich bin nicht sicher«, sagte ich.

»Das ist die *Titanic.*«

Ich schüttelte voller Erstaunen den Kopf.

»Du kennst dich so unglaublich gut mit Schiffen aus, Cary. Du solltest bessere Noten in Geschichte nach Hause bringen.«

Er schnitt eine Grimasse. »Das eine hat nichts mit dem anderen zu tun.«

»Hast du je eine Arbeit über Schiffe geschrieben?«

»Ja«, sagte er. »Der Inhalt ist mit eins benotet worden, aber ich habe so viele Rechtschreib- und Ausdrucksfehler in dem Text gehabt, daß der Lehrer mich auf eine Drei zurückgestuft hat.«

Er stellte das Modell wieder zurück und trat an das kleine Fenster, vor dem das Fernrohr stand.

»Laura und ich haben hier viel Zeit damit zugebracht, aufs Meer hinauszuschauen«, sagte er. Er reichte mir das Fernglas, und ich blickte auf das Meer hinaus. In weiter Ferne sah ich ein kleines Licht.

»Was ist das?«

»Ein Tankschiff, das vielleicht auf dem Weg nach England oder Irland ist. Wir haben uns immer gern vorgestellt, wohin diese Schiffe wohl fahren, oder haben uns ausgemalt, wir seien an Bord.« Er lächelte versonnen und setzte sich auf die Pritsche. »Laura und ich haben viel Zeit hier oben verbracht. Sie hat auf dieser Pritsche gelegen und gelesen oder für die Schule gelernt, während ich an meinen Modellen gearbeitet habe.« Er verzog das Gesicht. »Nachdem sie angefangen hat, mit Robert Royce zu gehen, hat sie aufgehört, ihre Zeit hier oben mit mir zu verbringen.« Auf seinem Gesicht erschien ein zorniger Ausdruck.

»Sie hat eben angefangen, sich für Jungen zu interessieren, Cary. Das ist nichts Ungewöhnliches«, sagte ich behutsam.

»Ja, das kann schon sein, aber er war nicht der Richtige.«

»Wie kannst du dir so sicher sein?«

»Ich weiß es ganz genau«, sagte er. Er hatte die Augen zugekniffen, als wollte er versuchen, eine Szene zu vertreiben, die sich in sein Gehirn eingebrannt hatte.

Ich drehte mich um und sah wieder zum Fenster hinaus. »Warum hast du die beiden dann dein Boot benutzen lassen?« fragte ich mit dem Rücken zu ihm.

»Laura konnte gut segeln, fast so gut wie ich«, sagte er. »Sie wollte unbedingt mein Boot ausleihen.«

Ich drehte mich um und sah ihn an.

»Ich habe Laura nie einen Wunsch abgeschlagen«, sagte Cary betrübt. »Hätte ich es doch bloß getan ... nur dieses eine Mal.« Er schlug die Augen nieder, um die Tränen zu verbergen, die in seine Augen getreten waren.

»Es tut mir leid.« Ich stand selbst kurz vor den Tränen. Ich sah wieder auf das Meer hinaus. Es konnte so wunderschön und doch so tödlich sein. »Es muß schrecklich gewesen sein, sie so zu verlieren. Es ist, als sei sie einfach spurlos verschwunden.«

»Nein«, sagte er so leise, daß ich im ersten Moment glaubte, ich hätte es mir nur eingebildet. Als ich mich umdrehte, wiederholte er es jedoch. »Nein. So ist es eigentlich nicht gewesen.«

»Wie meinst du das, Cary?«

Er starrte mich einen Moment lang an. »Ich habe niemandem etwas davon erzählt, noch nicht einmal meinen Eltern.«

Ich hielt den Atem an.

»Nachdem Laura und Robert nicht zurückgekommen sind, habe ich mir das Boot eines Freundes ausgeliehen und mich auf die Suche nach den beiden gemacht. Fast eine Woche lang habe ich täglich nach ihnen Ausschau gehalten. Ich habe den Strand abgekämmt und bin manchmal so dicht an die Felsen gekommen, daß ich beinah selbst daran zerschellt wäre. Dann ist mir eines Tages etwas aufgefallen.«

»Was?« fragte ich mit klopfendem Herzen.

Er stand auf und ging zu einer der Truhen. Er öffnete sie, steckte eine Hand hinein und zog einen Schal aus rosa Seide heraus. »Den hat sie beim Segeln gern um den Hals getragen. Ich habe ihn im Wasser treiben sehen.«

»Warum hast du ihn deiner Mutter nicht gezeigt?«

»Ich wollte die Hoffnung am Leben erhalten, und später habe ich mich schuldig gefühlt, weil ich ihn niemandem gezeigt habe, und deshalb habe ich den Mund gehalten. Jetzt spielt es keine Rolle mehr. Meine Mutter hat das Grab akzeptiert. Laura ist nicht mehr bei uns.«

Ich spürte, wie heiße Tränen über meine Wangen liefen.

»Du bist der erste Mensch, von dem ich je geglaubt habe, er könnte es verstehen«, sagte Cary. Er warf einen Blick auf den Schal und kam dann damit auf mich zu. »Ich möchte ihn dir schenken.«

»Oh, nein, das kann ich nicht annehmen.«

»Bitte, nimm diesen Schal und trage ihn«, sagte er. Er drückte ihn mir in die Hände.

»Danke«, sagte ich leise. »Ich werde gut auf ihn aufpassen.«

»Das weiß ich.« Er hob den Kopf, und unsere Blicke trafen sich. Die Tiefe seines Leids ließ mich meinen eigenen Schmerz vergessen.

Wir hörten, wie Onkel Jacob unter uns die Treppe heraufkam. Er ging an der Leiter zum Dachboden vorbei, stapfte in sein Schlafzimmer und schloß die Tür hinter sich.

»Ich sollte jetzt besser wieder nach unten gehen«, sagte ich. Cary nickte.

»Ich werde morgen Großmama besuchen«, berichtete ich ihm. Wenn er mir seine tiefsten Geheimnisse anvertrauen konnte, dann konnte ich ihm auch vertrauen, sagte ich mir.

»Warum denn das?«

»Ich will sie dazu bringen, mir alles zu erzählen. Ich gehe gleich nach der Schule hin.«

»Möchtest du, daß ich mitkomme?«

»Nein. Ich muß selbst mir ihr reden. Trotzdem vielen Dank.«

»Denk daran, sie bellt, aber sie beißt nicht.«

»Gute Nacht, Cary. Es war nett von dir, daß du mir deine Schiffsmodelle gezeigt hast.«

Er lächelte, und dann drückte er mir unvermittelt einen unbeholfenen Kuß auf die Wange.

»Sieh dich vor, wenn du hinuntersteigst«, sagte er, als ich einen Fuß auf die oberste Sprosse der Leiter setzte. Nachdem ich unten angekommen war, sah ich noch einmal zu ihm hinauf.

»Gute Nacht«, sagte ich.

»Gute Nacht.«

Er zog die Leiter hoch, als wollte er jeden Kontakt zur Welt unter sich abbrechen, dann schloß er die Dachluke und verrammelte sich mit seinen Erinnerungen und den Stimmen in seinem Kopf.

Mit Lauras Seidenschal in der Hand zog ich mich in ihr Zimmer zurück und bereitete mich auf meine eigenen Träume vor, die von meinen eigenen Erinnerungen und den Träumen in meinem eigenen Kopf angefüllt waren.

Mir erging es ganz ähnlich wie Cary. Wir wurden beide von Lügen und Traurigkeit verfolgt wie von einem Spuk, zwei Segelboote, die sich auf der Suche nach einem günstigen Wind treiben ließen.

16.

Welcher Daddy?

Obwohl er vom Unterricht freigestellt worden war, stand Cary am nächsten Morgen auf und machte sich fertig, um May und mich zur Schule zu begleiten. Er trug meine Bücher, da er selbst keine zu tragen hatte. Als wir uns auf den Weg machten, war es grau und bewölkt. Der Nebel war so dicht, daß wir kaum die Hand vor Augen sehen konnten. Es war, als gingen wir durch Wolken.

»Bis zum frühen Nachmittag wird die Sonne den Nebel verbrannt haben«, versicherte mir Cary. Trotz der Tatsache, daß er für seinen Angriff auf Adam Jackson in der Cafeteria bestraft worden war und daß seine Eltern sehr enttäuscht von seinem Verhalten waren, war er für seine Verhältnisse ungewöhnlich lebhaft. Er redete unablässig und ließ nur für wenige Sekunden Schweigen zwischen uns eintreten. Es war, als glaubte er, daß jeder seinen Gedanken nachhängen und traurig werden würde, sobald Stille eintrat.

Besonders seine Idee, im Sommer sein eigenes Segelboot zu bauen, schien ihn in Hochstimmung zu versetzen. Für den Moment mußte er sich damit begnügen, das Boot seines Vaters zu benutzen.

»Ich habe schon genug Modelle gebaut, deshalb sollte ich eigentlich eine Menge Übung haben, was?« sagte er. Er spielte sogar mit dem Gedanken, vielleicht eines Tages als Schiffsbauer in das Geschäft mit privaten Jachten einzusteigen.

»Ich kann mich nicht ausschließlich auf den Fischereibetrieb und den Hummerfang verlassen«, erklärte er. »Eines Tages werde ich nicht mehr nur für mich selbst verantwortlich sein«, fügte er hinzu.

Ich hielt May an der Hand und lauschte mit einem kleinen Lächeln auf dem Gesicht, den Blick zu Boden gerichtet. Cary schmückte weiterhin seine Pläne aus. Er wollte eines Tages ein Haus direkt außerhalb der Ortschaft haben, mit einem Garten und natürlich einem eigenen Anlegesteg. Er würde eine Familie gründen und mindestens vier oder fünf Kinder haben, und er würde Reisen nach Boston und vielleicht sogar nach New York unternehmen.

»Provincetown ist ein guter Ort, um dort eine Familie zu gründen und Kinder großzuziehen«, versicherte er mir. »Das ist mein Ernst. Es dauert viel länger, bis das Übel sich hierher ausbreitet, und wenn es dazu kommt, dann kann sich das Böse hier nicht so gut verbergen wie an anderen Orten. Weißt du, was ich meine?«

Ich nickte, doch bevor ich etwas dazu sagen konnte, fügte er hinzu: »Ich wußte gleich, daß du das verstehen würdest. Du bist viel klüger als die Mädchen hier in der Gegend, und damit meine ich nicht nur, daß du dir Dinge angelesen hast, die in Büchern stehen. Du besitzt gesunden Menschenverstand.«

»Danke«, sagte ich.

Er lächelte, holte tief Atem und sah in den Nebel.

»Es wird aufklaren, aber im Lauf des Tages gibt es Regen. Ich kann ihn riechen.«

Nachdem wir May in ihrer Schule abgeliefert hatten, bestand Cary darauf, mich den Rest des Weges zu begleiten.

»Nur um sicherzugehen, daß du keine Schwierigkeiten bekommst«, erklärte er.

Als wir die Schule erreicht hatten, bedachte er all die Schüler, die uns schadenfroh musterten, mit einem wütenden Blick. Sie wandten sich augenblicklich ab und eilten ins Schulgebäude, als wollten sie vor der eisigen Kälte fliehen.

»Du brauchst es mir nur zu sagen, wenn dir jemand Schwierigkeiten macht, Melody. Laß dich ja nicht schikanieren, hörst du?«

»Ja, schon gut.«

»Ich werde nach Schulschluß hier sein, um nach dir zu sehen.«

»Aber ich habe dir doch schon erzählt, daß ich Großmama Olivia besuchen werde«, rief ich ihm ins Gedächtnis zurück.

»Ich weiß, aber ich werde trotzdem nach dir sehen, ehe du dich auf den Weg zu ihr machst«, beharrte er und gab mir meine Bücher.

»Und was wirst du jetzt tun?«

»Ich werde an den Plänen für mein Boot arbeiten«, sagte er. »Mein Vater läßt sich nicht von mir helfen, wenn ich Ärger habe. Es ist, als fürchtete er, ich könnte ihn anstecken.« Zum ersten Mal hörte ich einen Anflug von Kritik an seinem Vater aus seinen Worten. »Menschen, die ein Unrecht begangen haben, bringen anderen Unglück. Nun ...« Er zögerte und warf einen Blick auf den Haupteingang der Schule.

»Ich komme schon allein zurecht, Cary. Hör auf, dir Sorgen um mich zu machen.« Ich drückte kurz seine Hand und ging in das Gebäude. Als ich mich in der Tür noch einmal umdrehte, sah ich, daß er noch immer dastand.

Die meisten meiner Mitschüler hielten im Korridor Abstand von mir, musterten mich jedoch mit einem gewissen Interesse. Theresa erwartete mich vor meinem Spind.

»Hat Cary zuhause Ärger bekommen?« fragte sie mich.

»Ja, sogar reichlich. Mein Onkel Jacob ist sehr wütend geworden. Und auf mich ist er genauso wütend.«

»Es war weder seine Schuld noch deine. Hast du ihnen das gesagt?«

»Ja.«

»Ich mag Cary«, sagte sie. »Der macht einem wenigstens nichts vor«, fügte sie hinzu und hob dabei die Stimme, damit einige der Mädchen sie hören konnten. Janet, Lorraine und Betty gingen eilig an uns vorbei und bedachten mich nur mit einem flüchtigen Blick.

An diesem Tag konzentrierte ich mich ausschließlich auf den Unterricht, obwohl ich ahnte, daß hinter meinem Rücken viel getuschelt wurde und neue Zettel in Umlauf waren. Nur in der Cafeteria gab es einen kurzen kritischen Moment. Der Geräuschpegel sank, und ein paar Sekunden lang waren alle Augen auf mich gerichtet. Theresa kam auf mich zu und begann, mit mir zu reden. Dann setzten die Gespräche wieder ein, und alle schienen sich wieder ihren eigenen Angelegenheiten zuzuwenden. Dennoch fühlte ich mich, als hätte ich einen Löffel voller Nägel geschluckt.

Theresa erzählte mir, Adam Jackson hätte versucht, den Schaden zu beheben, den sein Ruf genommen hatte, indem er überall herumerzählte, Carys Vorgehen sei der beste Beweis dafür, daß er recht gehabt hatte. Er hielt sich jedoch von mir fern und warf noch nicht einmal einen Blick in meine Richtung. Gegen Ende des Schultags hatte ich ganz entschieden das Gefühl, daß dieser Skandal alle nur noch langweilte. Einige Schülerinnen, mit denen ich verschiedene Kurse gemeinsam besuchte und die oft mit mir über den Unterrichtsstoff geredet hatten, taten dies jetzt ebenfalls, so daß ich mich wieder lockerer und ungehinderter durch die Korridore bewegte.

Carys Lehrer waren ausnahmslos gern bereit, mir Hausaufgaben für ihn mitzugeben, und jeder einzelne von ihnen war sicher, daß Carys Noten besser sein könnten, wenn er sich nur ein wenig anstrengte oder eine Spur von Interesse zeigte. Mr. Madeo zwinkerte mir zu und sagte, er sei sicher, daß Cary die Abschlußprüfung in Englisch bestehen würde, wenn seine Hauslehrerin ihn nicht im Stich ließe.

»Ich werde dafür sorgen, daß sie das nicht tut«, sagte ich zu ihm.

Cary hielt Wort und wartete nach Schulschluß auf mich.

Als die Glocke nach der letzten Schulstunde läutete, stand er mit den Händen in den Hosentaschen mitten im Schultor. Das Haar fiel ihm in die Stirn, und seine Miene war finster.

»Es ist alles in Ordnung«, berichtete ich ihm augenblicklich. »Es ist aus und vorbei, alles ist längst vergessen.«

»Ja, klar.«

»Nein, wirklich. Hier.« Ich drückte ihm die Hausaufgaben, die mir seine Lehrer für ihn mitgegeben hatten, in die Hand. »Das sind deine Schularbeiten, Cary Logan, und ich erwarte von dir, daß du sie erledigst, obwohl du den Unterricht nicht besucht hast.«

Er sah auf die Papiere in seiner Hand herunter, und dann blickte er lächelnd zu mir auf. »Du wirst mich noch zum Musterschüler machen, was?«

»Das wirst du ganz allein tun.«

Wir gingen gemeinsam bis zum Ende der Straße hinunter. Da ich mich jetzt auf den Weg zu Großmama Olivia machen würde, trennten sich unsere Wege hier.

»Zu Fuß ist das ein weiter Weg«, warnte er mich. »Wenn ich nicht suspendiert worden wäre, hätte mein Vater mir erlaubt, den Pickup zu nehmen. Dann hätte ich dich hinfahren können, aber ...«

»Ich weiß selbst, wie weit es ist. Mir macht das nichts aus. Ich will unbedingt hingehen. Ich muß es tun«, sagte ich. Er nickte und trat einen Stein über den Asphalt.

»Bist du ganz sicher, daß du mich nicht dabei haben willst?«

»Cary, du mußt May abholen«, sagte ich.

»Sie findet den Heimweg allein, wenn es sein muß.«

»Als ich das einmal gesagt habe, hast du mir fast den Kopf abgerissen.«

Er lächelte. »Das ist wahr. Ich kann mich noch daran erinnern. Also, gut, geh allein hin, aber reg dich nicht auf und ...«

»Hör endlich auf, dir unnötige Sorgen zu machen!« befahl ich ihm.

»In Ordnung.«

Ich lief los.

»Sie bellt, aber sie beißt nicht!« rief er mir nach.

»Bellen kann ich selbst«, rief ich zurück. Er sah mir noch eine Zeitlang nach, und dann machte er sich auf den Weg, um May von der Schule abzuholen.

Es war ein weiter Weg, und als ich auf die Hauptstraße stieß, wurde es noch schlimmer, weil ständig Wagen an mir vorbeirasten. Manche kamen mir so nah, daß ich spüren konnte, wie der Luftzug, der ihnen folgte, mein Haar in die Höhe hob. Plötzlich hielt ein älterer Mann an, der einen ziemlich verbeulten hellorangen Pickup fuhr.

»Du solltest auf dieser Schnellstraße nicht zu Fuß laufen«, schalt er mich aus.

»Es gibt aber keinen anderen Weg, den ich nehmen könnte«, sagte ich.

»Wenn das so ist, dann steig ein, ich bringe dich dahin, wo du hin mußt. Meine Frau würde mir die Hölle heiß machen, wenn sie wüßte, daß ich ein junges Mädchen allein hier habe rumlaufen lassen.«

Ich lächelte und stieg in den kleinen Lastwagen. Das Sitzpolster hatte Risse, und auf dem Boden der Fahrerkabine stand zwischen allerlei Werkzeugen ein Korb, der mit Muschelschalen gefüllt zu sein schien.

»Mach dir deshalb bloß keine Sorgen. Meine Enkelin bastelt gern Kleinigkeiten aus Muschelschalen«, erklärte er.

Er hatte graue Stoppeln auf dem Kinn und den Wangen, und das dünne graue Haar hing ihm auf die Schläfen und klebte an seinem Hinterkopf, aber er hatte sanfte blaue Augen und ein freundliches Lächeln. Er erinnerte mich an Papa George. Papa George, dachte ich. Wie sehr ich ihn doch vermißte.

»Und wohin geht's denn so dringend?« fragte er mich.

»Zu meinen Großeltern, den Logans«, sagte ich zu ihm, und seine Augen wurden groß.

»Olivia und Samuel Logan?«

»Ja«, sagte ich.

»Ich habe gehört, die Enkelin der beiden sei taub.«

»Ich bin eine andere Enkelin.«

»Ach so. Davon habe ich nichts gewußt. Natürlich pflege ich mit Leuten wie deiner Familie keinen Umgang, aber vor langer Zeit habe ich einmal für deinen Großvater gearbeitet. Ich habe einen Geräteschuppen für ihn gebaut. Und er hat unverzüglich bezahlt«, fügte er hinzu. Sein Lastwagen holperte etwa halb so schnell voran wie die übrigen Wagen, die an uns vorbeisausten, aber das schien den alten Mann nicht zu stören. »Die rasen alle wie die Irren«, murrte er. »Sie jagen dem allmächtigen Dollar nach, und dabei entgeht ihnen alles Schöne am Wegesrand.«

Er lächelte mich an, und dann wurde er ernst, als sei ihm gerade etwas durch den Kopf gegangen.

»Du bist doch nicht etwa Chesters kleine Tochter?«

»Doch, Sir.«

»Was um Himmels willen ist aus ihm geworden? Niemand scheint noch viel von ihm gehört zu haben, nachdem er mit deiner Mutter von hier fortgegangen ist.«

»Er ist bei einem Grubenunglück ums Leben gekommen«, sagte ich, und meine Kehle schnürte sich augenblicklich zu.

»Bei einem Grubenunglück? Ist er etwa von hier fortgegangen, um in einem Bergwerk zu arbeiten? Ich habe das ohnehin nie verstanden ...« Er sah mich einen Moment lang an und erkannte die Traurigkeit, die auf meinem Gesicht stand. »Es tut mir leid, daß ich davon angefangen habe. Das konnte ich nicht ahnen«, murmelte er unbeholfen. Dann war er wieder ganz der besorgte Großvater. »Es überrascht mich, daß Samuel Logan seine Enkelin über diese Schnellstraße laufen läßt.«

»Es war meine eigene Idee, einfach allein loszugehen«, sagte ich eilig.

Er nickte, doch der Argwohn wich nicht aus seinen Augen. »Da wären wir«, sagte er.

»Ich weiß. Vielen Dank.«

Er hielt an, und ich stieg aus und bedankte mich noch einmal bei ihm.

»Geh bloß nicht mehr zu Fuß auf dieser Schnellstraße, hörst du?«

»Ja, Sir«, sagte ich.

»Das mit deinem Vater tut mir leid. Ich habe ihn nur als jungen Mann gekannt, aber er schien mir ein feiner Kerl zu sein.«

»Danke.«

»Mach's gut«, sagte er und fuhr weiter.

Ich holte tief Luft, bog entschlossen die Schultern zurück und ging über die Auffahrt zum Haus meiner Großmutter. Ehe ich die Haustür erreicht hatte, bog ein dunkelhäutiger Mann von etwa fünfzig Jahren mit einem Schubkarren um die Hausecke.

»Du suchst Mrs. Logan?« fragte er.

»Ja.«

»Sie ist im Gemüsegarten hinter dem Haus«, sagte er.

Ich bedankte mich bei ihm, und als ich um das Haus herumging, fand ich Großmama Olivia auf den Knien in ihrem eingezäunten Garten vor. Sie trug eine alte Jeans, ein Flanellhemd und Arbeitshandschuhe. Auf dem Kopf hatte sie einen breitkrempigen Hut mit ein paar künstlichen Nelken. Es überraschte mich derart, sie in einer so saloppen Aufmachung anzutreffen, daß ich zunächst stehenblieb und ihr zusah, wie sie das Unkraut jätete. Der Kontrast zwischen der Dame, die in diesem eleganten Haus wie eine Königin herrschte, und dieser Frau, die in alten Fetzen mit den Händen in der Erde grub, war so gewaltig, daß ich glaubte, ich hätte es mit einer Fremden zu tun.

Sie nahm meine Anwesenheit hinter ihrem Rücken wahr und drehte sich um. »Reich mir diese kleine Eisenharke«, befahl sie und deutete auf einen Haufen Werkzeuge in ihrer Nähe. Ich befolgte eilig ihre Anweisung. »Paß auf, wohin du trittst«, sagte sie. »Ich würde ungern auch nur eine einzige von diesen Karotten einbüßen.« Sie nahm mir das Gartengerät ab und scharrte um eine Tomatenpflanze herum in der Erde. »Bist du den ganzen weiten Weg gelaufen?« fragte sie, ohne sich bei der Arbeit zu unterbrechen.

»Nein, Großmama. Ein netter alter Mann in einem Pickup hat angehalten, um mich ein Stück weit mitzunehmen.«

»Du bist per Anhalter gefahren?«

»Nicht direkt.«

»Steigst du immer ein, wenn fremde Lastwagenfahrer anhalten?«

»Nein.«

Sie unterbrach ihre Arbeit einen Moment lang und wischte sich die Stirn ab.

»Heute abend gibt es Regen«, sagte sie in demselben Tonfall, den Cary für seine Wettervorhersage angeschlagen hatte. »Den können wir gut gebrauchen. Letztes Jahr ist in meinem Garten alles viel besser gediehen.«

»Aber das Gemüse sieht doch gut aus.«

Sie schüttelte den Kopf und stand auf. Dann deutete sie auf einen kleinen Tisch. Dort standen ein Krug aus zartlila Keramik und Gläser.

»Möchtest du ein Glas Limonade?« fragte sie.

»Ja, gern.«

Sie schenkte zwei Gläser für uns ein. Dann setzte sie sich und blickte zu mir auf, während ich die Limonade trank.

»Du bist hergekommen, weil du mich sprechen wolltest. Warum?« fragte sie schroff.

Die Limonade schien in meinem Hals steckenzubleiben. Ich holte tief Atem und nahm ihr gegenüber Platz.

»Ich will die Wahrheit über meine Eltern wissen«, sagte ich. »Ich habe es satt, die Wahrheit nicht zu kennen und ständig nur Lügen zu hören.«

»Das ist gut so. Lügner kann ich nicht gutheißen, und davon

gibt es in dieser Familie weiß Gott mehr als genug. Also, gut«, sagte sie und lehnte sich zurück. »Was genau willst du wissen?«

»Warum haßt du meinen Vater so sehr? Er war dein Sohn.«

»Er ist mein Sohn gewesen, bis sie ihn mir gestohlen hat«, sagte Großmama Olivia.

»Aber das verstehe ich nicht. Ihr habt meine Mutter doch adoptiert, oder nicht? Ihr wolltet sie doch bei euch aufnehmen.«

Sie wandte einen Moment lang den Blick ab.

»Ich war machtlos und konnte nichts dagegen tun. Ich wollte sie niemals in meinem Haus aufnehmen, aber ich mußte es tun.«

»Wieso denn das?« bohrte ich weiter.

Sie wandte sich mir wieder zu.

»Haille war die uneheliche Tochter meiner Schwester«, sagte sie. »Meine Schwester ist von Anfang an ein dummes, verzogenes Ding gewesen. Mein Vater hat sie verwöhnt, und sie ist in dem Glauben aufgewachsen, sie könnte alles haben, was sie wollte. Jedes Warten und jede Enttäuschung waren ihr unerträglich. Ihre Lösung hat darin bestanden, sich dem Alkohol und Drogen zuzuwenden. Ich habe immer mein Bestes getan, um sie vor sich selbst zu schützen, und es ist möglich, daß ich ebensoviel Schuld wie mein Vater trage, aber ich habe ihm ein dummes Versprechen gegeben, als er auf dem Totenbett lag: Ich habe ihm gelobt, mich um Belinda zu kümmern und dafür zu sorgen, daß es ihr gut geht.«

Ihre Schwester war meine Großmutter? Mir schwirrte der Kopf. Aus Angst, sie könnte aufhören zu reden, bemühte ich mich, mir meine Erschütterung nicht anmerken zu lassen.

»Was ist aus deiner Mutter geworden?« fragte ich.

»Meine Mutter ist selbst eine schwache Frau gewesen. Alles Unerfreuliche war ihr unerträglich, und sie hat immer so getan, als existierten diese Dinge nicht. Die Wahrheit sah so aus, daß mein Vater nicht etwa zwei, sondern drei Töchter hatte. Meine Mutter ist an Brustkrebs gestorben. Sie hat die Diagnose ebenso ignoriert wie jede andere schlechte Nachricht auch.

Jedenfalls war meine Schwester mit deiner Mutter schwanger, und ich habe den dummen Fehler begangen, sie während der Geburt hier im Haus zu haben. Mein zweiter Fehler war, daß ich das Baby nicht weggegeben habe. Mein Mann«, sagte sie erbittert, »war der Meinung, es sei scheußlich, so etwas zu tun, und er hat mich an den Schwur erinnert, den ich meinem Vater auf seinem Totenbett gegeben habe. Und deshalb«, sagte sie mit einem tiefen Seufzen, »habe ich Haille in meinem Haus aufgenommen und sie gemeinsam mit meinen Söhnen großgezogen, und das ist etwas, was ich bis zum Tage meines Todes bitter bereuen werde.«

»Dann ist Belinda meine Großmutter?«

»Ja«, nickte sie und lächelte verzerrt. »Dieses armselige Wrack, das in einem Heim lebt, ist deine Großmutter, das steht jedenfalls fest«, sagte sie. Es sah aus, als wollte sie unser Gespräch damit beenden, also wiederholte ich meine Frage.

»Aber warum haßt du deinen eigenen Sohn, meinen Vater? Bloß, weil er seine Cousine geheiratet hat und die beiden mich bekommen haben?« wagte ich mich vor.

Sie musterte mich mit einem kalten, harten Blick. »Glaubst du, du bist alt genug, um die Wahrheit zu verkraften?« fragte sie herausfordernd.

»Ja«, sagte ich mit pochendem Herzen, und mein Atem ging so flach, daß ich das Wort kaum herausbringen konnte.

»Deine Mutter ist hier aufgewachsen und hat von allem nur das Beste bekommen. Mein Mann hat sie in demselben Maß verzogen, wie mein Vater meine Schwester verzogen hat. Haille brauchte nichts weiter zu tun, als mit den Wimpern zu klimpern, und Samuel hat alles getan, was sie wollte, sei es nun, daß er ihr das Kleid oder das Schmuckstück gekauft hat, das sie haben wollte, oder sei es, daß er ihr erlaubt hat auszugehen, nachdem ich es ihr bereits verboten hatte. Diese Reihe läßt sich endlos fortsetzen. Ich habe ihn gewarnt, aber er wollte nicht auf mich hören. Sie war sein kleines Mädchen, die Tochter, die ich ihm nie geschenkt habe. Genau wie alle anderen Männer hat auch er geglaubt, es sei seine Rolle, sein kleines Mädchen zu verwöhnen. Männer verwechseln es mit Liebe, ihre Töchter mit Geschenken zu überhäufen und von ihnen zum Dank umarmt und geküßt zu werden.

Sie hatte Freunde. Dutzendweise sind die Jungen in diesem Haus ein und aus gegangen. Sie sind ihr gefolgt, wohin sie auch ging, sie haben sie von vorn und hinten bedient, sie wollten ihr alles recht machen, und für einen Kuß von ihr sind sie im Staub gekrochen. Jedesmal, wenn ich ihr etwas verboten oder sie für etwas bestraft habe, hat Samuel meine Verbote und Strafen aufgehoben, und wozu hat das geführt? Sie hat sich als ein undankbares Luder erwiesen, ihm all das Gute, was er ihr getan hat, mit Schandtaten vergolten.«

Sie unterbrach sich. Es schien sie psychisch und physisch zu erschöpfen, mir diese Geschichte zu erzählen. Sie trank einen Schluck Limonade und schüttelte den Kopf.

»Was soll das heißen – Schandtaten?« fragte ich, nachdem Großmama Olivia sich eine Zeitlang ausgeruht hatte. »Und wieso hat sie sich als undankbar erwiesen?«

»Genauso, wie schon vor ihr ihre Mutter, hat sie mit Gott weiß wem geschlafen, und was glaubst du wohl? Auch sie war eines Tages schwanger. Mit dir. Und dann hat sie das Unverzeihliche getan.« Großmama unterbrach sich, als müßte sie Atem und Kraft schöpfen, um weiterzureden. »Sie hat Samuel die Schuld daran zugeschoben. Sie hat sich hier in diesem Haus vor mir aufgebaut und behauptet, mein Mann, ihr Stiefvater, hätte mit ihr geschlafen und sie geschwängert. Samuel war am Boden zerstört, aber ich habe ihm gesagt, das hätte er nur sich selbst zuzuschreiben, und für das, was er in all diesen Jahren angerichtet hat, hätte er es nicht besser verdient.«

Ich schüttelte den Kopf.

»Ich verstehe gar nichts mehr«, sagte ich, und Tränen brannten hinter meinen Lidern.

Sie lachte, ein gehässiger, bellender Laut.

»Was gibt es da schon zu verstehen? Sie hat sich eingebildet, wenn sie Samuel beschuldigt, könnte sie sich jeder Schuld entziehen.«

»Aber mein Daddy ...«

»Dein Vater, mein Sohn, hat sich gegen seinen eigenen Vater gestellt. Chester hat sich gegen mich gestellt«, sagte sie. »Er hat sich auf ihre Seite geschlagen und ihr Glauben geschenkt. Er hat tatsächlich geglaubt, sein eigener Vater könnte etwas Derartiges getan haben. Kannst du dir vorstellen, was ich durchgemacht habe und welchen Kummer es mir bereitet hat, hier in diesem Haus zu sitzen und mir anhören zu müssen, wie mein Sohn mir mitteilt, daß er dieser ... dieser Hure und nicht seinem eigenen Vater glaubt? Kannst du dir das wirklich vorstellen? Ich habe den beiden gesagt, sie sollten verschwinden, und ihm habe ich gesagt, solange er hinter ihr steht, soll er sich von diesem Haus fernhalten. Ich habe ihm gesagt, mit einem Sohn, der sich in dieser Form gegen die eigenen Eltern stellt, wollte ich nichts mehr zu tun haben. Er war über die Hintergründe von Hailles Herkunft informiert, aber er ... Sie hat ihn betört, genauso, wie sie jeden betört, mit dem sie in Berührung kommt.

Jacob hat es ebenfalls das Herz gebrochen. Er konnte einfach nicht glauben, daß sein Bruder so etwas tut. Am Strand hinter dem Haus haben die beiden sich schrecklich miteinander geprügelt, und hinterher haben sie nie mehr ein Wort gewechselt.«

Ich schüttelte den Kopf.

»Nichts von alledem kann wahr sein. Warum hat meine Mutter mich hierher gebracht?« rief ich durch meine Tränen. Großmama lächelte und nickte.

»Warum? Sie wollte dich abschieben, meine Liebe, und sie wußte von dem Verlust, den Sara erlitten hatte. Sara ist schon immer ein gutmütiges Geschöpf gewesen. Sie war bereit, dich bei sich aufzunehmen, und Jacob, Gott segne auch ihn für seine

Güte, ist bereit, alles zu tun, um Sara wieder glücklich zu machen. Haille hat wieder einmal ein Mitglied dieser Familie ausgenutzt. So einfach ist das.

Ich habe zu alledem meinen Mund gehalten«, fuhr sie fort. »Schließlich bist du die Enkelin meiner Schwester, und da ich mich an mein Versprechen erinnert habe, erhob ich keine Einwände gegen Saras Entscheidung, unter der einen Bedingung, daß mir deine Mutter nicht unter die Augen kommt.«

Ich saß da und schüttelte den Kopf. Ich mußte es schon wieder mit Lügen zu tun haben, noch mehr Lügen, und eine Lüge zog die nächste nach sich.

»Mein Daddy hat mich immer nur wie seine eigene Tochter behandelt«, sagte ich. »Er hat mich geliebt.«

»Ja, da bin ich ganz sicher. Ich wünschte nur, er hätte sich auch an seine Liebe zu seiner Mutter und zu seinem Vater erinnert«, sagte sie.

Ich starrte sie an und versuchte, mir einen Reim auf das Ganze zu machen, und ganz langsam dämmerte mir, was das alles zu bedeuten hatte, vorausgesetzt, sie sagte die Wahrheit. »Wenn mein Daddy geglaubt hat, Großpapa Samuel sei mein Vater, dann ... dann hat er gewußt, daß er nicht mein Daddy ist«, schloß ich.

»Genau«, sagte Großmama Olivia, die inzwischen so energisch wirkte wie immer. »Und trotz alledem ist er mit ihr fortgelaufen. Er hat sich auf ihre Seite geschlagen und seinen eigenen Eltern den Rücken zugekehrt.«

»Aber ... aber wer ist dann mein Vater?«

»Du kannst es dir aussuchen. Die Auswahl ist groß«, sagte sie trocken. »Vielleicht wird deine Mutter es dir eines Tages sagen, aber die Wahrheit wird bitter für sie sein. Sie kann sie nicht vertragen.«

Ich schüttelte weiterhin den Kopf.

»Ich kann einfach nicht glauben, daß mein Daddy nicht mein Daddy gewesen sein soll«, beharrte ich.

»Glaub, was du willst.« Großmama Olivia trank ihr Glas leer. »Du hast von mir verlangt, daß ich dir die Wahrheit sage, und genau das habe ich getan. Du hast behauptet, du seist alt genug, und ich habe dir geglaubt. Wenn du weiterhin gemeinsam mit deiner Mutter in einer Welt voller Illusionen und Lügen leben willst, dann steht dir das frei, solange du nicht durch die Gegend läufst und anderen Vorwürfe machst.«

Sie stand auf. »Wenn du mich fragst«, sagte sie, »dann solltest du deine Mutter dazu bringen, daß sie dich zu sich holt und die Verantwortung für dich übernimmt. Ich würde meine Hoffnungen allerdings nicht allzu hoch stecken.« Sie sah auf mich herab. »Solange du dich benimmst, im Haushalt mithilfst und tust, was man dir sagt, wird Jacob dich nicht vor die Tür setzen. Ich habe mir sagen lassen, daß du tatsächlich eine gute Schülerin bist, und wenn du es verdient hast, werde ich dafür sorgen, daß du eine gute Ausbildung bekommst. Ich tue das für meinen Vater, weil ich es ihm versprochen habe.«

»Ich will nichts von dir«, sagte ich erbittert.

Sie lachte, was wie das Zersplittern eines Glases klang.

»Ich bin ganz sicher, daß du im Lauf der Zeit deine Meinung ändern wirst. Aber sieh dich vor, denn sonst könnte *ich* meine Meinung ändern und mein großzügiges Angebot zurücknehmen«, warnte sie mich und deutete dabei mit ihrem krummen, kleinen Zeigefinger auf mich. »Hüte dich davor, meinen Sohn und seine Familie unglücklich zu machen. Ich gehe jetzt ins Haus, um mich frisch zu machen. Wenn du willst, kann dich Ralph, mein Faktotum, nach Hause bringen.«

Ich saß mit bebenden Schultern da. Das Schluchzen erschütterte meinen Brustkorb, und ich schlang fröstelnd meine Arme um mich.

»Ich habe keine Zeit dazustehen und mir anzusehen, wie du dich in deine Hysterie hineinsteigerst«, sagte sie. »Komm ins Haus, wenn du dich wieder beruhigt hast, und dann werde ich mich darum kümmern, daß du nach Hause gebracht wirst.«

Sie setzte sich in Bewegung. Ich sah auf das Meer hinaus. Die dichte Wolkendecke schob sich zur Küste vor, und der Wind, der an Heftigkeit zugenommen hatte, wehte die weißen Schaumkronen vor sich her. Die Monotonie, mit der die Wellen auf die Felsen schlugen, hypnotisierte mich eine Zeitlang. Seeschwalben schrien. Ich versuchte, mich innerlich in diesem kleinen Versteck zu verkriechen, in dem ich mich sicher und geborgen fühlen konnte und keine Angst zu haben brauchte, doch dieser Ort erschien mir jetzt wie ein Käfig.

Ich haßte Cape Cod, dachte ich. Es war mir ein Greuel, auch nur noch eine weitere Minute hier zu verbringen. Ich stand schnell auf, lief jedoch langsam und versonnen um das Haus herum. Als ich mich umschaute, glaubte ich zu sehen, wie sich ein Vorhang teilte und Großmama Olivia hinausblickte, doch die Sonne verschwand hinter einer der dichten Wolken, die immer näher heranzogen, und die Schatten, die über das Haus fielen, verdunkelten das Fenster und verwandelten es wie durch schwarze Magie in einen Spiegel.

Als ich die Schnellstraße erreicht hatte, schlug ich nicht den Weg zur Stadt ein. Lange Zeit lief ich einfach nur wie hypnotisiert geradeaus. Pkws und Lastwagen flitzten an mir vorbei, doch diesmal machten mir ihre Nähe, der Luftzug, der ihnen folgte, und die lauten Hupkonzerte nichts aus.

Mein Daddy war in Wirklichkeit gar nicht mein Daddy. Meine Auswahl an Vätern war groß. Hatte Großmama Olivia das aus reiner Gehässigkeit gesagt? Wie hatte Mommy mich bloß an einem so höllischen Ort schutzlos aussetzen können? Sie mußte tatsächlich sehr egoistisch sein. Ich wollte die gräßlichen Dinge nicht glauben, die Großmama Olivia mir über sie erzählt hatte, doch in meinem tiefsten Innern wußte ich, daß all das stimmen mußte. Wenn ich der Wahrheit ins Gesicht sah und mir ehrlich eingestand, wer und was Mommy heute war, dann würde es mir keinerlei Schwierigkeiten bereiten, alles zu glauben, was ich über sie gehört hatte, denn ich konnte mir nur zu gut ausmalen, wer und was sie damals gewesen war. Aber daß sie sich zu derart abscheulichen Behauptungen hatte hinreißen lassen und meinem Großvater die Schuld an meiner Existenz hatte zuschieben wollen … fast hätte ich mich hinter Großmama Olivia und Onkel Jacob gestellt.

Ich weiß nicht, wie lange und wie weit ich tatsächlich gelaufen war, als ich einen durchdringenden Hupton wahrnahm, der nicht aufhörte, und als ich mich umdrehte, sah ich Cary im Pickup seines Vaters sitzen. Er fuhr hinter mir an den Straßenrand und sprang aus der Fahrerkabine.

»Wohin gehst du? Ich war schon ganz krank vor Sorge. Und alle anderen sind auch außer sich vor Angst, sogar Großmama Olivia.«

»Sie hat mir die Wahrheit erzählt, Cary«, sagte ich.

Die Wolkendecke am Himmel war inzwischen nahezu undurchdringlich. Der Wind hatte weiterhin an Stärke zugenommen, und es kam mir vor, als sei die Temperatur um mindestens zehn bis zwölf Grad zurückgegangen. Ich hatte bisher nicht einmal wahrgenommen, daß ich vor Kälte zitterte. Cary zog eilig seine Jacke aus und hing sie mir um die Schultern.

»Komm, laß uns nach Hause fahren«, sagte er.

Ich schüttelte den Kopf und wich vor ihm zurück.

»Ich bin dort nicht zuhause, Cary. Dein Vater ist nicht mein Onkel, und deine Mutter ist nicht meine Tante.«

»Was sagst du da?« fragte er mit einem verwirrten Lächeln, das sich albern auf seinem Gesicht ausnahm.

»Genau das, was du gehört hast. Mein Daddy war … mein Daddy war …«

»Was war er?«

»Er war nicht mein Daddy. Mommy war von einem anderen Mann mit mir schwanger, und sie hat …« Ich schluckte schwer, ehe ich weiterreden konnte. »Sie hat Großpapa Samuel die Schuld daran gegeben. Daddy hat ihr geglaubt, und deshalb hat seine Familie nicht mehr mit ihm geredet. Dein Vater und

... mein ...« Plötzlich ging mir auf, wer er in Wirklichkeit war. »Dein Vater und mein Stiefvater haben sich am Strand geprügelt und danach nie mehr ein Wort miteinander gewechselt. Du hast nichts davon gewußt?«

Aus seinem Gesichtsausdruck konnte ich deutlich ersehen, daß er etwas wußte.

»Ich habe von einer Schlägerei gewußt, aber ich wußte nie, warum es dazu gekommen ist«, gestand er.

»Warum hast du mir nichts davon erzählt?«

»Ich wollte nicht, daß du uns haßt und von hier fortgehst«, gab er zu.

»Aber genau das werde ich jetzt tun. Ich gehe von hier fort.« Ich wandte mich ab und rannte los. Er lief mir nach und hielt mich am Ellbogen fest, als er mich eingeholt hatte.

»Bleib stehen. Du kannst nicht einfach hier auf dieser Straße weiterlaufen.«

»Und warum nicht? Ich muß nach Hause«, sagte ich. »Ich muß Mama Arlene und Papa George sehen.«

»Du willst zu Fuß nach West Virginia zurücklaufen?«

»Ich fahre per Anhalter«, sagte ich. »Ich werde Leute darum bitten, daß sie mich mitnehmen. Ich werde anbieten, anderen kleinere Arbeiten abzunehmen, damit sie mich in ihrem Wagen mitnehmen oder mir Geld für eine Busfahrkarte geben. Aber ich muß nach Hause, und irgendwie werde ich es schaffen«, sagte ich, und meine Augen erkannten ihn, obwohl ich durch ihn hindurchschaute und hinter ihm den alten Wohnwagen und Mama Arlene sah, wie sie uns zum Abschied winkte, Papa George, der in seinem Bett lag und mich anlächelte, und Daddys Grab mit dem Grabstein, den ich umarmt hatte, ehe ich gegen meinen Willen von dort aufgebrochen war. »Irgendwie schaffe ich es schon«, murmelte ich.

»Willst du denn nicht erst mit mir nach Hause kommen und deine Sachen holen? Und vorher etwas Anständiges essen?«

»Ich will nichts essen, und meine Sachen sind mir gleichgültig«, sagte ich. »Sag Tante Sara, daß ich dieses Kleid bei der erstbesten Gelegenheit, die sich mir bietet, zurückschicken werde«, fügte ich hinzu und setzte mich wieder in Bewegung.

»Warte noch einen Moment, Melody. Das kannst du nicht tun.«

Ich lief weiter.

»Melody!«

»Ich gehe jetzt, Cary. Weder du noch sonst jemand kann mich davon abhalten«, sagte ich trotzig und voller Wut. Ich lief weiter und ließ ihn einfach stehen. Dann rannte er mir nach, und als er mich eingeholt hatte, ging er neben mir her. »Warum tust du das, Cary? Du kannst mich nicht davon abhalten.«

»Ich weiß. Ich denke nur gerade darüber nach.«

Ich blieb stehen und drehte mich zu ihm um.

»Was soll das heißen?«

Er dachte noch einen Moment lang nach und nickte dann. »Also, gut.« Er steckte eine Hand in seine Hosentasche und zog einen Packen Scheine heraus. »Ich fahre dich nach Boston und gebe dir das Geld, das du für die Busfahrt brauchst.«

»Das würdest du wirklich für mich tun?«

»Ja, selbstverständlich. Ich kann doch nicht zulassen, daß du auf dieser Schnellstraße weiterläufst und Wagen anhältst, und deine Entschlossenheit ist nicht zu übersehen. Warte hier. Ich laufe nur schnell zurück und hole den Lastwagen.«

»Aber dein Vater wird wütend werden, Cary.«

»Das ist nicht das erste Mal und ganz bestimmt auch nicht das letzte Mal. Er wird ohnehin schon böse werden, weil ich ohne seine Erlaubnis den Laster genommen habe«, fügte er hinzu und zuckte die Achseln. »Mach dir keine Sorgen.«

Er rannte zu dem Lastwagen zurück, fuhr los und hielt neben mir an. Ich stieg ein, und wir fuhren weiter.

»Es ist ein weiter Weg nach Sewell, West Virginia, Melody.«

»Ich weiß, aber dort ist das einzige echte Zuhause, das ich je gekannt habe, und dort gibt es Menschen, die mich lieben.«

»Hier gibt es auch Menschen, die dich lieben, Melody«, sagte er. Er drehte sich zu mir um und lächelte. »Angefangen mit May und mir.«

»Ich weiß. Das mit May tut mir leid. Du mußt es ihr erklären. Bitte.«

»Klar, wird gemacht. Aber wer wird es mir erklären?«

»Cary, es war einfach gräßlich dazusitzen, diese ganze Geschichte zu hören und Großmama Olivia in ihrer enormen Wut zu sehen. Nie bin ich mir so sehr wie ein unerwünschtes Waisenkind vorgekommen wie in diesem Augenblick«, erklärte ich.

Er beschleunigte.

»Das hätte sie nicht tun dürfen. Sie hätte ein wenig Feingefühl aufbringen und sich etwas ausdenken müssen, eine Geschichte, die dich nicht derart aus der Fassung bringt.«

»Noch mehr Lügen? Nein, danke. Ich bin mit Lügen aufgewachsen. Man hat mich damit großgezogen, sie mir zum Frühstück, zum Mittagessen und zum Abendessen vorgesetzt. Jetzt ist es an der Zeit für die Wahrheit. Es ist an der Zeit, daß ich zurückgehe und mich mit Menschen umgebe, die gar nicht wissen, was Lügen überhaupt sind.«

»Jeder Mensch lügt, Melody, ganz gleich, ob er andere oder sich selbst belügt«, sagte Cary.

Regentropfen spritzten auf die Windschutzscheibe. Ich dachte daran, daß Cary die weite Rückfahrt allein bewältigen mußte.

»Ich fühle mich schrecklich, wenn ich daran denke, daß du das für mich tust, Cary.«

»Unsinn. Ich würde mich schrecklich fühlen, wenn ich es nicht täte«, sagte er. »Erzähl mir genauer, was Großmama Olivia sonst noch alles gesagt hat.«

Ich gab unser Gespräch wieder, und während er aufmerksam lauschte, wurden seine grünen Augen immer dunkler und kleiner.

»Jetzt fügt sich plötzlich eines zum anderen, dieses Flüstern und Tuscheln und die Worte und Gesprächsfetzen.«

»Es ist entsetzlich. Ich fühle mich, als bliebe für den Rest meines Lebens ein Knoten in mir. Ich fühle mich reingelegt, Cary, betrogen und zum Narren gehalten. Der Mann, der mich geliebt hat, der mich seine Prinzessin genannt hat und immer für mich da war, war in Wirklichkeit gar nicht mein Daddy.«

»Es muß doch nicht zwangsläufig eine Frage der Blutsverwandtschaft sein, ob ein Mann ein guter Vater ist, oder doch? Er war doch nett zu dir und hat dich gut behandelt, oder etwa nicht? Du hast keinen Moment lang daran gezweifelt, daß er dich geliebt hat. Das hast du mir selbst erzählt.«

Ich nickte und schluckte meine Tränen. »Und trotzdem«, sagte ich leise, »fühle ich mich jetzt irgendwie ... unvollständig. Du hast deinen Familiennamen, dein Familienerbe. Für dich und deine Familie hat das eine so große Bedeutung. Jetzt erkenne ich es ganz deutlich, sogar noch klarer als in West Virginia. Ich bin ein Nichts. Ich bin ein Niemand, Melody Nobody«, sagte ich lachend. Er sah mich an. Ich lachte noch lauter. »Darf ich Ihnen Melody Nobody vorstellen.« Mein Gelächter schmerzte inzwischen und ging schon bald in Tränen über, ein Schluchzen, das meine Schultern beben ließ und mich derart erschütterte, daß ich glaubte, in Stücke zu brechen.

Cary fuhr an den Straßenrand und hielt an. Dann rutschte er auf dem Sitz herüber und zog mich in seine Arme, küßte die Tränen von meinen Wangen und hielt mich fest.

»Tu dir das nicht an«, sagte er.

Ich holte keuchend Atem. Dann nickte ich.

»Es ist schon wieder gut. Mir fehlt nichts. Und ich werde es auch nicht wieder tun. Das verspreche ich dir.«

»Du darfst es ruhig tun, solange ich bei dir bin«, sagte er, »aber ich darf mir gar nicht vorstellen, daß du dir einsam und allein die Augen ausweinst und niemand tröstet dich.«

»Ich werde Mama Arlene haben«, sagte ich.

Er starrte mich einen Moment lang an, und dann rutschte er wieder hinter das Steuer. Wir fuhren weiter. Die Scheinwerfer der entgegenkommenden Wagen blendeten uns im Regen, doch Cary fuhr unbarmherzig und entschlossen weiter. Er überredete mich dazu, anzuhalten und etwas zu essen. Ich willigte mehr um seinetwillen als um meiner selbst ein, doch der heiße Kaffee tat mir gut, und ein warmes Essen gab mir die nötige Energie zurück. Kurz darauf verlor ich das Zeitgefühl und schlief an Carys Schulter ein. Als ich die Augen wieder aufschlug, sagte er, wir hätten Boston gerade erreicht und seien auf dem Weg zum Busbahnhof. Ich setzte mich auf und rieb mir mit meinen trockenen Handflächen den Schlaf aus den Augen.

Cary kam mit mir in den Busbahnhof. Wir sprachen mit dem Fahrkartenverkäufer, der, nachdem wir ihm erklärt hatten, wohin ich wollte, sagte, am besten solle ich mir eine Fahrkarte nach Richmond kaufen. Von dort aus gäbe es einen Pendelbus nach Sewell, doch er könnte nicht für einen direkten Anschluß nach meiner Ankunft in Richmond garantieren.

»Wenn ich erst einmal in Richmond bin, komme ich gut allein zurecht«, sagte ich. Cary bezahlte die Fahrkarte und bestand dann darauf, daß ich weitere fünfzig Dollar von ihm annahm.

»Irgendwie werde ich dir dieses Geld zurückzahlen«, versprach ich.

»Das ist nicht nötig, solange du mir versprichst, daß du mich von Sewell aus anrufst und mir schreibst.«

»Das verspreche ich dir, wenn du mir versprichst, daß du all deine Prüfungen bestehen und die Schule abschließen wirst.«

»Das ist viel verlangt, aber in Ordnung«, sagte er. »Du hast mich davon überzeugt, daß es sich lohnt, mehr für die Schule zu tun.« Er lächelte.

»Da kommt der Bus nach Richmond«, sagte der Fahrkartenverkäufer.

Cary sah mir tief in die Augen, und in seinem Blick standen Traurigkeit und Angst um mich.

»Wenn ich erst wieder zuhause bin, wird es mir gut gehen«, sagte ich. »Mach dir keine Sorgen.« Er nickte.

»Ich wünschte, du hättest Provincetown in irgendeiner Form als dein Zuhause ansehen können.«

»Wenn man keine richtige Familie hat, muß man sich eben da zuhause fühlen, wo man Liebe findet«, sagte ich.

»Das hast du in Provincetown gefunden«, sagte er.

»Ich weiß«, flüsterte ich. Ich beugte mich zu ihm vor und küßte ihn zart auf die Wange. »Oh«, sagte ich dann. »Deine Jacke.« Ich wollte sie ausziehen.

»Nein, bitte, behalte sie.«

»Danke«, sagte ich.

Er folgte mir zum Bus und sah zu, wie ich einstieg. Nachdem ich mich gesetzt hatte, hob er eine Hand.

»Auf Wiedersehen.« Meine Lippen bildeten die Worte durch die Glasscheibe. Der Busfahrer ließ den Motor an. Carys Gesicht schien zu zerknittern, und seine Lippen zuckten. Auf seinen Wangen sah ich Tränen, und seine Tränen machten mich tieftraurig. Ich preßte eine Hand an die Glasscheibe, als könnte ich mit dieser Geste seine Tränen zum Versiegen bringen. Er hob die Hand, als der Bus losfuhr. Cary lief noch ein paar Schritte neben mir her, bis der Bus auf die Straße einbog.

Ich wußte genau, wohin er sich nach seiner Heimkehr zurückziehen würde. Er würde auf seinen Dachboden steigen und sich auf seiner Pritsche zusammenrollen, und er würde an Laura und mich denken und sich fragen, warum ihm alles, was in seiner Welt zart und schön war, durch die Finger zu gleiten schien.

Ich schloß die Augen und dachte an Mama Arlenes Lächeln, an Papa George, an Alice und an das warme Wohnzimmer in dem alten Wohnmobil, meinem früheren Zuhause.

Wie ein Leuchtfeuer in einer stürmischen Nacht barg der Strahlenglanz dieser Erinnerungen einen winzigen Funken Hoffnung.

17.

Ich habe kein Zuhause

Der Bus fuhr die ganze Nacht durch. Leute stiegen an den verschiedenen Haltestellen ein und aus, doch ich schenkte ihnen keine Beachtung. Einmal nahm ich undeutlich wahr, daß sich jemand neben mich setzte, nachdem der Bus angehalten hatte, doch ich rollte mich zusammen und schlief sofort wieder ein. Als ich die Augen wieder aufschlug, war mein Sitznachbar verschwunden. Erst etwa eine Stunde später, als ich endgültig wach wurde und mich auf meinem Sitz aufsetzte, stellte ich fest, daß außerdem auch meine Handtasche verschwunden war. Ich schrie so laut, daß der Busfahrer auf die Bremse trat und einen Moment lang am Straßenrand anhielt.

»Was ist passiert? Was ist da hinten los?« rief er. Sämtliche Fahrgäste hatten sich zu mir umgedreht und sahen mich an.

»Ich kann meine Handtasche nicht finden, und ich hatte mein gesamtes Geld darin«, jammerte ich. Die Tasche hatte direkt vor meinen Füßen gestanden, und darin waren die fünfzig Dollar von Cary, das Geld, das für meinen Heimweg vorgesehen war.

Jemand lachte. Die meisten Leute schüttelten die Köpfe. Der Busfahrer schnaubte, als wollte er damit sagen: »Ist das alles?«, und dann fuhr er wieder weiter. Eine kleine Schwarze mit freundlichen Augen, die zwei Reihen vor mir saß, lächelte mich an. »Du bist wohl noch nicht so oft gereist, stimmt's, Schätzchen?«

»Ja, Ma'am.«

»Auf Reisen darfst du deine Wertsachen keinen Moment lang aus den Augen lassen, Schätzchen. Ich trage meine Handtasche unter dem Kleid«, sagte sie. Dann schüttelte sie mitleidig den Kopf und drehte sich wieder um.

Ich war völlig bestürzt und voller Zorn. Wie konnte jemand bloß so grausam sein? Eine andere Stimme in meinem Innern fragte mich: »Wie konntest du bloß so dumm sein?« Inzwischen hätte ich wissen müssen, daß man niemandem trauen durfte, sich auf niemanden verlassen und keinem anderen Glauben schenken durfte. »Erwarte nichts, und dir bleibt jede Enttäuschung erspart«, fuhr die kleine Stimme in meinem Innern fort.

Als wir Richmond erreichten, war der Tag angebrochen. Ich stieg aus dem Bus, noch immer benommen von der langen Fahrt und dem Diebstahl. Ich fand den Ausgang des Busbahnhofs und konnte mich nur sehnsüchtig nach dem Fahrkartenschalter umdrehen, an dem ich eine Fahrkarte nach Sewell hätte kaufen können. Statt dessen mußte ich jetzt den Weg zur richtigen Schnellstraße finden und per Anhalter fahren.

Ich hatte Hunger, und dieses Gefühl verstärkte sich noch, als ich an Imbißbuden vorbeikam, in denen Leute saßen und genüßlich ihr Frühstück zu sich nahmen. Mein Magen rumorte, als der Duft von frischen Brötchen, Eiern und Speck, Kaffee und Gebäck in meine Nase stieg. Einen Moment lang war ich in Versuchung, ein angebissenes Stück Weißbrot aufzuessen, das jemand auf einer Bank im Busbahnhof hatte liegen lassen, doch die Vögel kamen mir zuvor.

Ich lief eilig weiter, nachdem mir ein Herr in einem grauen Anzug, der aussah, als sei er gerade auf dem Weg zur Arbeit, den Weg beschrieben hatte. Er hatte es so eilig, daß er mir im Laufen über die Schulter zurief, in welche Richtung ich mich halten sollte. Ich folgte ihm wie ein Fisch an einer Angelrute, hörte mir seine Wegbeschreibung an und bedankte mich dann bei ihm.

Ich lief mit gesenktem Kopf durch die Straßen und hatte immer noch Gliederschmerzen von der gekrümmten Haltung, in der ich den größten Teil der Nacht verbracht hatte. Wenigstens regnete es nicht. Es sah sogar tatsächlich ganz so aus, als würde es ein schöner Tag werden. Nach einer Weile erreichte ich eine Abzweigung mit einem Schild, das in Richtung Sewell wies. Wagen rasten vorbei, und die Fahrer sahen mich und meinen herausgestreckten Daumen an, aber keiner von ihnen drosselte auch nur sein Tempo. Entmutigt ging ich weiter, statt einfach nur dazustehen und auf weitere Fahrzeuge zu warten. Wenn ich im Stehen wartete, erkannte ich nur um so deutlicher, wie hungrig und müde ich war. Jedesmal, wenn ich einen Wagen hörte, drehte ich mich um und reckte den Daumen in die Luft, doch ohne Erfolg. Eine Frau, die vorbeifuhr, musterte mich mit einer derartigen Mißbilligung, daß ich schon glaubte, sie würde ihren Wagen anhalten und aussteigen, um mir eine Strafpredigt zu halten.

Eine Zeitlang tat sich nichts, dann kamen weitere Fahrzeuge. Diesmal verlangsamte ein verbeulter hellbrauner Lieferwagen das Tempo und hielt wenige Meter vor mir an. Ich lief eilig hin. Als ich aufblickte, sah ich in dem Lieferwagen einen Mann mit einem regenbogenfarbenen Stirnband sitzen. Er hatte einen zotteligen braunen Bart und trug eine dunkle Sonnenbrille. An seinem rechten Ohr baumelte ein Ohrring, und er trug eine Kette, die aussah, als bestünde sie aus aufgefädelten Patronenhülsen. Sein Haar war schmutzigbraun und lang, doch es sah aus, als hätte er es über den Ohren selbst abgeschnitten oder es von irgend jemanden stutzen lassen. Er trug einen ausgeblichenen grauen Trainingsanzug. »Wo willst du hin?« fragte er.

»Nach Sewell.«

»Da fahre ich zwar nicht hin, aber immerhin fahre ich in die Nähe«, sagte er.

Ich dachte einen Moment lang nach. Je näher ich hinkam, desto besser, sagte ich mir.

»Danke«, sagte ich und machte die Tür auf, um festzustellen, daß es keinen Beifahrersitz gab.

»Du wirst auf die Ladefläche klettern müssen. Jemand hat letzte Nacht den Sitz gestohlen«, erklärte er.

»Jemand hat Ihnen den Beifahrersitz gestohlen?«

»Diese Sitze sind gefragt, und sie sind teuer. Sie werden an Geschäfte verkauft, die mit Zubehör handeln«, sagte er. »Wenn du mitkommst, steig ein. Ich muß vor Anbruch der Dunkelheit in Jacksonville sein.«

Ich zögerte. Bisher hatte kein anderer Wagen angehalten, um mich mitzunehmen, und ich war müde. Ich beschloß mitzufahren, deshalb stieg ich ein, bückte mich und kletterte dann auf die Ladefläche. Dort lag eine Matratze mit einem zerrissenen Laken darauf, einem Kissen ohne Kissenbezug und einer löchrigen Wolldecke. Daneben stand ein kleiner Gaskocher. Außerdem sah ich einige Konservendosen, abgepacktes Brot, Plätzchen, Erdnußbutter, Gelee und Marmeladegläser. Rechts türmte sich ein Stapel Kleider, und zwei Kartons waren mit Zeitschriften gefüllt.

Er beugte sich vor, um die Beifahrertür zu schließen.

»Such dir einen Platz«, sagte er zu mir. »Du kannst dich auf das Bett setzen.«

Er fuhr eilig los, und ich wäre beinahe hingefallen. Ich ließ mich behutsam auf die Matratze sinken. Es stank nach vergammelten Lebensmitteln, und in der Luft hing ein muffiger Geruch, der darauf hinzuweisen schien, daß jemand eine ganze Weile in diesem stickigen Laster gelebt und geschlafen haben mußte.

»Wie heißt du?« rief er über die Schulter.

»Melody.«

»Ein prima Name. Kannst du singen?«

»Nein.«

»Wie kommt es, daß du per Anhalter fährst?«

»Mir ist im Bus die Handtasche gestohlen worden.«

»Junge, Junge, diese Geschichte habe ich schon fünfhundertmal gehört. Wenn du Hunger hast, dann nimm dir was zum Knabbern«, sagte er.

Ich sah die Lebensmittel an und fragte mich, ob wohl etwas darunter war, was halbwegs frisch sein könnte. Ich dachte, ein Stück Brot und etwas Erdnußbutter könnte nichts schaden.

»Danke.«

Ich steckte die Hand tief in den Brotbeutel und zog eine Scheibe von ganz unten heraus. Das Brot fühlte sich zwar an, als sei es schon ein paar Tage alt, aber es war nicht verschimmelt. Ich wischte ein Messer ab und tauchte es in die Erdnußbutter.

»Wo kommst du her?« fragte er.

»Ich habe den Bus in Boston genommen, aber vorher bin ich von Cape Cod gekommen.«

»Im Ernst?« Er drehte sich zu mir um und sah mich an. »Wie alt bist du?«

»Knapp siebzehn«, sagte ich.

»Was bist du, eine Ausreißerin?«

»Nein.« Ich kaute und schluckte den Bissen hinunter. »Ich bin im Gegenteil gerade auf dem Heimweg«, sagte ich. Er nickte mit einem skeptischen Lächeln.

»Sind wir das nicht alle«, murmelte er und stellte das Radio an. Ich sah, wie er den Arm ausstreckte und etwas aus dem Handschuhfach nahm. Nachdem er es angezündet hatte, erkannte ich den süßlichen Geruch. »Möchtest du einen Joint rauchen?«

»Nein, danke.«

»In dieser Welt muß man cool bleiben«, sagte er. »Man darf den Streß nicht an sich ranlassen. Das ist das Geheimnis.«

Dann begann er, die Worte zu dem Song »London Bridge is Falling Down« zu singen. »Das ist das Geheimnis meines Lebens, meines Lebens, meines Lebens, das ist das Geheimnis meines Lebens, meine holde Maid.« Er lachte.

Ich hörte auf zu essen und sah mir einen der Kartons mit Zeitschriften etwas genauer an. Die Klappe stand gerade soweit offen, daß ich sehen konnte, was auf dem Umschlag abgebildet war. Es schien mir das Bild eines nackten kleinen Jungen zu sein.

»Sind Sie im Zeitschriftenhandel tätig?« fragte ich, und erst jetzt fiel mir auf, daß er mir seinen Namen nicht genannt hatte.

»Man könnte mich als Vertreter bezeichnen.« Er lachte. »Aber wenn du erst siebzehn bist, dann sind diese Zeitschriften nichts für dich.« Er drehte sich lächelnd zu mir um. »Und jetzt willst du sie dir erst recht ansehen, stimmt's? So macht man die Leute heiß – mit Verboten. Diese dummen Politiker«, murmelte er.

Seine dunklen Augen schillerten gespenstisch, wie Öl. Mein Herz blieb fast stehen. In meiner Magengrube bildete sich ein Eisbrocken, der mir eine Eiseskälte durch die Knochen sandte und meine Hände und Füße taub werden ließ. Ich fühlte mich, als könnte ich mich nicht von der Stelle rühren, als wachse die Angst wie ein gräßliches Tier in meinem Gehirn mit jeder Sekunde, die vorüberging, während er mich anstarrte.

»Ich bin auch schon seit Stunden unterwegs«, sagte er. »Und ich habe vollständig vergessen, etwas zu essen. Ich biege nur mal schnell von der Straße ab und esse selbst einen Happen.« Er fuhr langsamer und bog von der Straße ab, und nach den Geräuschen zu urteilen, fuhren wir über den Kies einer Auffahrt. Ich konnte den Boden nicht sehen, da ich so tief saß, aber über mir sah ich Bäume aufragen.

»Da wären wir. Das ist ein sicherer Ort«, sagte er und schaltete den Motor aus.

Ich konnte nicht schlucken. Ich konnte nicht atmen. Er stand langsam auf und wandte sich der Ladefläche zu.

»Wie ist das Brot?« fragte er, als er nach hinten kroch.

»Gut«, brachte ich mühsam heraus. »Wenn wir hier anhalten, steige ich kurz aus, um frische Luft zu schnappen«, sagte ich.

Er lachte.

»Was ist los? Riecht dir mein Haus etwa nicht gut genug?«

Ich erwiderte nichts darauf.

»Du siehst älter aus als siebzehn. Ich wette, du gehst als neunzehn durch, was? Ich wette, das hast du schon öfter genutzt, um in Lokale zu kommen, wo du etwas zu trinken kriegst und Filme für Erwachsene sehen kannst.«

Ich schüttelte den Kopf.

»He, das kenne ich doch alles«, sagte er und stieß sich den Daumen in die Brust. »Ich kann das gut verstehen. Du brauchst dir keine Sorgen zu machen.« Er zog an seinem Joint und bot ihn mir dann noch einmal an.

Ich schüttelte den Kopf. »Nein, danke.«

»Das Zeug ist gut.«

»Nein, danke«, sagte ich. Er zuckte die Achseln.

»Kann ich jetzt aussteigen?« fragte ich.

»Klar.« Er lehnte sich zurück, damit ich nach vorn klettern konnte, doch als ich an ihm vorbeikam, schnippte er seinen Joint vor den Vordersitz und schlang die Arme um meine Taille.

Ich wollte laut schreien, als er mich mit einem Ruck umdrehte und mich auf die Matratze warf.

»Komm schon«, sagte er. »Bleib hier. Hier drinnen macht es mehr Spaß.« Er lachte dünn.

»Lassen Sie mich los!« Ich versuchte, mich aufzusetzen, doch er nahm die Hände nicht von meinen Schultern und betrachtete mich eingehend. Der Gestank des Marihuanas, das er gerade geraucht hatte, vermischte sich mit seinem Körpergeruch und dem Gestank seiner Kleider, und mir wurde schlecht.

»Ich kann dafür sorgen, daß deine Fotos in einer Zeitschrift erscheinen«, sagte er. »Ich kenne eine Menge Fotografen wirklich gut. Da kannst du das ganz große Geld machen.«

»Nein, danke. Und jetzt lassen Sie mich los.«

»Klar, aber vorher wirst du mir den Fahrpreis zurückerstatten.«

»Welchen Fahrpreis?«

»Ich habe wohl vergessen, es dir vorher zu sagen. Es ist wie in einem Bus. Wer einsteigt, bezahlt den Fahrpreis.«

»Ich habe kein Geld. Ich habe Ihnen doch schon gesagt, daß ich ausgeraubt worden bin.«

»Es gibt noch andere Zahlungsmittel.« Er lächelte und entblößte dabei unregelmäßige Zähne mit grünen und braunen Flecken.

Er ließ seine Hände über meine Brüste gleiten und setzte sich dann mit gespreizten Beinen auf meine Beine. Verzweifelt versuchte ich, irgendwo Halt zu finden, als meine Hände auf das Glas mit der Erdnußbutter stießen und es wie einen Steinbrocken umklammerten. Während er sich unter meinen Rock vortastete, holte ich weit aus und schlug ihm das Glas mit aller Kraft seitlich gegen den Kopf. Das Glas sprang in Stücke, doch er war so verblüfft, daß er sich von mir herunterrollte, und ich sprang auf. Er heulte laut auf, während ich die Tür mit einem Satz zu erreichen versuchte. Meine Hand fand in dem Moment den Griff, als er meinen Rocksaum packte. Er riß daran, doch ich warf mich nach vorn, und seine Hand fand keinen Halt mehr.

Ich wankte aus dem Lieferwagen und erkannte, daß wir kaum mehr als zehn Meter von der Straße entfernt waren. Als er in der Tür auftauchte, rann ihm Blut über die Schläfe. Ich sprang auf, rannte auf die Straße zu und schrie um Hilfe. Er folgte mir nicht. Sowie ich die Schnellstraße erreicht hatte, rannte ich regelrecht vor einen Sattelschlepper. Der Fahrer drückte auf die Hupe, während er gleichzeitig auf die Bremse trat. Ich schaffte es gerade noch rechtzeitig über die Straße, doch der Sattelschlepper hielt an.

Der Lieferwagen stieß rückwärts aus der Einfahrt heraus, und Kieselsteine spritzten in die Luft. Er fuhr in die Richtung, aus der wir gekommen waren.

Der Fahrer des Sattelschleppers stieg aus seiner Fahrerkabine und kam wütend auf mich zu. Er war ein großer, kräftiger Mann von etwa fünfzig Jahren. »Was glaubst du wohl, was du hier tust? Ist dir klar, daß du damit einen Unfall hättest verursachen können? Du hättest um ein Haar ums Leben kommen können! Wer ...«

»Dieser Kerl hat versucht, mich zu vergewaltigen!« schrie ich und deutete auf den Lieferwagen, der gerade aus unserer Sicht entschwand.

Der Mann unterbrach sich und sah hinter dem Wagen her.

»Ich konnte entkommen und fortlaufen, und in dem Moment sind Sie gekommen. Es tut mir leid«, keuchte ich und bemühte mich, Luft zu schnappen.

»Wer war das?« fragte er.

»Ich weiß es nicht. Ich bin per Anhalter gefahren.«

»Per Anhalter?« Er schüttelte den Kopf. »Was haben in diesem Land alle Eltern am falschen Ort verloren? Wo stecken sie bloß, wenn sie gebraucht werden?«

Ich fing an zu weinen, denn erst jetzt begriff ich in vollem Umfang, was mir gerade erspart geblieben war.

»Schon gut, schon gut. Wohin willst du?« fragte er.

»Nach Sewell«, stöhnte ich durch meine Tränen.

»Leben dort deine Eltern?«

»Ja«, log ich.

»Also, gut. Steig ein. Ich komme auf dem Weg durch Sewell. Ich setze dich dort ab. Obwohl ich eigentlich niemanden mitnehmen darf«, hob er hervor. Mein Zögern ärgerte ihn. »Jetzt setz dich endlich in Bewegung, wenn du nach Hause willst«, ordnete er an. Ich ging mit ihm zu seinem Wagen und stieg ein. Er sah sich nach beiden Richtungen um und fuhr los. Dann sah er mich mißbilligend an. »Wißt ihr Jugendlichen denn nicht, wie gefährlich es ist, per Anhalter zu fahren? Vor allem für ein Mädchen?«

»Nein, Sir. Normalerweise tue ich das nicht, deshalb habe ich es nicht gewußt.«

»Nun, in gewisser Weise bin ich froh, daß du eine krasse Lektion erteilt bekommen hast«, sagte er. Nach ein paar Minuten legte sich sein Zorn. »Ich habe selbst eine Tochter von zehn Jahren, und heute Kinder großzuziehen, ist der reinste Kampf.«

»Ja«, sagte ich. Er sah mich an.

»Wie kommt es, daß du so weit von zuhause fort bist, und noch dazu ganz allein?«

»Ich ...«

»Du solltest doch jetzt in der Schule sein, oder etwa nicht? Du bist ausgerissen, stimmt's? Und dann hast du begriffen, wie gut du es zuhause gehabt hast, und jetzt kannst du es kaum erwarten, wieder heimzukommen, richtig?« sagte er voller Zuversicht.

Ich lächelte in mich hinein.

»Ja.«

»Das habe ich mir doch gleich gedacht. Aber wenigstens kann dir jetzt nichts mehr passieren.«

»Danke«, sagte ich. Ich berichtete ihm, daß ich im Bus ausgeraubt worden war, und er hatte Mitleid mit mir.

»In diesem Krug dort ist kalter Orangensaft, falls du dir einen Becher davon einschenken möchtest.«

»Vielen Dank.«

Ich tat es. Ich lehnte mich zurück, während wir über die Schnellstraße holperten. Mein Herzschlag begann sich zu normalisieren, und mein Körper fühlte sich plötzlich, als hätte ich mich in ein warmes Bad sinken lassen. Ich schloß die Augen. Ich hörte zwar, daß er über seine Familie sprach, seine Tochter und seinen Sohn, und über die Verrückten, die auf den Schnellstraßen unterwegs waren, aber ich mußte vor Erschöpfung eingeschlafen sein, denn das nächste, was ich wahrnahm, war, wie er mich sachte an einer Schulter rüttelte. »Wir sind gleich in Sewell«, sagte er, und ich setzte mich aufrechter hin. Ich hätte nie geglaubt, daß der Anblick dieser Hügel und Bäume so erhebend sein könnte, wie er es für mich in diesem Augenblick war.

Wir kamen am Friedhof vorbei und fuhren in die Stadt hinein. All die vertrauten Geschäfte, Francines Kosmetikladen, in dem Mommy gearbeitet hatte, die Autowerkstatt und die Restaurants erfüllten mein Herz mit Freude. Dem Lastwagenfahrer entging nicht, wie froh ich war.

»Du bist wohl eine ganze Weile fort gewesen, was?«

»Ja, Sir, das kann man wohl sagen. Aber jetzt bin ich wieder da.«

»Also«, sagte er und brachte das Fahrzeug im Stadtzentrum an einer Kreuzung zum Stehen, »ich lasse dich hier raus, weil ich jetzt weiterfahren muß. Überleg es dir zweimal, ehe du wieder von zuhause fortläufst, Fräulein. Ganz gleich, wie schlecht die Dinge anscheinend stehen, denk immer daran, daß man anderswo oft noch übler dran ist, vor allem allein.«

»Ja, Sir. Vielen Dank.« Ich stieg aus. Er nickte, und ich sah ihm nach, als er wegfuhr. Dann drehte ich mich um und sog den Anblick der Ortschaft in mich ein, als könnte ich gar nicht genug davon bekommen. Einige vertraute Gesichter wandten sich um, und ich winkte sogar Leuten zu, die mich früher nie gegrüßt hatten. Manche winkten zurück, und andere schüttelten mißbilligend den Kopf. Plötzlich wurde mir klar, woher das kam: Um diese Tageszeit hätte ich in der Schule sein sollen.

Die Vorfreude ließ mein Herz pochen, als ich den Weg zu der Wohnwagensiedlung einschlug. Ich konnte es kaum erwarten, Mama Arlene zu sehen. Als ich an der Straße vorbeikam, die zu dem Bergwerk führte, in dem Daddy früher gearbeitet hatte, spülte eine Woge von Traurigkeit über mich hinweg und riß einen Teil meiner jauchzenden Freude mit sich. Durch mein Fortgehen und meine Rückkehr hatte sich an den tragischen Tatsachen nichts geändert. Ich stieg den Hügel hinauf, über den Daddy jeden Abend nach der Arbeit gekommen war, und ich dachte daran, wie oft ich ihn freudig erwartet, ihm zugewunken und ihm etwas zugerufen hatte. Fast sah ich mich selbst am Eingang des Wagenparks stehen, ein kleines Mädchen, das ganz aufgeregt war, weil sein Daddy nach Hause kam und es jetzt jeden Moment umarmen und sein Gesicht mit Küssen bedecken würde. Wie sehr es sich doch nach dem Klang seines Lachens sehnte!

In Mineral Acres schien sich nichts verändert zu haben, dachte ich, als ich die Einfahrt erreichte, doch als ich mich umdrehte und auf Mama Arlenes Wohnwagen zugehen wollte, blieb ich abrupt stehen. Es brannte kein Licht, und vor der Eingangstür lagen abgebrochene Zweige und Kieselsteine. Gras wuchs in den Ritzen zwischen den Steinen, etwas, was Mama Arlene niemals geduldet hätte. Im Laufschritt näherte ich mich der Tür. Kein Laut war zu hören. Ich klopfte fest an die Tür und rief: »Mama Arlene! Mama Arlene! Ich bin es, Melody!«

Stille schlug mir entgegen. Ich hämmerte noch fester an die Tür.

»He, was soll denn das?« hörte ich jemanden sagen. Als ich mich umdrehte, sah ich Mrs. Edwards, eine der Frauen, die mit Mama Arlene Rommé gespielt hatten. Sie war etwa im selben Alter. »Was tust du da überhaupt?« Sie stieg aus ihrem Wohnwagen und kam auf mich zu. »Ach, Melody. Ich wußte nicht, daß du es bist.«

»Guten Tag, Mrs. Edwards. Ich suche Mama Arlene.«

»Du warst fort«, sagte sie, als fiele es ihr eben erst wieder ein. »Richtig, du bist ja eine Zeitlang nicht hier gewesen. Tja, mein Liebes, Arlene ist nicht mehr hier. Sie ist von hier fortgegangen.«

»Fortgegangen?«

»Sie ist zu ihrer Schwester gezogen, die in Raleigh lebt. Kurz nach Georges Tod ist sie weggegangen.«

»Papa George ist ... gestorben?«

»Hast du das etwa noch nicht gewußt? Ja, ich fürchte, so ist das. Er hat so sehr gelitten, daß es das Beste für ihn war«, sagte sie und nickte. »Wo ist deine Mutter, Schätzchen? Ist sie auch zurückgekommen?« fragte sie und sah an mir vorbei.

»Was?« Ich schüttelte den Kopf. Ich brachte kein Wort heraus. Papa George tot? Mama Arlene fort?

»Da kommt ja endlich dieser Handwerker, der meine Waschmaschine reparieren soll«, sagte sie, als ein Lastwagen in die Siedlung einbog. »Er hat sich zwei Stunden verspätet. Ich muß jetzt gehen und ihn reinlassen. Schön, daß du wieder hier bist, Schätzchen. Grüß deine Mutter von mir. He, Sie da! Hier bin ich!« rief sie dem Fahrer zu, der den Kopf aus dem Fenster des Wagens streckte. Sie setzte sich in Bewegung, und ich drehte mich wieder zu der Tür des Wohnwagens um, in dem Mama Arlene und Papa George gelebt hatten.

Das darf nicht wahr sein, dachte ich. Sie können nicht einfach von hier fortgegangen sein. Ich schaute durch eines der Fenster und sah, daß tatsächlich nirgends Licht brannte und die Möbelstücke mit Tüchern zugedeckt waren. Die Enttäuschung drückte mich regelrecht nieder, meine Beine fühlten sich bleischwer an. Ich sah mich nach meinem früheren Zuhause um. Es wirkte ebenso unbewohnt und verlassen.

Wohin sollte ich jetzt gehen? Zu wem konnte ich gehen, an wen mich wenden? fragte ich mich, aber ich war zu müde und viel zu bedrückt, um mir Gedanken darüber zu machen. Ich ging auf unseren alten Wohnwagen zu und versuchte, die Tür zu öffnen. Zu vermieten, stand auf einem Schild an der Tür. Natürlich war der Wohnwagen abgeschlossen, ich war so außer mir über all das, was mir in der vergangenen Nacht zugestoßen war und so schockiert über Papa Georges Tod, daß ich, wild zum Einbruch in unseren Wohnwagen entschlossen, mich auf dem Hof umsah, bis ich eine kurze Metallstange fand und sie in den schmalen Spalt zwischen der Tür und der Seitenwand des Wohnwagens zwängte. Ich begann zu ziehen, zu zerren, zu rütteln und mich mit meinem ganzen Körpergewicht an die Stange zu hängen, bis die Tür aufsprang und ich rückwärts taumelte und hinfiel. Ich stand auf, warf die Stange weg und trat ein. So oder so war ich jetzt endlich wieder zuhause, sagte ich mir.

In dem Wohnwagen war alles abgestellt worden: der Strom, das Gas und sogar das Wasser. Die Schränke waren leer, und die Kühlschranktür stand offen. Das Gerät war abgeschaltet und vollständig ausgeräumt worden. Jemand, wahrscheinlich die Bank, war gekommen und hatte den Wohnwagen leergeräumt.

Nachdem ich mich überall umgesehen hatte, rollte ich mich auf dem abgewetzten Wohnzimmerteppich zusammen, ungefähr da, wo früher einmal das Sofa gestanden hatte. Ich wußte nicht, wie spät es war. Zeit war ebenso bedeutungslos wie Aufrichtigkeit, dachte ich mir. Ich lag da und schluchzte, bis ich wieder einschlief. Ich erwachte, als ich jemanden meinen Namen rufen hörte. Ich setzte mich auf und rieb mir den Schlaf aus den Augen. Hoch oben am Himmel waren Wolken vor die Nachmittagssonne gezogen. Es war dunkel im Wohnwagen, und ich konnte nur eine dunkle Silhouette in der Tür erkennen.

»Melody!«

»Alice!« rief ich, selig, endlich eine freundliche und vertraute Stimme zu hören. »Woher hast du gewußt, daß ich hier bin?«

»Dein Cousin Cary hat mich gestern am späten Abend angerufen. Er hat meine Telefonnummer in deinem Notizbuch gefunden und sich daran erinnert, daß du gesagt hast, ich sei in Sewell deine beste Freundin gewesen.«

»Cary?«

»Ja. Er hat mir erzählt, daß er dich in einen Bus gesetzt hat, und er war sehr besorgt, ob du auch wirklich heil hier angekommen bist«, sagte ich.

»Um ein Haar wäre ich nicht heil hier angekommen«, erwiderte ich und schilderte ihr mein Abenteuer, das beinahe mit einer Katastrophe geendet hätte.

»Irre!« sagte sie, als ich geendet hatte. »Du kannst von Glück sagen, daß du überhaupt hier angekommen bist, aber ...« Sie sah sich um. »Bist du mit deiner Mutter hier verabredet?«

»Nein. Ich weiß noch nicht einmal, wo Mommy sich herumtreibt, Alice«, jammerte ich. Ich setzte mich wieder auf den Fußboden, und sie setzte sich neben mich. Wir saßen genauso da, wie wir früher oft gemeinsam auf dem Fußboden ihres warmen Zimmers in dem wunderschönen Haus ihrer Eltern gesessen hatten.

»Was soll das heißen, du weißt nicht, wo sie ist? Hat sie dich denn nicht angerufen? Hat sie dir etwa nicht gesagt, daß du dich hier mit ihr treffen sollst? Ich verstehe das alles nicht«, sagte sie.

Daraufhin erzählte ich ihr die ganze Geschichte.

Während ich sprach, wurden ihre Augen immer größer. Als sie begann zu begreifen, was ich da überhaupt sagte, war sie völlig schockiert. »Chester Logan war gar nicht dein Vater? Und du weißt noch nicht einmal, wer dein richtiger Vater ist?« Ich schüttelte den Kopf. »Was wirst du jetzt tun?«

»Ich weiß es nicht. Ich bin fortgelaufen, weil ich gehofft hatte, ich könnte zu Mama Arlene ziehen«, sagte ich. »Ich wußte nichts von Papa George. Niemand hat mir etwas davon gesagt.«

»Ich bin zu seiner Beerdigung gegangen«, sagte Alice. »Sie haben Papa George dicht neben deinem ...«

»Schon gut, ich verstehe. Ich weiß selbst nicht, wie ich ihn jetzt nennen soll.« Ich seufzte tief. »Ich glaube, ich werde ihn weiterhin Daddy nennen, solange ich nicht die Wahrheit über meinen eigentlichen Vater in Erfahrung gebracht habe.«

»Du mußt furchtbaren Hunger haben. Komm mit mir nach Hause. Dort können wir etwas essen«, drängte mich Alice.

»Ich habe tatsächlich furchtbaren Hunger, aber ich weiß, was deine Eltern sagen werden. Ich danke dir, Alice, aber das kann ich nicht tun.«

»Hier kannst du nicht bleiben. Dieses Wohnmobil gehört euch nicht mehr. Es gehört jetzt der Bank.«

»Vermutlich werde ich trotzdem hier bleiben, bis man mich

rauswirft. Kannst du mir bis dahin etwas Geld leihen, damit ich ein paar Lebensmittel kaufen kann?«

Alice dachte nach. »Ich weiß jetzt, was ich tue. Ich werde nach Hause gehen und für uns beide etwas zum Essen besorgen. Ich werde meinen Eltern sagen, daß ich mit Beverly Murden Chemieaufgaben mache, und dann komme ich wieder hierher zurück. Ein paar Kerzen bringe ich auch mit. Es wird sein, als veranstalteten wir ein Picknick. Ganz so wie in den alten Zeiten, einverstanden?« sagte sie voller Begeisterung.

Ich lachte. Welche Ironie des Schicksals. Meine Notlage stellte für Alice das spannendste dar, was sie seit Monaten erlebt hatte.

»In Ordnung«, sagte ich.

»Dein Cousin hat mir eine Telefonnummer gegeben, damit ich ihn anrufen und ihm sagen kann, ob du unbeschadet hier angekommen bist. Möchtest du, daß ich ihm sonst noch etwas sage?«

»Sag ihm einfach nur liebe Grüße und noch einmal vielen Dank von mir, aber erzähl ihm nichts von den Zwischenfällen. Ich möchte nicht, daß er erfährt, was für eine furchtbare Reise ich hinter mir habe, okay?«

Sie nickte.

»Es wird ein Weilchen dauern, bis ich alles aufgestöbert habe und wieder hier bin.«

»Das macht nichts. Ich will ohnehin auf den Friedhof gehen, um mich von Papa George zu verabschieden, und ich möchte auch Daddys Grab besuchen.«

»Du meinst, das Grab des Mannes, den du für deinen Daddy gehalten hast«, berichtigte sie mich.

»Ja.«

»In Ordnung. Wir treffen uns dann hier wieder. Ich werde ein Radio mitbringen, damit wir Musik haben. Ich habe dir eine ganze Menge über die anderen Kinder in der Schule zu erzählen. Bobby Lockwood geht jetzt mit Marty Hartmann.«

»Das kannst du mir nachher alles in Ruhe erzählen«, sagte ich und bemühte mich, interessiert zu wirken, obwohl mir diese Dinge im Moment absolut belanglos erschienen.

»Ich bin froh, daß du wieder da bist, auch wenn es nicht für lange ist«, sagte Alice und drückte meine Hand. »Wir sehen uns dann in etwa einer Stunde wieder.«

Sie verließ eilig den Wohnwagen. Kurz darauf ging ich ebenfalls. Die Wolken wurden immer dichter, und als ich den Friedhof erreichte, wirkte alles grau und trostlos. Ich brauchte nicht lange, um Papa Georges frisches Grab zu finden. Unter seinem Namen standen sein Geburtsdatum und das Datum seines Todes.

»Es tut mir leid, daß ich nicht hier sein und dich noch ein letztes Mal sehen konnte, Papa George. Du warst für mich mein richtiger Großvater, und für dich wird immer Platz in meinem Herzen sein.«

Ich drückte einen Kuß auf den Grabstein, und dann ging ich den Pfad entlang, bis ich Daddys Grab erreichte. Lange Zeit stand ich einfach nur da und betrachtete die vertraute Inschrift. Dann schüttelte ich den Kopf, und Tränen rannen über meine Wangen.

»Warum bloß, Daddy? Warum hast du mir nicht die Wahrheit gesagt?« Ich wäre gern wütend gewesen und hätte ihn gehaßt, doch ich konnte beim besten Willen nichts anderes vor mir sehen als sein lächelndes Gesicht, seine liebevollen Augen und die Freude, die ihm mein Anblick bereitet hatte.

»Jetzt bin ich ganz allein, Daddy. Jetzt bin ich wirklich und wahrhaftig ganz allein.«

Ich kniete vor seinem Grab nieder und sprach ein Gebet. Ich bat darum, daß ihm und Mommy alles Schreckliche vergeben werden möge, was sie angerichtet haben könnten, und ich flehte um Gnade. Dann stand ich auf und starrte lange den Grabstein an, bis mir plötzlich ein komischer Gedanke durch den Kopf ging.

»Wenn Papa George jetzt bei dir ist, dann schimpft er dich ganz bestimmt aus, Daddy. Ich kann ihn beinah hören.«

Ich seufzte tief und machte mich dann auf den Rückweg nach Mineral Acres. Kurz darauf traf Alice mit Tüten voller Lebensmittel und mit Neuigkeiten ein.

»Ich habe deinen Cousin erreicht. Er ist selbst ans Telefon gegangen und hat gesagt, er hätte schon den ganzen Tag auf meinen Anruf gewartet. Er scheint sehr nett zu sein, Melody.

»Ja, das ist er. Du hast ihm doch nicht erzählt, was mir alles zugestoßen ist, Alice?«

»Nein«, sagte sie, aber als ich sah, wie eilig sie die Augen niederschlug, wußte ich, daß das nicht stimmte. »Er hat gesagt, er hofft, daß du zurückkommst.«

»Dann hast du ihm also von Mama Arlene und Papa George erzählt?«

»Er hat mich ausdrücklich danach gefragt. Schließlich hast du nicht gesagt, daß ich davon auch nichts sagen darf«, protestierte sie.

»Vermutlich ändert das jetzt auch nichts mehr.«

Sie lächelte und begann auszupacken. Sie hatte zwei Kerzen mitgebracht, die wir gleich anzünden mußten, denn die einsetzende Dämmerung und die dichten Wolken sorgten dafür, daß es bereits dunkel in dem schäbigen Wohnwagen war.

»Ich wußte nicht so recht, was ich mitbringen soll«, sagte Alice. »Also habe ich alles mitgebracht, was mir in die Finger gefallen ist.«

Sie packte Huhn und kalte Nudeln aus, Obst, Plätzchen, Brot, ein Glas Honig, Thunfisch und zwei Tafeln Schokolade. Der Anblick der Lebensmittel machte mir erst so richtig bewußt, wie groß mein Hunger war. Alice, die nach wie vor Übergewicht hatte, brauchte weder äußere Anreize noch irgendeinen Vorwand. Sie aß genausoviel wie ich. Während wir mampften, erzählte sie mir alle Geschichten, die sie über meine früheren Mitschüler aufgeschnappt hatte. Sie schilderte Bobby

Lockwoods neueste Affäre, als handelte es sich dabei um die heißeste Romanze in ganz Amerika. Als ihr Vorrat an Geschichten endlich erschöpft war, bat sie mich, ihr von meinen Mitschülern und Mitschülerinnen in Provincetown zu erzählen. Es widerstrebte mir, an diesen frischen Erinnerungen zu rühren, die noch schmerzten, doch Alice bettelte und flehte und hielt mir sogar vor, wie unfair es sei, daß ich mir alles angehört hatte und ihr jetzt nichts erzählen wollte. Schließlich gab ich nach und schilderte ihr die allerletzten Wochen. Sie hing gebannt an meinen Lippen.

Die Kerzen brannten herunter. Dunkelheit hüllte uns ein und brachte kühle Luft mit sich.

»Du solltest wenigstens über Nacht mitkommen und bei mir schlafen«, sagte Alice. »Morgen früh kannst du ja dann wieder hierher zurückgehen, wenn du willst. Was wirst du jetzt überhaupt unternehmen?« Sie bombardierte mich mit Fragen, auf die mir keine einzige Antwort einfiel.

Endlich kam mir dann ein Gedanke. »Wieviel Geld kannst du mir leihen, Alice?«

»Ich könnte es schaffen, etwa hundertfünfzig Dollar zusammenzukratzen, vielleicht sogar noch mehr. Ich weiß, wo mein Bruder etwas Geld in einer Schublade versteckt hat. Er wird es schon nicht vermissen.«

»Das ist gut.«

»Was wirst du jetzt tun?«

»Ich werde nach Los Angeles fahren und Mommy suchen«, sagte ich.

»Irre.« Sie dachte einen Moment lang nach. »Hundertfünfzig Dollar werden nicht genügen, um ans andere Ende des Landes zu reisen, Melody.«

»Ich werde es schon schaffen. Hierher habe ich es schließlich auch geschafft, oder etwa nicht?«

Sie nickte.

»Okay. Ich gebe dir das Geld.«

»Danke, Alice. Du bist meine einzige echte Freundin.«

»Wirst du heute nacht bei mir schlafen?«

Ich sah mich in dem Wohnwagen um. Obwohl die Möbel fehlten, fühlte ich mich hier zuhause. Ich konnte mir mühelos vorstellen, wo alles gestanden hatte, und fast jeden Quadratzentimeter verband ich mit Erinnerungen an Gespräche oder bestimmte Augenblicke.

»Nein, ich werde es mir hier bequem machen. Du bekommst Ärger, wenn deine Eltern mich finden. Ich habe schon genug Leute in Schwierigkeiten gebracht.«

»Aber«, sagte sie und sah sich um, »kannst du denn hier schlafen?«

»Ja«, sagte ich. »Das ist kein Problem. Carys Jacke ist sehr warm.«

»Also, gut«, sagte sie. »Ich stehe morgen etwas früher auf als sonst und komme vor der Schule mit dem Geld hierher. Das Radio lasse ich dir da, damit du Gesellschaft hast.«

»Danke, Alice.«

»Du wirst mir wieder fehlen«, sagte sie.

»Sowie ich in Los Angeles bin und Mommy gefunden habe, schreibe ich dir. Vielleicht kannst du uns dort besuchen.«

»Ja, vielleicht«, sagte sie. Diese spannende Idee begeisterte sie. »Also, dann gute Nacht, Melody.«

»Gute Nacht.«

Kurz nachdem sie gegangen war, erloschen die Kerzenstummel, und ich blieb im Dunkeln zurück, umgeben von Erinnerungen an Daddys Stimme und an sein Lachen, an Mommys Stimme und an ihr Lachen. Ich weinte eine Zeitlang leise vor mich hin, und dann rollte ich mich auf dem Teppich zusammen und schlief ein.

Mitten in der Nacht erwachte ich, weil ich glaubte, Schritte zu hören. Mein Herz pochte heftig, als ich in die pechschwarze Nacht von Mineral Acres hinausschaute und fast damit rechnete, Mommy jeden Moment aus der Dunkelheit auftauchen zu sehen. Etwas huschte über den Fußboden, und mir wurde klar, daß es sich dabei entweder um ein Eichhörnchen oder um eine Ratte handeln mußte, ein kleines Pelztier, das versuchte, seinen Mut zusammenzuraffen und sich über die Reste unseres Picknicks herzumachen.

Diese Vorstellung bereitete mir Unbehagen, und für den Rest der Nacht schlief ich unruhig, wachte immer wieder auf, lauschte und schlief dann wieder ein, um gleich darauf erneut aufzuwachen. Als das erste Tageslicht durch die schmutzigen, verschmierten Fensterscheiben drang, war ich fast so müde wie am Abend vor dem Einschlafen. Dennoch stand ich auf und ging ins Bad, obwohl die Toilettenspülung nicht funktionierte. Ich hatte keine andere Wahl.

Draußen hörte ich die Stimmen von Menschen, die zur Arbeit oder in die Stadt gingen, deshalb hielt ich mich weiterhin im Wohnwagen versteckt, gab keinen Mucks von mir und wartete auf Alice. Sie hielt ihr Wort und kam vorbei, ehe sie zur Schule ging.

»Du siehst nicht gerade aus, als hättest du besonders gut geschlafen, Melody«, sagte sie, als sie mich sah.

»Ich habe auch nicht gut geschlafen.«

»Du hättest mit mir kommen sollen. Ich habe mir die ganze Nacht Sorgen um dich gemacht. Hier ist das Geld«, sagte sie und reichte mir einen Umschlag voller Scheine.

»Ich danke dir, Alice.«

»Laß dich diesmal nicht ausrauben.«

»Mach dir keine Sorgen. Ich habe meine Lektion gelernt.«

»Tja, dann gehe ich jetzt wohl besser zur Schule.«

»Erzähl niemandem etwas von mir, erst, wenn ich wieder fort bin«, bat ich sie.

»In Ordnung.«

Wir umarmten einander.

»Vergiß nicht, möglichst bald zu schreiben«, ermahnte sie mich noch einmal.

»Ich werde es ganz bestimmt nicht vergessen«, versprach ich ihr.

Ich sah ihr nach, als sie ging, dann setzte ich mich auf den Fußboden, lehnte mich mit dem Rücken an die Wand und versuchte, die Kraft und die Energie zu sammeln, die ich brauchen würde, um diese weite und gefährliche Reise nach Kalifornien anzutreten. Ich hatte keine Ahnung, welche Route ich wählen sollte oder welche Verkehrsmittel am billigsten und am sichersten waren, und ich wußte schon gar nicht, wie ich es anstellen sollte, Mommy zu finden, wenn ich erst einmal dort war.

Schließlich stand ich auf, verließ den Wohnwagen und warf noch einen letzten Blick darauf, ehe ich Mineral Acres verließ und mich auf den Weg in die Stadt machte. Unterwegs machte ich an einem Bach halt, schöpfte mit den Händen kaltes Wasser und wusch mir den Schlaf aus dem Gesicht. Ich war ganz sicher, daß ich furchtbar aussehen mußte.

An der Bushaltestelle ging ich in Mother Jones Luncheonette. Ich bestellte am Tresen eine Tasse Kaffee und ein Butterbrötchen. Die Kellnerin fragte mich, warum ich nicht in der Schule sei, und ich erzählte ihr, ich lebte nicht mehr hier, sondern sei nur kurz zu Besuch gekommen. Dennoch erregte ich viel Aufmerksamkeit. Ich fürchtete mich davor, an den Informationsschalter zu gehen und mich nach Reiserouten nach Kalifornien und nach Busverbindungen und Anschlüssen zu erkundigen. Schließlich sagte ich mir dann, ich würde den Bus nach Richmond nehmen, denn ich nahm an, es müßte wesentlich einfacher sein, eine so weite Reise von einer großen Stadt aus zu planen. Ich mußte nicht lange auf den Bus warten.

Diesmal setzte ich mich beim Einsteigen vorn neben den Fahrer. Es waren nicht viele Fahrgäste im Bus, und der Fahrer war gesprächig. Ich erzählte ihm, ich führe nach Richmond, um für ein paar Tage meine Großeltern zu besuchen. Lügen, stellte ich fest, gingen mir jetzt, da ich auf der Flucht war, leichter über die Lippen. Ich log zwar nicht gern, aber ich konnte deutlich erkennen, wieviel einfacher es war zu lügen, als den Leuten die Wahrheit zu erzählen.

Im Busbahnhof von Richmond gab mir der Fahrkartenverkäufer eine Landkarte, auf der etliche Routen, die in Frage kamen, eingezeichnet waren. Ich setzte mich auf eine Bank und versuchte herauszufinden, auf welcher Strecke ich am billigsten davonkam und welcher Weg der schnellste war. Ich war so sehr in das Studium der Landkarte vertieft, daß ich nicht wahrnahm, als jemand direkt neben mir stehenblieb. Als mein Blick sich von der Landkarte löste und ich auf Füße blickte, erkannte ich die Schuhe.

»Cary!« rief ich aus.

»Wenn das kein Zufall ist«, sagte er lächelnd. Ich war zwar schockiert, aber doch sehr froh, sein Gesicht zu sehen. »Mein Bus ist eben erst gekommen, und ich war gerade auf dem Weg, um mir eine Fahrkarte nach Sewell zu kaufen, als ich dich hier sitzen sah.«

»Was tust du hier? Wie ...«

»Großmama Olivia war wütend, als sie herausgefunden hat, was ich getan habe und was du getan hast. Sie hat mir Geld für eine Busfahrkarte hierher und auch das Geld für unsere Rückfahrkarten gegeben«, sagte er.

»Ich komme nicht mit dir zurück, Cary«, sagte ich. »Ich fahre nach Los Angeles, um meine Mutter zu suchen und sie dazu zu bringen, daß sie mir die Wahrheit erzählt.«

»Du brauchst nicht nach Los Angeles zu fahren, Melody. Ich glaube, ich habe die Wahrheit inzwischen herausgefunden«, sagte Cary. »Großmama Olivia und ich haben uns lange und ausgiebig miteinander unterhalten, und ich habe sie dazu gebracht, mir alles zu erzählen, was sie weiß.«

Er unterbrach sich einen Moment lang.

»Ich glaube, ich weiß jetzt, wer dein Vater ist«, sagte er dann.

18.

Nicht mehr allein

»Ich habe dir doch gleich gesagt, daß sie bellt, aber nicht beißt«, sagte Cary auf dem Weg zum ersten Bus, der nach Boston fuhr. »Sofort nachdem sie herausgefunden hat, was du getan hast, hat sie mich zu sich zitiert. Junge, Junge, du kannst dir gar nicht vorstellen, wie sehr sie mich ausgeschimpft hat! Wie ich so dumm sein könnte, dir das Geld zu geben, damit du allein nach Hause fahren kannst? Warum ich dich nicht sofort zu ihr gebracht habe, statt dich nach Boston zu fahren? Wie hatte ich zulassen können, daß du nach West Virginia zurückgehst? Sie hat es ganz so hingestellt, als hätte ich dich dazu verdonnert, im Bergwerk zu arbeiten. Ich dachte schon, sie würde mit mir aufs Meer hinausfahren und mich dort ertränken.«

»Was hast du getan?« fragte ich ihn.

»Ich habe sie Wasser aufwühlen und Wogen schlagen lassen, bis sie vollständig erschöpft und rot im Gesicht war, und dann bin ich aufgestanden und habe seelenruhig gesagt: ›Großmama, es war alles deine Schuld.‹«

»Das hast du wirklich getan?«

Wir stiegen in den Bus und setzten uns auf unserer Plätze.

»Ja, allerdings.«

»Wie hat sie darauf reagiert?«

»Sie hat sich auf ihren Stuhl zurückfallen lassen und war derart schockiert über meinen Mut, ihr Vorwürfe zu machen, daß sie nur noch die Lippen bewegen konnte, ohne daß ein Wort herausgekommen wäre. Dann war ich an der Reihe.«

»›Wie konntest du es wagen, Melody einfach mit all diesen Geschichten zu überschütten?‹ habe ich zu ihr gesagt. ›Was hast du denn geglaubt, was wohl passieren würde, wenn du jemandem das Gefühl gibst, weniger als nichts zu sein, wenn du einem Menschen den Glauben langer Jahre entreißt und ihm das einzige Leben zerstörst, das er je gekannt hat? Sie hat Onkel Chester wie einen Vater geliebt‹, habe ich gesagt.

›Ja, aber ... aber‹, hat sie gestammelt, ›das Mädchen wollte doch die Wahrheit hören, und genau das hat sie dann auch von mir zu hören bekommen.‹

›Wie würde es dir denn gefallen, wenn dir jemand schonungslos ein Messer zwischen die Augen rammt, Großmama?‹ habe ich sie gefragt. Daraufhin hat sie mich einen Moment lang einfach nur angestarrt.«

»Was hat sie gesagt?« fragte ich.

»Sie hat gesagt, genauso sei es ihr ja auch ergangen. Erst mit ihrer Schwester und dann, neunzehn Jahre später, mit Haille, deiner Mutter. Ich habe ihr gesagt, dann hätte sie es eigentlich besser wissen müssen. Sie hätte wissen müssen, was für ein Gefühl das ist. Dann habe ich mich zu ihr hingesetzt und sie angesehen. Sie hat unglaublich lange den Fußboden angestarrt, ohne auch nur ein Wort zu sagen. Schließlich hat sie dann gesagt: ›Du hast recht, Cary. Du bist wesentlich älter und klüger, als ich dachte. In mancher Hinsicht bist du der Gescheiteste von uns allen.‹ Dann hat sie sich auf diese typische Art aufrecht hingesetzt, du weißt schon, was ich meine, und nachdem sie ihre majestätische Haltung eingenommen hatte, hat sie mit ihrer gebieterischen Stimme verlangt, ich solle dich suchen und dich dann zurückbringen. Sie hat gesagt, sie würde mir das Geld für die Fahrt geben, und sie wollte, daß ich mich augenblicklich auf den Weg mache. Sie hat gesagt, wegen meines Vaters bräuchte ich mir keine Sorgen zu mache, das würde sich schon regeln.«

Er lächelte mich an. »Und hier bin ich jetzt.«

Der Bus fuhr los.

»Aber ich dachte, du hättest gesagt, daß du weißt, wer mein Vater ist. Ich dachte, du hättest gesagt, sie hätte dir noch mehr erzählt.«

»Darauf wäre ich schon noch gekommen. Ich bin eben nicht sofort aufgesprungen, um ihre Befehle zu befolgen, verstehst du«, sagte er stolz. Es amüsierte mich, wie stolz er darauf war, daß er seiner Großmutter die Stirn geboten hatte. »Ich bin einfach sitzengeblieben und habe sie angestarrt, bis sie gesagt hat: ›Holst du sie jetzt, oder nicht?‹

Ich habe einen Moment lang nachgedacht, und dann habe ich gesagt: ›Ich kann sie nicht holen, wenn du mir nicht die Wahrheit sagst, Großmama. Weshalb sollte sie mit mir zurückkommen wollen, wenn sie hier nichts erfährt?‹ nun, daraufhin ist Großmama Olivia erst einmal die Luft weggeblieben. Sie ist geschrumpft wie ein Luftballon, in den man eine Nadel sticht, und dann hat sie wortlos genickt.

›Dein Vater war derjenige‹, hat sie begonnen, ›der eines Tages zu mir gekommen ist, nachdem Haille und Chester von hier fortgegangen waren. Er hatte zwar diese schreckliche Prügelei mit Chester ausgefochten – und ist dabei ordentlich verdroschen worden, wie ich noch hinzufügen könnte –, und trotzdem hat er elend darunter gelitten, daß er seinen Bruder verloren hatte. Die drei waren unzertrennlich gewesen. Aber nicht immer, hat Jacob damals angedeutet, was mich annehmen ließ, daß er noch mehr wußte. Ich habe nicht locker gelassen, bis er mir erzählt hat, daß Haille in vielen der Nächte, die sie angeblich bei einer Freundin verbracht hat, bei den Childs' gewesen ist.‹«

»Bei den Childs'? Soll das etwa heißen, sie hat diese Nächte bei der Familie des Richters verbracht?« fragte ich.

»Ja, und zwar in erster Linie mit Kenneth. In diesem allerletzten Jahr hat sich Kenneth häufig in Provincetown aufgehalten«, sagte Cary. »Er hat in Boston eine Schule besucht, die der Universität angeschlossen ist, um später dort weiterzustudieren und Anwalt zu werden. Aber er hat auch sehr viel an seinen Skulpturen gearbeitet, und der Richter hat ihm in seinem Haus ein Atelier einrichten lassen. Fast alle Wochenenden, an denen Kenneth in Provincetown war, hat deine Mutter dort verbracht.«

»Kenneth Childs ist mein richtiger Vater?« fragte ich.

»Nach allem, was Großmama gesagt hat, ist das sehr wahrscheinlich. Ich habe noch keine Gelegenheit gehabt, mit meinem Vater darüber zu reden. Ich habe das Geld genommen und mich auf den Weg gemacht, um dich zu holen, und ich habe es Großmama Olivia überlassen, ihm alles zu erklären.«

»Aber warum hat meine Mutter nicht einfach die Wahrheit gesagt? Weshalb hätte sie Großpapa Samuel die Schuld zuschieben sollen?«

»Das wirst du sie selbst fragen müssen, Melody. Entweder sie wollte Kenneth oder sich selbst schützen, oder ...«

»Oder was?«

Er zuckte die Achseln.

Ich lehnte mich zurück, um diese Geschichte zu verdauen. Wenn das, was er mir erzählte, der Wahrheit entsprach, dann hielt sich mein richtiger Vater in Truro auf, und ich war auf dem Weg genau zu dem Ort, an den ich gehörte.

»Hast du je mit Kenneth Childs gesprochen?« fragte ich.

»Ich habe ihn gegrüßt, wenn ich ihm begegnet bin, aber man bekommt ihn nicht oft zu sehen. Er lebt wie ein Einsiedler auf der Spitze des Kaps. Es ist tatsächlich so, wie es der Richter kürzlich beim Abendessen gesagt hat: Er arbeitet Tag und Nacht.«

»Er hat keine Frau und keine weiteren Kinder?«

»Nein. Alle halten ihn für seltsam, aber wie ich dir schon sagte, er wird akzeptiert, weil er Künstler ist.«

»Irgendein künstlerisch veranlagter Einsiedler, der fernab von anderen Menschen in einem Haus am Strand lebt – das also soll mein Vater sein?« murmelte ich bestürzt. Jede einzelne von Carys Enthüllungen drohte mich zu überwältigen.

»Jedenfalls hast du jetzt wenigstens die Chance, die Wahrheit herauszufinden«, sagte er.

Ich schüttelte den Kopf. Vielleicht sollte ich mich gar nicht um die Wahrheit bemühen, sagte ich mir. Vielleicht sollte ich mit den Lügen weiterleben.

»Und was soll ich jetzt tun?« fragte ich, als die Realität über mich hereinbrach und mich von allen Seiten zugleich bedrängte. »Soll ich etwa an seiner Tür läuten und fragen: ›Sind Sie mein richtiger Vater?‹«

»Ich bin nicht sicher, wie sich das am besten machen läßt. Vielleicht sollten wir zuerst mit meinem Vater reden«, sagte Cary.

»Mit deinem Vater?« Ich fing an zu lachen. »Und du glaubst im Ernst, er würde mit mir darüber reden?«

»Ja«, sagte Cary, und seine Augen wurden klein. »Er wird mit dir reden, denn wenn er es nicht tut, sage ich es meiner Großmutter, und die dreht ihm dann den Hals um.«

Schon allein die Vorstellung, Großmama Olivia könnte über Onkel Jacob herfallen, brachte mich zum Lachen.

Cary lächelte. »Ich bin froh, daß ich dich so schnell gefunden habe, Melody.«

Ich nickte, und dann seufzte ich tief, denn die Trauer in meinem Herzen trieb wieder ihre dunklen Blüten.

»Papa George ist gestorben«, berichtete ich Cary. »Als ich gestern angekommen bin, war niemand da. Mama Arlene war bereits fort. Sie ist zu ihrer Schwester gezogen. Der Wohnwagen war vollständig ausgeräumt und zugesperrt.«

»Ich weiß. Alice hat es mir erzählt. Es tut mir sehr leid für dich.«

»Alice war mir eine große Hilfe. Die letzte Nacht habe ich im Wohnwagen verbracht, auf dem Fußboden. Ich habe keine Ahnung, wo meine Sachen sind. Solange ich dort war, habe ich überhaupt nicht daran gedacht. Auf den Friedhof bin ich auch gegangen. Es war ein ganz seltsames Gefühl. Ich war wütend und traurig und ... verwirrt. Mommy hat nicht zufällig angerufen, während ich fort war?«

»Solange ich noch zuhause war, hat sie nicht angerufen«, sagte er. »Wie bist du bloß auf den Gedanken gekommen, einfach einen Bus nach Los Angeles zu nehmen? Es hätte nicht die geringste Hoffnung bestanden, daß du sie dort findest. Los Angeles ist riesig. Ich habe gehört, daß selbst Menschen, die dort leben, sich verirren können.«

»Ich wußte nicht, was ich sonst hätte tun können. Ich war ganz allein«, sagte ich kläglich.

»Du bist nicht allein. Jetzt wirst du nie mehr allein sein. Denk immer daran«, ermahnte er mich, und in seinen Augen stand nicht nur wilde Entschlossenheit, sondern auch uneingeschränkte Aufrichtigkeit.

»Danke, Cary.«

Er lächelte mich mit sanften Augen liebevoll und herzlich an. Dann veränderte sich sein Gesichtsausdruck, und er holte tief Atem. »Und jetzt werde ich dir die Wahrheit erzählen«, sagte er. »Ich habe vor Angst geschlottert, als ich Großmama beschimpft habe. Ich habe gefürchtet, sie würde mich rauswerfen und meinen Vater verständigen, und dann wäre alles verloren gewesen.«

»Ich dachte, du hättest gesagt, daß sie bellt, aber nicht beißt.«

»Das habe ich gesagt, aber das heißt noch lange nicht, daß man sich darauf verlassen kann.«

Der Bus fuhr unbeirrt in Richtung Boston. Ich fühlte mich wie eine Kugel in einem Flipperautomaten, die, wohin sie auch rollt, wieder zurückgeschleudert wird, aber wenigstens war all das nicht umsonst gewesen, dachte ich. Schließlich war ich dabei, all diese Lügen zu entwirren, die unglaublich eng um mich herumgesponnen waren, und bald, sogar schon sehr bald, würde ich zur Wahrheit vordringen. Diese Erkenntnis hätte mich fröhlich stimmen sollen, doch statt dessen bewirkte sie nur, daß mein Herz schneller schlug und ich innerlich zitterte.

Da ich im Wohnwagen nicht allzuviel Schlaf gefunden hatte, döste ich auf der Fahrt über lange Strecken mit dem Kopf auf Carys Schulter. Als wir in Boston ankamen, aßen wir etwas, und dann stiegen wir in seinen kleinen Lastwagen und machten uns auf den Weg nach Provincetown. Als wir die Stadt mit dem Monument der Pilgerväter vor uns sahen, graute bereits der Morgen. Der Rand der Sonne lugte im Osten über den Horizont und färbte den Himmel violett und orange. Die leuchtend goldene Scheibe wurde von all diesen himmlischen Farben eingerahmt. Die Dunkelheit zog sich vom Meer zurück und hob sich wie eine Decke, die von einem silbernen Laken gezogen wird. Die Silhouette eines Tankers zeichnete sich gegen den orangeroten Himmel ab. Es war ein atemberaubendes Schauspiel.

Die Schönheit des Kaps, die verheißungsvolle Enthüllung der Wahrheit und die Rückkehr nach meiner verzweifelten Flucht machten mich nervös und furchtsam, beschwingt und gespannt, traurig und froh zugleich. Ich wußte nicht, ob ich weinen oder genüßlich seufzen sollte, und ich konnte auch nicht sagen, ob ich erleichtert war oder nach angespannter als zuvor.

»Ein Glück, daß sie mich vom Unterricht ausgeschlossen haben, was?« sagte Cary lächelnd, als wir in die Stadt hineinfuhren.

»Das soll ein Glück sein?«

»Ja, klar. Sonst hätte ich nicht einfach losfahren und mich auf die Suche nach dir machen können. Ich hätte es aber trotzdem getan, und dann hätte man mich möglicherweise deshalb suspendiert.«

»Damit muß jetzt Schluß sein, Cary. Du mußt deinen Schulabschluß machen.«

»Zu Befehl, Sir!« sagte er und salutierte. Wir durchquerten die Stadt und bogen zum Haus ab. Was für einen Empfang würde man uns wohl bereiten? Würde überhaupt jemand wach sein?

»Vielleicht sollte ich einfach am Strand schlafen«, sagte ich.

Cary sah mich mit einem gequälten Lächeln an. »Es ist höchste Zeit, daß du dich wieder einmal richtig ausschläfst«, sagte er. »In den kommenden Wochen hast du viel zu tun. Nicht zuletzt mußt du dafür sorgen, daß ich meine Abschlußprüfungen bestehe, und auch du wirst zum Ende des Schuljahres geprüft werden.«

Wie recht er doch hatte, dachte ich. Vielleicht war er tatsächlich der Gescheiteste und Klügste von uns allen.

Als wir das Haus betraten, herrschte Totenstille. Im Flur brannte schwaches Licht. Wir sahen uns an und stiegen dann so leise wie möglich die Treppe hinauf, doch die Stufen knarrten erbarmungslos. Als wir oben angekommen waren, stand Onkel Jacob in einem langen Nachthemd vor seiner Schlafzimmertür. Wir blieben stehen. Er starrte uns einen Moment lang an und nickte dann.

»Schlaft euch aus. Wir reden dann morgen miteinander.« Er zog sich wieder in sein Schlafzimmer zurück und schloß leise die Tür hinter sich.

»Damit will er uns sagen, wie froh er darüber ist, daß wir unbeschadet zurückgekommen sind«, erklärte Cary.

»Warum kann er nicht einfach sagen, was er meint? Zeigt er denn nie irgendwelche Gefühle – außer Wut? Ich habe ihn noch nie lachen oder weinen sehen.«

»Ich habe meinen Vater nur ein einziges Mal weinen sehen, und das war, als er gehört hat, daß Laura vermißt wird. Er ist auf den Hügel gestiegen, hinter dem Morast mit den Moosbeersträuchern, und dort ist er stehengeblieben und hat geschluchzt. Und dann noch einmal beim Gedächtnisgottesdienst. Er ist kein Mann, der seine Gefühle zeigt.«

»Seiner Wut läßt er freien Lauf«, rief ich Cary noch einmal ins Gedächtnis zurück.

»Das kommt nur daher, daß ...«

»Ich weiß schon«, sagte ich lächelnd. »Er bellt, aber er beißt nicht.«

Cary lächelte ebenfalls.

Ich mußte zugeben, daß der Anblick der weichen Matratze und der Steppdecke äußerst wohltuend und verlockend war. Ich machte mir noch nicht einmal die Mühe, mich auszuziehen. Ich ließ mich einfach nur auf das Bett fallen, schlang die Arme um das weiche, aufgebauschte Kissen, zog meine Stoffkatze an mich und schlief ein. Ich wurde erst am späten Nachmittag wieder wach. Ich hatte eine vage Erinnerung daran, so vage wie ein Traum, daß Tante Sara in das Zimmer gekommen und neben dem Bett stehengeblieben war. Sie hatte auf mich hinuntergesehen und mir sogar über das Haar gestrichen. Möglicherweise hatte mir das ein Stöhnen entlockt, und ich hatte mich umgedreht, aber ich hatte kein Wort gesagt, und gleich darauf hatte sie mich wieder allein gelassen.

Meine Knochen ächzten, als ich mich aufsetzte. Ich fühlte mich so dreckig, daß ich glaubte, ich hätte Spinnweben unter den Armen. Nie hatte ich mich so sehr auf eine heiße Dusche gefreut. Ich wusch mir das Haar, putzte mir die Zähne und zog dann Jeans und eine saubere Bluse an. Schon bevor ich die Treppe hinunterlief, drang mir ein köstlicher Geruch in die Nase.

»Du bist auf! Wie fühlst du dich, mein Liebes?« fragte Tante Sara.

»Gut, Tante Sara. Es tut mir ja so leid«, sagte ich eilig.

»Nachdem du unbeschadet nach Hause zurückgekehrt bist, braucht dir nichts mehr leid zu tun, mein Liebes. Ich habe Fischsuppe gekocht. Sie steht schon für dich auf dem Ofen bereit. Du hast bestimmt Hunger.«

»Ich bin völlig ausgehungert«, gestand ich. Die Vorfreude auf das gute Essen und das frische portugiesische Brot ließ meinen Magen knurren.

»Du kannst dich gleich an den Tisch setzen. Ich bringe dir

etwas zu essen. Es ist zwar noch nicht Abendessenszeit, aber es tut dir sicher gut, wenn du etwas Warmes in den Magen bekommst.«

»Wo ist Cary?« fragte ich. »Schläft er noch?«

»Cary? Oh, nein. Er ist rechtzeitig aufgestanden, um May zur Schule zu bringen, und dann ist er selbst in die Schule gegangen.«

»Er muß restlos erschöpft sein«, sagte ich.

»Er hat nicht zum ersten Mal eine Nacht durchgemacht, und ich bin sicher, daß es auch nicht das letzte Mal war. Zum Leben eines Fischers gehört das nun einmal dazu, Liebes. Cary ist das gewohnt.«

»Weißt du, warum ich so überstürzt weggelaufen bin, Tante Sara?«

»Nein, mein Liebes.« Sie entfernte sich eilig vom Tisch, um zu demonstrieren, daß sie es auch gar nicht wissen wollte. Tante Sara neigte mehr als jeder andere in dieser Familie dazu, sich in ihr Schneckenhaus zurückzuziehen, um alles Unerfreuliche zu ignorieren, und sie kam auch nicht daraus hervor, solange die Welt nicht wieder heil war. Es erschien mir nahezu grausam, sie zu zwingen, daß sie sich anhörte oder ansah, wovon sie nichts wissen wollte.

Ich sagte nichts. Ich aß und wartete darauf, daß Cary, May und Onkel Jacob zurückkehren würden. Doch noch ehe es soweit war, bekamen Tante Sara und ich überraschend Besuch. Als ich gerade die letzten Löffel der deftigen Fischsuppe zu mir nahm, kam Tante Sara ins Wohnzimmer gerannt.

»Sie ist hier!« rief sie aus. »Ach, du meine Güte, und das gerade jetzt, wo eine solche Unordnung im Haus herrscht«, sagte sie händeringend. Die Sorge stand ihr mitten ins Gesicht geschrieben.

»Wer ist hier, Tante Sara?«

»Olivia«, erwiderte sie. »Sie ist nicht mehr hier gewesen, seit ... seit ... ich kann mich nicht erinnern.« Sie lief eilig umher und sammelte unbesehen alles auf, was nicht an seinem Platz zu liegen schien.

Wenige Sekunden später stand Großmama Olivia vor der Haustür. Tante Sara rief mir zu, ich solle an die Tür gehen, und sogar ich zitterte ein wenig, als ich aufstand. Kaum hatte ich die Tür geöffnet, stürmte sie auch schon an mir vorbei und eilte schnurstracks ins Wohnzimmer.

»Guten Tag, Olivia«, sagte Tante Sara. »Wie schön, dich zu sehen.«

»Ich will mit Melody allein sein, damit ich mich ungestört mit ihr unterhalten kann«, fauchte sie.

»Ja, selbstverständlich.« Tante Sara lächelte mich an und zog sich zurück. Großmama Olivia zog ihre schwarzen Samthandschuhe aus und setzte sich auf Onkel Jacobs Sessel. Aus kleinen, dunklen Augen sah sie mich an. »Setz dich«, befahl sie mir, und ich ging zum Sofa. »Was hast du dir von dieser dramatischen Szene versprochen – einfach so fortzulaufen?«

»Es war keine dramatische Szene. Ich wollte nach Hause.«

»Nach Hause.« Sie spuckte das Wort aus, als hinterließe es einen bitteren und üblen Nachgeschmack in ihrem Mund und wandte den Blick ab. »Zuhause ist man hier«, sagte sie und deutete auf ihre Schläfe. »Und hier«, fügte sie hinzu und wies auf ihr Herz.

»Ich wollte unter Menschen sein, die nicht lügen«, sagte ich.

»Jeder Mensch lügt. Das ist eine Frage des Überlebens«, behauptete sie.

»Warum haßt du meine Mutter dann so sehr für ihre Lügen?« gab ich zurück.

Sie riß die Augen weit auf.

»Ich bin nicht hergekommen, um über deine Mutter zu reden. Ich bin hier, um über dich zu reden«, sagte sie. »Wie ich dir bereits sagte, bist du die Enkelin meiner Schwester, und ich habe meinem Vater ein Versprechen gegeben.«

»Ich weiß«, sagte ich. »Ich danke dir für deine Ehrlichkeit.«

Am liebsten hätte ich noch hinzugefügt: Und dafür, daß du die Wahrheit wie Wurfspeere benutzt.

»Ich habe dir nicht alles erzählt«, gestand sie.

Ich lehnte mich zurück, als sie sich unterbrach.

»Mein Vater hat meiner Schwester wie auch mir ein beträchtliches Vermögen hinterlassen. Das meiste von dem, was du siehst, das heißt, ein Großteil dessen, was wir besitzen, entstammt nicht etwa dem brillanten Spürsinn und der Geschäftstüchtigkeit meines Gatten. Samuel ist nie ein guter Geschäftsmann gewesen. Ich glaube, daß er bis zum heutigen Tage noch nicht verstanden hat, was eine Gewinn- und Verlustrechnung ist«, sagte sie geringschätzig. »Aber darum geht es hier nicht. Wie ich dir bereits sagte, wird Belinda ärztlich betreut. Das ist mit enormen Kosten verbunden, die ihr Erbe schmälern, aber selbst, wenn sie hundert Jahre alt werden sollte, verschlingen die Kosten nur einen geringen Anteil ihres Erbes. Das Geld ist geschickt angelegt worden und wirft gute Zinsen ab. Und jetzt will ich direkt zur Sache kommen: Hätte ich Belinda nicht die Augen geöffnet, dann hätte deine Mutter geerbt, was eines Tages von Belindas Vermögen übrigbleibt. Statt dessen ist ein Treuhandfonds gebildet worden, und du bist die Alleinerbin.«

»Ich?«

»Richtig. Es ist alles so geregelt, daß für dein Leben und deine Ausbildung gesorgt ist, bis du einundzwanzig bist. Danach kannst du das Geld nach Lust und Laune zum Fenster hinauswerfen. Die Verwaltung dieses Treuhandvermögens liegt bei mir.«

»Warum hast du mir das nicht schon eher gesagt?« fragte ich.

»Warum? Ich fand, du bräuchtest von alledem nichts zu erfahren, solange du nicht ausreichend umerzogen worden bist.«

»Umerzogen?«

»Solange du nicht eine Zeitlang bei einer Familie mit moralischen Werten gelebt und die schlechten Angewohnheiten abgelegt hast, die Haille dir eingeimpft haben könnte.«

»Sie hat mir keine schlechten Gewohnheiten eingeimpft«, erwiderte ich mit fester Stimme.

»Ich wünschte, das wäre wahr, aber ich wüßte, offen gesagt, nicht, wie es möglich sein sollte, daß du als ihre Tochter aufgewachsen bist, ohne in irgendeiner Form von ihr angesteckt worden zu sein. Jedenfalls bin ich froh darüber, daß Cary dich wieder zur Vernunft gebracht hat und daß es ihm gelungen ist, dich hierher zurückzubringen.«

»Warum?« fragte ich herausfordernd. »Du haßt ganz offensichtlich meine Mutter, und mein Anblick ist dir alles andere als angenehm.«

»Dein Anblick ist mir nicht unangenehm. Ich habe dir doch schon gesagt, was mein Verhältnis zu deiner Mutter derart getrübt hat und warum ich so schlecht auf sie zu sprechen bin. Aber ich ... ich bin einigermaßen beeindruckt von dir, und deshalb traue ich dir zu, daß du es schaffen könntest, über die ungünstigen Umstände, unter denen du aufgewachsen bist, hinauszuwachsen. Wenn du dich gut benimmst und auf klügere Köpfe hörst, kann dir das, wie du jetzt weißt, eine ganze Menge einbringen, nämlich ein ganz beträchtliches Vermögen, mehr, als die meisten Menschen im Laufe von zwei Leben mit harter Arbeit verdienen könnten. So, jetzt habe ich dir also einen Ansporn gegeben, und außerdem habe ich dich mit offenen Armen wieder hier aufgenommen«, sagte sie, als sei das das beste Rezept gegen ihren Anfall von Gewissensbissen.

»Mich mit offenen Armen wieder hier aufgenommen?« schnaubte ich und schüttelte den Kopf.

»Ich bin doch von mir aus hergekommen, oder etwa nicht?« protestierte sie.

Ich starrte sie einen Moment lang an. Damit würde ich mich wohl begnügen müssen, dachte ich, denn näher würde sie einer Entschuldigung nicht kommen. Ob sie sich wegen des Versprechens, das sie ihrem Vater gegeben hatte, dazu durchgerungen hatte oder ob sie tatsächlich ehrlich bereute, mich so schonungslos mit den Tatsachen konfrontiert zu haben, daß ich fortgelaufen war, wußte ich nicht.

»Ich möchte dich nur um eines bitten«, fuhr sie fort.

»Und was wäre das?« fragte ich.

»Laß die Vergangenheit ruhen. Befasse dich statt dessen mit deiner Zukunft. Es führt zu nichts, wenn man an unerfreulichen Zeiten rührt und häßliche Erinnerungen wieder wachruft«, sagte sie.

»Ich weiß nicht, ob ich das versprechen kann«, sagte ich. »Es gibt immer noch gewisse Dinge, die ich wissen muß.«

Ihre Augen wurden wieder schmal, und sie sah mich an.

Schließlich beugte sie sich zu mir vor. »Es wäre mir gar nicht lieb, wenn ich zu hören bekäme, daß du durch Provincetown läufst, Fragen stellst und die Familie Logan in Verruf bringst.«

»Das täte ich nie.«

»Davon würde ich dir auch abraten«, warnte sie mich. Dann erhob sie sich. »Laß dich von Zeit zu Zeit bei mir blicken und berichte mir, wie du hier zurechtkommst«, sagte sie. »Laß dich von Cary rüberfahren«, fügte sie noch hinzu, ehe sie den Raum verließ.

Tante Sara stand im Korridor. »Möchtest du vielleicht zum Abendessen bleiben, Olivia?«

»Nein, ganz bestimmt nicht«, sagte Großmama. Sie sah mich noch einen Moment lang an, dann wandte sie sich ab und verließ das Haus. Es war, als hätte ein Windstoß durchs Haus geweht und die Tür zugeschlagen.

»War das nicht nett von ihr?« sagte Tante Sara, als hätte sich eine Adlige dazu herabgelassen, uns einen Besuch abzustatten. »Komm jetzt, mein Liebes, und hilf mir dabei, den Tisch zu decken.«

Einen Moment lang stand ich benommen da. Ich würde ein Vermögen erben? Hatten Mommy oder Daddy jemals etwas davon geahnt? Wenn ja, dann hätten sie mir nichts davon sagen können, ohne mir auch alles andere zu erzählen. Je mehr ich erfuhr, desto mehr überraschte es mich, wieviel sie geopfert hatten, um gemeinsam von hier fortzulaufen.

May und Cary kamen nur wenige Minuten vor Onkel Jacob zurück. Cary sah müde aus, tat jedoch sein Bestes, um es zu verbergen. May war schon ganz aufgeregt und hatte mir soviel zu erzählen, daß ihre Hände keinen Moment lang stillstanden. Tante Sara ließ sich endlos und ewig über Großmama Olivias Besuch aus. Cary sah mich erstaunt und erwartungsvoll an, und ich flüsterte ihm zu, ich würde ihm später alles ganz genau erzählen. In der Zwischenzeit half ich dabei, das Essen aufzutragen. Da ich gerade erst gegessen hatte, aß ich nur noch einen Nachtisch: ein Stück von Tante Saras Blaubeerkuchen.

Nachdem ich beim Abräumen und Abwaschen geholfen hatte, ging ich nach oben auf Carys Dachboden. Ich berichtete ihm alles, was Großmama Olivia mir erzählt hatte. Er hatte nichts von einem vorhandenen Vermögen gewußt.

»Ich bin noch nicht einmal sicher, ob mein Vater etwas davon weiß«, sagte er. »Das ist ja wunderbar, Melody.«

»Geld ist mir im Moment nicht allzu wichtig, Cary. In Wahrheit glaube ich, Großmama Olivia hatte gehofft, ich würde bereitwillig all diese Lügen vergessen, und das nur, um an meine Erbschaft zu kommen. Es war, als hätte sie versucht, mich mit diesem Versprechen zu kaufen.«

Er nickte nachdenklich.

»Können wir jetzt mit deinem Vater reden? Glaubst du, er wäre bereit, sich mit uns zu unterhalten?« fragte ich. Ich fürchtete mich davor, an ihn heranzutreten.

»Versuchen wir es doch einfach«, sagte Cary.

Wir stiegen gemeinsam die Treppe hinunter und fanden Onkel Jacob im Wohnzimmer vor. Er las seine Zeitung und hörte sich im Radio die Nachrichten an. Bei unserem Eintreten blickte er überrascht auf.

»Was ist?« fragte er.

»Melody hat ein paar Fragen an dich, Dad«, sagte Cary. »Es hat mit den Dingen zu tun, die Großmama ihr und mir über ihre Mutter erzählt hat.«

»Du weißt genau, wie ungern ich darüber rede.« Er nahm seine Zeitung wieder in die Hand.

»Wenn Großmama der Meinung ist, wir seien alt genug, um diese Dinge zu erfahren, warum kannst du es dann nicht auch so sehen?« fragte Cary herausfordernd. Ich glaube, mit mir an seiner Seite war er mutiger, aber leider fühlte ich mich jetzt für jede Spannung verantwortlich, die zwischen ihm und seinem Vater aufkam.

Onkel Jacob dachte einen Moment lang nach, dann ließ er die Zeitung auf seinen Schoß sinken. Er schaltete das Radio aus. »Du willst alles über deine Mutter hören? Du willst wirklich die häßliche Wahrheit hören?« fragte er, und in seinem Tonfall schwang eine Drohung mit.

»Ich will die Wahrheit wissen«, erwiderte ich unerschrocken, »ganz gleich, ob sie häßlich ist oder nicht.«

»Also gut. Setzt euch«, sagte er und wies mit einer Kopfbewegung auf das Sofa. Wir setzten uns, während Onkel Jacob seine Pfeife anzündete und eine Zeitlang stumm paffte.

»Haille hat sich laufend mit irgendwelchen Jungen in Schwierigkeiten gebracht. Ständig mußte ihr einer von uns beiden zu Hilfe kommen, Chester oder ich, und immer wieder mußten wir versuchen, sie vor sich selbst zu bewahren. Bei mehr als einer Gelegenheit habe ich sie mit irgend jemandem unten am Strand gefunden, mit dem sie Dinge getan hat, die ich lieber nicht schildern möchte. Ich habe mich häufig ihretwegen geprügelt, und Chester ist es genauso ergangen. Wir mußten eine Menge Spott einstecken. Immer wieder hat sie der Familie große Schande bereitet, und nichts schien zu bewirken, daß sie sich änderte. Sie war restlos fasziniert von sich selbst.

Deine Mutter hat meinen Eltern ständig das Leben zur

Hölle gemacht«, sagte er und wies energisch mit seiner Pfeife auf mich. »Dutzende von Malen ist sie in der Schule beim Rauchen, beim Trinken und bei allen möglichen unmoralischen Dingen ertappt worden. Wenn meine Mutter nicht soviel Einfluß in dieser Stadt gehabt hätte, wäre Haille aus der Schule geworfen worden. Während sie noch die Highschool besucht hat, ist sie tatsächlich zweimal wegen obszönen Benehmens am Strand verhaften worden.« Er unterbrach sich. »Bist du immer noch sicher, daß du mehr hören willst?«

Ich schluckte den Kloß in meiner Kehle und nickte.

»Als sie fünfzehn oder sechzehn war, ist sie draußen in den Dünen mit einem Lastwagenfahrer erwischt worden. Sie wollten den Kerl zur Höchststrafe verurteilen. Er war vielleicht achtundzwanzig oder so, sie eindeutig minderjährig. Allerdings hat sich meine Mutter wegen des Skandals solche Sorgen gemacht, daß der Fall auf ihr Betreiben hin vertuscht worden ist, und sie haben den Lastwagenfahrer laufen lassen. Mutter hat versucht, einen Arzt heranzuziehen, damit er Haille hilft, denselben Arzt, der Belinda damals behandelt hat, wenn ich mich recht erinnere, aber nichts schien zu helfen. Sie war ein unbändiges Geschöpf. Sie hat hemmungslos getan, was sie wollte, alles, was ihr gerade in den Sinn gekommen ist. Chester und ich haben unser Bestes getan, um sie zu decken und sie zu beschützen.«

Er unterbrach sich, lehnte sich auf seinem Stuhl zurück und dachte nach. Die Falten in seinem Gesicht wurden tiefer, und seine Augen wurden kälter. Dann holte er Atem und fuhr fort. »In dem Jahr, in dem sie ihren Highschoolabschluß hätte machen sollen, hat Kenneth Childs begonnen, bei uns ein und aus zu gehen und immer mehr Zeit mit uns zu verbringen. Wir mochten Kenneth, und unsere Familien waren eng miteinander befreundet. Für Chester und mich war er damals wie ein weiterer Bruder. Kenneth hat in Boston das College besucht und an den Wochenenden ist er hergekommen. Manchmal wußten

Chester und ich gar nicht, daß er in der Stadt war, aber Haille hat es immer gewußt. Sie ist oft drüben bei den Childs' gewesen, und manchmal war dort niemand außer Kenneth.

Das war das Jahr, in dem sie schwanger wurde. Sie hat dieses Lügenmärchen über unseren Vater erfunden. Chester hat sich schon immer mehr aus ihr gemacht als ich und hat über ihre Sünden hinweggesehen. Ständig hat er sie verteidigt und Ausflüchte und Rechtfertigungen für ihr Verhalten gefunden. Er war nicht bereit zu glauben, Kenneth könnte sie geschwängert haben und sich dann hinterher nicht dazu bekennen. Haille hat ihm haufenweise Lügen über Dad vorgesetzt, und er hat sie alle geschluckt, weil er selbst wie hypnotisiert von ihr war.

Ich habe ihm gesagt, sie sei eine Lügnerin und eine Hure. Ich habe ihm erzählt, sie hätte auch schon versucht, mich zu verführen, woraufhin er sich mit mir geprügelt hat. Er hat sich voll und ganz hinter sie gestellt, und die beiden sind gemeinsam fortgelaufen. Das ist das Ende der Geschichte«, schloß er, und es erschien mir wie ein Donnerschlag, mit dem ein Gewitter endet.

Eine drückende Stille lastete auf uns. Cary sah mich an.

»Hast du seitdem jemals wieder mit Kenneth Childs gesprochen?« fragte ich.

»Wir haben ein paar Worte miteinander gewechselt, in erster Linie wegen des Richters. Ich bin natürlich zur Beerdigung seiner Mutter gegangen, aber es fällt mir schwer, ihm ins Gesicht zu sehen und nicht an das zu denken, was passiert ist.«

»Hast du ihn jemals direkt darauf angesprochen?«

»Nein«, sagte er, »und ich habe auch nicht die Absicht, jemals mit ihm darüber zu reden. Du bist die Enkelin der Schwester meiner Mutter. Deine Tante Sara hat dich ins Herz geschlossen, und nach allem, was ich höre, machst du dich in der Schule gut. Es steht dir frei, hier zu bleiben, solange es erforderlich ist oder bis deine Mutter beschließt, dir eine Mutter zu sein, statt das Streunerdasein einer Schlampe zu führen. Natürlich kann es gut sein, daß es dazu niemals kommen wird, und bald wirst du ohnehin auf eigenen Füßen stehen. Aber ich dulde in meinem Haus keine weiteren Gespräche mehr über diese Zeiten«, sagte er mit fester Stimme. »Und ich dulde auch keinerlei Skandale.« Er sah Cary an. »Bist du jetzt zufrieden?«

Cary wandte sich an mich. »Hast du sonst noch Fragen an ihn, Melody?«

»Nein«, sagte ich. Innerlich weinte ich, und die Tränen, die hinter meinen Augen flossen, tropften auf mein Herz.

Onkel Jacob wandte sich wieder seiner Zeitung zu und stellte das Radio an. Ich verließ das Zimmer und stapfte die Stufen hinauf. In meinem Zimmer warf ich mich auf das Bett und blieb mit meiner Stoffkatze in den Armen dort liegen.

Jemand klopfte leise an meine Tür.

»Ja?«

Cary steckte den Kopf herein.

»Ist alles in Ordnung mit dir?«

»Nein, aber das macht nichts«, sagte ich. »Ich vermute, in meinem tiefsten Innern habe ich all das, was dein Vater mir erzählt hat, bereits geahnt. Trotzdem ist es ein harter Schlag, die Dinge so unverblümt zu hören.«

Cary nickte. »Es wird alles wieder gut werden. Du wirst es ja selbst sehen«, versprach er mir.

Ich lächelte ihn an. »Ja, gewiß.«

»Ich sollte jetzt besser nach oben gehen und anfangen zu lernen«, sagte er. »Ich muß diese Abschlußprüfungen bestehen.«

»Ja, dazu kann ich dir nur raten, Cary«, sagte ich, als er gerade die Tür schließen wollte. »Wirst du mich irgendwann im Lauf der Woche zu Kenneth Childs bringen?«

»Ja, klar«, sagte er. »Ich weiß nicht, wie er reagieren wird. Was ich weiß, ist, daß er es nicht besonders mag, wenn Leute ihn aufsuchen. Ich habe gehört, daß er noch nicht einmal die Tür aufmacht, wenn er arbeitet.«

»Trotzdem würde ich gern versuchen, ihn kennenzulernen«, sagte ich.

»In Ordnung. Und jetzt muß ich büffeln«, sagte er und ging. Ich lag noch lange Zeit da und dachte einfach nur nach. Ich erinnerte mich an alberne Dinge, die Mommy getan hatte, wie oft sie geweint, gejammert und geklagt hatte und daß Daddy sie ständig hatte beschwichtigen müssen. Dann dachte ich über sie und Archie Marlin nach.

Kinder erben so viel von ihren Eltern, dachte ich. Würde ich eines Tages etwa so werden wie sie? Diese Vorstellung jagte mir einen Schrecken ein, gleichzeitig war ich jedoch fasziniert davon. Ich mußte unbedingt wissen, wer mein richtiger Vater war. Dann erst konnte ich mir ein Bild davon machen, was ich von ihm geerbt hatte und ob dieses Erbe stark genug war, um gegen das Schlechte zu siegen, das ich von Mommy hatte. Wenn man keine Vergangenheit hat, dachte ich mir, dann ist das fast so, als hätte man auch keine Zukunft.

Ich würde meine Vergangenheit in Erfahrung bringen. Weder die verlockende Aussicht auf ein Vermögen noch Drohungen, nein, nichts, aber auch gar nichts würde mich davon abhalten, die Wahrheit zu erforschen.

Niemand in der Schule wußte etwas von meiner Rückkehr nach West Virginia. Niemand fragte mich, warum ich gefehlt hatte. Manche Mädchen glaubten, ich sei aus Mitgefühl mit Cary zuhause geblieben, weil man ihn ungerechterweise von der Schule suspendiert hatte. Ich bestätigte sie nicht in diesem Glauben, stritt es aber auch nicht ab. Da das Ende des Schuljahrs näherrückte, herrschte große Aufregung.

In der Woche vor den Prüfungen wurde weitgehend der durchgenommene Stoff wiederholt. Am Ende der Prüfungswoche würde die Schule ihren bunten Abend veranstalten, dessen Erlös für Stipendien verwandt wurde. Mr. Webster, der Direktor, hatte nicht vergessen, daß ich Fiedel spielte. Er beauftragte Mrs. Topper, die Musiklehrerin der Schule, die für das Programm des bunten Abends verantwortlich war, mich zu bitten, daß ich auftrat.

Ich versuchte, mich dieser Verpflichtung zu entziehen, indem ich die Wahrheit sagte, nämlich daß ich in den letzten Monaten kaum zum Spielen gekommen sei.

Mrs. Topper war völlig verzweifelt. »Mit den Schülern, die ich bisher dafür gewonnen habe, kann ich kaum eine halbe Stunde füllen, von einer ganzen Stunde ganz zu schweigen. Ich brauche deine Hilfe. Du mußt zwei Nummern vortragen«, flehte sie. »Das alles ist ja nur zum Spaß und dient einem guten Zwecke. Willst du uns wirklich nicht helfen?«

Wie hätte ich ablehnen können? Aber in Verbindung mit meinem geplanten Besuch bei Kenneth Childs und den Prüfungen, die ich selbst abzulegen hatte, machte mich diese zusätzliche Verpflichtung so nervös wie eine Hühnerschar, vor deren Stall ein Fuchs lauert. Ich konnte nicht essen. Ich konnte nicht schlafen. Cary war wegen meines Auftritts noch aufgeregter als ich selbst. Er bestand darauf, mir beim Üben zuzuhören. Auch Tante Sara fand es wundervoll, und sogar Onkel Jacob sah mir beim Spielen zu und lauschte mit Interesse.

Ich beschloß, eine der Lieblingsweisen von Papa George zu spielen, nämlich »Katy Cline«, und einen traditionellen Folksong, und zwar Woody Guthries beliebten Titel »This Land is Your Land«. Natürlich sang ich auch, wenn ich die Stücke spielte. Onkel Jacob schien überrascht zu sein, und Tante Sara strahlte vor Glück über das ganze Gesicht. Cary war begeistert. May tat mir leid, doch ihr schien es zu genügen, die Vibrationen des Instruments zu fühlen, wenn ich es ihr erlaubte, und es machte ihr Freude, einfach nur mein Gesicht und meine Bewegungen zu beobachten. Ich fand, ich sei nicht gut genug für einen öffentlichen Auftritt, doch selbst Onkel Jacob versicherte mir, daß ich gut genug sei und deutete sogar an, er würde unter Umständen zu dem bunten Abend kommen. Cary erzählte mir später, das sei noch nie dagewesen.

»Die einzige öffentliche Veranstaltung, bei der ich ihn jemals gesehen habe, ist das Segnen der Flotte.«

Cary schlug vor, am Donnerstag, nachdem wir May von der Schule nach Hause gebracht hatten, gemeinsam mit mir der äußersten Spitze des Kaps einen Besuch abzustatten und zu versuchen, ob ich mich mit Kenneth Childs unterhalten konnte.

»Was wirst du sagen?« fragte er mich.

Ich dachte einen Moment lang darüber nach. »Als erstes werde ich mich vorstellen und einfach abwarten, was er sagt.«

»Was ist, wenn er nichts dazu sagt? Was ist, wenn er einfach nur nickt, und das war es dann auch schon?«

»Ich werde mir schon etwas einfallen lassen, wie ich ihn dazu bringen kann, mit mir zu reden«, sagte ich. Im Grunde genommen fand ich schon die Vorstellung spannend, ihn einfach nur zu sehen. Das gab mir die Möglichkeit festzustellen, ob er irgend etwas an sich hatte, was mich an mich selbst erinnerte. Den wenigen Fotografien, die ich von ihm gesehen hatte, konnte ich wirklich nicht viel entnehmen.

»Als ich ihn das letzte Mal gesehen habe, hat er einen Bart gehabt«, sagte Cary. »Laura und ich sind früher öfter an den Strand dort oben gegangen, aber ich bin nie in seinem Haus oder in seinem Atelier gewesen. Welchen Vorwand nennen wir ihm, daß wir rübergefahren sind, um ihn aufzusuchen?« fragte er.

»Ich werde ihm sagen, meine Mutter hätte mich beauftragt, bei ihm vorbeizusehen und ihm Grüße auszurichten«, erwiderte ich. Cary nickte lächelnd.

»Du hast dir wohl schon allerhand Gedanken gemacht, stimmt's?«

»Ich kann kaum noch an etwas anderes denken«, gestand ich.

»Also, gut, dann am Donnerstag«, versprach er.

Mein Herz pochte vor Aufregung.

Am Abend vor dem großen Ereignis setzte ich mich an den Schreibtisch, und nachdem ich das Geld, das Alice mir gegeben hatte, bis zur Unkenntlichkeit eingewickelt und in einen Umschlag gestopft hatte, schrieb ich ihr einen Brief.

Liebe Alice,
sicher erstaunt es dich zu erfahren, daß ich doch nicht nach Los Angeles gefahren bin. Großmama Olivia hat meinen Cousin Cary losgeschickt, damit er mich nach Provincetown zurückbringt, und er hat mich auf dem Busbahnhof von Richmond gefunden. Ich habe mich bereiterklärt, mit ihm zurückzufahren, nachdem er mir erzählt hat, er glaubte zu wissen, wer mein richtiger Vater ist. Es ist ein Künstler, der hier in Provincetown lebt. Morgen wird Cary mich dahin bringen, wo er sein Haus und auch sein Atelier hat, und zum ersten Mal in meinem Leben werde ich den Mann zu sehen bekommen, der mein Vater sein könnte. Ich habe Fotos von ihm gesehen, auf denen er wesentlich jünger ist, aber was sind schon Fotos? Es wird etwas ganz anderes sein, leibhaftig vor ihm zu stehen.

Ich habe schon überlegt, was ich sagen werde und wie ich es sagen werde. Du würdest lachen, wenn du sehen könntest, wie ich in meinem Zimmer vor dem Spiegel stehe und so tue, als stünde ich ihm gegenüber. Alles, was mir einfällt und was ich möglicherweise zu ihm sagen könnte, klingt so albern. Ich fürchte, er wird mich einfach nur kopfschüttelnd ansehen und mir vielleicht sogar die Tür vor der Nase zuschlagen. Ich weiß nicht, was ich tue, wenn es dazu kommt.

Anscheinend ist er ein Mann, der sehr zurückgezogen lebt, deshalb könnte genau das passieren. Ich werde dir hinterher wieder schreiben und dir alles ganz genau berichten.

Aber ich muß dir noch etwas ganz anderes mitteilen. Du

wirst es nicht glauben, aber ich habe mich dazu überreden lassen, bei dem bunten Abend aufzutreten, den die Schule alljährlich veranstaltet, um vom Erlös Stipendien zu finanzieren. Ich werde meine Fiedel spielen – zwei Weisen. Ich übe täglich und habe die Stücke bereits der Familie vorgespielt. Sie schienen alle sehr beeindruckt zu sein, trotzdem graut mir vor dem Auftritt.

Ich schicke dir das Geld, das du mir geliehen hast, vollständig zurück. Es war sehr nett von dir, daß du das für mich getan hast, und ich weiß jetzt, daß du meine einzig wahre Freundin bist. Ich hoffe, wir werden immer Freundinnen bleiben, ganz gleich, wie viele Meilen uns voneinander trennen.

Von Mommy habe ich immer noch nichts gehört. Als ich sie bei ihrem letzten Anruf gefragt habe, warum sie mich belogen hat, schien sie ganz außer sich zu sein, und ich habe die Befürchtung, daß sie sich nicht mehr bei mir melden wird. Es gibt sehr viel, was wir beide miteinander zu bereden haben, sie und ich, nachdem ich jetzt alt genug bin, um es zu verstehen. Ich habe äußerst unerfreuliche Dinge über sie gehört, Dinge, die sie in jüngeren Jahren angestellt hat – als sie etwa in meinem Alter und ein klein wenig älter war. Das macht mich traurig und ganz krank, aber ich bemühe mich, nicht daran zu denken.

Meine Großmutter hat mir erzählt, daß ich ein großes Erbe zu erwarten habe und eines Tages sehr reich sein werde. Da staunst du, was? Ich soll eines Tages reich sein? Im Moment mache ich mir darüber überhaupt keine Gedanken, es ist mir viel zu unwichtig.

Wichtig dagegen ist, daß ich möglicherweise bald die ganze Wahrheit über mich und meine Familie erfahre. Ich fürchte mich davor und doch weiß ich auch, daß ich unbedingt alles wissen will.

Während ich diesen Brief schreibe, sehe ich die Uhr an,

die Papa George mir geschenkt hat. Darin habe ich einen Grashalm vom Grab meines Daddys aufbewahrt. Obwohl ich gerade erst dort gewesen bin, fühle ich mich unendlich weit entfernt, nicht nur in Meilen, sondern auch zeitlich. Das gibt mir das Gefühl, daß ich demnächst ein anderer Mensch sein werde, ganz so, als hätte ich ein anderes Leben gelebt, ein Leben, das bald ein Ende finden wird. Schließlich ist mir bis auf diese Uhr und ein paar Dinge, die ich hierher mitbringen konnte, nichts von meinem früheren Leben geblieben. Natürlich habe ich Erinnerungen, doch die brennen herunter wie Kerzen. Ich fürchte mich davor, ich könnte plötzlich im Dunkeln stehen.

Sowie ich diesen Brief beendet habe, werde ich eine Zeitlang auf meiner Fiedel üben, und dann werde ich mich schlafen legen und von einem neuen Tag träumen, von einem Morgen, an dem die Lügen wie welkes Herbstlaub unter meinen Füßen bröckeln. Hoffnungen und Verheißungen auf eine glücklichere Zukunft werden dort so üppig sprießen und gedeihen wie das saftige Gras, das unsere Berge und Hügel im Frühling überzieht.

Sprich ein Gebet für mich. Ich danke dir dafür, daß du meine einzig wahre Freundin auf Erden bist.

Liebe Grüße
Melody

Ich steckte den Brief in den Umschlag. Eine Weile spielte ich noch auf meiner Fiedel, dann kroch ich ins Bett und hatte den Traum, den ich Alice prophezeit hatte.

Morgen würde ein neuer Tag sein.

19.

Wie gewonnen, so zerronnen

Der Weg nach Race Point führte über eine Straße, die so schmal und zwischen zwei Sandhügeln verborgen war, daß man sie mühelos hätte übersehen können. Cary erklärte, auf Kenneth Childs' Wunsch seien keine Schilder und keine Wegweiser aufgestellt worden. Er war der einzige, der dort lebte, und die Anlieger hatten der Straße den Namen »Childs Road« gegeben. Nach der zwischen den beiden Hügeln verborgenen Abzweigung war die Straße mit stellenweise fünfzehn bis zwanzig Zentimeter hohem Sand bedeckt.

»Hier kommen wir am besten voran, wenn ich etwas Luft aus den Reifen lasse«, erklärte Cary und hielt den Lastwagen an.

Es war schon spät am Nachmittag, und über den blaßblauen Himmel zogen sich weiche, flache, fast durchscheinende Wolken, die aussahen, als hätte ihn jemand in einer eigenwilligen Strichführung mit Vanilleeis beschmiert. Cary sagte, das bedeutete viel Wind in den oberen Lagen der Atmosphäre. Wir fuhren etwa eine Dreiviertelmeile leicht bergauf, ehe wir die Kuppe des kleinen Hangs erreicht hatten und das Meer sehen konnten. Es hatte einen dunklen metallischblauen Farbton, der die Schaumkronen weißer als sonst erscheinen ließ. Hier war der Strand mit Seetang bedeckt, der in dicken Klumpen herumlag. Seeschwalben liefen vorsichtig umher und marschierten durch den Seetang, als seien sie Teil eines Vogelballetts mit dem Titel »Auf Nahrungssuche«.

»Das ist eine der besten Stellen, um Treibholz zu sammeln«,

sagte Cary. »Laura und ich haben viele Stunden damit zugebracht, seltsam geformte Stücke zu suchen. Die hiesigen Künstler kaufen sie einem ab. Und Muschelschalen auch.«

»Wo steht Kenneths Haus?«

»Gleich hier rechts«, erklärte er. Vor uns stand ein Haus aus rauchig grauem Zedernholz. Die Seeluft, die Sonne und der Regen hatten die schwarzen Fensterläden anthrazitgrau gefärbt. Hinter dem Haus stand noch ein weiteres kleines Gebäude, das wie eine Scheune aussah.

»Das ist sein Atelier«, erklärte Cary.

Niemand war zu sehen. Vor dem Haus wuchsen vereinzelte Büschel von wilden rosa Strandnelken, aber sonst weder Blumen noch Bäume. Auf der uns zugewandten Seite des Hauses lag ein Ruderboot, dessen Rumpf von der Sonne gebleicht war. Auf einem Sandstreifen, der als Auffahrt diente, stand ein dunkelblauer Jeep. Ein pechschwarzer Labrador lag auf dem Rücksitz und hob neugierig den Kopf, als wir näherkamen.

»Das ist Ulysses, sein Hund. Er ist fünfzehn Jahre alt, halbblind und taub«, sagte Cary. »Oder zumindest behauptet das der Richter. Sein Jeep steht da, also muß Kenneth zuhause sein«, murmelte Cary nicht ohne eine gewisse Besorgnis.

Von dem Moment an, als wir losgefahren waren, zog sich ein leichtes, aber beharrliches Beben durch jeden einzelnen Knochen und Muskel in meinem ganzen Körper. Mein Herz schlug durchgehend wie eine Trommel. Cary bemühte sich, das Gespräch in Gang zu halten, aber ich konnte nur lächeln oder nicken.

»Bist du ganz sicher, daß du das tun willst?« fragte er ein letztes Mal, ehe er in die Auffahrt einbog. Ich nickte und holte tief Atem.

Ulysses zog sich auf die Beine, als müsse er das Dreifache seines Gewichts heben, doch als er erst einmal auf den Füßen war, sprang er aus dem Jeep und begann zu bellen. Es war ein freundliches Bellen, kein Knurren.

»Wenn Laura und ich hier waren, hatten wir immer das Gefühl, beobachtet zu werden, aber Kenneth ist bis auf ein oder zwei Mal nie aus dem Haus gekommen, und selbst dann ist es immer bei einer kurzen Begrüßung und einem Kommentar zum Wetter geblieben.«

»Ich werde tun, was ich mir vorgenommen habe«, sagte ich mit fester Stimme. Ich öffnete die Tür des Lastwagens und stieg aus. Ulysses kam schwanzwedelnd auf mich zu.

»Hallo«, sagte ich und tätschelte ihn. Er war ganz aufgeregt, weil er so plötzlich und unerwartet Gesellschaft hatte. Nachdem er mir die Hand abgeleckt hatte, eilte er zwischen Cary und mir hin und her, um sich Streicheleinheiten zu holen.

»Ein prima Wachhund, was?« sagte Cary lachend.

Ich warf einen Blick auf die Haustür. Sie war grau und verwittert, und es gab weder Türklopfer noch Klingel oder irgendeinen Hinweis darauf, daß der Bewohner dieses Hauses Besucher empfangen wollte.

»So, wie er lebt, könnte man fast glauben, er hätte kein Geld«, murmelte Cary. »Dieser Jeep ist gewiß zehn bis zwölf Jahre alt, und die Möbel, mit denen er sich eingerichtet hat, sehen alle so aus, als hätte er sie bei einem Trödler gekauft. Wir sind nie im Haus gewesen«, fügte er eilig hinzu, »aber Laura und ich haben einmal durch die Fensterscheiben hineingelugt. Noch nicht mal Bilder hat er an den Wänden hängen. Vermutlich bewahrt er all seine Kunstwerke in seinem Atelier auf. Wir haben es nie geschafft, nah genug ranzukommen, um einen Blick in sein Atelier zu werfen.«

Ich sagte immer noch nichts.

»Seine Augen sind zum Fürchten«, sagte Cary dann.

»Wie meinst du das?«

»Du wirst es ja selbst sehen«, sagte er. »Falls er uns überhaupt die Tür aufmacht.«

Wir starrten die Tür an. Ich konnte deutlich erkennen, daß Cary nicht von sich aus anklopfen würde, also übernahm ich die Führung und ging langsam auf das Haus zu. Ulysses blieb an meiner Seite, und Cary hielt sich dicht hinter mir. Ich klopfte an und wartete.

Das Rauschen des Meeres, die Wellen, die sich auf dem Strand brachen, die Schreie der Seeschwalben und das Heulen des Windes war alles, was wir hören konnten. Ich klopfte noch einmal an, diesmal lauter.

»Was wollt ihr?« Wir erschraken beide so sehr, daß wir zusammenzuckten. Als wir uns umdrehten, sahen wir Kenneth Childs an der Hausecke stehen. Er trug Jeans und ein ausgeblichenes braunes T-Shirt und war barfuß. Sein Haar, etwas dunkler als meines, war, wie Cary es mir bereits geschildert hatte, zu einem Pferdeschwanz zusammengebunden, der ihm zwischen die Schulterblätter fiel. Sein Vollbart war sogar noch etwas dunkler als sein Haar. Er hatte eine breite Stirn, tiefliegende dunkle Augen und eine lange, gerade Nase, unter der sich seine kräftigen, festen Lippen an den Mundwinkeln herunterzogen. Gegen meinen Willen starrte ich ihn wie gebannt an und suchte weiter nach Ähnlichkeiten mit mir, was mir durch seinen dichten Bart erheblich erschwert wurde. Für mich hatte dieser Bart etwas von einer tarnenden Maske.

»Sie wollte zu Ihnen«, sagte Cary eilig, denn das Schweigen, das sich in die Länge zog, war ihm peinlich und ließ ihn noch nervöser werden.

»Weshalb?« fragte Kenneth und sah mich dabei an.

»Meine Mutter hat mich gebeten, Ihnen Grüße auszurichten«, sagte ich.

»Wer ist deine Mutter?« fragte er, und sein Gesicht wurde keine Spur freundlicher. Von einem Lächeln war er meilenweit entfernt.

»Haille«, sagte ich. »Haille Logan.«

Er starrte mich noch einen Moment lang an, dann kam er näher. Ulysses begab sich augenblicklich zu ihm.

»Du bist Hailles Tochter?«

»Ja.«

»Haille hat dich geschickt?« fragte er voller Skepsis. Ich nickte, obwohl ich ganz sicher war, daß er mir dieses Märchen nicht abnahm. »Warum ist sie nicht selbst hergekommen?« fragte er mich.

»Sie ist nicht hier. Aber ich lebe jetzt hier, bei meinem Onkel und meiner Tante«, erklärte ich und versuchte zu schlucken, damit meine Worte nicht ganz so kleinlaut klangen. Ich konnte den Blick nicht von ihm losreißen. Seine Augen waren so hart, als seien sie aus Stein. Das muß Cary wohl gemeint haben, dachte ich.

»Wie heißt du?« fragte er.

»Melody.«

Seine Lippen wurden etwas weicher. Er warf einen Blick auf Cary, dann sah er mich wieder an.

»Ich gehe jetzt hier zur Schule«, sagte ich, weil meine eigene Nervosität kein längeres Schweigen zuließ. »Jedenfalls eine Zeitlang.«

»Und wo ist deine Mutter?«

»Sie ist in Kalifornien«, sagte ich. »Sie spricht dort bei verschiedenen Leuten vor, weil sie Schauspielerin oder Mannequin werden will.«

Endlich entspannten sich seine Gesichtszüge.

»Das paßt zu ihr«, sagte er. Es schien, als wollte er sich abwenden und gehen.

»Ich bin Ihrem Vater im Haus meiner Großeltern begegnet«, sagte ich eilig. Er zog die Augenbrauen hoch.

»Und was hat er gesagt, als er herausgefunden hat, wer du bist?« fragte er mich.

»Er war ... nett zu mir«, erwiderte ich. Ich war nicht sicher, wie er diese Frage gemeint hatte.

»Dad ist der charmanteste Mann auf dem ganzen Kap«, sagte Kenneth, als handelte es sich dabei um eine allgemein bekannte Tatsache. Er sah Cary an. »Du bist Jacobs Sohn?«

»Ja, Sir.«

»Das mit deiner Schwester tut mir leid. Ich erfahre hier draußen zwar nicht allzuviel Neues, aber davon habe ich gehört.«

Cary nickte und biß sich fest auf die Unterlippe. Seine Augen waren glasig.

Kenneth wandte sich wieder an mich. »Bist du eine gute Schülerin?«

»Ja, Sir.«

»Dein Vater ist auch hier?« fragte er, und sein Gesicht wurde wieder grimmig.

»Nein, Sir. Mein Vater ist vor ein paar Monaten bei einem Grubenunglück ums Leben gekommen.«

»Wirklich?« Er sah erst Cary an und dann wieder mich. »Ein Grubenunglück? Wo habt ihr gewohnt?«

»In West Virginia, in einer kleinen Stadt namens Sewell.«

Er nickte.

»Ja, daß sie nach Süden gegangen sind, wußte ich.« Einen Moment lang wirkte er gedankenverloren, dann blinzelte er und sah mich genauer an. »Du siehst ihr sehr ähnlich«, sagte er. »Vermutlich ist sie immer noch so hübsch wie früher, wenn sie jetzt vorhat, Mannequin oder Schauspielerin zu werden.«

»Ja, sie ist wirklich sehr hübsch«, sagte ich.

»Tja,« sagte er und wollte sich abwenden. »Nett, daß ihr hier vorbeigekommen seid.«

»Darf ich mir ein paar von Ihren Arbeiten ansehen?« platzte ich heraus. Carys Augen wurden groß. Er sah erst mich an und dann Kenneth, der nachdenklich stehenblieb.

»Warum?« fragte er argwöhnisch.

»Ich habe schon viel darüber gehört«, sagte ich.

»Verstehst du etwas von Kunst?«

»Ein wenig. Das, was ich in der Schule gelernt habe.«

»Bis zu dem Tag, an dem er sie einer Galerie zum Verkauf anbietet, sind die Werke eines Künstlers etwas sehr Persönliches«, sagte er.

»Ich weiß.«

»Das weißt du?« Jetzt lächelte er. »Bist du etwa Künstlerin?«

»Ich spiele Fiedel und singe«, sagte ich. »Ich spiele nicht gern vor Leuten, solange ich nicht sicher bin, daß ich mich gut genug darauf vorbereitet habe. Ich nehme an, ein Künstler zeigt seine Arbeiten nicht gern vor, solange er nicht selbst der Überzeugung ist, daß sie ausgereift sind.«

Er zog die Augenbrauen wieder hoch. »Das stimmt.« Dann dachte er einen Moment lang nach. »Okay, ich zeige dir etwas, was so gut wie fertig ist«, sagte er. »Vielleicht ist es genau das, was ich brauche – die völlige Unbefangenheit eines außenstehenden Betrachters. Du darfst es dir ansehen, wenn du versprichst, mir ehrlich zu sagen, was du davon hältst.«

»Es liegt mir nicht, anderen etwas vorzumachen«, sagte ich, und meine Augen waren jetzt so hart und unnachgiebig wie seine.

»Darauf würde ich wetten. Komm mit.« Er bog um die Hausecke. Cary sah aus, als hätte er einen Geist gesehen – schockiert, überrascht und immer noch erschrocken. »Du kannst ihn mitbringen«, fügte Kenneth hinzu, ohne sich zu uns umzudrehen.

Zwischen dem Haus und dem Atelier wuchsen Strandnelken um einen kleinen angelegten Teich herum, in dem Elritzen wild umherzuschwimmen begannen, als unsere Schatten auf das Wasser fielen, und am Rand des Teichs stand eine Bank. Kenneth öffnete die Tür zu seinem Atelier und blieb stehen. »Rührt meine Werkzeuge nicht an«, warnte er uns. Ich nickte, und Cary nickte ebenfalls.

Das Atelier bestand aus einem einzigen großen Raum. Auf einer Seite standen Tische und ein Brennofen, und auf den Tischen waren Werkzeuge und Materialien verstreut. Links von uns erstreckte sich ein abgenutztes altes Tweedsofa mit einem roh gezimmerten Tisch aus Treibholz davor, auf dem ein großer

Kaffeebecher und ein Teller mit einem angebissenen Gebäckstück standen.

Rechts sahen wir das Werk. Es war eine Statue von gut eineinhalb Metern Höhe, die Gestalt einer Frau, deren Arme direkt über den Ellbogen zu Flügeln wurden. Sie hatte ein interessantes Gesicht, die Augen in die Höhe gewandt und den Mund leicht geöffnet, als seufzte sie gerade tief. Sie war nackt, und es schien, als wüchsen Federn auf ihrem Rücken, ihren Seiten und ihrem Bauch. »Nun, was ist?« sagte Kenneth. »Was glaubst du, was ich darzustellen versuche?«

»Die Verwandlung eines Menschen in einen Engel«, sagte ich. Er lächelte freundlich. »Ganz genau. Ich nenne es *Engel im Werden.* Es wird mich allerdings noch viel Zeit kosten, die Kleinigkeiten genau herauszuarbeiten.«

»Es ist eine aufregende Gestalt, vor allem der Gesichtsausdruck«, sagte ich. »Es ist, als ob sie ...«

»Ja, was?« Er stellte sich dichter neben mich.

»Als sähe sie den Himmel zum ersten Mal.«

»Ja«, sagte er und sah die Frauengestalt an. »So ist es.«

»Arbeiten Sie immer mit Ton?« fragte ich.

»Nein. Ich habe auch schon mit Stein, Metall und Holz gearbeitet, aber in diesem Fall bin ich bemüht, einen flüchtigen Eindruck einzufangen und ihn festzuhalten, ganz ähnlich, wie es ein Maler in einer Skizze tut. Wenn die Skulptur fertig ist, werde ich sie in Bronze gießen.«

»Wie wird das gemacht?« fragte ich. Er sah mir prüfend ins Gesicht, um zu erkennen, ob ich es wirklich wissen wollte. Nachdem er sich davon überzeugt hatte, wies er auf seine Werkzeuge und auf seinen Ofen.

»In zwei Stadien. Erst wird eine negative Gußform angefertigt, dann ein positiver Guß. Für die negative Gußform wird Gips verwendet, für die positive Bronze. Ich bezeichne das als die Sklavenarbeit, da der künstlerische Prozeß zu dem Zeitpunkt längst abgeschlossen ist.«

»Sie machen das alles ganz allein?«

»Ja«, sagte er mit einem rauhen Lachen. »Und jetzt erzähl mir«, sagte er, »was du über die Bildhauerei weißt.«

»Nur das, was ich im Geschichtsunterricht über die Griechen gelernt habe. Götter und Athleten waren ihre bevorzugten Motive«, leierte ich herunter. »Ich kann mich noch erinnern, daß unser Lehrer ein Bild von den drei Göttinnen herumgereicht hat.«

Er zog die Augenbrauen hoch.

»Die Eltern meiner besten Freundin haben in ihrem Haus eine kleine Kopie von Michelangelos David stehen«, sagte ich. »Aber ich bin noch nie in einem Museum gewesen, und die einzigen Galerien, die ich je gesehen habe, sind die auf der Hauptstraße in Provincetown.«

»Bring sie in die Galerie Gordon in der Commercial Street«, sagte Kenneth zu Cary. »Du weißt doch, wo das ist?« Cary nickte eilig. »Dort stehen ein paar Stücke von mir.«

»Ich würde sie mir gern ansehen.«

Er nickte. »Tja, du hast meinen Glauben an das Bildungswesen wieder wiederhergestellt. Hast du jemals versucht, dich in irgendeiner Form künstlerisch zu betätigen – hast du dich im Zeichnen oder Malen versucht?«

»Nein.«

»Vielleicht solltest du das tun«, sagte er. Wollte er mir damit sagen, ich könnte einen Teil seiner Begabung geerbt haben? Ich warf einen Blick auf Cary, der immer noch furchtsam und nervös in der Ecke stand. Seine Blicke glitten unruhig von einer Richtung in die andere, als suchte er nach Fluchtwegen.

»Die Schule hört demnächst auf, nicht wahr?« fragte Kenneth.

»Ja, wir wiederholen nur noch ein paar Tage den durchgenommenen Stoff, und dann kommen die Prüfungen, und das war es dann für dieses Jahr. Ich schließe nächstes Jahr die Schule ab. Cary macht seine Abschlußprüfungen dieses Jahr.«

Kenneth sah ihn an. »Was wirst du dann mit deinem Leben anfangen?« fragte er ihn.

»Dasselbe, was ich jetzt auch schon tue. Hummer fischen und Moosbeeren ernten.«

Kenneth nickte. »Und du, was willst du später einmal werden?« fragte er mich.

»Ich glaube, ich möchte Lehrerin werden«, sagte ich.

»Nicht Schauspielerin oder Mannequin wie deine Mutter?«

»Nein, ich glaube nicht«, sagte ich. Er schien erfreut zu sein. »Sie waren früher einmal sehr eng mit meiner Mutter befreundet, nicht wahr?«

»Ja«, sagte er. Er warf einen Blick auf sein Werk, das im Entstehen war. »Und auch mit deinem Vater und mit Carys Vater. Wir sind alle gemeinsam groß geworden.«

Cary und ich sahen uns an. Ich konnte die Besorgnis in seinen Augen sehen. Würde ich einfach mit der Sprache herausrücken und ihn fragen, ob er möglicherweise mein Vater sein könnte?

»So, und jetzt muß ich mich wieder an die Arbeit machen«, sagte Kenneth. Er ging zur Tür, um damit anzudeuten, daß wir gehen sollten. Ich sah Cary noch einmal an, ehe ich Kenneth folgte. Cary folgte mir. Ulysses erwartete uns vor der Tür.

»Ihr Hund gefällt mir.«

»Er ist alt, aber treu. Ich fürchte, er hat auch nicht genug Auslauf.«

»Vielleicht könnte ich ihn ab und zu spazieren führen«, erbot ich mich. »Ich würde gern hier am Strand Muscheln sammeln.«

Er nickte.

»Was hast du in den Sommerferien vor?« fragte er.

»Ich weiß es nicht. Ich warte darauf, daß meine Mutter herkommt, um mich abzuholen, oder daß sie anruft und mir sagt, wo ich sie treffen soll.«

»Sag ihr Grüße von mir, wenn sie dich wieder anruft.« Er trat in das Atelier zurück und schloß die Tür.

Ich sah Cary an.

»Ich wußte nicht, was ich hätte sagen können oder wie ich ihn hätte fragen können«, erklärte ich.

»Das ist schon in Ordnung. Laß uns jetzt gehen. Ich glaube ohnehin nicht, daß er etwas zugegeben hätte. Vielleicht weiß er es selbst nicht mit Sicherheit.« Wir machten uns auf den Rückweg zum Lastwagen, und Ulysses folgte uns.

»Ich hätte mehr sagen sollen, und ich hätte ihm präzisere Fragen stellen sollen«, stöhnte ich.

»Das kannst du beim nächsten Mal immer noch tun. Welchen Eindruck hast du von ihm?« fragte Cary, als er rückwärts aus der Auffahrt fuhr und auf den Weg einbog.

»Ich glaube, ja«, sagte ich. »Es ist alles so schwierig, und es ist einfach nicht gerecht«, rief ich, »Mommy muß mir die Wahrheit sagen. Sie muß es einfach tun! Sie hat jetzt keinen Grund mehr, mir die Wahrheit zu verschweigen.«

Wir holperten über den sandigen Weg. Als ich mich umschaute, sah ich, wie Ulysses kehrtmachte und zum Jeep zurücktrottete. Er wirkte enttäuscht.

Nachdem Cary an einer Tankstelle angehalten hatte, um Luft in die Reifen zu pumpen, machten wir uns auf den Heimweg. Wir waren gerade auf den Weg zum Haus abgebogen, als wir beide den Streifenwagen sahen, der direkt hinter Onkel Jacobs Wagen geparkt hatte.

»Was hat das zu bedeuten?« fragte Cary. Wir hielten neben dem Streifenwagen an und stiegen langsam aus. Es fiel uns auf, daß die Haustür noch offen stand. Wir warfen einander einen Blick zu und eilten dann ins Haus.

Zwei Polizisten standen im Flur, der größere von beiden hielt die Mütze in den Händen. Onkel Jacob redete leise mit ihnen. Als wir eintraten, drehten sie sich alle zu uns um, und Onkel Jacobs Miene war finsterer und strenger, als ich es je zuvor erlebt hatte. Wir hörten das leise Schluchzen, das aus dem Wohnzimmer drang, wo Tante Sara auf dem Sofa saß. May saß neben ihr und streichelte ihren Arm.

»Was ist passiert?« fragte Cary.

»Es gab einen Autounfall«, sagte Onkel Jacob.

»Wer?« fragte Cary. Onkel Jacob sah die beiden Polizisten an, und dann richtete sich sein Blick auf mich. Mein Herzschlag setzte aus.

»Mommy!« rief ich. Er nickte. »Was ist passiert?«

»Officer Baker ist gekommen, um uns mitzuteilen, daß die hiesige Polizei einen Anruf von der Polizei in ... wo war das schnell noch mal?«

»Pomona, Sir«, sagte der größere der beiden Polizeibeamten. »Das liegt in der Nähe von Los Angeles«, erklärte er.

»Was ist passiert? Ihr fehlt doch nichts?« Mein Herzschlag setzte wieder aus.

»Erzählen Sie ihr, was Sie wissen«, sagte Onkel Jacob zu dem Polizisten.

Der Polizeibeamte wandte sich an mich. »Es gab dort draußen auf der Schnellstraße einen Unfall, wobei der Wagen Feuer gefangen hat. Der Herr, der am Steuer saß, ist durch die Scheibe geflogen, aber ...«

»Meine Mutter?«

»Anscheinend konnte sie sich nicht aus dem Fahrzeug befreien. Der Mann hat überlebt und liegt im Krankenhaus. Er heißt ...« Er sah auf seinen Notizblock. »Marlin, Richard Marlin. Er behauptet, bei der Frau, die in dem Wagen ums Leben gekommen ist, handelte es sich um Haille Ann Logan, und er hat der Polizei gesagt, daß sie hier anrufen soll. Der Wagen ist explodiert, da war nicht mehr viel zu machen.«

»Mommy ist ... tot?«

Der Polizist sah Onkel Jacob an. Tante Sara fing an, lauter zu schluchzen. Cary wollte meine Hand nehmen, aber ich riß mich los. »Jetzt sagen Sie es mir doch endlich!« schrie ich. Ich mußte es unbedingt in ihren Worten hören.

»Genau darauf läuft es hinaus«, sagte Onkel Jacob.

Ich schüttelte den Kopf. »Sie hat Vorstellungsgespräche gehabt. Sie hat mich hier angerufen.«

Der Polizist wandte sich an Onkel Jacob. »Die zuständige Polizeistelle will wissen, ob die Überreste hierher überführt werden sollen«, sagte er.

»Ruf Olivia an«, rief Tante Sara.

»Ja, sie sollen hierher überführt werden«, erwiderte Onkel Jacob.

»Aufhören!« schrie ich. »Schluß mit all diesen Lügen!«

Ich schlug mir die Hände auf die Ohren und schüttelte den Kopf.

»Beruhige dich«, sagte Onkel Jacob und streckte die Hand aus. »Du ...«

»Ihr lügt! Jeder hier spinnt eine Lüge nach der anderen!«

Ich sah Cary an.

Er schüttelte den Kopf. »Melody«, sagte er leise.

»Es ist doch nicht wahr«, sagte ich flehentlich zu ihm. Ich wandte mich ab und rannte aus dem Haus.

»Jacob!« schrie Tante Sara.

Fast wäre ich auf den Stufen gestolpert, doch ich fand das Gleichgewicht wieder und bog um die Hausecke. Ich rannte, so schnell ich konnte. Ich mußte sie möglichst weit hinter mir zurücklassen, all diese Menschen, diese ganze Geschichte und die Augen des Polizisten. Als ich den Sand erreicht hatte, glitt ich aus und fiel hin, fing meinen Sturz mit den Händen ab und schoß dann wieder in die Höhe. Die Tränen liefen über meine Wangen, als ich noch schneller weiterrannte. Meine Lunge schrie vor Schmerz, doch ich dachte gar nicht daran stehenzubleiben. Ich rannte den Hügel hinauf und fiel wieder hin, und diesmal blieb ich schluchzend liegen.

Mommy würde mich nicht mehr anrufen. Sie würde auch nicht zurückkommen, und sie würde mich nirgends hinbestellen, um sich mit mir zu treffen. Ich weinte, bis meine Rippen schmerzten, dann starrte ich auf den Moosbeermorast hinaus. Ich hörte Cary nicht kommen, doch plötzlich stand er neben mir.

»Mom macht sich Sorgen um dich«, sagte er und setzte sich neben mich. Er nahm einen Grashalm in den Mund. Ich stierte vor mich hin und hörte nichts, sah nichts und fühlte nichts. »Die Polizei hat gesagt, sie seien sehr schnell gefahren, und wahrscheinlich hätte der Fahrer die Kontrolle über das Fahrzeug verloren. Sie haben einen Pfosten gerammt, und der Wagen hat sich überschlagen. Dabei ist der Freund deiner Mutter durch die Scheibe geflogen. Die Beifahrertür ließ sich nicht öffnen, und der Wagen hat sich immer wieder überschlagen, bis er dann schließlich in Flammen aufgegangen ist. Niemand lügt.«

Ich wandte mich von ihm ab. Mommy hatte selbstsüchtig gehandelt, als sie mich hiergelassen hatte, und es war auch egoistisch und rücksichtslos von ihr gewesen, ihre Geheimnisse für sich zu behalten, aber deshalb liebte ich sie trotzdem nicht weniger. Ich erinnerte mich an die schönen Zeiten und liebevollen Momente. Manchmal hatte ich sie dabei ertappt, daß ein zärtliches Lächeln auf ihren Lippen spielte, wenn sie mich betrachtete, und in diesen Momenten hatte ich nahezu hören können, was sie sich dachte, nämlich, wie zufrieden sie mit mir war. Sie hatte sich mit der Zeit immer mehr auf mich verlassen können. Wäre ich doch bloß bei ihnen gewesen, dachte ich. Ich hätte sie schon dazu gebracht, langsamer zu fahren.

»Sie werden sie hierher bringen und sie neben den anderen Logans auf dem Friedhof begraben«, sagte Cary.

Ich drehte mich abrupt zu ihm um, und meine Augen sprühten Funken. »Solange sie noch am Leben war, wollten die Logans nichts von ihr wissen, aber jetzt, nachdem sie tot ist, soll sie neben ihnen begraben werden?«

Darauf wußte er keine Antwort, sondern schlug nur stumm die Augen nieder.

»Sie sollte nach Sewell überführt und an der Seite meines Vaters begraben werden«, sagte ich. »Da, wo sie hingehört.«

Cary zuckte die Achseln. »Das mußt du Großmama sagen.«

Ich dachte einen Moment lang nach. »Genau das werde ich auch tun. Bring mich sofort zu ihr.«

»Jetzt gleich?«

Ich stand auf, und er folgte meinem Beispiel.

»Jetzt gleich«, sagte ich und lief rasch den Hügel hinunter, getrieben von meiner Wut und Enttäuschung.

»Ich sage nur schnell Dad Bescheid«, sagte Cary, nachdem er mich eingeholt und wir das Haus erreicht hatten.

»Fahr mich zu ihr, Cary. Hol nicht für jeden deiner Atemzüge erst die Erlaubnis ein.«

Er sah mich an und nickte dann. »Okay, wir fahren gleich los.«

Wir stiegen in den Wagen, und Cary stieß auf der Auffahrt zurück. Als wir losfuhren, sah ich, daß Onkel Jacob aus dem Haus trat und uns nachsah. In dem Moment, als wir die Auffahrt zum Haus von Großmama Olivia und Großpapa Samuel hinauffuhren, öffnete ich schon die Tür, obwohl Cary den Wagen noch nicht zum Stehen gebracht hatte. Er trat das Bremspedal durch, und ich sprang heraus und rannte auf die Haustür zu.

Cary schlug seine Wagentür zu und folgte mir. Ich drückte auf die Klingel, wartete eine Sekunde und klingelte erneut. Großpapa öffnete mit ernster Miene.

»Melody«, sagte er nur, wobei er mich eher erstaunt denn traurig ansah.

»Wo ist Großmama Olivia?« fragte ich barsch. Es war zwecklos, mit ihm zu reden, soviel hatte ich begriffen. In dieser Familie wurden alle Entscheidungen von ihr getroffen. Ich ließ Großpapa Samuel stehen und eilte ins Haus.

»Was geht hier vor?« erkundigte sie sich barsch. Sie stand in der Tür zum Wohnzimmer.

»Du hast gehört, was meiner Mutter zugestoßen ist – deiner Nichte?« bestürmte ich sie. Sie zuckte zusammen.

»Jacob hat gerade eben angerufen.«

»Es ist einfach furchtbar«, sagte Großpapa und stellte sich neben mich.

»Ich will nicht, daß sie hier begraben wird. Ich will, daß sie zuhause in Sewell begraben wird, neben meinem Daddy«, sagte ich. »Dort, wo sie hingehört.«

»Sewell?« Großmama sah erst Großpapa und dann Cary an. »Sie ist die Tochter meiner Schwester. Sie hat dort nichts zu suchen. Ihr Platz ist hier.«

»Ausgerechnet hier, wo sie schon seit vielen Jahren nicht mehr willkommen war«, fauchte ich. »Wie kannst du bloß so scheinheilig sein?«

Großmama Olivias Gesicht verlor jede Spur von Farbe und verwandelte sich in einen bleichen, hinterhältigen und zerstörungswilligen Mond.

»Ich bin nicht scheinheilig. Ich habe nie das eine gesagt und das andere getan. Ich habe nie gelogen, und ich bin immer eine Frau gewesen, die ihr Wort hält und auf deren Versprechen Verlaß ist. Deine Mutter war das Kind meiner Schwester, und ihr Platz ist in unserer Gruft, neben den Gräbern meines Vaters und meiner Mutter. An einem fremden Ort hat sie nichts zu suchen, und schon gar nicht an der Seite eines Mannes, der sie aus den dümmsten Gründen geheiratet hat.«

»Dieser Mann ist dein Sohn«, rief ich ihr ins Gedächtnis zurück.

»Er *war* mein Sohn«, berichtigte sie mich. »Ich denke gar nicht daran, Geld dafür auszugeben, daß sie dorthin überführt wird. Sie sollte gemeinsam mit ihrer Familie begraben sein.«

»Warum konntest du nicht so sein, solange sie noch am Leben war?«

»Du kennst die Antwort«, sagte sie. »Du bist überspannt und verwirrt, und deine Gefühle sind im Aufruhr. Uns alle hat dieser Unfall unvorbereitet getroffen. Keiner von uns hätte eine solche Tragödie herbeigewünscht, aber es ist nun einmal passiert. Begonnen hat es schon vor einer ganzen Weile, und jetzt hat alles dieses grausige Ende genommen. Das mindeste, was wir für Hailles arme Seele tun können, ist, daß wir ihre Überreste dort beerdigen, wo sie von Angehörigen umgeben ist. Du bist derart überreizt, daß es zwecklos ist, im Moment mit dir über diese Angelegenheit zu reden.« Sie wandte sich ab.

»Ich werde sie ausgraben und sie nach Sewell zurückbringen. Eines Tages werde ich es tun, das schwöre ich dir.«

»Wenn ich erst einmal tot bin, kannst du tun, was du willst, trotzdem kann ich nur hoffen, daß du bis dahin erwachsen geworden bist«, erwiderte sie. »Es tut mir leid für dich, daß du soviel Kummer hast. Es ist nie leicht, die Mutter zu verlieren, ganz gleich, wie sie einen auch behandelt hat, aber wir müssen sehen, wie wir weitermachen und entscheiden, was gut und richtig ist. Cary, bring sie nach Hause.« Sie ließ uns stehen.

Einen Moment lang stand ich regungslos da.

»Sie hat recht, meine Liebe«, sagte Großpapa und legte mir einen Arm um die Schultern. »Sie hat meistens recht. Sie ist eine bemerkenswerte Frau.«

»Sie ist ein Unmensch«, sagte ich. »Das einzig Bemerkenswerte ist, daß ihr euch alle von ihr schikanieren laßt, ohne euch zur Wehr zu setzen.« Ich riß mich von ihm los und stapfte aus dem Haus.

Cary folgte mir, und wir stiegen wieder in den Lastwagen. »Wir können nichts unternehmen«, sagte er. »Wir haben weder das Geld, noch können wir darüber bestimmen, was zu geschehen hat ...«

»Ich weiß. Laß uns nach Hause fahren.« Ich ließ den Kopf hängen.

Bei unserer Rückkehr herrschte Totenstille im Haus. Ich ging sofort in mein Zimmer und legte mich hin. Ich lag da und dachte nach, fing an zu weinen sobald sich wieder genug neue Tränen gesammelt hatten. May kam an meine Tür, um mir in Zeichensprache zu bedeuten, wie leid es ihr tat. Ich bedankte mich bei ihr, doch ich wollte mich nicht trösten lassen, nicht einmal von ihr. Später schickte Tante Sara May mit einem Tablett nach oben, damit ich etwas aß. Ich brachte keinen Bissen herunter, aber ich erlaubte May, bei mir zu bleiben, und als sie mich aufforderte, ihr mehr über Mommy zu erzählen, bemühte ich mich, sie ihr zu schildern und ihr zu erklären, warum sie getan hatte, was sie getan hatte.

Während ich meine Gedanken in Zeichensprache umsetzte und immer wieder in dem Buch nachsah, um mich zu vergewissern, daß meine Gesten auch verständlich waren, mußte ich mich eingehender mit den Vorfällen und mit der Beschreibung von Mommys Person auseinandersetzen, die ich abgab. Für eine Weile lenkte mich das ab, und mein Kummer erdrückte mich nicht mehr ganz so sehr. Ich war erschöpft und schlief früh ein, auf dem Bett zusammengerollt und vollständig angekleidet. Tante Sara kam kurz in mein Zimmer und deckte mich zu. Stunden später hörte ich, wie meine Tür leise geöffnet wurde, und verschwommen sah ich, wie Cary sich auf Zehenspitzen hineinschlich. Er blieb neben dem Bett stehen und sah eine Zeitlang auf mich hinunter. Dann kniete er sich hin, um mir einen Kuß auf die Wange zu drücken. Ich tat, als schliefe ich tief und fest.

Das Morgengrauen brachte einen Moment der Ungläubigkeit mit sich, einen Moment der Hoffnung. Vielleicht war alles doch nur ein gräßlicher Alptraum gewesen. Aber hier lag ich, vollständig angekleidet, und die Realität wollte sich nicht zurückdrängen lassen. Ich zog mich aus, stellte mich unter die Dusche und zog mir frische Sachen an. Als ich nach unten kam, waren Cary und May bereits zur Schule gegangen. Es war still im Haus. Sogar Tante Sara war fort. Ich machte mir Kaffee und Toast und setzte mich dann auf die Veranda. Etwa eine halbe Stunde später sah ich Tante Sara auf das Haus zukommen.

»Guten Morgen, Liebes. Hast du schon etwas gegessen?«

»Ja, Tante Sara.«

»Ich komme gerade aus der Kirche. Ich habe für Haille gebetet.«

»Ich danke dir«, sagte ich. Ich fühlte mich schuldig, weil ich nicht aufgestanden war und sie begleitet hatte.

»Wenn du magst, kannst du morgen mit mir kommen. Es ist eine entsetzliche Tragödie«, fuhr sie fort, »aber du mußt wissen, daß du hier für immer ein Zuhause hast, mein Liebes. Wir haben dich alle sehr lieb.«

»Danke, Tante Sara.«

»Auf dem Heimweg habe ich Lauras Grab besucht«, sagte sie seufzend, »und ihr die traurige Nachricht überbracht. Sie ist mir immer eine solche Stütze gewesen, wenn etwas Schlimmes passiert ist. Laura war in der Lage, mich mit ihrem Lächeln wieder aufzubauen und mir neue Hoffnung zu geben, mit ihrem liebevollen, sanften Lächeln. Du solltest ihr Grab aufsuchen und dort beten. Es wird dir Trost spenden.«

»Ja, vielleicht werde ich das tun«, sagte ich, was sie sichtlich freute.

»Komm ins Haus, wann du willst. Du kannst jederzeit mit mir reden, aber ich werde dich nicht drängen«, sagte sie. Ich nickte, und sie ging ins Haus.

Als Cary und May von der Schule zurückkamen, saß ich immer noch auf der Veranda. May rannte sofort auf mich zu und fiel mir um den Hals. Sie berichtete mir von ihrem Schultag und zeigte mir ein Blatt Papier, das mit Sternen bedeckt war.

Als sie ins Haus ging, um sich umzuziehen, setzte sich Cary auf die Stufen und erzählte mir von der Schule. Er berichtete, daß alle die Neuigkeiten gehört hatten. »All deine Lehrer und Lehrerinnen lassen dich grüßen und dir ausrichten, du solltest dir wegen der Prüfungen bloß keine Sorgen machen. Du kannst sie später nachholen.«

»Ich werde meine Prüfungen dann ablegen, wenn alle anderen sie auch ablegen«, sagte ich. »Es ist nicht nötig, daß ich ihnen zusätzliche Arbeit mache.«

»Bist du ganz sicher?«

»Ja.«

Er dachte einen Moment lang nach und lächelte dann. »Ich war wirklich erstaunt, wie viele von unseren Mitschülern im Lauf des Nachmittags auf mich zugekommen sind und sich nach dir erkundigt haben, nachdem sich die Neuigkeiten herumgesprochen hatten. Du bist beliebter, als du glaubst. Ich wette, wenn du dich als Kandidatin hättest aufstellen lassen, hättest du für das kommende Jahr Schulsprecherin werden können. Sie hätten bestimmt dich gewählt und nicht diese aufgeblasene Betty Hargate.«

»Irgendwie scheint mir das im Augenblick nicht besonders wichtig zu sein.«

»Ja, ich weiß.« Nach einem Moment sagte er: »Mein Vater sagt, daß die Beerdigung am Samstag stattfinden wird. Bis dahin werden die ... wird deine Mutter hier sein.«

Ich wandte mich ab und stand dann auf.

»Wohin gehst du?« fragte Cary besorgt.

»Ich will nur einen Spaziergang am Strand machen.«

»Soll ich dich begleiten?«

»Nein, im Moment möchte ich lieber allein sein«, sagte ich. Ich lächelte ihn an und ging.

Es schien, als folgten mir die Seeschwalben und kreisten die ganze Zeit über mir. Am Horizont sah ich ein Frachtschiff, das nach Süden fuhr. Das Meer wirkte beruhigend auf mich, und die Flut war sanfter, als ich sie je erlebt hatte. Ich ging so dicht ans Wasser, daß die Wellen über meine nackten Füße spülen konnten. Das kühle Wasser fühlte sich köstlich an, wie ein wohltuender Balsam.

Eine meiner Naturkundelehrerinnen hatte mir erzählt, Naturwissenschaftler glaubten, jegliches Leben sei aus dem Meer entsprungen und deshalb übte es auf uns alle eine solche Faszination und Anziehungskraft aus. Irgendwie empfand ich die Geräusche der Brandung, die Gischt, die in mein Gesicht sprühte, den würzigen Geruch der salzigen Luft, die in meine Nase drang, und die Frische, die ich in meine Lunge aufsog, als tröstlich. Tausend Beileidskarten, tausend Trauergäste in der Kirche, Dutzende von Predigten und stundenlange Orgelmusik konnten nicht mehr Trost spenden als der Schrei der Seeschwalben und der Anblick des scheinbar endlosen blauen Wassers. Diese Laute und dieser Anblick schienen mir die Kraft zu geben, den Kampf mit meiner tiefen Trauer auszutragen.

Zwei Tage später fand die Beerdigung statt. Der Gottesdienst, der zu Mommys Begräbnis in der Kirche abgehalten wurde, war lang und unpersönlich. Natürlich war der Sarg geschlossen. Der Geistliche nannte so gut wie nie auch nur ihren Namen. Da sie der Familie Logan angehörte, war die Kirche bis auf den letzten Platz gefüllt. Großmama Olivia, so majestätisch wie eh und je, gebot mit einem Nicken, einer kaum wahrnehmbaren Bewegung ihrer Augen oder einer erhobenen Hand über den Ablauf des Gottesdienstes. Die Wagen wurden augenblicklich vorgefahren, und die Prozession zog zum Friedhof weiter. Dort wurden die Überreste meiner Mutter neben Großmama Olivias Eltern beigesetzt. Der Geistliche sprach seinen Segen und drückte mir die Hände. Ich war die meiste Zeit über wie in einen Nebelschleier gehüllt, doch als ich mich vom Grab abwandte, sah ich, daß Kenneth Childs etwas weiter abseits stand und mich beobachtete. Er trug ein dunkelblaues Sportjackett und eine Hose mit Bügelfalten und sah ziemlich gut aus. Sein Vater, der Richter, hatte während der Beerdigung neben Großmama Olivia gestanden.

Cary war ebenso überrascht wie ich, als er sah, daß Kenneth zu dem Begräbnis erschienen war, obwohl er deutlich Abstand von den Trauergästen hielt. Er ging, bevor ich die Gelegenheit fand, ihn anzusprechen.

Am Montag darauf ging ich wieder in die Schule, um meine

Prüfungen abzulegen. All meine Lehrer und Lehrerinnen zeigten sich mitfühlend, trotzdem bat ich darum, nicht bevorzugt behandelt zu werden. Das Lernen trug dazu bei, mich von der Tragödie abzulenken. Auch Cary arbeitete hart, um sich auf sein Examen vorzubereiten. Am Tag nach den Prüfungen überraschten mich Cary, Tante Sara, May und sogar Onkel Jacob beim Frühstück.

Es war mein Geburtstag. Ich hatte in den letzten Tagen ab und zu daran gedacht, aber durch all das Lernen und die Prüfungen, die noch zu der ganzen Tragödie hinzukamen, war dieses Ereignis für mich vollkommen bedeutungslos geworden, und ich hätte auch nicht sagen können, daß ich mich darauf freute. Aber irgendwie hatten die anderen sich daran erinnert, und auf dem Frühstückstisch erwarteten mich Geschenke. Zuerst packte ich Mays Geschenk aus. Es war ein Kassettenrecorder. Sie erklärte, daß sie ihn ganz allein ausgesucht und von ihrem eigenen Taschengeld bezahlt hatte. Sie sagte, sie wollte, daß ich mich selbst aufnehmen konnte, wenn ich auf meiner Fiedel übte und dazu sang. Ich fand es erstaunlich, daß ein so junges Wesen derart selbstlos an andere Menschen dachte, von denen es umgeben war. Sie hatte wahrhaftig etwas von einem kleinen Engel. Ich umarmte sie und gab ihr einen Kuß.

Tante Sara und Onkel Jacob hatten zwei Geschenke für mich gekauft. Das eine war eine elegante goldene Armbanduhr, das andere ein hübsches Sommerkleid aus weißer Baumwolle, das mit pastellfarbener Häkelspitze eingefaßt war. Der Saum endete mindestens zehn bis zwölf Zentimeter über dem Knie. Das überraschte mich sehr, doch Tante Sara erklärte, sie hätte sich von der Geschäftsführerin etwas Modisches empfehlen lassen und anschließend Onkel Jacob davon überzeugt, daß dieses Kleid schicklich und hübsch war und daß Laura sich dafür begeistert hätte.

Cary flüsterte mir zu, er hätte mein Geschenk auf dem Segelboot.

»Mein erstes Geschenk besteht darin, daß ich heute mit dir segeln gehe«, erklärte er. Und genau das taten wir nach dem Frühstück. Er stellte alles so hin, als sei es ein Kinderspiel, und schon nach wenigen Minuten ritten wir auf den Wellen, jauchzten beide, wenn uns die Gischt besprühte, und lachten laut über die Fische, die wir aus dem Wasser springen sahen. Als wir einen Moment lang Windstille hatten, reichte er mir ein kleines Schächtelchen, das in Geschenkpapier eingewickelt war. Als ich es öffnete, fand ich ein Namensarmband. Beidseits des eingravierten Namens, Melody, war eine Note eingraviert.

»Sieh dir die Rückseite an«, sagte Cary, also drehte ich das Armband um.

Mögest du immer Wind in den Segeln haben.
Alles Gute. Cary

»Was für ein schönes Armband. Wie lieb von dir, Cary. Ich danke dir«, sagte ich und beugte mich vor, um ihm einen Kuß auf die Wange zu drücken, doch in dem Moment drehte er den Kopf um, und mein Kuß landete mitten auf seinen Lippen. Er lächelte.

»Alles Gute zum Geburtstag, Melody«, sagte er.

Ich lehnte mich verblüfft zurück. Dann zog ich das Armband über mein Handgelenk, und wir segelten voller Freude weiter. Als wir am späteren Nachmittag von diesem wunderschönen Ausflug zurückkehrten und uns auf den Rückweg vom Strand machten, kniff Cary plötzlich die Augen zusammen, und ich hörte ihn sagen: »Da soll mich doch der Teufel holen.«

Ich warf einen Blick auf das Haus.

»Was ist?«

»Kenneth Childs' Jeep steht in unserer Auffahrt«, sagte er. Wir sahen einander an und beschleunigten unsere Schritte. Als wir das Haus erreicht hatten und eilig eintraten, fanden wir Kenneth im Wohnzimmer vor. Er saß dort mit Onkel Jacob und Tante Sara.

»Wie war es? Habt ihr Spaß beim Segeln gehabt?« erkundigte sich Onkel Jacob eilig.

»Es war schön, Dad«, sagte Cary. Wir sahen beide Kenneth an, der mit übereinandergeschlagenen Beinen dasaß. Er trug ein hellbraunes Safarijackett, eine Khakihose und Turnschuhe ohne Socken. »Tja, anscheinend kennt ihr beide Kenneth Childs ja schon. Wie ich heute festgestellt habe, habt ihr ihn besucht.«

»Stimmt«, sagte Cary. Er nickte Kenneth zu, dessen Aufmerksamkeit ausschließlich mir galt. Mein Herz pochte.

»Hallo«, sagte ich.

»Ich wußte gar nicht, daß du heute Geburtstag hast«, sagte er. »Alles Gute.«

»Danke.«

»Kenneth ist gekommen, um uns einen Vorschlag zu unterbreiten. Es scheint ganz so, als hättest du ihm erzählt, daß du diesen Sommer nicht viel vorhast, Melody.«

»Ich hatte verschiedene Pläne, aber inzwischen hat sich einiges geändert.«

Kenneth lächelte nicht. Statt dessen wurden seine Augen dunkler.

»Ich habe beschlossen, daß ich dringend eine Assistentin brauche«, sagte er, »die mir bei der Sklavenarbeit hilft, ab und zu im Haus und im Atelier mit anpackt und Spaziergänge mit Ulysses unternimmt«, fügte er mit einem Lächeln hinzu. »Selbstverständlich wäre es mir lieb, wenn ich dafür jemanden fände, der einen gewissen Kunstverstand besitzt und Verständnis für meine Bedürfnisse aufbringt.«

»Oh«, sagte ich. Ich warf einen Blick auf Onkel Jacob, der äußerst zufrieden mit sich selbst wirkte.

»Ich weiß selbst, daß mein Haus ganz schön weit abgelegen ist. Aber ich stehe morgens immer früh auf, um meine Einkäufe zu erledigen. Und den Touristen zuvorzukommen«, fügte er hinzu und sah Onkel Jacob an, der nickte. »Ich könnte einen kleinen Umweg machen und dich hier abholen. Natürlich würde ich auch dafür sorgen, daß du nach Hause gebracht wirst.«

»Nun, was ist?« sagte Onkel Jacob.

»Ich denke ...« Ich sah Cary an, dem deutlich anzusehen war, daß dieser Vorschlag ihn noch mehr erstaunte als mich. »Ja, klar«, sagte ich dann. »Sehr gern sogar.«

»Also gut. Jacob und ich haben uns auf ein Gehalt geeinigt, das wir beide als fair empfinden«, sagte Kenneth.

»Ich finde, das sollten Sie mit mir persönlich aushandeln«, platzte ich heraus.

Der Ausdruck von Selbstzufriedenheit schwand von Onkel Jacobs Gesicht, und Kenneth lächelte.

»Da hast du vollkommen recht. Ich dachte an hundert die Woche. Und selbstverständlich kommt die Verpflegung noch dazu«, sagte er. »Ist das ein faires Angebot?«

»Ja, allerdings«, sagte ich, ohne wirklich zu wissen, ob es so war oder nicht, aber ich war froh darüber, daß ich mein Leben endlich selbst in die Hand genommen hatte.

»Dann wäre das also geregelt. Du kannst gleich nach dem letzten Schultag bei mir anfangen. Ach, noch etwas«, sagte er, während er sich erhob. »Du kannst deine Fiedel mitbringen. Ulysses mag Musik.«

Er ging zur Tür, und Onkel Jacob folgte ihm. Cary und ich sahen einander noch einmal überrascht an, und dann fiel mein Blick auf eine offensichtlich völlig verwirrte Tante Sara, die aussah, als hätte sie gerade entdeckt, daß ich nicht der Mensch war, für den sie mich gehalten hatte. Mir lief ein Schauer über den Rücken, während ich mich bemühte, sie anzulächeln. Sie erwiderte mein Lächeln, als ich ihr anbot, ihr bei den Vorbereitungen für das Abendessen zu helfen. Es sollte jedoch ein ganz besonderes Abendessen werden, weil ich Geburtstag hatte, deshalb wollte sie alles ganz allein herrichten.

Es gab Hummer und Krabben, köstliche frische Bratkartoffeln und verschiedene Gemüse, portugiesisches Brot und einen Schokoladenkuchen – meine Geburtstagstorte. May half mir dabei, die Kerzen auszublasen, und als alle sangen, fiel sie in den Gesang ein. Ich bedankte mich bei allen Anwesenden. Sogar Onkel Jacob wirkte ruhiger und freundlicher. Wie kompliziert und verwirrt all die Menschen in meinem Leben jetzt doch waren, dachte ich.

Cary bekniete mich, etwas auf der Fiedel zu spielen, und schließlich gab ich nach. Ich holte mein Instrument nach unten und spielte ihnen etwas vor. Hinterher machte ich mit Cary einen Spaziergang. Die Sterne loderten am Himmel, und ihre majestätische Schönheit wurde nur hier und da von einem kleinen Wölkchen verschleiert.

»Was glaubst du wohl, warum Kenneth das getan hat?« fragte ich Cary.

»Wahrscheinlich ist ihm das als die einfachste Möglichkeit erschienen, dich kennenzulernen und dir dann später einmal die Wahrheit zu erzählen«, sagte Cary. »Ich werde vorbeikommen, so oft ich kann, um nachzusehen, ob auch wirklich alles in Ordnung ist.«

»Du brauchst dir nicht so viele Sorgen um mich zu machen.«

»Natürlich mache ich mir Sorgen um dich«, sagte er. Dann lächelte er. »Wie ich sehe, hast du heute abend Lauras Schal getragen. Das ist nett von dir.«

»Nach allem, was vorgefallen ist, fühle ich mich ihr jetzt irgendwie näher denn je«, sagte ich.

Er lächelte liebevoll und nahm meine Hand. Dann drehte er mich zum Meer um. Wir standen da und lauschten der Brandung. Wir hörten beide die Stimmen in dem Rauschen, wobei sich seine natürlich von meinen unterschieden. Und dann machten wir uns im gleißenden Sternenlicht auf den Heimweg.

Epilog

Wer bin ich

Das Auditorium war bis auf den letzten Platz besetzt. Hinter den Sitzreihen standen sogar noch Leute. Mrs. Topper sagte, einen so gut besuchten bunten Abend hätte die Schule noch nie veranstaltet. Ich wußte, daß viele Leute gekommen waren, um mich zu sehen und mein Spiel zu hören. Mr. Webster, der Direktor, offenbarte mir das, als er hinter die Bühne kam, um uns viel Glück zu wünschen.

»Ich wußte doch, daß eine Fiedel Besucher anlockt«, sagte er, obwohl mir klar war, daß viele Besucher nicht in erster Linie erschienen waren, um die Musik zu hören, sondern vor allem, weil sie Olivia Logans neue Enkelin sehen wollten.

Die gesamte Familie war erschienen, sogar Onkel Jacob. Mit Ausnahme derjenigen, die zu unserer Generalprobe gekommen waren, hatte mich keiner meiner Mitschüler je spielen hören. Manche der Mädchen waren nur erschienen, um mich auszulachen. Ich wußte, daß das auf die drei Hexen aus *Macbeth* zutraf. Sie hatten einen Platz in der ersten Reihe gefunden. Hinter ihnen saß Adam Jackson, um den sich seine Freunde und Freundinnen scharrten, durch ihr spöttisches Kichern und hämisches Lachen miteinander verschweißt.

Die meisten anderen Schüler und Schülerinnen, die an diesem Abend auftreten würden, sangen oder spielten Gitarre. Ein Schüler spielte auf der Trompete »Karneval in Venedig«.

Seine Darbietung löste stürmischen Beifall aus. Zwei Mädchen führten eine Szene aus *Der Widerspenstigen Zähmung* auf, und ein Junge jonglierte mit Eiern. Als eines der rohen Eier vor seinen Füßen zerbrach, tobte das Publikum vor Begeisterung. Es war ihm peinlich, doch er setzte seine Nummer unbeirrt fort, bis die Leute aufhörten zu lachen und statt dessen applaudierten.

Nachdem ich all diese Talente gesehen hatte, war ich nur noch nervöser. Als ich mit meiner Darbietung an der Reihe war, wartete ich in den Kulissen, während Mrs. Topper mich als den letzten Neuzugang der Schule vorstellte. Als ich die Bühne betrat, wurde ich von höflichem Applaus begrüßt. Ich konnte fühlen, daß die Blicke aller auf jede einzelne meiner Bewegungen gerichtet waren. Ich trug das neue Kleid, das Tante Sara und Onkel Jacob mir gekauft hatten. Ich trug aber auch mein Namensarmband und das Armband mit den Anhängern, das früher einmal Laura gehört hatte.

Ich weiß nicht, was mich dazu gebracht hatte, trotz meiner großen Traurigkeit und nach all diesem Kummer in die Aufführung einzuwilligen. Ich hätte mich mühelos von meiner Verpflichtung befreien lassen können, doch ich hatte das Gefühl, daß gerade Papa George sehr stolz darauf gewesen wäre, mich auf der Bühne zu sehen. Als ich anfangen wollte zu spielen, zitterten meine Finger jedoch so sehr, daß ich eine falsche Saite anschlug. Diejenigen, die nur darauf gewartet hatten, daß ich versagte und mich blamierte, brüllten vor Lachen und klatschten in die Hände. Ich nahm die Hand von den Saiten, holte tief Atem und sah über das Publikum hinaus. Ich blickte in alte Zeiten zurück und sah Papa George mit seiner Pfeife im Mund vor seinem Wohnwagen sitzen. Ich sah Mama Arlene, die auf ihrem bequemen Stuhl saß, und ich hörte Daddy rufen: »Warte auf mich!«

Ich drehte mich auf der Bühne um, als komme er gerade von unserem Wohnwagen herüber, und als er sich zu Papa George und Mama Arlene setzte, hob ich den Bogen.

Das Publikum verstummte. Ich begann »Beautiful Dreamer«

zu spielen und schloß die Augen, um zu singen. Dabei sah ich das lächelnde Gesicht meines Daddys vor mir. Er hatte mich ja so sehr geliebt. Vielleicht hatte er mir nur deshalb nie die Wahrheit erzählt, weil er sich mit der Zeit selbst eingeredet hatte, ich sei tatsächlich seine Tochter, aber vielleicht wollte er auch nur nicht, daß ich ihn eines Tages weniger liebte.

Ich würde ihn niemals weniger lieben können.

Die Musik und mein Gesang setzten sich fort. Papa George lächelte. Mama Arlene strahlte über das ganze Gesicht.

Irgendwo hinter mir plapperte Mommy und beklagte sich darüber, daß wir, wie üblich, nicht auf sie gewartet hätten.

Daddy sagte ihr, sie solle aufhören zu schmollen und sich schnell zu ihm setzen. Ich würde gleich das nächste Lied spielen. Sie kam an seine Seite, und für einen Moment waren wir wieder eine Familie, unberührt von Lug und Trug, frei von Eifersucht und Neid und Angst. Wir alle lächelten strahlend, Liebe schimmerte in unseren Augen, und ich wünschte nur, dieser Moment würde ewig währen.

Ich spielte inbrünstiger, damit bloß alles so blieb, wie es war. Ich sang auch dazu – meine Stimme war noch nie zuvor so kräftig gewesen. Ich war derart in mein eigenes Spiel vertieft, daß die Weise schon ihrem Ende nahte, als ich erkannte, daß das gesamte Publikum in meinen Gesang eingestimmt hatte, sogar die Schülerinnen und Schüler, die nur gekommen waren, um mich zu verspotten.

Cary strahlte vor Stolz. Tante Sara lächelte über das ganze Gesicht, und Onkel Jacob nickte, als hätte er etwas ganz Besonderes gesehen. Sogar May, die soviel weniger von meiner Darbietung mitbekommen hatte, klatschte und rief meinen Namen. Großmama Olivia nickte nachdenklich, und Großpapa Samuel schüttelte lachend den Kopf.

Ganz weit hinten glaubte ich, Kenneth Childs neben der Tür stehen zu sehen. Ehe der ohrenbetäubende Applaus einsetzte, war er verschwunden.

Aber er würde an jenem ersten Morgen dort sein, wie er es mir versprochen hatte.

Ich erwartete ihn auf der Veranda. Die Morgensonne war gerade erst aufgegangen und stand noch nicht hoch am Himmel, und die Luft war noch recht kühl. Cary war bereits mit Onkel Jacob zum Boot gegangen. May schlief noch, und Tante Sara summte vor sich hin, während sie das Frühstücksgeschirr abräumte, und gelegentlich hielt sie inne, als hätte sie Lauras Stimme gehört, und dann nickte sie lächelnd und ging ihrer Beschäftigung wieder nach, als sei nichts vorgefallen.

Sein Jeep bog von der Straße ab und kam auf das Haus zu. Vielleicht hatte meine Mutter ihn vor langer Zeit an ebendieser Stelle erwartet. Das war zu einer Zeit gewesen, ehe die gewaltigen Lügen begonnen hatten, die dann wie ein Ungeheuer lange Zeit über unser aller Leben geherrscht hatten.

Das war jetzt der Anfang vom Ende, vom Ende all dieser Lügen, dachte ich. Heute begann die Wahrheit. Lügen hatten mich hierher geführt, doch ich würde sie tottrampeln. Es hatte also doch alles seinen Sinn.

Kenneth Childs wußte das auch. Er kam, um mich zu holen, weil er in seinem Herzen eine ganz ähnliche Stimme gehört hatte. Die Stimme, die gesagt hatte: »Erzähl es ihr. Sie soll endlich wissen, wer sie ist.«